地 火
——刘绍棠长篇小说选

刘绍棠◎著

中国言实出版社

图书在版编目(CIP)数据

地火 : 刘绍棠长篇小说选 / 刘绍棠著. -- 北京 :
中国言实出版社, 2021.2
　　ISBN 978-7-5171-3776-4

　　Ⅰ.①地… Ⅱ.①刘… Ⅲ.①长篇小说－中国－当代
Ⅳ.①I247.5

　　中国版本图书馆CIP数据核字（2021）第024053号

出 版 人　王昕朋
责任编辑　崔文婷
责任校对　史会美

出版发行　中国言实出版社

　　　　地　　址：北京市朝阳区北苑路 180 号加利大厦 5 号楼 105 室
　　　　邮　　编：100101
　　　　编辑部：北京市海淀区花园路 6 号院 B 座 6 层
　　　　邮　　编：100088
　　　　电　　话：64924853（总编室）　64924716（发行部）
　　　　网　　址：www.zgyscbs.cn
　　　　E-mail: zgyscbs@263.net

经　　销　新华书店
印　　刷　北京中科印刷有限公司
版　　次　2021 年 3 月第 1 版　　2021 年 3 月第 1 次印刷
规　　格　710 毫米 ×1000 毫米　1/16　28.25 印张
字　　数　450 千字
定　　价　98.00 元　　ISBN 978-7-5171-3776-4

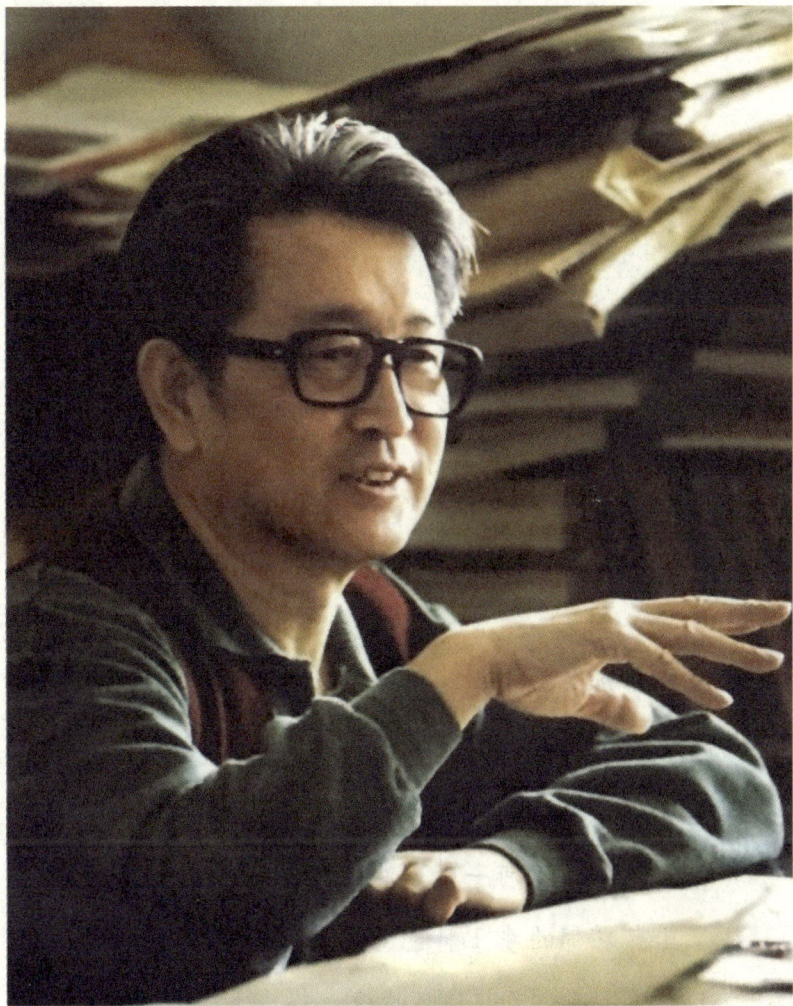

刘绍棠，1936 年 2 月 29 日生于北京通州大运河畔的儒林村。中国著名乡土文学作家，"荷花淀派"的代表作家之一，"大运河乡土文学体系"创立者。

1948 年参加革命，1949 年开始发表作品，1953 年参加中国共产党。刘绍棠不遗余力地倡导乡土文学，坚持"中国气派，民族风格，地方特色，乡土题材"的创作思想。其作品多以北运河一带农村生活为题材，语言清新淳朴，具有浓郁的乡土特色，形成了独具特色的大运河乡土文学体系。多部作品被译成英、法、德、俄、日、西班牙、孟加拉、阿尔巴尼亚等国文字。

目录

春
草

1

外国教会开办的潞河学院，被称为三百里北运河的最高学府，闻名数省。它坐落在通州市南郊，方圆几里，都在它的校界之内，没有居民住户。在这块空旷的大地上，只有绿茵茵的草地，草地上开放着五颜六色的野花；一道道亮晶晶的小溪，溪边丛生着芦苇和蒲柳；一座座四四方方的果园，果园里有嗡嗡采蜜的蜂群；一片片郁郁葱葱的树林，树林里有百鸟争喧；一座座起伏连绵的荒丘，荒丘上有乱树峥嵘；而在纵横交错的羊肠小路上，有大学生们散步留下的足迹。

但是，也有一条笔直的被林荫遮掩的柏油马路，通向绿瓦红墙的中心校舍。学校的正门，是一座古色古香的巍峨殿阁，门外有两只张牙舞爪的石狮，两柱雕刻着蟠龙的华表，那格局和气势，极像前清的王府。进入大门，迎面是几亩大的花坛，一条五色石子的甬路，直达正面那雕栏玉砌的办公大楼，楼前有一座水花飞溅的喷泉。办公楼两侧，雁翅排开，分布着各个系科的教学楼；教学楼之间，有齐整的松墙相隔。群楼背倚蜿蜒的土山，山上有苍松翠柏，座座凉亭。山后，有几处露天运动场，两座室内体育馆；协和湖碧波半顷，荷花满塘，湖心小岛停泊着叶叶游船；湖畔有小桥、石舫、图书馆、小教堂和一所所学生宿舍。然后，又有一道红墙横断开来。走进牌楼门，花树葱茏，曲径通幽，是教授们的住宅，有的是小洋楼，有的是四合院，小洋楼围着铁栅，四合院圈着竹篱。

潞河学院是一块文化殖民地，是一座与世隔绝的象牙之塔。这里的学生，不少对于社会的黑暗、民间的疾苦、国家的前途、民族的命运，漠不关心。他们只是站在这个追逐名利的码头，迷醉地翘首眺望通向大洋彼岸的黄金之路。

然而，它毕竟设立在中国的土地上，而不是高踞于天堂的云雾中。五四运动已经吹皱一池春水，而二十年代山雨欲来风满楼的革命形势，更引起了学生们思想的波动。国文系学生叶兰和物理系学生夏竞雄，发起成立春草社，出版《春草》周刊，以年轻人那初生牛犊不怕虎的勇敢和锐气，向乌烟瘴气的社会生活，发动猛烈的冲击，又以夏竞雄的攻势最凌厉。

春草社社员已经发展到四十多人，早已越出潞河学院的范围；周刊已经发行三千多份，不但在通州市内出售，而且行销到外埠。社员中，已经颇有点小名气的青年诗人平步云，专写空炮式大块政论的王无冕，写点学术性文字并兼管总务的冯文藻，是夏竞雄和叶兰之下的三大中坚分子，与叶、夏并称为春草社五魁。

夏竞雄的父亲夏思问，是同盟会会员，辛亥革命前夜，率领二十八名革命志士，攻打通州道台衙门，壮烈殉难。当时，夏竞雄只有七岁，跟着母亲在北运河畔的鹊桥村生活，后来又逃到盘山山中的外祖父家避难。十岁那年，母亲去世，父亲的好友蔡松鹤从外国留学回来，在潞河学院任教，接他到通州读书。他聪慧好学，意志坚强，深得蔡松鹤的喜爱，一心想栽培他继承自己的衣钵，成为一名取得更高成就的物理学家。夏竞雄虽然对物理学很有志趣，但是也关心国家大事和留心社会问题。鲁迅先生那抨击人吃人社会的战斗檄文，震撼他的思想，启发他的心智，指引他的行动。渐渐地，他对于研究社会，比对于研究物理，更感兴趣了。

他是在乡野长大的孩子，身心始终保持泥土的气息。进入潞河学院，就像野鸟入了笼，很不自在。他来自民间，深知民间疾苦，同情民众不幸，因而写出来的文字，疾恶如仇，笔锋犀利，最受读者的欢迎。

夏竞雄喜欢行动，不尚空谈，对于文学并不特别爱好；但是，在当前的处境，写文章总还是一种行动，所以他就写起文章来。鲁迅先生的小说，也正如鲁迅先生的论文，震撼他、启发他、指引他。怎样写小说，他不但没有学过，而且没有想过，反正就照鲁迅先生那样写。

　　写什么呢？鲁迅先生的《呐喊·自序》，也给了他启示：要写那些在精神上与自己丝缕相连，不能忘却的人和事。而他最不能忘却的纪念，是父亲的死和母亲的命运，以及他在乡野长大的生活经历。

　　父亲是诗书人家的逆子，礼教道统的叛徒。他少年时代才华横溢，能诗能文，也能走马击剑，却视功名如草芥。他的原配，是个理学家的女儿，门第很高；这位名门小姐一定要他从科举出身，仕途上进，光宗耀祖，封妻荫子。他掷还婚书，一刀两断。从此，他脱离家庭，浪迹江湖，与下层大众为伍。有一回，他到盘山访友，在深谷中遇见母亲。母亲是个佃户的女儿，每天上山打柴，腰间系着一根绳索，拴在悬崖的孤松上，然后坠入深谷的云雾中，挥斧砍伐峭壁上的小树，还唱着山歌。父亲一见钟情，访友之后，仍然流连忘返，就在山中打猎砍柴为生，跟母亲天天在深谷的云雾中见面。后来，有人给母亲说媒，男方是个小康人家，外祖父和外祖母十分满意，母亲却绝了食，不肯依从父母之命。父亲不顾风俗习惯，不请三媒六证，亲自登门求婚；外祖父和外祖母觉得这是伤风败俗，严词拒绝了。就在这天夜晚，父亲带着母亲出走，到北运河下游的鹊桥村，投奔他的好友龙大海。龙大海曾是鹊桥村义和团的大师兄，率领鹊桥村健儿，驾着渔船扁舟，在北运河上布阵，狙击八国联军的兵船，将一艘洋鬼子的兵船砸沉，满船的洋鬼子都被砍死，葬身鱼腹。义和团运动失败，龙大海亡命在外，在集市庙会上卖艺，与浪迹江湖的父亲相遇，两人结为生死之交。两年过去，局势安定下来，龙大海才重返家园，打鱼、拉纤、扛长工。父亲和母亲就在龙大海的泥棚屋里拜堂成亲，龙大海又给他们盖起三间茅舍，他们就在鹊桥村安家落户，他便落生在这座茅舍里。父亲在北运河畔的农村教私塾，暗中加入同盟会，进行秘密的革命活动，每年那一点微薄的束脩，都充当了革命活动经费；母亲全无怨言，自己租种二亩地，农忙时节打短工，母子俩才勉强糊口。攻打通州道台府前夜，母亲牵着他的手，送父亲到河边上船。父亲临行，给母亲叩了个头，表示感恩和诀别。父亲殉难之后，母亲女扮男装，在龙大海护卫下，顶着狂风暴雨，驾起小船，冒死进入通州城，给父亲收了尸，又驾着小船运回鹊桥村，安葬在河边诀别的高岸上；而后，母亲带他到盘山外祖父家避难。山中连年大旱，外祖父和外祖母又相继去世，生活很苦很难，母亲只有二十八岁，不少人劝她改嫁；但是，母亲怀着对父亲的忠贞，对儿子的慈爱，拒绝了这些好意。她每天上山打柴，租种一块山坡地，夜晚在松明下编筐，供儿子上学。深重的痛苦，沉重的劳动，饥饿的煎熬，摧残了母亲的身体，最后竟夺去她那只有三十一岁的生命……

怀念父母，回顾身世，夏竞雄无限辛酸，无比悲愤，热血奔腾，心潮起伏。他激动地铺开稿纸，提笔写下了小说的题目，便汪洋恣肆地写起来。

夏竞雄住在锦秀斋 3 楼 29 室，四周花木繁荫，宁静清幽。黎明，他便起来，推开百叶窗，放进新鲜空气。窗下，合欢树像朵朵彩云，闪烁着晶莹的露珠儿。协和湖上，弥漫着水雾，东岸的图书馆，南岸的小教堂，西岸的石舫，北岸的弓脊小桥，湖心小岛上的亭台楼榭，都在水雾朦胧中，若隐若现，影影绰绰。夏竞雄匆匆洗完脸，便埋头在临窗的书桌上，沉浸在创作里。只有偶尔一阵风来，吹进几片落花，落在案头，打扰了他。但是，他也舍不得停一停手，只是用力吹一口气，将落花嘘出窗外，任它坠落草坪，或是随风飞去。中午，他跑到饭厅，拿两个馒头，便急如星火，返回宿舍，一边走路一边吃完饭，喝两杯白水，又一直工作到日落西山。夜晚，校园里十分清静，只有楼下花丛中的草虫低吟。夜很静，心很专，他越发奋笔疾书。直到月落、星稀、鸟啼，累酸了手腕，抬不起眼皮，他才上床，倒头便睡。一连七天，夏竞雄手不停挥，墨写的字字行行，都是血泪的结晶。

这天清晨，鹅卵石小路上一阵轻快的脚步声，有人连连叫他："竞雄，竞雄！"

夏竞雄为赶在下一期付印，整整一夜誊录清稿，头昏脑涨，两耳嗡鸣，听见叫声，抬起昏花两眼，循声望去。只见楼下绿草茵茵，有个亭亭玉立的人影。他揉了揉眼睛，仔细一看，才看出是叶兰。

2

叶兰是蔡松鹤教授的女儿。蔡松鹤主张男女平等，为了纪念恩重情深的妻子，让女儿姓了母亲的姓。不过，叶兰在写文章时，常常署名蔡菊心，因为她也非常热爱父亲。

叶兰在潞河学院，品学兼优，风格高尚，受到同学们的敬重。夏竞雄十岁到她家，两人青梅竹马，耳鬓斯磨，肩并肩发育成长。夏竞雄野性，叶兰文静；夏竞雄热情奔放，叶兰感情细腻；夏竞雄头脑敏捷，叶兰思想深沉。两人迥然不同，却相映成辉。五四运动以后，青年学生中自由恋爱流行，夏竞雄冒冒失失地问叶兰："我们怎么办？"叶兰含情脉脉地看他一眼，又低下头，小声说："我们不早就是了吗？"从此，他们在不知不觉中早已播下的爱情种子，破土而出，绽开圣洁绮丽的花朵。

这时，叶兰笑吟吟仰望三楼的窗口，端庄秀丽的瓜子脸，春水汪汪的大眼睛，无限柔情，含而不露。她剪着短发，身穿半旧绸衫，百褶黑裙，平底皮鞋，更显得优雅大方，文质清丽。

夏竞雄一见叶兰，就兴奋不已。他抓起小说清稿，跳上楼窗口，大叫道："我交卷啦！"

叶兰慌忙喊道："不许跳！"张开双臂跑到楼窗下，好像准备抱住跳下楼来的夏竞雄，不让他跌伤。

"你等一等！"夏竞雄又从楼窗口跳回屋里，一阵旋风似的跑进浴室，叽里咕噜刷了牙，横三竖四抹了几把脸，嘴角还挂着牙粉的痕迹，也不梳理一下乱如蓬麻的头发，披上一件汗衫，冲下楼去，把小说清稿抛给叶兰，说："请君斧正！"

叶兰接到手里，一转身，踏着鹅卵石小路，走向洒满阳光的湖畔，夏竞雄跟在她的后面，脚步合着节拍。他的内心洋溢着欢悦，却装出很平静的神气，等候叶兰开口。

一直走到石舫，叶兰还是不声不响。夏竞雄忍不住了，站住脚问道："到哪儿去？"

叶兰莞尔一笑，说："到广州去。"

"又不知怎么捉弄我！"夏竞雄像是生了气。

"真的。"叶兰笑望着夏竞雄那赌气的样子，"真的到广州去。"

夏竞雄仍然不相信，又疑惑地问了一句："到广州去？"

"到广州去！"叶兰收起笑容，脸色严肃起来。"姑姑和姑父从苏俄回来了，现在广州。昨晚有人从广州来，捎来他们给爸爸的一封信。"

"呵！"夏竞雄发出一声惊呼，跳了起来。

"嘘！"叶兰指指石舫，牵了一下夏竞雄的袖子，快步向那个幽静的地方走去。

石舫是一座石砌的楼阁，船尾砌在湖岸，船身砌在水中。为了逼真，也有一条铁索，拴在湖边的大柳树上。船身生满厚厚的绿苔，船上有雕花的石栏，可以凭栏观赏荷花、金鱼；船舱里有石桌、石凳，可以聚会宴饮；楼上就更雅致，可以俯瞰湖上的风景，赏月吟诗。

已经放暑假，校园里人很稀少，石舫就更少人迹，却有一大群鸟雀，在这里吵闹。叶兰和夏竞雄的脚步声，惊起鸟雀四散纷飞，楼空船静。

夏竞雄一上楼，就急不可耐地问道："姑姑和姑父什么时候回国的？"

"到广州已经三四个月了。"叶兰在临窗的一张石凳上坐下来，拿出一封信，给夏竞雄。

夏竞雄接过信，一跳坐在楼窗口。清风徐来，满湖荷香，大柳树上几只知了在叫，夏竞雄激动地读着来信。

叶兰的姑姑蔡松洁和姑父布谷，都是五四运动的健将，后来到法国勤工俭学，加入共产党。为了保卫十月革命的胜利成果，他们又离开法国，经德国到苏俄。布谷参加了红军的中国支队，转战于伏尔加河流域和顿河草原；蔡松洁在中国劳工中间，宣传革命，动员他们到前线去。国内战争结束以后，布谷进入红军大学，蔡松洁进入东方大学。今年一月，孙中山的国民党与中国共产党宣布合作，在广州召开了第一次全国代表大会，布谷和蔡松洁奉调回国工作。他们在大雪纷飞的莫斯科红场，参加了伟大的无产阶级革命导师列宁的葬礼，带着还没有揩干的泪水，当晚就乘车启程回国。他们穿过冰天雪地的西伯利亚，到达海参崴，又从海参崴乘船到广州。现在，布谷在黄埔军校任教官，蔡松洁在国民党中央妇女部工作。他们离开法国到苏俄以后，就一直跟家人不通音信，直到工作安顿下来，才写信给蔡松鹤，请他在暑假带着两个孩子，到广州来团聚一下，见识革命高潮，开阔心胸眼界。

"我早就想离开通州这个铁屋子！"夏竞雄从楼窗口跳下来，"咱们明天就走，而且一去不复返。"

"可是，《春草》呢？"叶兰像是扔不下孩子的母亲，抬起眼睛，温情的目光望着夏竞雄。

夏竞雄皱起眉头，说："你的意思，是不是咱俩得留下一人？好吧，你去，我留下来。"

"还是我留下，你去。"叶兰静静地说，"你在才干和胆识上都比我强，应该请姑姑和姑父多多指教，更快地长进。"

夏竞雄问道："哪一天动身？"

叶兰站起身，说："父亲比你还性急，明天上午就启程，我给你们准备准备。"

夏竞雄笑道："我有什么可准备的？一只书包，两件衣服，拔腿就走。"

"你的衣服都很旧了，应该买两件新的。"

"不必！"夏竞雄急赤白脸地摆手，"旧衣服亲密无间，新衣服格格不入，我不想换。"

叶兰瞧他那副神气，忍不住扑哧笑了。其实，她已经给夏竞雄买好新衣，只是还没有下水洗过，所以没有给他。夏竞雄有个古怪脾气，新衣上身之前，必须狠洗几遍，磨掉光泽才肯穿，不然就背如芒刺。

叶兰看了看湖上，一湖清水，绿叶红莲，风景如画，一片宁静。便说："我们去划船，讨论你的小说。"

他们走出石舫，转到北岸，过了弓脊小桥，上湖心小岛，下台阶，解开小船。叶兰坐在船头，夏竞雄在船尾打桨，小船缓缓驶进荷花丛中，在荷叶下瞌睡的一只白鹭，扑噜噜飞上了天。

叶兰深深地呼吸了一口花香水气，拢了一下散落的额发，打开夏竞雄的小说清稿，放在膝头，先认真地阅读一遍，然后从头朗读起来。他们有个习惯，互相审稿的时候，不但看起来要通顺流畅，而且读起来要朗朗上口。

叶兰的声音很美，咬字清晰，饱含感情，很善于表达作品的感染力量。

夏竞雄的小说，以他的母亲为主角。除了改换姓名，完全写实。全篇共分五节：第一节写他的父母在北运河边诀别。第二节写母亲冒着风险，到通州为父亲收尸。第三节写他和母亲在盘山中的艰难岁月。第四节写母亲含辛茹苦，忠贞不嫁。第五节写母亲在生命的最后时刻，对他的临终嘱咐。小说的每一页，都留下了作者的斑斑泪痕。叶兰是个多情女子，从读第一节起，便一阵阵心酸，第二节便眼里噙满泪花，第三节已经声音哽咽，第四节忍不住泪如春雨，第五节更是泣不成声了。

夏竞雄的胸中也是波澜起伏，但是在女性面前，却要男儿有泪不轻弹。他脸色惨白，目光沉暗，低声说："谈谈你的意见吧！"

叶兰擦湿了手帕，仍然泪光晶莹，啜泣着说："感人肺腑，唤起抗争。"

"缺点呢？"

"文字有些散乱，那个名叫骓哥的小男孩似乎无关重要，不必花费那么多的笔墨。"

夏竞雄心情沉重地说:"通篇都要严加修改,只是关于雏哥的笔墨,不能删去一字。"

湖岸上,蔡松鹤教授向他们招手,喊他们回家吃饭,已经中午了。

3

蔡松鹤是个清癯瘦小的老头,站在湖岸上,很像晚秋旷野上的一只白头翁。他身穿普通的夏布短衫,脚下是一双家常圆口布鞋,没有一点博士风度和学者架子,看上去只当他是土里土气的乡村塾师。

这位有名的物理学家,出身寒门,父亲是一家书铺的石印工。蔡松鹤从小聪颖过人,酷爱格致之学。在州学跟夏竞雄的父亲夏思问同窗。两人在性格和志趣上很不相同,却是最知心的朋友。两人坐在一起,总是争论不休,好像话不投机;但是危难时刻,挺身而出,祸福同当,生死与共。他俩都追求婚姻上的自由自主,夏思问毅然断绝跟名门小姐的婚约,蔡松鹤大胆热恋叛逆的女性。

叶兰的母亲叶碧莲,家里三代开书铺,因此自小习学文墨,博览群书。她跟蔡松鹤是童年时代一起游戏玩耍的伙伴,但是及笄之后,男女有别,礼教的枷锁将她囚禁在闺房里,两人再也不能见面。叶碧莲感到生活寂寞,精神苦闷,悒郁寡欢。于是赋诗言志,填词抒情。她将一首首言志抒情的诗词,誊录在一张张莲花素笺上,悄悄站在后院的花丛中,透过院墙的一个沟眼,等候从州学放学归来的蔡松鹤路过墙外,将诗笺投递出去。最初,只不过是表达友情的心声,后来人大心重,便渐渐倾诉爱情的衷曲。叶碧莲自幼许配给一个富商的儿子,这位少爷从一落生就是五痨七伤,喷了好几口鸦片烟才活过命来,从此就跟鸦片烟结下了不解之缘。长到十二岁,他爹给他请了个老秀才开蒙,在家里设专馆。这位少爷每天躺在烟榻上上课,足足念了十年,肚子里才装进去半部《论语》。半部《论语》可以治天下,这位少爷觉得自己的学问够用了,再也不想听老秀才在耳边啰唆。打发走老师,这位少爷便终日枕边一盏长明灯,怀中一杆象牙雕花镶银的烟枪,吞云吐雾,大享神仙之乐。叶碧莲一想到自己将要嫁给这个人蛆,就万分悲愤,痛不欲生;她在一张张信笺上,要求蔡松鹤带她逃出火坑。蔡松鹤是个文弱书生,束手无策。那个人蛆听说叶碧莲才貌双全,打发媒婆到叶家催婚;事已燃眉,蔡松鹤又无能为力,叶碧莲只得自己开口,哀求她爹退回婚书，拒绝婚事。她爹虽然也后悔耽误了女儿，却不肯有违礼法，训斥了女儿一顿，答应媒婆选择吉日良辰，确定婚期。叶碧莲完全绝望了，下定殉情的决心。这时，蔡松鹤又考取了官费留学，近期就要出洋，于是叶碧莲约会他半夜逾墙相见，生死一别，也不枉担了虚名。蔡松鹤痛苦万状，走投无路，只得向好友夏思问求救。夏思问哈哈一笑，说："你先动身走吧，船开人到。"就在吉日前夕，夏思问的几个绿林朋友，光临叶家，抢走了叶碧莲。等到叶家报案，官府发了缉捕文书，蔡松鹤和叶碧莲已经搭乘一艘外国客轮，漂洋过海了。蔡松鹤在国外，从预科到本科，从本科到研究院，一直念了十年。他那一点官费，养活不起两口人，更何况不到一年又添了一个女儿，所以生活极其困窘。碧莲虽然从小娇生惯养，却很能吃苦耐劳，一面服侍丈夫和哺育女儿，一面还要刺绣卖钱，贴补生活费用。她本来弱不禁风，十年艰辛，身体严重亏损，积劳成疾。就在蔡松鹤得到博士学衔的那一天，她再也支持不住，欣慰地一笑，就疲乏地倒在了床上，几天后就离开了人间，芳骨埋在了异国。

现在，蔡松鹤以他的学术成就，在潞河学院享有很高的地位，因而在通州市的上层社会，也倍享尊荣。过去那些攻讦他败德无行的正人君子们，也都换了一副面孔，胁肩谄笑，阿谀奉承；而他秉性孤傲清高，憎恶世俗的虚伪卑污，厉行闭门谢客政策，不但不与外界往来，而且与校内的学者名流也极少交往。他除了到教室去讲课，便深锁在研究室里，连吃饭也要别人提醒。他沉默恬静，严峻理智，但是他的诗词非常豪放，书法也极有风骨。而且，他还坚持着一个特殊的生活习惯，一年四季，风雨无阻，每日闻鸡起舞。他的剑术，还是少年时代夏思问教授教他的，不敢稍有荒疏。对于夏思问，他感恩戴德，而且不愿再另有一人，在他心目中占有夏思问的地位。然而，女儿叶兰却要揭穿他内心的秘密，说："不管您承认不承认，您对于姑父的佩服，已经不下于夏伯父。"他涨红了脸，连说："哪里，差得远！"其实，在他内心里，早已暗暗地把布谷引为第二知己了。布谷那远大的志向，广阔的胸怀，坚韧的性格，果敢的作风，深刻的洞察力，自我牺牲的精神，强烈地吸引了他。五年前，他们初次见面，布谷浏览了他的诗词和书法，就发现在这个冷人的灵魂深处，蕴藏着一团奔突的烈火，只是还没有从厚厚的地壳下面迸发出来。布谷从诗词和书法谈起，拨响了蔡松鹤的心弦，然后又从历史、现实、国家、社会的各个方面，跟蔡松鹤广泛地交换意见；蔡松鹤深感这个年轻人远见卓识，不同凡响。布谷在他这里住了半个月,每天晚上他们坐在书房里,或是庭院的葡萄架下,畅谈到夜阑更深。布谷走后,他忽然感到自己的生活好像有一大片空虚。布谷出国,他就更加感到孤寂,对于布谷从法国寄来的书信,他都一封封珍存起来,寂寞的时候,一人关起门,拿出来展读。布谷和蔡松洁离开法国以后便杳无音讯,他十分思念,忧虑不安;思念忧虑之情,发为诗词,这是瞒不了叶兰的。

所以,昨天晚上接到布谷和蔡松洁的广州来信,他这个多年不外出的人,竟一天也忍耐不住,像热情好动的年轻人那么兴奋,欣喜若狂地万里远行。

今天他一反二十年的习惯,走进研究室,却坐不住了。索性锁了门,给他庭院里的那些瓜果蔬菜浇水,仍然心神不宁,便走出家门,在校园里漫步。东走走,西转转,却找不到可以谈心的人。他发现叶兰和夏竞雄在湖上划船,很想跟他们坐在一起,又怕打扰孩子们的高兴,便走开了。直到女仆竺姨找他吃饭,他才喊这两个大孩子上岸。

叶兰和夏竞雄划回湖心小岛,拴了船,上台阶,看见父亲没有回家,却转到弓脊小桥,笑眯眯地迎候他们。叶兰一边跑上前去,一边咯咯笑道:"爸爸,您打破了守恒定律!"

"怎么讲?"蔡松鹤摸不着头脑。

"平日您吃饭要别人提醒,今天您提醒别人吃饭。"

"哈哈哈!"蔡松鹤大笑。多年来,他从没有笑得这么爽朗,这么开怀。

他们说说笑笑走回家去。

蔡松鹤为了避免世俗的嘈杂,特意住到校园最背静的角落,一座很有田园风味的住宅。他不喜欢奇花异草,门前栽种的是向日葵和老玉米,墙外亲植一溜各色的果树。庭院里,没有假山石、藤萝架、天棚、鱼缸、石榴树,而是撬开一大片方砖地,种了几畦黄瓜、豆角、辣椒、茄子,还有两架玛瑙红葡萄。他在国外十年清苦,为了减少开支,节省房租和菜金,他在市内上学,却在郊外的乡村赁屋而居,每天往返二三十公里;又跟叶碧莲在房前屋后开地种菜,养了十只鸡、两只羊。这个勤劳的习惯,一直保持到现在。他不喜欢娱乐,每天在研究室工作得疲乏之后,就给瓜果蔬菜松土、施肥、浇水,作为休息。

四合院只住三口人。北房五大间,是蔡松鹤的卧室、书房和客厅,西厢房三间是他的研究室,东厢房三间叶兰占用,南房四间是厨房、餐室和女仆竺姨的住处。叶兰和夏竞雄跟着蔡松鹤回到家,竺姨已经摆好饭菜和碗筷,很简单的四菜一汤，青菜都是自产的。一张桌，四只凳，大家坐下来一起吃，竺姨跟他们完全平等。

蔡松鹤的收入不少，但是支出过多，并无分文积蓄。夏竞雄不算在内，他还要资助三四个学生，抚养两个老朋友的遗孤。但是，他从来不跟这些人见面，生怕有伤他们的自尊心，每月都是打发竺姨送去。入不敷出，竺姨常常要搭进自己的工钱，只是不让蔡松鹤知道。

竺姨是一个华侨劳工的妻子，在国外跟蔡松鹤一家住邻居，是个丰满高大，快性子热心肠的女人。蔡松鹤和叶碧莲初到外国，不通语言，不懂风习，种菜养鸡更是外行，都靠竺姨给他们指点。叶兰生下来很弱小，叶碧莲又奶不足，竺姨正有个孩子夭折了，她就把叶兰抱到家去喂奶，疼得像亲生的女儿。叶碧莲体质很差，营养不良，本来不足的奶汁很快就干涸了，是竺姨把叶兰奶大的。竺姨跟叶兰感情很深，叶碧莲去世，蔡松鹤带叶兰回国，竺姨难舍难离，哭得死去活来。蔡松鹤回国三年以后，竺姨忽然从海外来看望他们；原来，她的丈夫参加大罢工，跟镇压罢工的骑警格斗，中弹惨死。竺姨掩埋了丈夫，已经没有亲人，就拿着那一点抚恤金，买了一张船票，远涉重洋，回到她从出生还没有见过的祖国，来到本不是她的祖籍的通州。她在通州住了几个月，生活很不习惯，要走；叶兰却又难舍难离，哭得泪人儿似的，竺姨心软了，就留下来给蔡松鹤管家。

蔡松鹤吃着饭，笑呵呵向竺姨说："这些年，兰子一天也没有离开过你，是不是你也跟我们一起到广州走走？你的祖籍本是广州呀！"

竺姨哼了一声，狠狠地瞪他一眼，心里说："你们的旅费，还是我瞒着你跟人家借来的哩！"

叶兰忙说："爸爸，我跟竞雄商量了一下，他跟您同行，我不去了。"

"你怎么能不去？"蔡松鹤停住筷子，"难道你不想姑姑？"

"怎会不想呢？"叶兰说，"可是扔下《春草》，我不放心。"

"春草是谁？"蔡松鹤瞪大眼睛。

"我们办的那个周刊呀！"叶兰说，"每期都敬赠您一份，放在您书房的写字台上；看来，您不曾赏光翻阅一下。"

蔡松鹤抱歉地笑了，说："我恐怕是把它当成一般的报纸杂志，顺手一扔，扔进字纸篓了。你知道，我是不愿看那些满纸荒唐言的报纸的。"

"我们的周刊，是有崇高宗旨的！"叶兰红了脸，恼了，"我们要唤醒青年，改造社会；它已经发行三千多份，深受广大青年读者欢迎。"

"对不住，对不住！"蔡松鹤见女儿生了气，忙给女儿碗里夹了一只鲜嫩的红虾，"你们还有没有存本？借我在旅途中仔细拜读。"

夏竞雄忙说："我们准备给姑姑和姑父带去一份合订本，请您在旅途中抽暇一阅，给予严格的指正。"

"好！这个合订本，就是我万里之行的精神食粮了。"

"所以，我不能离开《春草》，"叶兰又回到原来的话题，"我想，姑姑和姑父会原谅我的。"

"也好，也好！"蔡松鹤不想再惹恼女儿，"竞雄一人跟我同行，往返路上，我正好指导他修改他那篇学年论文。最近，我有所察觉，他似乎被你熏陶得不务正业了。"

说罢，他吃完了饭，回卧室午睡。

夏竞雄看了叶兰一眼，扮了个苦相儿说："至少要带十册砖头似的洋装参考书，远路无轻载呀！"

4

一艘驶离通州码头的银白色客轮，划破波平如镜的北运河，激起滚滚的浪花，向远方驶去。

头等客舱的一个单间里，蔡松鹤悠闲地坐在临窗的藤椅上，面前的茶几，摆满糖、果、瓜、糕点，他正啜饮一瓶冰镇果子露，观赏三百里北运河两岸那秀丽的风光景色，感到心旷神怡。

甲板上，叶兰和夏竞雄凭栏远眺北运河东岸的田野和村庄，轻声低语。老父远行，叶兰很不放心，跟夏竞雄离别，也很依恋不舍；于是她也打了一张船票，送他们到天津，等他们换乘火车南下之后，她再搭乘回程的客轮，返回通州。

叶兰身穿白绸旗袍，带有波纹的黑发簪着一朵康乃馨，就像一株玉树红花，更显得庄严、芳洁、美丽。为了旅途安全顺利，蔡松鹤和夏竞雄随身携带着潞河学院的公函，以考察教育为名到广州去；因而，夏竞雄不得不硬着头皮，穿起雪白的衬衫，咖啡色的西装裤，米黄色的皮鞋，衣冠楚楚。这一对俊秀超俗的年轻恋人，十分引人注目。

夏竞雄双手用力抓着栏杆，目光热烈，兴冲冲地说："我一到广州，就请姑姑和姑父，对咱们的社务活动和编辑方针，全面指导，详细指教；从广州回来，就动手整顿社务，改进周刊，迅速出现新气象！"

在甲板上的旅客，目光都集中到他的身上。

叶兰给夏竞雄递了个眼色，轻柔地说："路远，天热，你要多多注意父亲的身体健康，自己也不要大意。"

夏竞雄被扫了兴，嘟哝说："已经嘱咐十遍了。"

"你跟父亲都缺乏处理日常生活的能力，我放心不下。"

"这要怪你跟竺姨，包揽一切，不许我们沾一沾手，养成了我们的寄生性。"

他们沉默了，沉思的目光投向青苍苍的河岸。轮船顺流而下，行驶很快，通州市已被远远地抛在后面。下游，河面更宽，河水更深，河风更大，风景更美。忽然，夏竞雄眼前一亮，失声叫了出来。

"怎么？"叶兰一惊。

"你看！"夏竞雄手指远处。

"看什么？"叶兰迷惑地问道。

"那高岸上的老杜梨树。"

叶兰的眼睛，顺着他的指向望去，只见河东岸二三里外，陡峭的高岸上，有一棵高大繁茂的杜梨树，浓荫如云、气象雄壮。

"这棵树？……"

"高岸上，是我父亲诀别的地方；大树下，曾经安葬我的父亲。"夏竞雄不忍多看，低下头去，"我母亲死后，才将父亲的骨殖迁葬盘山。"

叶兰胸中一阵激荡。她从小就知道，夏思问是父亲最好的朋友，是母亲的救命恩人，她无比崇敬这位侠肝义胆的夏伯父。而现在，她跟夏竞雄已经明确了身份，夏思问伯父已是她的公爹；婆母和公爹死别之处，公爹旧墓的遗址，就在她的眼前，她不禁热泪盈眶地凝望那越来越临近的高岸大树，百感交集。于是，她朝着那个方向，深深地鞠了一躬，表达自己的孝敬。

夏竞雄不愿陷入悲伤中去，抬起头，问叶兰道："昨天你评论我那篇小说，指出不必在那个无关重要的小男孩骓哥身上多花笔墨，我却坚持不许删去一字，你知道为什么吗？"

叶兰恍然大悟，说："你过去跟我讲过，童年时代，你跟你的好伙伴龙乌骓，每天都到河边的杜梨树下玩耍。在骓哥身上，寄托着你对童年的回忆，对伙伴的思念。"

"是的。"

触景生情，睹物思人。夏竞雄眼前一阵朦胧，产生幻觉，好像在杜梨树的浓荫下，仿佛有两个小孩在嬉戏，一个是他，一个是龙乌骓。龙乌骓是龙大海的儿子，跟他生在同年同月，只比他大几天，就像两棵同时破土而出的小苗。他们每天一起玩，不到天黑不分离。龙乌骓从小就比夏竞雄茁壮，胆子大，力气也大。他们一起到河边去爬杜梨树，龙乌骓总比夏竞雄爬得高；他们一起到村北的牛郎河浮水，龙乌骓总比夏竞雄浮得远；他们一起到村南的织女河边苇丛棵里打鸟，龙乌骓总比夏竞雄打得多；他们一起到村东的投梭河畔剜野菜，龙乌骓总比夏竞雄剜得快。龙乌骓只有在念书上，比不过夏竞雄。他也曾到夏思问的塾房里上过几天学，但是一进学堂就像关入监牢，一听见"人之初，性本善"，头疼得就要炸开来，于是跳窗逃走，七头牛八匹马也拉不回他。龙乌骓虽比夏竞雄只大几天，却颇有大哥哥风度，一切都让夏竞雄占先，自己甘愿吃亏；偷个桃，扒个瓜，夏竞雄吃大的，他吃小的。夏竞雄跟着母亲到外祖父家避难，龙乌骓是个高粱茬子刺穿脚背都不掉眼泪的孩子，跟夏竞雄分别时却号啕大哭，一定要陪送夏竞雄到盘山。龙大海不愿路上再多一个累赘，一脚踢他一溜滚儿，他爬起身，还是寸步不离追在后面。月黑风高，他这个七岁的孩子，紧跟着跑了一夜。夏竞雄母子在盘山安了身，每年年底，龙乌骓都要跟着龙大海去看望他们。他家也穷得吃不上穿不上，但是每来一趟，总要带来猪肉、白面、年糕、炸货。夏竞雄母亲去世，龙大海带着龙乌骓，背着夏思问的骨殖，到盘山跟夏竞雄的母亲并骨合墓。

但是，夏竞雄被蔡松鹤接到通州上学以后，两个小伙伴的来往被割断了。蔡松鹤要按照自己的观点和方式，栽培夏竞雄成人；夏竞雄好像一棵原来生长在旷野上的小树，被移植到花园里，在人工修剪下成长。

叭，叭，叭！河东岸，青纱帐里，几声枪响，夏竞雄的幻觉消失了，只见一个大汉，从丛林中飞跑到陡峭的高岸上，一纵身投下江来。不大一会儿，几个骑马的团丁赶到河边，被他们追捕的人已经不见踪影，他们朝江面打了一阵乱枪，又沿河追了七八里，仍无所见，只得骂骂咧咧拨马而回。

　　被惊扰了的客轮，渐渐从乱嘈嘈中安静下来，客轮开足马力，向下一个码头快速行驶。刚才那一阵乱枪，吓得在甲板上散步的旅客都逃回船舱，只剩下夏竞雄和叶兰两个人。

　　叶兰低低问夏竞雄道："那个跳河的人，怎么不见出水？是不是中了枪弹，尸沉水底？"

　　夏竞雄没有回答，眼睛凝望着河水。

　　蔡松鹤从头等客舱的窗口探出身子，喊他们回舱去，叶兰用臂肘碰了碰夏竞雄，夏竞雄一动不动，说："你进去吧，我再站一站。"叶兰叮嘱他小心，快步回到父亲身边。

　　船行二十多里，河面狭窄起来，水流湍急，客船颠簸。忽然，河面上翻了个水花，有人从水中露出两只眼睛，夏竞雄急忙向他连打手势，又从甲板上找到一根棕绳，拴在船栏杆上，垂落下去。水中人又沉没水中，一会儿，在距离客轮很近的地方露出头，瞪大眼睛，怀疑地望着夏竞雄，不敢靠拢过来。夏竞雄打手势，指棕绳，手扪着心，请他相信。那人点点头，吃力地浮了过来，抓住棕绳，爬上栏杆，大口大口地喘气；夏竞雄忙搭一把手，拉他上了甲板。

　　这是个身材魁梧，高大强壮的青年农民；紫糖大脸，浓眉朗目，宽阔胸膛，勇健有力。

　　"跟我来！"

　　夏竞雄牵着他的手，走上头等客舱，推开八号单间的房门。

　　小伙子一看里面坐着一位身份很高的老先生，还有一位年轻美貌的小姐，惊慌后退。但是夏竞雄拦住了他，把门关上了。

　　叶兰嫣然一笑，和蔼可亲地说："你不要怕，坐。"说着，搬来一只藤椅，请他坐下，又递给他一条毛巾，请他擦一擦脸上和身上的水珠。

　　小伙子低着头，不抬眼睛，窘得只是搓手。

　　夏竞雄把毛巾接过来，动手给他擦身。

　　小伙子一闪，结结巴巴地问道："你们是……什么人？"

　　夏竞雄笑道："我们是对你只有好心，不怀恶意的人。这位老先生，是潞河学院的蔡教授，这位小姐，是蔡教授的女儿，我是蔡教授的侄子和学生。"

　　小伙子大为感动，说："天下的有钱人，能像你们这样的好心肠，真是少见。"

"快别这么说！"夏竞雄的脸色显出不高兴，"我们也是一无田地，二没房产，三不开商号的人。"

叶兰给小伙子端过一盘点心，说："你游了几十里的水，一定饿了，先吃一点，压压饥；等一会儿，船上的伙计就送午饭来。"

小伙子不肯吃，说："我歇一歇，喘口气，还得下水。"

他那倔强的神态，引起夏竞雄的注意，眼前像有一道强光掠过。小伙子那青铜色的前胸上，有一处牛角的伤疤，像强磁石一般吸引了他。他仔细地打量着小伙子那淳朴粗犷的面孔，产生了似曾相识之感。

夏竞雄是个记忆力极强的人，他从这个小伙子的模样和举止上，回忆起龙大海大伯的音容笑貌，心不禁一阵怦怦猛跳；问道："大哥，你贵姓？我看你很眼熟。"

"我叫龙……"

"乌雏哥！"夏竞雄抱住了他，"你看我是谁？"

小伙子大吃一惊，直勾勾盯着夏竞雄，摇摇头说："不敢认。"

"你仔细看，想一想！"夏竞雄含泪笑道，"你身上的牛角伤疤，还是咱们六岁那年的冬天，听我爹讲说田单大摆火牛阵的故事，你就给小牛犊的尾巴绑了一把干草，点着了火，小牛犊儿暴跳起来，一头把你掀到半空中；要不是你穿着棉袄，早豁了膛。"

小伙子的眼睛睁得彪圆，半晌大叫一声："你是夏思问叔叔的儿子，竞雄兄弟！"

"正是我呀！"夏竞雄悲喜交加，"十三年不见，咱们兄弟对面如路人了。"

"兄弟，我这不是做梦吗？"龙乌雏这个顶天立地的小伙子，眼里也闪着泪光。

蔡松鹤一听他是夏思问好友的儿子，也亲切起来，微笑着说："一家人，那就不必客气了，快请坐，吃点心。"

夏竞雄忙给龙乌雏介绍说："蔡叔叔也像龙大伯一样，是我父亲的生死之交，是他老人家培养我长大的。"

龙乌雏按照农村尊敬长辈的习俗，要给蔡松鹤叩头。蔡松鹤忙拦住他，说："老侄，这可使不得。"

夏竞雄又向龙乌雏介绍叶兰，说："她是……"话刚出口，又迟疑了。论年龄，叶兰比龙乌骓大一岁，龙乌骓应该管她叫大姐；可是，叶兰已经是他的未婚妻，按照乡俗，却又是龙乌骓的弟妹。怎样称呼才好，夏竞雄一时拿不定主意。

叶兰似乎理解夏竞雄的难处，忙说："竞雄，你打开皮箱，请乌骓大哥换一换衣服。我到餐厅去，叫他们增加一份客饭。"说着，跟龙乌骓点点头，走了出去。

夏竞雄从皮箱里拿出一套新衣和一双皮鞋，龙乌骓不肯穿，换了一套旧的和一双布鞋，龙乌骓才接过来，走到屏风后面。衣服虽然瘦一些，勉强可以穿上身，鞋子太小，只得仍然赤着脚。

等龙乌骓坐下来，夏竞雄急不可耐地问道："大伯的身板儿，还很硬朗吗？"

"二百斤分量放在肩上，面不改色，脚步不乱。只是耳背了，话少了，好打个盹儿，显出了见老。"

"大娘呢？"

"故去三年了。"

"呵！"夏竞雄难过地说，"大娘很疼我的，我没有给大娘尽一点孝，惭愧得很。"

龙乌骓说："也怪我们脚懒，自你离开盘山，就没有跟你走动。"

夏竞雄很明白，他和龙家来往中断，过在自己；他愧悔地沉默了很久，才又问道："记得我离开鹊桥的时候，还有个刚过满月的小妹叫芳俏儿，如今也长大了吧？"

"十七了，大姑娘了。"

叶兰从餐厅匆匆回来，说："船上的伙计发现了乌骓大哥，吵嚷着要搜舱；我来问一下，乌骓大哥到哪儿去，我好补一张票。"

龙乌骓霍地站起身，说："不要补票，我下水！"

夏竞雄强按住他，问道："那几个团丁为什么追捕你？"

龙乌骓眼中冒火，说："田连阡要给他儿子办生日，逼迫长工佃户出钱，打造金锁银虎。我咽不下这口气，挑头反了他，他派团丁抓我，要把我扛枷游街，站笼示众，送衙门治罪；我打伤了两个团丁，逃了出来。"

"是碧水湾的田连阡吗？"蔡松鹤问。

"正是那条老洋狗！"龙乌骓咬得牙齿咯咯响。

蔡松鹤拍案而起，说："这个无耻之尤的丑类，胆敢恶性不改，故态复萌，多行不义，鱼肉乡里，是可忍孰不可忍！我愿做你后盾，鸣鼓而攻之！"

5

碧水湾大地主田连阡，是最近二十几年起家的暴发户。他原是一个乡村讼棍的儿子，从小就很有点歪才，跟夏思问和蔡松鹤同年考入州学。入学以后，他就表现出恶劣的品行。同学中，夏思问最有革命思想，蔡松鹤学业名列前茅，他也就最嫉妒这两个人，告密诬陷夏思问，造谣栽赃蔡松鹤。后来，他的鬼蜮伎俩败露，夏思问打得他鼻青眼肿，体无完肤。他怀恨在心，正巧有个外国传教士到通州传教，他就卖身投靠洋人，狗仗洋势，欺凌同学。一天，夏思问将他堵在妓院里，痛打一顿之后，拖回州学，嫖妓是严重触犯学规的丑行，州学不得不将他挂牌开除。他被开除了学籍，就给那个外国传教士当通司，有恃无恐，更加为非作歹。夏思问又将他的桩桩劣迹写成揭帖，贴满通州街头；那个外国传教士虽然十分宠爱这条走狗，但是由于他臭不可闻，只得将他遣往乡村传教。他到乡村，挑词架讼，敲诈勒索，坑蒙拐骗，无恶不作。乡民恨之入骨。义和团运动兴起，他陷入绝境，所到之处，就像老鼠过街，人人喊打。八国联军侵犯北运河，他充当侵略军的帮凶，围攻义和团，屠杀无辜百姓。他卖国求荣，不但没有被以国贼论处，而且还受到朝廷奖赏，当上了通州道台衙门田粮局总办。于是，他利用职权，贪赃枉法，搜刮地皮，广置田产。辛亥革命发生，他又摇身一变，率先赞成共和，趁机大量侵占清王室跑马圈占的旗地。袁世凯称帝，他又一个筋头翻回来，领头拥护帝制，大发横财。袁世凯倒台，他也被弹劾罢官，在家里龟缩了一年多。张勋带兵北上，宣布复辟。他又从蛇洞里爬出来，跳到通州，狂呼乱叫，说他接到了张大帅的十万火急密令，委任他为通州道台，逼迫那位软骨头的中华民国通州县长交出大印。谁想，大印刚刚到手，道台衙门还没有开张，这出短命的复辟丑剧已经收场，他的张大帅逃进荷兰公使馆避难，树倒猢狲散了。田连阡黄粱梦醒，又想三十六计走为上计，溜回他的碧水湾龟缩；通州各界的正义之士却跟他为难起来，联名上书，群起而攻，蔡松鹤是发起人之一。他被递解省城，坐了班房，乞求他的老主子，也就是当年使他发迹的那个外国传教士，给他疏通官司。那个老洋鬼子已经奉命退休，准备回国，很想从他身上敲一笔竹杠，充实他的养老金，回国享用，开了三万大洋的价码。田连阡爱财如命，不肯出血，讨价还价，最后只答应酬谢一万大洋，而且先交五千，出狱后再付清余数。那个老洋鬼子收下他五千大洋的订钱，非但不为他开脱罪名，反而夸大其词，落井下石，害得他被判处十年徒刑。这一来，他可爱命而轻财了，四处拜门，八方行贿，上上下下折腾了几个翻身儿，花掉了六万大洋，损失惨重，才算出狱。他回到碧水湾，很像是万念俱灰，在门前栽了五棵柳树，影壁上刻写了《归去来辞》，书房命名陶庐，说是要学陶渊明，退隐林下，与世无争了。他自知恶名昭彰，便换了一副嘴脸，变了几套戏法，沽名钓誉。夏天舍暑药，冬天开粥厂，别的地主租收六成，他收五成五。然而，他巧立名目，盘剥更重。例如，他家每年大兴土木，所有佃户都得支付无偿劳动；他家每年祭祖做寿，长工佃户们都要感恩献礼。对于这些地租之外的掠夺，长工佃户们早已难以忍受。最近，他那个土匪头子出身的盟兄汤金銮，来到通州当镇守使，他那夹起的尾巴又翘了起来，缩着的脖子又伸了出来。三天前发下话，要给他那个宝贝儿子办二十三岁生日。他的儿子名叫田中玉，是潞河学院的大学生，大学生都是天上的文曲星下界，当然是大富大贵之命，非比凡夫俗子，所以小生日也必须大办。田中玉是属虎的，虎是地支的寅，要铸一只银虎取吉利。相书上二十三岁是鬼门关，还得打一只金锁，一条金链，将这只银虎锁起来，拴牢固，才能富贵长命。这一切开销，都要从长工佃户们身上榨出来，以表对于小主人的忠心。龙乌雅血气方刚，挺身而出，带头抗礼。他家是田连阡的佃户，他又在家扛长工。于是他先串联了鹊桥村的各家佃户，又串联了长工棚里的伙伴们。田连阡发觉了他的活动，给他栽了个煽动愚民，犯上作乱的罪名，要将他扛枷游街，站笼示众，而后送镇守使衙门严惩不贷。他打伤了两个抓捕他的团丁，逃出碧水湾。

"雅哥，你打算逃到哪儿去？"夏竞雄问道。

"搞枪去！"龙乌雅目光炯炯地说，"赤手空拳斗不过田连阡，我打算先去当几天兵，等发下枪支子弹，就带上枪开小差，回碧水湾找田连阡算账。"

"这个主意不好！"蔡松鹤摇头，"到军阀的部队里去当兵匪，有污清白。"

龙乌雅笑道："要摸鱼，也就不得不蹚浑水。"

"便宜行事，并无不可。"叶兰委婉地插话，"不过，军阀队伍对于士兵的束缚很多，携枪潜逃，未必轻而易举。而且，驻扎北运河的是汤金銮的部队，他是田连阡的盟兄，你到他那里当兵，不是自投罗网吗？"

龙乌骓浓眉一拧，烦恼起来。

一直沉吟不语的夏竞雄，眼睛忽然一亮，说："不去当军阀的兵，枪跟田连阡要。"

"着！"龙乌骓一点就透，喜上眉梢，"田连阡的团丁平日吊儿郎当，不是宝局子里赌钱，就是集市上诈财，再不就是黑夜里钻狗洞。我躲在暗处，趁他不备，饿虎扑食，收拾一个就是一条枪，比当兵便利多了。"

夏竞雄说："你也不要单枪匹马。"

龙乌骓说："我有几个生死弟兄。"

"好！"夏竞雄转过身，向蔡松鹤笑了笑，"我想助骓哥一臂之力，兰姐陪您去广州吧。"

"兄弟，咱们鹊桥就缺少你这个文才呀！"龙乌骓兴奋地说，"田连阡有文有武，咱们也得文来文对，武来武挡。"

叶兰问夏竞雄道："你打算如何协助乌骓大哥呢？"

夏竞雄兴致勃勃地说："我回通州，发动春草社员，向各界展开宣传，周刊出版专辑，揭露田连阡的罪恶，唤起社会同情，造成舆论压力，迫使田连阡停止暴敛。如果他藐视公论，顽固作恶，骓哥他们在乡下夺枪动武，我们在城里口诛笔伐，两下夹攻这个恶势力的代表。"

"事关重大，要深思熟虑。"叶兰问龙乌骓，"大哥，田连阡哪天给他儿子办生日？"

"七月十五。"

"还有半个月。"叶兰算了算，"我们三四天之内到达广州，立即向姑父报告此事，请他指教。然后，我迅速将他的意见用快信通知你们，你们再采取行动。"

夏竞雄说："我们一边等你的信，一边进行筹备。"

"乌骓大哥，你看呢？"叶兰问。

"我听你们的！"龙乌骓憨笑道，"请问，那位姑父是什么人？"

叶兰跟夏竞雄对视了一下，回答说："他是为天下穷苦人办事的人。"

"请他到咱们北运河来呀！"龙乌骓热切地说，"带领咱们北运河穷苦人，铲除田连阡，种地不交租子，赶走汤金銮，立一个给穷苦人撑腰的衙门。"

"我一定将你的心愿，转达给他。"叶兰坐到父亲身边去，"爸爸，跟竞雄血肉相连的乡土乡亲，正在遭灾受难，热血男儿怎能无动于衷，隔岸观火呢？"

蔡松鹤心情沉重地说："为民请命，义不容辞，我担心他重蹈你夏伯父的覆辙。"

夏竞雄笑嘻嘻地说："我走姑父的路。"

叶兰给龙乌骓补了一张到下站码头的船票，匆匆吃了午饭。船到站后靠了码头，夏竞雄和龙乌骓向蔡松鹤告别，叶兰送他俩上岸。

客轮在这个码头只停留十分钟，叶兰和夏竞雄站在河畔的凉亭里，相对无语。汽笛响了，叶兰仰起脸来，眼里充满柔情和忧虑，说了一句："多一点理智。"然后，摘下头上那朵火红的康乃馨，放进夏竞雄的书包里，跑上船去。

船开了，夏竞雄那深情的目光，追随着在江天之间渐渐远去和缩小的客轮；直到客轮入一道河湾，树木和芦苇遮断了他的视线，他才走出凉亭。

龙乌骓不愿等候回程客轮，跟夏竞雄握别，浮过河去，钻青纱帐，走八十里旱路，天黑可到鹊桥村。

6

夏竞雄返回通州，就直奔东门里喜鹊胡同的一座大杂院，去找冯文藻。

冯文藻是国文系三年级学生，跟叶兰同班，已经三十一岁，而且有了三个孩子。他性情柔弱，但是做事任劳任怨。他又很有几分迂腐，谈吐动作有时颇为滑稽可笑，所以平步云给他取个外号叫马二先生，王无冕管他叫究翁，也就是老学究的意思；只有叶兰和夏竞雄不取笑他，亲切地叫他冯兄。

他当了八年小学教员，后来为了在学问上有所成就，考进了潞河学院。他的古文根底很深，又写一手好字，本科功课全是优等，却由于英文一门怎么也优不起来，享受不到奖学金。又要缴纳昂贵的学费，又要养家糊口，他不得不在课外兼差，在两处公馆当家庭教师，又给教授学者们誊写讲义文稿。他的妻子姜翠花，还做个小买卖，挎小篮在十字街头卖香烟。

昨天晚上，夏竞雄曾到冯文藻家来辞行。他很喜爱冯文藻的三个孩子，昨天给孩子们买了一大堆瓜果，现在他又给孩子们买了一大包糕点。他走进大杂院，刚要呼叫孩子们的名字，却听见姜翠花尖着嗓子正跟冯文藻喊叫："你写那劳什子文章有屁用！一文钱也拿不到，反倒得罪了陈青桐教授，一大本子文稿不给你誊写了，丢了多大一笔生意！孩子大人一窝七口，吃什么呀，喝西北风去？"她的声音又尖又高，非常刺耳，十足表现出她是个刁泼的女性。

姜翠花的老爹诨名姜子牙，在道台衙门当衙役。冯文藻的老爹在道台衙门当文书，两人同事又相好，就做了儿女亲家。后来，姜子牙发了一点小财，开了一个规模不小的招商客栈，所以姜翠花也算是富生富长。而冯文藻的老爹一不会生财，二又不走运，到老还是个穷酸，姜子牙就想退婚，姜翠花倒很有情义，寻死觅活非冯文藻不嫁，父女俩三击掌，断绝了骨肉之情。姜翠花跟着冯文藻过穷日子，并不怨悔，为了丈夫上大学，她甘愿吃苦。但是，她要跟老爹赌这口气，一心只求丈夫给她脸上争光，逼命一般催迫冯文藻向上爬，攀高枝儿；冯文藻偏是个古板脾气，不通此道，所以夫妻之间常常口角。

那位陈青桐教授，是潞河学院四大博士之一，以在外国论孔孟得博士头衔、回中国谈莎士比亚无与伦比而大名鼎鼎。也许他写惯了洋文，写起中国字来也洋气得很，不但歪歪曲曲，而且错字连篇，因而他的文稿都是雇用冯文藻誊写，就连题签，也是冯文藻捉刀代笔。这位买空卖空的学者，虚名日高，头脑膨胀，竟以为自己真是学贯中西，博古通今，无比高明。不知怎么忽然热昏起来，在潞河学院出版的《文华》季刊上，用欧化的骈体文字，大放厥词，攻击新文化是低能文化，鲁迅先生不学无术。他又自命高雅，乱点古书，断章破句，错误百出。春草社的社员们义愤填膺，决定剥露他的真相，戳穿他那纸糊的桂冠。夏竞雄写了一篇尖锐犀利的批评文章，驳斥他的复古崇洋；叶兰用妙趣横生的笔法，翻译他那文理不通的欧化骈体大作；王无冕又模仿他那文理不通的欧化骈体，骂得他狗血喷头；平步云的外文很好，查阅了莎士比亚原著，指出他对莎士比亚的研究还不够半瓶醋；冯文藻的古文和语法造诣很高，列举了他在用典和标点上的谬误。这一来，这位金玉其外的博士，被刮掉了表皮上的一层镀金，露出了败絮其中，而那顶纸糊的桂冠，也被戳穿了大小无数个透明的窟窿，落得个仰面唾天，吐沫掉在自己的眼里。大博士而小气量，他在夏、叶、王、平身上无计可施，就在冯文藻身上撒气，收回了交给冯文藻誊写的文稿，还逼着冯文藻偿还他预付的誊写费。冯文藻倒不以为憾，姜翠花却像割了肉一样，便跟冯文藻大吵大闹。

这个小市民习气的女人，好虚荣，势利眼，在她的心目中，夏竞雄的祖父是皇上点过的翰林，父亲是官府闻名丧胆的革命党，岳父是四大博士之一的名教授，本人又是年年都得奖学金的潞河学院高才生，如此非凡的贵人，肯于跟她丈夫往来，到她家里做客，真是蓬荜生辉，门庭光耀；因而也就抬高了她的身份，向外人吹嘘，气一气老爹。她记得，当年道台大人的一个姨太太的娘家堂弟，到她家吃过一顿饭，她爹就美得逢人便夸口。

冯文藻一家，住在后院三间鸽子笼似的小东厢房里，挤得转不开身，热得像蒸锅。这时，姜翠花正在她的卧室里给最小的孩子喂奶，一边指鼻子剜眼地数落丈夫，一边还叫丈夫用力气给她扇凉。外屋，年老失业的公公，鼻子上架着一副老花镜，躬腰曲背地伏在一张瘸腿八仙桌上，哆里哆嗦地手握毛笔，誊写冯文藻揽来的小件文字。老婆婆在房山的阴凉里，守着炉子在蒸窝头。两个孩子肚子饿了，哼哼唧唧磨着奶奶，要吃的。

夏竞雄赶忙走过去，打开纸包，把点心分给他俩。

"妈妈，夏叔叔又给我们买点心！"大孩子欢喜地喊道。

卧室里，姜翠花的吵闹戛然而止。

"哟！竞雄兄弟，你还没有上船呀？"姜翠花热辣辣地叫着，把孩子塞给冯文藻，慌忙从吊竿上拉下她的花洋布小衫子，穿在身上，眉开眼笑地迎出来。

她不但是这个家庭的大总统，而且是这个家庭的外交总长，来客必须她应酬，冯文藻只能充当陪坐的配角。

夏竞雄含笑点了点头，说："大嫂，我来找冯兄商量一件事。"

姜翠花冲屋里喊道："你还不快出来呀！一脚踩不死个蚂蚁，真急死人。"

冯文藻抱着孩子出来了。他瘦高瘦高的个子，眯着深度的近视眼，大热的天仍然端端正正穿着蓝布长衫，小圆口布鞋，黑色袜子，一副老气横秋、循规蹈矩的学究气。

"竞雄，怎么尚未启程？"

"改变了计划，"夏竞雄说，"叶兰去，我留下。"

"屋里坐吧！"姜翠花接过冯文藻手里的孩子，"文藻，你到街上去割肉，买西瓜，留竞雄吃饭。"

冯文藻愕然。他身无分文，难道叫他将身上的长衫抵押给肉铺和瓜果店？

夏竞雄一刻也不想在冯家停留，忙说："不打扰了，冯兄跟我走吧！"

姜翠花正好下台阶，也忙说："竞雄兄弟，你急着去办大事，我就不敢强留你了。过两天你一定来，我给你做好吃的。"

她嘻嘻哈哈一直送夏竞雄到大杂院门外，这是为了叫同院二三十家邻居都看一看，她家有贵客登门，因而她在全院也就高人一等。

走出喜鹊胡同，夏竞雄问冯文藻："生活困难，你怎么早不跟我或叶兰讲？"

冯文藻苦笑一下，说："并不严重。"

夏竞雄说："《春草》自从发行三千份以上，每期都有结余，你就拿去用吧，我想步云和无冕也会同意的。"

"不，不！"冯文藻脸色严正，"《春草》今后还要发展扩大，必须积累资金，我怎么能损公肥己？"

"但是，少米缺柴，大嫂吵闹，你日夜不得安宁，怎么工作？"

"无冕正在给我想办法。"冯文藻说，"《民言报》约他编一个《青年园地》副刊，他要我帮他看一部分稿件，每月再给这个副刊写一篇重点文章，他把二分之一的编辑费分给我。"

"怪不得无冕这几天不照面，原来在跟《民言报》做交易呀！"夏竞雄恼怒地说，"咱们五个人有过约定，同心同德，全力以赴，办好《春草》。现在，《春草》还很幼嫩，他却违背诺言，放弃园丁的职责，奔走经营自己的前程，这是不能允许的。"

冯文藻忧心忡忡地叹了口气，说："无冕野心勃勃，一心想成就无冕之王的大业，他觉得《春草》这片小天地，不足以大展鸿图。明年他就毕业了，很想到《民言报》大显身手；所以这些日子，他一直在游说《民言报》主笔韩识荆，提出种种改良方案，企望得到重用。韩主笔把这个每周只占四分之一版的小副刊交给他编辑，明明是为了测验他的才干究竟如何；他要大逞其能，也就无心《春草》了。"

"这个小副刊的宗旨是什么？"

"指导青年读书、恋爱、娱乐三件大事。"

"欺人之谈！"夏竞雄大声说，"现在，最紧迫、最首要的是唤醒青年，起来打倒列强，铲除军阀，推翻这个人吃人的社会。"

他的声音很高，言辞激烈，惊动了街上的行人。冯文藻慌了，拉他拐到另一条街上，说："咱们五个人，有个共同的理想，都要为民众做好事，不做坏事。无冕主编这个小副刊，对于民众，总还无害，就不必对他求全责备了。"

冯文藻老实善良，对人总是忍让；王无冕欺他柔弱，常常尖酸刻薄地挖苦他，他都以友情为重，不肯反唇相讥一句。他很清楚，王无冕编辑这个副刊，并无为民众服务之心，只不过是为了开拓自己的锦绣前程。约他看一部分稿件，也不是为了解决朋友的生活困难，而是因为他不争编辑费，并且每月写一篇不拿稿费的重点文章，等于是为王无冕无偿佣工。但是，为了友情，为了做好事，他都不去计较。他跟夏竞雄感情深厚而亲密，从严以律己，宽以待人的观点出发，他反而替不守诺言的王无冕辩护。

"无害？未必！"夏竞雄冷笑，"现在就有一件对民众有好处的事，他肯做吗？他编辑的这个副刊，能够有所表示吗？"

"什么事？"

"我是路遇不平，决定拔笔相助，才跟叶兰换位，半路折回的。"夏竞雄叙述了他跟龙乌骓的相遇，"我们春草社一直高喊向社会黑暗发动猛烈进攻；现在，田连阡这个恶势力的代表，正在残忍地压榨和迫害劳苦大众，我们应该把口号变为行动，对田连阡展开口诛笔伐，援助劳苦大众的反抗斗争。"

冯文藻激动地说："不平则鸣，岂能装聋作哑？见义勇为，谁能袖手旁观？与恶势力战，我愿与你一致行动。"

"所以，我一下船，就来找你。"夏竞雄说，"我还要找步云和无冕商量，召开社员大会，兴师动众。但是，听你介绍无冕的近况，我怀疑他敢不敢见义勇为？在他编辑的副刊上，敢不敢不平则鸣？"

"我去把他找来！"冯文藻说，"他一向自夸为炮手，如果临阵不前，我就拒绝在《青年园地》上跟他合作。"

说罢，他把夏竞雄扔在人行道的树荫下，大步奔向民言报社，独自去找王无冕。

7

三百里北运河二十二县，《民言报》是一张独一无二的日报。刊头上，每天都印有它的办报宗旨："为民喉舌，仗义执言。"其实，对于政治问题，它是噤若寒蝉，一言不发的。而每逢发生凶杀、抢劫、偷盗、拐骗，尤其是桃色事件，它的喉咙可就加倍放大，舌头极其伶俐，大声疾呼，震耳欲聋起来。主笔韩识荆，天津一家英文报馆的侍应生出身，为人玲珑剔透，聪明绝顶。他在版面编排上，也用八个字概括："五花八门，雅俗共赏。"新闻消息不但要新，而且要快；不但要快，而且要奇。因此，《民言报》的版面上，每天都有几条耸人听闻的咄咄怪事，令人目瞪口呆，拍案惊奇。他非常重视广告栏，四版有两版半登广告，收入巨额广告费。他认为，广告的内容无奇不有，是最丰富的社会新闻；广告的文字最为自由，广告栏又是别有风味的副刊。因而，他亲自主管广告栏；不但雇用几个专门兜揽广告生意的跑街，而且聘有几个专门代写广告的无聊文人。

这个独一无二的报馆，坐落在通州西大街路南，栅栏墙，藤萝架，小白楼，过去原是一家白俄开的赌场。主笔韩识荆坐镇顶楼，高高在上。

韩识荆轻浮、狡诈、无耻。他十五岁到天津一家英文报馆当侍应生，伶俐乖觉，学会一口流利的英语，很得主子的欢心。十七岁当上跑街，兜揽广告生意，神通广大；后来被破格提升为外勤记者，采访各界新闻，无孔不入。他凭借英文报馆这块护身符，四面八方，上下左右，交际极广，暗中充当密探。天津的青年学生，成立革命团体觉悟社，传播革命思想，开展爱国活动，他接受省政府警察厅的高额津贴，以记者身份，刺探觉悟社领导人的动态，向警察厅告密。他的罪恶勾当被革命青年发觉，有一天在街头将他包围，想要抓住他，召开爱国学生大会，公开审判他的罪行。他狼奔豕突，东逃西窜，亏得他多年跑街，熟悉地形，终于逃进租界，扒上工部局的墙头，投入主子的怀抱，跌折了一条腿，在医院躺了半年，成了跛脚。他的面目暴露，在天津难以存身，就跑到通州来办报。当时，通州市只有一个《万花筒》旬刊，是一个专供茶余酒后消遣无聊的黄色杂志，主编杜病鹃，是一个老牌鸳鸯蝴蝶派文人，以撰写香艳言情小说出名。在杜病鹃周围，聚拢着一帮子文丐和文氓，每一期《万花筒》上，都充满低级趣味，塞满文字垃圾。所以《万花筒》又有一个雅号，叫剁花马桶。在五四新文化运动的沉重打击下，这个马桶杂志已经穷途末路，混不下去了。韩识荆贱价收购了它，也同时留用杜病鹃和他的原班人马，不过都经过一番梳妆改扮，变换了笔名，才又重新出场。韩识荆凭着他那花样翻新的脑瓜，见机行事的手段，两三年来竟使《民言报》风行一方，每天卖到五六千份。

忽然，《春草》周刊异军突起，以它那朝气蓬勃的青春活力，冲击着已经翻不出新鲜花样的《民言报》。《春草》创刊不久，就已经发行三千多份，而且影响还在扩大，印数还在增加。《民言报》却直线下降，每天只卖四千份左右。韩识荆惶惶不安了，他痛感杜病鹃之流，都是泥猪癞狗，思想落伍，文字守旧，迫切物色一个得力干才，襄助他的中兴。就在这时，怀有个人野心而在《春草》周刊得不到满足的王无冕，投书给他，提出改良《民言报》的种种方案，正合他的口味，便邀请王无冕跟他会晤。但是，一见之下，他对于王无冕的狂妄自负，态度专横，又很不放心，所以只肯每周拨给四分之一版，叫王无冕小试锋芒。

王无冕虽然答应下来，但是大材不甘小用，顽强地要从韩识荆那里争取更多的用武之地。冯文藻到《民言报》来找王无冕，王无冕正在顶楼上的主笔办公室，跟韩识荆密谈。

韩识荆三十一二岁，油头粉面，西服革履，留一抹漆黑的小胡子，一副典型的西崽相。他半躺在沙发上，靠着一只绣花湘缎的倚枕，审阅王无冕拟订的《青年园地》编辑方案，一只手指转动着玩弄一条金表链，眼珠儿滴溜溜转。

王无冕大口大口地吸着烟，焦躁地在地板上走来走去。

他短粗个子，一双暴眼，满脸粉刺，乱蓬蓬的狮子头，穿一身旧西服，打一条皱巴巴的领带，脚下一双破皮鞋。但是，他的神气，却是自命不凡，目中无人的。这个破产的牙行经纪的儿子，有着强烈的贪婪性和冒险性，为了攫取金钱和地位，敢于不择一切手段。在潞河学院，他很穷困，又长得丑，唇红齿白的公子哥儿，花枝招展的小姐们，都看不起他，不理睬他，大大刺伤了他那狂暴的自尊心，极端仇视那些没有好脑子却有好老子的绣花枕头。他好发怒，好吵架；平时显得忧郁、阴沉、怪僻，发起火来像个狂人，凶暴、恶毒、兽性。他加入春草社，一方面是为了在《春草》周刊上发泄胸中的恶气，一方面是想把春草社和《春草》周刊攫取到手，作为他个人事业的垫脚石。但是，他德不如叶兰，才不及夏竞雄，性情没有冯文藻温和，模样儿没有平步云俊美，谁也不跟他跑。他的野心不能得逞，便另找出路，转而打《民言报》的主意。他跟韩识荆谈过话以后，发现韩识荆不过有一点耍滑头的小聪明，而胸无大志，目无远见，因而更引起他的野心勃发，要把《民言报》抓在手里，取而代之。

"方案很好！"韩识荆夸奖王无冕的方案，点起一支香烟，喷了个烟圈儿，"头三期打响，就能挖走《春草》一千订户。"

"没那么容易！"王无冕鼻孔里冷笑，"每期四分之一版，只发三千字，怎能跟实力雄厚的《春草》对抗？"

"给你半个版，如何？"

"不行！"

"老弟，看你好似一头虎，原来却是一只鼠！"韩识荆讥笑道。

王无冕发怒了，站住脚，虎视眈眈，瞪着韩识荆，粗声粗气地说："《春草》适应时代潮流，投合青年心理，叶兰和夏竞雄又不断革新改进；而你面对强敌，仍然抱残守缺，缩手缩脚，畏首畏尾，不求更新进取。我敢断言，如此下去，半年之内，《民言报》必将寿终正寝，关门大吉。"

韩识荆的头上冒冷汗了，他的眼珠儿转个不停，脑瓜子里在紧张地拨弄小算盘。忽然，他奸诈地一笑，说："老弟，请你向叶、夏二位疏通，希望双方珠联璧合……"

"然后将《春草》兼并？"王无冕板着面孔问道。

"嘻嘻！"

"发昏！"王无冕嗤之以鼻，"叶兰和夏竞雄的头脑已经赤化，跟你是不共戴天，势不两立的。"

"看来，他们是要踢我的场子，抢我的码头啦！"韩识荆眼睛放出凶光，一副租界里的流氓相，"老弟，你帮我铲除这株春草，拔我心头之刺，我必重谢你。"

"你这是一石二鸟之计！"王无冕狞笑道，"借我之手，砍掉春草，也断绝了我的退路，只好一头栽到你的怀里，卖身给你当个舐报屁股的奴才。我才不想因小失大，廉价拍卖自己的灵魂。"

韩识荆狠了狠心，说："我给你一个整版。"

"小恩小惠！"王无冕不肯贱卖。

"等你毕业之后，当我的副主笔。"韩识荆又开了一张空头支票。

"画饼充饥！"王无冕不上钩。

"你开价吧！"

"全盘接受我的改良方案。"

韩识荆从沙发上弹了起来，眼珠子都红了，恶狠狠地叫道："我是人上人，不想当傀儡。"

"我也不是屈居人下之辈！"王无冕咆哮着，扭头就走，"等着吧！我要在《春草》上，向你猛轰连珠炮，把你这个人上人炸得灰飞烟灭。"

"老弟，有话好讲！"韩识荆跛着腿追上去，扯住王无冕的胳臂，"只要你真能将春草除掉，我一切依你。"

王无冕伸出手来，说："空口无凭，立约为证。"

韩识荆硬着头皮，走到写字台前，拔出金笔，写了一张赌咒发誓的字据，交给王无冕，说："我言必信。"

王无冕接在手里，扫了一眼，撕成碎片，扔进字纸篓里，神气十足地说："我不过是一句戏言耳！小弟侠肝义胆，一向为朋友两肋插刀，颇负虚名；但是，有谁知恩不报，自食其言，我也能残酷无情，把刀插进他的两肋。"

韩识荆一阵发冷，说："我是知恩必报，绝不食言，请你把除草妙计说出来吧！"

"我已经动手。"王无冕也歪倒在沙发上，跟韩识荆平起平坐，"春草社的五魁，各有特点。叶、夏和我不必讲，冯文藻的特点是柔弱、贫困、惧内，可以利诱。但是，冯文藻为人古板，跟夏竞雄交情甚厚，所以必须采取迂回的方式，从他妻子身上下功夫。我请他助编《青年园地》，分给他一部分编辑费，他答应了，这就上了钩。在我的方案中，主张大办形形色色的副刊，以迎合各种类型的读者；其中有一个副刊，我拟名为《古香》，专门介绍古代的文坛掌故，野史逸事，聘请冯文藻编辑，每期二元八角———一袋兵船面粉的编辑费，他的妻子会欣喜若狂的。"

"可以，可以！另外一魁的特点呢？"

"我们那位生活在幻梦境界中的诗人平步云，衣食不愁，微薄的金钱买不动他的心。"

韩识荆慌忙说："我不会印制钞票，不能挥金如土。"

王无冕故作惊人之笔，笑道："收买他，你可以不花分文。"

"收买，还有不花钱的？"韩识荆大惑不解。

"平步云图虚名而不贪实利，"王无冕说，"以你的名义，写一篇评论他的诗集的文章，不要吝惜赞美之词，最好将他比作雪莱。"

"我从来不读诗，更没有读过他的大作。"

"我手里有两本，拿给你看看。"

"我对写什么文艺评论，一窍不通。"

"请杜病鹃代笔，不过文字切忌陈腐。"

"好，好！"韩识荆哧哧发笑，"他喜欢高帽子，我就多送他几顶。"

"此外，你还得拿出一版半的篇幅。"

"干什么？"

"平步云正在迷恋教务长章通伯的女儿章涟漪，写了一首爱情长诗《心曲》，想要登在《春草》上。夏竞雄反对，叶兰也不同意，冯文藻附和他俩，所以没有发表，他很不高兴。《春草》不登咱们登，平步云就会引我们为知音。"

"难道在《青年园地》上分期刊载，还不行吗？一版半登广告，我能收入几百块的广告费。"

"开口闭口，总是锱铢必较，怎么能成气候？"王无冕又横眉立目，不耐烦了，"铲除《春草》，报纸销路倍增，将会有多少个几百块落入你的腰包？"

"依你，依你！"韩识荆忍痛牺牲，"可是拉过了冯、平二人，《春草》就一定能除掉吗？"

"我还有一条自掘坟墓之计。"王无冕阴险地说，"叶、夏二人，特别是夏竞雄，思想越来越赤化，文章越来越过激，早晚惹恼了当局，勒令停刊。为了促其早死，我更推波助澜，火上浇油，激怒当局采取断然措施。"

"高！"韩识荆拍掌称快，"新任镇守使汤金銮属下的三团团长马千乘，保定士官学校六期出身，家住天津租界，我跟他曾有一面之识，必要时可以请他武力解决。"

"我更有通天之路！"王无冕得意地说，"我的同学，政经系的田中玉，其父田连阡跟汤镇守使是结拜兄弟。"

"真是天助我也！"韩识荆手舞足蹈，"老弟，你来介绍，我跟田中玉结识结识。"

王无冕脸一沉，说："咱们还是各妍一个，别闹得争风吃醋吧！"

这时，看号房的老头爬上楼来，说："有位冯文藻先生，来找王先生。"

韩识荆忙装出一副礼贤下士的样子，说："有请。"

王无冕却一挥手，说："告诉他，我已经走了。"

等看号房的老头下了楼，韩识荆问道："冯文藻送上门来，你怎么拒而不见？"

"跟这位究翁说不通，"王无冕说，"你写一封请他编辑《古香》的聘书，再让账房预支给我二十块大洋，我去诱惑他那位见钱眼开的夫人。"

冯文藻没有找见王无冕，就跟随夏竞雄去潞河学院，找平步云。

8

已是黄昏，协和湖静悄悄，湖心小岛的一角，孤单单伫立一个人，凝望着夕阳从一片片的荷叶上，收拢它那返照的金光，湖面渐渐笼罩了暮色。他的嘴里嘟嘟哝哝，像一个梦游者在呢喃呓语。

他是一个眉清目秀的年轻人，脸色苍白，体质文弱，身穿雪青罗纱的长衫，白西装裤，黑皮鞋，更显得俊逸风雅。

夏竞雄和冯文藻刚走到湖畔，就看见了他。

"步云又在吟诗，不要扰乱他的文思吧？"冯文藻低低说。

夏竞雄笑道："我看还是打破他的迷梦。"说着，弯腰从甬路上拾起一颗石子，扬手投向湖面。

扑通一声，湖面溅起水花，惊飞一群水鸟。

平步云被吓了一跳，转过身来，忧郁的大眼睛似怨似怒地瞪着跑上小岛的夏竞雄："你真讨厌！"他的声音轻柔，像个女性。

夏竞雄说："我怕你打瞌睡，栽下水去。"

"恶作剧！"

平步云是江南人，他们那个地方盛产才子，他的父亲就是晚清江南一位不大不小的名士，诗词有温李之风。才子多病，名士风流。在他三岁的时候，父亲死于冶游，给他们母子遗留的财产不多。他母亲过惯了穿金戴银，呼奴使婢，珍肴美味的生活，几年就把那一点遗产花光了，撇下儿子，撒手归西。那时平步云刚念小学，便成了一贫如洗的孤儿，像一只嗷嗷待哺的小羊。幸而比他大十几岁的姐姐，嫁到一个办洋务而暴发的人家，不大情愿地收留了他，他也就开始了寄人篱下的生活。后来，他的姐夫林和霖留洋归国，应聘到潞河学院任教，带着他们姐弟北上，来到通州。他进入潞河学院附中读书，跟叶兰、夏竞雄和王无冕是同班同学。他长得俊美，女孩子性格，说话柔声慢调，又表字上青，嘴上无德的王无冕就管他叫颦卿——那本是林黛玉的芳字，称呼男性，是很侮辱人的。他骂不会骂，打无力打，只会气得珠泪满腮；他越爱哭，王无冕越爱逗他，他也就哭得更伤心，更委屈，更像女孩子。男同学里，只有年龄比他还小的夏竞雄同情他那寄人篱下的遭遇，反对本地学生欺侮外乡人，挺身而出保护他，以鹊桥村和盘山的野性，跟王无冕连打几架，打得王无冕不敢出口不逊了。从此，他跟夏竞雄建立了很深的友情，一有悲伤哀怨，就向夏竞雄倾诉衷肠。平步云的姐夫林和霖，英文名字叫乔治，是个典型的洋奴，在院长查理·金面前，像一只摇尾乞怜的叭儿狗，在院长太太玛丽·金的面前，像一只媚态的猫，因而当上学生指导长。他人格卑污，非常悭吝，对待平步云极其苛刻，动不动就疾言厉色。平步云的姐姐姿色已衰，早就被林和霖白眼相看，一天到晚战战兢兢，害怕遭到丈夫遗弃，哪里顾得爱护弟弟？生活在如此冷酷无情的环境中，平步云更加悒郁寡欢，自怨自怜。夏竞雄安慰他，更鼓动他敢于反抗，争取自立自主。但是，他就像孱弱的寄生藤萝，本身没有能够挺直的枝骨。进入大学，他学的是文科，夏竞雄学的是理科，两人虽不再朝夕相处，但也常常一起到湖畔散步，水上荡舟，土山登高，林中谈心。只是最近发生了隔阂，友谊冷淡了，原因是夏竞雄激烈反对平步云迷恋教务长章通伯的女儿章涟漪。

教务长章通伯是个反动政客。一九一九年五四运动时，他在省政府当教育厅长，疯狂反对新文化运动，挑动军阀镇压爱国学生，激起省会的学生罢课，教员罢教，工人罢工，商民罢市，上千名爱国学生包围他的住宅，扔石子，扬垃圾，他抱头鼠窜逃进租界，又从租界化装搭上了客轮，来到通州，投奔他留洋时代的同学查理·金，被委任为潞河学院教务长，主编潞河学院的学术杂志《文华》季刊。他的女儿章涟漪是外语系学生，洋腔洋调，洋装洋扮，浪漫轻佻，风流成性，自比出没于莱茵河滨的岩石之间，用艳歌诱惑舟人触礁沉船的女妖罗芮莱。于是，平步云也就被她诱惑而触礁。当时，章涟漪正跟田中玉和另一个男生搅得火热，忽然那个男生有所醒悟，退出了这场游戏。三缺一，章涟漪是感到乏味的，便将平步云拉来填补空缺。田中玉有钱财，平步云有文才，这一财一才好比荤素两道菜。田中玉的钱财能向章涟漪贡献贵重商品，平步云的文才只能向章涟漪奉献他的长诗。夏竞雄一发觉平步云卷入章涟漪的桃色旋涡，就想把他拉上岸来，以免灭顶之灾，平步云却执迷不悟，跟夏竞雄红了脸。接着，夏竞雄又反对在《春草》上刊登他那缠绵悱恻的《心曲》，他就更加误认夏竞雄故意刁难他，对夏竞雄越发不满，几乎断绝往来。

暑假，他本想跟章涟漪，度过一个美妙的仲夏。但是，章涟漪和林和霖充当查理·金与玛丽·金的伴驾侍从，到海滨避暑去了，也不跟他打个招呼。他伤心到极点，失恋的悲苦使他茶不思，饭不想，病病恹恹，甚至萌发了自杀的念头。

现在，他站立在湖心小岛上，凭吊落日的余晖，沉浸在幻梦之中，又想到死。夏竞雄的惊扰，把他拖回到现实中来，还有点舍不得脱离他那自编的梦境。

"到蔡先生家去！"夏竞雄拢着他的肩膀，好像他们之间并无芥蒂，"我和冯兄都饿了，看样子你也还没吃晚饭。"

平步云不饿，也懒得走动，但是夏竞雄是那么亲密和爽朗，他不能不顺从，只得跟他们走。

夏竞雄回到蔡宅，竺姨大吃一惊，还以为河上沉船，蔡松鹤和叶兰遇难，夏竞雄只身脱险。等夏竞雄说明来由，竺姨一块石头落了地，便唠叨起来："你扔下他们父女一路无依无靠，却跑回家来惹是生非，我不给你做饭吃！"

夏竞雄不过一笑。他知道竺姨有口无心，像母亲一样疼爱他。从上大学，他得到奖学金以后，除了星期日，他平日都在学校的饭堂免费吃饭；但是，家里一有较好的饭菜，竺姨总是叮咛叶兰叫他回来，然而仍不放心，必得亲自再跑一趟。夏竞雄的衣服自己洗，袜子叶兰补。不想劳累竺姨，她却跟他们怄气，不是数落夏竞雄洗得不干净，就是嫌叶兰补得不结实，总要她揽过来拆洗缝补才高兴。最令叶兰和夏竞雄感到头疼的，是竺姨老催逼着他们赶快结婚，为的是她觉得这个院子太冷清，急着抱上外孙儿，热闹起来。

夏竞雄也不跟竺姨争辩，就带着冯文藻和平步云到葡萄架下，摆上桌椅，商量他们的大事。他们的计划刚一商定，竺姨便端上晚饭，八个不同风味的炒菜和凉菜，还从蔡松鹤和夏竞雄自制的冰箱里，拿出四瓶啤酒。

吃过晚饭，已经晚十点了，冯文藻要回城里，平步云也怕他姐姐不放心，告辞回去；夏竞雄送他们走。

踏着青幽幽的月光，夏竞雄挽着平步云的胳臂，说："振作起来！写几首铁与火的诗篇，我们要跟田连阡和田中玉父子大战一场。"

"反正你总是看我的爱情诗不顺眼！"平步云怨声怨气地说。

"步云，开阔你的心胸吧！"夏竞雄激情地说，"我们正处于山雨欲来风满楼的时代，国家和社会大变革的时代。生逢这个伟大时代的青年，应该肩负起历史的使命。抛却个人的苦恼，跳出狭小的天地，投身到波涛汹涌的时代洪流中去。"

"竞雄，你比谁对我都好！"平步云眼圈儿一红，"我错怪了你，损伤了我们多年的友谊，真可恨，真该打。"

夏竞雄说："过去，我们的友谊只是情投意合，感情用事的产物是不牢固的。今后，我们的友谊应该是志同道合，才能经得住严峻的考验，永不凋谢。"

平步云低头不语。走到他姐夫的小洋楼栅栏墙外，只见楼上的一个窗台，坐着一个窈窕的人影，怀里抱着一只筝，抬头望月，长叹一声，拨动筝弦，弹奏一支幽怨的乐曲，那是他的姐姐。

"我不送你们了！"平步云呜咽着跑进楼去。

夏竞雄望着他的背影，发急地说："步云怎么就不能从这个笼子里飞出来？"

"家庭就是监牢！"冯文藻带着几分酒意，大发感慨，"竞雄，我要是像你一身无挂，真想海阔天高，鱼跃鸟飞，轰轰烈烈，壮丽一生。"

夏竞雄又挽着他的手，说："冯兄，你家室之累很重，目前又遭到柴米匮乏之困，我不但不能有所帮助，反而要你多付辛劳，很是不安。"

"不要这么讲呀！"冯文藻说，"我们是志同道合，并非财帛之交。"

他的心情从没有过如此昂奋，回家路上的脚步，也显得轻快有力。

但是，一进家门，姜翠花就兜头浇他一瓢冷水。

"你出去半天一晌，弄回多少钱呀！"姜翠花的脸上像下了一层霜。

冯文藻发怔地说："我跟竞雄商讨周刊社务之事，并未做谷粱之谋。"

"屁话！一家七张嘴，明天就得扎脖儿，周刊社务能当饭吃？"

"竞雄本来是要给想想办法的，我觉得于理不当，婉谢了。"

"你是缺心少肺，他是虚情假意。"

"闭嘴！"冯文藻青筋暴起，"竞雄是我最好的朋友，不许你满嘴喷粪。"

"最好的朋友！"姜翠花两手拍得山响，"最好的朋友在那儿！"说着，抬手一指桌面。

冯文藻走过去，睁大近视眼，只见桌面上放着一封大红信笺，附有一张便条，便条是王无冕写的。

究翁：

趋访未遇，怅甚。

《民言报》韩主笔思贤若渴，久慕我兄高才，数请于弟，代为致意。今新增办《古香》周刊，敬聘我兄主持笔政，每期编辑费二元八角。现特预呈礼金大洋二十元，以表衷忱……

"钱呢？"冯文藻问。

"花了个一干二净！"姜翠花喜气洋洋，扳着指头报账，"买了两袋兵船粉，一包西贡米。给你买了一件西式短袖汗衫，一条米黄色西装裤，穿起来多精神！我也扯了一身衣料，换换新，也是你的体面。另外，给孩子一人买了一件新背心，别再野孩子似的光身露腔。满想给老两口买点穿戴吧，一数手里的钱，所剩无几了，就给他们买了二斤绿豆糕。也算瓜子不饱是人心。"

冯文藻茫然若失，坐在破椅子上，说："钱不应该接。接了也不应该花。"

"有钱不花，丢了白搭！"姜翠花笑嘻嘻，"无冕兄弟说了，你过去是无价宝珠土里埋，如今是时来运转放光彩。以后，你又编报，又卖文，闹好了一个月总有二十块上下的进项，再不必腰折三道弯，趴在桌上当抄写匠，累得头晕眼发黑，还挣不到几壶醋钱。我呢，夫荣妻贵，托你的洪福，也不必再到十字街口提篮叫卖，让那些轻薄小子，品头评足，丢你的脸。"说着说着，伤感起来，抹起眼泪。

冯文藻叹了口气，望了望这间斗室，只觉得这个狭小的牢笼，还在缩小、缩小。他霍地站起身来，像是要挣脱绳索，冲出牢笼而去。但是，他一眼看见坐在床头，抽抽噎噎的姜翠花，不禁心软了。他轻轻走过去，把两手按在她那瘦削的肩头，说："那么，明天不必上街了。"

姜翠花破涕而笑，倚在他的身上，沉浸在甜丝丝、酸溜溜的幸福中。

9

送走冯文藻和平步云，夏竞雄写了一夜，黎明时刚打个盹儿，又被叫天的鹡雀儿吵醒了。他站立在窗口，眺望天边的曙色和稀稀落落的晨星；北运河上升起的水雾，正向静穆的田野上弥漫开来。

经历了十分激动的一日一夜，他已经冷静下来，理智起来，看到了个人和他们这个小社团的力量不足。这时候，叶兰的深思熟虑，耐心细致，沉着镇定，最能给他以启发和充实。但是，现在叶兰在海轮上，也许还在熟睡，也许正站在甲板上，观赏海上日出那浑厚壮丽的画面。叶兰远在千里，海天之间。他的心一阵波动，强烈地思念叶兰。

　　他必须依靠他们的社团，将广泛而分散的社员集合起来，列成战阵，才有威力。然而，主将中，冯文藻的柔弱、平步云的空虚、王无冕的居心叵测，在暴风雨到来之时，在时代洪流的冲击面前，都未必骁勇而坚强。于是，他想起两个真正知心的朋友，一个是坚强的谷铁铮，一个是骁勇的鹿鸣。

　　谷铁铮跟夏竞雄是高小同学，又是同桌，两人非常志同道合。谷铁铮家境贫寒，念完高小，上不起中学，就考入官费的师范学校。毕业后，他先后到北运河东岸和盘山中教小学。他为人侠肝义胆，好替穷人抱打不平，专跟欺压百姓的地方头面人物打官司；官司打输了，他能写会画，就把这些头面人物的丑恶，画成画，写明白，张贴在通衢大道，集市广场。所以，他教了四年书，换了八个学校，最后被开除出教育界。他一点也不可惜，脱下长衫，剃了光头，到鲁班庙入册当画匠、油漆匠和糊棚匠。如今，他虽然靠耍手艺吃饭，每天仍然喜爱读书看报；《春草》出版，他就订了一份，还将他在乡村山寨的所见所闻，写成文字，送交夏竞雄，夏竞雄略加修改润色，都在《春草》周刊上刊登出来。于是，他的写作兴趣更高，一遇不平之事，就发不平之鸣，写成不平之文。他的文字嬉笑怒骂，尖锐泼辣，痛快淋漓，简短通俗，就像他为人的性格。他主张《春草》周刊的内容，要更富有战斗性。

　　鹿鸣是个十八岁的青年人，原是工业学校的学生，由于经费缺乏，工业学校停办了，他失了学，就到工厂去当机器匠，人们都管他叫小鹿师傅。他心灵、手巧、热情、大胆、活跃、敏捷，最能合群，组织力强。他阅读了《春草》创刊号，怀着激动和钦佩的心情，跑到潞河学院找夏竞雄交朋友。他入了社，但是不会写文章，就给《春草》周刊当推销员。而且，经常反映读者的要求，提出精辟的意见。他最爱读夏竞雄的随感录和评论，说："竞雄哥，读了你的文章，冷血也要沸腾，热血更要燃烧。"他也喜欢叶兰的散文，说："叶大姐文如其人，有情有理，令人心悦诚服。"对于冯文藻的文字，他摇摇头，说："令人昏昏欲睡。"他很轻蔑平步云的诗，说："花露水，送给小姐们享用吧！"他尤其厌恶王无冕的空炮文章，说："黔驴之吼。"他主张春草社要更具有社会性，广泛吸收社员。

　　谷铁铮和鹿鸣的意见，很引起叶兰和夏竞雄的深思。

　　想到这两位坚强骁勇的朋友，夏竞雄激情满怀。天将破晓，他冒着清晨的凉气，跑到协和湖浮了几圈水，只觉得神清气爽，耳聪目明。吃过早点，兴致勃勃地到鲁班庙去。

鲁班庙坐落在北门里，庙宇很小，青泥素墙，三间正殿，两间耳房，一座更楼，四外却都是合抱粗的苍松古柏，庙门前砖砌十八级台阶。夏竞雄刚到庙前，谷铁铮正走出庙门。他是个瘦高个子，行动矫健有力，深眼窝，高鼻梁，目光凛若寒星，上唇留着板刷似的黑胡髭，头戴一顶斗笠，身背着画囊，敞穿白粗布小褂儿，下身是肥大的灯笼裤，踢死牛的靸鞋，完全是个有板有眼的工匠，没有一点知识分子的影子。还没等夏竞雄打招呼，谷铁铮抢先喊了一声："竞雄！"快步走下十八级台阶，握着夏竞雄的手，低声问道："有事吗？"

"你领到工牌没有？"夏竞雄问。

"给你们那位贵同学田中玉的小公馆画影壁。"谷铁铮抬头看见一个瓦匠从庙门里走出来，扬手将木刻的工牌扔过去，"老何师傅，劳你大驾，替我把工牌交回大柜，我今天不侍候了。"

夏竞雄说："咱俩一同去找鹿鸣，找个地方谈谈。"

"奉陪！"谷铁铮笑道，"我很喜欢小鹿师傅，他有点像你。"

"像我？"

"没有你深沉大器，也没有你的学识才华，可是比你爽快开朗，比你平民化。"

"我不平民化？"夏竞雄脸红了。

谷铁铮那寒星一般的目光，在夏竞雄身上打了几转，微微一笑，说："潞河学院的学士风度。不过，没有洋奴气。"

"你今天怎么对我评头品足起来？"夏竞雄纳闷地问道。

谷铁铮不回答他，却又问道："有个罗擒虎，你认识不认识？"

夏竞雄想了想，说："不认识。"

"小名叫爬山虎。"谷铁铮提示他。

"是不是盘山石鼓寨的人？"

"正是。"

"那是我童年的好友！"夏竞雄高兴地说，"我在盘山生活了三年，他常找我玩，叫我给他讲故事。现在取名叫罗擒虎，好雄壮的名字。"

谷铁铮说："我在石鼓寨教过半年书，这个猛虎似的小伙子，有一天莽莽撞撞来找我，请我给他取个大号，我就给他想了这个名字。他很满意，当晚就给我送来两只山鸡，算是谢礼。"

夏竞雄问道："你今天怎么想起他？"

"他昨天到通州来了。"

"在哪儿？我去看他！"夏竞雄激动起来。

"当天又回去了。"

"你怎么不留他住下，通知我跟他见见面？"夏竞雄埋怨谷铁铮。

"他给贩山货的老客赶驴驮子，东家叫他当天打来回，不能久停；他在我家里，也没坐上一顿饭的工夫。"

夏竞雄怅惘地说："多年不见，真想看看他。"

"他一看见我，就打听你，更想念你哩！"谷铁铮说，"每年清明节，他都到山口去等你，等了一年又一年，不见你回去；想你必是人往高处去，看不起盘山的乡亲们，把乡亲们忘了，很伤心的。"

夏竞雄脸上一阵发烧，心里一阵难过。他在母亲去世以后，被蔡松鹤接到通州上学，但是每年清明节总要回盘山一趟，给父母双亲扫墓，住上一两天。七年前，袁世凯称帝失败，通州各界的共和人士，为建立民国的辛亥革命先烈们，在西海子公园竖立纪念碑。纪念碑背面，镌刻着通州籍烈士们的英名，夏思问名列其上。蔡松鹤为使这位恩重如山的学兄享受死后的哀荣，又将夏思问夫妇的坟墓从盘山乔迁到通州；从此，夏竞雄不必再回盘山扫墓，也就不再与盘山往来了。想到罗擒虎的深情，又想到龙大海和龙乌雏的恩义，夏竞雄更感到深深负疚，沉重地说："铁铮，你责备我不平民化，发我深省。"

谷铁铮正要开口，只见鹿鸣迎面跑来。这个十分英俊的小伙子，身穿满是油渍的工装，全身焕发着青春的朝气，兴冲冲地喊道："竞雄哥，你叫我踏破了铁靴，原来在跟谷师傅一起做逍遥游！"

谷铁铮玩笑道："小鹿师傅，一别三日如隔三秋，别来无恙否？"

"老板请我'高就'了！"鹿鸣笑嘻嘻地说，"他说他的工厂是个澡盆大的水池子，搁不下我这条混江龙，还是请到五湖四海去兴风作浪吧！"

夏竞雄眉毛一扬，问道："究竟是什么原因？"

"祸从口出！"鹿鸣仍然嘻嘻哈哈，一副无忧无虑的神气，"这个敲骨吸髓，杀人不沾两手血的家伙，逼迫工人一天干十二小时的活，动不动还要加班加点，加班加点不加钱。我就拿着五月一号出刊的《春草》，把你那篇《劳动节感言》

念给工友们听，跟工友们商量，齐心一致，罢他的工。这个家伙一听我煽动工人犯上作乱，立即请我'高就'，以免后患无穷。"

夏竞雄说："《春草》也应该跟这个资本家打一仗。"

鹿鸣笑道："我找你，就为这个；我不会写，还要靠你那火花之笔。"

"你先助我一臂之力吧！"夏竞雄拍着鹿鸣的肩膀，"有件大事，要跟你俩商量；你们看，到哪儿去谈？"

谷铁铮想了想，说："到西海子公园去，那儿清静。"

"等一等！"鹿鸣说，"我去买一束鲜花，敬献给夏伯父。"

他蹦蹦跳跳地跑进一家花店，一会儿捧着一簇鸡冠花跑出来，像捧着一团火。

西海子公园在通州城西北角，纪念碑建立在西海子公园人迹罕至的菱角洲边，孤零零地坐落在一道黄土冈上。因为是私人集资兴建，买不起在公园里占有重要位置的地皮，只好建造在这个寂寞冷清的地方，平日也无人照管，更显得这些革命马前卒身后的凄凉。

碑座已被茂盛的青草掩蔽，碑身也遭风雨侵蚀，只有当年建碑发起人手植的十几棵松柏，高大起来，傲岸挺立。夏竞雄、谷铁铮和鹿鸣走到烈士碑前，鹿鸣把那一束鲜红如血的鸡冠花恭恭敬敬地放在青青的茂草上，就像点燃了一支火炬，然后三人肃立默哀。致敬完毕，三人便在松柏阴凉中坐下来。

夏竞雄拿出两份文稿，一份交给谷铁铮，一份交给鹿鸣，说："看后交换，提出意见。"

"《农民抗暴后援会宣言》！"鹿鸣轻声念道，抬起头望着夏竞雄，"是不是成立一个到民间去的新团体？"

夏竞雄微笑说："你且看下去。"

"《为声讨土豪劣绅告民众书》。"谷铁铮的眼睛迸发出热烈的光芒，"好！不再纸上谈兵，而要披甲上阵了。"

等两人交换着看完两份文稿，夏竞雄说："我跟叶兰在客轮上商定，发动春草社全体社员，向恶势力田连阡展开集团战。"

"我支持你！"谷铁铮坚决地说，"我在乡下教书四年，亲历目睹土豪劣绅的凶残暴虐，为穷苦人鸣不平，打了八场官司，场场都输了，还被他们买通教育当局，把我革除出教育界。乡村恶势力根深蒂固，单枪匹马，寡不敌众，必须列成战阵，群起而攻之。"

鹿鸣欣喜若狂地说："竟雄哥，你比我们有学问，比我们有能力，比我们眼光远大，率领我们勇猛进击吧！"

"我们要听候叶兰从广州发回的指示，革命先驱者的指示。"夏竟雄心驰神往，满怀深情，"我们居住在通州这个闭塞的地区，生活在军阀和官僚的桎梏下，思想被封锁，视听被蒙蔽，需要革命先驱者给我们指引前进的方向和奋斗的目标；叶兰将从普罗米修斯那里引来光明之火，给我们照亮模糊不清的道路。"

"中国的普罗米修斯是谁？"谷铁铮和鹿鸣同声问道。

"共产党！"夏竟雄的眼睛一片光明，"这几年，我从外文报刊上，知道中国有了共产党，零零星星知道共产党的一些主张，然而只不过是皮毛的印象，并没有探求和深思。直到今年一月，共产党帮助孙中山先生召开中国国民党第一次全国代表大会，南方革命形势焕然一新，我才对共产党产生了崇高的敬仰之情。现在，叶兰的姑父和姑母从苏俄回来，在广州担当革命重任；他们在俄国参加了布尔什维克的革命战争，一定是共产党人，因而我对共产党的认识更具体化了。"

鹿鸣激动得坐立不宁，说："但愿叶大姐到广州加入共产党，回来之后，再把咱们介绍进去。"

谷铁铮庄严地说："我希望她能带回一些共产党的书报，使我能深刻了解共产党的真谛。"

"这件事，就谈到这儿，不要泄露给别人。"夏竟雄收起两份文稿，站起身，挽着谷铁铮和鹿鸣到菱角洲上散步，"我打算今晚召开社员大会，着手筹备与田连阡交战的各项工作。"

他们直到中午才离开西海子公园。

10

夏竟雄在返回潞河学院途中，先后通知了几名社员，才急急奔回蔡宅吃午饭。

一进门，只见王无冕坐在葡萄架下，搭着二郎腿，嘴角衔着香烟，一副小人得势的形状。

"竟雄，我恭候多时了！"王无冕欠了欠身，"足下密谋举事，却摒老友于族类之外，岂非薄情少义乎？"

王无冕跟夏竞雄从中学时代起，就死不对头。叶兰和夏竞雄创办《春草》周刊，他托平步云讲情，钻了进来。他忌恨夏竞雄，在周刊的编辑工作和社务活动上，常常无理取闹，以致夏竞雄曾主张将他开除，两人的关系十分紧张。不过，今天他怀着鬼胎，另有打算，所以隐蔽了寻衅的态度，装出受了委屈的样子。

夏竞雄冷冷地问道："什么密谋，什么举事，什么族类？你说清楚！"

"用词不当，失言，失言！"王无冕嬉皮笑脸，"不过，你有事找究翁和鞏卿商量，对我却不屑一顾，未免厚彼薄此吧？"

夏竞雄冷笑道："我和冯兄是找过你的，但是你正热衷于全面改良《民言报》，恐怕倒是一心乔迁，无暇旁顾，却又来倒打一耙。"

"呵！我恍然大悟，原来你是恼我跟《民言报》往来。"王无冕挨到夏竞雄身边，神情诡秘，"竞雄，我的终极目的，是为了给《春草》开拓一块比本土还要广阔的殖民地，就像罗德斯爵士为大英帝国开拓南部非洲一样。"

"《春草》并不想与《民言报》同流合污。"

"哪儿的话！"王无冕叫屈，"《民言报》必须奉《春草》为宗主，唯《春草》之命是从。"

"韩识荆并非善类。"

"你抬举了他！那小子不过金玉其外而已，几个回合，就被我擒下马来，全盘接受我的改良方案。"

"我拭目以待。"

"睁大眼睛看！"王无冕赌咒发誓，"只要你向田连阡正式宣战，我就以《民言报》为阵地，与你两下夹攻，使其腹背受敌。我是最痛恨为富不仁，与恶势力不共戴天的。"

竺姨端上午饭，特意给夏竞雄炒了两个好菜。虽然王无冕酒气喷人，夏竞雄不得不客气一下，问道："你吃过饭了吗？再吃一点吧！"

王无冕早已垂涎三尺，忙说："叨光，叨光。"

整个上午，他已经骚扰了两家。先是早晨去找冯文藻，以恩人自居，旁敲侧击，挤兑得冯文藻不得不又打酒又买肉，请他大吃大喝一顿，没有把姜翠花心疼死。离开冯家，他又到林宅去访平步云。中午，平步云留他吃饭，南方人喜欢吃清淡口味的食品，王无冕是个馋痨，怎么受得了？哗啦翻了脸，指着平步云的鼻子吼道:"吝啬鬼,你把我当成了叫花子招待!"平步云从中学时代就不敢惹他,上大学以后仍然心有余悸,于是又央求,又赔礼,连忙下令林宅的厨子,给这位魔王开了一桌大五荤,他又吃了个精光。现在,他一见竺姨的美味,虽然腹中已经无隙可挤,却肚饱眼馋,还想吃。

王无冕坐在夏竞雄对面,大箸吃菜,狼吞虎咽,竺姨的精心杰作,十分之九入了他的肚子。他一抹嘴儿,说了声:"晚上见!"东摇西晃地满载而去。

晚上,在石舫楼上召开会员大会。灯光从窗口照到黑夜的湖面上,照在碧叶间几茎含苞挺立的荷花上,就像从湖水中燃烧起几支火把。

正在暑假期间,家住外埠的社员回家度假,出席大会的只到社员半数。

夏竞雄先说明开会宗旨,然后选举后援会的正副会长,推选各股的干事。夏竞雄被一致推举为会长,在选举副会长的时候,鹿鸣抢先大叫:"我提名谷铁铮兄!"

谷铁铮是入社以来第一次参加社员活动,大多数人都不认识他。

有人说:"请谷君起立,跟大家认识认识。"

谷铁铮站起身,跨前一步,站在明亮的灯光下;光头,板刷胡,白粗布小褂,黑灯笼裤,踢死牛的靸鞋,在这些时装打扮的学生群中,突出地显得土气。

"哪个学校的?"又有人问。

谷铁铮那寒星一般的眼睛,闪烁着嘲弄的微笑,响亮地答道:"民立鲁班大学。"

"哈哈哈!"哄堂大笑起来。

夏竞雄忙说:"谷铁铮兄毕业于通州师范,历任江东和盘山各村小学教员,因抗争地方恶势力而遭革职,傲骨如铁,令人敬佩。目前,谷铁铮兄在鲁班会入册做画匠;劳工神圣,我们有谷铁铮兄做社友,是引以为荣的。"

谷铁铮一挥手,大笑道:"竞雄,何必为我吹嘘?干脆说吧,我是被赶出文庙之门,跳进鲁班的墙,从劳心者变成了劳力者,靠汗水换饭吃了。"

鹿鸣接着说:"谷铁铮兄到鲁班庙后,带领众多工匠弟兄,折倒把头,破除许多积弊,深受众多工匠弟兄的拥戴,正可作后援会的强有力后盾。"

夏竞雄请大家继续提名。一个社员,过去念小学时是冯文藻的学生,提名他的老师。王无冕明知局面已定,却故意又提平步云,为的是叫这个小心眼儿而又脸皮薄的年轻诗人落选,自尊心受到伤害,而对夏竞雄不满。

"交付表决！"夏竞雄说，"先提名的后表决；赞成平步云兄的请举手。"

王无冕一边举手，一边点数，高声说："三票！"

"赞成冯文藻兄的请举手。"

"四票。"

"赞成谷铁铮兄的请举手。"

王无冕慢腾腾站起身来，懒洋洋点了点数，忽然怪叫道："十票，不足半数！"原来，今晚出席大会的社员是二十一人。

"不对！"谷铁铮高高举起自己的手臂，打破惯例，投了自己一票。

王无冕目瞪口呆了，正想说几句刻薄话来挖苦这个狂野的家伙，但是一接触到谷铁铮那凛冽的目光，慌忙又咽了回去。

散会后，天已很晚了，夏竞雄挽留谷铁铮和鹿鸣到蔡宅住一夜。王无冕拖住平步云和冯文藻，站在石舫二楼，凭栏乘凉赏月。

"竞雄真是喜新厌旧！"平步云对月伤心，声音直打颤，"那谷铁铮分明是个恶棍，鹿鸣也是个小痞子，竞雄却爱如至宝，把咱这些老朋友都冷落了，真气人！"

"他们早有勾结，蓄谋已久！"王无冕恶毒地冷笑，"夏竞雄虽然颇有才华，但是并非上品，所以喜与下流分子合污。我敢断言，长此下去，终归要重蹈乃父覆辙，走向末路。"

"不要背后议论竞雄，更不应非议革命先烈！"冯文藻忠厚地说，"竞雄与谷铁铮和鹿鸣建立友谊，是出于为社会服务的目的；我们不但不应心存嫉妒，而且应该为竞雄得到强有力的助手而高兴。"

王无冕拂袖而去，三人不欢而散。

除了冯文藻，夏竞雄再也找不见平步云和王无冕的影子，于是每天便跟谷铁铮和鹿鸣四出奔走，不能不顾此失彼了。

竺姨一个人关门过日子，并不知道夏竞雄在奔忙什么，一见他进门，便唠叨起来："你就野鸟满天飞吧！早晚遇见秃老鹰。渴了吧？饿了吧？要喝水，要吃饭，先给我念兰子的来信。"

夏竞雄抱住竺姨，大笑道："我的竺姨，您啰唆了半天，只有这一句话有用。"

竺姨从她房间里拿出叶兰的来信，交给夏竞雄。

素笺上，写的是世界语。

亲爱的：

我与父亲已安抵广州。姑父和姑姑事先接到我们从轮船上拍发的电报，早在码头迎候我们。久别重逢，百感交集，父亲泫然泣下，我也不禁热泪盈眶。姑父和姑母都很惦念你的。

在姑父和姑姑的住所，见到了久已向往的周恩来先生。周先生为五四运动时之天津学生领袖，后赴法国勤工俭学，遍游德、英、俄三国，现在黄埔军校主持政治部工作；年轻英俊，才干无比，中山先生誉为难得之青年军事家和政治家，深受广州革命青年热爱敬仰。

周先生认为，通州学生本来不多，目前又值暑假，不宜上街示威。应动员春草社员到民间去，开展调查和宣传活动。通过发动农民抗礼斗争，可先成立秘密的革命团体。黄埔军校为国民革命军培育骨干力量，望你动员通州有志青年，投笔从戎，前来入学。此间有一位共产党领袖毛泽东先生，思想文章，杰出群伦，现正筹办农民运动讲习所；周先生要你为雅哥筹措路费，速来广州入所学习……

急于发信，寥寥数语，言不胜情。

兰

又及：我最想竺姨和《春草》，不想你……

竺姨看夏竞雄只是默默看信，催道："你倒是念出声来呀，我急得要打你了。"

夏竞雄逗她说："都是写给我的话，您听了有什么用？"

竺姨伤心了，说："没良心的女子，一句话也不写给我呀！"

夏竞雄故意在信上找来找去，忽然欢呼一声："找到了一句！只有一句。您听：'我最想竺姨……不想你'。"

"我的好女儿！"竺姨喜泪直流，"别看这一句，一句值千金。到底是吃我的奶水长大的，就是比跟你亲。"

当天，夏竞雄就决定到鹊桥去。他给龙大海买了一盒什锦糕点和两瓶好酒，又想到还有一位芳佰儿小妹，另扯了几尺花布，打成包袱，背在身上。为了重温难忘的童年的回忆，为了历览久别的家乡的风光，他不雇车马，徒步而行。

11

鹊桥村坐落在北运河东岸，绿树浓荫，百户人家，都是碧水湾官僚大地主田连阡的长工佃户。

鹊桥村不但面临北运河，而且村北一条牛郎河，村南一条织女河，村东还有半条投梭河。

牛郎河和织女河是北运河的支流，而投梭河又是织女河的分支，弯弯曲曲向牛郎河流去；但是流到半路途中，蒲柳芦苇丛生，水干河断了，所以只算半条河。等到进入雨季，大河水涨小河满，投梭河才能将牛郎和织女两条河连接在一起。于是，鹊桥村便四面环水，与外界一刀两断。但是，也不能完全闭关自守，便在投梭河上搭起一座小桥，出入往来。也许是特殊的风土人情吧，小桥必须在阴历七月初七太阳落山之前搭成，七月初八清早才许通行。说是七月初七的夜晚，织女从河西岸，牛郎从河东岸，走到桥上相会。正是出于这个神话，这座小桥便成了神话中喜鹊飞架天河的鹊桥，鹊桥村也因此而得名。

眼下，正是七月。七月初八晌午，鹊桥村东口，投梭河桥头，有个少女坐在瓜楼上，身边一支柳叶枪，一支牛角，一边看瓜，一边放哨。

这个少女小名叫芳倌儿，龙大海的女儿，龙乌雅的妹子。

她自幼无拘无束地长大，就像一朵开放在旷野上的野花，不怕风吹雨打，不怕烈日曝晒，顽强而鲜丽。她最能爬树登高，春天摘杨芽儿，捋榆钱儿，直上高树云端，就像一只飞上飞下的黄鹂。她的身子又轻，能两手挽住柔软的枝条，在半空中打秋千，远看就像缥缈的游丝。她也很能浮水，帮着爹爹驾船打鱼，跳下水去扯网，就像一只在碧波中穿梭来去的鱼鹰子。

女大十八变。这两年，芳倌儿大起来，也没有谁管束她，自己就不知不觉收敛了儿时的顽皮，一举一动十分庄重了。然而，也别看她平时和颜悦色，一笑俩酒窝儿，说话轻声细语，从不粗声大气，待人有大有小，十分知情识理。可要是惹恼了她，那就捅了马蜂窝。有几个调皮捣蛋的小伙子，壮了壮胆儿，想跟她打牙逗嘴，但是一见她两道弯弯的秀眉一皱，黑白分明的豆荚眼冷冷一瞥，就吓得他们马上咬住舌头，慌忙溜之大吉。

她个子很小，体态轻盈，身穿自织的柳条布衫和紫花布裤，清新秀气。她很警觉，坐在瓜楼上，眼观六路，耳听八方。南风吹来，青纱帐沙沙响，她便一跃而起，手搭凉棚，四下张望。

自从哥哥惹了祸，跳江逃走，黑夜悄悄而回，隐藏在家。田连阡的团丁搜查很紧，她和老爹就日夜换班看瓜，守卫小桥，监视投梭河外的动静。

已经正午时分，芳馆儿有点饿，更觉得渴，就到瓜田里摘了一条肥大金黄的香瓜，又掐了一片瓜叶，擦净香瓜上的泥土，咬了一口，回到瓜楼，一边吃着，一边瞭望。

忽然，她发现投梭河东，青纱帐里，黄泥路上，有一个背包拽伞的行人，拖着长长的身影，趔趔趄趄地奔鹊桥而来。

这个人，好古怪。

他，城里人打扮，却戴一顶乡村牧童的柳圈，身背一个鼓囊囊的包袱，手提一柄雨伞。冒着毒热的阳光，踏着滚烫的土路，汗流浃背，满面灰尘。看样子，他是长途跋涉，远道而来。他已经疲惫不堪，踉踉跄跄，好似田野上吓唬鸟雀的谷草人，被南风吹得摇摇晃晃。

芳馆儿跳下瓜楼，提着柳叶枪，飞奔前去。

"站住！"

那人只觉得眼前闪过一道寒光，忙站住脚，舐了舐干裂的嘴唇，沙哑地说："姑娘，我是来鹊桥走亲戚的。"

芳馆儿眯起眼睛，充满敌意，头上脚下打量这个人，越看越觉得可疑，更断定他来路不正。于是，她冷冷一笑，目光咄咄逼人，厉声喝道："你是衙门里的探子！"说着，柳叶枪直指那人胸口。

那人也手疾眼快，一闪身子，抓住柳叶枪，连说："姑娘，有话好讲。"

芳馆儿恼了，像一只野狸子扑了上去，那人躲闪不及，被芳馆儿抓住了脖领子。他不能还手，也已经没有还手之力，脸色苍白，有口难开。

"芳馆儿，放手！"青纱帐里哗啦啦闯出一条好汉，手提一口雪亮大刀："竟雄，可盼来了你。怎么这么些日子才来？"

芳馆儿跳到路边，连连眨着豆荚眼。她看见，夏竞雄的脖颈和手背，被她抓得伤痕累累；三十六计走为上计，一溜烟逃回瓜楼。

夏竞雄说："路上有点事耽搁了。"他摸着隐隐作痛的伤痕，笑着说："芳馆儿妹子真有万夫不当之勇。"

龙乌骓笑着说："连我也怯她三分。"

他们走进瓜田，芳倌儿一见夏竞雄，跳下瓜楼，又想逃避。

"别跑！"龙乌骓大喝一声，"快去摘个上等成色的好瓜来，给竞雄大哥消气。"

芳倌儿难为情地一笑，一低头，钻进瓜田深处，不大工夫，双手抱着一个斗大的花和尚西瓜走过来，面带歉色，轻声说："竞雄哥，刚才冒犯了。"

夏竞雄忙说："言重了，言重了。"

芳倌儿拿出瓜刀，切了一大块西瓜，黑子红瓤儿，鲜灵灵，水汪汪，递给夏竞雄，笑吟吟地说："吃吧，别口羞；我再去摘几个醉八仙甜瓜，你尝尝。"

她提着个编花的柳条篮儿，又跑进瓜田，蹲在地上，手拨着层层瓜秧，寻觅着最熟、最香、最大的甜瓜，摘了一个又一个。

夏竞雄跟龙乌骓说："别让她摘那么多，吃不了。"

"摘吧，我沾你的光。"龙乌骓挤挤眼睛。"小小的人儿，过日子太精细；我跟她讨个瓜吃，不是给个拳头大的，就是给个地蛆咬的。"

正说着，芳倌儿提着柳篮高高兴兴地回来了，晒得鼻尖上沁出一层汗粒，柳条布衫的后背都湿透了，又是笑吟吟地说："竞雄哥，今年的甜瓜是我的手艺，不好吃，只算换换口味。"

"你不过是叫人家多夸你几句！"龙乌骓抢过篮子，"我们到我的金銮宝殿去吃。夸你也听不见。"

芳倌儿沉下脸说："有两个上上等的，我掐了十字儿，你不许动。"

龙乌骓站起身，说："竞雄，咱们走吧！我在这儿不能久坐，怕给田连阡的团丁扫上影子。"

他们钻进一片玉米地，又穿过一片高粱地，来到牛郎河畔的柳棵子地里。这里有个坟圈子，龙乌骓搭了个小小的窝棚，窝棚背靠着一棵孤高的钻天杨。

夏竞雄笑问道："这几天，就在此地藏身吗？"

"白天在这儿睡觉，一擦黑就出去走动。"龙乌骓放下篮子，挑个成色最差的小瓜吃起来，他饿了，"团丁每天骑马在河边巡逻，还有两只小划子埋伏在芦苇丛里，我白天也不敢一口气睡到天黑，一有风吹草动，就爬上树尖张望，方圆十里都收在我眼里。刚才我就是在树上看见了你，急忙下树，浮水过河，从青纱帐里抄近路，救了你的驾。"

夏竞雄问道："你又串联了多少人？"

龙乌骓反问道："弟妹来信了吗？"

"今天一清早接到她的信，我就急忙赶来了。"夏竞雄敞开汗衫，吹着凉风，神情十分激动，"她到达广州的当天晚上，在布谷姑父和松洁姑母的住所，遇见了共产党的领袖人物周恩来先生。周先生跟布谷姑父是老同学，当年率领省会的爱国学生包围省公署，又到北京总统府门前示威游行。那时候，我跟叶兰刚念高中，周先生是我们心目中最敬佩的人。后来，周先生又率领布谷姑父和松洁姑母这些青年志士，到法国去……"

"周先生给了哪些指教？"龙乌骓心急地问道。

"周先生的意见，没有革命党的领导，北运河还掀不起革命的高潮。他主张，只要咱们破坏了田连阡为他儿子大办生日的活动，灭一灭他的威风，显示一下劳苦大众的力量，就是胜利。然后，他希望咱俩到广州去上学。"

"上学？我去上学？"

"我进黄埔军校，你进农民运动讲习所。"

"那就放开手脚干起来！"龙乌骓大喜地说，"我要把一个个吃了豹子胆的弟兄们，都串联起来。"

"我在鹊桥住几天，还要到盘山走一走。"夏竞雄说，"那边有一位好大哥，要请他助咱们一臂之力。"

"是不是爬山虎？"

"你还记得他？"

龙乌骓笑道："当年我跟爹进山去看望你和大婶，他和我争着跟你一块玩，打过好几场架，不分胜负。"

夏竞雄说："如今他的大号叫罗擒虎，我跟他也有几年不见了，很欠情的。"

"那可好！"龙乌骓大喜，"猛虎下山，谁能抵挡？"

高粱叶子唰啦啦响，露出芳信儿的笑脸，说："竞雄哥，我爹来换我的班，叫我带你回家去。"

夏竞雄急忙说："先带我去拜见大伯。"

芳信儿又把夏竞雄带回瓜田，夏竞雄一眼就望见了龙大海大伯。老人头戴一顶破草帽，光着上身，赤着双脚，前胸几处枪伤刀疤，闪闪发亮。老人虽然年近六十，但是腰杆不弯，像一棵挺直的不老松，苍劲有力。他手持义和团时代的丈八蛇矛，身背一张红木硬弓，仍然是威风凛凛，不减当年的勇士风貌。

夏竞雄悲喜交加，百感交集，叫了一声："大伯！"扑上去，抱住老人，哭了起来。

"孩子,别哭呀!"老人的声音也发颤了,"爷儿俩久别重逢,应该欢天喜地。"

夏竞雄哭着说:"大伯,我十几年不来看望您,忘恩负义了。"

"傻话!"老人闭上泪眼,温情地抚摸着夏竞雄的双肩,"一是路途不便,不来看我也怪不得你;二是念书要专心,不能牵三挂四,荒了学问。只要你有出息,替你爹增光,给你娘争气,也就是孝敬我了。"

这位像土地一样质朴的老人,从来没有想到过自己对夏家两代人恩重如山,从来没有想到过为朋友两肋插刀和出生入死就应该索取任何报偿。因而,他不但没有抱怨过夏竞雄多年不来看望他,相反,却常常责备自己未能将夏竞雄抚养成人,对不起九泉之下的夏思问兄弟,深感内疚,于心不安。

芳傍儿也忍不住心酸,背转身去,连连抹泪。但是,她天性开朗,不爱伤感,便跺脚催道:"快走吧,我还得给你们做饭哩!"

夏竞雄只得暂离大伯,跟在芳傍儿后面,踏上一条柳荫白沙小道。

12

小路弯弯曲曲,曲曲弯弯,沿着生满绿苔青萍的织女河,通向树木葱茏的村西南角。路很窄,柳棵很密,只能望见一片青天,漏下一缕阳光。柳丛里,小河边,开放着一簇簇红的、白的、蓝的、紫的、金黄的、淡青色的小花,沉静而清香。芳傍儿前边走,夏竞雄后面跟,他们的脚步声,惊动草棵里的蚂蚱和树丛里的鸟雀,蹦的蹦,飞的飞。一只黄鹂引逗得他童心萌动,钻出柳棵子追到河边,黄鹂叫唤一声,飞入云天了。

清澄碧透的织女河,倒映着蓝天白云,层层树影,微风掠过水面,吹动点点飘萍,顺流而去。水平如镜,映见他那汗污的面影,他忽然自惭形秽,便蹲下身去,连头带脸清洗一番。

芳傍儿见他一去不回,很不放心,呼叫着:"竞雄哥,竞雄哥!"

"来啦!"夏竞雄喜兴兴从小河边跑回来,脸上还湿漉漉的挂着水珠。

芳傍儿一见他那洋溢着孩子气的笑脸,不知怎么忽然一阵害羞,一溜碎步跑起来,夏竞雄赶也赶不上,只能不远不近,若即若离地望见绿柳垂杨中那飘忽的身影。

夏竞雄走出柳荫白沙小道，便看见一道高高的沙冈上，一片桑、枣、榆、槐，掩映着一座荆条篱笆的小院落。他的脚下一挫，站住了，眼前一阵朦胧，好像坠入了梦境。十几年来，他在盘山中，他在通州城里，有多少回梦见这个小院落，梦见这个小院落里的亲人，梦见这个小院落的鸡、狗、猪、羊，梦见小院落四外的树、花、草、蝈蝈、鸟儿……只是一年比一年梦得少了，梦景一年比一年模糊。现在，这一切都在他的眼前真实地展现出来，泪水却又模糊了眼睛。

芳佾儿跑进柴门口，高声向邻居的小院落喊道："喂！我家来亲戚了，把你家的饸饹床子借我用用。"

喊声未落，只见从邻居的小院落里，跑出一个喜眉笑眼的大嫂，欢欢喜喜地说："怪不得清早喜鹊喳喳叫，原来是你家有贵客到！"她的嗓音嘹亮，手脚利落，一望而知是个性情爽朗的女人。

夏竞雄走上前去，行礼问道："大嫂是……"

"我是端正家的！"说罢，她却一阵咯咯发笑，"这真是个没道理的称呼，端正家又有鸡，又有狗，还有锅、碗、瓢、盆、杈把、扫帚，我算哪一宗？"

"你算是在邢大哥家搭了窝，撵也撵不走的山喜鹊！"芳佾儿玩笑着说，"竞雄哥，看在邢端正大哥的面上，你就管她叫声桂枝嫂吧。"

夏竞雄回忆说："我小时候，端正大哥常给我削木刀，编蝈蝈篓儿，做打鸟夹子，他是个手巧的人。"

芳佾儿笑道："如今我哥的屋里，屋顶上还挂着一口碧桃木刀，原是端正大哥削给你玩的；你跟大婶搬到盘山去，临走时给我哥留下当念物。我小时候瞧着这口木刀秀巧，总想摘下来玩，我哥心尖子似的舍不得，打我的手，抢过来挂在屋顶上。"

芳佾儿家，三间柳枝糊泥巴的窝棚屋，院里有一架葡萄，篱笆上爬满豆角秧。芳佾儿接过夏竞雄的包袱和雨伞，拿到她住的西屋。东屋是她爹和哥居住，堆放着农具、渔网、席篓，下不去脚。她的屋里，窄窄小炕，铺着她手织的雪白新席，席上一条蓝花土布被子，地上也扫得干干净净。窗外，还有一棵紫丁香树，阳春三月，开满一嘟噜一嘟噜的丁香花，香气装满了屋子，充满了小院，还飘散到街坊四邻去。

芳佾儿放下夏竞雄的东西，就到院外抱柴火，在冷灶上点火，桂枝嫂抱来饹饹床子，就动手和面。

夏竞雄插不上手，问芳偪儿道："我干点什么呢？"

"屋里躺着，等着吃饭。"

夏竞雄站立不动，说："我不能四体不勤，饭来张口呀！"

芳偪儿四下看了看，说："你就挑两趟水，浇浇篱笆根的豆角。"

夏竞雄高兴地挑起水筲，走了出去。不远处有一眼土井，井边种着转角莲和毛子姜，绿荫生凉。井口圆，井水清，水面距离井口不到三尺。夏竞雄还记得家乡的打水方式，用扁担的铁钩挂在水筲的横梁儿，垂下井去，用力摆动一下，只听扑通一声，水筲直沉井底，他直了眼。

他只得空手而回，红着脸说："我把水筲掉井里了。"

芳偪儿并不着急，反倒吃吃笑道："我早就料到了。"她找了一根麻绳，走了出去。

夏竞雄跟在芳偪儿后面，只见芳偪儿摘下扁担的铁钩，拴在麻绳上，扔下井去，手腕轻轻抖动一下，就像探囊取物，不但捞上水筲，而且带上满满漂漂一筲水。

"你真巧妙！"夏竞雄啧啧赞叹。

"这有什么出奇呀，也值得大惊小怪？"她又给扁担安上铁钩，挂住另外那只空筲，垂下井口，两臂微微一摆，满满一筲水又打了上来。但是，她却把这筲水哗啦啦又倒进井里，将扁担交给夏竞雄，说："你再练一练。"

夏竞雄认真模仿芳偪儿的姿势，把水筲垂下井口，全神贯注，两臂也微微一摆，这一回水筲倒没沉下去，可是摘了钩，漂在了水面上。他摇头叹气："唉，唉！这……这……"

"一回生，两回熟，熟能生巧。"芳偪儿垂下扁担钩，挂在漂浮水面的水筲上，挂满了水提上来，"多在家乡住几天，天天给我浇豆角，就练会了。"

芳偪儿虽是这么说，却自己挑了起来，夏竞雄抓住扁担不放，说："我来挑，我还寸功未立呢！"

芳偪儿见他执意非挑不可，就让给了他。夏竞雄平时喜爱长跑和浮水，并非弱不禁风，也不是手无缚鸡之力，也比王无冕有力气；但是，两大筲水压在肩膀上，却感到不大胜任了。他憋得满脸通红，才挺起腰，抬起头，两条腿却只是打晃，迈不开步。芳偪儿急忙替换他，他摇头不止。他就像木桩子似的直立着，定了定神，运了运气，终于迈出了左脚，喘了喘，又迈动了右脚。然后，他鼓足余勇，两手抱住扁担，摇摇晃晃地前进起来。芳信儿看他那副喝醉了酒的样子，拍着手笑倒了。但是，他却感到无比的喜悦，笑声朗朗，不怕出丑。

他一连挑了四趟，头嗡耳鸣。然而，一趟比一趟脚步坚实，一趟比一趟驾轻就熟。脚踏家乡的土地，肩挑家乡的井水，他觉得地也亲，水也亲。

饭熟了。玉米面羼合榆皮面的饸饹，鸡蛋、青豆、草蘑和黄瓜片打卤，这在农村的穷苦人家，就是上等的饭食，不来客人，一年也吃不上两顿。

芳信儿在紫丁香树的阴凉下，放好一张小桌，搬来一个蒲团，摆上一副碗筷，卤只有一碗，饸饹只有一小盘，那是专供夏竞雄一个人享用了。

"快点吃吧，再耽搁就糟了！"芳信儿笑着说，"不陪你，我得给爹和哥送饭去。"她跑进东屋，用一块破布包着吃的，抱在怀里，匆匆忙忙跑走了。

夏竞雄感到异常，走进东屋一看，挂在吊钩上的饭篮里，只有两个糠皮野菜团子，几颗咸菜疙瘩，菜团子已经干巴巴，黑褐色。他感到一阵剧烈的痛楚，就像一支利刃刺进了他的心。这就是他的两代恩人悲惨生活的写照，比他十几年前离开鹊桥时更苦、更难了。他的落生之地的家乡，方圆百顷肥田沃土，却是一块饥饿的土地。他伸手拿起这两个团子，托在掌心上，大滴大滴的眼泪落在上面。七岁以前，他跟母亲在鹊桥，有时也吃这样的菜团子，但只是母亲一人吃，母亲不让他吃。七岁以后，他跟母亲到盘山，这样的菜团子常常吃，而且母亲也不得不忍心让他吃了。那时候，他小小的心灵，是多么仇恨那些每日鸡鸭鱼肉，吃得肥头大耳、油光满面的富人；他是多么希望自己、雏哥、爬山虎以及所有的穷孩子，都能吃上净米净面，不再面带菜色；他是多么希望母亲、龙大伯和所有穷苦人，都能吃上饱饭，不再饥肠辘辘，骨瘦如柴。十岁，他被接到通州，蔡松鹤每月收入很高，虽然蔡松鹤比起其他教授学者生活简朴，但是与鹊桥村和盘山的乡亲们生活相比，已是天壤之别。蔡松鹤怕委屈了他，又心疼他童年营养不良，所以待他比叶兰更优厚：正餐之外，还另加牛奶、糕点和水果。他很不习惯，咽不下去。在他上小学和初中的时候，同学中也有一些工人和城市贫民的子女，吃穿都很困难，他跟他们对照，感到羞耻，因而一再请求蔡松鹤，不要给他买新衣服，不要给他增加补品。升高中，上大学，环境变化了，大多数同学，都是富家儿郎，千金小姐，锦衣玉食，奢侈享乐，在他身边已经没有比他生活水平更低的人，没有比他更节俭朴素的人，因而他也就习惯了蔡家的每日三餐有肉，一年到头细粮，渐渐淡忘了鹊桥村和盘山的糠皮野菜团子。现在，这个能够引起他回忆童年苦难的菜团子又呈现在眼前，他感到无比辛酸，也感到无比羞愧。他的两代恩人吃得这样坏，他这个受恩于人者却吃得那样好；他本应该跟自己的两代恩人同甘共苦，然而十几年来，恩人们并没有跟他同甘，他也并没有和恩人们共苦，这不但是不公平的，而且是不道德的。

他怀着深深的负罪感，拿着这两个糠皮野菜团子走出去，坐在蒲团上，含泪一口一口吃起来。每一口都细细地咀嚼。显然，这两个野菜团子就是芳倌儿的午饭，以支持下午的沉重的劳动。他吃完这两个菜团子并不饱，那么，芳倌儿岂不是每天都要忍饥挨饿？他捞了满满两碗饸饹，浇上鸡蛋、青豆、草蘑和黄瓜片的浓卤，留给芳倌儿吃；自己只吃剩下的半碗，泡的是薄薄的卤汁。

芳倌儿一阵风似的跑进来，她惦记家里的客人，往返都是飞奔。一进门，只见夏竞雄已经吃完，坐在紫丁香树下呆呆出神，便笑问道："吃饱了吗？"

夏竞雄点着头说："吃饱了，你快吃吧。"

芳倌儿走到桌前一看，剩下两大碗，浇满了浓卤。她为难地轻声问道："不好吃，咽不下去，是不是？"

"好吃！"夏竞雄凄然地一笑，"多年不吃家乡的饭，吃起来分外香，我把你留下来的两个菜团子也吃了。"

芳倌儿一听，从耳根子红起来，跺着脚嚷道："谁叫你吃那个的！你这是羞我不会招待你。"说着，头顶着紫丁香树，呜呜哭起来。

夏竞雄站在她的身后，哽咽着说："我不是羞你，是羞我自己。咱们两家，是血肉相连的亲人，大伯当年收留了我的父母，帮助他们安身立命；我跟母亲搬到盘山去以后，大伯、大娘和雏哥还挂念我们母子。你们的日子跟我们母子一样难，可是年年还要给我们送吃送穿，割你们的肉，补我们的身。我们两家本应同甘苦，共命运，可是我……我到了通州，十几年来，吃得好，穿得好，却没有想到过你们……"

"难道我们怨恨过你吗？"芳倌儿哭着说，"你吃得好，穿得好，我们一家人也就放心了。为了给大叔增光，为了给大婶争气，你好好念书，就应该吃得好，穿得好。"

"不应该！"夏竞雄说，"如果说我在完全依靠蔡叔父的时候，衣食不能跟你们分享，还情有可原；那么，在我上大学以后，年年都得到奖学金，每月十五块大洋，能买五石玉米，只要我肯于过平民化的生活，每月有五元就够了，完全可以分给你们……"

"你说的是什么话呀，你说的是什么话呀！"芳偌儿又羞又恼，又气又急，跳着脚，"我们帮不了你，对不起大叔大婶，还有脸跟你伸手，从你嘴里夺食吗？"

"我们是谁和谁呀！"夏竞雄也又愧又急，"从下月起，我每月分给你们十元。如果我的生活道路没有变化，明年我就毕业了，蔡叔父是要留下我当助教的，那么第一年我每月拿六十块大洋……"

"我们不要，我们不要！"芳偌儿哭叫着。

夏竞雄委屈地说："我不能再眼看着你们受苦，而自己过着优裕的生活。你们不要我的钱，就是不把我当作一家人。"

芳偌儿陡地转过身，豆荚眼闪烁着冷冷的泪光，久久地盯着夏竞雄，颤抖着的嘴唇吃力地说出一句话来：

"我们只要你的心！"

13

夏竞雄没有歇晌，他到芳偌儿的屋里打开包袱，取出书刊文稿和纸笔墨水，到紫丁香树下，为《春草》周刊的专辑重写刊头语。在进入鹊桥村，跟龙乌雏见了面，来到一别十几年的龙家小院落，又跟芳偌儿发生暴风雨一般的争吵以后，他觉得在通州已经写出的初稿，虽然义正词严，但是空洞贫乏，必须重新写过，才能表现乡亲们的愤怒，传达乡亲们的呼声。

本来每天歇晌时候，芳偌儿都要背一只大筐，到河边野外去剜野菜，粗的猪吃，细的人吃。今天她得陪客，不能出门，就坐在屋檐下，抱着夹板，给哥哥纳鞋底。她是个天真无邪的农村少女，有一颗芳洁的心灵，刚才跟夏竞雄大吵一顿，不但不觉得隔阂，反而觉得跟夏竞雄更亲近了。她跟龙乌雏常常发生争吵，吵起来雷电交加，吵过去雨过天晴，心灵上不留一片乌云。

这时，她停住手里的针线，抬起头问道："竞雄哥，你写什么呢？"

"《讨田连阡檄》。"

"什么叫讨田连阡呀？"芳偌儿又问道。

夏竞雄含糊其词地答道："就是打田连阡。"

"打田连阡还要编成戏呀？"芳佾儿打破砂锅问到底。

夏竞雄被她逗乐了，说："跟田连阡开了仗，得写个文书告示，向社会上宣布他的罪状，讲明我们的道理。"

"真好！"芳佾儿高兴地说，"我看看。"她扔下夹板，搬个蒲团，坐到夏竞雄的身边。

夏竞雄大为惊奇，问道："原来你认识字呀？"

"斗大的字，也认得三两囤哩！"芳佾儿眨巴着眼睛说，"我跟端正大哥念过书，快把他肚子里的墨水淘干了，才饶他，多少给他留了一瓶子底儿，不念了。"

"死丫头，风大把你的舌头刮走！"邻院，桂枝嫂隔着篱墙笑骂道。

桂枝嫂帮芳佾儿做完了饭，就回家了。在芳佾儿跟夏竞雄争吵的时候，她听见芳佾儿的头一声哭叫就跑出来，后来一听人家的争吵都是一片骨肉深情，就悄悄退回屋去，侧耳听着。听到伤心之处，想起自己的苦难，忍不住也哭起来，哭得比芳佾儿还伤心，只是不哭出声。她性子傲，人前不掉泪。现在，听见他们又欢欢喜喜地说起话，她也转悲为喜，走出了屋。

芳佾儿点头叫她："来，来！听我品评品评竞雄哥的文章，你也长一长人才。"

"美得你！"桂枝嫂说，"我替你臊得慌。"

夏竞雄也邀请她说："我把这篇文字带到乡下来，就是想倾听乡亲们的指正，以便真正切合民心，代表民意。"

桂枝嫂说："好吧！芳佾儿胡吣，我撕她嘴！"她走过来，拿起芳佾儿扔下的夹板，替芳佾儿纳鞋底。

芳佾儿拿过夏竞雄的初稿一看，就耸了耸鼻子，说："我哥说你的学问有五车六船，可一瞧你的字儿呀，还比不了端正大哥。"

"你可真是醉雷公，胡批一气！"桂枝嫂说，"人家竞雄兄弟是梅花篆字。"

"蜘蛛爬！"

夏竞雄发窘地说："我在书法上本来极差，又是初稿，写得更加潦草。"

"给我笔！"芳佾儿跟夏竞雄要过笔来，小心翼翼地捏着笔管，在一页白纸上，一笔一画，端端正正，倾心用力地写了一个龙字。

"好笔力，好风骨！"夏竞雄大声赞美。

"端正大哥给我的大仿上，画双圈儿！"芳偣儿骄傲地说，"他说我要是一直念下去，比田连阡那个念过洋学堂的千金小姐强百倍。"

夏竞雄忙说："我带你到通州去上学。"

"挑水的回头，过景啦！"芳偣儿用玩笑掩饰她的伤感，"我奔高枝儿飞了，我爹我哥的鞋袜儿谁管！谁给他们做饭吃？谁来喂那几只鸡，谁来给那口猪挖野菜？"

桂枝嫂哼道："一顶花轿把你抬走了，看人家过不过？"

芳偣儿涨红了脸，说："十六抬大轿，也抬不走姑奶奶。"

"心里早抓抓挠挠了，还嘴硬！"桂枝逗她，"昨晚上，我站在篱笆那边偷看，亲耳听见你祷告月下老儿，亲眼看见你手拿一条红线穿了针。"

北运河的风习，七月初七夜晚，渴望出嫁的姑娘，都背着人，先悄悄祷告月下老人，然后扯一条红线，月下穿针。一下子穿过去了，今年必定大喜，心里想的是谁，必定跟那个人结成美满良缘。

"你少在我面前嚼蛆！"芳偣儿的豆荚眼冷冷一瞥桂枝嫂，弯弯的秀眉高扬起来。

夏竞雄看见桂枝嫂吓得一哆嗦，大气也不敢出一口。

"书归正传吧！"夏竞雄连忙岔开话题，"我洗耳恭听你的品评哩。"

"等你的字写得有个模样儿，我再看。"芳偣儿把初稿扔给夏竞雄，"我想看看那本书。"

那是夏竞雄从通州出发之前，刚刚出版的一期《春草》。夏竞雄递给芳偣儿，说："里边有我习作的一篇小说，写的是咱们家乡和你我两家的故事。"

芳偣儿打开《春草》的封面，翻了两页，找到题目，看见夏竞雄的署名，便伸出右手的食指，点着头一行，轻轻嗽了一下嗓子，虔敬地低声念起来：

"我出生在北运河畔的一个小村落里，那是个风景如画但却笼罩着阴云愁雾的地方。我的父亲是个狂士，我的母亲是个苦人；父亲用鲜血写完了他那叛逆的一生，母亲用泪水写下了她那平凡的传记……"

纳鞋底的桂枝嫂也抬起了头，停住了飞针走线，听了起来。

小说的生字很多，句式很长，芳偣儿念得很不流畅，而且还要不时停顿下来，问夏竞雄："这个字念什么？干吗不换个好认的字儿？是不是写出的字儿叫人认不得，说出的话叫人听不懂，就算是有学问？"

但是，渐渐地，念故事的人沉浸到故事的境界中去了，也越来越念得流利起来。不认识的字儿就跳过去，不好懂的词句就省略不念，夏竞雄的小说虽然被她念得七零八落，但是故事的主要情节，还是被她传达出来。而那个听故事的人，也越来越被引入故事的境界，越来越深受感动。桂枝嫂开始是两眼发呆，面色灰白，接着是坐立不安，咬紧嘴唇；忽然，像堤防决口，她哇的一声哭出来，两手捂住脸跑回家去。

"她怎么了？"夏竞雄大惊失色，"你刚才不该那么冒犯她，说话要有分寸，不该没轻没重。"

芳倌儿摇摇头，说："不是恼我，是勾起了她的伤心事。"

"伤心事？"

"她才真是苦啊！"芳倌儿叹了口气，眼圈儿发红。"她五岁就没了娘，七岁又死了爹，本家的一个叔叔，把她卖给田连阡的一个远房哑巴侄子当童养媳，给她爹换了一口棺材。十三岁她跟哑巴圆房，不到两年，哑巴暴病死了。她的公公把她卖给一个贩山货的老客，老客交了身价，正要领人，田连阡出了面，说：'好马不配二鞍，烈女不嫁二男，哪儿来的野小子，胆敢败坏我田家的门风？'他下令团丁，把那个老客打得半死，还扣下了他的驴驮子。又逼着桂枝嫂的公公，拿出那笔身价钱，请了合族几桌酒席，还到祠堂给祖宗的神主跪香三天。桂枝嫂的公公本来也是个老禽兽，早就对儿媳妇起了黑心，桂枝嫂抓伤了他的狗脸，跑到田连阡面前告状。田连阡又出了面，一定叫她的公公、婆婆在合族面前给桂枝嫂下跪，还要罚她公公站笼示众，合族的人都去啐脸，吓得她公公拿出三亩好房产地给了田连阡，才算了结。田连阡又假充善人，说是怕桂枝嫂再遭她公公的暗算，为了保住桂枝嫂的名节，他要收容桂枝嫂到他家去，逼着桂枝嫂的公公，给桂枝嫂拨出五亩养身地，归他掌管。桂枝嫂进了田家大院，才知道爬出苦井，又跳火坑。田连阡糟践了她，田连阡的大老婆却反咬一口，不依不饶，说要把她捆到祠堂，交给合族人评罪，脖子上拴一块大石头，扔下河去淹死。桂枝嫂受了欺侮，还得求生告饶，不敢声张，一年到头白给田连阡使唤。正巧，端正大哥给田连阡家织了一个月的席，两人好上了，双双逃出了田家大院。田连阡硬说他俩拐走了他的金银财宝，打发团丁四出捉拿，要把奸夫淫妇千刀万剐。这时候，忽然传说宣统又在北京坐了龙廷，田连阡顾不得再捉拿桂枝嫂和端正大哥，急急忙忙穿上朝服补褂，到通州抢官。没过几天，宣统又退了位，田连阡也坐了牢。桂枝嫂和端正大哥在外边流落了几个月，找不到安身之处，听说田家大院扫了威风，这才悄悄回到鹊桥来。桂枝嫂的公公也像丧了家的狗，托出个拉纤儿的媒婆子，只跟端正大哥要了桂枝嫂的身价，立了个买卖文书，今后两不相干。田连阡出牢以后，回到碧水湾，这几年也没再提这件事。前些日子，他的把兄弟汤金銮到通州当了镇守使，他又张狂起来，叫他的狗腿子放出风声，还要跟桂枝嫂和端正大哥追赃。如今，桂枝嫂日夜提心吊胆，端正大哥横下一条心，反定了田连阡。"

夏竞雄全身像着了火，愤怒地在院子里走来走去，怒不可遏地说："这个暗无天日的社会，必须推翻，必须摧毁！"

小院篱墙外，柳荫白沙小道上，一阵奔走的脚步声，一个欢快的声音喊道："芳佾儿，是竞雄兄弟来看望咱们吗？"

芳佾儿忙跟夏竞雄说："是端正大哥回来了。他给我哥当军师，专管到外村串联人。"

夏竞雄急忙迎出柴门外。

邢端正三十一二岁，瘦高个儿，黧黑的脸膛，乐天性格，温和脾气。他光着膀子，肩上搭着一件破小褂，挽着裤腿，两脚泥巴，但是抬手投足却很斯文，又跟一般农民有点不同。

他是个多才多艺的能工巧匠，没有进过学堂的读书人。他从小给外村的地主当牧童，好学惊人，放牛时常到夏思问的塾房窗外，偷听讲课，默记心里。夏思问被他感动，每隔三五日，花一晚上，给他一人开讲，他很用功，长进很快。夏思问殉难以后，他失去恩师指点，更靠刻苦自学；常为一个难字、一句成语，四处求教，有时为了换取点滴知识，不惜白白贡献大量的劳动。同时，他在农活上，是个全面的高手把式，又是个头等的织布匠和织席匠，对于瓦木两作也颇精通，此外还会攒箔、绱鞋、补锅和给六畜治病。他一天累得腰酸腿疼，也要借着月光读半宵书，手中哪怕只有几文钱，也要花在买书上。所以他一年到头辛勤劳苦，节衣缩食，也是两手空空。他跟桂枝嫂悄悄回到鹊桥村，不敢走出鹊桥一步，无以谋生。龙大海出面，全村人搭起三间棚子，办起个私学，请他教本村的孩子们识几个字，每家轮班管饭，芳佾儿便是她的首届门生，而且堪称得意弟子。他教了两年书，田连阡出狱回乡，暗中派人到县教育科告密，县里派了个督学前来鹊桥村，查禁了这个民办的学堂。于是，他又靠打短工和耍手艺为生，空闲时候，还指点芳倌儿一人，比别的孩子多识了千八百字。

"端正大哥！"夏竞雄抢上一步，紧握他的手，亲热地叫他。

"好兄弟，还认得穷大哥！"邢端正热泪盈眶，"你身登龙门，学富五车，竟不忘贫寒故人，真不失夏大叔的侠义之风。"

邢端正好读书，喜欢结识读书人，但是他所遇到的那些读书人一个个两眼望天，觉着跟他这个泥腿子说一句话都有失身份，他很伤心。而夏竞雄的身份比他所遇到的那些读书人都高，却对他如此亲敬有礼，他非常感动。

夏竞雄面带愧色，说："通州距离鹊桥不足百里，我却一别十几年而不回故土，是很无情无义的。"

邢端正说："可是你一回故土，就跟乡亲们同心共命，大哥敬佩你。"

夏竞雄说："让我为乡亲故土出力报效，以求补过吧！"

邢端正笑眯眯地说："我在给乌骓兄弟跑腿儿。刚才见到他，他说你来了，调查田连阡的罪状，到城里为我们喊冤助威，我欢喜得飞跑而来。一是为了赶快见你一面，二是有件东西给你。"

芳倌儿问道："什么贵重物件呀？"

邢端正放开夏竞雄的手，不再斯文，跑回家去。一会儿，从屋里拿出一册农村常见的豆腐账簿，更是心急，不想出门入户，从篱笆上跳了过来。

"这是几年来，我给田连阡记下的恶行账！"邢端正把这厚厚的账簿递给夏竞雄。"一桩桩，一件件，某年某月某日，点滴不漏。"

"大哥真是有心的人！"夏竞雄激动地说，"我们要把他这本账，照原样儿登在《春草》上。"

14

晚上，龙大海从瓜田回来了。一到天黑，龙乌骓就走出他那个柳棵子地里的避难所，自由行动。老人要回家一趟，他替老人看一会儿瓜田。

老人身上有武功，走路轻捷无声，足迹很浅。芳倌儿刚做完晚饭，跟夏竞雄坐在紫丁香树下，正谈天说地。老人走进柴门，她才发觉，连忙站起身，走上前去，接过老人的矛，摘下老人的弓。

"饿了吧？"

夏竞雄忙说："我给大伯带来一盒点心，两瓶酒，不成孝心，您尝一尝。"

老人那饱经风霜的脸上，漾起一抹欣慰的微笑，说："留着它，一会儿祭奠你爹去。"

他走进东屋，打着火镰，点起破灯碗上的油芯，灯光很弱。他找到一个包笼，取出一件古铜色的半大布衫，一块红绫包头，一条黄缎子的褡袍。然后，舀了满满一盆水，将通身上下洗个干净，又用清水漱了口，这才穿戴起来，走出屋去。那神态，就像当年义和团大师兄，沐浴斋戒之后，登上祭坛。

芳悃儿问道："这就去吗？"

"这就去，"老人说，"一会儿你哥哥的那些弟兄们来齐了，竞雄脱不开身。"

芳悃儿向夏竞雄打了个手势，夏竞雄走进芳悃儿屋里，洗了脸，换上潞河学院的白色夏装走出来。然后，芳悃儿又进屋洗净了手脚，穿上一件白粗布小衫儿，扯下红头绳，扎上一缕黑线。

"没有高香。"她跟爹说。

老人拍了拍身上的箭壶，说："你大叔生前不信鬼神，更不爱排场，就以箭代香吧。"

于是，芳悃儿用一根柳枝儿，挑着一盏白纸灯笼，走在前面；夏竞雄左手抱着糕点盒子，右手提着柳条篮子，篮子里装着一把酒壶，一只酒盅，三张菜碟，走在中间；龙大海扛着矛，背着弓，随在后面。

走出柴门不远，芳悃儿忽然站住，说："应该给大叔捎几个钱去。"

老人说："你大叔是个重义轻财的人。"

"还有大婶哩！"芳悃儿说。

"那就去铰几张，"老人说，"也不要多。"

夏竞雄接受现代科学文明思想，是个无神论者。但是，他也被老人的庄严和芳悃儿的虔诚感染了，默默地跟随芳悃儿回去。他拿出一沓白纸，芳悃儿找来剪子，他挑起灯笼给芳悃儿照亮，芳悃儿飞快地剪着片片纸钱，放到他的提篮里。

铰完了，芳悃儿说："走吧！"他说："等一等。"拿起那本刚刚出版的《春草》，哧的一声，扯下他写的那篇小说。他想，如果父母地下有灵，那么这篇小说正表达了儿子的最深沉的哀思，让它伴着纸钱一起飘向冥冥中去吧！

爷儿仨迈着沉重的脚步，怀着沉重的心情，白纸灯笼摇曳着微光，引导他们向北运河高岸的杜梨树下走去。

月儿弯弯，星光点点，在河面上闪烁明灭。距离杜梨树还有十步左右，龙大海说："芳倌儿，把灯笼给你竞雄哥。"又说："竞雄，去找一找你爹的坟座。"

夏竞雄从芳倌儿手里接过灯笼，绕着杜梨树走了三遭，就在大树面向西北方向的一簇野花上站定，将灯笼高高擎起。

老人走过去，看了看，说："孩子，还没忘记你爹。"

夏竞雄说："父亲埋在我的心底上，刻在我的记忆里。"

老人问："你还记得他的模样吗？"

夏竞雄说："我闭上眼睛，爹的音容笑貌就浮现在我的眼前，栩栩如生。"

"还记得你娘带你送他上船吗？"

"记得！"夏竞雄声音哽咽，"那天，天也这么昏昏明明。我爹先跟我娘在杜梨树下说话，我只当我爹不过是出远门，也不在意，蹲在一边草丛里捉萤火虫儿。后来，爹叫我：'雄儿，过来！'我跑过去，爹把我抱在怀里，说：'爹走了，你要听娘的话。'我说：'听娘的话。'爹说：'过年你该上学了，要好好念书。'我说："好好念书。'爹又说：'长大要为国为民出力报效。'我连连点头。爹就抱起我，从高岸的斜坡走下去。一只小船拴在河柳上，爹把我放在沙滩上，忽然给我娘叩了个头，然后一纵身跳上小船，拔出腰刀，砍断缆绳，小船像离弦箭似的冲向江心。"

"还记得你娘给你爹收尸回来的情景吗？"

"那是刚下过一场暴雨的夜晚，天边还响着雷声，大娘带着我和骓哥到河边去；我和骓哥都是披麻戴孝，端正大哥给我糊了一顶白幡。几位乡亲大伯，抬着一口白皮棺材，带着几把铁锹，走在我们前面。刚到河边，江心上传来打桨声，您把小船靠了岸，背着我爹的尸体下了船，我娘亲眼看着关了殓。我也想看我爹一眼，您怕惊吓了我，不许我看。您问我娘，将我爹葬在何处，我娘指了指高岸上的杜梨树。乡亲大伯们抬着棺材上了高岸，又用铁锹挖了深坑，将棺材缓缓放下坑去。您叫我连抓三把土，我跪在地上放声大哭，骓哥也跪在我身后放声大哭，您家大娘也哭起来，乡亲大伯们都哭起来。只有我娘不掉一滴眼泪，紧咬着嘴唇，淌着一道道鲜血。您强忍着悲痛，劝大家回村，又叫我把白幡插在坟头上。我一边走一边回头，白幡在黑夜的河风中抖动……"说到这里，夏竞雄泣不成声。

"好孩子，你什么都没忘！"老人含泪说，"记住你爹，你爹是一位英雄豪杰；记住你娘，你娘是一位贤妻良母，他们都有金石一般的人品。你爹原是个翰林公子，州学高才，想当官能步步高升，要发财能日进斗金。可是他却一刀斩断了这条孽根，跟穷苦百姓同命相连；穿土布衣，住破草房，吃粗茶淡饭，最后为国为民倒净了一腔子血。北运河三百里，我耳闻眼见，能这样气贯长虹的只有你爹一个人。孩子，你能吗？"

"能！"夏竞雄昂起头。

"那就祭告你爹吧！"老人数出三支箭，"给你爹上香。"

白纸灯笼挂在杜梨树上，芳俉儿打开糕点盒子，在三张菜碟里摆供品，又提起酒壶，斟满一盅酒，安放在夏思问的坟址前面。夏竞雄插地三支箭，深深鞠了三个躬，然后将这盅酒泼洒在地。

老人说："芳俉儿，给你大叔上香。"

芳俉儿也插三支箭，鞠三个躬，敬一盅酒。

龙大海整了整红绫包头，紧了紧黄缎子褡袍，拉了拉古铜色半大布衫，一手握着箭，一手托酒盅，跨前一步，上香敬酒。他是兄长，只深深作了一揖，然后抱拳说："兄弟，哥哥带着你侄女芳俉儿，陪伴你儿子竞雄今晚来祭奠你。哥哥喜看你儿子树大成材，问心有愧，恨我没有亲手把你儿子抚养成人。从今以后，哥哥要将功补过，一家老少男女三口，以命相保，保他水火不敢欺，刀枪不敢伤：生死关头，三命换一命！"

夏竞雄扑通跪倒，说："大伯，您是我的重生亲父母！我要跟您老人家，跟骓哥，跟芳俉儿妹子，跟穷苦乡亲们，同生共死。"

芳俉儿也跪下来，给大婶烧纸。她先用酒壶压住纸钱，拜了几拜，说："大婶，侄女芳俉儿给您捎钱来了，您使钱来吧！"她划着火柴，点了火，拿开酒壶，那一片片带着火光的纸钱，被河风吹上夜空。

夏竞雄点燃了小说，火光熊熊，他远远地抛向河面，照得大河通红。

龙大海老人拿了几样供品，半壶剩酒，自己回瓜田。芳俉儿仍旧用柳枝儿挑着白红灯笼，夏竞雄仍旧提着柳条篮子，原路而回。

走在路上，夏竞雄忽然听见芳俉儿在轻轻啜泣，忙问道："你怎么还哭呀？"

芳俉儿揉了揉眼睛，说："一个蠓虫儿飞进了眼里。"

"不对！"夏竞雄说，"你要是不把我当外人，就把你的心事告诉我。"

芳俉儿抽泣着说："我给大婶烧纸，也想起我娘来了；过几天是七月十五盂兰节，我要给娘多烧点纸钱。"

　　夏竞雄委婉地劝道："每个人都热爱自己的母亲，烧一点纸钱，表示自己的哀思，也是可以的。但是，万不可信神信鬼。天上没有天堂，地下没有阴间，那是当皇上的，当统治者的，为了叫老百姓永远当他们的牛马，当他们的奴隶，编出这些瞎话吓唬人的。谁要是说有天堂，请他带我去观光观光；谁要是说有阴间，请他陪我去游览游览。"

　　芳佾儿说："人死如灯灭，我倒不怎么信神鬼，只是想到我娘一辈子受苦，心里难过；再想到我这辈子也甜不了，早早就没了娘，比我娘更苦，更觉得伤心。"

　　夏竞雄说："那就要自强自立，自己做自己的主，自己走自己的路。"

　　芳佾儿叹了口气，说："什么自己做自己的主呀，早晚还不是我爹我哥说了算？什么自己走自己的路呀，还不是生来一世围着锅台转？"

　　"不，只要有志气，有决心，就能争到平等自由。"夏竞雄说，"雏哥见过，蔡松鹤叔父的女儿叶兰，是个大学生，比她的那些男同学功课都好，还是我们春草社的社长，《春草》周刊的主编，凡事要向她请教，写文章要请她修改。她的姑姑蔡松洁，到法、德、苏俄三个国家留学，现在回到广州，是个革命党。再有……你知道我为什么叫竞雄吗？"

　　"我怎么知道呢？"

　　夏竞雄说："我原来的名字，父亲给取的是志雄，意思是立志做个英雄。后来，在我六岁那一年，也就是我父亲殉难的前一年，著名女革命家秋瑾，为了推翻清朝，被朝廷逮捕，英勇就义。秋瑾烈士字竞雄，我父亲非常崇敬她，希望我学习这位女革命家的伟大精神，就把我的名字改动一字，也叫竞雄。"

　　芳佾儿问道："她一个女人家当革命党，家里人不拦挡她吗？"

　　"她挣脱了礼教的束缚，冲破了家庭的牢笼！"夏竞雄说，"她自幼生在书香门第，长大嫁到官宦人家，丈夫又是个顽固不化的官僚；可是她却不顾三从四德，冒犯七出之条，跟婆家娘家一刀两断，到日本去留学读书。学成回国，她又创办女子学堂，培养更多的女革命党。当被绑赴刑场砍头的时候，她一路谈笑自若，临刑慷慨悲歌，多么可敬可佩呀！"

　　夏竞雄的这些大而空的谈话，并不能解决一个农村穷苦女孩子的具体困难，却也在这个不甘心于任人摆布的女孩子的心灵上，产生了启蒙作用，激发起奋斗的志愿。

迎面，龙乌骓身背一口大刀和一张弓，腰间的箭壶插满了利箭，踏着茫茫月色，大步流星而来。

"你们说得好热闹啊！"他大笑着，"竞雄，你多开导开导芳信儿，给她精批细讲《女儿经》，教她学点规矩；跟哥哥说话，要低眉顺眼，轻声柔气，不许横眉立目，雨打芭蕉。"

芳信儿从鼻孔里哼了一声，说："如今我才醒过梦来，过去我是三从四德，往后我可要自由平等，你的话就是不听。"

龙乌骓眨了眨眼睛，嬉笑着说："那我就更别想跟你讨瓜吃，连地蛆咬过的也不给了。"

夏竞雄说："我在劝她立志气，做一个女革命党。"

"还是把你的心力花在男革命党身上吧！大伙儿都在牛郎河边的沙滩上等你哩。"龙乌骓接过夏竞雄的提篮，好像怕累着他似的。

夏竞雄问道："来了几位？"

"算上端正大哥，五位，"龙乌骓骄傲地说，"都是贴心换命的好弟兄。"

夏竞雄急着说："那就快去看他们吧！"

芳信儿说："你总得喝一碗稀粥再去。"

夏竞雄说："肚子里像装着火，不觉得饿。"

芳信儿说："越是有火气，越不能空肚子。"

"让人家久等，不礼貌。"

龙乌骓笑道："不必跟他们礼多，那就远了。"

回到家，芳信儿在天黑之前，就淘出一盆稀粥，蒸得了糠菜团子，拌了一盘黄瓜，腌了一碟豆角丝儿。稀粥已经晾得凉凉的，芳信儿背着身，给夏竞雄盛了一碗稠的，给龙乌骓盛了一碗稀的。龙乌骓早就饿了，抓起团子大口吃着；夏竞雄口干舌燥，端起碗来就喝凉粥，谁知一个剥了皮的光溜溜圆的鸡蛋，滚进他的嘴里。他一怔，正想看看龙乌骓的碗里有没有，芳信儿却催起他来："快吃吧！五个人等着你们俩哩。"他只得默默吃下去。但是，喝到半碗，又有一个鸡蛋在碗里滚动，他想夹给龙乌骓，乌骓早已吞下两个大糠菜团子，又一仰脖儿，灌进一碗稀粥，扔下碗筷到门外等他。

夏竞雄喝了一碗粥，吃了两个鸡蛋，赶忙跟着龙乌骓出村南口，奔牛郎河边的沙滩去。

这是一片洁白如银，柔软如绵的沙滩，五条汉子从河里爬上岸，往沙滩上咕咚一倒，四脚八叉，横躺竖卧，在月光下，满身亮晶晶的沙子。沙滩四外，草丛树棵里飞舞着蓝莹莹的萤火虫，像是天上洒下点点繁星。

五人中间，邢端正最大，又算得上识文断字，所以大家都敬重他，遇事请教他。躺在他旁边的小伙子叫蓝铁砧，是在北运河上专拉顶风逆水船的纤夫。他为人剽悍，性情暴躁，疾恶如仇，傲慢不驯，北运河上的船主，很少没有尝过他的拳头，所以平时没人雇他，常饿肚子。但是，当大船在激流中团团打转，狂风吹折桅樯的时候，船主们却都争先恐后跑来请他，求他。他赤裸着钢筋铁骨一般的身子，只系一条窄窄的围腰，套上纤板，两手抓地，大喝一声，绷紧纤绳，就像一只巨大的铁锚深深地钉在了岸上，任凭水再急，风再猛，大船纹丝不动。然后，他通过纤绳的感应，适应着水流的变化和风力的强弱，将大船从僵死中又拖活过来，慢慢地端正方向，一步一步地战胜险阻，转危为安。距离邢端正不远，有个小伙子趴在沙滩上，嘴里咬着一根青草，人很白净，长得秀气，名叫杨望春。杨望春虽然很年轻，发育得也不茁壮，却是个有强力、有韧性、有板眼、有智慧的农民。夏收几十人一起割麦，骄阳似火，烟尘弥漫，人人汗如雨下，泥头垢面；杨望春身披白汗布，手持一把银镰，一上垄就跟龙乌骓并驾齐驱，寸步不离，割下半天来，汗布还是那么白，身上没泥点，人们都管他叫杨骏马。躺在沙滩上就扯起鼾声的小伙子叫任贵和，圆头方脸，两只大脚那厚厚的老茧，高粱茬也扎不透。挨着他的是个娃娃脸的马倌，叫岳十五，用一根茅茅草捅他的鼻子，任贵和不断打着喷嚏，但是哼哼两声，又睡着了。

河边，传来沙沙的脚步声，邢端正说："来了！"跟着，蓝铁砧和杨望春也忙站起身，马倌岳十五揪着任贵和的耳朵，把他扯起来。五个人，一字儿排开。

龙乌骓哈哈大笑，说："坐的还坐，躺的还躺，竞雄兄弟不是外人。"

夏竞雄亲热地跟每个人拉拉手，蓝铁砧和任贵和比他大，就叫大哥，杨望春和岳十五比他小，就叫兄弟。

蓝铁砧直勾勾地望着夏竞雄，充满感情地说："我小时候，夏老师在我们村里教过书，晚上还教年轻人练武。你长得真像他老人家，看见了你，就像他老人家又活了。他老人家要不是打道台衙门升了天，如今必定是民国衙门的大官，咱们也就不受田连阡欺侮了。"

龙乌骓不同意，摇着头说："夏大叔活到今天，也不会在民国的衙门当官，这民国的衙门跟前清的衙门有什么两样？还不都是有钱就有理，板子打在穷人屁股上？夏大叔活着，必定还得反这个民国衙门。"

邢端正叹息着说："我常想，夏大叔死得冤；早知道民国是这个样子，何必为它抛头颅，洒热血？"

蓝铁砧大叫道："咱们自立一个真正革命党，拉起一支真正革命军，先打碧水湾，再占通州城，竞雄兄弟当县长，乌骓当司令，端正大哥管审案，专审那些欺压穷人的狗官跟财主。"

娃娃脸的岳十五问道："铁砧哥，你当个什么官儿？"

"我当打板子的！"蓝铁砧认真地说，"端正大哥一拍惊堂木：'把田连阡拉下去，痛打四十！'我答应一声：'喳！'把田连阡扯死狗一样扯到堂下，一板子下去叫他皮开肉绽，两板子下去叫他三魂出窍，三板子下去叫他七窍流血……"

憨头憨脑的任贵和说："你小点劲儿，慢点打；三板子就打死了，便宜了他。"

"对，对！小点劲儿，慢点打。"蓝铁砧连连点头，"四十板子只打他七成死，一天打一回，打他七七四十九天，哪一天我打得没兴致了，再一刀切下他的吃饭家伙。"

任贵和又说："一刀又便宜了他。"

岳十五说："交给我，我把他五马分尸。"

"说远了，走题了！"龙乌骓挥手叫大家止住，"竞雄兄弟比咱们明白大道理，请他给咱们说明白。"

夏竞雄轻轻咳嗽一声，说："咱们不能另立旗号，还是要归附到广州的革命党大旗下……"

蓝铁砧叫起来："等打下江山，再奉送给什么圆大头、方大头、扁大头呀！竞雄兄弟，不怕你过意，我佩服夏老师，可就不信奉他们那个革命党。"

夏竞雄笑道："如今的革命党，跟过去的不大相同了。现在的革命党里，有新成立起来的共产党人参加，他们代表劳苦大众的利益，绝不会打下江山送给有钱人。"

邢端正好学好问，忙挨近了夏竞雄，说："兄弟，你就专讲共产党。"

夏竞雄反倒为难起来，说："我知道得很少，只怕讲不明白。"

龙乌骓说："你总比我们这些头顶高粱花儿的人知多见广，有多少就讲多少。"

是的，夏竞雄只不过是通过外国报刊的折光，才知道中国有了共产党。直到近一两年，他才从国内的报刊上，零零星星读到一些关于共产主义学说的文章，但是还构不成完整的印象和深刻的了解。他不是通过书本，而是通过他所敬爱的共产党人表现出的思想、行为和品格，产生了十分亲切的对于共产党的崇敬感情。在他的心目中，周恩来就是共产党的象征。

五四运动的时候，他还是个天真烂漫的中学生，周恩来的名字是多么强烈地激励他，多么强烈地吸引他。通过距离省会二百里，北运河把通州和省会连接在一起。周恩来在省会讲坛上发出的战斗呼唤，伴着河水、河风和河声，震荡到通州，震荡他的心弦。他没有见过周恩来，但是他所钦佩的布谷和蔡松洁，像他钦佩他们一样钦佩周恩来，因而周恩来就更引起他的深深敬佩。成立春草社和出版《春草》周刊，虽然是今年春天的事情；但是它的源起，却是去年。他从天津《民意报》的《觉邮》副刊第二期上，读到周恩来寄自欧洲的诗作《生别死离》，其中的一段诗句："没有耕耘，哪来收获？没播下革命的种子，却盼共产花开！梦想那赤色的旗儿飞扬，却不用血来染它，天下哪有这类便宜事？坐着谈，何如起来行？"激励了他这个本来不尚空谈的人，行动起来。成立春草社和出版《春草》周刊，是他起来行动的第一步；现在，他正迈出第二步……

龙乌骓见他陷入沉思，久久沉吟不语，就向大伙儿眨了眨眼睛，又跟邢端正咬着耳朵说："我猜想，竞雄兄弟就是共产党，这是上不传父母，下不传妻子的，别打破砂锅问到底了。"

夏竞雄听见了他们的耳语，脸一红，忙说："我不是共产党，我想加入共产党。"

"你加入，我也跟着你加入！"龙乌骓说。

"也得把我们都带进去！"大伙儿一齐说。

当时，党还很小，全国只有几百名党员，三百里北运河还没有一名共产党人。但是，党的光芒广阔远大，在三百里北运河的一个小村落的野外，在开始觉醒的一个青年知识分子和六个青年农民的心头，像启明星闪闪发亮。

天将破晓，他们才分手。蓝铁砧、杨望春、任贵和、岳十五浮过牛郎河走了，龙乌骓仍旧留在柳棵子地的窝棚里，夏竞雄和邢端正相伴回村。

16

夏竞雄虽然很不信任王无冕，甚至很憎恶他的品行，但是仍然太单纯，太不警觉了。他不但没有想到，而且没有想过，王无冕在暗地里大挖墙脚，并且伺机从背后刺他一刀。

春草社在石舫开完会，王无冕假装跟冯文藻和平步云在协和湖畔乘凉赏月，在夏竞雄与冯文藻和平步云之间，散布不和的细菌。然后，又像一只绿头蝇飞向垃圾堆，跑到民信报社跟韩识荆会面。

韩识荆刚从马千乘的团部回来，正在顶楼他那高高在上的办公室里，摇头摆脑地吟哦杜病鹃为他代笔的妙文，一唱三叹，颇有点得意忘形。这个跑街西崽起家的小报混子，自从跟王无冕交往以来，忽然茅塞顿开，恍然大悟自己在通州市不能登大雅之堂，被有身份的人看不起，原来是因为他只知逐利，不知追名。今天他登门叩拜马千乘，那个洋行大买办的少爷，租界花花公子出身的青年军人，露骨地向他表示，《民言报》今后应该常常刊登颂扬他的文章和消息；同时又暗示，他将来必定接任镇守使，当然要论功行赏。

韩识刑像风吹鹅毛一般，手脚轻飘飘回到报馆，命令杜病鹃，十万火急，写一篇《儒将剪影·马千乘团长访问记》，署名韩识荆，明天见报。

王无冕推门进来，他抬头就问："你看我印堂之上，是否官星发旺？"

"马千乘答应帮忙吗？"王无冕拿起韩识荆的香烟，抽出一支，半个屁股坐在写字台角上，吸起来。

"结了个善缘，"韩识荆不想露底，"你找过田中玉了吗？"

"不忙！"王无冕胸有成竹，"田中玉这个活宝，你上赶着巴结他，他就端起大架子；你先给他一包辣的尝尝，他就像软蜡一样，怎么捏都行。"

"兵贵神速，你快准备吧！"

"看我一石二鸟吧！"王无冕得意地说，"我明天就搬到报馆来住，先刮一场黑风。田中玉是个尿种，我不费吹灰之力，就吓麻了他的手脚，再变着花样儿摆布他。"

果然，在夏竞雄离开通州的第二天，《民言报》在头版刊登一则大字标题的新闻：

田连阡为富不仁春草社吊民伐罪

本报走访消息：碧水湾土豪劣绅田连阡，为臭名昭著之满清余孽，曾因呼应张勋复辟而锒铛入狱。出狱后匿居乡里，非但不知闭门思过，改恶从善，反而变本加厉，横行不法，鱼肉乡民。近竟假借为其子田中玉大办生日之名，逼迫乡民出资，为其子铸银虎打金锁，以取吉利，敲诈勒索，莫为己甚。乡民龙乌雒揭竿而起，聚众抗礼，田连阡竟出动恶奴，欲置龙乌雒于死地。孰料龙乌雒虽系一乡野愚氓，却是潞河学院高才生夏竞雄之盟兄。盟兄走投无路，乃向盟弟哭诉求救。夏竞雄义不容辞，责无旁贷，誓为乡民发不平之鸣，扶危济困。况夏竞雄之父夏思问与田连阡乃二十年前之死敌，夏竞雄岂止吊民伐罪，亦且为父报仇也。夏竞雄为通州唯一学生团体春草社领袖，振臂一呼，应者云集。日前召开社员大会，兴师动众，部署战阵，准备对田氏父子大张挞伐。夏竞雄不但深得青年学子之坚决支持，而且更有潞河学院四大博士之一的蔡松鹤教授做强有力之后盾。故夏竞雄与田氏父子之间必有一场恶战，实为我通州近年之一大空前盛事。究竟鹿死谁手，读者刮目以待，本记者将随时迅速报导也。

这则新闻，是王无冕挖空心思，使用春秋笔法写出来的。

同时，在另一版上，发现了杜病鹃代笔，韩识荆署名的吹捧平步云的文章。王无冕在审阅校样的时候，又动手增加了一段绝妙好词，把平步云比喻为宋玉，既有宋玉的诗才，又有宋玉的美貌。王无冕暗暗发笑，平步云读了这一段，一定甜滋滋，美滋滋，就像接到章涟漪的情书一样。

在广告栏上，刊登了《民言报》的郑重启事，宣告它新设的副刊《古香》，将于下星期与读者见面，特聘潞河学院高才生、青年学者冯文藻为主编。广告的文字，是受雇于广告课的文丐写的，原稿没有青年学者四个字；在发排付印的时候，王无冕笔下生花，添加了这个头衔。给冯文藻头上扣上一顶廉价的炭篓子，也就等于给这位学究套上了笼头，更易于驾驭了。

除此之外，这一天《民言报》上的所有文章和消息，都是王无冕一手选定、修改和编排的，确实别开生面，他非常洋洋得意。从昨天起，他搬进报馆来住，韩识荆为他在二楼腾出一个房间，作为他的编辑室兼卧室，他通宵没睡，地上扔满了烟蒂，像是一堆堆的甲虫。这时，清晨四点钟，发行科那几辆运送报纸的排子车，咕噜噜滚出铁栅栏门，就要分发到几个大报贩子手中，再由大报贩子分发给二三十个小报童，大街小巷奔跑叫卖。王无冕站在窗口，目送着这几辆排子车朝不同方向滚去，仿佛觉得自己是一名指挥若定的司令官，调动几路人马，开赴前线。

敌人是谁呢？他的嘴角挂着阴毒的微笑，自言自语地说："夏竞雄，我要把你逼到乌江边去。"

"老弟，你的这条新闻写得高，高！"韩识荆踢门走进来。

这个家伙也一夜没睡，亲自指点和督催杜病鹃为他再写一篇《儒将雅闻·马千乘团长沙场赋诗》。要想马儿跑，就要舍得草。他请杜病鹃在他的长沙发上，吸了两管鸦片烟；但是，鹰饱不拿兔儿，杜病鹃很想再吸一管，他却不给烟泡了。他那篇"剪影"，很讨马千乘的欢心，赏他一顿丰盛的酒饭。酒筵上，马千乘说："今后刊登我的事迹，先要送我过目一下，以免遗漏失实。"他奉命唯谨，这篇"雅闻"写成之后，又命令杜病鹃恭楷誊清一遍，准备在今天上午送呈马千乘审阅。离开报馆之前，他对于今天的报纸很不放心，从头到尾都仔仔细细看了看，不禁暗暗佩服王无冕的阴险毒辣，所以跑进来夸奖几句。

王无冕从窗口转过身，不动声色地问道："何以言之？"

"借刀杀人，而杀人不见血。"

"愿闻其详。"

"第一，"韩识荆扳着手指，宝石戒指一闪一闪发亮，"你明里称赞夏竞雄的侠行义举，暗中等于向当局和对方告密，暴露他的图谋，使其最后一事无成。"

王无冕挑了挑眉毛，说："算你蒙对了。"

"第二，"韩识荆以明察秋毫的得意神气说下去，"龙乌骓'揭竿而起'，且是'聚众'，那就迹近谋反。而夏竞雄誓为谋反者'扶危济困'，并且开会'兴师'，'部署战阵'，已经不仅是从贼附逆，而且是扩大暴乱。这个罪名，你的笔头轻轻一拨，就扣在了夏竞雄头上。"

王无冕扯动了一下嘴角，笑道："谁说识荆兄不学无术？我看腹中并不空空如也。"

"第三，五四运动以来，当局最忌学生结社闹事。你不但公布春草社为通州唯一学生团体，而且揭发他们与暴民呼应，当局正好假以口实，下令取缔。第四，田连阡老谋深算，老奸巨猾，岂能屈服于一伙乡野愚氓和白面书生？你故意提起夏思问与田连阡的旧恨，张扬夏竞雄子报父仇，就更加激怒田连阡，必然引起一场恶战。而你，正是为恶战煽风点火，推波助澜，铲除异己，以图一快。"韩识荆一口气说完，眼角瞟着王无冕的神色。

王无冕被他识破天机，心中不悦，但是不得不说："知我者识荆兄，但此中不可与人道也。"

韩识荆打了个哈欠，说："老弟，你这则新闻定能大敲田中玉一笔竹杠，但是也不能一人独吞，撑破肚皮呀？"

王无冕暗暗咬牙切齿，心里说：妈的！胆敢虎口夺食，狗东西。表面上，却嘻嘻哈哈地说："我王某人一向是'乘肥马，衣轻裘，与朋友共'。"

韩识荆走出门去，王无冕在他背后做了个狰狞的嘴脸，一个念头在他的脑海里飞转开来。

据他摸底，《民言报》的全部资本，不过三千多元，韩识荆要想有所发展，资金大大不足，所以正在张罗招股。他想，田中玉是个大银库、大肉头，如果引诱田中玉向《民言报》大量投资，那么他就可以充当田中玉的全权代表，在《民言报》有决策地位，而不像现在这样，虽然一时得逞，到底还要受制于韩识荆。

他和衣而卧，小睡儿一会儿。醒来，精心梳洗，换上他昨天从旧货摊购得的一套半新西装，又把他那一双旧皮鞋上油擦亮。他穿戴齐整，照了照镜子，虽然其貌不扬，也还算容光焕发。于是，昂首阔步走到街上，叫了一辆洋车，到田中玉的小公馆去。

17

田中玉在通州南城金枝胡同，有一座富丽堂皇而小巧玲珑的公馆。计有一个管事的，两个护院的，一个拉车的，两个厨子，一个奶妈，两个通房大丫头，九个仆人侍候他。田连阡大小老婆四五个，好不容易有了他这个宝贝儿子，所以从小就拿他当活祖宗供着。

他已经二十三岁，潞河学院的大学生，但是除了吃饭喝水自己动口之外，一切日常生活杂事都得别人动手。早晨一睁眼，一个通房大丫头给他穿衣服，穿袜子，穿鞋；一个通房大丫头拿着手纸，陪他出恭。而后，一个大丫头给他打洗脸水，舀漱口水，连牙粉都得给他抹在牙刷上。等他梳洗完毕，奶妈进房来给他吃奶。他本来也想学时髦，像洋人一样喝牛奶，可是他的爹娘虽然事事依他，唯独这一件不肯答应，怕的是他喝牛奶变了人性，不孝顺爹娘。吃完奶，又到餐室去吃早饭。他有一个专用的高手厨子，不但会给他煎、炒、烹、炸，而且会给他做什锦美味小吃。吃过早饭，他坐着铜饰华丽、金光闪闪的专用洋车，车夫拉他上学，车后还飞跑着一个护院的彪形大汉给他保镖。上课的时候，他雇了一个穷同学给他记笔记，并且负责在他打瞌睡而即将发出鼾声的时候，轻轻捅醒他。中午放学，还是坐洋车，保镖的护驾。回到家，两个大丫头侍候他洗脸吃饭。吃饭的时候，一个大丫头给他盛饭，一个大丫头给他夹菜。酒足饭饱，一个给他打漱口水，一个给他递上洒香水的手巾帕。而后，一个给他点烟，一个给他削水果。抽足了，吃够了，两个大丫头送他回屋午睡。那时候还没有电扇，天气热他睡不着，两个大丫头还得轮班给他扇凉。睡醒之后，早已给他沏得不凉不热的香茶，不多不少只喝三盅，又去上学。晚上，他吃了饭，洗了澡，不是听留声机，就是跟仆人们打牌。打牌的时候，一个大丫头给他抓牌看牌，一个大丫头给他点烟递茶，用牙签往他嘴里送果片。玩到深夜十一点，临睡之前，还要吃奶，吃夜宵、吃补药，上厕所。躺在床上，一个识字的大丫头给他念几段香艳言情小说，在催眠声中，昏昏睡去。如果把他每日的寄生虫生活详细描写，不但极其无聊，而且令人作呕。

在他的爹娘如此百般疼爱和仆人们如此精心饲养下，田中玉的体重超过二百斤，而且有增无减。他非常羡慕那些风度翩翩，举止潇洒的美少年，找了一位洋医生给他减肥。那位洋医生告诉他一要多运动，二要不吃肉，三要不吃饱。他试验了一天，便叫苦不迭，宣布停止。他怕累，体育运动很疲劳，吃不消；他天生有口福，一顿不吃肉就馋得慌；他大概是饿死鬼投胎，不但每日三餐不可少，而且两顿饭之间还要吃点心，上课的时候书包里也装着零食，不停地偷偷往嘴里扔巧克力和小饼干。半夜醒来也叫饿，不吃点东西就别想再睡着。所以，他不但减不了肥，反而一天比一天上膘。

眼下正是暑伏时节，天气像蒸笼一般闷热，田中玉早晨起床，不穿衣服，只穿一件肥大的薄绸睡袍，吃过奶，就到小花园的凉亭里吹着风，吃早饭。他端着一碗冰糖莲子粥，用小银匙一口一口地吃着，两只小肉泡眼眯成一道缝儿，痴呆呆在想心思。最近，他陷入两大苦恼之中，一大苦恼是两年来追求章涟漪所花的银圆，能够铸成章涟漪一个银身，却成效甚小。刚刚给章涟漪买了一块瑞士金表，这个小贱人戴在手腕上，就跟着林和霖洗海水浴去了，没有一点良心。另一大苦恼，是汤金銮硬要把他那个麻脸而淫乱的女儿嫁给他，并且准备在他二十三岁生日那天，亲自到碧水湾去，跟他爹喝会亲酒。他是个不爱发愁，胃口旺盛的人，近日却愁眉苦脸，食量锐减。

一碗冰糖莲子粥吃了半个小时，只吃下小半碗，这时，护院的送来刚到的《民言报》，一个大丫头给他展开在面前的藤桌上。他一眼就看见了头版上那则大字标题的新闻，吓得他啊呀一声，手里的莲子粥碗滚落在地上，登时就冷汗淋漓，脸色灰白。一个大丫头拼命给他打扇子，一个大丫头慌忙给他找暑药。

他吃了暑药，还是冷汗直流，脸白如纸，大丫头担不起这个责任，跑去报告管事的，管事的忙喊车夫，去请洋医生。

"不，不！"他摇着肥头，"拉我去找干爹。"

车夫跑来了，搀扶他说："少爷，起驾吧！"

他吃力地站起身，忽又想起，去见汤金銮，汤金銮必定将那个麻脸的烂货塞给他。于是，他又变了卦，一屁股坐在藤椅上，说："我不去了，不去了。"

正在这时，又一个护院的进来禀告："少爷，您的同学王无冕先生，前来拜访您。"

"叫他走，叫他走！我不见他。"

护院的答应一声："是！"

但是，他转念一想，王无冕是潞河学院学生中一个十分霸道的家伙，又是春草社的五魁之一，此来必有目的，不见不妙。也许跟这个家伙拉拉拢拢，能够缓和春草社对他的攻击。于是，他又连忙改口，说："请，快请！请他在客厅稍候片刻。"

话犹未了，王无冕已经大摇大摆走进来，喧嚷着："中玉兄，安乐窝中，逍遥宫里，大享清闲艳福，好不快活自在！"

田中玉起立，一副哭相，说："无冕兄，别取笑我了！什么安乐窝，逍遥宫，我是热锅上的蚂蚁。"说罢，吆喝两个丫头搬藤椅，拿扇子，端糖果，沏好茶，点香烟。

王无冕观察田中玉的神色，故作惊讶地问道："中玉兄，为何闷闷不乐？"

田中玉牙疼似的呻吟着说："家父年老昏聩，要给我大办二十三岁生日……"

"我预祝中玉兄芳辰！"王无冕一拱手，"祝你福如东海，前程似锦。"

"烦死了我！"田中玉抱着肥头，好像头疼欲裂，"没看见今天报上的新闻吗？你们春草社准备对我们父子大兴问罪之师了。"

"这确实大煞风景！"王无冕的脸拉长了，"令尊的名声本来欠佳，如果报纸再大扬其丑，你们父子可就身败名裂了。"

"我该怎么办呢？"这个有头无脑的蠢材，向魔鬼求救了。

"难，难！"王无冕站起身来，背着手，皱着眉，沉着脸，在凉亭里走来走去。

田中玉可怜巴巴地张大了嘴，说："无冕兄足谋多智，务必为学弟思一良策。"

王无冕陡地打了个旋转，又站定了脚，说："中玉兄，恕我直言。你身为巨富，又接受了高等教育，却不想有所作为，而只知沉溺于富贵温柔之乡，醉生梦死，岂非一具行尸走肉？"

田中玉耷拉着脑袋，说："无冕兄虽然忠言逆耳，却对我大有教益。"

"好男儿应心雄万夫，壮志凌云！"王无冕高声大叫，"请看令先祖孟尝君田文，挥金如土，养士三千，历史上万代留名，何等伟大。中玉兄理当振作精神，发愤图强，继承先祖遗风，并发扬光大之。"

"对，对！"田中玉活了心，"闻君一席话，胜读十年书，但是，从何着手呢？"

王无冕哈哈一笑，说："人生一世，不过争名夺利而已，中玉兄的财富已经十分充足，似乎不必热衷夺利；而对于争名，必须全力以赴。"

"怎么争呢？"

"控制报纸！"王无冕说，"《民言报》不过是一个传声筒，谁把它抓到手里，它就替谁说话。"

"怎么抓呢？"

"有钱能使鬼推磨呀！"王无冕进入正题，"为了适应时代潮流和政情变化，《民言报》正在进行改良和扩充；如果中玉兄大量投资入股，成为它的财东，它不就完全听凭你的支配，乖乖供你驱使了吗？"

田中玉眉开眼笑，欢喜地说："我投资，我入股！专门叫它骂我的仇人。"

王无冕跟着又说："你还应该馈赠那位写这则新闻的记者一百大洋，以便控制他那支笔。"

"我不给！"田中玉板起了胖脸，"他把我们爷儿俩骂了个狗血喷头，我反而倒贴金钱，岂不成了任人宰割的肉头？"

"小不忍则乱大谋呀！"王无冕恫吓说，"令尊当年只因过于吝啬，得罪了那位老传教士，不但饱尝铁窗之苦，而且破财过倍，你应该记取这个惨重教训。"

田中玉胆寒了，忍痛说："好吧，给他一百，只当我多养了一条叭儿狗，给狗买肉吃了。"

王无冕心里骂道："妈的！老子这一杠子敲得不狠。"

田中玉灵机一动，问道："我能不能也向《春草》投资，让它替我推磨。"

"办不到！"王无冕说，"叶兰和夏竞雄不是见钱眼开的人，你就是倾家荡产，也买不动他俩。"

"那么我还得挨《春草》的骂呀！"田中玉又烦恼了，"它比《民言报》凶得多。"

王无冕狞笑一声，说："对于《民言报》，你是'量小非君子'；而对于《春草》，你就必须'无毒不丈夫'。"

"我该怎么毒它呢？"

"求你干爹，查禁《春草》，逮捕夏竞雄。"

"我不去求他。"

"为什么？"

"反正不去。"

"为什么呀？"王无冕提高了嗓子。

田中玉吭吭哧哧地说："他死乞白赖非把他那个麻脸闺女嫁给我。"

王无冕差一点没笑出声来，心里说：你这个草包，就该配那个烂货。但是，为了实现他的借刀杀人之计，他忍住笑，一拍胸脯，说："解决这个难题，我也有妙计。"

田中玉几乎要下跪，说："无冕兄，救命吧！要多少钱我都给你。"

王无冕扮出一副庄严神气，说："为朋友两肋插刀，而我要为你引火烧身，更是亘古一人，绝无仅有。"他咬着田中玉的耳朵，如此如此。

"咯咯咯！"田中玉的小眼睛笑出了泪珠儿，满脸的愁云都散尽了。

王无冕一拍他的肥肩，说："走吧！咱们马上到镇守使公署去，你看我的眼色行事。"

田中玉也想嘴尖舌巧一下，笑眯眯问道："无冕兄，你是春草社中人，却从背后将《春草》暗杀，未免不义吧？"

王无冕阴森森一阵冷笑，说："孟子曰：'义者，宜也。'《春草》对我不宜，我也就以不义报之。"

18

通州镇守使汤金銮，是个三等小军阀。

他已经五十多岁，瘦高个子，水蛇腰，长胳臂，鹭鸶腿，尖脑瓜顶儿，两只小三角眼贼亮贼亮，一条歪鼻子又是鹰钩儿，他虽然当上了将军，但是仍然脱不掉偷鸡贼的风度，走路东张西望，跳跳蹿蹿，举止毛毛躁躁，坐立不安。除去出操、检阅、开会、典礼，他不喜欢穿军装，也不喜欢穿长袍马褂，只喜欢穿黑绸密扣窄袖的紧衣小打扮，抓地虎快靴。所以，他走动起来，很像戏台上的武丑儿，更像一只下山的长臂猿。他对自己那两只长胳臂很引以为荣，因为刘备双手过膝，是帝王贵相。

汤金銮心胸狭窄，小肚鸡肠，多疑无信，手狠心黑，因而嗜杀成性。他每驻在一处，头三天必定在衙门前、城门口、十字街、闹市上，挂满血淋淋的人头。在营盘内，有时他突然下令副官、秘书、随从、马弁紧急集合，眼放凶光，猛地抓住一个人的脖领子，揪到队列前面，宣布那人的罪状，然后将那人一脚踢翻，一枪毙命。在家庭里，姬妾十几人，他总怀疑她们之中有人跟他同床异梦，给他戴绿帽子，往往在饮酒作乐的席面上，他陡地脸色一变，一声号叫，一把挽住他所怀疑的那个姬妾的青丝，百般凌辱之后，当场处死。

他杀人如麻，杀人不眨眼，却管不了他的女儿，不敢管他的女儿，而且要受他的女儿管。

这是因为他年过半百，只有这么一个女儿，疼得像命根子，爱得像掌上明珠。汤月容小时候长得并不丑，所以秘书长史友诗给她起名，取的是"沉鱼落雁之容，闭月羞花之貌"的意思。汤月容很有父风，一是好玩枪，七八岁就跟

78

着她爹到校场上打靶。到十一二岁，她爹不但教她打飞禽走兽，而且教她射杀逃兵和囚犯。另一个爱好，是偷窃。她家堆着金山银垛，吃的，喝的，穿的，戴的，使的，用的，无所不有。但是，她却偏偏喜欢偷点零碎儿；所到之处，贼不走空，顺手牵羊，不露痕迹。不幸，她十八岁那年，出了一场天花，一张粉脸变成了翻卷石榴皮，哭得死去活来，怕出丑不再上学，性情越发乖戾。她本来就很轻浮，年龄渐大也就淫乱起来。为了这个，汤金銮枪毙了一个年轻的副官，两个漂亮的卫士，而且严禁四十岁以下的男子进入内宅。

　　这天上午，他坐在警卫森严的外书房里，脸色气得焦黄。他的秘书长史友诗，正在絮絮叨叨地劝他不要过度气恼，以免有伤贵体。从内宅里，传出他的女儿汤月容那一阵阵刺破耳膜的哭号声和叫骂声。

　　"汤小叨子，你不枪毙了姑奶奶，你就是窑姐儿养的！"

　　他的女儿叫着他的小名骂他。

　　今天父女俩这场争吵，起因是汤月容静极思动，要求她爹给她请一位家庭教师补习英文，理由是田中玉是个教会大学的学生，常跟洋人来往，她不会洋话，不能陪客。汤金銮知道她别有用心，醉翁之意不在酒，不肯答应，于是她宣布绝不嫁给那个胖猪。汤金銮气不过，一时溜了嘴，说："老鸨落在猪身上，自个儿也不照照镜子！"这一下可惹下了塌天大祸，汤月容不但大哭大闹，大叫大骂，把内宅砸得稀烂，而且还要放火。秘书长史友诗赶忙救驾，打躬作揖，才把汤金銮从女儿的扑咬中解救出来。

　　后宅里，汤月容已经骂到第十八代祖宗了。汤金銮那窄巴巴的太阳穴上，暴起青筋，霍地从太师椅上挺身站起。史友诗只当他要去杀死汤月容，忙张开胳臂拦道："大人息怒，大人只有小姐这点骨血……"

　　汤金銮一跺脚，长叹一声，说："我去求她别骂了，顺者为孝，我依她就是了。"

　　等他从内宅得到女儿赦免回来，秘书长史友诗正陪着田中玉和王无冕说话。

　　汤金銮一见东床佳婿那肥头大耳的福相，就喜上心头，亲热地玩笑道："好小子，还没定亲，你就踢老丈人的门槛子，自由乱爱起来啦！"

　　田中玉看了看王无冕的眼色，王无冕点头示意。于是，他咳嗽一声，说："孩儿给月容姐请来一位家庭教师。"说着，他向汤金銮介绍王无冕："潞河学院特等高才生。"

　　王无冕惟妙惟肖地模仿着洋绅士的派头儿，歪了歪头，抬了抬手，算是行礼，又用洋话说道："镇守使阁下，认识你很高兴。"

　　田中玉忙用中国话翻译过来。

　　汤金銮大为惊奇，怎么女儿刚想请个家庭教师补习英文，田中玉就送来一个假洋鬼子？难道月下老儿的红线，不是拴在这两个孩子的脚上，而是系在他们的心上，就像通了电话线似的？但是，他掩饰住脸上的喜色，故意冷冷淡淡地说："月容又不上学，你们很快就会结婚，还请什么教师，念哪家子书？"

　　田中玉早被王无冕教会了一套巧妙的擒拿术，对答如流地说："孩儿是个教徒，婚姻大事必经教会认可。因此，孩儿与月容姐的婚姻，已经禀告本堂牧师。牧师老人家觉得女貌郎才，门当户对，很是满意，并且表示愿意赏光做媒，在教堂里举行订婚仪式。但是，后来一听月容姐不是教徒，又不会洋话，牧师老人家又不赏脸了。"

　　汤金銮大喜过望，洋牧师当媒人，教堂里拜堂成亲，脸上何等放光！忙说："好办，好办！我叫你月容姐马上入教，从今天起，就请这位王先生教她学洋话。"

　　田中玉的肥头摇得像货郎鼓，说："如今入教，可不像二十几年前吃教那样，三请六劝，外加一份钱粮。现在，必须熟读圣经，洋话说得流利，考试及格，才能洗礼。"

　　汤金銮吐了一下舌头："行市涨得飞快呀！"

　　田中玉紧接着又说："孩儿是巴不得高攀月容姐的，怎奈孩儿身为教徒，不能违忤上帝和圣母的旨意；牧师奉上帝和圣母的使命，孩儿只有唯命是从。如果月容姐难于达到教会的标准，孩儿只有跟她来世再为夫妻了。"他挤了挤眼睛，居然挤出几滴眼泪。

　　汤金銮急忙说："我对牧师大人的要求，完全接受。事不宜迟，兵贵神速，你火急陪着王先生去跟月容见面。王先生的束脩，一定从优。"

　　田中玉又看看王无冕的眼色，王无冕又点头示意。于是，他换上另一副哭丧脸儿，说："干爹，孩儿还有一件为难之事，求干爹替孩儿做主。"

　　汤金銮笑道："说吧！你跟我还不好开口吗？"

　　田中玉眼泪汪汪地说："孩儿的生日办不成了。"

　　汤金銮哈哈大笑，说："你那守财奴的爹舍不得花钱，我掏腰包！"

"不是！"田中玉悲悲切切地说，"潞河学院物理系学生夏竞雄，是被前朝杀了头的乱党夏思问之子，他啸聚一伙捣乱分子，成立了一个图谋不轨的春草社，出版了一个宣传赤化的《春草》周刊，更要煽动乡民暴行，必欲把我们父子置于死地而后快。"

"抓！"汤金銮咆哮一声，"乱党之子，宣传赤化，煽动愚民，图谋不轨，犯的是杀头斩首之罪。"忽然，他又多了一个心眼儿，问道："姓夏的小东西，是不是教徒？"

王无冤插嘴说："他不但不入教，还公开鼓吹无神论。"

"那就更得抓起来！"汤金銮大吼，"秘书长，你马上行文，命令袁宝锭立即行动，反抗拒捕者，就地正法。"

等田中玉和王无冤离开外书房到内宅去，史友诗忙嘴贴着汤金銮的耳边，小声说："大人，使不得。"

汤金銮一瞪眼，说："姓夏的不过是个乳臭小儿，又不是教徒，我抓起他来怕什么？杀了他的头又怎样？"

"大人三思！"史友诗捻着老鼠须，"姓夏的虽不是教徒，却是潞河学院真正的高才生，六所教会大学会考，他得了第一名。不但许多教授引以为骄傲，就连查理·金院长也把他当金字招牌。而且，潞河学院享有治外法权，未经查理·金院长允许，我们不能进校抓人，也不能取缔他们的学生社团和查禁他们的出版物。"

汤金銮烦躁起来，恼火地说："难道这个姓夏的小东西，在我眼皮子底下大闹天宫，我连屁也不能放一个响的！"

"我自有安排！"史友诗奸笑一声，"镇守使公署发布通告，通州市实行不定期戒严，在戒严状态下，严禁三人以上集会，违令者严惩不贷。在戒严期间，严禁传递、张贴任何文字，违令者轻则罚款、鞭笞、重则以军法治罪。这一来，就把夏竞雄封锁在潞河学院的高墙里，自生自灭了。"

汤金銮瓷着眼珠儿，说："这一来可就闹得人心惶惶，动荡不安，市面萧条；我收不上税，这几千人马吃什么？"

"另有生财之道！"史友诗说，"我们可以高价出售特许证和通行证。那些妓院、烟馆、赌场、饭庄、戏园子，谁不来买特许证？那些嫖客、烟鬼、赌徒、戏迷，谁不来买通行证？"

汤金銮想了想，又补充说："违令罚款的，要多罚，该鞭笞的，只要出钱，也可以免打，财源就更茂盛了！"

偷鸡贼出身的三等小军阀汤金銮，民国以来，朝秦暮楚，投靠过几个大军阀，但是一直保持自筹粮饷和自由行动的独立地位。他只想保存实力，割据一块地盘，不被大号军阀吞并，就很知足了。二十几年来，尤其是这几年，他拼命搜刮民脂民膏，存到天津租界的外国银行里，以便一旦垮台下野，就跑到租界里当寓公。

从下午起，通州市大街小巷，三步一岗，五步一哨，骑兵也枪上膛，刀出鞘，各处巡逻。

19

这几天，平步云遵夏竞雄之命，在写血与火的诗。但是，他的大脑皮层对于血与火，就像绝缘体，产生不出一丁丁灵感。几天来，满纸涂鸦，没有写出一句一字。

他住在姐夫家里。林和霖是潞河学院学生指导长，院长查理·金和院长太太玛丽·金的红人儿，享有上等住宅，那是坐落在一片玫瑰园里的小洋楼。但是，平步云却住在这座上等住宅的一个下等房间里，那是在楼下角落里的一间斗室，只能放一张小床儿，一张小桌儿，一只小凳儿，一只小书架儿，而且常年不见阳光，十分阴暗，白天都要开灯，夏季更是潮湿闷热，很像一间单人牢房。

他考入大学，又得到奖学金，本想搬到学生宿舍去住，但是他姐夫不答应，说学生宿舍鱼龙混杂，怕他受到不良影响，沾染恶习。其实，林和霖留住平步云有三大便宜，一是等于白雇一个私人秘书，他的讲话稿、工作报告和备课资料，都是平步云起草和整理。二是等于白雇一个家庭教师，平步云每天都要给他的两个孩子补习功课。三是等于白雇了一个男仆，林和霖一家人和两个女仆都住楼上，楼下的一切就完全交给平步云照料了。平步云的姐姐虽然不愿看见弟弟每日忍气吞声，但是更不愿他到学生宿舍去住，那是因为她常常遭到丈夫的凌辱，有弟弟在她身边，林和霖多少要有所顾忌，而且在遭到凌辱之后，也能得到弟弟的抚慰，可以活下去。平步云一不敢得罪姐夫，二不忍心撇下姐姐，只好陷在这间阴暗的单人牢房里，作茧自缚。

姐姐希望他大有成就，为死去的爹娘和败落的家门争光，所以她很不满意弟弟又走上家传的诗文老路，怕他重蹈父亲的覆辙。后来，平步云的新诗在北京的杂志上崭露头角，而且省城里的一个书店，也花了几十块钱的稿费，买了他的两本诗集出版，姐姐又转悲为喜，殷切期望他成为一个大诗人而享盛名，也算光宗耀祖。

平步云写不出血与火，就走到玫瑰园里去散步，敲击着麻木的额头。这时，邮差响着车铃进来，送来两份英文报和一份《民言报》。林和霖是不看中国新闻报的，平步云的姐姐粗通文字，为了消遣无聊，订了一份《民言报》在茶余饭后消磨时光。平步云也看不起这一类地方小报，偶尔才浏览一下。现在，他留下两份英文报，将《民言报》交给女仆，送到楼上去。

他伸了个长长的懒腰，在玫瑰林的草地上躺下来，打开报纸，正要展读一则世界新闻，楼上姐姐连声叫他："阿云，阿云！上楼来。"

平步云从草地上抬起头，问道："什么事儿？"

"报上赞美你的新诗呢！"姐姐从窗口探出苍白的脸儿，由于兴奋，两颊泛起了红晕。

对于《民言报》，平步云是看不起的，但是对于赞美，他还是乐于接受的。于是，他从草地上爬起来，上了楼。

姐弟俩头并头，读着这篇韩识荆署名的文艺评论，姐姐忍不住轻轻念出声来。

平步云心里高兴，嘴上却故意说："韩识荆不过是一个小报混子，怎么能懂诗！"

"我看人家挺懂的，"姐姐说，"你看，他把你比作外国的雪莱，中国的宋玉，还说你将来能和徐志摩媲美。"

平步云明明看出来，这篇文艺评论除了奉送给他一顶又一顶的桂冠，戴也戴不完以外，其实所评各点，都没有搔到他的痒处。不过，把他比作雪莱，虽然自愧弗如，却道出了他所向往的目标；而把他比作宋玉，他虽然很不好古，心里却是甜丝丝的。平步云不但对于自己那些脂粉气息很浓的诗作非常自负，而且对于自己那近似女性的容貌也很自负。有一回，章涟漪捧着他的脸儿，看了又看说："你如果穿上我的衣裙，人家一定会猜你是我的妹妹。"他一直佩服章涟漪的独具慧眼。至于把他跟红得发紫的徐志摩相提并论，他还有点不大服气；

他觉得，何必将来，现在他的诗也不比徐志摩逊色，只是没有徐志摩的好运气。

午睡，他做了个梦。梦见他的诗集一册接一册地出版。筑起一座上青云的高台，他头戴华美的桂冠站在高台上，章涟漪忽然生出两只彩凤的翅膀，从海边向他飞来，他张开双臂欢迎她……

轰隆隆一声巨响，高台倾倒，他惊叫一声醒来，出了一身冷汗，原来是有人踢门。

"矍卿，大热的天，你关门大睡，不怕蒸熟呀？"王无冕在门外呼叫着。

对于这位不速之客破坏了他的美梦，他很恼怒，开了门，噘着嘴说："你这个家伙，总是风风火火，又吵人，又吓人。"

"狗咬吕洞宾！"王无冕恶眉瞪眼，喷着酒气，"我看到《民言报》上赞美你的文章，欢喜若狂，不怕烈暑，跑来向你庆贺，你倒赏我当头一棒，还有点人味儿没有？"

平步云觉得他盛情可感，连忙道歉说："我错怪了你，真该死。"

"这又跟我见外啦！"王无冕粗脖子红脸，"别看咱哥儿们爱逗你掉眼泪儿，心可跟你火盆儿一般热；不像夏竞雄，心口不一。"

平步云的嘴又噘起来，说："竞雄也真会强人之所难，逼勒人家写什么血与火的诗；鲜血淋漓，烈火熊熊，多么可怕的意境，怎么能入诗？这几天我的头都快要炸了，一滴血一点火星儿也写不出来，我打算交白卷了。"

"我已经决定跟夏竞雄分道扬镳，各奔前程！"王无冕拖着平步云到玫瑰园去，"为了给他盟兄雪恨，为了替他自己复仇，他把咱们当作他的喽啰走卒，呼来唤去。'一将成名万骨枯'，咱们不能给他当垫脚石。"

"反正我不想活受罪了！"平步云说，"本来，暑假期间，我想再写一首长诗《恋歌》，生生让这个血与火把我的宝贵时间白白浪费了，而且扰乱了我的诗情文思，恢复起来可费劲儿哩！"

"滚他的血与火吧！"王无冕变脸变色地说，"你没上街，不知道城里戒了严，大刀队站满了大街小巷，骑兵全副武装巡逻。据我密访消息，汤镇守使有令，只要夏竞雄胆敢闹事，就要取缔春草社，查禁《春草》周刊，把他和他的同党抓起来严办。反正他现在跟谷铁铮和鹿鸣桃园三结义，把我、你和究翁视为异己，咱们干脆躲他远远的，不给他当殉葬品。"

"天哪！"平步云慌了神儿，"我不写了，不写了！我姐夫早就跟我透过口风，查理·金院长已经觉察夏竞雄形迹可疑，指示学生指导处密切注意他的活动。我这个人太多情，总跟他藕断丝连，真可气。"

"你还是只跟章涟漪一个人多情吧！"王无冕色眯眯地说，"这位香艳的水妖，可曾鸿雁捎书？"

"没有。"平步云悲伤地垂下头，"走时未留一言，去后不寄一字，女人的心变幻不定，难以捉摸。"说着，两大滴眼泪，落在了草地上。

王无冕忙出主意，说："发表《心曲》，连同这篇评论，再加上几大篇甜言蜜语的情书，一股脑儿给她寄去，她一定投桃报李，惠予佳音。"

"《心曲》到哪儿发表呀！"平步云怨声怨气地说，"夏竞雄霸占《春草》，不给刊登；北京的杂志又嫌太长，硬叫我把三百行压缩成五十行，我才不削足适履哩！"

"你看，我竟忘记肩负的重任！"王无冕拍了一下天灵盖，"韩识荆风闻你的《心曲》是一篇绝妙好诗，情愿以一个半版给你刊登出来，请我代为约稿。"

平步云扭着身子，说："我不在他那个报上发表作品，有失身份，降低诗格。"

"你是一只白脸狼！"王无冕号叫起来，"人家跟你够朋友，你怎么一点也不讲面子？你的这首长诗，《春草》不登，北京削足，你还摆的什么臭架子？说实话吧，《民言报》已经控制在我的手中，你不交出诗来，就等于是跟我宣告绝交。"

平步云吓得连连说："给你！给你！你真是我的前世冤家。"

王无冕降伏了平步云，又风风火火地奔赴喜鹊胡同大杂院。

一进大杂院的后院门口，就听见姜翠花正在声严而且必定是厉色地在训夫。他忙站住脚，想听个仔细，再决定自己扮演哪一种角色为宜。

这些天，家里有两袋兵船粉，一包西贡米，生活大大改善，姜翠花也不再到街上抛头露面，叫卖香烟，于是心满意足。但是，一家人多年过穷日子，食量很大，面粉和大米消耗很快，二十块大洋已经花得精光，她又心慌起来，催逼着冯文藻去找王无冕，再向《民言报》伸手。冯文藻却只当耳旁风，这几天竟跟一个粗野的画匠谷铁铮来往，下坡子溜，可恼可恨。

自从冯文藻被聘为《民言报》副刊编辑，发行课照例每月赠阅一份，直到解聘为止。家里有了一份报，姜翠花更觉得自己在同院中高人一等。她识几个字，便常常当众宣读报纸，以显示自己的高等身份。她最感兴趣的是广告栏，虽然广告上那些琳琅满目的商品，她一件也买不起，但是念一念也颇感快意。

所以，报纸一来，先看广告。今天上午，报童送来报纸，她打开广告栏，赫赫然入目的是《本报郑重启事》，而且一眼就看见了她的丈夫的名字，以及封赠给她丈夫的两大头衔：潞河学院高才生和青年学者，她快乐得一声欢叫，立即尖着嗓子高声念起来。

中午饭，她给冯文藻多加了一碟炒三丁儿，作为嘉奖。但是，冯文藻从一大早出去，便一去不回头。左等也不来，右等也不来，直到过午之后，冯文藻才满头大汗而归，于是姜翠花那满腔怒火爆发了。

"天生的贱骨头！你分文不挣，替夏竞雄卖命，又勾连上一个姓谷的臭苦力，你还要不要功名利禄？人往高处走，水往低处流，你怎么一心要当下流坏子？"

冯文藻在妻子面前一向低声下气，便满脸堆笑地说："受人之托，忠人之事。竞雄临行之前，我承担了一些事务，总要守信用去办。"

"信用值多少钱一斤？能换米，还是能换面？今天广告上登出来你要编副刊，你拿了人家的钱，还没动一动手，这也算守信用吗？"

冯文藻委屈地说："他们事先不跟我打个招呼，就突然宣告下礼拜一出刊，陷我于措手不及，是他们不讲信用。这一定是王无冕背后捣鬼，为了拆竞雄的台不择手段。"

"你还埋怨人家无冕兄弟呀，没良心的！"姜翠花下霤子似的数落起来，"夏竞雄要让你穷得卖孩子、当老婆，人家无冕兄弟一心要抬举你成人上人，吃香、喝辣的。仨多俩少你都算不过账来，还亏你是个堂堂大学生！"

这个女人，集自私、贪婪、刁泼、刻薄、虚荣于一大成，好动点小心计，要点小手腕儿，讨点小窍头，自作聪明，不知强以为知，觉得自己比谁都能，从待人处世到领兵打仗，她没有不会，没有不懂的，所以事事随便插嘴，乱加指点。她觉得丈夫一点不懂通情达变，因此必须她每日耳提面命，加以训导。

王无冕已经听出了底细，便咳嗽一声，说："究翁，又在聆听嫂夫人的堂训？"

"哟！是无冕兄弟大驾光临，快请屋里坐。"姜翠花比过去欢迎夏竞雄更热烈，就像大年初一接喜神儿似的，眉眼笑成一朵绣球花。而且，慌忙从屋里迎出来。

"我还有要事在身，不耽搁了！"王无冕大模大样地一只脚蹬在门栏上，"我是从这儿路过，顺便替韩主笔捎个口信儿，今天晚上请文藻兄到鸿宾楼吃顿便饭，酒席上还要谈编辑《古香》的公事。"

"哎呀哟！"姜翠花受宠若惊，"韩主笔这样看重文藻，连我都觉得感激不尽。"

"这就叫思贤若渴，爱才如命！"王无冕口风一转，话中带刺儿，"人敬我一尺，我敬人一丈，文藻兄应该不负知遇之恩。"

冯文藻气呼呼地从屋里走出来，说："你们突然宣布《古香》出刊，也不预先通知我一声，这是拿我耍把戏！"

"话不能这样讲！"王无冕沉下脸来，"你接受了聘书，收下了编辑费，就应该全心全意，倾注在《古香》的筹备和编务上，而不应一心二用，更不应该完全荒废正业。"

冯文藻摊着两手说："一篇稿子还没有呀！"

王无冕大笑道："《古香》一期不过五千字，以究翁之高才，日夜加班，赶写出几篇短小而有趣的文字，不费吹灰之力。"

冯文藻苦恼地说："可是，竞雄之托……"

王无冕挥手打断他的话，冷冷地说："那只有二者必居其一了。如果你跟夏竞雄难舍难离，那就退回聘书，归还编辑费，《民言报》再另请高明。"

姜翠花一听要砸饭锅，手指着冯文藻的鼻子，恶声尖叫："你敢！我们跟夏竞雄一不欠债，二不欠情，从今后，断绝来往。"

冯文藻搓着手说："谷铁铮来找我，我无言以对呀！"

姜翠花叉着腰，一副泼妇相，说："我卷出他去！"

王无冕眼珠儿一转，说："嫂夫人，还是请文藻兄到报馆暂住，一可以集中精力写文章。二可以躲开夏某等人的纠缠，不知嫂夫人以为然否？"

"再好不过了，我马上就给他打行李！"姜翠花特别高兴的是，冯文藻住进报馆，家中因此省下一份嚼谷。

王无冕软硬兼施，冯文藻束手被俘。

20

夏竞雄从鹊桥村起，调查田连阡的罪状，后来又跟着邢端正到外村去；几天工夫，他写满了厚厚的一册。

形势紧张起来了，田连阡的团丁，黑夜也出来巡逻和搜索，龙乌骓和邢端正将鹊桥村的乡亲们动员起来，挖出深藏地下的当年义和团的武器，磨洗掉大刀长矛上的铁锈，仍然寒光耀眼，锋芒逼人。家家户户都出人站岗放哨，有的在前半夜，有的在后半夜。龙大海老人在瓜楼住，日夜守卫着投梭河小桥，一夫当关，万夫莫开。芳倌儿前半夜带班，吃完晚饭，扔下筷子就走，夏竞雄替她刷碗。

夏竞雄也想站岗，但是龙乌雏和芳倌儿都不叫他去，一是怕他太累，二是也不放心。他一个人放哨，至少得有两个人护驾，更不合算。

所以，他晚上只好足不出户，在紫丁香树下放好小桌和蒲团，一盏马灯挂在丁香树枝上照明，激情而敏快地写作。写得累了，就背靠着紫丁香树休息一下，仰视夜空，头上的银河，跳动的星子，像是北运河倒挂在天上，闪烁着密密麻麻的桅顶上的灯光。村野一片沉寂，只有篱边的南瓜秧里，几只蝈蝈在吟唱，远方传来一两声犬吠。此时此地，此情此景，引起他感情的巨大激动，像二月的春潮，涨满了他的心房。于是，他又拿起笔来，像蚕吃桑叶，沙沙沙地写完一页又一页。

不知过了多久，柴门外传来风掠青萍一般的脚步声；芳倌儿下岗子，已是后半夜。

"还没睡呀？"芳倌儿问道。

夏竞雄笑了笑，说："今晚上一点也不困。心里像涨潮，写起来像流水。"

芳倌儿拾起被夜风吹散的纸片，说："后半夜下露水，打湿了纸，进屋写去吧！"说着，就动手摘马灯，搬桌子。

夏竞雄住在芳倌儿的西屋，芳倌儿到她爹和哥的东屋住。夏竞雄在西屋写字，听见芳倌儿在东屋低低地哼着一支渔歌，摸着黑在纳鞋底儿。

夏竞雄问道："你白天干了一天活，黑夜站了半夜岗，怎么还不睡呀？"

芳倌儿说："今晚上我也不困。"其实，这几夜她都在纳鞋底儿，只是夏竞雄在西屋已经熟睡，不知道。

夏竞雄问道："给谁做鞋呀？"

芳倌儿笑道："你猜。"

"是大伯的吧？"

"不是。"

"雏哥的？"

"不是。"

"你自个儿的？"

"也不是。"

"那么是谁的呢？"

"不告诉你！你甭猜了，猜不着。"

夏竞雄暗想：一定是心上人的。也就不便再问了。

他写完最后一页，已经十分困倦，便熄灭了马灯，躺了下去。朦胧中，耳边还隐隐约约听到芳倌儿那低柔婉转的渔歌声，轻快匀适的飞针走线声。

忽然，他被一阵紧急的脚步声惊醒，睁眼一看，窗外阳光普照，紫丁香树上有几只麻雀跳跃欢叫。

"竞雄哥，快起，快起！"芳倌儿慌慌张张闯进屋子。

跟着，龙乌骓和邢端正也走进来。龙乌骓倒并不惊慌，沉着地说："杨望春打发马倌岳十五送来口信儿，田连阡已经知道你的行迹，派人到通州去告你的状。你赶快收拾东西，芳倌儿驾一只小船送你走。"

夏竞雄咬着嘴唇想了想，说："我不走！仓皇而去，反倒给他们造成加罪的口实。"

芳倌儿推搡着他，说："快走吧！他们一肚子狼心狗肺，好汉不吃眼前亏。"

夏竞雄淡淡一笑，说："我早想会一会田连阡，今天正是难得的机会。"他将几件衣服和那厚厚的一册调查记录，以及邢端正送给他的田连阡恶行账，包裹起来，然后又提笔写一封便笺。

忽然，柳荫白沙小道上，马蹄声响。

芳倌儿叫了一声："抓人的来了！"

龙乌骓侧耳一听，说："是岳十五。"

果然，马到柴门外，从光背马上跳下娃娃脸的岳十五，闯进院里喊道："竞雄哥快走！田连阡打发轿车来请你，凶多吉少。"

"骓哥躲一躲！"夏竞雄将小包袱和便笺交给龙乌骓，"三天之内，我不回鹊桥来，你打发人到潞河学院蔡先生家，把这两件东西交给竺姨。"

芳倌儿说："你单刀赴会，我送送你。"

夏竞雄说："谁也别送，免得连累你们。"

他走到村口，只见一辆翠盖红窗小轿车，已经接近投梭河小桥，后面还跟着四个骑马挂枪的团丁。夏竞雄傲岸地在桥上一站，从车上跳下一个身穿纺绸裤褂，头戴一顶马尾罗白凉帽的管家，一溜碎步跑过来，点头哈腰地说："如果鄙人没有猜错，想必您就是夏竞雄先生吧？"

"你是什么人？"夏竞雄问道。

"鄙人是田大老爷的管事阎伯贤，奉田大老爷之命，恭请夏先生过府一叙。"

夏竞雄轻蔑地冷笑一声，走过小桥，一扶车辕，纵身上车，独自在车中一坐，只让阎伯贤跨坐在车辕上。

碧水湾距离鹊桥村十里，是个几百户的村镇，以盛产水蜜桃闻名。织女河穿村而过，夹岸都是桃林，阳春三月，桃花盛开，倒映水中，水色绯红，就像织女脸上搽了胭脂，容光潋滟。眼下正是蜜桃成熟的季节，一株株桃树，绿叶中闪露着颗颗红桃，累累坠坠，压弯了枝头。

轿车进村，一个团丁飞马先去报信。夏竞雄在车中看见，一座高墙大院，像一座恶山，耸立在全村最高处，一定是田连阡的巢穴。但是，轿车从大宅院那狼牙铁门的大开口经过，却在相邻的一座竹篱小院的柴门外停住。一个八楞大脑壳的家伙，挎一口腰刀，背一支洋枪，从院里飞跑出来，屈膝给夏竞雄打了个千，翻滚着两只灰白大眼珠子，扯着嗓子喊道："小子牛三青，迎接夏先生！"夏竞雄下了车，只见柴门两侧，五棵柳树，却巧加修饰成五种姿态，失去了天然本色，正表现出主人的矫揉造作。大管事阎伯贤前边引路，夏竞雄昂然而入。迎面，一座高大的粉白影壁上，是田连阡手写的陶渊明《归去来辞》，字体柔媚，损坏了文章的清高。拐过影壁，一条石路，路东的篱边种着几畦菊花，路面平地上，数垄红豆，草盛豆苗稀，此外还疏疏落落、星星点点种有高粱、玉米、瓜果。田连阡头戴一顶雪白大斗笠，身穿上等丝绸的短褂，脚上一双芒鞋，手持一柄小锄，正站在桃树荫下吹风。他五十多岁，胖胖的白脸，漆黑的八字胡，一副假貌伪善的奸相。

阎伯贤紧走三步，然后垂手而立，躬身报告："启禀大老爷，夏竞雄先生到。"

田连阡装出一副惊喜交加的神色，扔下小锄，迎上前来，说："呵，夏世兄！子陌耳目闭塞，孤陋寡闻，竟不知世兄几日前衣锦还乡，未曾相邀一面，略备菲酌洗尘，甚感负疚。"

夏竞雄冷冷地说："田先生过誉了！我还没有做过道台，不曾腰缠万贯，广置田产，怎能和田先生相媲美？"

田连阡当然听得出夏竞雄的弦外之音，发出两声干笑，也话中有话地说：

"世兄少年英俊，风华正茂，倘若努力正途，必将扶摇直上，鹏程万里。"

夏竞雄问道："田先生所谓'正途'，是何所指？"

田连阡嘿嘿笑道："请到草堂叙话，促膝长谈。"

这哪里是一座草堂，明明是一座小小的离宫。五间虎斑石基的高大青堂瓦舍，八级石阶，廊下摆着一盆盆佳花美卉，檐下挂着铜丝鸟笼，豢养着一对红嘴绿鹦哥儿。走上台阶，只见抱厦上一副金字对联："采菊东篱下，悠然见南山"，门楣上悬挂一块金字牌匾："陶庐"，都是宋徽宗赵佶的瘦金书体。夏竞雄仔细看那落款，却出自一位三等官僚政客的手笔，就更玷污了陶渊明那淡泊清远的意趣。

大管事阎伯贤轻轻挑起珠帘，夏竞雄走进客厅。客厅东西各隔断一间，东间是书房，西间是静室。客厅正面墙壁上，是一幅山水人物画的中堂，画的是姜太公渭水垂钓，就更暴露了田连阡这个老奸的野心不死。一张檀香条案上，正中摆着一只铜鼎，缥缈着淡淡的细香，左案头陈放着几卷黄绫封面的缮本，右案头搁置着一只古琴。此外，便是满堂名贵的木器和瓷器。

"这是我数年来手录的陶彭泽的诗文，"田连阡手托着缮本，眉飞色舞，"子陌绝意仕途，有如脱离苦海；捧读陶公诗文以自娱，宛若身临仙境。挂冠之乐，非言语所能形容。"

夏竞雄大笑道："我记得，陶渊明挂冠归来，住的是蓬屋绳牖，穿的是结褐鹑衣，而且常常不免要饿肚子，同田先生的景况，大不相同。"

"景况虽异，志趣却是相同的！"田连阡已经流露出愠怒的气色，"夏世兄，请坐。"

夏竞雄落座，大管事阎伯贤敬烟献茶，夏竞雄一一拒绝，说："我不会吸烟，也并不渴。"

田连阡垂着眼皮，抱着白铜水烟袋，呼噜噜吸了一口，从鼻孔里冒出两股白烟。然后，猛一抬头，凌厉的目光逼视着夏竞雄，说："夏世兄，子陌与令尊昔日同窗，犬子又与世兄今日同学；你我有两代同门之谊，所以子陌不揣鄙陋，愿与世兄结为忘年之交，不识肯屈尊否？"

夏竞雄冷峭地答道："家父与田先生虽曾同窗，而道不相同；令郎与我固属同学，而人各有志。道不同，志有异，无论同年忘年，都是难以相交的。"

"那么，我也不想高攀了！"田连阡的脸色阴森起来，"不过，作为一个比你多吃了几年咸盐的人，很想奉劝你几句逆耳的忠言。"

"领教。"

"你年轻，聪明，有才学，听说潞河学院查理·金院长也十分看重你；将来出洋留学，前程一片锦绣，珍重啊，珍重啊！"

"田先生忘记了，我是夏思问的儿子。"

"我更记得你是夏翰林的孙子！"田连阡沉着脸说，"你的祖父，是三百里北运河独一无二的钦点翰林，不仅荣耀你们夏家的门庭，也给三百里北运河增添光彩。而你的父亲嘛，恕我直言，他忤逆父母，自绝士林，是不足为训的。"

"收起你的假貌伪善，鬼话连篇吧！"夏竞雄拍案而起，"我是夏思问的儿子！我为有这样的父亲而感到无上光荣；因为他以自己的热血和头颅，冲击了你们那赖以生存的吃人的社会。而我，可以公开向你宣告，我将继承和光大我的父亲的遗志！"

"你……你这个狂妄无状的乳臭小儿！"田连阡气急败坏，浑身打颤儿，"田某出于念旧之情，怜才之心，对你以礼相待，晓以大义，委婉感化；而你竟敢执迷不悟，出口不逊，可恼，可恨！"

"田连阡，我正告你！"夏竞雄指着田连阡的鼻子，"你一生奴颜婢膝，认贼作父，助纣为虐，为虎作伥，鱼肉乡里，荼毒百姓，罪行累累，劣迹昭彰。今天，时代迥异，民众觉醒，再也容不得你继续横行霸道，为所欲为。"

"一派胡言！"田连阡声嘶力竭地叫喊，"田某挂冠归里，淡泊以明志，行善以积德，乡党有口皆碑。"

"厚颜无耻！"夏竞雄也气得大叫起来，"自从汤金銮盘踞通州，你又狐假虎威，穷凶极恶，借为儿子办生日为名，敲骨吸髓压榨长工佃户，巧取豪夺勒索乡民百姓；我这个鹊桥村出生的孩子，不能袖手旁观，坐视不管。我，一定要让你办不成！"说罢，起身就走。

"来人！"田连阡把一只古瓷茶杯摔碎在地，"给我把这个蛊惑乡民犯上作乱的歹徒，捆绑起来。"

"喳！"从门外窜进来牛三青和两个保镖护院的。

夏竞雄先下手为强，一个虎扑按倒了田连阡，于是客厅里混战起来。到底寡不敌众，夏竞雄被捆绑了手脚。

"打，打！"牛三青狂叫着，"给老爷出气。"

"使不得……"田连阡捂着青紫的眼眶，从嘴里吐出一颗被打掉的牙齿，呻吟连声，"我要亲自把他押送潞河学院，敬请查理·金院长发落……"

21

夏竞雄被关在潞河学院学生禁闭室。

禁闭室设在协和湖畔小教堂的地下室里，幽暗狭小，只在地平面上开有一个铁栏小窗，室内一张木床，一只木桌，桌上一册圣经。一片阳光，从铁栏小窗照进来，夏竞雄走到小窗下，抬头仰面，只见小窗外的地面上，生长着一簇簇火焰般的野花，他还能看见一小块蓝天，一小朵白云，一道疾掠而过、转瞬即逝的淡淡鸟影。

鹊桥乡亲们的苦难煎着他的心，父亲夏思问的血液在他的血管里燃烧，鹊桥村和盘山所哺育的野性，发作激扬起来。他恨不得化成万吨火药，炸碎这个暗无天日的社会，甚至同归于尽，也在所不惜。

过道上传来脚步声，校警打开门锁，训育员白德利站在门口，点了点头，带他到办公大楼去。

在办公大楼那宽敞、明亮、华丽的大会客室里，章通伯和史友诗坐在长沙发上，马千乘和袁宝锭在两只小沙发上陪坐。客厅三面高窗通风，窗外绿树浓荫，室内很是凉爽；但是章通伯为了炫耀学院的豪富，特意打开当时还很罕见的电扇，让这三个人开开眼界。

章通伯五十多岁，鸟头，猫脸，稀疏的几根头发，梳得光光整整，熨熨帖帖。他虽然鼓吹文化复古，衣着却十分追求时髦，一身笔挺的西装革履。形容枯槁的史友诗，换上一身绣着金线的文官制服，不但没有增加他的威严气度，反而更显得他猥琐不堪。他原是穷秀才出身，当了大半生的刑名师爷，虽然眼下官职不低，但是在高贵显要面前，仍然本能地自惭形秽，畏缩拘束，局促不安。在他的心目中，章通伯是前清举人，比他这个秀才高一等；章通伯到外洋留过学，比他这个穷酸文人又高一等；章通伯当过大总统府秘书，比他这个刑名师爷更高一等；章通伯曾任省教育厅长，比他这个镇守使公署秘书长官大三级，如今，章通伯虽然丢了官，仍然荣任大学教务长，而他倘若丢了官儿，最多当个中学国文教员，身份上还是比他高而又高。所以，他在章通伯面前，坐立不安，唯唯诺诺，连连掏出手帕擦汗，而章通伯却越发谈笑风生，神气十足。警务处长袁宝锭，先后在十来个大小军阀部下混过，眼皮子杂，世故很深，但是不学无术，不敢插话，只是呆坐一旁，有时龇牙一乐。只有马千乘是洋场大少出身，上过保定士官学校，两年前在孙中山先生的非常大总统府卫队团当过连副，见过大场面，喜好舞文弄墨，人又长得漂亮，举止潇洒，而且自命不凡，所以能够适应潞河学院的气氛，跟章通伯谈话也口舌爽利。他开口章老师，闭口章老师，有意要拜在章通伯的门下；而章通伯对他的态度，也分外亲昵，气味相投。

夏竞雄走进办公大楼，就听见从会客室里，传出对章通伯的一片吹捧声，以及章通伯那沾沾自喜的刺耳笑声。

白德利抢先到达会客室门外，整了整衣冠，毕恭毕敬地报告："回章教务长，夏竞雄带到！"

室内寂然。章通伯威严地喝道："带他进来！"

夏竞雄傲然走进门去，一直走到客厅中央的地毯上站住，也不向章通伯行师生之礼，对于那三位文武官员，更是旁若无人。

当着三位客人，夏竞雄大扫章通伯的面子，气得他脸发青，一拍面前的茶几，说："夏竞雄，你干的好事！"

"是的，我并没有干坏事！"夏竞雄响亮地答道，"我同情苦难的乡民，反对欺压乡民的恶霸，是光明正义的行为。"

"放肆！"章通伯喊叫，"你败坏校誉，触犯刑律，可知潞河学院的校规森严如铁？！"

夏竞雄冷笑道："这个保护田连阡横行不法的刑律，我不但要触犯它，而且要粉碎它！潞河学院的校规，如果也为田连阡张目，我宣布不受它的约束。"

章通伯恶狠狠地说："夏竞雄，我奉命署理校务，有权开除你的学籍，把你引渡到警务处去。"

夏竞雄怒目而视，说："这吓不倒我！"

史友诗一看章通伯下不来台，忙站起身，拱着手说："章大人息怒，学生开导夏生几句。"然后，转过脸来，皮笑肉不笑地说："夏生，你煽动乡民作乱，行为已属不端；毒打田连阡先生，更为错上加错；尤有甚者，公然辱骂汤镇守使，实为罪不可恕……"

夏竞雄断喝一声："停止犬吠！"

史友诗还是吠个不止:"镇守使大人十分震怒,本欲严加治罪,田连阡先生有古君子风,恳请镇守使大人姑念夏生年幼无知,法外开恩。并且委托鄙人向夏生转致诚意,邀请夏生出席他的爱子寿筵,敬如上宾,双方捐弃前嫌,永结和好。"

"好个大慈大悲的豺狼!"夏竞雄纵声大笑,"我也委托你向田连阡转致我的诚意,我很高兴再到他的府上去,去砸烂他那吃人的筵席!他妄图诱骗我向他摧眉折腰,忘记了我是谁的后代,他是什么东西!"

"你……你……"史友诗手脚冰凉,嘴唇发紫,"你怎么如此不识时务,不通情理?"

章通伯暴跳着说:"袁处长,你把这个不知改悔的歹徒抓走,严惩不贷,以儆效尤!"

袁宝锭刚要起立,马千乘扯住他的袖子,咬着他的耳朵说:"老头子气昏了。他已经拍电报请示金院长,金院长的电示到来之前,不可轻举妄动。"

袁宝锭吐了一下舌头,两眼一翻,看天花板。

正在这尴尬的时候,校长室的一个职员匆匆而来,把一封电报交给站在门口的白德利,白德利瞟了一眼,赶忙递交章通伯,小声说:"院长示下。"

章通伯打开一看,电文写着:

> 所请不准。夏之事,待我回校处理。在此期间,取缔春草社,禁止《春草》周刊出版。夏不得离校;踰出校界,不予保护。

章通伯大失所望。他在打给查理·金的电报中,不但建议取缔春草社,查禁《春草》周刊,而且建议将夏竞雄开除学籍,交给警务处惩办,以泄私愤。但是,查理·金很狡猾,他保护夏竞雄,并非有意怜才,而是为了笼络夏竞雄的心,为其所用;同时,也是避免得罪蔡松鹤这块金字招牌,大损潞河学院的阵容。

史友诗偷眼看那电报,全是洋文,他一字不识,忙问道:"章大人,金院长如何指示?"

章通伯只得硬着头皮宣读电稿,但是把"所请不准"一句略去了。念完,板着面孔问道:"史秘书长,马参谋长,袁处长,对于金院长的电示,你们三位意下如何?"

史友诗起立说:"金院长圣明公断,学生代表汤镇守使表示,谨遵不误。"

马千乘语意双关地说："金院长刚柔相济，面面俱到。佩服。"

袁宝锭应声虫似的忙说："佩服，佩服。"

章通伯又问夏竞雄道："你呢？"

夏竞雄讽刺地一笑，说："我将以行动回答金院长的'圣明公断'。"

章通伯提高了嗓子叫道："袁处长！"

"卑职在！"袁宝锭垂手直立。

"请你下令贵部，如果发现夏竞雄出校，或春草社社员有所活动，立即予以逮捕。"

"是！"

"请你勒令印刷局，不得承印《春草》周刊，书铺不得代售《春草》周刊，报贩、报童不得偷送《春草》周刊。"

"遵命。"

夏竞雄转身而去。

马千乘急忙追出门外，连连唤道："竞雄兄，留步。"

夏竞雄停住脚步，问道："你想绑架吗？"

"误会了！"马千乘亲密地挽着夏竞雄的胳臂，"我们到楼下走一走，兄弟有几句肺腑之言奉告。"

他们走到办公大楼前面的大花坛里，夏竞雄很不愿意呼吸他那从军装里散发出来的香水气味，皱着眉头说："如果我猜得不错，你是马千乘团长吧？有何见教，请讲。"

"请直呼我的名字吧！"马千乘热辣辣地说，"兄弟对竞雄兄仰慕已久，只是无缘拜识，怅甚。千乘与汤金銮并非同类，跟竞雄兄才是亲如一家。"

"我真莫明其妙。"

"令尊夏先烈是同盟会员，同盟会员也就是中山先生的信徒，竞雄兄子继父业，也必然信仰中山先生的三民主义。千乘不才，两年前曾充中山先生卫士，服侍左右，对中山先生忠心不二。因此，千乘与竞雄兄，是一家人。"

夏竞雄问道："你既然是中山先生的卫士，为什么不到广州去？"

"兄弟负有蒋介石兄委以的秘密使命。"马千乘压低声音，神秘莫测，"竞雄兄有志革命，大可不必孤身冒险，与今愚为伍；千乘热望与竞雄兄结为秘密同志，精诚合作，共赴大业。"

夏竞雄不明他的底细，不敢相信他的花言巧语，说了声："知道了！"便急急回蔡宅去。

22

谷铁铮和鹿鸣一见夏竞雄，就大骂王无冕，恨不食肉寝皮。

这些天，王无冕一手扒上了镇守使公署，一手抓住了田中玉，脚踏着《民言报》，呼风唤雨，兴妖作怪。

冯文藻被他扣留在报馆，像一头拉磨的骡马，在王无冕那无形的皮鞭催逼下，连夜为《古香》赶写王无冕点题的古代文人奇闻轶事。冯文藻本来是个老老实实做学问的人，硬逼他写这些低级趣味的文字，内心十分痛苦。但是，为了一家七口的衣食，为了满足妻子的虚荣心，他不得不忍辱含垢。后来，他从王无冕那鬼鬼祟祟的活动中发觉这个家伙翻脸无情，正在千方百计陷害夏竞雄和铲除《春草》。他为夏竞雄捏一把汗，更为自己惴惴不安，生怕被这个吃人生番所吞食，于是只有哑口无言，低头忍受。

冯文藻在惴惴不安，平步云却正飘飘欲仙。《民言报》刊登了他的《心曲》，他连同韩识荆的评论，以及一封倾诉衷肠的长信，寄到海滨避暑胜地，日夜渴望着章涟漪惠赐佳音。前天，王无冕找他，说要专心致力于《民言报》的改良，无暇为汤月容小姐讲解圣经和补习英文，请他暂时代理一下。他本来很不乐意，但是最近王无冕对他帮忙不小，他不能不有所报答，只得硬着头皮答应了。谁知他一进镇守使官邸，镇守使一家大小上下都对他笑脸相迎，盛情款待，奉若神明，因而他就更加沉浸于神仙之乐了。

王无冕忙得很。田中玉大掏腰包，在《民言报》投了资，投资总额超过了韩识荆，并且委托他为全权代理人，吃百分之二十的红利。有钱能使笔头转，他马上报效东家，写了一篇《大学生素描》，吹捧田中玉是今世之孟尝君，腹有实学而虚怀若谷，将来必是国家栋梁之材。过了两天，《民言报》头版上，出现了一则一百八十度大转弯的大字标题新闻，田连阡从为富不仁一变而为慈光普照的活菩萨；从臭名昭著之满清余孽和土豪劣绅，一变而为道德高尚之贤良方正；为田中玉大办生日，也不是鱼肉乡民的借口，而是乡党父老的公意。

今天下午，在竺姨到谷铁铮那里送信之前两小时，谷铁铮和鹿鸣，以及所有在通州的春草社员，都被传唤到警务处，警务处长袁宝锭亲自训话，宣布取缔春草社，查禁《春草》周刊，倘若发现有人暗中继续活动，官法如炉。谷铁铮回到家，他那间小屋遭到警察搜查，他所画的十二副揭发田连阡罪行的招贴画，被扯成七零八碎的一片片，撒满了床上地下。

谷铁铮在夏竞雄面前，气得像全身都着了火，用粗野的语言痛骂王无冕。鹿鸣哭叫着："我跟王无冕没完！此仇不报，誓不罢休。"

夏竞雄并没有激怒和冲动，沉痛地自责说："都怪我天真可欺，没有识破这个出卖灵魂的丑类，我一定要记取这个惨痛的教训。"他拿出叶兰从广州的来信，给这两个志同道合的好朋友看。

"雄哥，你是不是已经打定了主意？"鹿鸣急切地问道。

"我决定到广州投考黄埔军校去！"夏竞雄低沉地说，"科学不能救国，救国要靠武力。"

"我是你的影子，跟你一起走！"鹿鸣雀跃着说。

谷铁铮默默地吸完一支烟，才说道："也许我这个人心胸狭窄，睚眦必报；我要到盘山去找罗擒虎，从此月黑杀人，风高放火。"

夏竞雄叮咛说："鹊桥村也有几位好兄弟，打算上盘山，你们要亲密合作。我们到了广州，设法把毛泽东先生和周恩来先生的指教，写信转告你们。"

鹿鸣急不可耐地说："说时迟，那时快，走！"

夏竞雄说："临行之前，我还想跟文藻和步云谈谈，劝他们不要跟王无冕同流合污。"

"你这个人太多情了！"鹿鸣反对说，"他们已经跟你无义，你何必再为他们操心？冯文藻住在报馆，完全被王无冕操纵，想见也不敢见你，而且也没脸见你。平步云自以为春风得意，更听不进你的逆耳忠言。"

夏竞雄慨叹一声，说："同学数年，相识一场，总不忍看他们沉沦下去。"

谷铁铮又感动又讽刺地笑道："因为你多情，才吃了王无冕的亏；但是，也正因为你多情，我们这些人才热爱你，追随你。"

夏竞雄苦笑了一下，说："那就写几句临别赠言吧，鹿鸣替我给冯文藻送去。"

他到书房，打开铜墨盒，铺开素笺，思索片刻，无限感慨，便振笔疾书起来。有感而发，语重心长，一气写成十页，才意犹未尽地搁了笔。

谷铁铮和鹿鸣走后，天已大黑，夏竞雄到他在锦秀斋的宿舍去收拾东西。被褥已经搬到蔡宅，宿舍里只有一些教科书和笔记本，以及简单的梳洗用具。

收拾完毕，他忽然感到舍不得离去，坐在临窗的书桌上，回想起三年前他考入大学，住在这个房间的第一夜的情景。而今晚，却是他作为大学生的最后一天，走出房门，也就告别了他的大学生的生活。这是多么令人心酸的，留恋的。

月亮升上协和湖畔的柳梢，湖风吹来，几片落花飘进屋里，落在他的身上，他也舍不得掸去。后来，他捏起一朵，嘘出窗外，落花飘呀飘落在草坪上，好像幻化出叶兰的面影。三年中，叶兰曾多少次从小径上笑吟吟走出来，站在楼下叫他，走上楼来看他。

最后，他终于毅然决然地站起身来，提起两只网篮，走出门去，上了锁，并且把钥匙扔在门下，表示永别。

告别锦秀斋，走到湖畔，路过弓脊小桥，却发现平步云伫立在湖心小岛的一角，唠唠叨叨，口中念念有词。友情在夏竞雄的心中一阵激荡，想走过去跟平步云谈谈；但是，又想起不过十天之前在湖心小岛的谈话，言犹在耳，而平步云早已背信弃义，便觉得不必枉自多情了，于是匆匆走了过去。走出十几步，总觉得自己还应尽到最后一分心意，便又转身走了回去，喊了一声："步云！"

平步云被吓得腿一软，一屁股坐在了地上，哆里哆嗦问道："谁？"

"我！"夏竞雄的声音里带着怒气。

"啊，不要杀我！"平步云好像神经错乱了，连滚带爬地逃跑。

"这个废物！"夏竞雄发出恨声。

他哪里知道，平步云正想自杀，却又怕死；自杀的罗曼蒂克风味吸引着他，死的恐惧却又吓得他不敢小试一下。

平步云的神仙之乐已经乐极生悲，上了王无冕的当却还蒙在鼓里。

王无冕当初愿当汤月容的家庭教师，不过是想利用汤月容作为他向上爬的政治阶梯；谁知刚一接触，他就发觉这位小姐万万沾不得。为免杀身之祸，只有赶快金蝉脱壳，便抓了平步云做替身儿。平步云不通人情世故，汤月容一眼就看出他是个雏儿，便故作温柔娇媚，挑逗勾引，平步云就迷迷糊糊失身给她了。汤月容也着实喜爱平步云的风姿秀美和大学生金牌，比起她阅历过的副官、卫士之类的货色，又文雅又体面。于是，她一心要嫁给这个才貌双全的小哥儿，施展出家传的泼皮无赖手段，倒打一耙，大哭大闹；汤金銮提着手枪赶来，要一枪打死平步云，汤月容却又扑在平步云身上，情愿同生共死。史友诗也忙赶来劝解，提醒汤金銮，平步云的姐夫林和霖是潞河学院官居一品的人物，院长查理·金的红人儿，有洋大人做主，是惹不起的。汤金銮头脑清醒，细一思量，自己是个偷鸡贼出身，而平步云的亡父却是江南名士，结起亲来，很给他的门第增光。而且，通过林和霖的途径，巴结上洋大人查理·金，更助他的声威，长他的势力，大有便宜可占。再一想，自己那个麻脸女儿，要人才没人才，要文才没文才，嫁给一个面如冠玉、才高八斗的大学生，明明是大赚特赚。因此，他越发觉得将平步云招为乘龙快婿，自己和女儿都是吉星高照，福气不浅。他跟史友诗经过一番谋划，请来了王无冕。王无冕乐得做个顺水人情，又是哄骗，又是恫吓，逼迫着平步云亲笔写下婚书，按了手模，答应明年大学毕业以后，就跟汤月容举行正式婚礼。平步云又羞，又怕，又愧，又恨，惊吓失魂，回家就发高烧。偏又接到章涟漪的一封来信。章涟漪跟着林和霖到海滨，林和霖厌倦了她，又去追逐别的女人，所以在她给平步云的信中，满含弃妇的哀怨，答应今后她的这颗心只给平步云一人。平步云一想到自己已经给汤月容立下卖身契，肺腑大恸，写了一封留给章涟漪的遗书，决心投协和湖自杀。但是，正如无志之人常立志一样，他是怕死之人常想死，到底还是苟且偷生。

夏竞雄对平步云完全失望了。回到家，躺在床上，百感丛生，夜不能寐，直到天明，才蒙眬入睡。

鹿鸣吵醒了他，他一边披衣裳一边问道："见到文藻了吗？"

"十足的软体动物！"鹿鸣骂道，"他本来是不肯见我的，我在报馆前大吼大叫，他才不得不下楼来，一副心惊肉跳的样子。他草草看完你的长信，对我说：'我就不给竞雄回信了。请你代我向竞雄致意，他对我的友谊，我铭记于心；同时，我也出自一片真情，恳求他急流勇退。以他的超人才智，明年大学毕业，出国留学几年，得个博士学位是轻而易举的，何必铤而走险，自讨苦吃呢？'"

夏竞雄叹了口气，说："完全是犬儒哲学，志不相同心难通。不过，冯文藻总算还比平步云略有人情。平步云昨晚一听我叫他，吓得惊叫狂奔，一点人样子都没有了。"

鹿鸣鄙夷地说："这个小白脸子，本来就不够人格，如今又被汤金銮招赘为婿，也就堕落成为一个面首了。"

夏竞雄吃惊地问道："当真？"

"冯文藻亲口对我讲的。"

"可耻，可恨，可悲！"夏竞雄痛心地说。

鹿鸣问道："你打算什么时候动身？"

夏竞雄寒心地说："此地已无可留恋，天黑就走。我们先到盘山去找罗擒虎，然后就到鹊桥跟龙乌骓会合。"

鹿鸣说："铁铮叫我告诉你，天黑以后你先走，他还有一件事没有办完，要我助他一臂之力。你在盘山口等我们，等到中午不见人影，你就独自去找罗擒虎。"

夏竞雄问道："铁铮一向快刀斩乱麻，怎么这一回却拖泥带水？"

"谁知道他！"鹿鸣装作不知底细，"他这个人脾气古怪，你问他，他也不告诉你。"

鹿鸣走了，夏竞雄对竺姨隐瞒真相，只说叶兰信中叫他到广州去，竺姨给他借了路费，入夜，他从蔡宅后面翻过校墙，头也不回地离开了这块文化殖民地。

沿北运河走出四五里，忽听通州城内响起连珠鞭炮似的枪声。他恍然大悟，一定是谷铁铮和鹿鸣想给通州留下一点临别纪念，怕他劝阻，所以瞒住了他。

23

天光大亮，夏竞雄走进螺旋形状的山口，只见从峡谷里淌出一条急湍的小河，绿树夹岸，水汽如烟。夏竞雄仰望山峰，松林郁郁苍苍，红日给山林镀上闪光的赤金色，十分壮丽。他蹲在小河岸上，手捧着清凉的涧水，喝了个饱，漱了口，洗了脸，又脱下鞋，把两脚泡在小河里，解解乏。距离罗擒虎扛长工的石鼓寨还有十二里，要翻过七道山坡，不喘息喘息，再也走不动了。

他走了一夜，又是急如星火，太疲乏了。脚泡在小河的浅水里，身子倒在岸边的野花丛上，就呼呼睡着了。

睡梦中，忽听一声虎啸，山鸣谷应，把他从酣睡中惊醒，跳起来四下张望。

"哈哈哈哈！"

一块嶙峋怪石上，屹立着一个巨人，发出孩子气的爽朗笑声，那笑声像铜钟似的震得人两耳嗡鸣。

这个巨人一般的大汉，粗犷剽悍，头戴卷边大草帽，赤裸着酱紫色的宽阔胸膛，穿一条肥大短裤，脚下飞边靸鞋，俗称踢死牛，身背一支猎枪，满腰缠着枪沙袋子。

"虎哥!"夏竞雄喊道,"你还认得我吗?"

罗擒虎咧开四方大口哭了,说:"兄弟,哥哥就是瞎了眼,听也听得出你的脚步声,摸也摸得出你的模样儿。"他飞身一跳,跳到夏竞雄面前,把夏竞雄高高举过了顶。

这个虎背熊腰,身高六尺的汉子,纯洁得像个孩提,怀有一颗赤子之心。他从小就生得雄壮,憨头憨脑,直心眼儿。他三岁丧母,八岁丧父,给石鼓寨的财主家放羊,练出一身爬山本领;他小名叫虎子,所以人们就管他叫爬山虎。他能肩扛一块大石,走悬崖,登峭壁,如履平地;暴风雨夜,电闪雷鸣,也敢攀越险峰峻谷,寻觅失散的羊群。他跟夏竞雄,是幼年的总角之交。夏竞雄跟着母亲搬回盘山,每天跟随母亲上山打柴挖菜,他在山上放羊,天天见面。他一个人放羊很寂寞,一见夏竞雄就眉开眼笑,欢蹦乱跳。他能爬山,胆子大,有力气,就让夏竞雄的母亲看羊,他到山崖上砍柴,砍一回就够烧几天的。然后,他就把夏竞雄拉到山坡树荫下,磨着夏竞雄说故事,听得有趣,笑得在地上打滚儿。他非常惊奇夏竞雄那小小的头脑里,故事说不完讲不尽,就像盘山最高峰上那眼永不枯涸的山泉。夏竞雄的母亲去世,他送夏竞雄到通州念书,一路送,一路哭,哭声震山冈。今天一见夏竞雄的面,深厚的旧情复发。

夏竞雄躺仰在他的巨掌上,笑道:"虎哥,放下我吧!举在头上,怎么说话?"

罗擒虎将夏竞雄轻轻放在地上,仍然喜不释手,眼含热泪说:"兄弟呀,哥哥想你,一年要做三百个梦。哥哥没爹没娘,没有三亲六故,人世间只有你是哥哥的亲人。"

夏竞雄说:"虎哥,如今我离开了那个学校,人世间也只有你和劳苦大众,才是我的亲人。"

罗擒虎的大手抚摸着夏竞雄的脸颊,说:"我赶驴驮子给田连阡家送山货,刚打碧水湾回来。那儿的乡亲百姓,提起你为穷苦人打抱不平,单枪匹马跟田连阡对阵,没有不夸赞你的。我又听说你被团丁押走了,心里像滚油煎似的,正想进城打听消息,想不到你鸟儿出笼,飞到盘山来了。"

夏竞雄拉他坐在小河岸上,说:"我来搬兵请将,请你猛虎下山,帮我们跟田连阡恶战一场。"

罗擒虎擂得巨石般的胸膛山响，说："我还用你请呀！你喝一声，我就一马当先打头阵。"

夏竞雄说："我要的是兵多将广，万马奔腾。"

罗擒虎呵呵笑道："你别看哥哥人不出众，可有几个敢上刀山的弟兄哩！"

夏竞雄严肃地说："要跟大伙儿说明白，事闹大了，杀头坐牢，身家性命不保，不可勉强。"

罗擒虎笑嘻嘻地说："这几个弟兄，都是上无老下无小，没有老婆孩子缠手绕脚，论胆量，不敢说包天，也敢说盖地。"

夏竞雄又深一步说："打了田连阡，事情不算完。我跟鹊桥村的龙乌雏要到南方去投共产党，学会革命再回北运河，留下的人想上盘山，你看有没有落脚藏身之地？"

"山高林密，哪儿不能落脚藏身？"罗擒虎贴着夏竞雄的耳朵，小声说，"你也是盘山长大的，听说过有个小桃源吧？多少年谁也找不着，可叫我找到了。天机不可泄露，我谁也没有告诉。"

夏竞雄好奇地问道："那里面果真有人烟吗？"

罗擒虎失望地摇着头说："我只看见几间石屋，几座锅灶，没有人住，想必是早就搬走了。"

夏竞雄说："快带我去看看。"

罗擒虎勒了勒腰带，说："肚子饿了，先到石鼓寨吃饭，吃完饭再去。"

他俩爬过七道山坡，来到盘山八十八村寨的中心石鼓寨。石鼓寨背靠一座山崖，三面虎斑石寨墙，寨内二三百户人家，街道崎岖，到处有山花古树，只在十字街头有两家杂货铺，几家山货作坊，还有一家小饭馆。他们吃的是山小米饭，炖山鸡肉，烹调不佳，味道很美。吃过饭，就去爬山。

出石鼓寨东门，沿一条草茂树深，藤萝蔓延，绿苔斑驳的迷鸟道，盘旋而上；再登一条直刺苍穹的上天梯，便爬上一片方圆二亩的平坦山岩。站在这片悬空凸出的山岩上，仰望云雾茫茫，奇峰壁立，好似刀山剑树；俯瞰村寨小山，星罗棋布，隐没林莽之中；远眺三百里北运河，像一道游丝细线，缠绕在苍茫大地上。这片山岩名叫伏虎台，有一个传奇故事发生在此处。传说，千百年前，一个年轻猎人入山寻猎，从朝至暮，追逐一只吊眼金睛白额虎。太阳落山，月色朦胧，猎人追到这片山岩上，忽见吊眼金睛白额虎匍匐在地，战栗不止，猎人弯弓而射，火星迸溅，一箭没羽，猎人精疲力竭，倒头沉沉昏睡。天明醒来，睁眼一看，哪里是什么吊眼金睛白额虎，分明是一块虎状巨石，他想拔出箭来，大半截折断在巨石里。

夏竞雄背靠虎石歇一歇脚，嵌在石虎背上的半支箭仍然存住，真是离奇。这个传奇故事，充实了他的气力，他又跟踪罗擒虎，向上攀登。

盘山有多少洞？谁也说不清。山歌云："大洞三千六，小洞似牛毛。"这个数目，并不可靠。因为，即便是一生凿遍盘山每块石头的石匠，挖遍盘山每块泥土的采药人，也说不出盘山大小山洞究竟有多少，传说中的小桃源，就是一个谜。

这个美丽的传说，也说的是有个猎人，追赶一只被他射中的吊眼金睛白额虎，迷失方向，闯进一座山洞，洞口崩塌，断了后路。九死一生，他只得向前寻觅出路。山洞迂回曲折，越走越窄，只能爬行。忽然，前面仿佛有一道亮光，猎人大喜，只当是找到了出洞的洞口，便径直爬过去。谁想，洞中有洞，别有洞天。猎人爬到最深处，放眼望去，啊！好一块阳光沃土，一条清凌凌的小河，夹岸都是桃树，落英缤纷，铺满河边的绿茵小路；几叶扁舟，一群白鹅，浮游水上。猎人沿河而行，只见处处是良田、鱼池、桑园，一条条阳关大道，通向一座座树木葱茏的小村落，鸡鸣犬吠，牛羊成群，一派其乐陶陶的太平景象。猎人又饥又渴，奔向一个村落，讨口吃喝。只见村落里一色的白石小屋和竹篱小院，男女老幼的衣着打扮，都是古风古色。他们发觉闯进一个陌生奇怪的外来人，一阵惊慌，吹起牛角，眨眼之间，全村的男子汉手持棍棒应声而来，把猎人团团围住。一位年逾古稀的长者，和颜悦色地问猎人来自何方，因何至此，猎人一一回答，众人大为惊异。猎人反问众人，此地是何处，属哪一朝，是哪一代，众人笑而不答，只说此地没皇上，不纳粮。猎人被当成贵客，今天这家请他吃酒，明天那家请他用饭，家家都是粮满仓、猪满圈，丰衣足食。他亲眼看见，这里没有富人盘剥，没有官府勒索，没有大兵骚扰，没有偷盗抢劫；这里也没有邻里不和，没有打架斗殴，没有赌博放债，没有财帛之争；这里家家互通有无，不分彼此，休戚相关，情同骨肉；这里日出而作，日入而息，男耕女织，人人勤俭。猎人每天跟众人下地干活，夜晚在打谷场上聚会，听唱戏说书，玩笙、管、笛、箫，非常快乐。一日，他忽然想起本村的穷苦乡亲，若是迁到这里安居乐业，该有多好。于是，就跟那位年逾古稀的长者说出这个心思，老人请全村男女老幼一同商量，大家都很欢迎。第二天，猎人告辞，众人送他上路。猎人返回家乡，挨门挨户，叙述他的所见所闻，劝说大家脱离苦海，迁往福地。乡亲们又想到自己的穷苦亲友，理应有福同享，奔走相告，走漏了风声，被官府知道。县官差遣衙役三班，将猎人拘到衙门，逼他带路，到那个小桃源去征收苛捐杂税。猎人怎能出卖那些好人，死也不肯答应！县官大怒，给他加了个妖言惑众的罪名，严刑拷打，押入死囚牢。猎人受刑过重，又遭百般折磨，惨死狱中，从此再没有人知道那条通往小桃源的途径。

这个故事，人们是爱听的，就像跋涉在沙漠里的旅人，对于海市蜃楼幻象中的青山绿水，也会感到一阵心旷神怡。但是，人们对于这个故事也是半信半疑的，更没有人想去探寻这块乐土。然而，罗擒虎却与众不同，他是个直心眼儿的人，又充满孩子气的幻想，只要他喜爱的故事，都信以为真。他想找到这个小桃源。还因为他从小给财主放羊，挨打，受骂，吃不饱，渴望找到一个能够吃饱饭，又没有人虐待他的地方，这个小桃源正是他所理想的境界。而且，他是个爬山虎，胆子奇大，多险恶的山峰都能爬，多深黑的山洞也不怕。于是，他从十一二岁起，见山峰就上，见山洞就钻，十几年如一日。

攀险峰难不住他，钻山洞可吃苦不少。有的山洞一团漆黑，怪石嶙峋，常常碰破他的头，跌伤他的腿。有的山洞是狼窝，咬得他鲜血淋漓；这个他也不怕，他有胆有力，敢跟恶狼搏斗，能把恶狼打死。叫他胆寒畏怯的是山洞里有马蜂窝和蝎子窝，螫得他头大如瓮，全身红肿。但是，他是个一条道走到黑，九头牛也拉不回的人，千难万险也动摇不了他的决心。终于，前些日子，他扒开一座崩塌的洞口，爬了进去，发现了小桃源的遗址；然而，却使他大失所望，多年的美梦破灭了。

罗擒虎带着夏竞雄走进小桃源，山洞里十分幽暗，所以并不是阳光沃土；有一条山泉流泻的小溪，夹岸并没有桃树，只有稀稀落落的野藤和荆棘；当然，也没有良田、鱼池、桑园，更没有道路、村落、鸡鸣犬吠、牛羊成群和衣着打扮古风古色的人。不过，那几间石屋，几处石灶，可以肯定曾经有人居住。

夏竞雄搜索到一枚制钱和一柄折断的锈刀，他拿到从山石裂缝中漏进的阳光下看，制钱上镌刻着"大顺通宝"四个字，于是他发思古之幽情，说："这个制钱，是李自成的大顺朝的钱币，由此可以断定，曾在这里栖身的必是明末清初的人。再从这把断刀推想，很可能是闯王的一支人马，在败退中与主力失散，退守这个山洞，或到这个山洞隐蔽。而且，可以进一步设想，他们一定在这里居住了较长的时间，并且有随军的女眷，所以才建造屋舍。"

罗擒虎大笑道："好！你跟龙乌雏走后，我们留下的人就在这儿安营扎寨。"

夏竞雄问道："你们的驴驮子，哪一天再到碧水湾去？"

罗擒虎说："明天天一黑就上路，后天太阳落山之前到碧水湾。"

夏竞雄想了想，说："还有两天一夜，我正好跟你那些弟兄们结识结识，做个掏心朋友。"

他俩走出小桃源，又在伏虎台歇了歇脚，然后下上天梯，走迷鸟道，回石鼓寨。

24

月黑了，八副驴驮子从石鼓寨出发，出盘山口，奔禹门湾去。八头高大健驴，响着叮当叮当的铜铃声，奔走在青纱帐里的夜路上。八名强壮的脚夫，一个个短衣打扮，身上带着长短家伙。罗擒虎是领队人，比别人多一件火器，腰间还别着两把匕首。他手提马灯，赶头驴，走在前面。

往日，驴驮子走夜路，脚夫们一路上高唱呼叫，笑语喧哗，惊扰得村村犬吠，不得安宁。今晚，却是鸦雀无声，只有脚步嚓嚓地疾行。

罗擒虎从小桃源回到石鼓寨，就把那七名脚夫叫到一起，先跟大伙儿亮了底。这七名脚夫都是二十三四岁的年轻人，一个个争强斗勇，不知道天地间有个怕字，一听说打田连阡大院，也不问成败利害，过节一般欢呼起来。他们对于田连阡的悭吝和蛮横，早窝着一肚子火，正想迸发出来。而后，罗擒虎带着夏竞雄出了场，夏竞雄在这垛已经冒烟的干柴上，又投下一支松明火把，于是他们更要把这昏天黑地戳几个窟窿。

罗擒虎不许夏竞雄步行，把他抱到驮筐上。夏竞雄在驴背上默默沉思，心情感到沉重。他刚刚告别了象牙之塔的大学生活，就开始了拿刀动枪的造反者生涯。从领导春草社的一群青年知识分子纸上呐喊，到带领鹊桥村和盘山的青年农民进行抗争，这在他的人生道路上，是一个突变，也是一个巨变。他的思想准备不足，更缺乏指挥能力！他很怕由于自己的失误，重蹈父亲率领二十八名同盟会会员攻打道台衙门的覆辙。

忽然，他的心头一亮，他像是看见了布谷姑父和蔡松洁姑母，也仿佛看见了周恩来，看见了共产党，高举着一支红光普照的火把，照得夜行路上一片通明。于是，他的信心陡增，斗志昂奋起来。

"虎哥！"他俯下身去，拍拍罗擒虎的肩膀，"你们进入碧水湾，要不露形迹；我到鹊桥村以后，就打发人去跟你接头。"

罗擒虎从腰间摘下一个荷包，荷包上拴着一个石虎坠儿，放在夏竞雄的手里，说："这就是接头的信物儿。"

第二天太阳平西，他们远远望见碧水湾。夏竞雄跟罗擒虎分手，钻进青纱帐，抄小路奔鹊桥村去。

离开鹊桥村不过两天，他便感到无比的思念。现在，他已经斩断了跟潞河学院的最后一根藕丝，整个儿属于他生身之地的鹊桥了。他走得很快，好像流星赶月，恨不得一步踏上投梭河的小桥。

"站住！"

突然，从他迎面的坟圈子里，窜出一个酒糟鼻子的团丁，枪口对准了他，他想跑已经来不及了。

"干什么！"夏竞雄怒喝道，"拦路行抢吗？"

"拿你换酒喝！"酒糟鼻子嗡嗡地说。

夏竞雄眉头一皱，计上心来，笑道："没钱喝酒吗！我腰里还有几十块钱银票，咱们交个朋友。"

"少跟我甜言蜜语！"酒糟鼻子端枪逼过来，"我曲六儿铁面无情。"

夏竞雄引诱说："你把我押到碧水湾，这几十块钱，分文也到不了你手。"

"掏出来！"酒糟鼻子曲六儿眼红了。

夏竞雄慢吞吞掏出一张银票，几块大洋，一把铜板，故意数了又数，掂了又掂，舍不得给。

曲六儿饿狗一般扑来，夏竞雄正等着他这个动作，猛起一脚，踢在他的腕子上，那支枪落了地。夏竞雄以燃烧起来的勇力，跟曲六儿扭打一起。夏竞雄从小就很文气，极少跟人打架，觉得动手打架是很丢脸的。但是，当他被逼得背水一战的时候，他却表现出豹子一般的迅猛。这时，他像疾风暴雨一般拳打脚踢，把曲六儿打倒在地上。曲六儿呼叫："来人，救命呀！"他又狠狠地照曲六儿的太阳穴上捣了一拳，曲六儿口、鼻、耳、眼大出血，不能动窝了。

高粱叶子沙沙响，他慌忙从曲六儿身上跳起来，抓起曲六儿的枪，准备抵抗。忽然，他看见，高粱垄里，闪现出芳偫儿的面影和柳叶枪的寒光。于是，他感到一阵极度的兴奋和疲惫，天旋地转晕倒了。

……他的耳边听见潺潺的流水声。吃力地睁开眼睛，发现他躺在织女河边的柳荫下，芳偫儿正用从他身上脱下的汗衫，浸湿了织女河的清水，擦着他的脸，擦着他的胸膛。

"芳偫儿，"他撑起身子，"那个团丁呢？"

"你把他打死了，"芳偫儿神色紧张地小声说，"能站起来吗？跟我过河。"

芳偫儿搀扶着夏竟雄站起身，夏竟雄仍然感到四肢无力，又靠在了一棵柳树上，喘息了一阵。芳偫儿背起枪支弹药，然后又搀扶夏竟雄走到一片浅水处，架着他的胳臂下河。上了岸，钻进柳荫白沙小道，芳偫儿长出一口气，说："多险哪！"

夏竟雄问道："怎么那个团丁喊叫来人，反倒把你喊来了呢？"

芳偫儿说："前晌，杨望春打发岳十五送信来，说有一个巡官带着两个警察来到田家大院，是奉了警务处的命令，把你追捕归案；田连阡就下令他的团丁，在鹊桥四处的大小路旁埋伏着，等你到鹊桥来，就抓住你。我们一听都急了，也分头到青纱帐里躲藏着接应你。谁想，你正跟曲六儿拼命厮打，叫我遇见了。看来，你不像我想的那么文绉绉的，倒是文武双全呢！"说着，忍不住哧哧笑了。

她把夏竟雄搀回了家。夏竟雄倒在西屋的小炕上，就疲乏地闭上了眼睛，说："你把骓哥找来。"

龙乌骓、邢端正和蓝铁砧一齐来到，只见夏竟雄面无血色，苍白如纸。芳偫儿轻轻摸了摸他的额角，热得烫手，焦急地说："他病了，我去找药。"一转身，跑了出去。

夏竟雄醒了，挣扎着想坐起来，龙乌骓忙按住他，笑着说："竟雄，我们起五更赶个晚集，走在你后头了，反倒让你头一个夺了枪。"

"你们也赶快夺枪吧，"夏竟雄说，"今晚上就行动。"

龙乌骓坐在他的枕边说："田连阡今天派出了四个团丁，你打死了一个曲六儿，还剩下三条癞狗，我们一人拾掇一个，不费吹灰之力。"

夏竞雄拿出那个拴着石虎坠儿的荷包，说："罗擒虎跟他那七个弟兄来到了碧水湾，跟咱们里应外合；你请大伯拿着这个信物儿，跟他们去接头。"

芳佾儿找药回来了，龙乌骓就带着邢端正和蓝铁砧去夺那三个团丁的枪。

夏竞雄问芳佾儿道："你到哪儿找的药？"

芳佾儿笑道："过江找青灯罩老奶奶，讨来了起死回生的灵丹妙药。"

夏竞雄吃下两丸，说："你到端正大哥家里，找来笔砚，我把那篇《讨田连阡檄》改一改，写成告示。"

"对！"芳佾儿高兴地说，"过去，只许官府贴那些欺压穷人的告示，这一回该咱们贴一张镇唬财主的告示了。"

夏竞雄刚把告示写完，龙乌骓他们夺枪回来了。

"真是温酒斩华雄！"夏竞雄赞叹地说。

隔壁，桂枝嫂做了一大锅饭，还炖了一盆鸡肉，叫大家过去吃。她决定跟丈夫到盘山小桃源去，所以把鸡全杀了。

正吃着，龙大海老人和娃娃脸岳十五，一同从碧水湾到来。老人笑眯着眼睛说："这个罗擒虎，真是一只虎：虎头虎脑，虎声虎气，虎胆虎力。"

岳十五说："这位虎哥都安排停当了：他带着四个最能登高的弟兄，爬上内宅大房，下院子，另外三个弟兄交给乌骓哥调遣。"

夏竞雄问道："碧水湾还有多少团丁？"

岳十五扳着指头算道："今晚上，大院里就留了那个巡官、两个警察跟两个保镖护院的；剩下八个团丁轮班在镇里巡逻，反正不是进宝局子，就是钻狗洞，咱们掏螃蟹吧！"

"好！"龙乌骓说，"十五，你快回去捎话给罗擒虎，我们这就动身。"

大家饱食一顿，龙乌骓下令出发，夏竞雄也要去。

"你有病，不能去！"龙乌骓拦住他。

蓝铁砧说："兄弟，你打死曲六儿，夺了一支枪，立了头功，别抢我们的行市吧！"

邢端正也劝道："你是佩挂帅印的人，还是留在中军帐里坐镇。"

"逞什么强！"芳佾儿又掏出两丸药来，"吃下去。"

夏竞雄只得留下，把告示递到邢端正的手里，叮嘱说："贴在人人看得见的地方。"

他和芳佾儿送他们到投梭河小桥，龙大海老人肩扛长矛，身背硬弓，从瓜田里走出来，不声不响地跟在他们后面。夏竞雄想要劝阻老人，芳佾儿扯了他一下，不叫他管。

他俩坐在瓜楼上，等候着碧水湾一声枪响。今晚是个阴天，天地昏黑，田野上呈现着大雷雨前的可怕的沉寂。夏竞雄的身体还很虚弱，靠在瓜楼上，心跳得像鼓响。芳佾儿的手紧紧握着柳叶枪，汗水从指缝里淌下来，咬破了嘴唇，也不感到疼痛。

猛地，叭，叭，叭！枪响了，却又沉静下来。芳佾儿扔了柳叶枪，哧溜溜爬上一棵钻天杨，站在树梢上瞭望。陡然，一团火光腾空而起，枪声像炒豆般响起来，同时也传来了惊天动地的怒吼声和喊杀声。

"火烧田家大院啦！"芳佾儿欢叫着。

大火燃天，夜空一片血红。

25

龙乌骓和罗擒虎，带领鹊桥村和盘山的十几名弟兄，还有尾随在后面的龙大海老人，得胜而归。

他们有的骑着那八头健驴，有的骑着田连阡的走骡快马，在投梭河小桥头站下来，列队成行，威武雄壮。

夏竞雄和芳佾儿迎上小桥，罗擒虎大步奔过来，走到夏竞雄面前，低下头去，说："兄弟，我大篓洒油满地捡芝麻，光顾得杀团丁，砍警察，不提防田连阡钻了地道，再也找不着。你就当着众兄弟的面，按军法治我的罪吧！"

龙乌骓忙跨步上前，说："打下田家大院，擒虎哥该记大功。他带着四位盘山的弟兄，爬高墙，上大房，跳下内院，杀死牛三青，收拾了巡官、警察、保镖护院的，开了大门，接应我们进去；又放了一把大火，烧得田连阡的狗窝片瓦无存。"

夏竞雄问道："地契借券都搜到了吗？"

邢端正答道："老洋狗收藏得严密，挖天掘地也找不着。擒虎兄弟火起，这才放火烧个干净。"

龙乌骓在夏竞雄耳边小声说："你给大伙儿说几句话，就赶紧上盘山吧！这儿不能久留。"

于是，夏竞雄走近队列，强忍住激情的热泪和别离的伤感，高声说："好大哥们，好兄弟们！打下田家大院，火烧狗窝，咱们不光跟田连阡结下了深仇大恨，也跟这个欺侮穷人的社会，压迫穷人的官府，不共戴天了。咱们这个举动，古来叫造反，如今叫革命。从此时此刻起，咱们只有横下一条心，宁死不回头。革命好比汪洋大海，好比长江大河，咱们这支小小的队伍，不过一条小水沟，必须接上源泉，才能大河水涨小河满。所以，我跟乌骓大哥要到南方投奔共产党，接上头，学会革命的本领，再回来。留下的弟兄们，邢端正大哥和罗擒虎大哥带领大伙儿上盘山，要同生共死，亲如手足。"

然后，他跟龙乌骓把邢端正和罗擒虎带到瓜楼去，叮嘱他俩要同心共命，带好这伙弟兄，等他们从南方回来时，不能缺少一人。

罗擒虎把夏竞雄紧紧搂在怀里，哽哽咽咽地说："兄弟，你的话，就是金口玉言，哥哥不敢有半句不听。"他抹了一把泪水，给龙乌骓深深作了一揖，说："好哥儿们，万里迢迢，你多照应我兄弟吧！"

龙乌骓抓着他的双臂，感动地说："擒虎哥，你放宽心。我这条命，保竞雄兄弟一路平安。"

邢端正一手拉着夏竞雄，一手拉着龙乌骓，说："你俩虽说是我的兄弟，胆识可比我这个当哥哥的高得多，你们是我的主心骨儿。我只盼你们早回来，早回来。"

村里鸡叫了，龙乌骓催道："你们快带队上路，我跟竞雄兄弟也得火速离开鹊桥。"

罗擒虎跑出去发令，弟兄们整队。桂枝嫂来了，抱着个大包笼，娃娃脸岳十五双手一叉她的腰，举她上了驴驮子。

夏竞雄对芳倌儿说："你也跟桂枝嫂走吧！"

"我不走！"芳倌儿说，"我还要给你们俩送行。"

夏竞雄又问龙大海老人："大伯，您呢？"

老人说："我还是留在平川上，给他们当个耳目吧！"

龙乌骓挥着手说："擒虎哥，带队上路，快走！"

罗擒虎又匆匆抱了抱夏竞雄，急忙跨上健驴，奋勇前行；邢端正骑一匹大青骡子，走在最后督队。

龙大海老人说："他们走了，你们也上路吧！早走早心安。"

夏竞雄依依不舍，说："大伯，您跟我们回家去，再说一会儿话。"

"我还是看瓜守桥吧，"老人说，"坐在一块儿，拉不断，扯不断，又得掉眼泪，出远门不吉利。"

夏竞雄、龙乌雏和芳信儿回到小院，收拾东西。芳信儿说："你们今晚不能走，竞雄哥的病还不见轻，走不了长路；我划船送他到青灯罩老奶奶家，再吃几丸药，养息养息。"

夏竞雄说："我能走，还是今晚走。"

这时，碧水湾方向枪声大作，人喊马嘶，遍地灯笼火把。龙大海老人跑来，跺着脚嚷道："汤金銮从通州城发兵来了，你们给我走吧！"

芳信儿连忙牵着夏竞雄的手，跑向江边，跳上小船，龙乌雏打桨，向江心箭一样划去。他们过了江，把小船藏进芦苇丛中，回头一看江东，汤金銮的骑兵已把鹊桥村团团围困。

他们三人，急急忙忙钻进林莽，奔河湾的三千户，到青灯罩老奶奶的寒窑投宿。

三千户，原是北运河西岸的一个大镇，三百里北运河义和团的总坛，就立在三千户的望河楼上。八国联军入侵，几艘铁甲兵船从河面上炮打三千户，毛子兵上岸又进行一场血洗，三千户只剩下三十户。

义和团的风暴，平息不过二十几年，尽管烈士的白骨已被黄土深深掩埋，岁月如流，冲涤着历史的血污，但是三千户的创伤太重，二十几年并不能愈合。孤儿寡妇的眼泪里，永远有先人的面影，睡梦中，扫墓时，便听见先人号召复仇的呼唤声。未经修复的断壁残垣，泥沙之下的断矛折刀，是这一历史的文物，幸免于难者的口头传说，是这一历史的记录；青灯罩老奶奶，则是这一切最权威的见证。

青灯罩老奶奶的男人，是龙大海老人的师父，三百里北运河义和团的发起者，死于跟八国联军的大血战中。老奶奶当时已经四十几岁，掩埋了丈夫的尸体，披麻戴孝，统领一支青灯罩，都是一色青的裤褂，上阵砍杀，比男人还手狠。因此，青灯罩老奶奶在义和团后代儿郎的心目中，是德高望重的老长辈。龙大海老人像对待亲娘一样孝敬老奶奶，老奶奶最疼爱聪明、美丽、深情、嘴儿甜的孙女儿芳信儿。

老奶奶的寒窑，坐落在村北的高岗上。寒窑深入地下，两个窗洞跟地面一平，烟囱竖在寒窑背后。寒窑里，四壁抹着花秸泥，一张小炕，一座小灶。老奶奶和一窝鸡、两只羊、一条忠心的老狗生活在一起，每日纺线、养鸡、喂羊、给人扎针、拔罐、治病、接生，勉强糊口。

　　龙乌骓将夏竞雄和芳佾儿安顿在老奶奶的寒窑里，又过河去观察动静。青灯罩老奶奶给这两个大孩子守夜；他们历尽风险逃亡，疲惫不堪，躺在炕上就睡着了。第二天天亮，老奶奶送他俩到一个最隐蔽的柳棵子地里躲起来，杀了心爱的母鸡，煮了珍藏的鸡蛋，给他们补养身子。

　　夏竞雄本没有大病，只是连日奔走，不得休息，过度劳乏，又有点中暑。他连睡了两个大觉，吃了青灯罩老奶奶的土药，第二天下午就复原了，又充满了朝气蓬勃的青年活力。但是，夕阳中，他忽然发觉芳佾儿十分憔悴，头发像被烈日烤枯的蓬草，面容黄瘦，而且出现了血亏的锈斑，目光里满含着悲愁。他的心，涌起一股强烈的酸楚，说："芳佾儿，这些日子，你……受苦了。"

　　芳佾儿挤出一丝苦笑，说："从小还不是年年都这样儿。"

　　夏竞雄说："妹子，你也跟我们走。"

　　芳佾儿摇了摇头，说："你还得别人照应，我能再累赘你？"

　　夏竞雄心中更是不忍，说："可是，从今以后，你就更吃苦，更遭罪了。"

　　芳佾儿咬了咬嘴唇，豆荚眼里噙满泪花，说："什么罪都我一人受，不让你受。"

　　夏竞雄的心一阵剧痛，他不愿在一个比自己年小的女性面前大哭出来，便走到树木深处，头顶着一棵河柳，胸膛鼓动着，将满腔泪水咽下去。

　　龙乌骓从河东岸回来了。他说，田家大院被烧成一片废墟，田连阡号啕痛哭，大口吐血，被送往通州的教会医院去了。汤金銮的骑兵到鹊桥村，烧了他家和邢端正的棚屋，又马踏他家的瓜田。龙大海老人躲了起来，骑兵一走，又回村了，打算搭盖两间窝棚，瓜田改种荞麦。汤金銮的骑兵又杀奔盘山，搜遍满山遍野，也没有找见邢端正和罗擒虎他们的踪影。山里人说，这些人扔下驴、骡、马，上了伏虎台，便在白云深处不见了。

　　夏竞雄和龙乌骓决定今晚就动身南下。

　　芳佾儿没有落泪，也没有送行，她只拿出一双布鞋，叫夏竞雄换上。这双鞋，是在前几天，她从夏竞雄留在白沙地上的脚印，偷偷剪下一个鞋样儿，连夜赶做出来的。

　　夏竞雄看着这一双精工细做的新鞋，舍不得下脚。芳佾儿却逼他一定穿上，而且哭了，夏竞雄只得依她。

　　他不知道，每只鞋底上都纳了一颗心，心尖儿对着脚跟。为的是他穿鞋上路，行程万里，一步一个脚印，而心向亲人，心向鹊桥，心向三百里北运河。

一九七六年十一月七日至一九七七年二月四日

一九七七年七月十五日至九月五日

狼

烟

1

一九三七年七月七日上午的颐和园门外，有两位大学生跳下了脚驴，跟两名赶驴的脚夫挥了挥手，说了声："下午见！"就直奔票房，去打门票。

两名脚夫将两头脚驴拴到不远处的绿柳浓荫下，从腰带上抽出七寸韭镰，到远处的青纱帐中，割了两大抱鲜嫩的青草，抱来喂驴。然后，二人又到小饭摊上打尖；匆匆吃了几卷煎饼卷大葱，喝了两大碗小米水饭，便又回到拴驴的柳荫下。他们吸了两锅辛辣的旱烟，脱下脚上的靸鞋，垫在脑后，当作枕头，在柳荫下横躺竖卧，一会儿便扯起鼾声。

两位大学生从颐和园正门，也就是从东宫门进入园内，又从仁寿殿绕到高耸着戏楼的德和园，路过临湖的宜芸馆、玉澜堂、乐寿堂等处，从邀月门踏上长廊。

盛夏，颐和园的湖光山色，正是全年最秀丽宜人的时节。但是，由于局势紧张，游人稀少，冷冷清清，只有有钱的达官贵人，寓居这里避暑消夏，有闲的红男绿女，逍遥此处谈情说爱。

这两位大学生，不像是有钱的人，也不像是有闲的人。他们虽然在长廊上漫步，却并不观赏枋梁上的油饰彩画，甚至不向昆明湖上的旖旎风光投去一瞥。他们走得虽然不急，但是步子很大，虽然装出悠闲神气，但是却看得出心不在

117

焉，只想一步跨到长廊的尽头。

长廊东起邀月门，西至石丈亭，全长一里半，共分二百七十三间，中间有留佳、寄澜、秋水、清遥四座八角重檐的亭子。东段有一道短廊伸向湖岸，衔接着对鸥舫，西段有一道短廊伸向湖岸，衔接着鱼藻轩。鱼藻轩北面又有一段短廊，连接着八面三层的山色湖光共一楼。长廊两侧古柏夹道，花木繁荫，北依万寿山，南临昆明湖，蜿蜒曲折，穿花透树；在长廊的每根枋梁上，画工们用他们那支生花妙笔，绘制了一幅幅令人赏心悦目的彩画，有西湖风景，有山水人物，有花卉翎毛，共计一万四千多幅，将长廊装饰成五彩缤纷的画廊，真像一道九天落地的彩虹。

两位大学生终于走到长廊西端的石丈亭，他们没有在石舫停步，从清遥亭向北，穿过听鹂馆外茂密的翠竹，跨过苇桥，沿迎旭楼下的幽静石路，来到湖滨船坞。

在售票亭买了船票，他们走出栅栏门，沿石阶下到水边，跳上一叶扁舟，起了锚，轻打双桨，小船便向绿波荡漾的昆明湖划去。

这时候，他们不约而同地深深嘘了口气。两位大学生，一位已经二十五六岁，穿一件雪青色杭纺长衫，戴一顶巴拿马凉帽，清秀的脸儿，高高的鼻梁上架着一副近视眼镜，目光柔和而天真，显得非常文静，书生气十足。另一位二十三四岁，上身穿一件漂白布汗衫，挽着袖子，下身穿一条米黄色西装裤，脚下一双白网球鞋；他有一张黑红的圆脸，剑眉下两只锐利的眼睛，一笑龇出两只小虎牙，全身上下洋溢着火热的青春活力。

"林壑，你要把我引向何方？"身穿雪青色杭纺长衫的大学生，迷惑地笑问道，"我今晚就要登车归里，心情拳拳眷眷，可没有游山玩水的兴致。"

"菖蒲，我要带你去见一位向导，"林壑神秘地笑眯着眼睛，"请他给你指明回乡的正路。"

菖蒲四下张望，湖上碧波如镜，并无船踪人影。

他们这只小船，桨声咿呀，像一片漂萍，驶出港汊，进入了三千亩昆明湖的南湖。抬头仰望，只见从北岸一座瑰丽的牌坊起，经排云门、排云殿、德晖殿层层上升，好像平步青云，直达万寿山最高的凸出点佛香阁。七月的阳光下，佛香阁金碧辉煌，雄壮而富丽，四外古木参天，天上朵朵白云。

但是，小船并没有划向南湖湖心，林壑并不想陪伴菖蒲到南湖岛上，游龙王庙，登月波楼，漫步湖上长虹十七孔桥，到全园最大的廊如亭上观光；而是用双桨拨转船头，转弯向西堤的玉带桥划去。

掩映在绿柳垂杨中的西堤，自南向北六座桥：柳桥、练亭、镜桥、玉带桥、豳风桥、界湖桥。玉带桥是六桥之冠，桥身用汉白玉和青石砌成，洁白的桥栏望柱上，雕刻着千姿百态向云中飞翔的仙鹤；弧形高拱，形若玉带，半圆的桥洞与水中的倒影，构成一轮透明的圆月，四周桥栏望柱的倒影参差水中，在轻泛涟漪的碧波中浮动荡漾，风景奇丽动人。小船穿过玉带桥北上，是一片湖中之湖的水泊，一只只红蜻蜓，落脚在枝枝绿荷上。小船轻轻擦着荷叶划行，看看将到豳风桥，突然从远远的天边响起了沉闷的隆隆声，蜻蜓惊飞而起。

菖蒲四顾茫然，自言自语地说了声："旱天雷。"

"你睁大眼睛看！"林壑暴怒地喊道。

话音未落，两架日本飞机带着震耳欲聋的轰鸣和令人毛骨悚然的呼啸声，从他们头上低飞掠过，机舱里驾驶员那骄横跋扈的神气，都清晰可见。飞机带起一股强风，吹得湖上荷叶沙沙，岸边杨柳摇动。飞机远去，还在湖面上留下久久不能消失的可怕回声。

"真是欺人太甚！"菖蒲愤愤地叩着船舷，"华北之大，再也安放不下一张平静的书桌了。"

"只怕很快就要安放不下一张饭桌了！"林壑心情沉重地说，"日本飞机低空侦察，炫耀武力，必将有所行动。"

他们沉默了，菖蒲接替林壑打桨，穿过界湖桥，就是后湖了。

2

万寿山后山和昆明湖后湖的风光景色，跟前山南湖大不相同，具有秀丽清新的江南色彩，充满鸟语花香的自然情趣。夏日，后山上下，树木葱茏，山花似锦，几座小巧玲珑的古寺、亭阁、红墙黄瓦，在万绿丛中时隐时现。忽宽忽窄的后湖，回环在山峦之间，两岸浓荫迎地，古树上爬满野花藤萝，碧水中倒映着岸边的柳丝花影，清风拂拭着层层片片的浮萍。后山后湖本来平日就人迹罕至，最近又常出没路劫游人的歹徒，所以连那些避人耳目的红男绿女，也不敢到此地幽会了。

菖蒲打着桨，林壑忽然噘起嘴唇，学了两声鸟叫，菖蒲正要笑他淘气，忽见湖水湾处，浓荫中有一只雪白的草帽挥动了三下。林壑抢过桨来，用力击水，小船奔向前去。

花木丛中，一片青石，一位身穿白色西服，戴着宽玳瑁边茶镜的中年人，博士风度，正半躺半坐在帆布折椅上，手持一根名贵的鱼竿，静静地垂钓。在他身边，站立着一位俏丽而又腼腆的青年妇人，身穿印度绸的花旗袍，描出了她那娇小窈窕的身姿。她的头发乌黑卷曲，秀眉弯弯，一双笑吟吟的豆荚眼，右手拿着雪白的草帽，左臂弯上挎着个小小的手提包。

"蔡先生，蔡夫人！我的朋友俞菖蒲，拜望你们来了。"林壑将小船靠岸，站在船上说。

静静垂钓的蔡先生，连忙站起身，双手伸向俞菖蒲，和蔼地笑道："敝人蔡芳洲，很高兴结识你。"

俞菖蒲慌忙跳上岸，给蔡芳洲鞠了个躬，说："蔡……蔡先生，我……我好像在哪儿见过您。"

"是吗？"蔡芳洲那苍白的脸上，浮漾起一个亲切的微笑，"令舅齐柏年先生，一切可都安好？"

"您是夏竞雄先生！"俞菖蒲惊喜得失声叫了出来，但是又连忙捂住嘴，四下看了看。

那位蔡夫人莞尔一笑，说："菖蒲，我们就更是熟人了。"

"芳姐，你终于和夏……蔡先生团聚了。"

菖蒲眼圈一红，声音哽咽："小春草呢？"

"他寄养在朋友家里，已经上小学了。"

原来，化名蔡芳洲的夏竞雄，大革命时期是中共京东特委军事部长，跟俞菖蒲的舅父齐柏年，同是国民党京东党部执行委员。蒋介石背叛革命，大革命失败，夏竞雄的妻子和战友蔡菊心，又名叶兰，不幸被捕。叶兰是一位著名物理学家的女儿，写一手好文章，在京东知识界颇享盛名。老同盟会员出身的齐柏年，出于正义感，为营救叶兰奔走呼号，但叶兰坚贞不屈，不肯玷污共产党人的清白，终于被害。叶兰留下一个几个月的儿子春草，被这位蔡夫人，当时名叫芳倌儿的农村姑娘收养。为了抚育烈士的遗孤，芳倌儿发誓不嫁。自己上了头，跟小春草假称母子，逃到城里，给富人家当女仆，受尽折磨和屈辱。一九二九年春，在中央军委工作的夏竞雄，奉军委书记周恩来同志的指示，从上海秘密回到京东，集合转入地下的同志，带他们到井冈山去。此时，齐柏年早已愤而退出国民党，回到他的原籍萍水县，创办日知小学，过着隐居生活。夏竞雄回到京东地区，就到齐柏年家落脚，隐蔽活动。夏竞雄不但集合了转入地下的同志，也找到了在富人家当女仆的芳倌儿和小春草，齐柏年就把他们母子收留下来。芳倌儿和小春草在齐家生活了三年，地下党来人把他们接走了，从此便杳无音信。俞菖蒲早年丧父，从小在舅父家长大，所以也曾跟芳倌儿朝夕相处三年时光，非常钦敬这位品格高洁的芳姐，今日一见，悲喜交集。

这时，林壑插嘴说："菖蒲，你跟蔡先生促膝长谈吧！我要游弋水上，给你们巡风。"

原名芳倌儿的蔡夫人，也微笑着说了声："你们谈吧！"戴上雪白的草帽和墨镜，拎着小手提包，穿过树丛，到小路上散步去了。

"夏……蔡先生，你是怎么来到北平的？"俞菖蒲激动地问道。

"靠朋友帮助。"夏竞雄只回答了几个字。

夏竞雄到井冈山，一直在红一方面军工作，长征到达陕北。去年随军渡河东征，在山西的一个战役中负了重伤；靠一位访问过陕北的美国友人相助，辗转来到北平香山疗养院治疗，化名蔡芳洲，名片上的头衔是这位美国友人考察中国农村状况的合作者。

"蔡先生，"俞菖蒲叫顺了口，"你准备回咱们萝江吗？"

"还没一定。"夏竞雄抖了抖鱼竿，将鱼线抛得更远，"所以我请你这位乡亲来，代我给家乡捎回一片心意。"

"你怎么知道我在北大上学？"俞菖蒲没等夏竞雄回答，便恍然大悟，"是林壑跟您讲的。"

林壑是北京大学工学院学生，俞菖蒲是北京大学文学院学生，但是他们同住在沙滩附近的一所公寓里，结成了知己。菖蒲加入中华民族解放先锋队，林壑是他的介绍人。

"我了解你一些情况。"夏竞雄望着俞菖蒲那天真热情的眼睛，"你从通州潞河学院附属师范毕业以后，在你舅父兴办的日知小学教了三年书。后来，齐先生为创办中学，又让你考入北京大学深造。现在，你大学毕业了，齐老来信催你赶快回去，担任教务主任，主持招生工作，今晚就要乘十点的夜车离平。是不是？"

"您真是了如指掌！"俞菖蒲笑着不住点头，"临行，更渴望得到您的指教。"

"你们的办学方针是什么？"夏竞雄问道。

"似乎是'普及教育，造就人才'八个字。"菖蒲不好意思地一笑，"这是我舅父过去制定的方针，恐怕已经不合时宜了吧？"

"战争迫在眉睫，我们的周恩来副主席上个月到庐山去见蒋介石，提醒他认清形势，要求他早做准备。"夏竞雄脸色严峻地说，"连日来，日军在北平附近进行作战演习，日军飞机在四郊低空侦察，这是不祥之兆，北平的空气中已经可以嗅到火药味了。面对战争即将爆发的局势，你们的办学方针不能再一成不变。"

"打起仗来，还办什么学！"俞菖蒲摇着头说。

"打仗更要办学！"夏竞雄把一只手拍在俞菖蒲的肩上，"办成培养抗日战士的学校。我给令舅写了一封长信，还有几份我们党关于建立民族抗日统一战线的文件，请你一并转交齐老。"

"好！"俞菖蒲兴奋得紧握双拳，坐不住了，"我一定说服舅舅，改变办学方针。"

夏竞雄扭过头，向柳丛外喊了一声："喂！"

"来啦！"蔡夫人快步走回来。

"你把送给齐柏年先生的礼物，交给菖蒲。"夏竞雄抬起鱼竿，从水面上钓起了一朵落花。

芳信儿打开小手提包，拿出一个纸卷，递给菖蒲说："严密收藏，不要丢失。"

"请放心！"菖蒲站起身，接在手里，"我一定完整无缺地带回咱们的家乡去。"

西宫门口，响起汽车喇叭声，紧三慢二。

"疗养院派车接我们回去了。"夏竞雄收拾渔具，"请转达我对齐先生的感念之情和深切希望。"

芳信儿一边收拾帆布折椅，一边说："更要替我问安。"

"一定，一定。"

汽车在不远处的石子路上停下来，不停地呼唤。菖蒲要陪同夏竞雄和芳信儿走出树丛，夏竞雄拦住他，飘然而去。

林墼划船过来，说："菖蒲，上船吧！"

听汽车呜的一声开走了，他们打桨原路而回，到船坞交了船，算了账。两人都无比兴奋，不忍早早离去，又畅游了听鹂馆以北半山坡上的画中游，出画中游后角门往北到湖山真意，极目远眺。然后，一一走遍了铜亭宝云阁、智慧海、转轮藏、写秋轩、圆朗斋、瞰碧台、重翠亭、意迟云在、扇面殿、香岩宗印之阁、多宝琉璃台、景福阁，最后下山到谐趣园，坐在巨石嶙峋的玉琴峡口，背靠青藤翠柏，看荷塘中莲叶田田，听玉琴峡水声淙淙。

他们休息了一会儿，就到知春亭吃饭。酒足饭饱，在亭畔岛边的白石雕栏间，找到两座虎皮石桌，上有绿荫如伞，躺下睡了个觉。醒来，还想沿东堤南下，再游玩一阵；可是两名脚夫已经等得焦躁，一人看驴，一人进园寻找他们来了。

颐和园距离西直门二十四里，脚驴一路飞奔，赶到西直门外，已经万家灯火，再迟一步就关城门了。

3

黎明，火车到达廊坊，菖蒲下了车。从廊坊到他的目的地萍水县城，还要走八十里旱路。

两天前，他已将行李书籍托运，但是要等到八点以后才能提货，便在候车室临窗的一张绿椅上坐下来，借着灯光看书。

两扇百叶窗大开，窗外是一片花树，野外蛙声聒噪，天边一弯晓月。

忽然，他感到脖颈后面有一股热烘烘的气息烤人；惊回头，只见一个身穿白粗布汗褂儿的大汉站立窗外，面貌十分粗野，但是眼神里却流露着天真稚气。

"你喜欢读书吗？"菖蒲问道，"请进来坐。"

"字儿认得我，我不认得字儿，"大汉呵呵笑道，"满脑瓜子高粱花儿，肚子里没一滴墨汁儿。"

"那你为什么站在我的背后呢？"菖蒲警觉起来。

大汉脸红了红，说："我想跟您打听一下，这书里说的是什么故事，讲的是什么道理？"

菖蒲听他出言不寻常，笑问道："请教你老哥贵姓大名，做什么营生？"

"学士先生，您折我的寿哩！"大汉慌忙说，"小的姓熊，外号熊大力，赶脚为生。"

"我叫菖蒲。"菖蒲走出候车室,"我正要到萍水县城去,你送我一趟吧!"

"您在哪一行发财?"

"我刚从大学毕业,想在萍水县城办个抗日学校。"

"好先生!"熊大力大叫一声,跪在菖蒲面前。

菖蒲被他这个突然的举动惊呆了,发慌地说:"不要这样,快请起!"他想把熊大力拉扯起来,熊大力却像铁铸在地上,他用尽气力,纹丝不动。

"好先生,您得答应我,扯旗招兵打鬼子,收我在您帐下当敢死队,我才起来。"熊大力眼泪汪汪,可怜巴巴地说。

菖蒲深受感动,从衣兜里掏出未婚妻殷凤钗送给他的那柄檀香扇,一折两断,说:"言而无信,有如此扇!"

熊大力又叩了个碰地响头,才站起身。

原来熊大力本是关外人,两膀有千斤膂力,春天耢地他一个人拉铁犁,秋天轧场他一个人拉石磙,跑起来半天不歇口气。他饭量大,吃得多,地主家都不雇他扛长工,可是一到农忙时节,却又争着雇他打短。所以,他家常常揭不开锅。千斤膂力挣不出一个人的吃喝,老娘一年到头挎着竹篮子讨饭。日本鬼子占领他的村庄,设立巡警所,警官是个过去贩卖海洛因的日本浪人。这个家伙是个三寸丁的小矮子,却喜欢骑一匹高头大洋马,强迫中国人给他当上马石。中国人手脚落地,脊梁朝天,小鬼子的铁钉大皮靴踏在中国人的脊梁上,爬上马去。熊大力咽不下这口气,闯入巡警所,刀劈了这个骑在中国人头上的恶棍,然后背着老娘逃走。半路上,鬼子和伪军四面包围了他,老娘死在枪弹下,他拼死搏斗,抢了一匹战马,逃进了关。

几年来,他就在廊坊到萍水的古驿道上赶脚糊口。一年又一年,忠心的马儿一年年瘦下去,老下去;他房无一间,地无一垄,冬住破庙,夏蹲房檐,真是古道西风瘦马,断肠人在天涯。

菖蒲在候车室窗外的花树下,听熊大力倾吐苦情,不知不觉天光大亮。菖蒲从胸中吁出一口闷气,说:"好朋友,咱们先去吃饭。"熊大力到车站栅栏外的草地上去牵他的老马,到土井饮牲口。出车站不远,一家小饭铺正在下板,菖蒲便一直走了过去。小饭铺的老板娘是个很会做生意的女人,眉开眼笑欢迎贵客,服侍菖蒲刷了牙,洗了脸。菖蒲点了几样吃食和炒菜,熊大力饮了牲口回来,把老马拴在路边的一棵枯树上,菖蒲隔着纱窗招呼他进来吃饭。

在生人面前，熊大力十分口羞，低着头，小口小口咬着大饼。菖蒲不住给他夹菜，劝他不要客气，他更是张不开口，满头淌下黄豆粒大的汗珠。

"好先生，您放我一个人到外边去吃吧！"熊大力哀求他说。

菖蒲知道勉强挽留他反倒害得他吃不饱，便笑道："方便就好。"

熊大力抓起两大张烙饼，大步走出小饭铺，到他的老马身边，盘膝打坐在青草上，风卷残云般地吃起来。

菖蒲要给他送两盘炒菜去，老板娘忙拦道："公子，这不太失了身份嘛！我送去。"

吃过饭，已经快八点了，菖蒲掏出皮夹子，喊老板娘算账。

老板娘哧哧笑道："那个愣大个儿交过钱了。"

菖蒲血涌上脸，急急跑了出去，喊道："大力，这怎么使得！"

"先生，咱们上路吧！"熊大力笑眯眯地说。

"你辛辛苦苦才挣几文钱，怎么能花你的钱吃饭？"菖蒲把一张钞票塞给他。

熊大力甩着手不肯接钱，满脸委屈的神色，说："好先生，您这是瞧不起我，不赏我的脸。"

菖蒲一阵心酸，含着泪说："好朋友，等回到我的家里，我再一表心意吧！"

他们来到车站，从托运处提取了两只大木箱，一只木箱装的是书籍，一只木箱装的是行李，都用稻草绳包扎结实，非常沉重。熊大力一弯腰，两手一抱，就举在了肩上，扛出门去，装在马背的大驮筐里。

离开车站，菖蒲上了马背，坐在驮筐的蒲垫上，一手挽着缰绳，挺直了腰板。老马被熊大力吆喝一声，放开四蹄奔走起来。

这是明清两代遗留的一条驿道，沿路常有遮天蔽日的参天古树。一处处驿站早已化为一片片废墟，但是十里八里就有一座草亭，草亭下有卖茶水的，有卖吃食的，有卖瓜果的。正是暑伏时节，天气热得像扣了屉的蒸笼，菖蒲每到一座草亭，就要买个西瓜，到古树阴凉里，下马歇一歇脚，吹一吹风，解一解渴。上马下马，都是熊大力张开双臂，将菖蒲抱上抱下。走一亭吃一亭，熊大力也渐渐不口羞了。

4

走出四十里，三岔路口有一个大村落，名叫太子镇，流水一般的行人，从

　　四面八方，从青纱帐中的大道小路上，涌向太子镇去；绿树葱茏的太子镇里，传出一阵阵紧锣密鼓的喧响。

　　"老乡，镇里在求雨吗？"菖蒲向奔走不停的行人问道。

　　"柳家班在南镇口跑马戏！"行人回答，更加快了脚步。

　　菖蒲兴致勃勃地说："大力，咱们也去一饱眼福。"

　　他们进入南镇口，只见人山人海，将一座大场围了个风雨不透，水泄不通。大场墙头上，坐满了一家家老小，场边大树的层层枝丫上，果实累累一般挂满了人。菖蒲挤不进去，只得停在人群外面，站在马背上观看。

　　锣鼓声戛然而止，人山人海的喧哗声也一下子静下来。陡地，啪一声清脆的鞭子响，从被苇席遮住的棚圈里，蹿出一匹不戴笼头，不备鞍辔的雪里钻白马，暴跳腾跃，嗷嗷嘶鸣，绕场奔驰，吓得观众惊叫着连连后退。就在这时，一个英俊少年，嗖的一声，从苇席后面一跃而起，春燕三剪水，跳上马背，观众爆发出一阵雷鸣般的喝彩声。跟着，这位少年一按马背，在喝彩声中，头下脚上，直溜溜竖起蜻蜓，任马飞奔。观众正瞠目结舌，看得惊呆，冷不防一匹枣骝驹又蹿了出来，骑在马上的是一位如花似玉的女子，桃红小衫，葱心绿灯笼裤，梳一条乌溜溜粗大辫子，鬓角斜插一大嘟噜茉莉花，手持一把寒光闪闪的青锋剑，突然一个偷袭，挥剑照那个竖蜻蜓的少年砍去。观众失声惊呼，那少年却一个镫里藏身，闪过致命的一击，从背后抽出马刀，二马盘旋，砍杀起来。正杀得难解难分，又冲出一匹灰兔儿马，马上是一个身穿粗黑布裤褂的瘦老头子，只见他挥刀隔开这一男一女，不问青红皂白，谁是谁非，一口刀砍向这两个人。于是，三个人，三匹马，三口刀，风车般打转，只见刀光剑影。观众吓得心惊肉跳，哪里还喝得出彩声？忽然一道闪电相似，那如花似玉的女子飞出马背，抓住场边柳树那摇曳的枝条，在南风中荡起秋千，看那一老一少厮杀。

　　那一老一少厮杀的人，也住了手。菖蒲看见，那英俊少年不过十七八岁，上下一身白，很有点锦衣马超的风采。那穿黑粗布裤褂的瘦老头子，五十岁左右，左脸颊上有一道刀痕，显得刁狠而又滑稽。

　　"三老四少，仁人君子！"瘦老头子高高抱拳，连连拱手，拜了四方，"在下柳摇金，世代卖艺为生，今日三生有幸，带领小女黄鹂儿，犬子长春，借贵方一块宝地，表演几样家传小技，混口饭吃。列位看官，在家靠父母，出外靠朋友，艺无止境，能人背后有能人，还望门里行家多多指教。刚才这一场下来，虽说成色不高，总算没有出丑，我们爷儿仨也就厚着脸皮，求列位看官有钱的帮个钱场儿，没钱的帮个人场儿。"

说罢，他打了个手势，那个在柳枝上荡秋千的柳黄鹂儿吹了声口哨，真像燕呢莺啼，枣骝驹乖乖走到柳树下，她又跳回马背上，手拿一只小柳条筐箩，沿着场圈打钱。那个英俊少年柳长春，跟在姑娘身后，有人扔几个钱过来，柳长春便响亮地喊一声："谢爷台恩赏！"

柳黄鹂儿渐渐临近了，菖蒲发现，这个女子不但容貌如花似玉，而且神采清高傲岸。她端坐在马背上，姿态端庄，目光凝重，眉宇间正气凛然。俞菖蒲不禁一阵感动，而且产生了敬意，忙掏出一张钞票，举在手上。

柳黄鹂儿看见了菖蒲，但是手中的小柳条筐箩不递过去，淡淡地说了声："多谢了！"昂然而过。

"大力，你给送上去！"菖蒲说。

熊大力攥着钱，横冲直撞，挤进场子，喊道："姑娘，站一站，我家客官的赏钱！"

柳黄鹂儿回过头来，远远地向菖蒲投来含笑的一瞥，然后轻声命令柳长春："收下吧！我谢过了。"

打够了钱，柳黄鹂儿和柳长春回到苇席后面，又是一阵紧锣密鼓，又是戛然而止，又是一声响鞭，三匹马在场子里像流星赶月。忽然，柳摇金掏出一根游丝一般的红绳，抛给了柳长春，爷儿俩一人扯住一端，旋转飞跑，拉直了，绷紧了。陡地，柳黄鹂儿又飞离她的马背，双手抓住拉直绷紧的红绳，一个鹞子翻身，站立在红绳上。她手里没有撑伞，也没有舞动手帕，只是舒展两臂，便在红绳上袅袅婷婷地走来走去。柳摇金和柳长春的马越跑越快，而柳黄鹂儿在红绳上仍然婀娜多姿，像风摆荷叶，悠然自得。"好！""好呵！"喝彩声山崩地裂。

这一场完了，柳黄鹂儿就不再露面。柳摇金和柳长春又各演了一个节目，便响起了收场的锣鼓。

"咱们走吧！"熊大力催菖蒲道。

"我想见一见柳家爷儿仨。"菖蒲伫立不动，若有所思。

人群散去，大场上只剩下那个英俊少年柳长春，一个人在遛马。

菖蒲向他走过去，和蔼地问道："老弟，你父亲呢？"柳长春女孩子气，一见生人就脸红，惊慌地叫道："姐姐！"

从苇席后面，走出了柳黄鹂儿。她换上了一身打满补丁的蓝花土布褂子和黑布裤，双手沾满玉米面。下场之后正在做饭。

"先生，您有什么事吗？"柳黄鹂儿手指卷着衣角儿，羞怯地问道。

菖蒲微笑道："我想见一见令尊。"

"我爹到镇董家交地皮钱去了。"柳黄鹂儿低垂着眼皮，"有什么话，您吩咐我吧。"

"你们的技艺高强，我想请你们到萍水县城去表演。"

柳黄鹂儿却摇摇头，说："我们不想去。"

菖蒲感到失望，问道："为什么呢？"

"惹不起城里的大兵、警察、地头蛇。"

菖蒲忙说："你们跟我去，他们不敢欺侮你们。"

柳黄鹂儿吓得倒退一步，睁大眼睛，恐惧地问道："您……您是什么人？"

这时，熊大力牵着马走过来，笑呵呵地说："俞公子是大学毕业生，回萍水县城来办抗日学堂。"

"县城里的大兵、警察、地头蛇都怕您吗？"柳黄鹂儿问道。

"他们并不怕我。"菖蒲沉吟了片刻，"我的舅父齐柏年老先生，在地方上有一点声望，这些人都敬畏他三分。"

"原来您是老举人的外甥！"柳黄鹂儿跟熊大力同时喊出来。

"你们见过他老人家吗？"菖蒲惊奇地问道。

"虽没见过面，可忘不了他老人家的大恩大德哩！"熊大力大喊着说，"当年我们从关外逃到萍水县，官府本想把我们赶走，多亏他老人家立起东北难胞救济会，收容我们，替我们说话，才在萍水县落了户。"

"我们一家人更忘不了他老人家的恩德。"柳黄鹂儿接着说，"他老人家惜老怜贫，还立起了贫民救济会，年年数九隆冬，天寒地冻，我们卖艺糊不了口，就到救济会的粥场打粥喝；前年我娘死了，还是救济会施舍了一口棺材，才算安葬了。"说着，眼圈一红，抽泣起来。

正在这时，柳摇金踉踉跄跄从镇里回来，沙哑着嗓子嚷道："黄鹂儿，怎么还不做饭？"

"我跟俞公子说话哩！"柳黄鹂儿回过头，抹着眼泪说。

"柳师傅！"菖蒲尊敬地向他点头行礼。

"好你个花花公子！"柳摇金喷着酒气，醉眼蒙眬，"想勾引我的女儿吗？"

"住嘴！"柳黄鹂儿红着脸喝道，"人家俞公子是县城老举人的外甥。"

"那就请俞公子多多恩典！"柳摇金作了个大揖，"凭您的面子，跟镇董讲讲情，少收我们两成地皮钱。"

菖蒲问道："那个镇董收几成？"

"他坐收七成，我们只剩三成。"柳摇金照地上啐了口吐沫，跺了几脚，"天打五雷轰他！"

柳黄鹂儿愤愤地说："咱们离开这儿，跟俞公子到县城去。"

菖蒲掏出钱来，打发熊大力到镇里饭馆，买来两大荷叶蒲包馒头，大家吃了个精光，一同上路。

"等一等！"柳黄鹂儿跑到苇席后面去。走出来，如花似玉的女子变成了蓬头垢面的男儿。柳黄鹂儿把蓝花土布褂子换上了一件破旧肥大的男人短布衫，脸上抹了两大块锅烟，粗大的辫子盘在头上，扣了一顶压到眉梢的大斗笠。

她跟菖蒲并辔而行。

5

四四方方的萍水县城，四面是生满绿苔的青砖城墙，城墙四面是清澄碧透的萍水河。东西南北四座城门，四座城门上四座城楼，四座城门外四座石桥。城内，一半都市风光，一半乡村景色。

一千年前，儿皇帝石敬瑭将燕云十六州割与辽主耶律德光，萍水当时还是一个只有千八百人口的城池。男女老少死守不降。他们并不坐吃山空，拆毁一半住宅，开垦农田，播种五谷。坚守三年，死亡过半，又遇大旱，颗粒不收，城池才被攻破。千年之后，萍水县城仍然保持着千年之前的历史特色。

老举人齐柏年的宅院，就坐落在乡村景色的南城。

居住南城的大多是贫寒人家，有的种菜园，有的种果园，有的当苦力。齐柏年出身于穷苦的菜农家庭，自幼丧父，寡母种园卖菜，含辛茹苦将他拉扯成人。十年寒窗，磨穿铁砚，齐柏年十七岁考上秀才，二十二岁又中了举人。他没有做官，先在萍水县开办囊萤学塾，后又到通州创立映雪书院，无非是想的教育救国。恨朝腐败，忧国家危亡，他在讲学中常发愤世之论，于是遭到迫害，亡命海外，加入了同盟会。辛亥革命发生，宣告成立中华民国，孙中山先生就任临时大总统。不久，京东宣布独立，拥护共和，成立军政府，齐柏年被公举为军政府教育司长。他上任的第一道命令，就是改寺庙为学堂，将囊萤学塾改为萍水县立小学，映雪书院改为通州师范学校。孙中山先生将大总统的职位让给摇身一变的袁世凯，京东军政府也被袁世凯的爪牙鸠占鹊巢，他改任通州师范学校校长。他一直不过问政治，大革命时期才又重新加入国民党。蒋介石背叛革命，屠杀劳苦大众和革命者，他的不少学生和友人倒在血泊中。于是，他愤而退出国民党，发誓不但不当国民党的官儿，而且不任国民党政府的任何公职；举家离开通州，迁回故乡萍水，自办日知小学。他是革命元老，又是一位桃李满京东的教育家，在萍水县德高望重，备受尊崇。

齐柏年的宅院，名曰荻庐，是为了纪念他那位年轻守节而教子成人的母亲的。宅院四围是柳篱泥墙，墙外杨、柳、榆、槐，墙内桃、杏、梨、李。进门一块菜园，种的是黄瓜、豆角、茄子、青椒、白菜、南瓜。菜园里有一眼砖井，井上有一架辘轳。三进院子，虽不是茅屋草堂，也算不上青堂瓦舍，很像乡村的小康人家。

齐柏年每日黎明即起，披星戴月，打拳舞剑、汲水灌园。吃过早饭，步行到日知小学，出席小学生的朝会，上午办公上课。中午回家，午饭后休息；下午会客，谈笑往来的有饱学名流，也有目不识丁的小民百姓；晚间闭门读书，三更才肯上床。一年四季，持之以恒。

他是个清瘦的大高个儿，花白光头，紫赯面色，粗手大脚，身穿半旧发黄的夏布衫子，脚穿家做布鞋，夏日炎炎，头戴一顶竹篾斗笠，神态和风度都不像誉满京东的名儒，倒像个淳朴土气的田舍翁。沿路行人相遇，都满怀崇敬地向他问好，他也和颜悦色，含笑点头致意。遇到比他年高的老人，他便垂手让路。

这天中午，他回到家，只见门外停放着一辆翠盖红窗金漆彩画的高篷马车，门口站立着两名警士。他知道必是县长殷崇桂来访。

走进外院，外院只有东西各两间鹿顶，老仆人门吉正在院子里泼洒清水，一见主人回来，忙说道："殷县长在客厅里，夫人和梅姑奶奶在陪客。"

正院是个月亮门，迎面是一座影壁，影壁后面是一座假山，假石山上爬满青藤和开满野花；正房五间，东西各三间厢房，泥土院面，有一架葡萄，一架藤萝，清静而幽雅。

齐柏年刚拐过影壁，殷崇桂就从客厅里跑出来，连说："大事不好，大事不好！"

殷崇桂五十一岁，身穿长袍马褂，圆口缎鞋，肥头大耳，八字黑胡，戴一副金丝眼镜，镜片后面有一双闪闪烁烁的小眼睛。

齐柏年见他仓皇失色，皱着眉头问道："殷公，何事如此惊慌？"

殷崇桂抖抖索索地从衣兜中掏出一封电报，说："连接上峰三封急电，驻扎北平郊外的日军，昨夜十时突然占领卢沟桥，炮击宛平县。"

齐柏年一惊，啊了一声，但是马上又恢复平静，说："倭寇亡我之心不死，此是意料中事。"

殷崇桂又摸出第二封电报，说："日军已包围宛平，威胁南苑机场。"

"请到藤萝架下坐！"齐柏年已经满面阴云，走到藤萝架下，心情沉重地在石凳上坐下来。

殷崇桂打开第三封电报，说："日军正从关外调兵，有进攻北平之势；望沿途各县，处变勿惊，不可轻举妄动。"

"此话怎讲？"齐柏年追问道。

"学生也不得其解。"殷崇桂愁眉苦脸地说，"驻军金雄飞营长接到的电报，内容大致相同；但第三封电报附有军令，不得拦截、伏击日军军车，对日军的挑衅行动，暂取忍让态度。"

"岂有此理！"齐柏年勃然大怒。

"上峰含糊其词，下属不知所措。"殷崇桂唉声叹气，"所以学生前来向您请教。"

这个殷崇桂，在齐柏年任京东军政府教育司长时，曾在教育司里当一名小科员；齐柏年改任通州师范学校校长，保荐他到民政司当了一名股长，才算步入官场。多年来，他跟齐柏年并无交往，直到他升任萍水县长，才又跟退隐萍水的齐柏年久别重逢。殷崇桂当官是为发财，所以十分珍贵他头上那顶七品县令的乌纱帽，唯上峰之命是听。但是他也知道，齐柏年名高势众，对于他的官运，起着举足轻重的作用，非但不能得罪，还必须八面玲珑，多方讨好。所以他一遇到疑难事项，都要探一探齐柏年的口气，听一听齐柏年的见解，虽然并不言听计从，却也表现出对于前辈长者的充分尊重，因而连任五年萍水县长，左右逢源，上下取巧。

"养兵千日，用兵一时；守土安民，责无旁贷！"齐柏年慷慨激昂地大声说，"请殷公邀集驻军金营长、警察局长和保安队长，会商御敌大计。倘倭寇犯我县境，应予迎头痛击。"

"先生所言极是，所言极是。"殷崇桂仍然愁容满面，"学生所最感不安者，是贵甥菖蒲公子，不知是否已经离平？内子和小女，更为忧心如焚。"

菖蒲的未婚妻殷凤钗，就是这位殷崇桂县长的千金小姐，而且已经择定举行结婚大礼的佳期吉日。

齐柏年沉吟着说："前几天，这个孩子曾来一信，言定如期而归，请尊夫人和凤钗姑娘，不必过虑。"

殷崇桂苦着脸儿说："他在给凤钗的信中也没有确定日子，不然我可以派遣保安队到廊坊火车站去迎接他。"

齐柏年摇头说："他是不会喜欢这种排场的。"

殷崇桂问道："如果北平被围，菖蒲公子困在北平，他和小女的婚期，您看……"

齐柏年说："这要请舍妹酌定。"

殷崇桂忙说："方才学生已经问过亲家俞老夫人，老夫人十分开明，要我转告小女，由小女做主。"

"也好，也好。"

"那么学生告退了！"殷崇桂深施一礼。

6

齐柏年送客回来，老女仆常妈已经在西厢房南间摆好饭菜，菖蒲的母亲梅姑奶奶在后院用饭。

齐柏年的老妻，也是贫寒人家出身。当年，齐柏年的老母亲为了家里多一把手，在他十三岁的时候，给他娶了个大六岁的妻子。进门之后，齐夫人跟婆母种园，还要纺纱织布，供给丈夫上学，十分勤劳贤惠。齐夫人不能生育，齐柏年考取了功名，她多次劝丈夫纳妾，齐柏年金石品性，不肯依从。膝下无儿，冷清寂寞，所以菖蒲母子前来投奔，老两口就把全部慈爱，倾注在菖蒲身上。

平日，他们的生活十分俭朴，齐柏年很喜欢吃粗粮青菜。老两口对面而坐，炕桌上一荤一素。已经是风烛残年的齐老夫人，显得比齐柏年衰老得多。他们吃饭时，不用女仆服侍，齐夫人行动不便，盛汤端饭，都由齐柏年亲自服侍。

齐柏年给老妻盛了一碗绿豆稀饭，齐夫人吃了两口，便吃不下去了，手举着筷子发呆。

"你是挂念菖蒲吧？"齐柏年低声问道。

齐夫人点点头，心事重重地说："孩子要是困在北平，打起仗来枪子儿满天飞，怎么能叫人放心？"

"你过虑了。"齐柏年安慰老妻说，"我看菖蒲在京城这几年，很长才干，我们可以放心了。"

齐夫人咬了一口小米面发糕，又说："再过几天，就要办喜事，是大办还是小办呢？"

"且看梅姑奶奶的意思吧！"

"梅姑奶奶听儿媳的。"齐夫人发愁地说，"我看殷家的小姐，不是个过日子的女孩儿，当初还不如找个寒门小户的姑娘。"

"要信得过菖蒲。"齐柏年又安慰老妻，"我想菖蒲自有主张，凤钗姑娘会听他的话。"

吃过饭，齐柏年回他的卧房午睡。但是，国事令人烦恼，家事也颇乱心，身下的凉席竟像火烤一样，难以入睡，而院外树上的鸣蝉，更吵得他不能成眠。下午，他不得不闭门谢客。

晚上，齐柏年正跟夫人坐在院中乘凉，忽听院外阵阵马嘶，跟着便响起一阵敲门声。他一边喊："门吉，出去看看！"一边也跟在后面走出来。

街门大开，菖蒲带领一支人马鱼贯而入，叫了声："舅舅！"跑上来行礼。

"几点的火车，怎这么晚才到家？"齐柏年问道。

菖蒲笑道："我一路上幸会几位相识，所以回家晚了。"

熊大力、柳摇金、柳黄鹂儿、柳长春、四匹马和文武场的那几位，远远站在菜园篱墙那里，不敢上前。齐柏年问菖蒲道："他们都是些什么人？"

"大力，过来！"菖蒲喊道，"他在关外砍死日本警官，逃进关来，赶脚为生。"

熊大力跨前一步，扑身拜倒，说："小的熊大力，给恩人老举人叩头！"

"菖蒲快把他搀起来！"齐柏年急忙说，"我不是官儿，你不要跪拜；就是见到做官儿的，也不要低三下四。"

"柳师傅！"菖蒲又叫柳摇金，"他是柳家马戏班的班主。"

菖蒲刚把熊大力扯起来，柳摇金又要跪下，他忙又伸出胳臂把柳摇金拦住。怕见生人而又女孩子气的柳长春，躲藏在姐姐身后，柳黄鹂儿还没有换下男人的衣裳，也怯生生地不敢抬头。

齐柏年喜爱年轻人，他走近两步，抬起柳黄鹂儿的下巴颏儿，问道："你叫什么名字呀？"

"柳……柳黄鹂儿。"

"原来你是女孩子！"齐柏年抽回了手，怔住了。

"他们爷儿仨都有一身好武艺。"菖蒲又从柳黄鹂儿身后扯出柳长春，"我带他们到县城来，想请他们在日知小学操场表演马戏，不收地皮钱。"

齐柏年答应道："小学后天放假，就可以在操场表演他们的绝技。"

菖蒲又说："我还想把大力留在身边，将来有所倚重。"

"很好，很好。"齐柏年吩咐老仆人门吉，"你给众位客人安排食宿，不可怠慢。"

菖蒲搀扶舅舅回院里去，齐夫人已经在正院月亮门口，拄杖等候多时了。

"舅妈，您又为我提心吊胆了吧？"菖蒲嬉笑着问道。

"儿行千里母担忧呀！"齐夫人一块石头落了地，深深叹了口气，"还不快到后院看你娘去。"

菖蒲将舅父和舅母送到乘凉的假山石下，才到母亲居住的后院去。

后院，五间大房，两间小屋，院里有一棵怪松，几株老梅，数竿翠竹，两畦杜鹃花，还有一对古色古香的彩釉鱼缸，养几尾鱼和几蓬莲，满院流荡着一股淡淡的清香。

菖蒲的母亲并不是齐柏年的胞妹。齐柏年二十二岁考中举人，随母亲到城郊去祭祖，路遇从外地逃荒的一家三口。归途，那一对走投无路的夫妻已经双双吊死在路旁的歪脖儿树上，五岁的小女孩跪在父母的尸身下哀哀啼哭。齐老太太心如刀割，把小女孩搂在怀里，打发齐柏年买来两口棺材，请来地保，装殓掩埋了小女孩的父母，把小女孩带回家去。

齐老太太年轻守寡，只有一个儿子，于是就把这个孤女收为女儿，十分疼爱。取名齐梅，全家上下都叫她梅姑娘。梅姑娘聪慧超人，齐老太太让齐柏年教她读书；十八岁时，不但读完四书五经，而且通晓诗词歌赋。

齐老太太去世，梅姑娘跟兄嫂一起生活。齐柏年比她年长十六岁，齐夫人更比她大二十二岁，长兄如父，长嫂如母，兄嫂更是疼爱她。后来，齐柏年为她挑选了一位品学极高的青年才子。谁想红颜薄命，嫁过去没有几年，那位才子不幸身亡，梅姑娘带着孤儿菖蒲回到了娘家。齐柏年夫妇十分悲痛，觉得一生对不起小妹，也负罪于九泉之下的老母。这时候，齐柏年已经有了一点家产，就写下文书，将全部财产归于梅姑娘所有。

二十年过去，小菖蒲已经是二十几岁的北京大学毕业生，而当年二十几岁的梅姑娘，也已经是年过半百的梅姑奶奶了。

梅姑奶奶幽居后院，每日浇浇花，看看书，写写字，画松、竹、梅、莲，很少抛头露面；她的字如其人，画如其人，风骨俊秀，品格清高。

菖蒲快步走进后院的小门，大喊着："娘，我回来啦！"

梅姑奶奶闻声从屋里走出来，身穿飘飘然的白绸衫和黑绸裤，手拿一柄缟素团扇，神态端庄深沉，恬静优雅。

"啊，又长高了！"梅姑奶奶微笑着，"学问呢？"

"明天再请您'殿试'！"菖蒲压低声音神秘地说，"娘，您猜我遇见谁啦？"

"谁？"

"您最喜欢的人，常常挂念的人。"菖蒲望着母亲的眼睛。

梅姑奶奶的眸子一亮："难道是她？"

"她又是谁？"菖蒲明知故问。

"是你芳偵儿姐姐？"

"娘真料事如神！"菖蒲笑了，"她跟夏竞雄先生秘密住在北平香山，约我在颐和园见了面。"

"对你必定有所教诲吧。"梅姑奶奶欣喜地问道。

"训导甚多，大受教益。"菖蒲兴奋地说，"夏先生还让我给舅舅捎来一封长信，希望将学校办成训练抗日战士的地方。"

"快给你舅舅送去！"梅姑奶奶催道，"今天下午，殷县长带来三封电报，听说倭寇兵犯北平城，战事吃紧，你舅舅十分心焦。"

"哎呀！"菖蒲全身像着了火，"昨天夜晚火车经过卢沟桥，走出二三十里，隐隐约约听见枪炮声，原来是日军发动了战事。"

"快到书房去，快到书房去。"

菖蒲扭头就走，忽然又转过身，说："娘，我在路上结识了几个人，其中有个跑马戏的女孩子，不但有很高的技艺，而且有很好的人品，您愿见一见她吗？"

"请她来吧！"梅姑奶奶说，"常妈，跟菖蒲去。"

菖蒲和常妈来到外院，只见柳黄鹂儿正调拌芝麻酱，切黄瓜丝儿，给大伙儿抻游丝面吃。

"对不起各位！"菖蒲连连说，"仓促之间，只有粗茶淡饭，先吃一顿吧！明天再设宴招待。"

"公子，您太礼重了！"熊大力和柳摇金捧碗过头，感激地说。

菖蒲向柳黄鹂儿走过去，笑着说："姑娘，我母亲想见见你，你跟常妈走一趟。"

"姑奶奶赏脸，黄鹂儿快去！"柳摇金高兴地说。

"我……我……"柳黄鹂儿背转身，"我不敢，我见不起。"

"去吧，黄鹂儿！我母亲会喜欢你的。"

柳黄鹂儿瞟了他一眼，脸上绯红，低着头跟常妈走了。

菖蒲又一再请大伙儿吃饱，才到舅舅的书房去。

正院五间正房，三间藏书，一间客厅，一间书房。书房里，燃着一支蚊香，灯光下齐柏年正审阅小学一年级和六年级毕业班的期末考卷；他一生主张贯彻始终，所以亲自掌管这两个班。

门声一响，菖蒲还没有来得及问好，齐柏年便心急地问道："你可知道，北平城下已经燃起战火？"

菖蒲在舅舅面前坐下来，说："夏竞雄先生跟我谈话之后，我也就不感到意外了。"

"你见到了夏竞雄！"齐柏年喜出望外。

"也见到了芳笱儿姐姐。"说着，菖蒲把芳笱儿给他的纸卷递过去，"这是夏竞雄先生给您的长信和共产党的几份文件。"

齐柏年急不可待地打开长信，捧读起来。但是，看完之后，却把长信拍在案上，气恼地说："流了那么多血，死了那么多人，怎么还想跟蒋介石合作？"

"您不同意国共合作，共同抗日？"

"这只不过是共产党一厢情愿。"齐柏年低沉地说，"蒋介石如果有丝毫抗日之心，也就不会将东北四省拱手让给倭寇，继而又接连签订丧权辱国的《淞沪停战协定》《塘沽协定》和《何梅协定》。"

"那么，您也就不接受他在信中的主张？"菖蒲失望地问道。

"把日知中学办成抗日学校，我愿意的。"齐柏年又拿起夏竞雄的信来看，"而且欢迎他来担任校长。"

"他一时还不能到萍水来，还得我们先自己动手。"菖蒲又兴奋起来，"我想，抗日学校录取新生，主要招收有胆量、有强力的热血青年，不必计较文字上的学识。"

"教育科未必准许。"齐柏年一挥手，"不过，我们不管它！"

"我还打算建立中华民族解放先锋队。"

"应该有所作为。"

"还应该成立各界救国会。"

"我来出面。"

"办小报，进行街头讲演，开展抗日宣传活动。"

"都很好！"齐柏年笑着，"等你办完喜事，立即着手筹备。"

"当此民族危急存亡之秋，我不想结婚了！"菖蒲突然说。

"那怎么行？"齐柏年脸一沉，"兵荒马乱，凤钗是咱家的人，岂能置之于娘家而不顾？"

"国难当头，不宜铺张。"

"这要尊重女方的意见。"齐柏年戴起老花镜，在桌案上摊开另外那几份文件，"你明天早起，就去拜望你的岳父岳母，言语不可失礼。"

菖蒲从舅舅的书房出来，又到后院去请示母亲。

后院，梅枝上挂起两盏灯笼，柳黄鹂儿陪着梅姑奶奶在荷花鱼缸旁闲话。她换上了梅姑奶奶出阁之前的一身衣裳，灯影中显得十分娇艳。她一见菖蒲，慌乱地站起身，说："公子，请坐。"

"娘，您很喜欢黄鹂儿姑娘吗？"菖蒲笑问道。

"她比你可人疼。"梅姑奶奶忍不住牵起柳黄鹂儿的一只手，心爱地摩挲着，"跟你舅舅谈过了吗？"

"舅舅接受了夏竞雄先生的主张。"菖蒲沉吟了一下，问道，"娘，舅舅要我到殷公馆去，您对我有什么吩咐吗？"

梅姑奶奶摇摇头，说："你已经大学毕业，难道不比娘更明理吗？"

菖蒲告退，常妈已经睡去，柳黄鹂儿跟在他身后去插门。到门口，柳黄鹂儿忽然柔声问道："公子，您这几天就要成亲了吧？"

"是的。"菖蒲苦笑了一下，"真不是时候。"

"梅姑奶奶有常妈妈侍候，您收下我服侍少奶奶吧！"柳黄鹂儿仰起脸，目光里充满依恋。

菖蒲的心一阵发沉，回答不出，急忙离去。

7

第二天早晨，菖蒲走出家门，到殷公馆去。天色阴暗，乌云压城，就像一口铁锅扣在萍水头上。远方的雷响，就像是卢沟桥的炮声，明灭的闪电，就像是宛平城外的火光；菖蒲的心上，也像被沉重的乌云压住。

出门一箭之外，只见三步一岗，五步一哨，一个个木桩似的驻军士兵，荷枪持刀，布满大街小巷。

菖蒲正感到奇怪，马蹄声中有人喊他："菖蒲兄，衣锦荣归了吗？"

菖蒲望去，原来是驻军营长金雄飞。这是一个自命不凡的青年军官，戎装佩剑，锦鞍骏马，姿势优美。

"金营长，你是在严阵以待吗？"菖蒲站住脚问道。

金雄飞从马上跳下来，脱下白丝手套，跟菖蒲握手，小声说："接上峰命令，时局紧张，实行戒严，防止发生任何越轨行动。"

"何谓越轨行动？"

"诸如集会演讲、游行示威等等，一律严厉禁止。违令者军法从事。"

"这是哪个卖国贼的命令！"菖蒲愤怒地呼喊起来，"日寇已经举起了屠刀，这些卖国贼却下令中国老百姓引颈就刑。我恨不得食其肉，寝其皮！"

"嘘！"金雄飞把手指按在嘴唇上，"这是委员长的圣旨。委员长不想把事态扩大，正在通过外交途径，谈判解决中日争端。"

"金营长，难道你是冷血动物吗？"

"军人以服从命令为天职。"金雄飞嘻嘻哈哈，一副玩世不恭的态度，"六年前，'九一八'事变时，我也曾热血沸腾，痛骂不抵抗命令，被关了三个月禁闭，降了两级，差一点儿送军法处枭首示众。胳膊扭不过大腿，放出来之后，我跑遍天津日租界，逛遍了每一家日本窑子，也算报仇雪恨。"

"金营长，我一定要跟你谈谈。"

"不敢耽误你跟殷凤钗小姐的宝贵时间！"金雄飞挤眉弄眼敬了个礼，上马匆匆而去。

菖蒲的心情更加烦躁，他从乡村景色的南城，进入都市风光的北城，只见街上行人车辆稀少冷落，商店都半开着门，柜台里的商人忐忑不安地张望着门外，就像大雷雨前躲避在树洞里的麻雀，骨碌着滴溜溜的小眼睛。

他穿街过巷，来到了殷公馆的后花园外，只听从高墙里飘出一阵笙、管、笛、箫的乐声和缠绵柔婉的《长生殿》歌声：

> 话绵藤，花迷月暗，分不得影和形。
> 香肩斜靠，携手下阶行。
> 一片明河当殿横，罗衣陡觉夜凉生。
> 惟应和你悄语低言，海誓山盟。
> 问今夜有谁折证？
> 是这银汉桥边，双双牛、女星。

菖蒲皱了皱眉头，只觉得乐声和歌声都非常刺耳。他想起了唐朝杜牧的两句诗：

> 商女不知亡国恨，隔江犹唱后庭花。

殷公馆本是前清县太爷的官邸，虽不是侯门深似海，却也是高墙大院。正门四棵龙爪槐，两头石狮子，汉白玉高台阶，金碧彩绘门楼，两扇朱红大门。

菖蒲走到大门下，叩动黄铜兽环，门上小窗露出两只恶眼，刚要开口问找谁，忽然眼光一变，叫了声："原来是姑老爷！"忙将朱门大开，打千问好。

"殷年伯起床了吗？"菖蒲问这位恶眼门子。

"老爷一夜未归。"门子答道，"老爷昨夜晚就住在了电报局，随时恭候上峰的电报。"

"太太呢？"

"太太打了一夜麻将，刚刚睡下。"

殷崇桂的太太外号二皇娘，是萍水县垂帘听政的太上皇。

殷崇桂家里原有妻子，后来官当大了点儿，就看不上原配的黄脸婆了。这时候，他正给省政府警察总监当秘书；总监的女儿淫乱成性，怀了身孕，男方是个唱昆曲的小生。总监当然不能把女儿嫁给身份低下的戏子，正愁得像磨扇压手，急得像热锅蚂蚁，殷崇桂挺身而出，甘愿休了原配，娶这位残花败柳的小姐，扯一床锦被给总监遮盖。婚后生下一个女儿，就是殷凤钗。殷崇桂保住总监的脸面，总监也就保这位快婿步步高升。殷崇桂扯着裙带向上爬，对于这位太太也就不敢不俯首帖耳。于是这位太太得了个二皇娘的诨名。

来到萍水县，殷崇桂公开标榜清如水，明如镜，沽名钓誉。可是二皇娘在殷公馆，却是前门招财，后门进宝，唯利是图。夫妻阴阳两面，名利双收。

菖蒲讨厌殷崇桂，更憎恶二皇娘，要不是跟殷凤钗的恋情千丝万缕，他才不登殷公馆的门。

"小姐呢？"菖蒲又问门子。

"在后花园。"门子问道，"用我通禀吗？"

"不必了。"

说罢，菖蒲穿游廊，过角门，到后花园去。

小小花园，不但有花有树，也算有山有水。园中一座四角重檐的花亭，花亭左边点缀着山石，四外有玫瑰、海棠、石榴、夹竹桃，花亭右边是一片水池，池边丛生着野草闲花，水中有几根芦苇，几片浮萍，几缕绿藻。亭上可以乘凉、赏月、饮酒、听曲，亭畔可以观鱼垂钓。

菖蒲走进花园，只见花亭上有六个戏班里的小女孩子，四个人吹奏笙、管、笛、箫，两个人一对一答地唱《西厢记》，殷凤钗倚坐在铺了一张彩席的山石上，凝神沉思地谛听着这感人动听的歌唱。她没有发现菖蒲，菖蒲却一进花园就看见了她。殷凤钗是一个丰腴而艳丽的姑娘，鸭蛋脸儿，一头青丝梳成个仕女的发髻，两道弯弯的蛾眉，双眼皮，长睫毛，水灵灵的大眼睛，鼻洼上有几点细碎的雀斑，红红的嘴唇像刚刚咬破了樱桃，脸颊上不施脂粉，天生的桃花颜色。菖蒲凝望着殷凤钗那娇媚的神态，感情一阵冲动，心怦怦跳起来。

五年前，菖蒲还在日知小学教书，殷崇桂带着二皇娘和凤钗来萍水上任。

当天，殷崇桂执弟子礼，来到荻庐拜望齐柏年。齐柏年留下殷崇桂吃饭，菖蒲陪坐。酒席间，殷崇桂非常称赞菖蒲的人品和学问。礼尚往来，第二天，齐柏年派遣菖蒲代他回访了殷崇桂。殷崇桂留菖蒲在殷公馆吃饭，同席的不但有二皇娘，而且有凤钗。那年月，只有开通人家，男女才能同席，因而被旧礼教常年束缚的青年男女，很容易一见倾心。菖蒲在舅舅的管教下，从来没有跟年轻的异性有过直接的接触。因此，跟凤钗同桌吃了一顿饭，饭后殷崇桂和二皇娘有一桩名利之事要办，凤钗又陪他到后花园散了一会儿步，说了一会儿话，于是凤钗那丰腴而艳丽的面影和身姿，就保留在了他的心上。

殷凤钗只念过小学。殷崇桂本想不惜高昂的代价，送她上中学、大学，甚至出国留学。但是凤钗对于上学极感乏味，因此念完小学之后，就像囚犯逃出了监牢，再也不想进学校受罪了。于是，就在殷公馆里，过起千金小姐那锦衣玉食的生活。不过，她到底识字，无聊时就看看小说解闷儿。然而，她的艺术欣赏能力有限，大作家的名著，她看不懂，引不起她的兴趣。正像她爱看才子佳人戏一样，她也最爱看劣等文人炮制的才子佳人言情小说，而且入了迷。她正是豆蔻年华，情窦初开，所以非常渴望自己也像戏中和书中的佳人，巧遇落难公子或欣逢风流才子，后花园私订终身，凤求凰双飞双宿。所以，她一见文雅清秀的菖蒲，就一下子掉在了自己早已织就的情网里。

殷崇桂很高兴，他觉得跟菖蒲家结亲，不但门当户对，甚至还有点高攀。这是因为菖蒲的舅舅齐柏年乃是京东屈指可数的知名人士，而菖蒲的人品学问，前途不可限量。但是，二皇娘不乐意。二皇娘一心想把她这颗掌上明珠嫁给省长的少爷，司令的儿子，至少也得嫁个大银行的小老板。可惜，她只知前思，不知后想，她所渴望巴结的那些大富大贵人家，却又看不上她二皇娘的女儿了。

二皇娘不乐意，菖蒲也就冷却了对于凤钗的热情。但是，凤钗满头满脑的才子佳人故事，不亲自扮演一下，尝一尝此中甜蜜，是不甘心的。于是，她就模仿那些多情的佳人，接二连三地给菖蒲写信，打发她家的老妈子传书递简。菖蒲盛情难却，也就不能不投桃报李。故事的结局，也是凤钗照搬才子佳人戏和才子佳人言情小说那一套，菖蒲应邀潜入殷公馆，到凤钗的闺房相会，二皇娘破门而入，但是并没有发生惊人之举。因为二皇娘虽是一只母老虎，在独生的宝贝女儿面前，却是一只温柔的猫儿。无巧不成书，菖蒲又考取了全国最高学府的北京大学。这在只有两三万人口的萍水县城，就好比中了进士，点了翰林，二皇娘也就破涕为笑，皆大欢喜了。

菖蒲进入北京大学，每月跟凤钗通一次信。凤钗文理不通，只能仿照才子佳人小说里的情书，补缀成篇，并不能表达真情；但是，她每月都从二皇娘的腰包里勒索一笔钱，准时寄给菖蒲，却是出自实意。菖蒲考取的是公费生，母亲每月都寄给他一些零用钱，而且他一向生活简朴，并不需要凤钗的资助。于是，他就用凤钗的这笔钱支援了好几个穷朋友，办了个小小的文学杂志《拂晓》，在青年学生中产生过一定的进步影响。

上了大学，菖蒲增长了学问，开阔了视野，又得到进步师友的引导，也接触了不少新女性，越来越感觉在思想和情趣上，跟凤钗都很不一致，凤钗并不是他理想的伴侣。但是，他自幼深受舅舅的熏陶，旧道德观念很强，所以虽然很有几位新女性向他表示好感，他却从没有对凤钗产生三心二意。

8

现在，他站在后花园门口，在阔别几月之后，又看见了凤钗那娇艳而慵懒的神情体态，便禁不住一阵强烈的冲动和心跳。

等歌唱声停住，他的心情也平静下来，叫了声："凤钗！"含笑向她走去。

"菖蒲！"凤钗从山石上跳下来，差一点儿被一条藤萝绊倒。她挥手驱赶那六个戏班的小女孩子，"去吧！回班上还要排练。到那一天要是走了板眼，不光没有赏钱，连包银也不给。"

六个小女孩子答应一声："是！"一边鞠躬一边退出去。

凤钗又跑过去把园门关上。还找了根杠子，顶住了门。然后，带着一股浓郁的芳香，扑到菖蒲怀里。

"想死我了！"她像一条藤萝缠绕在菖蒲的身上，水灵灵的大眼睛泛起了柔媚的春光，桃花色的双颊更显得红晕，藕荷色的旗袍下那丰满的胸脯剧烈地起伏，"听说北平打了仗，又不见你回来，昨天黑夜我做了一连串的噩梦，吓死人了，吓死人了。"

菖蒲一想起北平的局势，火热的感情冲动也就降了温，低沉地说："如果在我上车之前，卢沟桥响起了炮声，我就不肯离开北平了。"

"那得把我急死，愁死，你这个狠心的！"凤钗用她那白嫩的手指，戳了一下菖蒲的额角，"你什么时候到家的？"

"昨天傍晚。"

"为什么不赶快来看我？"

"我要跟母亲和舅舅说话。"

"说些什么呢？"

"国事，家事。"

"家事说了些什么呢？"

"咱们的婚礼，是大办还是小办。"

"终身大事，当然大办！"凤钗那樱红的小口，喷着芬芳，在菖蒲耳边叽叽喳喳，"你那皇娘岳母的腰包里，又有银行存款，又有金银珠宝，又有房契股票，我逼得老太婆一片一片地割肉，榨出来好大一笔陪嫁，够咱们富贵一辈子的。"

"你打算怎么大办呢？"菖蒲的眉头皱了皱。

"搭高台彩棚，演三天堂会，摆三天喜筵。"凤钗沉浸在幸福的陶醉中，"三班鼓乐，八对红罗伞，十六人抬大花轿周游全城……"

"办得太大了！"菖蒲摇着头。

"你想小办？"凤钗睁开了沉醉的眼睛。

"我想不办。"

"啊！"凤钗松开了箍在菖蒲身上的双臂，"你想推迟婚期？"

菖蒲牵着她的手，走上花亭，一只胳膊拢住凤钗的身子，低声柔气地说："日寇已经发动了灭亡中国的侵略战争，中华民族到了最危险的时候；我们都是热血青年，怎么能忍心在国难当头时刻，灯红酒绿地大办喜事呢？"

凤钗扭摆着腰肢，挣脱菖蒲的拥抱，哽咽地说了一句："你变了心！"就双手蒙住脸，一抽一噎地啜泣起来。

菖蒲正要安慰她，花园门被拍得山响，一个水鸭子叫似的女人声音："开门，开门！菖蒲，让我看看你！"那是二皇娘。菖蒲只得扔下啼哭的凤钗，走出花亭去开门。

门一开，二皇娘花枝招展地出现了。

原来，二皇娘打了一夜麻将，天亮前才睡下。睡了一个觉，口渴醒了，喊丫头送茶水。喝了一小壶香茶，还想接着睡下去，可是一听说菖蒲来了，连忙起了床。贴身老妈子侍候着梳头洗脸，浓妆艳抹，便急急忙忙到后花园来了。

二皇娘虽已徐娘半老，却真正是风韵犹存，而且一心要跟正值妙龄的女儿争妍斗艳，所以十分讲究穿着的摩登，打扮的入时。但是，脂粉的红颜，到底比不了青春的秀色；更何况她淫荡贪婪、暴戾成性，绫罗绸缎和上等宫粉包裹不住也掩饰不了明显的色衰。然而拍马屁的人异口同声夸她跟女儿就像一对双生姊妹花，更助长她搔首弄姿作小儿女态，把肉麻当有趣儿，越发令人作呕。

对于这位面目可憎的丈母娘，菖蒲克制住心理和生理上的厌恶，努力装出恭敬的样子，强笑着问了一声："伯母好。"

"好嘴硬！"二皇娘娇嗔地瞪了他一眼，"到了今晚，还不该改一改称呼，叫我一声娘吗？"

花亭上，凤钗听见母亲来了，哭声更高。

"哎哟，我的儿！"二皇娘大吃一惊，一阵风上了花亭，"大喜兴的日子，为什么哭天抹泪？"

"他……他变了心！"凤钗偎在二皇娘怀抱里，哭成泪人儿，"终身大事，他不许红红火火地办一办，叫我一辈子窝心，脸上无光抬不起头。"

"一定是老举人舍不得花钱，梅姑奶奶又做不了老举人的主。"二皇娘不咸不淡地说，"菖蒲，你也不要为难，娘抽骨头拔筋，给你们办。"

"不！"菖蒲恼怒地说，"国难当头，我们不能无所顾忌，惹萍水县老百姓唾骂。"

"老百姓管得着吗？"二皇娘那被烟熏得沙哑的嗓子，又水鸭子叫一般地嚷起来，"我有钱，爱怎么花就怎么花，爱怎么排场就怎么排场，谁敢背后嚼舌头根子，叫警察局把他抓起来！"

"这是胡作非为！"菖蒲也火了起来，"我可不想在家乡留下骂名。"

"由不得你！"二皇娘两手叉着腰，露出了泼妇本相，"女儿是我肠子里爬出来的，钱是我荷包里掏出来的，你管不着，拦不了。"

菖蒲冷冷一笑，说："那就从长计议吧！"说罢，转身就走。

"狠心的，你不能撇下我！"凤钗哭喊着追上去，扯住菖蒲的胳膊不放。

花园门口，殷崇桂正面如死灰，仓皇而来，一见这个光景，又打手又跺脚，带着哭腔儿说："吵什么，吵什么呀？日本兵就要打到萍水了。"

"啊！"二皇娘、凤钗和菖蒲都失声叫起来。

殷崇桂掏出两大把揉皱的电报，说："北平西郊的蒋家村、青塔寺、古庙等处，正在激战；日军坦克从京东的通州开到北平朝阳门外大桥，企图冲入城内；南郊，日军向永定门外的大红门发起进攻，又从丰台经南苑的团河，进攻二十九军军部……"

"不办了，不办了！"二皇娘吓得面无人色，"你快送我跟凤钗到天津租界躲一躲。"

"我身为一县之长，不能擅离职守。"殷崇桂急得团团转，"菖蒲，你陪她们娘儿俩到天津去，就在我那所小洋楼里举行婚礼。"

"我要与萍水民众共患难！"菖蒲庄严地说，"凤钗是我的妻子，我要把她接回家去，一切由我负责。"

"我的女儿，不能交给你！"二皇娘急赤白脸地说。

菖蒲不动声色，说："凤钗有她的人身自由，由她自主。"

凤钗看看她娘，看看她爹，又看看菖蒲，眼泪汪汪，左右为难。她感到一阵气虚，扑到她娘身上。

"我的儿！"二皇娘笑了，"跟娘一条心。"

凤钗打了个寒噤似的摇了摇头，说："我先到他家去吧！"

9

这是一个冷清清的花烛之夜。洞房里早已经熄了红烛，但是小小的后院里，梅枝和竹梢上，还挂着八盏灯笼。阵阵风来，将梅影竹斑和摇曳的灯光，送进绿纱窗内，投映到新人的喜床上。

床上，菖蒲并没有睡去，他一动不动地躺着，室内一片朦胧。在他身边，凤钗像一株春雨海棠，身上掩住一条大红湘绣的合欢夹被，半边脸儿埋在鸳鸯戏牡丹的绣枕上，口角噙香，发出轻细的鼾声。

他没有感到欢乐，只有烦恼。今晚，宵禁之后，街上路断行人，一顶小小的花轿将凤钗悄悄抬进门来，一直送到后院。草草拜了天地，拜了高堂，夫妻相拜，柳黄鹂儿搀扶着新娘子进入洞房。他揭下了凤钗头上的红巾，凤钗满头金钿、玉簪、富贵绒花，但是脸上带着泪痕，没有一点喜色。而且，她一眼看见端进长生面的柳黄鹂儿，目光忽然一惊一疑，眉梢挂上了怒气，只吃了一箸，就把筷子摔在了桌上。

夜深人静，菖蒲听母亲房里已经安歇，便吹熄了梳妆台上的一对红烛。回到床边，他想拥抱着凤钗谈一谈心，却发现凤钗趴在床上啼哭。

"你……你这是做什么呀？"菖蒲想把她抱起来，但是搬了几搬也搬不动凤钗那丰腴的身体，只得挨在她身边躺下，"今天总算吉日良辰，你哭什么？"

"我的命比黄连还苦！"凤钗抽泣着说，"一顶四人抬的小花轿，就像从人市上买来一个收房的丫头，把我抬进了你们家，往后谁看得起我？"

"你要明大理，识大体，想一想眼前的时局多么险恶。"菖蒲婉言劝道，"咱们是患难夫妻，更为情深义重。"

毕竟是花烛之夜，新娘子的怨气很快就消散了。但是，当菖蒲给凤钗的香罗衫解到最后一个丁香扣襻的时候，凤钗又拨开菖蒲的手，突然低低地、严厉地问道："那个俊俏的丫头是个什么人？"

"我家哪儿来的丫头？"

"就是那个搀我进房的小狐媚子。"

"那是我家的客人，是母亲留她住下的。"

"把她赶走！"

"母亲喜欢她，做儿女的怎么能赶走母亲喜欢的人呢？"

"不是你母亲喜欢她，是你爱着她！"凤钗又哭了，"我早猜到你背着我拈花惹草，果然不错。"

"胡说八道！"菖蒲发了怒，"不要学你娘，要做一个贤惠的妻子。"

"好！"凤钗从鼻孔里冷笑道，"明天我求母亲把她给你收房，家花没有野草香呀。"

"你竟敢污辱一个清白的少女！"菖蒲气得浑身冒火，"过几天黄鹂儿就要进日知中学，你要讲点道德。"

凤钗一听柳黄鹂儿过几天就要进日知中学去，又转怒为喜，千娇百媚地揉搓着菖蒲，软言柔语，低声下气，把菖蒲哄笑了。

现在，凤钗甜蜜地睡去，却不知道她在丈夫的心上，留下浓重的阴影。菖蒲睡不着，他已经看得很分明，他跟凤钗之间并没有真正的爱情，一点也不知心。他轻轻地下了床，走到窗前，点起了一支烟，陷入了苦恼的沉思。忽然，他听见窗外一声轻柔的叹息，掀开窗帘一角望去，只见荷花缸旁，梅影竹斑和摇曳的灯光中，柳黄鹂儿披着母亲的一件斗篷，坐在藤椅上，手托着腮，正在守夜，怕灯笼失火。她是那么恬静，那么孤单。菖蒲想起凤钗刚才对于这位清白少女的污辱,深深感到一阵内疚,想走出去,劝她回房去睡。

他刚要开门,凤钗又醒了,并没有睁开睡眼,只是伸出一只雪白的胳膊,在床上找他,他只得又退回去。

后来,他刚刚蒙眬欲睡,却又被一阵紧急的敲窗声惊醒。

"俞公子,老举人请你马上到书房去!"是柳黄鹂儿在窗外呼唤他。

凤钗梦中吓得尖叫:"日本兵打来啦!"

菖蒲匆匆穿上衣裳,说:"我去看看。"

"你别走,我怕!"凤钗死死抱住他。

"让黄鹂儿陪你。"

"不许她进来!"凤钗慌忙倒在床上。

趁这工夫,菖蒲快步走出去。一出后院小门,只见正院树下站立着好几个大兵,不禁一阵心惊。书房里灯火通明,他推门进去,只见舅舅披着一件长袍,正跟金雄飞和殷崇桂谈话。殷崇桂那沮丧的神气,就像被寒霜打蔫了的枯藤。

"菖蒲兄,打扰了你的美梦!"金雄飞嬉皮笑脸,"兄弟奉命撤离萍水,特地前来辞行。"

菖蒲血涌上脸,悲愤地问道:"还没见日本兵的影子,你们就望风而逃啦!"

"军机不可泄露。"金雄飞看了一下手表,"还有半个小时就要开拔。齐老先生和菖蒲兄,我劝你们速离此地,如果愿意跟我们同行,我可以推迟一个小时行动。"

"萍水是我生身之处,葬身之所,我要与萍水共存亡。"齐柏年拱了拱手,声音悲怆,"金营长,我看你还是个热血未冷的青年,大丈夫当战死沙场,马革裹尸还,愿你不负军人应尽之天职。"

"金营长,你这一走,我的日子可怎么过?"殷崇桂可怜巴巴地说,"我要电请上峰收回成命,你暂且不要开拔。"

"军令如山,令出必行。"金雄飞拍了拍殷崇桂的肩膀,"殷县长,你手下还有二十几名警察和一个保安队,我再拨给你三十条枪和一万发子弹,扩充队伍,维持治安,如何?"

"我要这些劳什子有屁用呀?"殷崇桂拉着哭声说,"如今要跟日本兵打仗,谁肯吃这份送死的钱粮?"

"金营长,送给我吧?"菖蒲说,"我们正要把日知中学办成抗日学校,这些枪支子弹正可以武装学生们。"

"给谁都一样。"金雄飞满不在乎地说，"反正我们要轻装，不想带走，没人要就得毁掉。"

"那就毁掉，毁掉！"殷崇桂连连说，"兵刃乃是凶器，不能流散民间，以免滋生事端。"

"殷县长，这叫什么话！"齐柏年大怒，"日寇入侵，民众正该揭竿而起，你反而要销毁抗敌的武器，这岂不是汉奸行为？"他向金雄飞深深作了一揖，"金营长，请以国家民族为重，把这三十条枪和一万发子弹，借给我的学校。"

金雄飞到底还是个年轻人，能够激起五分钟的热情。他一挥手，说："菖蒲兄，你带人去跟我取枪。"

于是，菖蒲到外院喊醒熊大力、柳摇金和柳长春，牵着四匹马，跟着金雄飞走了。

从这一天起，菖蒲就东奔西跑地忙起来。坐落在郊外古庙里的日知小学门口，挂起了中学的牌匾，十字街头，三岔路口，草亭茅店，渡口车站，张贴了招生简章。熊大力、柳摇金、柳黄鹂儿、柳长春带着他们的四匹马，搬到学校去住，不几天就有几十名青年报名。

柳黄鹂儿离开齐宅，凤钗非常高兴，但是菖蒲一天到晚在外边跑，而且竟有两夜不回家，抛下她伴孤灯守空房，又气得她连哭了十二个时辰。

这一天晚上，菖蒲从学校回来，身上挎着一支驳壳枪，兴冲冲走进新房。凤钗正坐在银烛台下，两眼痴呆呆失神，一对儿一对儿掉眼泪。菖蒲站在屋门口，她也没有发觉，菖蒲也不惊动她，只是微笑着欣赏她那娇媚的神态。新婚燕尔，凤钗显得有些憔悴，但是也并没有褪尽海棠春色；那一对儿一对儿的眼泪就像清晨的露珠，从花瓣儿上滴落下来。

菖蒲见她哭得伤感，便轻轻咳嗽了一声。凤钗转过脸儿，泪眼中只见闯进一个带枪的人，毛骨悚然地尖叫了一声："强盗！"扯过合欢被，蒙住了头。

"凤钗，是我！"菖蒲走到床前，想拦腰抱起她来。

"别碰我！"凤钗躲闪着。

"你不愿理睬我吗？"菖蒲问道。

"枪！"凤钗在合欢被里叫着，"扔出去。"

菖蒲摘下枪，放在梳妆台上，笑道："我没有压子弹。"

"扔出去，我怕！"凤钗在床上乱踢着。

菖蒲并没有把枪扔出去，坐在椅子上，沉默着。后来，他一跺脚，站起身，说："你睡吧，我还要出去走一趟。"

"不许走！"凤钗掀开合欢被，拦住了菖蒲。

菖蒲在床边坐下来，脸色非常忧郁。凤钗胆怯了，靠在丈夫的身边，拿起他的一只手，偷眼觑着丈夫的脸色。

"明天是回门的日子吧？"菖蒲低低问道。

凤钗点头一笑，说："多谢你还记得，你得陪我回娘家住两天。"

菖蒲沉重地摇摇头，说："明天我得四处募捐。"

"募捐做什么？"

"好几十口人，都要吃饭。"菖蒲心情沉闷地说，"本来，日知中学的校董们都答应出钱，可是金雄飞撤离萍水，他们也都纷纷出走，到哪里去找他们要钱？这些天，吃的都是舅舅过去的那一点积蓄，至多也只能支持三五天了。咱家一无土地，二不经商，眼看自家也要吃不上饭，所以不得不到社会上募捐。"

"咱家吃饭，你不必发愁。"凤钗在他的手上捏了捏，"我带来的压箱子钱，还够咱家开销一些日子的。"

菖蒲突然涨红了脸，不好意思地问道："凤钗，你……你有多少陪嫁？"

"不是早就跟你说过了吗？"凤钗笑眯着眼，"我一片一片割你那皇娘岳母的肉，足够咱俩富贵一辈子。"

"为了抗日，你能不能捐献出来？"

凤钗像被捅了一刀似的叫起来："绕来绕去，你是要割我的肉喂鹰呀！"

"想一想，亡了国，钱有什么用？"

"难道榨干了我的陪嫁，就亡不了国吗？"

"拿出一部分，行不行？"

"一文也不给！"

这一夜，新婚夫妻同床异梦了。

10

第二天早起，凤钗还没有睡醒，菖蒲就起床走了。等凤钗梳洗完毕，她家那翠盖红窗金漆彩画的高篷马车，早已经恭候在齐宅门口，来接她回门了。

　　凤钗拜别了婆母和舅婆齐夫人，就像鸟儿飞出了笼，登上车，跺着脚催把式快赶。

　　但是，高篷马车刚刚拐上南北大街，就被一条绳索拦了路。

　　"谁敢挡我的道？"凤钗掀开窗帘，问道。

　　"我们是日知中学募捐队，为了抗日救国，请捐一点款吧！"

　　拦路的是柳黄鹂儿。她身穿梅姑奶奶送给她的素雅的衣裙，一手拿着一面小旗，一手抱着一只扑满，是那么庄严，那么优美。

　　柳黄鹂儿的目光，和凤钗那充满妒火的目光碰在一起，柳黄鹂儿的脸一红，鞠了个躬，叫了一声："少奶奶！"

　　"啊，原来是柳姑娘！"凤钗酸溜溜地说，"真像个中学生了，不卖艺了吗？"

　　柳黄鹂儿并不畏怯，眼睛眨也不眨，说："下午，我们要在十字街头的大空场上跑马戏，俞公子还要讲演，少奶奶来听吗？"

　　"俞公子的讲演我比柳姑娘听得多，耳朵都磨出茧子来了。"凤钗尖声地嘲笑，"要是柳姑娘教会他耍几套马戏，我倒想看看。"

　　柳黄鹂儿脸一阵白，忍了忍才说："为抗日救国，上阵打仗，俞公子这些日子一直练马。"

　　"拜柳姑娘为师吗？"

　　"不敢当！俞公子初学乍练，是我侍候他。"

　　"骑的也是柳姑娘的马吗？"

　　"正是。"

　　"我替我的男人交学费！"凤钗掏出钱包，从窗口抛了出去，"也买下你的马，供他骑。"

　　拦路的绳索解除了，高篷马车又向前驶去。到十字街头，刚要拐上东西大街，又被一条绳索拦住。

　　"我们是日知中学募捐队，为抗日救国，请捐一点款吧！"是一阵唱歌似的声音。

　　凤钗隔窗一看，原来是戏班里的六个女孩子，她暴怒起来，厉声说："把式，拿鞭子把她们赶开！"

　　老把式只得在半空中打了几个响脆的鞭花。

　　但是六个女孩子并不散开，也不后退，仍然像唱歌似的异口同声："为抗日救国，捐一点款吧！"

"抽她们！"

老把式叹了口气，从怀里摸出几个铜板，含泪递给了那几个女孩子。

高篷马车将凤钗送到殷公馆门前，凤钗下了车，老把式又赶车到县衙门去侍候殷崇桂。

离开娘家几天，凤钗感到十分陌生，也觉得门前非常冷落，龙爪槐七折八断，石头狮子低了头，大红门伤痕斑驳，满街的砖头瓦砾。她踮着脚尖走上台阶，门开一缝，门子鬼头鬼脑，连连招手："小姐，快进来！"

凤钗侧着身子挤进去，问道："怎么回事儿？"

门子急忙关上大门，连上了三道铁闩，心有余悸地颤声说："昨天下午来了一帮学生到门前请愿，老爷不见，他们就堵住门口，提着老爷的名儿骂，到了晚儿还是保安队把他们赶走了。"

凤钗打了个寒噤，慌忙走进院里。大院一片死寂，阴阴森森，凄凄惨惨，她一阵心惊肉跳，恐怖地叫起来："娘，娘！"

沉寂了一会儿，披头散发的二皇娘才从正房门口探出半个身子，鬼鬼祟祟地跟她打手势。

凤钗走进她娘的卧室，只见关死了窗户，拉严了窗帘，撬开了地面上的方砖，扒出了两堆泥土，露出了几个陶瓷罐子，满装的是金银珠宝、银行存折和股票房契。

"这是干什么呀？"凤钗浑身发冷，打着哆嗦。

"轻声！"二皇娘那水鸭子叫的嗓子，压低得像蚊子哼哼，"今夜晚逃到天津租界里去。"

"也带着我吧！"凤钗趴在二皇娘的肩上，抽泣起来。

"菖蒲那小畜生虐待你了吧？"

"他的心……挂在了马戏班的女戏子身上。"凤钗伤心地说，"还存心不良，想骗我把陪嫁捐献出来……"

"你这个养汉精，就乖乖地倒贴给了他？"二皇娘心疼得要昏死过去。

凤钗忙从汗巾上解下一个小小的锦囊，在二皇娘眼前晃了晃，说："您看，贵重东西我都带回来了。"

"娘的儿！"二皇娘又死而复生了。

凤钗问道："我爹走不走？"

"宋哲元都扔下北平跑了，他又何苦在萍水这棵树上吊死？"

"爹在哪儿？"

"他在巡视四城，临走使个稳军计。"

凤钗哧地一笑，忽然又一阵悲戚袭上心头，说："我总得跟那个冤家说一声，到底还是做了几日夫妻，不能不明不白地闪了他。"

"什么夫妻！"二皇娘恶狠狠地哼道，"又没有办喜事，宴宾朋，野合私奔一般过了门，有谁为证？到了天津租界，我跟你爹再给你找一个富贵儿郎，俊品人物，还把你当作红籽红瓤儿的黄花闺女嫁出去。"

凤钗哀怨地一声长叹，说了句："嫁不嫁的，再说吧！"便垂下头，眼泪像房檐雨水似的淌下来。

就在这天的月黑夜，殷崇桂带着二皇娘和凤钗，二十几名警察和一个保安队护驾，神不知鬼不觉地逃跑了。

黎明，在日知中学校外的旷野上，菖蒲骑着柳黄鹂儿的枣骝驹，柳黄鹂儿骑着柳长春的雪白马，柳长春骑着柳摇金的灰兔儿马，正在彩霞中驰骋飞奔，忽见老仆人门吉气喘吁吁跑来："菖蒲，老先生请你赶快回去！"

菖蒲在马上高声问道："有什么事儿？"

"殷崇桂带……带着全家跑了。"

"这个狗官！"菖蒲咬牙切齿地说，"凤钗呢？"

"也……也……也走了。"

"这个……可憎的女人！"菖蒲气得脸白如纸。

"咱们把少奶奶追回来！"柳黄鹂儿一扯缰绳，雪白马一声长嘶。

菖蒲摆了摆手，说："落花流水，随她去吧！"

门吉走到马前，说："老先生一听殷崇桂跑了，马上写了几张安民告示贴出去；早饭也没吃，就到县衙门召集各界有头有脸儿的人，会商守城大事。"

"长春，你立即回校吹紧急集合号，全体学生武装进城！"菖蒲下令。

"是！"柳长春打马而去。

但是，菖蒲仍然一动不动地坐在马上，目光沉暗，心情忧郁。

"俞公子，你别难过吧！"柳黄鹂儿呜咽着说，"萍水县的黎民百姓没人管了，就靠你跟老举人了。"

"我跟舅舅都担当不起如此重任。"菖蒲的眼睛放出了光明，他在凝望着呈现在东山峰峦之间的一抹红光，"救国于危亡，拯民于水火，只有靠中国共产党！"

古庙里，响起嘹亮的军号声。

11

萍水县的国民党军仓皇败退，有个机枪连连副叫郑三发，伙同他的盟弟、骑兵连二排排长阎铁山，挟枪携款，骑马开了小差。

两个家伙逃到萍水湖畔，精疲力竭，人困马乏，就躲进一块黑松林坟圈子里，放马吃草，他们仰躺在石供桌上，大吃烧鸡。

坟圈子里，黝黑黝黑，松风阵阵，阴阴森森。

突然，从一片野蒿丛里，有人伸着懒腰，打着哈欠，吸溜鼻子，吧唧着嘴，喃喃地说："好香！"

郑三发吓得从石供桌上滚下了地，骨碌爬起，尖叫道："什么人？"

野蒿丛里窸窸窣窣，爬出一个花白胡须、灰头扯脸的老道，摇头摆脑地说："贫道万年知，云游天下，寻觅真主。昨夜仰观天象，得知青龙、黑虎两座星宿，今日下降此地黑松林中，是以早日前来恭候。"

郑三发擦了擦额头上的冷汗，吁出了一口凉气，笑骂道："原来是个走江湖的杂毛老道！你既然自称万年知，想必一定会相面算卦啦？"

万年知哈哈一笑，回答道："贫道上知天文，下通地理，相面算卦何足挂齿。"

郑三发撕下一条鸡大腿，扬手扔了过去，说："那你就给咱家算个卦，少不了你的卦礼。"

万年知虽已年过花甲，手脚却十分利落，一个饿狗扑食，把鸡腿接在手里，狠狠啃了一口，便盘膝打坐在松树下，问道："主公，您是垂询吉凶祸福，还是想问功业前程？"

这一声"主公"，叫得郑三发骨酥肉麻，羞羞答答地说："道爷，我想问功业前程。"

万年知把鸡腿连骨头也吞下肚去，伸了伸脖子，说："主公请上坐，且听贫道'林中对'。"

"道爷，什么叫'林中对'呢？"郑三发一窍不通。

万年知用长长的黑指甲剔着牙齿，然后响脆地咳嗽一声，吐出一口黏痰，装腔作势地说："想当年刘皇叔三顾茅庐，诸葛武侯纵论天下大事，名曰'隆中对'；贫道乃当世之孔明，在此黑松林内，与主公畅谈当今天下大事，故名'林中对'。"

"道爷高才！"郑三发双挑大拇指，"请道爷详细批讲，我郑某人支棱着耳朵恭听。"

万年知眯起眼睛，捻着乱如蓬麻的胡须，咬文嚼字说起来："主公，天地玄黄，宇宙洪荒，日月盈昃，辰宿列张；这人主之分，自有天数。前朝旧代不必讲，只论当今胜败兴亡事，民国以来，四方割据，干戈不已，国无定主；那蒋介石也不过草头蛇混充真龙天子，命小福薄，并非九五之尊，所以一统天下不几年，东洋鬼子兴兵进犯，就丢了东四省。方今天下，正是风云变幻，江山易主之际，主公命贵青龙之相，顺天应时，乘机起兵，必能成就大业。"

郑三发听得手脚飘飘然，抓耳挠腮，嘿嘿笑道："道爷，我有这么大的造化吗？"

"主公不可妄自菲薄！"万年知连忙给他打气，"明太祖朱元璋，原不过是个捅牛屁股的小牧童，到头来还不是削平群雄，独得天下，金銮宝殿上一坐，称孤道寡。"

郑三发乐得印堂发亮，急煎煎地说："道爷，干脆你就给我当军师吧！"

"嘻！"万年知端起架子，两眼望天，"周文王渭水访贤，刘皇叔三请诸葛，可不是这么一条鸡腿就雇来的。"

那个麻脸暴眼的阎铁山，是个野驴脾性，扑了过来，叉开五指，揪住万年知的胡须茎子，吼叫道："老杂毛！坐轿子号丧，不识抬举，我把你扔下湖里喂老鼋！"

"混蛋，撒手！"郑三发慌忙撕扯阎铁山，"道爷，别跟这畜生一般见识，我郑三发要学那周文王、刘皇叔。"

万年知揉着血糊糊的胡子，呻吟道："贫道愿效驽钝之劳，辅佐主公定国安邦。"

郑三发毕恭毕敬地问道："军师，寡人该从哪一方起兵呢？"

万年知手指萍水湖，说："此湖潜伏龙脉，最有风水，正是起兵吉地。不过，闯大业，成大事，必须立旗号，招兵马，设官爵，定尊卑，才显得奉天承运。"

郑三发鸡啄米似的点头，问道："军师，立什么旗号，设什么官爵呢？"

万年知早已胸有成竹，答道："吴佩孚号称直军，张作霖号称奉军，孙传芳、张宗昌号称什么三省五省联军，一个个俱都好景不长，兵败山倒，可见旗号不祥。依贫道之见，主公起兵，号称四面八方得胜军，最为吉利。主公暂且屈称司令，下设旅、团、营、连、排、班长，论功封官赐爵。"

郑三发高兴得好似爬杆的猴子，手舞足蹈地叫道："着，着，着！军师，事不宜迟，兵贵神速，赶快抢占萍水湖！"说罢，抱起万年知，扔在他的马背上，率领阎铁山，劫了一只渔船，进入萍水湖的芦苇深处。

半月时光，郑三发凭仗一挺机关枪，霸占了萍水湖，散兵、游勇、逃犯、亡命徒，以及走投无路的东北难民，纷纷入伙，竟然拉起了二三百人马，一百多条枪支，他们的眼线一直放到通州，不但月黑风高打家劫舍，而且大天白日抢掠行人。

12

中午，俞菖蒲在熊大力和柳长春左右保驾下，进入萍水湖西岸的青纱帐中。

青纱帐里像蒸笼似的闷热，菖蒲渴得喉咙冒烟，忽听前面不远处，传来母鸡下蛋的咯嗒咯嗒声，想必是有庄户人家，便寻声而去。

果然，一块牛腿高粱地里，有两间窝棚小屋，房山阴凉里坐着个面容憔悴的中年女人，正在喂一窝唧唧啾啾的小鸡。菖蒲下马，满脸带笑地说："大嫂，讨口水喝。"那大嫂吃了一惊，愣愣怔怔地盯了菖蒲半晌，忽然慌慌乱乱地站起身，走进屋去，咣啷关上了门，小鸡也吓得吱吱喳喳地乱钻。

屋里一阵叮叮咣咣的响动，菖蒲从门框的裂隙里看见，那大嫂拿起一口菜刀，闪到门后。

菖蒲不便逗留，又骑上马去，面朝门里，平和地说："大嫂，不要怕。我是城里齐柏年老举人的外甥俞菖蒲，前来萍水湖，联合得胜军，共同抗日，惊扰你了，对不起！"

他正要拨转马头，屋门吱扭一声响，那大嫂端着满满一大葫芦瓢凉水追出来。菖蒲又要下马，那大嫂却把水瓢高高托过头顶。

"刚才慢待了！"那大嫂羞愧地低下眼睛。

"谢谢，大嫂！"菖蒲胸膛里一阵激动，在马上深施一礼，俯下身去，咕咚咚一口气喝下半瓢。剩下的半瓢水，熊大力和柳长春分着喝了。

他们连连道谢，告别大嫂，沿着青纱帐的蜿蜒小路，继续向前走去。

菖蒲知道，踏上得胜军的地面，内行的要报路，可免冷枪暗箭。半瓢凉水下肚，菖蒲浑身清爽，喉咙凉润，呼吸着田野上散发的醉人芳香，他兴致勃勃地说："大力，长春，咱们唱个歌！"

于是，他们放声高唱起来：

起来！不愿做奴隶的人们，

把我们的血肉，筑成我们新的长城；

中华民族到了最危险的时候！……

高粱叶子唰啦啦山响，十几个强汉跳了出来，黑洞洞枪口封住他们的前后左右，齐声断喝："不许动！"

菖蒲端坐在胭脂红的枣骝驹上，笑道："弟兄们，辛苦了！我是城里齐柏年老举人的全权代表，前来会晤贵军郑司令，有劳回禀一声。"

"贵姓，高名？"一个干核桃脑瓜儿的小头目问道。

"在下俞菖蒲。"俞菖蒲彬彬有礼地答道，"请问当家的，你的官称大号？"

"四面八方得胜军一旅一团一营营长贾三招儿！"贾三招儿挑起大拇指，点着鼻子尖，摇晃着干核桃脑瓜儿。

"幸会，幸会。"

"交出枪来！"贾三招儿陡地脸色一变，尖声刺耳。

菖蒲抖了抖身上的杭纺长衫，说："手无寸铁。"

"我要搜！"

"请。"

贾三招儿打了个手势，几个强汉扑上前来，将菖蒲、熊大力和柳长春上上下下搜查一遍，齐声报告说："身上没有凶器。"

"屈尊了！"贾三招儿抱了抱拳，"一连继续巡哨，二连原地埋伏，三连随我护送。"

俞菖蒲、熊大力和柳长春被蒙上眼睛，一个强汉牵马，一个强汉持枪跟在马后。拐弯抹角兜圈子，走了七八里，菖蒲一路上只听见水声喧哗，小鸟啼唱，昏天黑地，辨不出方向。

忽然，他们被喝令站住，贾三招儿跑向湖边的一个渡口。

湖边一片白沙滩上，柳棵子中掩映着一座酒馆和赌场，肉香扑鼻，酒气熏天，豁拳行令，吵蛤蟆坑。这座酒馆和赌场的后门外，一溜木桩，拴着几支小船。

贾三招儿冲院里喊叫一声："尤副官，我给司令送一网鱼，使条船！"土墙里，露出个兔子脸，探了探头儿，嬉笑道："贾营长，得了赏钱，快来坐庄！"一缩脖子不见了。

贾三招儿将菖蒲等人赶上船去，三匹马拴在船后浮水，橹声咿呀，划进苇塘。高高的芦苇丛中，砍成一道道七纵八横的窄巷，只能容下一只船穿来钻去。

郑三发的司令部在湖中央的石瓮村，村庄内外坑道交错，土堡林立，遍地老虎眼枣树。船靠码头，岸上一座鹿寨门，迎面是鬼气森森的三太子庙，庙门口，左右两只石龟，竖立着两根响着青铜串铃的旗杆，飘舞着两面犬牙杏黄旗，一面上绣着四面八方得胜军，一面上只有个斗大的郑字。一个麻脸凶汉，面皮好似雨打沙滩，鼓凸着一双暴眼，脚蹬到石龟背上，手叉着腰，满脸杀气。

"报告阎旅长！"贾三招儿跳下船，哈着虾米腰，一溜碎步跑上前去，"我打了一网鱼，请您过过目。"

"押过来！"阎铁山吼了一声。

菖蒲被摘下黑布眼罩，只见阎铁山那一双暴眼，放射凶光，正恶狠狠地死盯着他。

"你是阎铁山旅长吧？"菖蒲面无惧色，镇定地微笑着，"我奉齐柏年老举人的派遣，前来萍水湖，商讨联合抗日、守土安民大计，请阎旅长引我面见郑司令。"

"你是什么人？"阎铁山傲慢地问道。

"齐老举人的外甥俞菖蒲。"

"干什么的？"

"刚从北京大学毕业，现在协助我舅父开展抗日救国活动。"

"原来是个喝墨汁的书生哥儿！"阎铁山充满敌意地嘲笑道，"你开口抗日，闭口救国，会打枪吗？"

"会一点。"

"哪儿学的？"

"学校。"

"跟师娘学的还是跟师妹学的？"

贾三招儿和那几个强汉，掩着嘴咔咔发笑。

"我受过军训！"菖蒲忍住怒气，但是提高了声音。

"会骑马吗？"阎铁山恶声恶气地问下去。

"会一点。"

"哪儿学的？"

"萍水县城里。"

"跟谁学的？"

"马戏班的一位女骑手。"

"是被窝里学会的吧？"阎铁山色情地挤了挤眼，一副下流丑态。

贾三招儿和那几个强汉哈哈狂笑起来。

"阎旅长，请你放尊重一点儿！"菖蒲涨红了脸。

柳长春却咽不下这口肮脏气，怒叫道："不许你污辱我姐姐！"就要扑上去跟阎铁山交手。

菖蒲忙拦住他，说："长春，不可鲁莽。"

阎铁山的两只暴眼凸了出来，骂道："小狗日的！你姐姐跟这位大学士睡觉，算是给你家光宗耀祖啦！"

菖蒲不愿跟这个混账东西再多费话，催道："阎旅长，我已经说明了身份，讲明了来意，请带我去见郑司令。"

阎铁山那丑恶的目光，投向上岸来的三匹马，问道："哪一匹是你的？"

菖蒲不得不一指胭脂红枣骝驹，说："那一匹。"

"好一匹俊俏的马儿！"阎铁山乜斜着眼儿，"那小娘儿们必定花容月貌，我也骑一骑。"

菖蒲连忙劝阻，说："这匹马貌似娇弱，性子却很暴烈，生人难以接近。"

"我就不信！"阎铁山暴跳嘶叫，"阎某人见过烈马无数，降伏这匹娘儿们胯下的马崽子，不费吹灰之力。"

菖蒲看透这个家伙野蛮而又愚蠢，不给他个钉子碰，不会放乖一点，便说：

"那就请阎旅长试一试看。"

阎铁山气冲冲走上前去，扯住胭脂红枣骝驹的缰绳，狂暴地吆喝一声："走！"

胭脂红枣骝驹高昂着头，正眼也不觑他，傲岸地挺立在地面上，纹丝不动。

阎铁山恼羞成怒，把缰绳挽得死紧，拼命揪扯马勒口，大骂道："走，走，走！不走我就拆了你，卸了你，宰了你，碎了你！"

胭脂红枣骝驹一声呼啸，嘶鸣高昂激烈，令人不寒而栗，呼的一阵旋风，腾空而起。

阎铁山鬼叫一声："我完啦！"在半空中连翻了两个筋斗，呱地摔昏在地上。

13

这时，庙门大开，胖得像个油篓的万年知，身穿肥大的八卦道袍，头顶绾个冠髻，斜插两根烧蓝赤金簪子，手摇着鹅毛羽扇走出来；抬手投足，一举一动，惟妙惟肖地模仿戏台上的诸葛亮。

"何人在此喧哗？"开口也是戏文。

"回军师的话！"贾三招儿一溜小碎步，来到万年知面前，朝菖蒲努了努嘴儿，献媚地说，"他是县城里齐举人的外甥，还是个大学毕业生；一条大鱼，得开个高价。"

"原来是俞公子大驾光临，万年知这厢有礼！"万年知满脸惊喜神色，高高打了个稽首，"公子降生百日，曾在小道主持的凌霄观寄名，不知公子尚有记忆否？"

菖蒲怔住了。他出生在外省，五岁丧父之后，母亲带他千里迢迢投奔舅父，生长在通州。在他的记忆中，家乡并没有一座凌霄观，更不记得做过寄名小道士。

"公子专心在学问上，早把这芝麻粒大的陈年往事忘却了。"万年知亲亲热热地拉着菖蒲的手，甜腻腻地笑着，"当年，小道曾是举人府上的常客，举人老爷最喜欢跟小道谈古论今，讲究琴、棋、书、画。后来，小道云游峨眉、武当、四明、黄山，又到江西龙虎山修道，所以我们多年不见了。"

菖蒲听他漫天撒谎，强忍着才没有笑出来；舅父洁身自好，平生不与僧道交往，何曾有过道士常客？他看得出，这个土匪军师不过想假借舅父的声望，给自己脸上贴金。此时此地，也不便拆穿他，倒不如投其所好，达到自己的目的，便说："既然万军师与舍下是老相与了，就请引荐我去见你们的郑司令，学生有要事相告。"

　　"公子请稍候。"万年知放开菖蒲的双手，整了整衣冠袍带，"我家司令思贤若渴，礼贤下士，小道先代公子通禀，司令必定隆重出迎。"说罢，急急忙忙走进庙门。

　　万年知回到庙里，郑三发还在大殿上跟那个军火贩子鬼吹灯夏三吵得像二犬相争，难解难分；一个针尖，一个麦芒，一个扯破了喉咙，一个喊哑了嗓子。

　　鬼吹灯夏三不但倒卖军火，而且贩卖人口。今天，他刚给郑三发运来两挺机关枪，三千发子弹，又要带走六个花票卖到妓院。这两笔生意，三言两语，谈笑之间就成了交。发生争吵，抓破面皮，是为了一身军装。

　　"这一身偷棺挖墓来的破殓衣，只配拆铺衬，打袼褙，给月子里的小孩儿撕尿布！"郑三发粗脖子红脸地挖苦说。

　　"井底之蛙，有眼不识金镶玉！"鬼吹灯夏三的怀里，紧紧搂着一个大黄缎子包袱，"它是洪宪元年，袁大皇帝钦赐曹锟的陆军上将官服；袁大皇帝在太和殿登基，曹锟就穿的这身官服见驾。"

　　"怎见得货真价实？"郑三发瞪着眼珠子问道。

　　"我有官服执照！"鬼吹灯夏三一拍腰间，唾沫飞溅，"曹锟死后，十几房姨太太，二三十位少爷小姐，请来了租界地的洋人律师给他们分家，这身官服分到了十二公子的手里。十二公子最好女色，姘了八个洋窑姐儿，瓢泼大雨一般花钱，只花得赤条精光，身无分文，十二少奶奶也进了勾栏院。穷途末路，十二公子才把这一身传家之宝的上将官服，连同有袁大皇帝御玺加印的官服执照，送进了当铺。亏得我夏三手眼通天，费尽心机，才从当铺掌柜的手里钓了出来，好心好意送到萍水湖，谁想你竟狗咬吕洞宾。"

　　"你到底要多少钱？"郑三发斗不过鬼吹灯夏三的三寸不烂之舌，怒气冲冲地问道。

　　鬼吹灯夏三翻了三下巴掌，说："一千五百块。"

　　"给你家买坟地呀！"郑三发蹦起来叫骂，"还是到窑子里给你娘赎身？"

　　"姜子牙钓鱼，愿者上钩。"鬼吹灯夏三搭起二郎腿，两眼望天，"少一个镚子儿，我都不卖。"

　　"我不上钩，我不买！"郑三发赌气地说。

　　"牛不喝水，咱也不强按头。"鬼吹灯夏三站起身，把大黄缎子包袱甩在肩上，"不穿这身官服，你这个司令怎么抖得起来大将军八面威风？"说罢，抬腿要走。

"慢！"郑三发扯住他的胳膊。

郑三发自称司令以来，就高价收购佩戴高级军衔的军装，穿在身上，抬高身份。他已经搜罗了少校、中校、上校的军装，穿过几回，都觉得派头儿不足，锁进柜子里。谁想，鬼吹灯夏三神通广大，竟从当铺里挖掘出一身陆军上将官服，而且是后来当上大总统的曹锟的遗物，不但难得，更属珍品，他怎能不馋涎欲滴呢？可是，鬼吹灯夏三索价高昂，明明是敲他的竹杠，抓他的大头，他又不甘心割肉。

他正拿不定主意，万年知走进了大殿，忙问道："军师，一千五百块大洋买这一身虫吃鼠咬的陆军上将官服，值不值？"

"值！"万年知在鬼吹灯夏三的每一笔生意中都吃回扣，"夏三爷要是能找到一身大总统官服，给我们司令送来，我保你开口不还价，要多少钱给多少钱。"

"还是万军师见识高，懂得钱该怎么花！"鬼吹灯夏三吹捧说。

万年知打开大黄缎子包袱说："司令，您赶快换这一身贵重官服，去接一位贵客。"

"什么贵客？"郑三发问道。

"县城里齐举人老爷打发他的外甥、大学毕业生俞菖蒲公子，前来找我，请我带他面见司令，共商大计。"

"举人老爷派人来跟我共商大计！"郑三发先是受宠若惊，后又产生妒意，"举人老爷为什么如此赏你的脸？"

"我跟举人老爷是老交情。"万年知对于自己的谎言，也信以为真了，"在我云游江南之前，常到举人老爷家谈古论今，讲究琴、棋、书、画。这位俞公子，在他降生百日那一天，还在我当年那个凌霄观里记过名。"

"这件光宗耀祖的大事，我怎么早没听你说过？"郑三发发出了疑问，"军师，你可是有粉从来不忘搽在脸上的。"

"我是怕阎旅长又说我是牛皮匠呀！"万年知拉长了脸，"这不是俞公子来了吗？也不必我自吹自擂了。"

于是，郑三发穿起了曹锟遗留的、早已失去光彩的、散发着当铺潮霉气味的陆军上将官服，那模样儿，真称得起是沐猴而冠。在万年知的陪同下，他挺出一副威严神态，走出大殿；但是一想到就要会见的是一位高品人物，不免心情紧张，走起路来，抬手动脚都显得僵硬。当他一步就要跨到庙门口的时候，阎铁山醒转过来，正要开枪行凶，他断喝一声，阎铁山便两手软绵绵地垂落下来。

"俞公子是齐举人老爷派来跟我共商大计的，你怎么可以不顾大礼，以下犯上？"郑三发手指阎铁山的鼻子，大声呵斥。

"你别听那老杂毛胡说八道！"阎铁山吵嚷着说，"这个姓俞的本是贾三招儿绑来的肉票，老杂毛痰迷心窍，把他捧成活神仙。"

郑三发跟阎铁山是生死之交，怀疑地问万年知道："军师，你可别跟我鬼画符！"

"阎旅长上了贾三招儿的当！"万年知顺手牵来一只替罪羊，"俞公子前来萍水湖，贾三招儿不明大义，把俞公子当成肉票绑了，还想冒功领赏。"

"贾三招儿，你这个狗娘养的！"郑三发一个耳光打过去，贾三招儿像陀螺似的团团打转，又抬腿一脚，踢得贾三招儿连翻了几个筋斗。

"司令，大人不见小人怪，看在俞公子面上，饶恕这个狗东西一回。"万年知又扮演了慈悲为怀的善人角色，"俞公子，快请过来跟我们郑司令相见。"

菖蒲也就顺水推船，走过来跟郑三发握手，说："郑司令，久仰。"

"俞公子高抬郑某了！"郑三发出身卑贱，虽然早已自封司令，而且又身穿上将官服，但是在高品人物面前，仍然不由自主地表现出低人一等的奴才相儿。

万年知躬腰一揖，说："俞公子，请到司令部大堂，跟郑司令叙话。"

"铁山，你也来陪贵客！"郑三发吩咐道，"到内宅去，让你嫂子打开衣柜，把那身上校军装给你穿上。"

"是！"阎铁山欢天喜地走了。

14

走进大殿，只见三太子的塑像高高供奉在神龛里。香案后面，有一张披着锦绣椅套的高背雕花太师椅，那便是郑三发的宝座。香案两侧的两张太师椅没有椅套，文东武西，那是万年知和阎铁山的位置；此外还有一些散放的方凳、圆凳、条凳，那是大小头目的座位。

"请俞公子上座！"郑三发躬身说。

"客不欺主，还是郑司令坐在首席。"菖蒲表现出大家风度，彬彬有礼。

万年知抚掌大笑道："平起平坐吧！"

鬼吹灯夏三忙将阎铁山那张太师椅搬到香案后面，跟郑三发的宝座并列；没有锦绣椅套，就把他的大黄缎子包袱皮披在椅背上。

落了座，互道寒暄，敬烟献茶。万年知又先开了口："俞公子，举人老爷贵体可大安？"

俞菖蒲欠了欠身，答道："家舅布衣蔬食，淡泊功利，所以身体很是康健。"

"对，对！"郑三发插嘴说，"鱼生火，肉生痰，菠菜豆腐保平安。"

万年知见他出口鄙俗，怕他言多失礼，连忙转入正题，问道："举人老爷派遣俞公子前来，与郑司令商讨守土安民大计，不知是否携来举人老爷的宝札？"

菖蒲从贴身小衫里掏出齐柏年的涂蜡手书，递到郑三发手中，说："请郑司令过目。"

郑三发目不识丁，接信在手，歪着头，上看看，下看看，左看看，右看看，苦着脸儿说："郑某才疏学浅，看不懂老举人的梅花篆字，还是请万军师替我宣讲吧！"

万年知起立，正了正衣冠，毕恭毕敬捧过书信，然后摸出一副老花镜，架在鼻梁上，装模作样地看起来。他虽然熟悉麻衣神相，满腹六爻八卦，但都是师父口传心授，并不通晓文理，所以一句也看不懂齐柏年那古奥文字。然而，他既不愿在菖蒲面前有失尊颜，更不愿在郑三发面前露出马脚，于是便望文失义，信口胡诌起来："举人老爷的意思……意思是……萍水县衙门散摊子了，他老人家承头，自立保土安民国号，亲任执政，还要聚拢萍水县各路人马，组成联军，请司令就任总指挥……"

菖蒲真是啼笑皆非，不得不打断他的胡言乱语，说："万军师，家舅的书信文字简约，言不尽意，还是让我来解说明白吧！"

"好，好！"万年知正想借坡下驴，忙将书信奉还菖蒲，"举人老爷的文章，是前朝皇上御笔朱批的上上品，贫道只能略懂七八；要是秀才们写的玩意儿，我闭上眼也看得懂。"

菖蒲把一只手按在舅父的书信上，一只手扪住胸口，沉静了一下心情，声音朗朗地说："日寇于七月七日在卢沟桥发动了侵华战争，当局无心抗敌，是以平津相继沦陷。萍水县政府大小官员，背弃职守，鸟兽四散，置民众生死于不顾；家舅出于爱国热忱，从不过问政治的隐居生活中挺身而出，领衔成立萍水抗日救国会，筹建萍水民众自卫军。目前，我们已在县城建立一支学生武装队，但是，毕竟敌众我寡，因此家舅殷切期望郑司令加入自卫军的战阵，共同抗击入侵萍水县的日寇。国家存亡，匹夫有责；保卫乡土，义不容辞。我想，郑司令必能深明大义，乐于与我们组成统一战线，并肩携手，共御外侮。"

郑三发听罢菖蒲这一番慷慨陈词，心里也一阵沸腾，但是他一向胸无主见，便向万年知道："军师，你看呢？"

万年知一心想攀附风雅，忙说："举人老爷如此看得起咱们得胜军，咱们怎么能不给举人老爷的面子呢？"

郑三发刚要点头，一直站立在他身旁的鬼吹灯夏三，杀鸡抹脖儿似的向郑三发连递眼色，郑三发会意，改了口说："多蒙齐老举人抬爱，郑某人脸上十分光彩；不过，军机大事，非同小可，我还要跟我的一文一武会商，再给齐老举人回话。"

"大哥，任他千条妙计，你可要有一定之规！"殿外一声驴吼，阎铁山身穿满是油渍的上校军装闯了进来。

"那么，依你之见呢？"郑三发问道。

阎铁山叉着腰，叉着腿，说："咱们跟齐老举人的队伍划地为界，井水不犯河水。"

菖蒲正色说道："阎旅长，大敌当前，我们必须联合抗日，不应割据一方；割据一方只能被日寇各个击破。"

"俞公子言之有理！"万年知跟阎铁山唱反调。

"老杂毛，你吃里爬外！"阎铁山骂道。

鬼吹灯夏三悄悄扯了扯郑三发的衣襟儿，努了努嘴，又咬了咬耳朵。

菖蒲不动声色，说："郑司令要跟一文一武会商，我在一旁诸多不便，暂且告退。"

郑三发站起身，向俞菖蒲连连拱手，满脸堆笑，说："俞公子一路劳乏，请万军师陪同俞公子先到客房安歇。"

万年知又引领俞菖蒲走出庙去。熊大力和柳长春牵着马，守候在庙门外；贾三招儿是今晚的值星官，带着四名喽啰，团团看住熊大力和柳长春。

"三招儿！"万年知吆喝一声。

"在！"贾三招儿赶忙答应，躬身听命。

"你护送俞公子到客房去，吩咐灶上预备丰盛酒席。"

"是！"

"再到花票房子，提出几个俊俏的雏儿，服侍俞公子安寝。"

"遵命。"

万年知不等菖蒲开口回绝，就道了一声"失陪"，急急回庙里去了。

石瓮村是个菱角形的小岛，贾三招儿和四个喽啰手提风雨灯，沿着村外水边，护送俞菖蒲、熊大力和柳长春到菱角尖上。一片桃树林中，有一座高墙大院，铁皮大门，钉满狼牙钉，门楼上吊着一盏红灯笼。这里是郑三发的迎宾馆，又是他的花票房子。

"三寸丁，开门！"贾三招儿喝叫。

铁门哗啦啦被打开，走出一个罗圈腿的小男子，面目像个丑八怪，怪笑着问道："三招儿，有个阎旅长吃够了的剩货，我正留给你尝鲜儿。"

"闭上你妈的臭嘴！"贾三招儿笑骂道，"我护送郑司令的贵客俞公子，还有他的两位马弁，到你这儿逍遥一夜，你要好好侍候。"

这个名叫三寸丁的罗圈腿丑八怪，忙给菖蒲打躬作揖，谄笑着说："请，请！"

俞菖蒲、熊大力和柳长春走进铁门，铁门又哗啦啦关闭，三寸丁插上铁闩，先带着熊大力和柳长春牵马到牲口棚去，然后引路到东小院，直奔北房。

开了房门，点着一盏头号玻璃罩煤油灯，照亮了粉刷得雪亮的房间，只见四壁挂满五光十色的八扇屏，有的是："买卖兴隆通四海，财源茂盛达三江。"有的是："福如东海长流水，寿比南山不老松。"有的是："万般皆下品，唯有读书高。"此外还有横七竖八的字画，有的是花卉鸟虫鱼，有的是山水人物像，明明是从财主商户家洗劫来的杂牌货，却牛头不对马嘴地装点风雅。一张花梨木条案上，摆设着座钟、胆瓶、红漆拜匣；两把太师椅，一新一旧，一高一矮，参差不齐；炕上铺着雪白的苇席，架着碧纱蚊帐，炕桌上有一副茶具，一套烟具，居然还有几卷书，翻开一看是佛经。

"俞公子，您稍候，马上有人来服侍您。"三寸丁一副奴颜婢膝的模样儿，点头哈腰地退了出去。

工夫不大，门外一阵轻轻的脚步声和哧哧的笑声，房门吱扭一响，扑进一股刺鼻的脂粉气味，两个打扮得花红柳绿的女人，一个端脸盆，一个捧茶壶，扭着腰，飞着眼儿，嬉皮笑脸地说："俞公子，我们姐妹俩来侍候您，您多多怜爱我们吧！"说着，走上前来，就要黏在菖蒲身上。

菖蒲又羞又恼又慌，喊道："大力，长春！拦住她俩。"

"闪开！"熊大力和柳长春张开双臂，像是在菖蒲身边围起一道栏杆。

菖蒲沉着脸问道："你们叫什么名字，可是好人家的女子？"

穿红袄的女人说："我叫滴滴娇。"穿绿裤的女人说："我叫迷魂香。"但是都不肯说出真名实姓和各自的家世。

菖蒲也不想追问，说："大力，长春，送她们回去。"

"俞公子，您可怜可怜我们吧！"两个女人眼泪汪汪，"好歹让我们陪您睡一夜，送回去我们要皮肉吃苦。"

"送她们回去！"菖蒲挥着手，"大力，长春，你们替我转告花票房子，不许虐待她俩。明天我面见郑司令，要求释放全部女票。"

熊大力夹起滴滴娇，柳长春夹起迷魂香，也不管她们踢蹬着腿，哭哭啼啼，打千斤坠儿，奔跑出去。

15

但是，熊大力和柳长春一去不回头，菖蒲一人孤独地坐在空房里，听四下一片死寂，感到不安。他猛地站起身，开门正要走出去，忽然一颗石子像一道流星飞来，他来不及躲闪，头上的凉帽被打落地上。

菖蒲打了个冷怔，只见一个面带杀气的女子跳到他的面前。

这个女子颇有几分姿色，却是女扮男装，身穿飘飘欲仙的杭纺长衫，一顶白凉帽压在眉梢，抬手动脚，矫健而又袅娜，然而目光咄咄逼人。

"姑娘，你是谁？"菖蒲定了定神，尊重地问道。

"我替滴滴娇和迷魂香来服侍俞公子！"这个女子把菖蒲推进屋去，反关上门。

菖蒲皱起眉头，冷冷地说："我不要谁来服侍，请你离开。"

这个女子莞尔一笑，眉目传情，顾盼流光，妖冶风骚地说："千里姻缘一线牵，我要跟俞公子结鸳鸯。"说着，解开长衫的领扣，露出一抹葱心绿的围胸。

"姑娘请自重！"菖蒲后退着，"我已经是个有了妻室的人。"

"那就给俞公子做二房，再不就做一对露水夫妻。"这个女子不依不饶，逼上前来。

"无耻！"菖蒲大怒，一拍桌子，抓起茶壶，"你再不顾脸面，可就别怪我的手黑。"

这个女子哈哈一阵大笑，扯开长衫，腰间红绫带上斜插着一把雪亮的匕首。她高高一抱拳，说："俞公子果然是个一团正气的上品人物！实不相瞒，你要是色迷心窍，碰我的身子一下，我这把匕首就刺进你的胸膛。"

菖蒲不禁惊出一身冷汗，强笑着问道："姑娘到底是什么人？"

"我是郑三发的妹子小藕。"这个女子又穿上长衫，笑吟吟地说。

"失敬了！"菖蒲连忙施礼。

郑小藕一边给菖蒲斟茶，一边说："刚才俞公子的两位部下把滴滴娇和迷魂香送回花票房子，我把他们二位扣留下来，问明了你们的来意，这才前来试探俞公子，看你是不是上等人品？"

菖蒲笑了笑，说："我来萍水湖，会见令兄，是想跟令兄联合抗日，保卫乡土。据我看，令兄目前还举棋不定，所以还要请藕姑娘多多帮忙。"

"俞公子请放心，我能做我哥哥一半的主。"郑小藕忽然脸上一红，低下了头，"不过，也要请俞公子帮一帮我的忙。"

"只要藕姑娘张口，我一定有求必应，尽力而为。"菖蒲捧着茶盅，等候郑小藕提出条件。

"我想……"郑小藕羞涩地咬了咬嘴唇，"我想把你那个柳长春留下来，他说要听你的将令。"

菖蒲笑道："只要你们两相情愿，我更想成人之美。"

"多谢俞公子！"郑小藕眉开眼笑，"我这就去找我哥哥，帮他拿定主意。"

郑小藕传唤三寸丁，为俞菖蒲、熊大力和柳长春摆上筵席，然后一阵风奔三太子庙去。

三太子庙大殿里，郑三发跟他的一文一武商讨军机大事，鬼吹灯夏三在一旁敲边鼓。

"抗日？屁！"阎铁山急赤白脸，满嘴喷溅唾沫星子，"日本兵有飞机、大炮、坦克车，宋哲元的二十九军还没有打上几个回合，就丢盔弃甲，落花流水了，咱们这一点破铜烂铁的家当，怎么能拿鸡蛋碰碌碡？"

"可是，日本鬼子果真打到萍水湖，我招架不招架呢？"郑三发忧心忡忡地说。

鬼吹灯夏三眨了眨眼睛，鬼鬼祟祟，喊喊喳喳地说："我从天津来，听说齐燮元要出山，招兵买马成立治安军，跟日本人提携亲善，维持社会治安；你们不如前去搭一股，讨个名正言顺的番号，得个加官晋爵的封赏，占一块膘肥肉厚的地盘，那可真是一本万利。"

"使不得，使不得！"万年知连摇肥头，"宁做小国之君，不做大国之臣，宁为鸡头，不为凤尾；郑司令是青龙星下界，怎能屈居人下？"

"可是，跟齐老举人联合，齐老举人名高辈大，我也还是矮一头，低一等呀！"郑三发苦着脸儿说。

"这却又不同。"万年知老谋深算地拉着长声说，"齐老举人并不争名夺利，俞公子是个文墨书生，他们爷儿俩不过是金字牌匾，兵权还是握在司令手里。咱们借用这两块招牌，打着抗日旗号，扩充队伍，成就大业，正是天赐良机。"

"有理，高见！"郑三发眉头舒展了，两眼直放光，"那就押这一注。"

"且慢！"鬼吹灯夏三又插了一杠子，"智者千虑，必有一失，只怕万老军师没有看透这位俞公子。如今的大学生，十个有五对是共产党。前年冬天，共产党赤化了张学良跟杨虎城，在西安扣押了蒋委员长；郑司令跟这位俞公子联合，手下弟兄一被他赤化，不光要丢了兵权，只怕性命难保。"

郑三发打了个寒噤，心慌意乱地说："万军师，你赶快打听明白，俞公子到底是不是共产党？"

"不是！"万年知斩钉截铁地说。

"怎见得？"郑三发问道。

"我暗中给俞公子相了面。"万年知故弄玄虚，"从头上看，共产党的华盖放红光，那俞公子的华盖放金光；从脸上看，共产党面带煞气，那俞公子满面春风；从眼神看，共产党的目光如电，那俞公子的眼色柔和。所以，我敢断定，俞公子不是共产党。"

"老杂毛满嘴跑舌头！"阎铁山咆哮着，"来者不善，善者不来，那个俞公子嘴上甜言蜜语，心里不怀好意。依我的锦囊妙计，干脆把他扣下来，捎信给齐老举人，叫齐老举人交出县城赎票。"

"然后跟齐燮元合伙！"鬼吹灯夏三拍着巴掌，"我马上返回天津，给你们双方撮合。"

郑三发手托下巴，翻着眼珠儿，沉吟半晌，才说："你们各有道理，我看咱们还是脚踩两只船，哪头炕热睡哪头，哪边顺风倒哪边。"

"我连夜动身！"鬼吹灯夏三趁热打铁又趁火打劫，"我给你跑腿儿，你得花几个鞋钱。"

"要多少？"郑三发从腰间摸出钱褡子。

"白送我十个花票。"鬼吹灯夏三伸出两个巴掌，张开五指。

"你给我抱着脑袋滚蛋！"阎铁山像一只疯狗，又破口大骂鬼吹灯夏三，"这十个花票就是十棵摇钱树，一枝一杈也不能给你。"

鬼吹灯夏三却不急不恼，嬉笑着说："铁山，花票房子的生意你不必多嘴，我去讨藕姑娘的金口玉言。"

"姑奶奶来啦！"郑小藕大摇大摆走进来。

鬼吹灯夏三赶忙凑上前去，打躬作揖说："恭喜藕姑娘！"像一只哈巴狗，围着郑小藕团团转。

"喜从何来？"郑小藕冷冷地问道。

"请到花票房子，我向藕姑娘详细禀告。"

"好话不背人，背人没好话，你就鸣锣响鼓地唱吧！"

"我……我给藕姑娘找了个如意郎君，"鬼吹灯夏三涎着脸儿说，"那真是小白脸，美男子，会说一口字正腔圆的日本话，就要在治安军里当个少校翻译官。"

"收起你那小白脸的美男子，留给你们夏家的姑娘受用吧！"郑小藕扬着脸儿，两只翡翠金耳环荡来荡去，"姑奶奶我有主儿啦！"

"谁？"郑三发吓了一跳，大嚷着问道。

郑小藕故意羞答答，慢吞吞地说："俞菖蒲俞公子……"

"他！"郑三发大惊失色。

"……做媒人。"

"到底是谁？"

"跟我门当户对，棋逢对手。"

"究竟是个什么人，快快告诉我！"郑三发急得青筋暴起，跳着脚喊叫。

"哥哥，我来告诉你！"郑小藕的嘴角掠过一抹冷峭的笑影，"我不光替自己找了主儿，也替你做了主。咱们得打定主意，改邪归正，跟俞公子联合抗日，挣一个光宗耀祖的好名声。"

"小妹，你给鬼迷了心窍！"阎铁山气恼交加，又不敢过分发作，"那个俞公子迷住了你，你上了那个书生哥儿的当。"

"迷住了我的是俞公子那一片堂堂正正的道理！"郑小藕高声说，"哥哥，要是你们不愿跟俞公子联合，那就分给我一支人马，我跟他合伙。"

"好一个心比天高的藕姑娘！"万年知热烈捧场。

郑三发只得长叹一声，说："小妹，就依了你，带我去见你给我选中的妹夫吧！"

16

石瓮村外，萍水湖畔，雕花龙船上，郑三发大摆酒席，盛宴俞菖蒲。

岸上柳荫如伞，遮住毒热的阳光，湖上荷风阵阵，流荡着醉人的莲香。一张八仙方桌，摆满煎、炒、烹、炸、荤、素、冷、热，菜是美味；茅台、大曲、杏花、青梅，酒是上等。

俞菖蒲和郑三发首席正座，左侧是熊大力和柳长春，右侧是万年知和郑小藕，对面虚席以待，安排的是阎铁山和鬼吹灯夏三的座次。

"阎旅长在湖上操练队伍吗？"菖蒲问道。

"到龙舟渡口和亲去了。"万年知在菖蒲面前，一心要表现得十足风雅，开口闭口都是文言字话，似通非通。

"剃头匠的挑子一头热！"郑小藕撇了撇小嘴儿，鼻孔里尖酸地一哼，"只怕打不着狐狸反惹一身臊。"

"李托塔胆敢扫我的面子，我就血洗龙舟渡口！"郑三发满脸霸气。

原来，萍水湖上，三分天下。郑三发盘踞石瓮村，自称四面八方得胜军司令；大地主袁大跑猪在瓦官阁登了基，自立国号称了王；而龙舟渡口的龙头大爷李托塔，也扯起了一面大旗，旗号叫保土安民义和团。

李托塔已经年近古稀，大半辈子闯荡江湖，交了花甲才叶落归根，回到家乡龙舟渡口；从袁大跑猪手中夺得这个萍水湖的出入码头，坐地三分肥，来往船只要交雁过拔毛的买路钱。但是，他钱来得如流水，钱去得像风吹，不少穷苦的渔民船户沾他的光，赢得了侠肝义胆的名声。

卢沟桥炮声一响，他心头起了火，召唤龙舟渡口的晚辈儿郎，打造了长矛、大刀、弓箭，还从鬼吹灯夏三手中买了几支鸟枪火铳；喝了血酒，指天发誓，枕戈而眠，只要日本鬼子闯进萍水湖，就叫他们葬身鱼腹。

但是，还没有看见一个日本鬼子的影儿，却只见国民党的败兵，像一群群的蝗虫，从萍水湖边向南逃窜，抓鸡、打狗、杀猪、宰羊，吃得胀破了肚皮，抹抹嘴儿又仓皇而去；更有的敲诈勒索，奸淫民女，无恶不作，萍水湖像遭了一场连天的雹灾。李托塔恨得咬牙切齿，气得七窍生烟，所以郑三发强占石瓮村以后，他一直想赶走这伙兵匪；而郑三发更想吞并龙舟渡口，扩大地盘。双方势不两立，只因瓦官阁有个虎视眈眈的袁大跑猪，又有鬼吹灯夏三往来双方之间做生意，才没有刀兵相见。

李托塔有个女儿，也跟随她爹在江湖上闯荡多年，得了个诨名，叫胭脂虎。胭脂虎三十多岁了，还没有嫁人，是她爹的主心骨。可是，在性情上，这个女人跟她爹大不相同；她狡诈、刻毒、贪婪、吝啬，又有一口烟瘾，李托塔百事都依她，唯有在挥金如土上不肯被她把手捆住，爷儿俩常为财帛翻脸。鬼吹灯夏三乘虚而入，巴结上了胭脂虎，合伙暗算老头子。胭脂虎偷攒了一笔私房钱，经鬼吹灯夏三的手，在外边放印子钱；本利驴打滚儿，虽不是腰缠万贯，可也有千金之数了，所以胭脂虎把鬼吹灯夏三引为心腹人。

鬼吹灯夏三到石瓮村之前，先在龙舟渡口下马。拜望了李托塔，又给胭脂虎送上八两贵土。两人躺在胭脂虎闺房的卧榻上，喷云吐雾中做成一桩交易。原来，胭脂虎见石瓮村不能强攻，就想智取，打算嫁给郑三发，把郑三发抓在手里，请鬼吹灯给她保媒。

谁想，鬼吹灯夏三来到郑三发的内宅，刚一开口，郑三发的老婆就扳倒了醋缸，哭闹起来，跟鬼吹灯夏三撞头，又要上吊，又要投水，不可开交。一波未平，一波又起，郑小藕手持一把杀猪的青条子，骂上门来；要不是阎铁山和万年知赶来劝架，鬼吹灯夏三就在郑小藕的刀下做鬼了。

阎铁山一句话解了围："我来娶这只母老虎！"

"二哥，娶不得！"郑小藕急忙拦道，"我听说那个女人心黑手狠，只怕你娶虎不成，反被虎咬。"

阎铁山淫猥地挤了挤眼，说："小妹，二哥自有一身金枪不倒的硬功夫，骑上这只母老虎，管叫她软成肉蒲团。"

郑小藕满脸飞红，照阎铁山那一张麻脸上连啐了几口吐沫。

阎铁山也有他的打算。在四面八方得胜军里，他虽然是一人之下，众人之上，却不如郑小藕和万年知能左右郑三发，有名无实。宁做鸡头，不当凤尾，他想娶了胭脂虎，自己也在龙舟渡口称孤道寡。

万年知占卦，今天是黄道吉日。早起，阎铁山剃头刮脸，换上一身长袍马褂，头顶一只红疙瘩青缎子帽盔，携带一份会亲厚礼，由鬼吹灯夏三陪同，贾三招儿率领他那个官多兵少只有三十几人的一营护卫，兴冲冲到龙舟渡口去了。

"希望你们两家结为秦晋之好。"菖蒲不明底细，只当阎铁山向胭脂虎求婚，也像郑小藕和柳长春结成伴侣一样，"为了抗日救国，正该亲上加亲。"

他的祝愿还没有落音，一只小船像枪子儿追赶的兔子，一溜烟划来。船上的贾三招儿，鼻青眼肿，嘶哑着嗓子喊道："报报……报告司令，胭脂虎……变了卦，扣押了……阎旅长，还口出……狂言……"

"怎么讲？"郑三发霍地站起身，大步走到雕花龙船船头，一只手把贾三招儿从小船上提起来。

贾三招儿伸了伸脖子，咽了口唾沫，说道："我们来到龙舟渡口，夏三爷带着我先进村送礼，那胭脂虎满面笑容，一连声请阎旅长跟她相会。谁想，阎旅长刚到她家门口，她忽然变脸，吆喝一声，埋伏在四外的打手一拥而上；我跟阎旅长寡不敌众，被他们生擒活捉，没当上座上客，反做了阶下囚……"

"少唠叨这些零碎儿！"郑小藕不耐烦地喝道，"胭脂虎为什么把你放回来？"

"她叫我给司令捎来口信……"

"说些什么？"郑三发青筋暴起，两眼充血。

"她……她要司令归顺李托塔，四面八方得胜军并入龙舟渡口保土安民义和团，不然就把阎旅长五马分尸。"

郑三发哇呀呀怪叫："队伍紧急集合！……"

"主公且慢动怒！"万年知慢声慢气地说，"买卖不成仁义在，胭脂虎使出这个绝招儿，只怕另有文章。"

"军师料事如神！"贾三招儿胁肩谄笑，"在我们来到龙舟渡口之前，胭脂虎早使出另一手绝招儿。她假意向袁大跑猪上表称臣，请袁大跑猪派遣太子给他们父女加官封爵；袁大跑猪果然中计，打发他的太子，带着他的圣旨，驾临龙舟渡口，封李托塔为一字并肩王。不料，这正是安排鱼饵钓金鳌，胭脂虎把袁太子锁在她的闺房，逼迫袁太子跟她成亲。"

"什么胭脂虎，一条浪母狗！"郑小藕骂道。

万年知摆了摆手，说："且听三招儿讲下去。"

"胭脂虎也把袁太子的一个亲随护卫打发回去，给袁大跑猪捎信，要袁大跑猪认可她跟袁太子的亲事，给她个王太子妃的名位，还得许她执掌朝政。"

"铁山性命难保！"郑三发拍着桌子叫苦，"胭脂虎必定把铁山当见面礼，献给她那个大跑猪公爹。"

万年知却哈哈大笑，说："主公放心吧！胭脂虎扣留袁太子，阎旅长反倒安然无恙了。"

"为什么？"郑三发迷惑不解。

"袁大跑猪最讲门第出身，眼眶子高，胭脂虎门不当，户不对，他绝不答应。"万年知胸有成竹，"再者，胭脂虎已经三十五六，人老珠黄，袁太子刚刚二十出头，青春年少，也有失体统。"

郑三发半信半疑，说："儿子的小命儿抓在人家手里，大跑猪惹不起胭脂虎。"

万年知摇着羽毛扇，说："袁太子的生母已经去世，眼下是三姨太太专宠；三姨太太一心想让她的亲生儿子当这个小朝廷的太子，她一定要趁机把袁太子置于死地。"

"三姨太太能使什么手段？"

"下令民团，进攻龙舟渡口。"

"民团打下龙舟渡口，铁山更没命了。"

"龙舟渡口一告急，胭脂虎就要向咱们求援，不得不放回阎旅长。"万年知悠然自得，满有把握，"司令，您就任凭风浪起，稳坐钓鱼船吧！这叫作鹬蚌相争，渔人得利。"

郑小藕拍着手欢笑，喊道："万事大吉，赶快开席！"

"大敌当前，不能自相残杀！"菖蒲庄严起立，"我要前去龙舟渡口，劝说胭脂虎以大义为重，释放阎旅长，也释放袁太子；大家携起手来，枪口对外，一致抗日。"

"俞公子，你可别去探虎穴！"郑小藕拦挡菖蒲，"怕只怕胭脂虎也把你扣留，逼你跟她成亲，你可就骑虎难下了。"

"邪不压正！"菖蒲一挥手，"大力，长春，跟我上路。"

"长春不能去！"郑小藕隔着桌面，双手扯住柳长春，"胭脂虎要是知道了长春已经是我的男人，连皮带骨都得吞下去，我就守了望门寡。"

柳长春推搡着她，说："爹跟姐姐吩咐了我，要和俞公子寸步不离，大难临头，替俞公子死。"

"长春，听我的话，你留在得胜军里。"菖蒲斟满一大杯酒，"都干下去，为我和大力壮行！"

17

只有熊大力一人保驾，俞菖蒲走湖畔旱路，骑马飞奔龙舟渡口。

龙舟渡口深藏在四面屏障的高岗之内，只有一条通道跟外界来往，村口高坡下就是码头。这个日环食形状的高岗，隆起在萍水湖的平沙岸上，远远望去，很像一座孤山。高岗上孤坟野树，荆棘丛生，断壁残垣，埋没蓬蒿，显得十分凶险阴森。

俞菖蒲和熊大力距离龙舟渡口还有半里之遥，便从村口涌出一彪人马，一窝蜂似的包围上来。

领头的人打着一面红绫黄缎犬牙旗，人人身穿紫花布裤褂，羊肚手巾包头，打裹腿，穿靸鞋，前额上朱砂画符；他们有的手持红缨长矛，有的肩扛鬼头大刀，有的身背一张弓，腰挎一壶箭，滚滚雷声一般呐喊着："站住，站——住！……"

菖蒲向熊大力递了个眼色，两人跳下马，伫立在一棵浓荫蔽日的老龙腰河柳下。

他们一共十三个人，越来越临近俞菖蒲和熊大力；犬牙旗摇了三摇，列成战阵，掌旗的人居中，左右各是六人，刀枪并举，箭上弓弦，杀气腾腾，如临大敌。

熊大力忽然眼前一亮，手搭凉棚望去，只见那个掌旗的头领，身高六尺以上，膀大腰粗，四方大脸，一双扫帚浓眉，两只圆睁环眼，毛刺刺的络腮胡髭，活像一只出山虎，不禁自言自语："这个人，好面熟。"

菖蒲毕竟是个书生，神情不免有点紧张，小声说："大力，赶快自报家门。"

熊大力跨上一步，当胸一抱拳，高声喊道："龙舟渡口的好哥们儿！县城里的齐老举人，打发我们来看望你们的龙头李大爷，商量保土安民，抗日救国的大事；我身旁的这位学士，是齐老举人的外甥俞菖蒲公子，我是俞公子的亲随护卫熊大力，咱们是一条船上的人。"

掌旗的大汉陡地一怔，猛收住脚，那十二名汉子也就原地踏步。突然，掌旗的大汉狂喜地大叫："熊大力！"挥舞着大旗跑上前来。

"礤子！"熊大力也欢呼着跑上前去。

此人名叫金礤子，也是从东北逃进关内的难民，跟熊大力一路同行三个月，到萍水县才分了手，五六年不见了。

金礤子流落在萍水湖，给袁大跑猪扛长工。袁大跑猪欺他是个外乡人，又是秤砣一般的实心眼儿，等他干完一年活，快要结账算工钱了，便暗中买通警局子，硬诬他是来路不明的逃犯，把他抓进监牢。等到第二年春耕时节，袁大跑猪又假充善人，把他从警局子里保出来，再当一年牛马，年末岁尾再抓进去。

一连三出三进，金礤子终于打破了闷葫芦，醒过闷儿来。他一出牢房，就像一头火牛，直奔袁大跑猪门前，吼叫着要把袁大跑猪捅上百八十个透明窟窿。可是，他虽有两膀子扳倒牛的蛮力，无奈敌不过袁大跑猪的打手人多，于是他又被抓回警局子。这一回，他可不再自认晦气，甘受其苦了；押送途中，走到前不着村，后不靠店的湖边荒野，他怒吼一声，挣断了身上的绳索，两只手像两把老虎钳，拧断了押解他的巡警的脖子，摘下那巡警的枪支子弹，逃进芦苇荡中，穴居野处，茹毛饮血。李托塔看中了他的大个子，更看中了他那支枪，收留了他，隐藏了他；直到县衙门和警局子鸟兽四散，金礤子才重见天日，李托塔挑选他扛那面红绫黄缎犬牙旗。

金礤子把大旗深深插在地上，跟熊大力搂抱一起，摔跤打滚儿，烟尘弥漫。

熊大力从弥漫的烟尘中爬起身，大笑道："礤子，快带我们去面见你们的龙头大爷！"

"列队，回营！"金礤子把大旗一挥。

风吹大旗呼啦啦，俞菖蒲进入龙舟渡口。狭街窄巷，泥棚茅舍，柳棵子地里，一片白沙演武场，刀枪架上，陈列着十八般武器。

"你是个不够月份下出来的尿种！"柳荫中，一个铜钟大嗓门儿，吼声如雷，"袁大跑猪刚龇了龇牙，你就把脑袋夹在裤裆里想求和，滚你娘的吧！"

"老人家，您不能逞匹夫之勇呀！"是鬼吹灯夏三那尖声细气的声音，"扣留阎铁山，得罪了郑三发；不放袁太子，袁大跑猪要动刀兵。腹背受敌，兵家大忌呀！"

"我投靠齐老举人……"

"齐老举人的外甥……像是共产党……"

两人的声音低下来，喊喊喳喳了。

"老人家，齐老举人派来的贵客到！"金磙子大嚷一声。

"在哪里？"

柳枝摇曳，闪出一个老者。

他六七十岁年纪，黄缎缠头，两道寿眉，寿眉下却是一双鹰眼，刀条子脸，三绺白胡；穿一件斜大襟半大夏布衫，黄铜疙瘩纽扣，腰间煞一条大红褡袍，下身穿一条黑绸灯笼裤，打鱼鳞裹腿，脚穿抓地虎快靴。

"面前可是李龙头？"菖蒲从怀中掏出老举人齐柏年写给李托塔的信，双手呈递过去，"学生俞菖蒲，请多指教。"

"岂敢，岂敢！"李托塔慌忙撩起夏布衫的前摆，擦了擦手，恭敬地接过信来，"俞公子，小老儿自幼失学，目不识丁，请光临舍下，犬女代拆代读。"

这时，鬼吹灯夏三从柳棵子地里钻出来。在石瓮村，菖蒲跟鬼吹灯夏三见过一面，本是走私贩子的装束，眼前却换上了武士打扮，令人不能不拭目相看。只见他瘦小枯干，尖嘴猴腮，碎麻子，黑牙齿，两只锥子小眼滴溜溜乱转；他头戴一顶米黄色巴拿马凉帽，敞开白纺绸密扣小褂儿，露出腰间一条牛皮板带，插一把带鞘的匕首，下身也穿的是练武黑绸灯笼裤，却散着腿儿，脚下是皂鞋白袜。

熊大力看那模样儿滑稽可笑，问道："夏三掌柜，你改了行？"

"夏某人文武全才！"鬼吹灯夏三一副傲慢无礼的嘴脸，"这是个春秋战国的年头儿，苏秦贩的是合纵，张仪卖的是连横，看谁的生意兴隆吧！"

他翻了俞菖蒲一眼，悻悻而去。

熊大力牵着马，菖蒲跟随李托塔，缓步走向他那青砖小院。

"俞公子，请！"走到门口，李托塔存了一步，躬了躬腰，抬了抬手。

"还是李龙头请。"菖蒲后退，不肯先行。

"那么，携手而进吧！"

李托塔一挽菖蒲的胳膊，正要进门，不提防从影壁后面蹿出一个女人，跳到门口，手扳着枪机，顶住了菖蒲的胸窝。

这个女人色相已衰，但是风骚老辣，嘴角一颗豆粒大的美人痣，两只勾魂索命的媚眼；她头上梳的是花妆楼，插满了金钗碧玉簪，鬓角上一朵绢制的绿叶牡丹花，两耳垂着叮当打脸的耳环，腕子上戴着黄澄澄耀眼的手镯；一身轻飘飘的男式裤褂，上衣扣着三个纽襻儿，松开四个纽襻儿，露出粉红的围胸，两只山羊奶子隐约可见，一双薄底快靴上缀着一朵颤悠悠的紫绒球儿。

"胭脂，不得无礼！"李托塔喝道，"俞公子是一位文墨书生，你不要惊吓了他。"

但是，菖蒲却沉住了气，面不更色，眼也不眨，毫无畏惧地迎住胭脂虎那多疑而又闪烁着欲火的目光。

胭脂虎迸发出一阵尖厉刺耳的笑声，却又一拧眉毛，逼问道："俞公子，你是不是想把萍水湖三家归一统，由你来独吞萍水湖。"

菖蒲凛然正气，淡淡一笑，说："我是想把萍水湖三家归一统，一致抗日；但是，我并不想独吞萍水湖，想吞下萍水湖的是日本鬼子。"

胭脂虎收回了枪，变出一张笑脸，问道："抗日不能光是我们三家，你们有多少人马？"

"几十名学生。"

"一群小把戏，添不了秤！"胭脂虎轻蔑地冷笑道。

"我们还有萍水城的平民百姓！"菖蒲血涌上脸，"誓与县城共存亡。"

胭脂虎眼珠一转，计上心来，说："让我们保土安民义和团进城，给你们助阵。"

李托塔擂着胸膛说："只要齐老举人看得起小老儿，信得过小老儿，小老儿情愿赴汤蹈火，在所不辞。"

明眼人一看便知，这父女二人，一个是真心实意，一个是另有打算。菖蒲沉吟片刻，才说："县城里的各界首脑人士议定，守城之事，由城内的抗日武装担当；萍水湖的三家人马，当日寇攻城之时，从背后开火，以收前后夹击之效。"

胭脂虎老大不高兴，脸上下了一层霜，说："你们城里人，一肚子钟表的瓢子螺丝转儿，怕我们乡巴佬进城手脚不干净。"

"胭脂，你不懂兵书战策！"李托塔一副内行人的神气，"我听着，人家俞公子是从孙子兵法里得来的见识。"

他们进入院内，细作商量。

18

突然，湖上响起一阵枪声，惊起了群群水鸟，飞鸣上天。

胭脂虎头一个冲进屋子，厉声高喊道："出了什么事儿？"

"袁大跑猪的民团攻上了码头！"金碌子在门外像失了火似的大叫。

"抄家伙！"李托塔大吼一声，抓起立在门后的丈八长矛，摘下墙上的牛筋老弦盘弓。

"李龙头，不能打！"菖蒲赶忙劝阻。

李托塔早红了眼，跺着脚嚷道："袁大跑猪胆敢太岁头上动土，定叫他尸横遍野，血流成河！"说罢，扛起他这一套古老的武器，直奔枪声响处。

菖蒲追了出去，想到阵前给两家讲和。

"不许走动！"胭脂虎拦住他的去路，黑洞洞的枪口，阴森森、恶狠狠地瞪着他，"到东跨院去。"

菖蒲不想跟这个女人多费口舌，只得走进东跨院；背后，两扇门哐啷关住，咔嚓一声落了锁，胭脂虎也上阵去了。

巴掌大的小小院落，只有一间香堂，两间耳房，静悄悄一片死寂。

香堂敞着门，菖蒲走了进去，只见并没有神龛，不过是迎面墙上挂着八扇屏，画的是关云长斩颜良，诛文丑，过五关，斩六将，全是从庙会上买来的货色；八扇屏前一张条案，摆放着香炉铜磬，什锦供品。

一阵风来，吹得八张画飘然而动，不知何处，传来一声凄惨呻吟，吓了菖蒲一跳；他慌忙退出香堂，四下张望，这才发现，东耳房那被抓破窗纸的窟窿里，露出一张血污的脸。

"你是谁？"菖蒲走过去。

"救……命！"那人从一双暗淡无光的眼眶里，淌下大颗大颗的眼泪，"我叫袁……"

"你是袁太子！"菖蒲来到窗前，只见室内是一座香窠，袁太子被扯破了衣衫，捆住了双手，却是个囚徒。

"我叫袁……袁萍生……"袁太子嘤嘤啜泣，"我是您上中学的……母校的学生，前年听过您回校的讲演，还订阅您主编的杂志《拂晓》。"

"你已经毕业了吗？"

"今年刚刚毕业，本想到省城去升学，谁想打起了仗……"

"你就甘心当这个太子吗？"

"我父亲是个愚蠢野蛮的土豪，我……反对他的胡作非为。"

"你为什么要替他到龙舟渡口来传圣旨呢？"

"那是我三姨娘的毒计。"

"你答应了……"菖蒲打了个手势，"这门亲事吗？"

袁萍生摇摇头，说："……她抓我，打我，折磨我……"

这时，湖岸枪声大作，杀声阵阵。"你家的民团在攻打龙舟渡口。"菖蒲紧皱着眉头说，"只怕又是你三姨娘的借刀杀人之计。"

"俞先生救我！"袁萍生哭叫。

菖蒲隔着窗棂，给袁萍生的手腕松绑，说："我来萍水湖，联合三家武装抗日；你快跟我到阵前，劝你家民团退兵，然后陪同我去回见你父亲，说服他捐弃前嫌，枪口对外，把民团改编为抗日武装。"

"俞先生，我追随您！"袁萍生转悲为喜，又有了活气。

"换一换衣裳，从窗口跳出来！"说着，菖蒲猛力折断了两根窗棂的立柱，可以钻出身子。

"俞公子，您也把我救出牢笼吧！"西耳房又传出阎铁山的哀求声。

菖蒲又到西耳房，捅破窗纸一看，阎铁山被捆成一只粽子，蜷缩在柴草上。

"阎旅长，受惊了。"

阎铁山像一头栽下陷阱的野兽，牙齿咬得咯嘣嘣响，说："阎某人阴沟里翻船，丢人现眼，不报仇我是狗娘养的！"

"阎旅长，你这就是不明大义了！"菖蒲正色地说，"我已经跟郑司令、万军师和小藕姑娘讲定，不与龙舟渡口动刀兵，你可不能小不忍而乱大谋。"

"那我就打掉了牙咽进肚子里！"阎铁山恨恨地说。

却在这时，门外有人开锁，菖蒲急忙离开西耳房窗下，装作若无其事地在小院里散步。

"恭喜阎旅长，贺喜阎旅长！"鬼吹灯夏三念着喜歌走进来。

"放你娘的屁！"阎铁山瓮声瓮气地骂道，"我喜从何来？"

"胭脂姑奶奶答应了你的亲事！"鬼吹灯夏三眉飞色舞地说，"你赶快回石瓮村搬兵，两下夹攻，把袁大跑猪的民团打个落花流水。"

"叫胭脂虎来给我低声下气！"阎铁山端起了架子，"我不是她的坐下骑，胯下马，扬鞭就走，垂鞭就停。"

"胭脂姑奶奶挂了花，那个熊大力把她背了回来，刚放在炕上。"

"快给我把绑绳松开！"阎铁山倒不是多情，而是怕水性杨花的胭脂虎又相中了熊大力。

袁萍生换上胭脂虎女扮男装的一身短打扮，钻出东耳房；菖蒲牵着他的手，说："快走！把大事化小，小事化了。"

"哪里去？"鬼吹灯夏三张开两只螳臂，横眉立目，狗仗人势模样儿，"乖乖地等候发落，不然我就先斩后奏。"

"谁敢冒犯俞公子！"熊大力一声虎啸，闯了进来。

鬼吹灯夏三吓得像老鼠钻了洞，抱着脑瓜儿躲进了香堂。

熊大力保护着菖蒲和袁萍生，奔跑到高岗上；袁大跑猪的民团已经逼近龙舟渡口，弹如雨下，占了上风。

一棵老龙腰河柳下，李托塔手挽强弓，射出一箭又一箭，屹立不动，死也不肯退一步。

对面，百步开外，一个团丁高擎一柄红罗伞，红罗伞下一张铺着红毯的太师椅，端坐着黄袍加身的袁大跑猪；两旁站立着四名龙套似的亲随护卫，很像是在演出一场野台子戏。

"李托塔，寡人奉天承运，命中注定九五之尊；顺天者昌，逆天者亡，识时务者为俊杰，你还是赶快交出太子，归顺天朝，孤封你上马金，下马银，官居一品！"

袁大跑猪满口戏文，行腔吐字，也都模仿的是戏台上的皇帝的板眼。

"袁大跑猪，我要抓住你这条草头蛇，剁成七零八碎，到萍水湖上钓甲鱼！"

李托塔火冒三丈，大骂连声。

袁大跑猪龙颜大怒，一挥他的龙袍水袖，叫道："儿郎们，举枪瞄准！"

"爹，不要开枪！"

袁萍生突然把整个身子挡在李托塔的面前，低下头，垂着手。

袁大跑猪急忙下令："枪放下！"

菖蒲和袁萍生并肩而立，声音朗朗，义正词严地说："袁乡绅，日寇发动侵略战争，战火眼看就要烧到家门口了；国家存亡，匹夫有责，每一个人，每一颗子弹，都应该投入抗日救国，而不应自相残杀，使亲者痛，仇者快。"

"你……你是什么人？"袁大跑猪惊问道。

"齐柏年老举人的外甥，俞菖蒲先生。"袁萍生抢着答道，"俞先生奉齐老举人之命，前来联合萍水湖的三家武装，共赴国难。"

"袁乡绅，请你撤兵！"菖蒲又大声说。

袁大跑猪嚷道："李托塔得放回我的……儿子……太子……"

菖蒲笑着对李托塔说："李龙头，冤家宜解不宜结，请放回袁家大少爷；我也要到瓦官阁去，把家舅的信交给袁乡绅，并且商讨三家归一统的大计。"

这场交火，李托塔多少吃了一点亏，他不能一无所得，便说："俞公子到瓦官阁去，得把熊大力留下。"

菖蒲向熊大力点头示意，说："大力，你要多跟李龙头讨教。"

于是，他和袁萍生走出龙舟渡口。

"儿郎们，得胜还朝！"袁大跑猪发号施令。

鼓乐声中，菖蒲前往瓦官阁，游说萍水湖上第三家。

19

龙舟泊岸，俞菖蒲下船，走上瓦官阁渡口；一顶四人抬的翠盖红围小轿，将他搭到驿馆的一座花园小院。

袁大跑猪的御膳房，送来十八样仿膳风味的佳肴，在假山凉亭上摆下接风酒筵，却没有一个陪客。

菖蒲匆匆吃过饭，就在凉亭上凭栏远眺，观赏瓦官阁的村景，思索下一步的行动。

花园小院墙外，一池碧波，荷花满塘，白鹅戏水；岸上绿杨垂柳，浓荫中莺啼燕啭，不闻人声，不见人影。

菖蒲正要收回目光，忽然墙外一簇柳丛沙啦啦响。他一阵心惊，俯身望去，扑噜噜一只秃尾巴鹌鹑飞出来；菖蒲放了心，转身回客房休息。柳丛里却爬出了一个瘦骨伶仃的老头儿，一溜烟向村东北角跑去。

村东北角的一座柳篱茅舍中，住着一位九十九岁的孤寡老太太，穷门小户人人都叫她彭祖奶奶。当年，瓦官阁不过是萍水湖畔的一片荒滩；太平天国大将林凤祥、李开芳和吉文元率领北征军孤军深入，待到逼近北京，已经内无粮草，外无救兵，最后失败，有一支死里逃生的人马，假扮逃荒的流民，在萍水湖落脚开荒，逐渐形成村镇。这支人马的首领，便是彭祖奶奶的老爹；彭祖奶奶当时已经十七岁，嫁给北征军的一员小将，突围时丈夫战死，她一直守寡八十二年，眼下，这支北征军人马只剩下彭祖奶奶硕果仅存，后代儿郎却已经出生四辈人，所以彭祖奶奶是大家的活祖宗。

他们暗中有个三合会，林、李、吉三姓子弟辈辈当会头。正会头叫大两，两名副会头分别叫二两和三两；这个头衔，可能来自太平天国的守土乡官制。太平天国的守土乡官制规定，五家为伍，设伍长，五伍为两，设两司马；瓦官阁三合会的大两、二两和三两，便是从两司马这个乡官头衔演变而来。

彭祖奶奶虽不是大两，但是辈分最高，而且珍藏着北征军一面血染的军旗，所以在三合会里最受尊崇；金口玉言，令出必行，千声百响，一锣定音。而且，按人头份儿分摊，三合会里大人小孩每年一人一升粮，奉养彭祖奶奶；此外，打鱼捞虾，摘瓜下果，挑水拾柴，碾米磨面，晚生下辈孝敬老人家，更是寻常。

难得的是彭祖奶奶已经九十九岁，算上闰年闰月，百岁挂零了，却耳不聋，眼不花，三十二颗牙齿一个也不残缺，虽然嚼不动铁蚕豆，但是吃起小米焖饭的锅巴，并不费劲。

这时，彭祖奶奶正坐在柳篱茅舍外的阴凉里，嗡嗡嗡地摇行纺车；一条老狗守在身边，几只母鸡在门外啄食虫子，两头山羊在溪边吃草，鸟儿在树上叫。

"老祖宗，大事不好！"

那个从驿馆墙外柳丛中跑来的瘦骨伶仃的老头儿，进门风风火火喊了一声。

彭祖奶奶并不停住纺车，连眼皮儿也不抬，皱了一下眉头，说："二两，你撞了黑煞，这么惊惊乍乍？"

瘦骨伶仃的老头儿姓李，是李家的长门长子，所以当上三合会的二两。他本来有个奶名儿，却没有大号，人已年过花甲，因而大家都叫他的官称。

李二两的本行是杠房的杠头，闲下来又做吹糖人儿、卖糖葫芦的生意，外带算卦相面，捉妖拿邪，人老孩子脾气。

他走到彭祖奶奶身边蹲下来，压低了声音，神色紧张地说："老祖宗，袁大跑猪接来一位贵人，看那穿着打扮，眉眼神态，八成是东洋鬼子打发来的说客。"

吱扭一声，彭祖奶奶把纺车停住了，眼睛发亮，问道："当真？"

"我在驿馆墙外柳丛里，偷看他吃了一顿饭……"李二两跑得嗓子冒烟儿，连咽了两口唾沫，"按照麻衣神相的方位、尺寸、讲究，我相看了他半个时辰，断定他来路不正。"

"快把豹犊儿给我找来！"彭祖奶奶吆喝道。

"得令！"李二两扭头撒腿就跑。

豹犊儿姓林，是瓦官阁三合会的大两，在村外种地，垄里套瓜。

一会儿，李二两手牵着一个满头大汗的年轻小伙子，一阵风而来。

这个小伙子就是林豹犊儿，刚刚二十一岁，生得豹头环眼，扇子面胸脯，六尺高的个头儿，家传一身好武艺；彭祖奶奶的丈夫、太平天国北征军的一员小将，是林豹犊儿高祖的胞弟，所以他是彭祖奶奶的玄孙。

他被李二两牵着一只手，另一只手拎着一只柳篮，柳篮里装的是蜜软浓香的面瓜，荷叶盖顶。

"祖奶奶！"林豹犊儿屈膝打了个千儿，"您老人家传唤我来，有什么吩咐？"

"东洋鬼子打发说客来，勾引袁大跑猪卖身降贼！"彭祖老奶奶咬牙切齿，"你今夜晚到驿馆去，给我取下他的人头。"

林豹犊儿一怔，疑疑惑惑地问道："这个说客是骑马来的，还是坐轿来的？我在村外，怎么没看见？"

"此人是乘船来的！"李二两咬定地说。

"我倒看见三姨太太的妍头金镶玉乘坐一只莲花快船，贼头贼脑上了岸。"林豹犊儿沉吟着说，"金镶玉从来都在八仙观藏身，不会住到驿馆。"

"那个说客，坐的是袁大跑猪的龙舟！"李二两的小眼睛瞪得溜圆，"看来官品不低，派头儿不小。"

林豹犊儿大笑，说："我耳闻那位坐龙船来的学士先生，是县城齐老举人的外甥，奉齐老举人之命，劝说萍水湖三家合伙，守土安民，抗日救国。"

"当真？"彭祖奶奶一惊一喜，脸上放光，"齐老先生是咱们这一方的圣人，人品齐天，学问盖世，一辈子惜老怜贫，积德行善；若是他的外甥前来，咱们三合会得众星捧月，可不许碰他一根汗毛。"

"豹犊儿耳听为虚，我眼见为实！"李二两粗脖子红脸不服气，"揭皮看瓢儿，我这一双眼睛入骨三分。"

"再探！"彭祖奶奶沉下脸来，"是东洋鬼子打发来的说客，齐脖儿一刀两断；是齐老举人的外甥公子，替我请安问好。"

纺车又嗡嗡响起来，林豹犊儿和李二两你东我西，分头打探虚实。

20

袁大跑猪的三姨太太贾燕环，是个讼棍的女儿，自幼许配给她的表哥，她却嫌贫爱富，一心想退了婚，凭仗她那一副花容月貌，嫁个富贵郎君。于是，她每日浓妆艳抹，打扮得花枝招展，手里拿着绣花绷子，脚踩门槛，肩倚门框，半遮半掩地跟过路的纨绔子弟眉来眼去，打情骂俏。那些富家儿郎只想吃鲜桃一口，讨她的便宜，却没一个真要娶她。

有一天，几个纨绔子弟挤在她家门口，跟她动手动脚，调笑逗嘴。袁大跑猪骑马路过这里，她也向袁大跑猪飞去一个媚眼儿，又假装羞羞答答低下头，雪白的牙齿咬住樱红的嘴唇。袁大跑猪突然大喝一声，挥舞手中的皮鞭，打得那几个纨绔子弟鬼叫连天，哭爹喊娘，四散奔跑；然后，跳下马走过来，长满黑毛的大手一托贾燕环的下巴颏儿，粗声恶气地问道："小妞儿，想汉子了吧？你抬起头，瞧我怎么样？"

"去你的！"贾燕环扭动着杨柳腰肢，"我早有主儿了。"

"谁？"

"我表哥，指腹为婚。"

袁大跑猪哼了一声，摘下垂挂在胸前的金表链儿，七缠八绕在她的脖子上，说："这就算下了订礼，你归我了！"说罢，狠狠拧了一把她那粉嫩的脸蛋儿，跨上马奔驰而去。

第二天，她表哥的死尸，躺在了萍水湖畔的三岔路上。又过了一天，袁大跑猪打发一顶八抬大花轿，十六面红罗伞，三班鼓乐吹吹打打，把她抬进了袁家大院。

花烛之夜，贾燕环一入洞房，吓得魂飞魄散。袁大跑猪手提一条懒驴愁皮鞭子，杀气腾腾，审贼一样，问一句她得答一句，一句答不上来，皮鞭就像雨点一般落在她的细皮嫩肉上。以后，三日一问，五日一审，身上的伤痕一层又一层。除此之外，袁大跑猪还强令她每日背诵《女诫》，恭楷书写《女诫》，说是不但要武火炒，而且还要文火炖，才能将她这个小家碧玉调理得收心敛性，恪守妇道。

　　三年工夫，袁大跑猪觉得她修成了正果，打骂减少下来；贾燕环丧失了天真的轻佻，养成了深藏的刻毒，表面上对袁大跑猪百依百顺，不敢有半点拂逆，内心里可揣着五把刀子，三把攮子。她暗暗把袁大跑猪的大老婆视为眼中钉，那个胖得像一堆囊肉的母老虎，虐待她比袁大跑猪更残忍。忽然一天，母老虎在雨后滑了个跟头，栽成了半身不遂，烂死在炕上。于是她野心勃发，一心盼望袁大跑猪将她扶正。袁大跑猪却一定要她生个儿子，才能取得这个高贵的身份。她一面每日到八仙观晨昏三叩首，拜神求子，一面把软弱怯懦的大少爷袁萍生看成肉中刺，拜神求子时又祷告十殿阎罗，赶快打发白无常把袁萍生勾魂索命而去。

　　卢沟桥一声炮响，国民党军屁滚尿流而逃，萍水县衙门也鸡飞狗走四散。袁大跑猪异想天开，白日大做皇帝梦，在瓦官阁自立国号，划地称王；择吉登了基，却只册封贾燕环为贵妃，皇后的位子虚席以待，还不知落在哪个女人的身上。

　　因此，贾燕环就更常跑八仙观，暗害袁萍生也越发刻不容缓。

　　八仙观坐落在瓦官阁西北角的高坡上，粉白围墙，青石台阶，内外花木葱茏，彩蝶纷飞；走进庙门，是一座古色古香而又小巧玲珑的殿堂。殿堂虽小，却也雕梁画栋；四壁画的是群峭碧摩天，松高白鹤眠，野竹分青霭，高峰挂流泉。八位木雕泥塑，面目不同，形态各异：袒露大肚皮的汉钟离，背着酒葫芦的铁拐李，倒骑驴的张果老，峨冠博带的曹国舅，执拂尘佩宝剑的吕洞宾，吹洞箫的韩湘子，挑花篮的何仙姑，梳娃娃髻的蓝采和，栩栩如生，真好像有血有肉。

　　三姨太太贾燕环，头上插满黄灿灿的金钗玉簪和五彩缤纷的丝绒花朵，描眉打鬓，涂脂抹粉，两耳垂着叮当响的金耳环，手腕戴着沉甸甸的金手镯，上身穿的是茉莉红缎小袄儿，下身穿的是葱心绿洒花绸裤，外罩一条丹凤朝阳百褶裙，脚上是尖尖小小的绣花凤头鞋，坐着官轿来到八仙观，进门直到正殿阶前才下轿。

　　风摆杨柳，轻挪莲步，贾燕环扭扭捏捏走进正殿；八仙观那个眼斜心不正，明里不染红尘，斩断七情六欲，暗地男盗女娼，窝赃聚赌拉皮条的老道士，赶忙迎接出来，站在香案一侧躬身稽首。贾燕环点燃红烛高香，敲钟击磬，三跪九叩，四起八拜，口中念念有词。

"请娘娘静室休息，小道拜茶！"老道士深深一揖，高声说道。

贾燕环的嘴角微微一笑，吩咐跟班和轿夫，庙外恭候。老道士前边引路，她独自一人到后院去。

后院，别有洞天，满庭花草，掩映着几间斗室。老道士轻轻关上小门，就在门下把守。贾燕环轻车熟路，直奔斗室中的一间安乐窝。

房门张开半扇，贾燕环闪身进屋，室内幽暗，栽到了等候多时的金镶玉怀里。

金镶玉二十七八岁，油光的大背头，一张小白脸子，穿一身杭纺裤褂。他原是萍水县警察局的巡官，派驻到萍水湖，认袁大跑猪当干爹，穿堂入室，十分亲密，干爹对干儿子深信不疑，干儿子就勾搭上了干娘。殷崇桂和金雄飞溃逃，到天津以后便躲进租界，不肯南下。金镶玉留在了瓦官阁，辅佐干爹登基坐殿，官封一品军机大臣。前几天，忽然接到殷崇桂和金雄飞的密信，到天津跑了一趟，刚刚回来。

"盼得人家眼蓝，想得人家肠断！"贾燕环在金镶玉的怀里撒娇打滚儿。

"官星高照，我走红运了！"金镶玉得意扬扬，"殷崇桂跟日本特务机关挂上了钩，等日军打下萍水城，他还回来当县长。金雄飞投靠了齐燮元，齐燮元成立治安军，委任金雄飞当团长，配合日军进攻萍水。殷崇桂跟金雄飞当面给我封官许愿，只要我将袁大跑猪劝降，提升我当警察局局长。"

"你先慢一点官迷心窍吧！"贾燕环撇了撇嘴，"城里齐老举人，打发他的外甥俞菖蒲，劝说袁大跑猪合伙抗日，还不知道袁大跑猪脚踩哪一只船？"

"开市大吉！"金镶玉狂喜得手舞足蹈，"俞菖蒲送上门来，我正要杀他。这才是天上掉馅饼，活该我有口福。"

"俞菖蒲是殷县长的乘龙快婿呀！"贾燕环一阵惊吓，"你杀了俞菖蒲，殷县长饶得了你吗？"

"这是二皇娘给我的大令。"金镶玉咬着贾燕环的耳朵，"殷崇桂是个缩头男子，二皇娘叫他往东，他不敢往西，叫他打狗，他不敢骂鸡。"

"二皇娘为什么想杀自个儿的姑爷呢？"贾燕环纳闷地问道。

"她想把女儿改嫁给金雄飞。"金镶玉喊喊喳喳，眉眼乱动，"俞菖蒲人头落地，齐老举人必不答应，其必带兵攻打瓦官阁，乱军之中我再替你谋害亲夫。袁大跑猪的万贯家财归了你，你愿意改嫁就改嫁，不愿意改嫁就招野汉子。反正有钱能使鬼推磨，你就随心所欲吧！"

"你今晚就下手！"贾燕环急不可耐，"袁大跑猪一死我就嫁给你。"

21

月黑杀人夜，风高放火天。

已经半夜三更，菖蒲还没有入睡，他走出客房，在花园小院里来回踱步；天上是沉沉的阴云，地上刮起呼呼的大风，闪电在夜空金蛇狂舞，不时传来轰轰的雷声，看来要有一场大雷雨。

一整天，菖蒲被软禁在驿馆，袁大跑猪没有打发人来邀见他，袁萍生也没有到驿馆来看望他。夜长梦多，节外生枝，他有点后悔单枪匹马前来瓦官阁。

柳长春留在了石瓮村，熊大力留在了龙舟渡口，他失去了左膀右臂，而柳摇金和柳黄鹂儿远在萍水县城，他更缺少心腹之人。人生地不熟，睁眼一团黑，他这个空有满腹文章的大学生，心慌意乱了。

此时此刻，此情此景，他不禁念天地之悠悠，独怆然而涕下。

几颗铜钱大的雨点，打在了他的脸上，他骤然惊醒，急忙挥去悲愁，情不自禁地吟咏起他的朋友、北平学联主席黄诚抄赠他的一首诗：

> 茫茫长夜欲何之？
> 银汉低垂曙尚迟；
> 搔首徘徊增愧感，
> 抚心坚毅决迟疑。
> 安危非复今所寄，
> 血泪拼将此地糜；
> 莫谓途艰时日远，
> 鸡鸣林角现晨曦。

他心情激动，念到最后两句，竟在风雨雷电中高呼起来。

"俞公子！"花丛中，突然有人轻轻唤道，"大雨要来了，你快回屋歇息吧。"

菖蒲毛骨悚然，心惊肉跳地问道："你是什么人？"

那人并不自报姓名，黑暗中低声问道："俞公子，你可认得金磙子？"

"那是我新结交的朋友。"菖蒲又反问道，"你也认识他？"

"他在瓦官阁扛过三年长工。我跟他有八拜之交。"那人说下去，"天色大黑，他从龙舟渡口前来找我，嘱咐我暗中护卫俞公子。"

菖蒲看看四外，只怕隔墙有耳。这时，雨点也密起来，便说："壮士，请到客房里坐。"

走进客房，菖蒲捻亮书案上一盏头号玻璃罩煤油灯。这才看见，来人身穿一色青，是个威武雄壮的年轻小伙子。

"小子林豹犊儿，拜上俞公子！"小伙子恭恭敬敬地深施一礼，"也替我家彭祖奶奶，给齐老举人请安问好。"

菖蒲喜出望外，一边还礼一边说："我的舅父编修萍水县志，彭祖奶奶不但被列入节妇篇中，而且名列乡贤长老篇内。我出城之前，舅父叮咛我，若到瓦官阁，替他拜望彭祖奶奶。"

林豹犊儿慌忙一揖到地，说："我替我的祖奶奶，多谢齐老举人。"

菖蒲又说道："还有柳摇金老师傅，在我临来时，也嘱托我，他在江湖卖艺，跟瓦官阁一位捉妖拿邪的李二两拜过把子，叫我问候。"

"哎呀，越发是一家人了！"林豹犊儿笑道，"二两大伯，就在墙外柳丛中。"

菖蒲忙说："快请他进来。"

林豹犊儿一摆手，说："彭祖奶奶吩咐我们爷儿俩，他在墙外观风，我到院里护卫。"

菖蒲请林豹犊儿坐在一把太师椅上，赞叹道："壮士进墙，我竟毫无知觉，真是武艺高强。"

"不敢当。"林豹犊儿欠了欠身，"我见过柳家班卖艺江湖，柳摇金老师傅的女儿柳黄鹂儿，才称得起武艺超群。"

菖蒲笑着说："黄鹂儿已被家母收养，跟我情同兄妹。"

林豹犊儿目光炯炯地问道："俞公子，你到萍水湖来，是想劝说三家合伙，守土安民，抗日救国吧？"

"正是！"菖蒲点着头说，"可是袁乡绅一直不肯跟我会面，共商大计，不知是什么原因？"

"他是个奸雄！"林豹犊儿冷笑道，"他本是张宗昌身边的一个副官，自吹是洪宪皇帝的侄子，一心想乱世为王。姓袁的有奶便是娘，哪头炕热睡哪头，俞公子千万小心，别上他的当。"

"他的儿子袁萍生呢？"菖蒲问道。

"那是一条扶不直的井绳！"林豹犊儿更是十分轻蔑，"多亏他姥姥家的舅舅、表哥们支撑着他，三姨太太贾燕环才不敢在他身上下毒手。"

菖蒲沉思片刻，恳切地说："壮士，你看我到瓦官阁来，该从哪里入手？"

"我们三合会，愿投齐老举人旗下！"林豹犊儿站起身，神态庄严正气，"三合会几十伙众，虽不过是长矛大刀，并没有枪炮子弹，可是人人有一颗斗胆，胸膛里装的是真情实意。"

"求之不得，求之不得呀！"菖蒲感动得热泪盈眶，"明天一早，我要备下厚礼，拜见彭祖奶奶。"

"自家人，不要那些俗套。"林豹犊儿拧着眉头想了想，"为了得到几条枪，袁萍生那条井绳也不能扔；不过，俞公子得帮我们秉公明断一桩公案，三合会才能宽恕袁萍生。"

菖蒲莫名其妙，催道："请讲，我一定尽力而为。"

林豹犊儿未曾开口，先叹了一口气，才难为情地说道："李二两大伯有个女儿叫桃枝，人长得好看，脚步却走得不大端正，她到袁家大院帮工，可怜在袁家窝囊受气，被袁萍生甜言蜜语，鼻涕眼泪乱了心，跟他有了身孕。三姨太太贾燕环发觉，就把桃枝送回了家，要不是彭祖奶奶拿出老祖宗的威势，二两大伯就要把女儿勒死；袁萍生这个软胎子，却藏头缩脑不敢打个照面。"

"始乱终弃，可耻可恨！"菖蒲愤然作色，"我一定劝服袁萍生，迎娶桃枝姑娘。"

林豹犊儿铁青着脸，说："收拢了袁萍生，再打下去贾燕环，袁大跑猪就不难降伏了。"

菖蒲纳闷地问道："这个三姨太太如此厉害，有何背景？"

林豹犊儿还没有来得及答话，一块瓦片从墙外飞来，正打在窗户上，他连忙一口气吹熄了灯，说："二两大伯递来暗号，有刺客！"说着，把菖蒲搡进套间，他贴住门墙守候。

房顶上，传来轻飘疾走的脚步声，窗外一个亮闪，有个人影从房上降落下来，亮闪过后一个响雷，刺客左手持刀，右手扳着枪机，破门而入。

林豹犊儿眼疾手快，脚下一个绊子，刺客像一堵墙咕咚栽倒，右手飞出了枪，枪走了火，叭！子弹打在了墙上。

刺客左手还握着刀，正想挣扎爬起身，林豹犊儿跳上前去，一只铁脚踏在了刺客的脖子上。

"掌灯！"林豹犊儿大喊一声。

菖蒲从套间里走出来，划着火柴，灯亮了。只见刺客被踏得口鼻出血，奄奄一息，像一条死狗。

刺客正是三姨太太贾燕环的姘头金镶玉。

22

萍水湖上，一只大船，向瓦官阁渡口乘风而来。

船身三丈六，船面一丈二，船头雕刻着日出碧海和二龙戏珠，船帮雕刻的是绿叶红莲和鸳鸯戏水，金漆彩画的高篷船舱，四面明光晶亮的玻璃窗，舱门挂着水珠子彩帘；高高桅樯上的白帆，像从半空中扯下一幅行云，白帆上四十八只金光闪闪的小铜铃铛，风吹铃铛叮叮咚咚响。

一道锦屏，间隔前舱后舱。前舱坐的是殷崇桂和他的大小官员，吸着香烟，喝着名茶，吃着上等糖果糕点，观赏湖上风光景色；后舱坐的是二皇娘、殷凤钗和一大群丫头老妈子，二皇娘躺在藤床上抽鸦片烟，殷凤钗斜倚舱窗，惆怅地远眺水天苍茫。

殷崇桂扔下萍水县城，逃到天津卫的外国租界当寓公，暗中打听消息，窥测方向。一天，他正在家中闷坐，金雄飞忽然来访；大吃一惊之后，却又喜出望外。金雄飞统领一营国民党军，驻守萍水，卢沟桥炮声一响，便望风而逃，不知去向；现在，肩膀佩戴上校军衔，当上伪治安军的团长了。于是，殷崇桂也连忙向伪京东特区督办公署报到，仍被委任为萍水县知事，配合日军一个小队和金雄飞的伪军，夺取萍水县。

萍水城内，老举人齐柏年领衔成立抗日救国会，齐柏年的外甥俞菖蒲拉起一支学生武装队；又走马萍水湖，联合石瓮村郑三发的四面八方得胜军，龙舟渡口李托塔的保土安民义和团，瓦官阁的三合会，建立萍水民众自卫军，严阵以待。

殷崇桂也打发鬼吹灯夏三和金镶玉当说客，拉拢收买萍水湖上的各路人马，却只有瓦官阁大地主袁大跑猪的民团，宣布中立。袁大跑猪自吹跟袁世凯是本家，便自立国号，登基称王；他只允许殷崇桂的官船在瓦官阁泊岸，却不允许金雄飞在瓦官阁暂借一块安营扎寨之地。

坐在太师椅上，殷崇桂感到前途吉凶未卜，心中七上八下。

锦屏后面，二皇娘和殷凤钗这母女二人的心中，也是十五只吊桶打水，忐忑不安。

二皇娘没有拦住女儿的一意孤行，殷凤钗在萍水县城一团混乱中跟俞菖蒲成了亲；洞房花烛之夜，小夫妻就情不投意不合，志不相同心难通，吵成一座热窑。三天接回门，殷凤钗哭回家，二皇娘挑三窝四，将女儿拐逃到天津卫。躲进租界，二皇娘比丈夫还心急，只盼殷崇桂东山再起，高升一步；女儿有一副杨贵妃的花容和体态，大可利用，便想另择佳婿，眼睛盯在金雄飞身上，百般劝诱女儿改嫁。殷凤钗虽是个轻浮浅薄的女子，却仍有几分贪恋俞菖蒲的人品和文才，更不甘心眼看俞菖蒲落入那个跑马戏的女艺人柳黄鹂儿手中，强咬住牙关不点头。殷崇桂和金雄飞临行之前，伪京东督办和日本顾问官有令，只要齐柏年和俞菖蒲大开城门，欢迎日军进驻，齐柏年可以到督办公署当教育司长；俞菖蒲愿意做官，委任一个甲等县的县知事，不愿意做官，拨一笔巨款，出洋留学。二皇娘是个财狠食黑吃独份儿的脾气，哪里容得俞菖蒲从殷崇桂的嘴里抢走肥肉，所以她宁愿俞菖蒲死心眼子；而殷凤钗却想的是夫荣妻贵，但愿俞菖蒲顺水推船，不要逆水行舟。

忽然，一阵巨响，各怀心思的殷崇桂、二皇娘和殷凤钗都惊惊乍乍地吓了一跳，原来船到瓦官阁了。

渡口码头上，鼓乐齐奏，鞭炮飞花，震耳欲聋；殷崇桂压住心跳，整了整衣冠，端起架子，安坐太师椅上，等候袁大跑猪进见。

但是，上船来的却是金镶玉。

"一品军机大臣金镶玉，拜见殷县长！"金镶玉站在水珠子彩帘外，尖着嗓子甜丝丝地高叫一声。

"进来！"殷崇桂怒形于色，"袁某人怎不亲自出迎？"

金镶玉走进舱去，嬉笑道："老昏君白日做梦，自以为是九五之尊，不肯有失万岁爷的身份，迎接一位七品县令。"

殷崇桂气得刀条子脸蜡黄，恶狠狠地哼道："卧榻之旁，岂容他人酣睡？此害不除，县无宁日。"

"眼下，您还是忍辱屈尊一时吧！"金镶玉挨到殷崇桂身边，咬着耳朵喊喊喳喳，"袁某人二三百人马，都是他当年手下的老兵油子，一个个如狼似虎，只怕金团长惹不起；而且，他不跟俞菖蒲联合抗日，也算助您一臂之力。"

"俞菖蒲还在瓦官阁吗？"殷崇桂面带杀气地问道。

"他和林豹犊儿带领三合会的青壮年，回萍水守城去了。"金镶玉轻描淡写，不敢亮出真相。

几天前的一个月黑夜，金镶玉刺杀住在驿馆的俞菖蒲，被林豹犊儿生擒活捉；三姨太太贾燕环下令民团包围驿馆，最后走马换将，林豹犊儿交出金镶玉，保护俞菖蒲来到三合会的地面，三合会加入了民众自卫军。

殷崇桂眼珠子一转，问道："袁某人有个儿子，上过中学，能不能笼络过来，为我所用？"

"那个窝囊废是一条祸根！"金镶玉的脑瓜子摇得像货郎鼓，"他想投靠俞菖蒲，被他爹臭骂了一顿，才不敢多嘴；可是，他跟三合会李二两的女儿通奸，袁某人为了拉拢三合会，睁一只眼闭一只眼，这个小子仍然是吃里爬外。"

殷崇桂点了点头，说："明白了，下船吧！"

鼓乐和爆竹声中，殷崇桂倒背着手，迈动四方步，踏着大红油漆的跳板，架子十足地走下船来。二皇娘、殷凤钗乘坐官轿，带着丫头老妈子到驿馆；殷崇桂坐上袁大跑猪的龙车，到金銮宝殿去。

袁大跑猪本是个恶霸地主的儿子，在张宗昌的直鲁联军里当过团副，后来被张宗昌看中，当上亲随副官。张宗昌兵败下野，树倒猢狲散，他拐跑了几大箱子金银珠宝，回到瓦官阁，买下萍水湖岸的几百顷地；为了抬高身价，他重金礼聘一名讼棍，替他伪造家谱，自称是窃国大盗袁世凯的本家远房侄子，并且改名叫袁洪宪，以表示名正言顺。鸟兽四散的旧部找他算军粮，他便将这些老兵油子都收留下来，成立民团，横行霸道，鱼肉乡里。"七七"事变以后，萍水县一片空白，他便趁机称孤道寡；民团改叫御林军，三座宅院改叫皇宫，霸占了隔壁的会仙酒楼，改叫金銮宝殿。

瓦官阁是萍水湖上的大码头，只有沿湖一条街，绵延二三里。湖岸蜿蜒，高低上下，起伏不平，远看就像一条游龙。每天来来往往的船只，多如过江之鲫，层层云帆，布满湖面，遮天蔽日，十分壮观。

东街是农户，西街是渔家，中街是市集；两大船坞，三大鱼行，四家客栈，更有一座高踞陡岸的会仙酒楼。会仙酒楼的佳肴美味，远近驰名；一边饮酒作乐，一边观赏湖光水秀，很为雅趣。袁大跑猪封会仙酒楼老板为御膳房大总管，便将酒楼据为己有,楼上改作金銮殿,楼下仍然办酒席。不过,做出的饭菜,只供袁大跑猪一家和他的文臣武将大吃大嚼,每日酒池肉林,猜拳行令,一个个醉成烂泥。

袁大跑猪又把瓦官阁轿子房和杠房的吹鼓手,走江湖跑野台子的戏班文武场,拘拿到会仙楼;每到他吃饭和上朝,便吹三通,打三通,远处听来,好像出大殡。

金镶玉陪同殷崇桂一行人来到会仙楼下,说了声:"请留步!"独自一人跑上楼去。

过了一会儿,楼上一个阴阳嗓子拉着长声儿,喊叫:"洪宪王有旨,萍水县长殷崇桂上殿——哪!"这个人原是野台子戏班的三花脸,擅长扮演太监。

殷崇桂窝着一肚子火,也只得忍下这口怒气。上楼陛见。

这位黄袍加身的袁大跑猪,是个脑满肠肥的大胖子,他头上脚下穿的是戏衣铺买来的行头;一双肉泡子眼,大肚皮像倒扣一口铁锅,坐在铺着大红缎子软垫的高背雕花太师椅上,呼噜气喘。

"萍水县长殷崇桂,叩见洪宪王!"殷崇桂假戏真做,手舞足蹈地拜了拜。

"平身!"袁大跑猪抬了抬手,"赐座。"

从袁大跑猪身后走下两个红袄绿裤的大丫头,给殷崇桂搬过一只绣墩。

殷崇桂在绣墩上落座,咳嗽一声,欠了欠身子,说:"崇桂临行之前,奉京东督办和大日本顾问官口谕,承认洪宪王的王位,萍水湖是洪宪王的万世江山。"

"日本顾问官够朋友!"袁大跑猪咧开大嘴抖动肚皮大笑,"糟老头子齐柏年,黄口小儿俞菖蒲,花言巧语,插圈弄套,哄骗我跟他们合伙打日本,我才不中他们的借刀杀人之计。"

"洪宪王真是圣明英主!"殷崇桂马上趁热打铁,给袁大跑猪连戴高帽儿,大灌迷汤,"大日本皇军的一支常胜小队,治安军金雄飞的一个团,攻打萍水县城,削平犯上作乱的齐柏年和俞菖蒲,也为洪宪王根除心腹之患,还望洪宪王同心协力,多给方便。"

"你们敬我八两,我也得还你们半斤。"袁大跑猪吆喝一声,"金镶玉听旨!"

"臣,在!"金镶玉双膝跪倒。

"赐你尚方宝剑!"袁大跑猪从他的龙袍玉带上,摘下一把指挥刀,"命你统率御林军,配合友军,随机应变,见机行事。"

"领旨！"金镶玉叩了个头，接过指挥刀，大权在握了。

"大摆酒筵，给殷县长接风！"袁大跑猪从宝座上站起身，伸了个长长的懒腰。

一转眼，金銮殿变成了宴会厅。

23

石瓮村三太子庙后院，是郑三发的内宅，贾三招儿带领八名喽啰，手提驳壳枪，压满子弹，扣住扳机，把守门口，连军师万年知也不许入内。

郑三发的卧房里，插上门闩，挂起窗帘，幽幽暗暗；郑三发和他的婆娘红鸾星，还有盟弟阎铁山，头碰头，耳交耳，喊喊喳喳，叽叽咕咕。

"我早就料定，俞菖蒲给咱们挖的是陷阱，你偏听信万年知那老杂毛的云山雾沼！"阎铁山青筋暴起，怨天恨地，"如今怎么样？日本兵的常胜小队，金雄飞的一个团，在瓦官阁外安营扎寨；开起火来，俞菖蒲躲在四面城墙里，咱们可就成了头刀菜。"

郑三发两眼挂着血丝，热锅蚂蚁似的在屋里走来转去，一支接一支地吸烟。

今天下午，金雄飞打发一名副官，前来石瓮村，勒令郑三发在二十四小时之内，将四面八方得胜军的人马，归并到他那个团，胆敢抗命，那就发动进攻，一网打尽，鸡犬不留。郑三发急得像火烧眉毛尖儿，又三心二意拿不定主意。

"走错这一步棋，也不能全怪你大哥瞎了眼。"红鸾星一副酸溜溜的腔调，"小藕看上了俞菖蒲的跟班柳长春，你大哥娘们儿心肠疼妹子，睁着眼睛跳火坑。"

郑三发一屁股跌坐在椅子里，雷殛了似的，闭着眼睛，脸色灰白，鼻孔里只有一丝丝凉气。

俞菖蒲走马萍水湖，熊大力和柳长春保驾，郑三发的妹子郑小藕，是个出污泥而不染的清白少女，爱上了柳长春这个忠厚、勇敢、俊秀的小伙子，而且带领她的十几名亲兵，也跟随俞菖蒲防守萍水县城去了。

"寡不敌众，别拿鸡蛋碰石头，咱们只得还回到金雄飞的房檐下吧！"阎铁山凄凄惶惶地说。

"能屈能伸大丈夫，可不要船到江心补漏迟呀！"红鸾星又不咸不淡地说。

郑三发原是金雄飞部下的机枪连连副，红鸾星跟金雄飞有过奸情，所以她很愿意重投旧主。

"我跟金雄飞尿不到一壶，拴不到一个槽上。"郑三发有气无力地说，"金雄飞率领队伍南逃，我挟枪携款开了小差，打起旗号自立门户，他心中能不恨我？只怕归队之后，打下萍水县城，他就得卸磨杀驴。"

"惹不起，躲得起！"阎铁山笑道，"反正咱们已经腰缠万贯，不如逃到天津卫的外国租界里，买一所洋楼，开个钱庄银号，娶上三妻四妾，快快活活吃一碗安乐茶饭。"

"此路不通，此路不通！"郑三发又摇头，又摆手，"咱们这些货色进了城，就像狗熊闯进瓷器店；做起生意更外行，只怕赔得连尸首也剩不下。"

"你上天无路，入地无门，只有伸长脖子，等人家一刀割下脑壳来！"阎铁山粗脖子红脸地喊叫。

红鸾星冷笑着问道："你一不肯降，二不想躲，难道要跟俞菖蒲一块下葬？"她悄悄握紧挂在裤腰上的手枪，只要郑三发一点头，她就将郑三发一枪毙命。

郑三发的脑瓜子耷拉到裤裆里，只是唉声叹气。

正在这时，内宅门口，万年知又哭又闹："司令呀，贫道忠心保主，谁想竟被当贼防？真叫人寒心呀！"

"一个窝心脚把这个老杂毛踢出去！"阎铁山凶狠地说。

"你跟我都是面汤锅里煮元宵——混蛋一个，还是听他断一断吉凶祸福吧！"郑三发说着走出屋去，满脸堆笑，"军师，你多疑了！快进屋来，共商大计。"

万年知被郑三发搀进屋里，一行鼻涕两行泪地说："士为知己者死，贫道甘愿粉身碎骨，报效主公，想不到……想不到……"委屈得像个失宠的妾妇。

"我急得像猫爪子抓心，你就别再疑神疑鬼啦！"郑三发不耐烦地断喝一声，"我不愿投靠金雄飞受肮脏气，也不想躲进外国租界坐吃山空，更不肯跟随俞菖蒲自取灭亡，你看是不是还有别的路可走？"

万年知破涕而笑，故弄玄虚地说："司令面前正有一条阳关大道，仔细看一看。"

郑三发眯起眼睛，又手搭凉棚，风车打转儿，上上下下，前前后后，看了又看，眼底空空，不禁又烦躁起来，说："军师，我心如汤煮，你就开恩吧！别卖关子了。"

"不辞而别，找老齐搭股去！"万年知摇头晃脑地说，"今夜三更时分，神不知鬼不觉地把人马拉走，然后备下重金厚礼，买通齐燮元的身边亲信，请他将咱们这支四面八方得胜军招安，封司令当个团长，跟金雄飞平起平坐。"

"妙计，妙计！"郑三发抓着头皮，嘿嘿发笑，"只是……只是咱们这支人马连影儿也不够四百，老齐岂能给我高官厚禄？"

"兵不厌诈，买空卖空呀！"万年知抚掌大笑，"大买卖靠广告，小买卖靠吆喝；咱们一出萍水湖，刮风下雾，大吹大擂，号称三千人马，老齐就不敢隔着门缝看人了。"

阎铁山不能不佩服万年知的鬼点子多，笑骂道："老杂毛，你真是一肚子掏不完的鸡零狗碎。"

"老弟，可惜你比混屎虫只多一挂下水！"万年知反唇相讥，"你还是赶快到龙舟渡口走一趟，带着胭脂虎跟咱们一同走。"

龙舟渡口的李托塔、熊大力和金磙子，率领保土安民义和团奔赴萍水县城，只留下胭脂虎和她那一伙鸡头鱼刺，鬼吹灯夏三给她当狗头军师。每天夜晚，阎铁山坐一只快船过湖跟她相会；但是，这个女人的淫狠像一只蝎子，阎铁山招架不住，也有两天不照面了。

"这个娘儿们吃人肉，喝人血，敲骨吸髓不吐核儿，我……不想跟她藕断丝连了。"阎铁山谈虎色变，直打寒噤。

"她手中有一杆旗，大小也算一路诸侯呀！"万年知劝道，"咱们投靠老齐，买一送一，鸡毛蒜皮也添秤，多多少少能给咱们长几两分量。"

"铁山，你就辛苦一趟吧！"郑三发低声下气地说。

红鸾星在一旁冷言冷语："牡丹花下死，做鬼也风流，亏你还算个男子汉！"

阎铁山只得壮了壮胆子，硬着头皮，走出三太子庙；来到码头，解下一对小船，贾三招儿带两个喽啰伴驾，向对岸的龙舟渡口划去，像一头愁死的驴子下汤锅。

船到湖心，远望龙舟渡口，灯笼火把，照如白昼，湖风阵阵，吹来悠扬的鼓乐声。

"慢！"阎铁山喝令停桨，站在船头观看，扯着耳朵听了又听，"三招儿，龙舟渡口有鬼，你去打探一下。"

贾三招儿划另一只小船，悄悄向龙舟渡口靠近。

萍水湖南岸，瓦官阁方向，日军小队和金雄飞那个团的营寨，人喊马嘶；阎铁山心惊肉跳，冷汗淋漓，湖风一吹，手脚冰凉。

贾三招儿紧打双桨，落荒而回。

"胭脂虎在耍什么把戏？"阎铁山问道。

"龙舟渡口……大办喜事，袁大跑猪娶胭脂虎……做正宫娘娘……"贾三招儿上气不接下气。

"这个娼妇！"阎铁山扳倒了醋缸，"她口口声声嫁给我，两天不见就变卦，我要把她抓来骑木驴。"

贾三招儿怕阎铁山一怒之下横冲直撞，忙平息他的火气，说："我打听得仔细，金雄飞也给胭脂虎下令，交出她那一伙鸡头骨刺，赏两千大洋，胭脂虎不想卖了人马丢地盘；鬼吹灯夏三便给瓦官阁说媒拉纤，袁大跑猪也觉得人单势孤，于是一拍即合，各怀鬼胎搭了伙。"

"不报夺妻之恨，我阎某人岂不成了软盖的王八？"阎铁山仍然怒气冲冲。

"娘儿们是衣服，旧的不去，新的不来。"贾三招儿悄悄拨转船头，"胭脂虎不过是一件打满了补丁的破褂子，沽衣摊上也卖不出价钱，扔了不可惜。"

郑三发的人马，星夜逃离萍水湖，日军小队和金雄飞那个团，占领了石瓮村，解除了后顾之忧，就要向萍水县城发动进攻了。

24

殷凤钗坐轿，袁萍生骑马，前后左右八名卫士，从萍水湖往萍水城去。

坐在轿子里的殷凤钗，心乱如麻。新婚燕尔，她被父母骗拐，逃到天津卫，临行也没有跟丈夫见一面，这些日子很想念丈夫。她虽然轻浮浅薄，一点也不懂得俞菖蒲的思想和志向，但她却知道俞菖蒲是个不可多得的人才，只要走运，前途似锦，自己也能沾光。殷凤钗心中有愧，却又颇为自信；猜想得到，见面之后，俞菖蒲会跟她大发脾气，但是不能不贪恋她那艳丽的姿色，只要枕席之间，曲意奉承，千娇百媚，软言柔语，俞菖蒲就得乖乖地俯首帖耳。她从带在身边的梳妆盒子里，摸出一面菱花镜，掀开轿帘一角，透进一缕阳光，照见了自己那艳如桃李的花容月貌，得意地顾盼自怜起来。忽然，天上飘过一片黑云，菱花镜也掠过一抹阴影，她想起了婆母梅姑奶奶，舅公齐柏年老举人；花言巧语蒙哄不了二位老人家，甜言蜜语也迷惑不了二位老人家，于是心慌意乱，闭上眼睛，手捧着怦怦乱跳的胸口，失悔自己的冒险进城，然而已经骑虎难下，只有做一名过河卒子了。

骑在马上的袁萍生，却跟殷凤钗大不相同，只有欢欢喜喜，满腔高兴。自从他结交俞菖蒲，得到一位良师益友，糊涂的脑瓜亮堂起来，芝麻粒的胆子也大了一点儿。他利用袁大跑猪眼下不愿得罪三合会的心理，跟李二两的女儿桃枝明来暗去；彭祖奶奶做媒，他暗中跟桃枝结了婚，还加入了三合会。俞菖蒲和林豹犊儿带领三合会的青壮年到萍水守城，他本想也一同前去，但是被俞菖蒲留下来，在他爹身边当耳目。现在，袁大跑猪已经跟殷崇桂互相勾结，又把胭脂虎娶进门来，民团交给了金镶玉，他已经无能为力。金雄飞请袁大跑猪派遣他进城当说客，袁大跑猪本来不想答应，但是他另有打算，想趁此机会，进入萍水城中，就跟俞菖蒲形影不离，所以一定要去；胭脂虎和贾燕环居心叵测，两张嘴在袁大跑猪枕边吹风，袁大跑猪被吹得耳软心活，也就同意了。

袁萍生身穿学生装，苍白的脸上丰腴红润起来，眉眼间也扫除了过去那萎靡不振的神气，颇有几分新气象了。他在马背上轻声哼唱一支歌，哪里想到杀机四伏，他将死无葬身之地。

八名卫士，身穿便衣，都是金雄飞的鹰犬，殷崇桂的爪牙，四名轿夫也是乔装改扮的探子。

一行人走古驿道，远远望见了萍水县城的城楼；路边有一架茶棚，一座草亭，冷清清，空落落，不见一个人影，八名卫士的小头目下令停止前进。

"小姐，我们不能再多送一程了！"小头目在轿前打了个千，"小人们祝您一路平安。"

"等我的喜信吧！"殷凤钗强打精神笑了一笑，掩饰不住她心神不安。

四名轿夫抬着轿子，向城门飞跑。

袁萍生也要打马追赶前去，却被小头目一把抓住笼头，皮笑肉不笑地说："袁太子，您留步。"

"我也是说客呀！"袁萍生瞪起眼睛。

"您是陪客！"小头目把袁萍生拽下马来，"等殷小姐大功告成，您不费一口唾沫也得彩。"

四名卫士把袁萍生拉扯到茶棚下，画地为牢。

萍水县城内，李托塔和金磲子率领保土安民义和团，把守南门，林豹犊儿率领三合会的儿郎，把守北门，柳长春和郑小藕率领亲兵，把守西门，熊大力和柳摇金率领学生武装队，把守东门。

　　金雄飞的探马，早已刺探了萍水四城的布防；殷凤钗知道把守东门的是学生武装队，料想俞菖蒲必在东门城楼上，这乘轿子便直奔东门外的石桥而来。

　　城门紧闭，石桥上堆起土垒，搭满了杨枝柳杈，几个年轻人枪上膛，刀出鞘，如临大敌。

　　"站住！"哨兵喝道，"司令部有令，萍水城严禁出入。"

　　轿子落地，轿夫打起轿帘，殷凤钗下轿袅袅娜娜地走上前来，问道："什么司令部呀？"

　　"萍水民众自卫军司令部。"

　　"谁是司令？"

　　"俞菖蒲公子。"

　　"我是俞司令的太太！"殷凤钗变了脸，傲慢地叫道，"你们敢不放我进城？"

　　几个年轻人你看看我，我看看你，带队的小伙子打发一个哨兵，跑到城楼下，喊道："熊队长，柳教官，俞公子的太太回来了，放不放她进城？"

　　城楼上，熊大力和柳摇金坐镇。熊大力从龙舟渡口回到萍水县城，被委任为学生武装队队长，跑马戏的柳摇金，一直在学生武装队当武术教官。

　　"奇怪！"熊大力紧皱双眉，"要打仗了，她怎么反倒回来？只怕有诈。"

　　"俞公子自有主张。"

　　"我先去问一问菖蒲。"

　　"人家夫妻相会，咱们何必竖打楔子，横插杠子。"

　　熊大力也只得同意放行。

　　殷凤钗又坐上轿子，四名轿夫抬她过了桥，熊大力打开一扇城门，轿子进了城。

　　萍水县城内，家家关门闭户，大街小巷冷冷清清；大乱入乡，小乱入城，城里的有钱人都逃散到四乡去了，留下来的人家，也都不敢出门寸步。

　　齐柏年的宅院，一片静悄悄。

　　殷凤钗下轿进门来，就一连声喊叫齐家的老仆人："门吉，门吉！"

　　沉寂了一会儿，院里有个清脆悦耳的声音问道："谁叫？"

　　殷凤钗一听便是柳黄鹂儿的口音，不禁妒火中烧，气不打一处来，尖叫道："长着眼睛，开门看！"

　　吱扭一声门开了，柳黄鹂儿身穿跑马戏的短打扮，腰间左插四把柳叶刀，

199

右挎一支手枪，光彩照人。她开门一看，目光一惊；定了定神儿，才笑吟吟地说："原来是少奶奶回来了。"

殷凤钗脸上下霜，说："我的婆家，想回来就回来！你吩咐门吉，给四位轿夫做饭。"

"舅舅的救国会，菖蒲哥的司令部，都在老县衙门办公，门吉大伯服侍他们爷儿俩去了。"

"你做饭去！"

"娘的身边离不开我。"

殷凤钗听柳黄鹂儿开口闭口管梅姑奶奶叫娘，管齐柏年叫舅舅，冷笑道："哟，原来柳姑娘长了行市，升为小姐了！那就叫他们四个人进院去，自己到灶上做点吃喝。"

柳黄鹂儿站在门口，拦道："大舅妈有话，家里都是妇道人家，不许男人进宅。"

四名轿夫一听院里没有男子，起哄乱叫："我们都有两只手，会做满汉全席！"说着，就闯上前来。

柳黄鹂儿从腰间拔出一把柳叶刀，柳眉倒竖，喝道："谁敢上前一步，看那葫芦！"说罢，抖手一道白光，嗖的一声，一把柳叶刀飞向小菜园的葫芦架，钉在一只大白葫芦上。

四名轿夫吓得倒退，直了眼。

殷凤钗气得咬牙，也只得说："对不起你们四位，你们四位到街上喝酒吃饭去吧！酒足饭饱就找个小店住下，等我差遣。"

四名轿夫接过赏钱，悻悻而去。

殷凤钗走进内宅，柳黄鹂儿关上门，向上房跑着喊道："大舅妈，娘！少奶奶回来了。"

齐夫人满脸病容，梅姑奶奶也显得形容憔悴，正坐在上房说闲话，听见柳黄鹂儿的喊声，都皱了皱眉，流露出惊疑神色。

柳黄鹂儿在二位老人面前摆下红毡垫子，殷凤钗四起八拜，低眉顺眼地说："大舅妈，娘！我身不由己，被父母拐走，趁他们疏忽大意，逃了回来。"

梅姑奶奶见她满脸涂脂抹粉，花旗袍紧箍着身子，露出一双嫩藕似的胳膊和两条肥白的大腿，心中不悦，沉着脸说："兵荒马乱，你回来又多一个累赘！"

"媳妇想念婆母，想念大舅妈……"殷凤钗呜呜咽咽，抽抽噎噎，"也挂念……菖蒲。"

"唉！难为了你这份孝心。"齐夫人菩萨心肠，被殷凤钗哭得心软，"黄鹂儿，你找个人，给你菖蒲哥捎个话，叫他晚上回家来住。"

殷凤钗心中暗笑，自以为得计。

25

俞菖蒲巡视四门城防，查看城内岗哨，不敢违逆舅父和舅母的严命，古刹钟声正三更，他才回家去。

母亲和舅母早已经睡去，柳黄鹂儿在门楼上守夜，只有他的房中还灯火通明，殷凤钗等他回来同床共枕；这些天，他四处奔走，日夜奔忙，早已忘记自己还有个妻子，妻子的名字叫殷凤钗。

俞菖蒲跨进屋门口，眼前洞房花烛夜的旧景重现。床上，半卷的红绡帐里，粉莲花的湘绣合欢被，只掩住殷凤钗那半裸的一围腰身，展现出一副海棠春睡的媚态。俞菖蒲禁不住一阵目眩、耳鸣、心跳，呆呆地凝望着这个妖艳肉感的女人。

殷凤钗并没有酣睡，她眯眼偷看俞菖蒲的神色，故意像睡梦中翻了个身，把合欢被蹬落床下，整个身子都裸露在俞菖蒲面前，更令人眼花缭乱，不能不动心。

俞菖蒲走过去，拾起合欢被，正要给她蒙在身上，她突然惊醒了。

"瞧你！毛手毛脚，吓我一跳。"殷凤钗抓住俞菖蒲的双手，按在她那涨落起伏的胸脯上。

俞菖蒲在床边坐下来，板着脸问道："你怎么回来了？"

"想你……"殷凤钗双手吊在俞菖蒲的脖子上，"想这间屋子，这张床……"

"你那爹娘怎么会放你回来？"俞菖蒲目光凌厉地问道，"是不是打发你来当说客？"

"你真是一双慧眼！"殷凤钗哧哧笑，"我将计就计，他们才放我。"

俞菖蒲长吁了一口气，说："你要是替他们来劝降，我就不得不执行军法！"

"别吓唬我。"殷凤钗那粉团似的身子打了个哆嗦。

俞菖蒲粗声大气地说："抗日救国会和民众自卫军有令，言降者杀！"

"你不必杀我，想你也快把我想死了！"殷凤钗一口气吹熄灭了灯，黏在了俞菖蒲身上,"菖蒲,你想过我吗?"

"没有!"俞菖蒲冷冰冰。

"狠心贼!"殷凤钗哭了,"咱俩燕尔新婚,我怎么舍得撇下你?是我的爹娘绑票似的把我押走了。"

俞菖蒲感到自己未免冤枉了她,过于冷酷无情,便亲吻了她一下,说:"我把你当成了无情无义的软骨头。"

"我的心是软的,身子是软的……"殷凤钗呢呢喃喃,"这些日子累苦了你,枕着我的胳膊,我把你搂在怀里睡吧!"

在热烘烘的香雾笼罩中,俞菖蒲迷醉了……

但是,殷凤钗却不许他安睡。

乡村景色的南城,处处生长绿树;初秋之夜,梆打三更,月牙儿挂在绿树枝头,杜鹃声声啼叫,在空落落的萍水城中回荡不已。

"菖蒲,这座小城你守得住吗?"殷凤钗交颈叠股地问道。

"守得住!"俞菖蒲满怀信心,"城中有几百人马,日伪军攻城,郑三发和胭脂虎从背后夹击,坚持一个月,援兵必到。"

"哪儿来的援兵?"

"共产党的队伍。"

殷凤钗那灼热的身子一阵发冷,恐怖地问道:"你是共产党?"

俞菖蒲微微一笑,说:"我有共产党的老师和朋友。"

"菖蒲,你还蒙在鼓里!"殷凤钗在黑暗中幸灾乐祸地冷笑,"郑三发拉起他那支人马,逃离了萍水湖,投靠齐燮元去了,胭脂虎也嫁给了袁大跑猪当正宫娘娘,坐山观虎斗。"

"这两个狗男女!"俞菖蒲挣脱殷凤钗搂抱,霍地坐了起来,"我要赶快从袁大跑猪的民团里拉出一支人马。"

"你是不是指望袁萍生?"殷凤钗也爬起身,把俞菖蒲箍在怀里。

俞菖蒲自言自语:"我要跟他秘密见一面。"

"别再竹篮打水啦!"殷凤钗手指轻轻戳了一下俞菖蒲的额角,"袁萍生也来当说客了。"

"他在哪儿?"俞菖蒲浑身像起了火。

"被金雄飞的卫士扣下了。"

"为什么扣他？"

"拿袁萍生的人头，换来袁大跑猪跟你作对。"殷凤钗那轻松的口气更显得恶毒，"他们想把袁萍生的人头，装在盒子里，送给袁大跑猪，谎报是你杀死了袁萍生；袁大跑猪为子报仇，也要发兵打你。"

"豺狼！"俞菖蒲气怒交加地喊道。

"日本兵二三百，金雄飞的人马一千多，你孤掌难鸣，抵挡不住呀！"殷凤钗夸大其词，吓唬俞菖蒲，"咱们一家老小，不能坐以待毙，你得想个两全之计。"

"我与县城共存亡！"俞菖蒲悲愤地说。

"为什么一心只想死呢？"殷凤钗扳着俞菖蒲的肩膀，摇晃他，揉搓他，"日本人愿意跟你讲一讲条件……"

"住口！"俞菖蒲喝道，"我宁死不降。"

"我也不是劝你当汉奸呀！"殷凤钗委屈地说，"只要你放弃这座县城，他们答应给你一大笔钱，出洋留学，保全你的面子。"

"糊涂！"俞菖蒲叹了口气，"这是拌了毒药的诱饵。"

突然，前院门楼上，柳黄鹂儿一声断喝："什么人？"

砰！一声枪响，前院开了火，子弹纷飞。

俞菖蒲推开殷凤钗，匆忙穿上衣裳，拿起枪；殷凤钗扯住他的胳膊，假哭道："你别去送死！"俞菖蒲一拳把她打倒，冲出屋去。

他跳到院里，只见前院房上四个鬼影；柳黄鹂儿一枪打死一个，他也抬手一枪，击毙了一个，另外两个家伙跑下了房。

前院正房里一声惨叫，柳黄鹂儿哭喊一声："菖蒲哥，贼人杀死了大舅妈！"她从门楼上站起来，沿着墙头向北房飞跑。

吧咕！从菖蒲房中射出一颗子弹，掠过柳黄鹂儿的鬓角，柳黄鹂儿一闪身，落下墙来。

原来，殷凤钗偷偷携带一支手枪，俞菖蒲并没有发觉。

"殷凤钗，是你下毒手！"俞菖蒲掉转枪口，一梭子弹射进房中。

殷凤钗早已钻进梅姑奶奶的屋里，威吓道："您老人家下令，叫菖蒲别走死路，咱们一家享不尽荣华富贵。"

"呸！"梅姑奶奶啐道，"家贼难防！你这个败坏俞家门风的无耻女人！"

"我杀了你！"殷凤钗凶相毕露。

砰，砰，砰！枪响连声，殷凤钗鬼叫，倒地而死；原来俞菖蒲摸到窗根下，从窗口连开了三枪。

前院正房冒起一团浓烟大火，那两个家伙使用调虎离山计，想要跳窗逃走；柳黄鹂儿右手开枪，左手投刀，结果了他们的狗命。

四个家伙，正是那四名轿夫。

<h2 style="text-align:center">26</h2>

日军小队和金雄飞的伪军一个团，将萍水县城重重包围。

金雄飞骑一匹银鞍白马，屁股后面二三十名护兵，跑马绕城一圈，手端着望远镜观察城防兵力。然后，返回南门外古庙，又登上钟楼，左手抱着右胳膊肘，右手托着下巴颏儿，昂着头，眯着眼，装模作样地模仿拿破仑的姿态，悠闲地欣赏萍水小城风景。

三个营长不知他葫芦里卖的什么药，都沉不住气，偷觑他们这位上司的脸色。"馋得难熬是不是？"金雄飞斜了他们一眼，装腔作势地问道。

三个营长垂手答道："是。"

"我正是要把全团的馋火撩拨起来！"金雄飞自作聪明地大笑，"萍水城好比一桌丰盛的酒席，我已经让你们拿起筷子，只是不许下箸，逗得你们垂涎三尺；等我一声令下，个个狼吞虎咽，风卷残云，岂不有趣？"

"团座真会用兵！"三个营长大加吹捧。

金雄飞掏出象牙烟嘴，点起一支香烟，深吸了一口，自鸣得意地说："古往今来的名将，在炮火纷飞的战场上，没有不是心旷神怡，谈笑风生的。你们要熟读兵史，悟出用兵的奥妙。"

三个营长又谄笑道："侍候团座，随时随地长学问。"

"遥想公瑾当年，小乔初嫁了，雄姿英发。"金雄飞得意忘形地吟唱起来，"羽扇纶巾，谈笑间，樯橹灰飞烟灭！"

忽然，古驿道上烟尘滚滚，传来疾风暴雨的马蹄声。

"袁大跑猪发兵来啦！"三个营长齐声喊道。

"老蠢猪中了我的借刀杀人之计！"金雄飞拍着花巴掌，"你们三人各回东、西、北门，只等袁大跑猪攻破南门，打开缺口，再发动攻势。"

"遵命！"三个营长分头而去，返回各自的阵地。

袁大跑猪在张宗昌手下带兵多年，也像他的主子一样，嗜酒如命，嗜杀成性，好色成癖。他最爱吃狗肉，一个人能吃一条肥狗，喝一坛老酒。酩酊大醉，溜下座椅，鼾声如雷，屁声隆隆。他又喜欢亲自动手，用牛耳尖刀，剜出活人心肝，做醒酒汤吃。但是，不管他醉得多么昏死，睡得多么沉酣，只要枪声一响，却能一跃而起，跳上光背战马，冲入枪林弹雨，上阵厮杀。

年过半百，每日沉溺酒色的袁大跑猪，虽然骄横不可一世，锐气却大不如前了。

金雄飞的八名卫士，捧着装在盒子里的袁萍生的人头，前来报丧。袁大跑猪跟胭脂虎和贾燕环胡闹了一夜，又吃了一条狗，喝了一坛酒，正醉得一塌糊涂，赤条条沉沉大睡，守卫寝宫的副官不敢叫醒他。直到听见他在帐中哑着嗓子喊道："茶来！"副官才牵着八名卫士的小头目，躬腰曲背，踮着脚尖儿走进去。

袁大跑猪半醒半醉，坐在紫檀雕花大床上，赤着一身黑肉，满身十几块梅花斑似的枪伤弹痕，搔着丛生黑毛的胸窝，眼泡浮肿，目光呆滞，嘴里喷出大蒜、烈酒的臭味，副官摸透他的脾气，这个节骨眼上惹他恼火，那就是活腻了。因此，递上一壶香茶，只轻轻说了一句："启奏洪宪王，金雄飞团长差人面奏军情。"便将手捧木盒的小头目推到床头，自己抽身闪退，远远躲到屋门口，察言观色，见机行事。

小头目一见袁大跑猪这副嘴脸，早吓得手脚发麻，舌头僵硬，哼哼唧唧，说不出个所以。袁大跑猪酒后还没有清醒，头昏脑涨，一肚子邪火，听得烦躁，把手里的一壶热茶，照小头目劈头砍去，骂道："嘴里像含个屄，有屁快放！"小头目一骨碌跪倒床下，抹着满头满脸的茶水和血水，哆里哆嗦，结结巴巴地说："太子……被俞菖蒲……砍了头……"袁大跑猪的脑瓜子里仍然是一盆糨糊，奇怪地龇牙一乐，哼哧着鼻子说："砍下来……就长不上了。"胆战心惊的小头目，忍不住扑哧一笑，袁大跑猪却猛然狂吼一声，抢起放在枕边的护身宝刀，将小头目劈了个黄瓜腌葱大斜碴儿。

他率领他的御林军，烟尘滚滚中杀奔萍水县城而来，直奔南门。

南门城楼左右，李托塔和金碌子各带一队人马，分守两侧城墙，大多数人都是手持长矛大刀和弓箭短弩，只有十几支鸟枪，七八支沈阳造和汉阳造步枪。城楼门窗大开，齐柏年老举人身穿雪白的夏布长衫，家常布鞋罩上一层白布，头戴麻冠，为风雨同舟、生死与共六十载的亡妻齐夫人挂孝。他视死如归，沐浴更衣，剃头修面，叩拜了文庙和祖祠；然后，抬一口棺材，登上城楼，正襟危坐在高背靠椅上，像一尊庄严的石像。

南门外，是日军小队和殷崇桂的警察队的阵地；死了女儿的殷崇桂枯萎黄瘦，像一条落水的癞皮狗，但是日军小队长仍然命令他到阵地前沿，趴在一土坡上，向城楼喊话。

"齐……老宗师！"他声嘶力竭，像一犬吠影，"你已濒于绝境，为保全……萍水县城黎民百姓的身家性命，还是……还是化干戈为玉帛吧！"

"来人！"齐柏年一声召唤。

李托塔黄缎子包头，前额上朱砂画符，走进来抱拳问道："会长，您有何吩咐？"

"人有人言，兽有兽语，我不想和卖国求荣的殷崇桂对话，脏了我的清白口齿。"齐柏年怒指城下，"你们把这个投敌附逆的汉奸乱箭射死！"

"是！"

李托塔的梆声一响，箭如雨下，吓得殷崇桂从土坡上一溜儿，哭爹叫娘爬回阵地。

这时，袁大跑猪的御林军一阵狂风冲来，也不跟日军小队会合，就向南门猛扑。

"儿郎们，杀进城去，金银财宝随便拿，每人三个娘儿们开荤！"袁大跑猪一马当先，狂呼乱叫，"哪个婊子养的后退一步，我一刀一刀割了他喂狗！"但是，城上箭弩齐发，把这一群疯狗阻挡在桥头。金镶玉见势不妙，喊了声："我去找皇军开炮支援！"拨马掉头就跑。军心大乱，四散奔逃，袁大跑猪拦也拦不住。

日军小队开了炮，一颗炮弹呼啸着飞向城头，打坍了城楼一角，飞砖溅瓦，尘烟四起。

"老会长，您快下城吧！"李托塔喊道。

齐柏年神色不变，安坐不动，挥了挥手说："我死不还家，守城要紧！"

袁大跑猪的御林军又聚拢起来，向石桥冲撞，李托塔也就顾不得劝驾，赶忙指挥守城。

一颗颗炮弹接二连三飞来，有的落在护城河中，溅起几丈水花，有的落在城上，保土安民义和团的团众不少人挂了花，又一颗炮弹落到城楼，城楼冒起一团黑烟。

"老会长！"金碌子冒火冲进黑烟中。

齐柏年那雪白的夏布长衫，已被鲜血染成红袍，停止了呼吸，却牢牢抓住座椅扶手，身躯不歪不倒。金碌子连忙将老人抱进棺材里，喊来三名团众，抬棺下城，又打发一人给俞菖蒲报信。

俞菖蒲巡视了东、西、北门，在奔向南门路上，遇见全身披挂刀枪的柳黄鹂儿，匆匆而来。

"你怎么离开娘的身边？"

"娘有门吉大伯侍候，打发我来护卫你。"

"跟我到南门去！"

他们刚走出几步，那个报信的人跟头流星跑来，一见他们的影子，便喊道："俞公子……老会长……升天了！"

"舅舅！"柳黄鹂儿放声大哭。

俞菖蒲自幼被舅父栽培成人，恩重情深，不禁心如刀割，泪水盈眶。但是，他身负重任，不能过于伤情，便挥掉一把泪水，说："老人家是萍水一方文宗，理当葬在文庙；你到我家中，传唤门吉大伯，到文庙守灵。"

俞菖蒲和柳黄鹂儿走进一条街，金碌子等四人抬着棺材进街口，两人跪倒叩了三个孝头，就吩咐金碌子把棺材抬到文庙去。

他们走过一街穿过一巷，只见保土安民义和团的团众败退下来。

"俞公子，南门给攻破了，快走！"他们喊道。

"李托塔会头呢？"俞菖蒲急赤白脸地问道。

"他老人家跟袁大跑猪扭打，被金镶玉打了一阵乱枪，同归于尽了。"

柳黄鹂儿扯住俞菖蒲的胳膊，说："咱们快带着娘走吧！"

俞菖蒲两眼发直，一动不动。这时西门火光熊熊，看来也失守了，柳黄鹂儿使出全身气力，把他拖走。

跑回家中，满目凄凉，前院已是一片废墟，舅妈齐夫人火葬废墟上；看来门吉已经到文庙去了，忙直奔后院。

谁想到，后院那株松竹相伴的老梅上，梅姑奶奶颈系一条白绫自尽了。

"娘啊！"俞菖蒲和柳黄鹂儿哭叫着，把梅姑奶奶的遗体解下来。

梅姑奶奶一生守身如玉，白璧无瑕，死后仍然面如皎月，神态从容；她在绸衫的前衬上，咬破中指留下两行血书："菖蒲吾儿：精忠报国，誓杀倭贼！葬吾井中，汝与黄鹂儿相依为命。母示。"

柳黄鹂儿哭得死去活来，俞菖蒲此时却冷静下来，忍住悲痛，说："快遵照母亲遗言，将母亲安葬。"

两人将梅姑奶奶的遗体抬到小菜园，缓缓坠下这口清泉甜水井，挖土掩埋。

敌人已经从四门进城，到处杀人放火；柳黄鹂儿把俞菖蒲抱上她那匹跑马卖艺的枣骝驹，两人共一骑，夺路而走。

27

柳黄鹂儿怀抱菖蒲，骑着嗷嗷嘶鸣的枣骝驹，冲出北门，穿过萍水河，一缕清风，蹄不沾尘，将追赶他们的一队伪军骑兵远远甩在后面，奔向盘山。

枣骝驹沿着崎岖山路，仍旧疾驰不已。忽然，前面横切着一道山涧，菖蒲喊叫一声："黄鹂儿，勒马！"柳黄鹂儿想挽住缰绳，但是枣骝驹跑红了眼，缰绳嘎巴拽断了。她急忙搂紧菖蒲，滚下马鞍，枣骝驹冲下涧去，一声凄厉的哀鸣，摔死在悬崖峭壁下。柳黄鹂儿和菖蒲跌落在山路上，滚了几丈远，幸亏一簇山荆挡住，不然也会滚下断崖，粉身碎骨。但是，也都昏厥过去。

柳黄鹂儿先醒转过来，只见满天繁星，月亮冷冷地挂在山尖，满山满谷都是松涛声。她想挣扎着爬起来，骨节像是寸寸断裂。她忍住剧痛，向菖蒲身边爬去，伸出一只手，摸着了菖蒲的脚。菖蒲的鞋飞了出去，两脚冰冷僵硬，她当是菖蒲死了，放声大哭。

哭了一阵，她又蠕动两步，摸着了菖蒲的刀，心一横，想用这口刀自尽，跟菖蒲头并头死在一起。终于，她爬到菖蒲身边，撑起身子，伏在菖蒲身上，想亲一亲心爱的人。忽然，她听到了微弱的怦怦心跳声，破涕为笑，叫道："菖蒲，你还活着！"眼泪像雨打芭蕉，洒在菖蒲的脸上。

柳黄鹂儿借着迷蒙的月光，向下一望，山涧黑咕隆咚不见底，湍流咆哮，山风呼呼响；抬头一看，万丈峭壁，怪石嶙峋，几株盘曲伸张的老松，倒挂在悬崖上。她想起来，这里必是有名的牛栏山挂松崖。挂松崖是山上山，天外天。晴天，老松挂住大块的白云，站在山下，只见白茫茫一片；阴天，雨雾沼沼，更是不露真面目。那么，此地一时还很难被鬼子和伪军发现，正可以暂时隐蔽栖身，再作下一步的打算。

心神一定，便看见了几步之外有一个洞口，洞口像一眼石井。她拼出全身气力，拖着昏迷不醒的菖蒲，一步三寸，三寸一步，爬进了这座不明深浅的洞穴。她的身子像散了架，又疼痛，又疲乏，便紧贴在菖蒲身上，进入黑沉沉的梦境。

早晨，柳黄鹂儿被挂松崖上的鸟叫吵醒了，揉揉眼，满洞金色的阳光，流荡着山花的香气。一道明亮的流泉，挂在生满绿苔的石壁上，叮叮咚咚淌下来。柳黄鹂儿伸过手去，水是那么清凉，掬起一捧送进口，又是那么甘洌。她又喝又洗，神清气爽，脸上泛起杏花春雨一般的容光。

青石板上，菖蒲发出低低的呻吟："……黄鹂儿……你在哪儿？"

"我跟你活在一块儿！"柳黄鹂儿跑过去，将菖蒲的上半身抱在怀里。

菖蒲枕靠着她那温馨的胸脯，脸色惨白，吃力地张开口，问道："还有谁……冲出重围……上了山？"

"天地间只剩下咱们两个人了。"柳黄鹂儿鼻子一酸，撩起衣襟擦泪。

"去看一看……找一找……"

"我先去给你找点吃的。"

柳黄鹂儿轻轻放下菖蒲，走出洞口。

站在挂松崖，身在云天上，柳黄鹂儿沿着山间小径下行二三里，才从白云缭绕中走出来，脚踏在青翠的山峦上。

已是中秋时节，盘山满山秋色。一片向阳坡上的乱石间，零零落落有几棵皱皮的老虎眼枣树，墨绿的叶子里挂着一串串红艳艳的枣子，远看像一盏盏的小灯笼，摇曳在秋风中。

柳黄鹂儿折了一根长长的柳枝，爬上枣树，棒打红枣，枣下如雨。这时，菖蒲拄着一根枯树杈子，一跛一拐走来，连忙弯腰拾拣漫洒遍地的枣子，一会儿便聚起一大堆。

他们正想坐下来吃个饱，突然一连几声枪响，栈道上像蠕动着一串甲虫，鬼子和伪军进了山。

柳黄鹂儿急忙脱下身上的蓝花土布衫子，把枣子包裹起来，搀架着菖蒲回挂松崖。

一整天，枪声回荡山谷，惊扰得鸟飞兽散。入夜，鬼子和伪军放火烧林，一处处火光熊熊，宿鸟哀啼，村村犬吠。

天阴得像一口黑锅，山洞里寒气袭人，菖蒲只穿一身单衣单裤，簌簌发抖。柳黄鹂儿把她的蓝花土布衫子投过来，说："你贴身穿上。"

菖蒲知道，她只剩下了一条围胸，便又把蓝花土布衫子投过去，说："冻僵了你。"

"我披挂着一身盔甲！"柳黄鹂儿笑着又投回来，"跑马卖艺，赶上风雪阴寒天气，蹲破庙，钻草垛，我冻出了茧子。"

菖蒲接到手中，又投回去，笑道："我也想练出金钟罩，铁布衫。"

柳黄鹂儿扑了过来，带着一股暖烘烘的紫丁香气息，把菖蒲紧紧地箍住。

黎明前，青石板上冰冻透骨，菖蒲和柳黄鹂儿躺不住了，又相依相偎而坐。

挂松崖下，林火在山风中忽明忽灭，鬼子和伪军扎了营，重重包围牛栏山。

"我们不能被困空山……"菖蒲沉思地说，"一处处火光，正给我们指明出路。"

柳黄鹂儿跳起来，说："我先下山，打探消息。"

菖蒲摇头说："你单枪匹马，我怎么放心？还是结伴而行。"

"你挂了花，行走不便，反倒累赘了我。"

"可是，你一个孤身女子……"

柳黄鹂儿咯咯笑道："谈古论今，说文解字，我这个跑马卖艺的野丫头，比不了你这位满腹文章的大学生；入死出生，逢凶化吉，你这位满腹文章的大学生，可就比不了我这个跑马卖艺的野丫头啦！"

菖蒲只得同意，说："但愿你能找到大力和长春他们。"

"咱们就在牛栏山占山为王！"柳黄鹂儿耍笑地说，"我就是你的压寨夫人。"

"咱们聚集了人马，投奔共产党去。"天像泼墨似的黑下来，菖蒲挥了挥手，"趁黎明前的黑暗快走，一会儿就天亮了。"

柳黄鹂儿伸了伸腰，踢了踢腿，拧了个旋子，一片流云似的消逝了。

只剩下菖蒲一个人，忽然感到空空落落，阵阵悲凉上心头，闭上了眼睛；迷蒙中，吹进一阵微风，睁眼一看，柳黄鹂儿去而复返。

"难出重围吗？"他问道。

"我的心拴在了你的身上，回来再看你一眼……"柳黄鹂儿呜咽着投入他的怀抱。

"这可真是儿女情长，英雄气短！"菖蒲沉下脸说，"早去早回，我变成石头也等你归来。"

柳黄鹂儿破涕而笑，这才展翅下山。

28

熊大力和金磙子三出三进萍水城，没有找见菖蒲；而且，寡不敌众，只得撤退。

跑出十几里，二人穿过一块漫漫高粱地，便是一条大车道；半里外，疏疏落落的桑、枣、榆、槐中，掩映着一个小小的锅伙。他俩正想跑过去，歇一歇脚，喘一喘气，忽见一个头戴破斗笠的农民，牵着两头膘肥腿壮的大骡子，柳枝抽打着，从锅伙里慌慌张张跑出来。

金磙子三步两步迎上去，作了个大揖，说："大哥，兄弟火烧眉毛尖儿，想借你这两头骡子骑骑。"

那农民抬头一看，只见一个满身血污的大汉拦路，吓得咕咚双膝跪倒，说："好汉爷，这两头骡子是东家存放在我这儿的。大兵来了，我扔下妻儿老小，只带它们逃了出来。"

熊大力上前把他搀起来，和气地说："大哥，我们也是穷苦人，不是万般无奈，也不忍叫你为难。"

那农民哭道："好汉爷，这两头牲口是东家的一双眼珠子，你们拉走，他不饶我呀！听你们说话，菩萨心肠儿，那就高抬贵手，把我放生了吧！"

金磙子起了火，一把扯住两条缰绳，吼道："你这个人真是房顶开门，六亲不认！你见死不救，就怪不得我手黑心狠。"

熊大力的口气也硬起来，说："榆木脑壳不开窍！你帮我们这个忙，等你遇到急难，我们也给你两肋插刀。"

那农民又跪下来，抱住熊大力的脚踝骨，直着脖子哀叫道："好汉爷，你们一定要拉走这两头骡子，那就先把我杀了吧！免得我眼瞧着一家人遭罪。"

"大力哥，磙子哥，不许违犯菖蒲的约法三章！"

高粱地中，一个清脆的嗓音断喝一声，柳黄鹂儿从天而降。

"柳妹子，你还活着！"熊大力又惊又喜，"菖蒲呢？"

"他在等你们归队！"柳黄鹂儿脸上像下了霜，"不在他的身边，你们就知法犯法，拦路抢劫吗？"

"这叫火上房，不拘礼！"金磙子怒冲冲地说，"菖蒲兄弟还活着，我更要骑上骡子赶快去找他。"

"你敢！"柳黄鹂儿一手拔出枪，一手拔出匕首，"咱们败了，更要珍重名声；不失民心，才能重整旗鼓。"

金碌子跺了跺脚，只得撒手。

一阵乱枪，大道上传来追兵的脚步声，柳黄鹂儿、熊大力和金碌子急忙钻进高粱地，趴在浓密的豆丛下。

追兵截住了那个农民，呼喝道："看见从萍水城里跑出来的民众自卫军没有？"

"没……没看见……"那农民哆里哆嗦地答道。

"妈的，你就是民众自卫军！"追兵拳打脚踢。

那农民疼痛大叫："长官，饶命！我看见了三个。"柳黄鹂儿向熊大力和金碌子递了个眼色，三人端起枪，只要追兵一进高粱地，就把他们撂倒。

"在哪儿？"

"顺这条大道，跑没影儿了。"

"带我们去找！"

"他们跑得鸟儿飞似的，怎么追得上呀？"

"你不带路，就拿你交差！"追兵动手捆绑。

那农民放声大哭："长官，你们把我带走，我一家老小就活不成了。"

柳黄鹂儿听出，追兵不过三四个，又朝熊大力和金碌子一努嘴儿，三人悄悄往外爬，准备突然袭击那几个追兵，搭救那个农民。

几个追兵似乎另打了主意，问道："你在哪儿住？"

"家里都有什么人？"

"一个七十岁的老娘，还有一个老婆，俩闺女。"

"闺女多大啦？"

"大的八岁，小的还在怀里吃奶。"

"你那娘儿们呢？"

"三十一……"

"虽说是残花败柳，到底还没有老掉了牙！"一个追兵嬉皮笑脸地说。

一个追兵马上说："我们不追逃犯了，到你家去做客。"

"穷家破舍，吃糠咽菜，招待不起贵人呀！"那农民哀求着。

"我们水米不扰。"又一个追兵色眯眯地说，"还要积德行善，给你种下个儿子。"

"不能，不能，天理不容呀！"那农民哭号起来。

"给脸不要脸！"另一个追兵骂道，"不吃没味儿不上膘，打死你这个贱坯子！"枪托子像雨点般捣下来。

柳黄鹂儿气得七窍生烟，恨得咬碎银牙，嗖地从高粱地里跳出来，匕首像一道寒光投过去，结果了一个追兵的狗命；熊大力和金碌子也抽出背后大刀，削掉了两个追兵的脑壳；剩下一个想跑，那农民扑上去拦腰抱住，熊大力拧断了他的脖子。

柳黄鹂儿面带歉色，说："大哥，为了遮掩我们，你受苦了，快牵着牲口，躲到严密的地方去。"

那农民连磕了三个响头，扑簌簌淌下泪来，说："三位救命恩人，骑上这两头骡子，快快远走高飞吧！"

这时，熊大力和金碌子从四具死尸上摘下枪支子弹，又搜出七八十块银圆，说："大哥一片真心，我们也就实受了。东家欺侮你，我们找他算账；这点钱，留你过日子。"

那农民摘下斗笠装银圆，哭着说："老言古语：'顺民者昌。'我们全家老小供长生牌，烧福寿香，求老天爷保佑你们一路平安。"说罢，千恩万谢而去。

熊大力和金碌子一人牵一头骡子，喜兴兴地说："柳妹子，这两头骡子日行千里，夜行八百，快带我们去跟菖蒲兄弟大团圆吧！"

"菖蒲吩咐我找齐你们几个人……"柳黄鹂儿皱着眉头想了想，"你俩骑骡子上盘山，到挂松崖上跟菖蒲相会，我还要找到长春和小藕。"

"我们这两个一脚踢死牛的大汉子，怎么能叫你这个姑娘家在兵荒马乱里闯？"金碌子吵嚷着，"你回山，我们去找那一对小鸳鸯。"

"碌子跟随柳妹子，回山护卫菖蒲兄弟要紧！"熊大力下令，"我踏破铁鞋，海底捞针，也要把长春和小藕找到。"

"我不跟你兵分两路。"金碌子噘着大嘴，"你是孟良，我是焦赞；焦不离孟，孟不离焦。"

"这是军令！"熊大力大喝道，"眼前我是你的队长，不是你的大哥，令下如山倒。"

金碌子不敢犟嘴，说："那就给你留下一头骡子，我给柳妹子赶脚，唱一出千里送京娘。"

他们正要离去，桑、枣、榆、槐掩映中的锅伙那边，忽然又枪声四起。

刚才那个农民，身背七十岁的老娘，他那个三十一岁的女人，怀抱着吃奶的小女儿，手拉着八岁的大女儿，跟头流星逃出来。

"大哥，怎么回事儿？"柳黄鹂儿问道。

"三位……救命恩人，赶快……赶快……"那农民气喘吁吁，上气不接下气，"六七个追兵，包围了……草料房，草料房里……不知什么时候……躲藏着小两口儿……"

七十岁的老娘说："花枝似的小媳妇。"

三十一岁的女人说："那个小伙儿更俊秀。"

熊大力和金碌子说："必是长春和小藕！"

"不管是谁，不能见死不救！"

柳黄鹂儿一挥手，三人钻进高粱地，沿着田垄，直奔锅伙。

29

柳长春和郑小藕冲出北门，渡过护城河，跑了一程，钻进一片苇塘里。

"歇……歇一会儿吧！"郑小藕那浸血的小衫里，胸脯一起一伏，像把两只花胡不拉鸟儿窝藏在怀里。

柳长春擦了把汗，说："你在这儿等着，我去找一找姐姐跟菖蒲大哥。"

"你放心吧！"郑小藕嬉笑着说，"菖蒲大哥有姐姐保驾，就好比孙悟空护送唐僧取经，没有过不去的火焰山。"

柳长春只得在她身边坐下来，郑小藕撒娇地头枕在柳长春的肩膀上。

喘了喘气，柳长春心神不宁地说："这儿不能久停，赶紧走。"

"咱俩洗洗脸，洗洗身子，洗洗衣裳，干干净净上路。"

"什么时候呀，你倒有心思梳妆打扮？"

"有勇无谋！"郑小藕伸出手指，戳了一下柳长春的额头，"光头净脸，穿着齐整，遇见追兵躲闪不及，把枪往草棵树丛里插，装作过路行人，蒙哄过去。"

"算你足谋多智！"柳长春叹了口气，不情愿也得依了她。

两人钻进芦苇深处，洗净头上脚下的血污，郑小藕又淘洗衣裳上的血渍。柳长春的紫花布裤褂，郑小藕的红袄绿裤和绣花兜肚，都洗出了本色，晾晒在芦苇上。

一队队追兵从苇塘外路过，都要敲山震虎喊两声，虚张声势打几枪，苇叶乱溅，水鸟纷飞。郑小藕假装害怕，搂紧柳长春沉下水；追兵过去，露出身子，你看看我，我看看你。柳长春脸臊得通红，郑小藕捂住嘴咔咔笑。

一阵大风，芦苇倒伏，郑小藕的绣花兜肚被吹上了天。

"好大一只花脖儿鹭鸶！"路过苇塘外的追兵喊道。

"花蝴蝶风筝！"

"娘儿们家的兜肚！"

砰，砰，砰！郑小藕的绣花兜肚像天女散花，乱纷纷飘落下来。

"苇塘里有娘儿们！"

"搜呀！"

追兵一窝蜂冲进苇塘。

柳长春和郑小藕匆匆忙忙穿上半湿不干的衣裳，从苇塘一角溜出去，钻进蓬蒿丛和柳棵子地；一路走走藏藏，藏藏走走，眼前出现一座锅伙。

这个锅伙，坐落在一道绵延起伏的沙岗上，临时搭起几溜柳枝糊泥巴的棚屋，便形成了一个小小的村落。这里原是一块寸草不生的荒地，有个地头蛇给县太爷送去五十两云土，就领下了一张开垦文书。不过，本地的农民，都知道给地头蛇开荒，十成有九成九要吃亏上当，最后是两手空空如也，两眼泪水汪汪；所以，尽管地头蛇四出贴满了招租告示，也没有人前来承租。地头蛇只得另打主意，打发狗腿子到大道路口，河边渡头，招揽外乡逃荒的难民。他们甜言蜜语，天花乱坠，将不明真相的难民诱骗而来，一写就是三年租契。三年后，这些难民受尽了敲骨吸髓的盘剥压榨，好不容易熬到了头，却是分文无得，粒米不剩，赤手握空拳。真个是来时逃荒而来，去时逃荒而去。

铁打的营盘流水的兵，这座锅伙送走迎来一拨又一拨上当受骗的难民，寸草不生的荒地却变成了米粮满仓，花果满园的良田。

柳长春和郑小藕逃进锅伙，四下张望，只见猪圈、羊栏、磨棚、牲口棚和草厦子连成一片，都不是藏身之处；又怕连累锅伙里的住户，便躲进了跟草厦子相邻的草料房。

草料房里，靠后墙有个炒马料和熬猪食的大灶，灶上一口大锅，灶旁一口大缸，缸里能盛二十挑水。

　　两人走得口干舌燥，手扶缸沿，探下身子，扎下头去大喝一气。

　　柳长春直起腰，抹了抹嘴上的水珠，说："不怕慢，就怕站，还得走。"

　　郑小藕双手搂住咕咕叫的肚子，苦着脸儿说："我饿了。"

　　隔壁，有个巴掌大的小院落，他俩跳过篱笆，屋里有一位七十岁左右的老太太，一位三十岁上下的大嫂，一个七八岁的小女孩，还有一个吃奶的孩子。老太太给郑小藕一个菜团子，大嫂子给柳长春一块玉米饼子，那小女孩还给他俩一捧老虎眼红枣儿，两人又回到草料房来吃。

　　吃得正香，枪声响了；两人刚想冲出去，一阵冰雹似的子弹堵住了门。

　　"赶快藏起来！"郑小藕急赤白脸地说。

　　"藏到哪儿？"柳长春团团转。

　　郑小藕四下扫了一眼，跳上锅台，拔下大灶上的铁锅，说："你快下去！"

　　"你呢？"

　　郑小藕一指墙角落的豆花囤，说："你下灶，我钻囤。"

　　不容迟疑，柳长春只得跳下灶坑。郑小藕又将铁锅放回原处，从灶膛里掏出两把锅烟抹在脸上，就拿起水筲，从大缸里舀水，倒进大铁锅里。

　　一连倒了二十筲，铁锅里的水满了，郑小藕正要钻豆花囤，两个追兵撞进来，喝道："有民众自卫军没有？"

　　郑小藕翻了他们一眼，六月连阴天的脸色，棱棱角角的声音，没好气地说："我说没有，你们也不信。掘地三尺，你们搜吧！"

　　这两个家伙角角落落搜了个遍，人影不见；四只贼眼，在郑小藕那丰满的胸脯上溜来溜去，忽然奸笑道："还得搜搜你！"

　　"搜我干什么？"郑小藕倒退了两步。

　　"逃犯藏在你怀里！"这两个家伙就要动手动脚。

　　叭！灶膛里射出一颗子弹，打躺了一个家伙。

　　郑小藕像一只翻天鹞子，扑到那个家伙身上，厮打起来。

　　"来人！……"被柳长春打断了腿的家伙，向草料房门外爬去，"灶膛里……"

　　一颗子弹又从灶膛里射出来，这个家伙蹬了蹬腿儿，断了气。

　　"来人！草料房里……有个小娘儿们……"跟郑小藕厮打的那个家伙，扯着脖子狂吠。

郑小藕一口咬住他的喉咙，疼得他满地打滚儿。

"小藕，杀死他！"柳长春在灶坑里敲着锅底，"拔起铁锅把我放出来。"

郑小藕杀死那个家伙，自己也衣衫破碎，遍体鳞伤，四肢酸软无力。她挣扎着站起身，摇摇晃晃提起水筲，刚要从锅里舀水，又有三个追兵破门而入，三支枪瞄准了她。

她一出溜坐在地上，身子挡住灶门，冷冷地说："开枪吧！一个换俩，我够本了。"

"便宜了你！"一个追兵阴森森地恶笑，"先把你扔进锅里洗个澡，再……"

这个家伙忽然张口结舌了，只觉得脊梁骨冒凉气，回头一看，背后站着一个满面杀气的女子，枪口顶在他的腰眼上。

那两个追兵身后，是两位顶天立地的大汉。

三个追兵三魂出了窍，软囊囊瘫倒了。

"姐姐！大力哥……磙子……"郑小藕喊了一声，昏迷过去。

熊大力和金磙子把三个追兵捆成一串粽子，然后一个舀水，一个拔锅，柳长春从灶坑里一跃而出。

"把这三个家伙扔下去！"柳黄鹂儿命令道。

三个家伙鬼叫连天，被熊大力和金磙子填满了灶坑，熊大力又把铁锅翻了底，泰山压顶扣上去。

柳长春背起郑小藕，问柳黄鹂儿道："姐姐，咱们奔哪儿走？"

"到挂松崖，跟你……姐夫会合。"柳黄鹂儿脸红得像海棠春雨，容光焕滟，"他带领咱们去找共产党。"

这一行人，抄近绕远，迂回曲折，跳出天罗地网，夜晚才到盘山；他们从悬崖峭壁的后坡，沿一线鸟道，向挂松崖攀登。

夏竞雄指挥的八路军挺进支队正在星夜北上，林鏊和芳偣儿率领的一支先头小分队，已经进入萍水县境。

一九六二年至一九六六年初稿

一九七九年十月至一九八一年十一月重写

后 记

从一九七六年十一月七日到一九七七年二月四日，我写出了长篇小说《春草》。

写革命历史题材，本是我的夙愿。一九五七年我曾说过，我们党领导的中国革命，要比俄国十月革命曲折复杂，波澜壮阔，内容丰富，为什么我们写得很少，却必须人人都要配合中心任务而写当前的题材？这个意见，本来发自对党的热爱，发自对伟大的中国革命的自豪感；但是，"荃不察余之衷情兮"，在对我大加挞伐时，硬说我这是反对歌颂社会主义革命，也就是反对社会主义革命。

在把我开除党籍的支部会上，我几乎禁不住大哭失声，最后发言说："我虽然在组织上离开了党，但是思想感情上永远不离开党。"被开除出党后，我感到自己像失去了母亲的孤儿，凄凉而又痛苦，因而更加思念自己的母亲。

我搜集和阅读一些党史资料，像搜集和瞻仰母亲童年、少年、青年时代的照片；越是看到母亲早年含辛茹苦的形象，越是增长对于母亲的深情。于是，我决心写一写母亲在童年、少年和青年时代的苦斗。

我从小喜欢读历史，对于史学的爱好不下于文学，至今，我对阅读史料，要比阅读文学作品更有趣。当然，对于资料贫乏，以论代史的史书，也正如对待以说教代替形象描写的文学作品一样，不得不硬着头皮摘要而读。所以，我更喜欢野史、稗史、传记、笔记、轶闻和回忆录。

但是，党领导京东革命斗争的史料，却从未见过一篇，而我的政治身份，也不能去四出访问，所以只能在历史的长河中钩沉。我从许多与京东革命斗争无关的回忆录中，发现一鳞半爪，片言只语，竟然构成了一个轮廓。而且，我从当时的旧杂志和旧报纸上，获得不少具体的史实和生动的印象。例如，我从敌人的报纸上看到关于几位普通共产党员慷慨就义的描写，剔除其反共澜言和人身污蔑，却可以看见这些共产党员在押赴刑场的游街路上，不仅仅高呼革命口号，而且还嬉笑怒骂，各有特色；他们虽然视死如归，但是跟亲人诀别时，也难舍难离，悲痛万分。因而，使我感到他们有血有肉，栩栩如生。

这些史料中，使我最受感动的是通州最早的共产党人金氏三兄弟，即一九二六年入党的金永镐和金成镐，一九二七年入党的金祥镐。他们是逃亡到通州的朝鲜爱国者的儿子，都是潞河中学的学生。大哥金永镐最先入党，发展了老二金成镐，金成镐在一九二七年建立了中国共产党潞河中学党支部，发展了一批党员，其中包括三弟金祥镐。金成镐在潞河中学高中毕业后，化名周文彬，成为冀东工人运动的主要领导人之一，组织和领导了震惊中外的开滦煤矿大罢工。著名的抗日英雄节振国，就是在这次大罢工中觉醒和成长起来的。周文彬后来又是冀东抗日根据地的创建者之一，一九四四年牺牲时，担任冀热辽特委组织部长。周文彬为人文质彬彬，学识渊博，却又非常能吃苦耐劳，坚韧不拔，奋斗不懈，百折不挠，是一位优秀的革命知识分子。

《春草》中所描写的潞河学院，就是潞河中学，只不过从燕京大学的未名湖上借用了一座石舫和少许风光。潞河中学在清末时原名协和书院，民元以后改名潞河学院，是美国教会在京东开办的一所大学，孔祥熙就是协和书院的毕业生，而后又到美国留学。潞河学院的校园建筑和风景，跟后来新建的燕京大学近似。二十年代初期，潞河学院和同一教会开办的汇文大学、燕京女子学院合并而为燕京大学，在京西海淀建校，就是今天的北京大学所在地。潞河学院的原址，改办潞河中学，直到解放初期，仍是京东的最高学府。

协和书院——潞河学院——潞河中学虽然培养了不少国民党的官僚买办，但是也产生了不少革命战士，现在还有好几位在中央、地方和军队担任领导工作，并且产生了不少有名的科学家、教授、医生、作家、音乐家、演员和运动健将。

这个学校的学生，具有光荣的革命传统。一九〇八年，潞河书院以蔡德辰为首的六名学生，密谋策划驻防通州的新军起事，冲入北京，包围皇宫，推翻清王朝，由于叛徒告密，壮烈殉难。民元以后，五位革命志士的纪念碑矗立在潞河中学土山的松林中。我在潞河中学读书时，遗迹尚存，常到碑前复习功课；不幸十年大浩劫中，竟被数典忘祖的造反小将砸碎，并给这五位为民主共和而抛头颅洒热血的革命马前卒，加以"洋奴"的恶谥。一九七九年我重游母校，纪念碑已片石皆无，我力主重建，并强烈呼吁为他们平反。二十年代，潞河中学有以金氏三兄弟为代表的共产党人，成为京东革命斗争的一个堡垒。三十年代，共产党员在这个学校开展地下活动，梁斌同志的《红旗谱》所写的保二师风潮，一位真名实姓的领导人，原是潞河中学学生，因颜色太红而被校方开除，转学到保二师仅几个月，在领导风潮中惨遭国民党屠杀。抗日战争和解放战争时期，不少潞河中学学生参加革命，成为游击队和地方民主政权的干部。

一九四五年我九岁，曾入潞河中学附属小学读书，一九四六年到一九四八年，我参加了潞河中学进步学生的读书会，并成为他们主办的油印文艺杂志的主要作者，发表过连载小说。这个读书会和油印文艺杂志，一九四八年秋被当地国民党党部解散和查禁。一九五四年我从潞河中学毕业，考入迁校到原燕京大学校址的北京大学。所以，我对美国教会开办的小学、中学和大学都有较多的了解，有自己亲历实感的生活体验。因此，我对以教会学校为场景的解放前的学生生活，是能够写得像的。

同时，在读书和写作的生活经历中，我接触了一些二十年代的知识分子，从他们身上摄取到那个时代的知识分子的风貌；大量阅读旧报纸和旧杂志（包括我解放前做报童时的知识积累），使我能够感受我要描写的那个历史时期的时代气氛，这都弥补了我个人生活经历的不足。

但是，我必须有一点新意，采取扬长避短的写法，才能写得出来，才能避免雷同。

我是强调文学作品必须写出具有时代性、时期性和时间性的生活真实的；因而对于革命历史题材，就必须以历史唯物主义的观点，忠实地写出历史的真实。"四人帮"那种把党史和中国革命史进行"现代化"整容的做法，我是深恶痛绝的。

革命知识分子在革命历史中的地位，是先锋和桥梁。他们最先接受马列主义思想，举起革命火种，燃烧起工农革命的熊熊烈火。不在革命历史题材的作品中表现知识分子，或者只把知识分子作为犯错误、被改造或动摇叛变的类型来写，都是歪曲事实，不公平和不公正的。而在那个时代，革命知识分子的绝大多数出身于剥削阶级家庭，不写出他们的这一特点，也不能把历史真实全面完整地再现。

毕竟我的年龄、经历、知识和生活实感具有很大局限性，所以我写不了这个历史时期的全貌，只能写一个中心事件。量力而为，也是饱尝创作的辛苦之后，才稍微明白了的一点道理。

《狼烟》写的是卢沟桥事变中，一位北京大学毕业生在党的指引下，回乡开办抗日学校，收编民间自发抗日武装的故事。我写的也是抗日战争时期京东的历史真实。

"一二·九"运动的学生领袖之一的董毓华，他曾率领北京的大学生在寒假中下乡宣传抗日，屹立于固安城下，高声朗诵英国诗人雪莱的诗句："冬天到了，春天还会很远吗？"而留下历史佳话。全面抗日战争爆发，他成为京东抗日军的司令员。另一位"一二·九"运动的著名猛将、东北临时大学学生白乙化，后来成为地跨京北和京东的军分区的司令员。这两位使日寇闻名丧胆的书生将军，被人民引以为骄傲的传奇性英雄人物，最后献出了青春似火的生命，是非常可歌可泣的。一九四二年我见到的第一个共产党员、来到运河滩打开抗日局面的一位八路军干部，也是个大学生。

那时候我六岁，已经上小学。与我们儒林村北隔半里的大村，有一支地主民团，与儒林村南隔八里的一个村庄，有一支几百人的绿林武装，都被这位大学生出身的八路军收编了。有意思的是，收编那支绿林武装的仪式，是夜晚在我家柴门外的打谷场上举行的，我还站在场边观看。这是因为，儒林村地处运河滩最偏僻的一角，而且杂树茂草丛生，不易为敌人所发觉。日寇从一九三三年占领京东到一九四五年投降，十二年中从未进过儒林村；而与儒林村相邻的村庄，却都曾遭到烧杀，所以儒林村被称为"福地"，流动性很大的县、区政府常常到儒林村隐蔽。县支队和武工队也常来儒林村修整，县支队的李支队长和楔入北京城下的武工队杨队长，总是住在我家北房东屋；他们很喜欢我的敢说话和顽皮淘气，送给我机关枪的子弹筒，多次说要把我"拐走"。我还记得，日人在华反战同盟的盟员也在我家住过一夜；有一个女盟员跟我的姑姑住在一屋，当时正收花生，我送给她甜花生果（没有成熟的嫩花生）吃，她很文静，老是羞答答的。

　　每个人对于自己的童年生活，都记忆得最清晰最深刻，回忆起来也最动情。我写《狼烟》时，常常引动起我对童年的怀念和留恋，也深深怀念当年那些在我家住过的人们。

　　《狼烟》也和《春草》一样，虽然写的是烽火连天的年代的故事，却没有什么惊险曲折的情节。一方面是因为我没有亲身参加过血与火的战斗，硬写是写不好的；另一方面，也因为我比较喜欢写情，不大喜欢写事。苦难和战乱岁月中的人情，是极其珍贵和极其感人的。

　　这两部长篇小说，都是在我那坎坷漫长的苦难岁月中，写于家乡儒林村的茅屋寒舍的炕沿上，我永远感念当时与我相濡以沫的人。

一九八七年十月

地
火

通州在府（顺天府，今北京）东四十五里。本《禹贡》冀州之域。春秋战国皆属燕。秦属渔阳郡。两汉本潞县及安乐县地皆渔阳属邑。（潞，高阳氏后，邵姓）魏晋以降，属幽州。后魏置潞郡。隋开皇初省入涿郡。唐武德二年于此置元州，领潞、临沟、无终等县。贞观元年，省元州，后为潞县，后以水为患徙治安乐故城。历五代皆因之。至金天德三年，升为通州。元因之。领县二。明洪武元年闰七月内附并潞县入于州，仍以三县隶焉。属北平府。通州上拱京阙，下控天津。潞、浑二水夹会于东南，幽燕诸山雄峙于西北。舟车辐辏，冠盖交驰，实畿辅之襟喉，水陆之要会也。

——摘自《钦定日下旧闻考》卷一百八

辽每季春，弋猎于延芳淀……淀方数百里，春时鹅鹜所聚，夏秋多菱芡。国主春猎，卫士皆衣墨绿，各持连锤、鹰食、刺鹅锥，列水次，相去五七步。上风击鼓，惊鹅稍离水面。国主亲放海东青鹘擒之。鹅坠，恐鹘力不胜，在列者以佩锥刺鹅，急取其脑饲鹘。得头鹅者，例赏银绢。国主、皇族、群臣，各有分地。

——摘自《辽史》

1

北运河腰上挂了个大水葫芦，名叫延芳淀。

延芳淀是个方圆几十里的水泊，水土肥沃，盛产鱼米，四面大大小小的村落，好似星罗棋布。东岸，白沙滩上，有个树木葱茏的村庄，叫烟村。

一九二三年，一群从外省逃亡的抗粮农民，背井离乡，夜行昼伏，脚不停步，长途跋涉，想寻觅一块安身立命的土地。他们走呀走，不知走了多少天，不知走了多少路，一个月黑夜，他们走到延芳淀东岸的白沙滩上，沙滩上丛生着红皮水柳，水柳上缠绕着野花藤萝，时时将他们绊倒，把他们的腿脚缠得牢牢的，就像年老的母亲，死死抱住儿女的双腿，不让他们远离膝下，铤而走险。他们怎么也踢不断野花藤萝的绊索，又走得疲乏困倦，便索性横七竖八地倒在沙滩上，呼噜噜大睡。

朝霞从东山燃烧起来，鸳雀的啼叫把他们惊醒。他们睁开眼睛，望着面前壮丽的大河和弥漫着沃土芳香的河滩，不禁心醉了。他们的领头人雷连甲，从野花藤萝里挣脱出来，又开五指，抓起一大把泥土，放在鼻子下面，闻着闻着，猛然喊道："多肥的土地啊！"又大步流星走下河去，猫着腰，鼻尖擦着水面，眼睛瞪得溜圆，哗地一探胳膊，抓住一条欢蹦乱跳的大鲤鱼。他仰起头，张开海口，放声大笑，扯开喉咙嚷道："好个亲娘一般的大河啊！咱们不走了，就在这儿安家落户吧！"

他们在水泊边筑起一道堤防，搭起一座座窝棚，夹起水柳篱墙，又打造了几只渔船，编织了几张渔网，开出百十亩良田；几个月过去，竟然形成一个小小的欣欣向荣的村落。

他们没有散心，抱得很紧，过着有饭同吃的锅伙生活。田野、菜园、树林、淀上，处处是优美的小曲，粗犷的渔歌，欢乐的笑声。他们每日鸡鸣即起，晨雾中飞枪走刀，打拳踢脚；夕阳西下，暮色苍茫，又一群群，一伙伙，聚集在沽边沙滩上，对阵砍杀，直到雷连甲梆打三更，才回家睡觉。

有位卖弄风雅的游学先生，偶然从这里路过，一时动兴，想起了"一去二三里，烟村四五家，亭台六七座，八九十枝花"这首儿童入学开蒙的小诗，就在面临大河的村口泥墙上，大笔一挥，题了烟村二字。于是，这个小小的村落，从此就算正式命了名。

谁想，第二年仲夏五月，他们正在井台柳荫下磨镰，准备割麦，忽然一支船队呼啸而来。船上，一个个彪形大汉，个个手持武器，枪上膛，刀出鞘。这伙人蜂拥上岸，将他们的小小村落团团围住。

为首的，是一个鹰鼻鹞眼的大个子，四十几岁，身高六尺开外，大架冬瓜脑袋，一口马牙，满脸横肉，一团霸气。大家一看，正是距离烟村水路二三里的石瓜镇民团团董吴莲池。他半躺半坐在一顶小竹椅轿上，左右还有两个僮儿打着旗罗伞扇，身边垂手伴立着一个骨瘦如柴的差官。

吴莲池眯着两只鹞眼，横扫柳荫下一张张充满敌意的面孔，耸了耸鼻子，撇了撇嘴巴，冷笑了三声，然后向那个大烟鬼差官喝道："念告示！"

大烟鬼差官慌忙哈了哈腰，咳嗽一声，清了清烟熏沙哑的嗓子，摇头摆尾地念起来：

县公署为布告事：查延芳水泊，汪洋万顷，鱼米富饶，而荒废已久。石瓜镇团董吴公莲池，为造福桑梓，申请垦殖。此等利国益民之善举，本县能不欣然照准？兹特告示：自即日起，该水泊所有开发事项，统归吴公权宜。此布！

念完，大烟鬼差官将这一卷文书，毕恭毕敬地双手呈递给吴莲池。

吴莲池哼了哼，大模大样接过文书，挑起大拇指点着鼻梁儿，说道："从今日此时此刻起，我吴某人就是尔等的主东。尔等佃户，悉归我吴某人呼唤支使。我吴某人叫尔等往东，尔等不得往西；叫尔等扛锄，尔等不得扶犁；叫尔等打狗，尔等不得骂鸡。如有半点违忤，我吴某人定将严惩不贷！"说着，砰，砰，砰！毛瑟枪朝天开了三响，发出一阵夜猫子的恶笑。笑声刹住，吴莲池脸一变，瞪起眼，嘶叫道："割麦去！十天之内，我派人前来，倒四六收租，胆敢拖延迟误者，罚！"一声呼哨，这伙人又一窝蜂似的上了船，飞驶而去。

"大叔！"铁匠石老硬跟跟跄跄奔到雷连甲面前，"难道咱们……就眼睁睁瞧着……这伙狗娘养的……夺去咱们的宝地？"

"跟吴莲池拼命去！"大家跺着脚大喊大叫。

雷连甲像一尊高大的石像，仰望着白云苍天，一动不动地矗立着。他的脸色铁青，目光沉暗，胸膛一起一伏，牙齿咬得咯嘣嘣响。忽然，他扬起一只胳膊，大家不约而同握紧了镰刀，只等他一声令下，就杀奔石瓜镇吴家大院去。但是，雷连甲的大手又沉重地、缓慢地垂落下来，紫糖色的面孔一阵痉挛，掠过一抹奇怪的笑影，一字一句地说道："这块良田沃土，吴莲池休想霸占。走，割咱们的麦子去！"

大伙见他们的领头人胸有成竹，就像一块石头落了地，高高兴兴下地去了。

这天夜晚，雷连甲敲过三更梆子，等家家户户酣然入睡，他身背一口青钢刀，流星一般直奔石瓜镇吴家大院。他蹿上高墙，飘然而下，像一团绵绵柳絮，落地无声。他把寒森森的大刀搁在吴莲池的脖颈上，立逼着吴莲池写下一封退还烟村土地的文书，签名画押。

雷连甲将文书揣进怀里，钢刀入鞘，大步走了出去。但是，他还没有来得及翻墙，背后，吴莲池的毛瑟枪响了，一串连珠弹丸，打断了他的右腿。

天亮，雷连甲被装进木笼囚车，押往通州县城。烟村老小，听到这个消息，一片哭声。他们赶到石瓜镇，沿着石瓜镇通向通州县城的驿路，追逐木笼囚车三十里，相送到城门口。

雷连甲被关进死牢，压大杠，滚钉板，睡火炕，十指穿钉，他只是高声笑骂，眉头也不皱一皱。

行刑前的夜晚，一个好心肠的老看守，偷偷问雷连甲有什么话语留给家人，后事如何料理？雷连甲沉吟片刻，笑道："我早已把生死扔到九霄云外，也就没有儿女之情。只是有劳老哥，捎句话给吴莲池：他若不是胆小鼠辈，等砍下我的脑袋，他带回石瓜镇，高高挂在龙王庙的旗杆上，我死后也要睁着眼，看他横行到几时，落个什么下场！"老看守含泪一一应允，呜呜咽咽地说道："小老儿在这座衙门口混饭吃，屈指四十年了，像雷大爷这么气贯长虹的人杰，还是头一遭遇见，这也是小老儿三生有幸。小老儿在您生前难表寸心，只有待您归天之后，打点几炷高香，几杯薄酒，几片纸钱，几声号啕，祭奠您的英魂流芳百世，聊表一点孝敬之意。"

第二天清晨，下了一场瓢泼大雨。雨过天晴，碧空如洗，通州城内，万人空巷。雷连甲那一棵青松似的身躯，凛然屹立在刑车上，一不骂街，二不乱唱，三不讨嘴，只是一遇到人群中投来悲伤的目光，便雷鸣也似呐喊一声："一子落地，万子归仓！"出东关，过大河，来到鬼门坝刑场。雷连甲在一簇浸了血似的野花丛中站定，身披雨后金色的阳光，高大，威严，神武。一个狗头狗脑的刽子手喝道："跪下！"雷连甲金刚怒目，高声叫道："姓雷的身无罪，心无愧，要死得顶天立地！"另一个獐头鼠目的刽子手，偷偷摸摸从背后抢起鬼头刀。雷连甲听到脑后刀风声，又霹雳一般大吼道："一子落地，万子归仓！"飞出去的头颅，带着这惊天动地的怒吼声，在几丈开外落下来，二目圆睁，射出两道火焰般的光芒，尸体像一座巨大的岩石，轰隆倾倒在地，热血迸溅如雨。两个刽子手惊吓得一连倒退十几步，仰面跌死过去。

雷连甲的头颅，被挂在石瓜镇龙王庙庙前那直刺苍穹的旗杆上，两眼不闭，目光如电。白天，乌鸦在龙王庙上空盘旋，却不敢飞近旗杆；夜晚，猫头鹰咕嗷咕嗷叫，也不敢落到旗杆上来。不管吴莲池的民团怎么严密看守，每天午夜，旗杆下总有一炷香火。

七天之后，傍晚时分，从西北天角的晚霞余晖中，飞来一只灰褐色的苍鹰，张开阔大的翅膀，绕旗杆盘旋三匝，突然斜刺而下，叼走雷连甲的头颅，慢悠悠飞出石瓜镇，飞过大河，飞向日落的西山。

雷连甲身后遗留一儿一女。儿子雷虎寅，二十六岁，已经成了家，媳妇也怀了孕，就要分娩。女儿凤大姑，二十八岁，嫁给一个给南北船行运货大船掌舵的船夫丘二篙头，去年秋季桂花开放时节，生下一个女儿，外祖父给取了个清新别致的名字：飘香。

虎寅和姐姐凤大姑，划一只小渔船，从通州运回爹爹的尸体，安葬在烟村村外，临河一座高岗的老龙腰河柳下。烟村男女老小，都给他们的领头人披麻戴孝，一个个哭成泪人。

棺材缓缓落下坑去，虎寅抓起一把新鲜的泥土，撒在棺盖上，沙啦啦一阵响，声音撕人心。他突然长啸一声，扑通跪倒坑边，挓挲着两只大手，呼喊道："爹呀！当初您为什么不打发儿子去，让儿子替您死？乡亲百口可怎么离得了您老人家呀！"这个老实淳朴的小伙子，哭得肝肠寸断，痛不欲生。

凤大姑慌了手脚，跟她丈夫丘二篙头嚷道："你还不赶快把他架走！我跟石老硬兄弟填土。"丘二篙头也是一身好力气，拦腰将哭跳打坠的虎寅一挟，趔趔趄趄奔回雷家小院。

一进柴门，就听见西屋里虎寅媳妇哎哟哎哟叫得人心乱。丘二篙头将虎寅揉进外间屋，虎寅坐在锅台上，仍旧抱头大哭。这时，天也像被这人间不平震怒了，乌云滚滚，黑沉沉压住龙蟠河两岸，狂风暴雨铺天盖地而来。一个个霹雳，像天崩地裂，一道道亮闪，照得天地惨白。呼隆隆，嘎啦啦！一个焦雷在雷家小院上空炸响，"哇，哇，哇！"一个茁壮黑大的男孩，在风雨雷电交加中落生了。

产婆眼含喜泪，从屋里走出来，拍着虎寅的脊背，劝道："兄弟呀，忍住痛，吞下泪，身子要紧。留得青山在，不怕没柴烧。只要咱们人丁兴旺，早晚有报仇雪恨之日。快进屋去，看看你那虎头虎脑的儿子；当了爹，给儿子起个名儿吧！"

这个产婆，是铁匠石老硬的女人，性情泼辣，快人快语，大手大脚，天地不怕。上个月她生了个女儿，自个儿接的生，自个儿起的名，叫雨梅。

狂风暴雨不停，雷鸣闪电不息，大河汹涌咆哮。那刚刚呱呱坠地的男孩，啼哭一声比一声高，像要压过那可怕的风雨雷声。虎寅推开房门，仰天叫道："响个天大的霹雳吧，响个天大的霹雳吧！劈开这暗无天日的世道，劈开这暗无天日的世道！这个孩子，是个响雷，就叫雷响！"

2

满月，百日，一生……小雷响渐渐会坐，会爬，会站，咿呀学语，摇摇摆摆地走路了。

他生得豹头环眼，浓眉方口，粗手大脚，直溜溜一条长腰，真像一头勇猛的小豹。爹疼他，像心尖子，像肺叶子；娘却讨厌他淘气，一天免不了给他几巴掌。他却倔强得出奇，挨打不哭，不跑，更不告饶，眼皮眨也不眨，笑嘻嘻满不在乎。虎寅一边观看，拍手大笑道："好小子！铜头铁臂，刀枪不入。"

五六岁，家里就关不住他了。每天清早，背着个大柳条筐，牵着他家那两只盘角山羊，满河滩转。晌午回家吃饭，草筐岗尖岗尖，山羊肚儿滚圆。歇晌，他不睡觉，溜出小院，不是到河边摸鱼掏螃蟹，就是到水柳丛中打鸟儿。

野马不戴笼头，他娘怕出差错，一天到晚提心吊胆。等他摸回鱼，掏回螃蟹，打回鸟儿来，给他的奖赏是劈头一阵雨打芭蕉的笤帚疙瘩。雷虎寅看不过去，跟雷响娘吵了起来："你想给他缠上粽子脚，扎起耳朵眼儿，搽红胭脂抹香粉，当闺女养活呀？他是男子汉，大丈夫！"雷响娘拍打着炕席，赌气地说："好，好！你护犊子，我就不管，反正儿子也不是我一个人的。"

"一言为定！"虎寅乐了，"养不教，父之过。从今往后，你靠边站，看我调理这个野小子。"

这天，歇晌的时候，小雷响又溜了。雷响娘不让虎寅睡觉，把他推出门去，说："你给我把那个野小子抓回来！"虎寅来到河边，只见雷响下了河，光溜溜撅着屁股，眼睛瞪得溜圆，两只胳膊伸进螃蟹窝里，乱摸乱掏，光葫芦头淌着蚕豆粒大汗珠子。忽然，他一咧嘴，烫了手似的一甩胳膊，一只大毛脚螃蟹正打在虎寅半边脸上。虎寅捂着划破的脸腮，笑骂道："真他娘的给老子丢人，连只螃蟹都抓不住。"雷响不怕他爹，雀跃着叫道："爹，帮帮手，一满窝哩！"

"掏螃蟹有多大出息？"虎寅走上前来，"有能耐大河里浮浮，扎个一个时辰不出水的猛子。"

"谁不想下河浮浮呀！"雷响愁眉苦脸地说，"可就是老沉底儿，漂不上来；扎猛子吧，又光漂上来，不沉底儿。"

虎寅哈哈大笑道："来，老子教你！"

他脱下衣裳，蹚下河去，一蹲身，让雷响骑在他脖颈上，朝河心走去。渐渐地，他轻轻晃动身子，踩起水，三丈大篙扎不到底的河心，水却只到他的胸窝。雷响快活地嚷叫道："爹长着鸭子脚！"虎寅笑道："胡说！这是功夫。当年你爷爷踩水，水不过肚脐眼儿，扎猛子三丈深一蹲到底，水里换气，两个时辰不出水，那才神奇。"雷响大叫道："我也学爷爷！"他从爹的脖颈上翻下来，扑通！落了水。

雷响娘见丈夫一去不回头，只怕儿子给拍花子的拐走了，也找到河边来。

她一下河坡，正看见雷响扑通落水，吓得她一出溜坐在了沙滩上，只见雷响两手乱扒，两脚乱蹬，挣扎着想露出头来，却只是咕噜咕噜大口灌坛子，身子直往下沉，河面上冒起一串串水泡。

"狠心贼！"雷响娘拍打两手，骂着丈夫，"你见死不救呀！"

"瞧你那副样子！"虎寅若无其事，嘻嘻哈哈，"小孩儿刚学步，没有不摔跟头的；练浮水，也没有不先灌几口的，这是一个理。"

果然，雷响挣扎又挣扎，到底从水里钻出了头，搂住爹的脖子，喊道："我能漂起来啦！自个儿漂上来的。"虎寅问道："害怕没有？"雷响喘着大气，说："没有！我就不信学不会爷爷的功夫。"虎寅高兴，说："好儿子！就是要天不怕，地不怕，胆大包天。"

雷响娘急赤白脸喊叫，爷儿俩只得上岸，雷响娘哪里肯依？张开巴掌就打雷响，虎寅一横身子，巴掌落在他的脊梁上。雷响嚷道："一人有罪一人当，怎么能让您替我挨打？还是打我吧，越打越瓷实。"说着，从他爹身后闪出来。虎寅连忙又用身子挡住了他，嬉笑道："儿呀，别过意不去；教子成龙，爹情愿挨打。"

雷响娘哭不得，笑不得。

晚上，明亮的圆月，从东南天角的林梢爬上来，小院里洒满皎洁的月光。雷响偎在爹爹怀里，听爹爹回忆爷爷爬树登高的故事，听得伸出舌头，眼珠都定了。虎寅磕灭了烟锅，说："光听不练，成不了好汉，咱们爬树去。"雷响马上跳起来，说："走！"雷响娘正在屋里烧艾蒿熏蚊子，一听他们又去闹险，大嚷："不准！……"艾蒿烟呛得她咳嗽着，从屋里追出来，虎寅早挟着雷响无影无踪了。

爷儿俩钻进青纱帐，来到一个大坟圈子里，有五棵刺破夜空的大白杨树，风吹树叶哗啦啦像下暴雨。虎寅挽挽裤腿，甩了鞋，照手心上啐口唾沫，抱住光滑滑没有枝丫的树干，腰一弓，猴儿似的，哧溜溜！一眨眼爬上了树梢，伸手能摘下星星。

雷响站在树下，打着响舌儿，蹿跳着跟爹招手，嚷叫："爹，抱我上去乘凉呀！"

"想乘凉吗？"虎寅坐在树杈上，搭着二郎腿，"你有手有脚，自个儿爬上来。"

于是，雷响学着爹爹的姿势，挽挽裤腿儿，甩了鞋，照手心上啐口唾沫，抱住树干，弓着腰，往上爬。可是，爬了没有两步，便出溜下来，他不甘心，运了运气，又爬起来。接二连三，他擦伤了肚皮，磨破了手脚，仍旧不肯罢休；若不是他娘找了来，手里还拿着一把懒驴愁皮鞭子，他才不肯回家。

头遍鸡叫，雷响醒了，身边的炕席空着，爹不见了。他推推沉睡的娘，说："爹没啦！"娘在睡梦里说："丢不了，狸子叼不走他。"雷响可再也不想睡，偷偷穿上破裤子，光着脚丫儿，悄悄溜下炕，蹑手蹑脚开了门，探头一望，只见篱笆外，月光下，爹手使一把青钢刀，劈、砍、扎、刺、闪、躲、蹿、跳，刀光月影中，像一只插翅猛虎。他一蹦跳出门槛，大叫："爹，我也练武！"

爹给他削了一口碧桃刀。

从这天起，他黎明学刀，晌午浮水，夜晚爬高。而每天临睡之前，他都要爹爹讲述爷爷的生平往事。爷爷的名字，爷爷的事迹，铸造着这个孩子的性格，激扬着这个孩子的心志。他常常一个人到爷爷的坟地去，在浓荫覆盖的老龙腰河柳下，在野花烂漫的坟墓边，默默地静坐，沉思。有时抬眼眺望茫茫大河上闪耀的水色，青青河滩上浮动的风光，不知怎的，小小的心灵便一剜一剜地疼痛。他搂住爷爷的坟头，脸贴着潮热的泥土，仿佛听见爷爷从地下发出的复仇的呼唤声。

几年过去，雷响不过十三四岁，可是武艺、水性和爬高，都有了惊人的功夫。

每天他到老龙腰河柳下歇晌。天气十分炎热，河风吹着团团热气，水鸟都深藏到芦苇丛中，只有野麻地里，飞舞着几只红翅膀的蜻蜓。雷响热得难耐，爬上老龙腰河柳树梢，踩着一枝柔软的枝丫，脚尖一蹬，弹跳而起，斜刺里冲向半空，画了一个弧圈，唰！鱼鹰一般扎下水去，河面没有溅起一星一点的水花，只留下几丝淡如烟缕的波纹。

雷响直沉河底，手脚落地，爬到大河拐弯处的十里旋涡。这里激流凶险，水寒刺骨，鱼儿不敢来游戏，飞燕不敢来剪水。大船驶行到十里旋涡附近，掌舵的和船夫们个个捏着一把冷汗，稍一大意，失了手，断了纤，大船裹入旋涡，就像一片枯叶，一朵落花，旋转沉没下去。但是，十里旋涡却奈何不得雷响。他被激流拧成陀螺，一会儿盘旋上升，一会儿回旋下降，却优哉游哉，怡然自得。

　　他爬树也喜欢出邪点子。人家爬树是直上直下，他却本末倒置，头朝下，脚朝上，蝎子倒爬墙。爬到树尖，两脚钩住枝杈，玩起打秋千，或是左蹭右跳，上上下下，像穿飞的啄木鸟，连虎寅都吓得脸变了颜色。

　　雷家世代种瓜，西瓜有黑崩筋儿、鬼脸青、鞑子蜜、花和尚，甜瓜有蛤蟆酥、金葫芦、十里香，面瓜有醉罗汉、绿大碗、傻大个儿，莴花沾，方圆几十里，无人不知，无人不晓。年年夏季，瓜熟时节，在瓜园里搭一座小小的瓜楼，虎寅带着青钢刀，夜晚住在瓜楼上看瓜。今年，雷响死乞白赖抢这个差事，虎寅答应了他。

　　这天夜晚，雷响口唱小曲，到瓜园上任。他先到大河里浮了几圈，消了消暑气，然后回到瓜园，摘了一条可口的金葫芦甜瓜，躺在瓜楼的席头上，仰望着满天繁星，高高兴兴地吃着。

　　夜风凉爽宜人，瓜园里散发着浓郁的芳香，蝈蝈爬到瓜秧上，清脆地叫叫，停停，停停，叫叫。一颗白亮的流星，拖着长长的光芒，划过宁静的夜空，好像飘落在延芳淀里，沾上有惊鸟噪起。雷响渐渐眼皮发涩，打起盹儿，半截甜瓜滚落在瓜楼下。

　　突然，沙啦啦一阵喧响，他霍地惊醒，一翻身跳下瓜楼，只见在朦胧月色中，一个巨大的黑影，游动在瓜园里。雷响大喝一声："谁？"那个巨大的黑影也不答话，背起一个大筐就走。雷响满头冒火，大吼道："你吃了豹子胆，敢偷雷家的瓜！"大步流星追了上去。

　　那个巨大的黑影放下大筐，陡地一转身，现出一张凶恶的夜叉脸。

　　雷响一声惊叫，倒退了两步，那夜叉脸紧逼上来。雷响气得七窍生烟，怒叫一声："着打！"泰山压顶扑了上去。

　　夜叉脸轻轻一闪，发出低低的笑声，笑这个初生牛犊不怕虎，躁而无谋。谁知，拳打是虚，脚踢是实，拳落脚踢，直踢他的肋下。那夜叉脸这才知道自己眼拙，没有识破招数，暗叫："厉害！"慌忙趁势倒地，一个狮子滚绣球，躲过这个飞脚。雷响脚又踢空，似乎火上浇油，越发毛躁了，一个饿虎扑食，竟想跨到那夜叉脸身上去。夜叉脸又不禁暗暗发笑，笑他亮出全身，天大的破绽，于是趁他腾空跃起，使了个扬脚掏裆，想把他半空掀翻。不想雷响又是真真假假，虚虚实实，半空里一个鹞子翻身，矫健地闪了开去。那夜叉脸急忙鲤鱼打挺跳起来，但是脚没站稳，身未立定，雷响早枯树盘根，使了个扫堂腿。那夜叉脸再也躲闪不及，咕咚！仰面朝天躺下了。

雷响并不赶尽杀绝，站在一边手叉着腰，说："你说清道白，我不为难你。烟村雷家虽看不起走黑道的行径，可也怜惜他们事出无奈，绝不伤天害理，你要是真的家里揭不开锅，这筐瓜就白送给你。"

那叉脸仰躺在地上，哈哈大笑道："好儿子，我是你爹！"

雷响吓了一跳，问道："爹，您是撒吃挣吧？怎么黑更半夜出来游荡，偷自家的瓜？"虎寅爬起身，笑道："我想试试你的胆量。"雷响赶快给爹爹掸土，负罪地问道："摔着您哪儿没有？"虎寅心疼地拍拍他的光葫芦头，无限深情地说："就是把爹摔得腰断腿折，爹也满心欢喜。大河后浪催前浪，一辈新人胜旧人，爹放心了！"他把祖传的青钢宝刀，手托着交给了儿子。

雷响接过这口刀，也就接过了复仇的重任，肩负起了生活的负担。

3

雷响十五岁，正是一九三九年，北运河大涝，百里平原颗粒无收。雷家的二亩瓜园，被山洪席卷一空，三亩洼地，一片汪洋；可是，日伪的田粮三天必须交齐，吴家大院的租米一粒不能减少，雷虎寅急得病倒炕上。告贷无门，走投无路，雷响一跺脚，跑到吴家大院，写一张三年卖身契，顶这一年的田粮和地租。大丈夫报仇，十年不晚。雷响把新仇旧恨，刻在心头。

吴莲池最喜欢收小扛活的，价钱便宜，不少干活。有的只管吃饭，不挣分文；有的是将身抵债，一辈子当牛作马，真是一本万利。而且，自幼被他磨光了棱角，长大了也不敢反抗他，所以他管这叫小科班。

雷响搬进这个小科班的泥棚屋里，已经有两个孩子坐科，一个叫霍忙牛，一个叫马门闩。

霍忙牛是个墓生子。他娘怀他七个月，一块门板抬回他爹的尸体，血肉模糊，盖着一块破席头。他爹名叫霍二憨子，缺心眼儿，给吴家大院当了二十年马倌。他起五更爬半夜，三伏三九都睡在马棚里，马踢、马踏、马咬，满头满脸，一身上下，伤痕累累。最终，一匹野马踢破了他的太阳穴，当时就丧了命。霍二憨子只给老婆留下一亩三分薄砂地，两间夏漏雨、冬透风的小土窑。

忙牛娘虽是一双小脚，却豁得出去，泥里滚草里爬，苦苦挣扎，要把儿子拉扯大。每天下地前，喂饱儿子奶，给忙牛拦腰系一根麻绳，拴在窗棂上，免得他乱滚乱爬，栽下炕去。临走再关严窗户，紧锁房门，免得猫儿狗儿进屋，咬伤儿子。可是，牤牛娘在地里薅着薅着草，高粱叶子唰啦啦一响，她立时就心惊肉跳，仿佛听见儿子的哀啼声，慌慌张张跑回家，儿子泡在一汪屎尿里，呼呼睡得很香甜。也有几回，儿子在炕上哭得滚来滚去，麻绳绕在脖子上，来晚一步，牤牛就断了气。血一把，泪一把，牤牛娘的腰累弯了，眼熬花了，牤牛长成个半大小伙子。大脑瓜儿，扫帚眉，黑锅脸，铁打的身架，也是一条直肠子不拐弯。吴莲池一见又是个小二憨子，便拿出一纸文书，硬说霍二憨子留下的一亩三分地，是他的恩赐。霍二憨子立下字据，言明子孙万代，报效东家。于是，霍牤牛从老娘身边被牵走，进了吴家大院的小科班。过了半年，一辈子含辛茹苦的老娘，劳累过度，一天从地里背回一大捆柴火，走在半路，忽然两腿一软，坐在了地上，再也没有力气爬起来，就这么无声无息地死了。吴莲池假充善人，赏了一口薄皮棺材，可是牤牛家那一亩三分地，却不明不白地改姓了吴。

马门闩更是口咬黄连落生的苦孩子。他家不知何年何月，哪一辈上，欠下吴家一笔驴打滚儿的高利贷，算不清也还不清，只得子子孙孙，世世代代，扛这面枷。

雷响跟霍牤牛和马门闩同年同月生，生日比他俩小，霍牤牛和马门闩又来得早，他俩就有点欺生。雷响虽有一身好武艺，可是牢记雷家的家规，不许恃强欺人，所以一忍再忍，和平相处。

有一回，雷响跟掌管小科班的四管家顶嘴，四管家张手要打，雷响铁钳似的握住他的灯草胳膊，豹子眼瞪得彪圆，说："你敢捅我一指头，我就捵散了你！我们雷家从不欺侮人，可也不受人欺侮。"四管家连喊反了，可是也只得缩回了手，灰溜溜走了。

奇怪，从这天起，四管家忽然对霍牤牛和马门闩另眼相看，掌勺打饭，给他俩盛稠的，拿大的。过了几日，便挑唆他俩打雷响。

一天晚上，雷响牵马进棚，不小心蹭了霍牤牛一下，霍牤牛铜铃铛眼一瞪，叫道："找碴儿打架吗？"说着，给了雷响一拳。

雷响笑了笑。

马门闩一边叫起来："撞了人还笑！"也给雷响一拳。

雷响皱了皱眉。

"怎么，还不服！"霍忙牛又踢了一脚。

雷响仍不还手，呼了口气，说："事不过三，再动手，我就不忍让了。"他拴好了马，关上马棚的栅栏门，躲着他俩走。

四管家端着一杆二尺半的湘妃竹烟袋，远远站着，骂道："真他娘的孬种！人家刚龇了龇牙，就夹起了尾巴！"

霍忙牛的脾气，点火就着，又挥起拳头，扑向雷响，叫道："我把你捣成闷雷不响！"话未落音，雷响脚下轻轻一拨，他闹了个仰面朝天。马门闩又抢上来，雷响开门见山，一掌推去，马门闩砸在了霍忙牛身上。两人爬起身，前后夹攻，雷响不慌不忙，上拳下脚，拨弄得他俩跟头流星，鼻青眼肿，不敢再交手了。

四管家点手把霍忙牛和马门闩叫过去，咬着耳朵，喊喊喳喳，霍忙牛和马门闩连连点头。

第二天晌午，三个人在河里洗澡，霍忙牛猛地从背后掐住雷响的脖子，马门闩就往他嘴里撩水。雷响头一晃，膀一摇，抓住霍忙牛的胳臂，揪住马门闩的耳朵，往下一蹲，直沉河底。霍忙牛和马门闩喝成了大肚蝈蝈儿，雷响才把他俩夹上岸。

霍忙牛和马门闩浑身酸软无力，躺在沙滩上，瓷着眼珠儿，望着雷响干张嘴儿，一口一口倒气，就像两条涸泽之鱼。雷响气得满脸阴云，鼻翅一张一合，狠狠一指忙牛，说："你给吴莲池卖命吧！早晚也是破席一卷，跟你爹一个下场！"又狠狠一指马门闩，说："你也一辈子卸不下吴家这面枷！"说罢，独自赶着他的马群，到远处的草地上去了。

霍忙牛和马门闩吐空了满肚子的河水，你看看我，我看看你，咧嘴哭了。哭了一会儿，挣扎着爬了起来，头重脚轻地赶着他们的牲口，跟雷响会合。

从此，他们亲如一奶同胞。

他们每日早起，头顶星星，赶着似水流云的牛、马、骡、驴，到河滩上来，下晚脚踏着月光，又赶着这上百头牲口，一路尘烟回吴家大院。一来一往，都路过石老硬的铁匠铺。

铁匠铺在烟村村口，村口有一条长堤旱路，也可直通石瓜镇，比水路多走一二里。

铁匠铺一间门面，一座凉棚，房前屋后满种高大金黄的向日葵。天蒙蒙亮，铁匠铺就响起了叮叮当当的铁锤声，石老硬光着膀子，只扎一条围裙，身披火光，汗流浃背，手里的铁锤冰雹雨点似的落在铁砧上；他的女儿雨梅打下手，拉着风箱，呼嗒呼嗒，扇起火苗有二尺高。

雨梅是个茁实壮丽的女孩子，人高马大，胸脯丰满，有两膀子惊人的力气，性情开朗得就像湛蓝的天空，从早到晚笑声不断。她自小比男孩子还野性。烟村村口高岸上，有一棵九曲盘环的老龙腰河柳，凌空伸延到飞流急湍的水面上。她一有闲空，就跑到这里玩耍，悬空坐在颤悠悠的河柳枝丫上，跟过往行船、渔舟上的船夫和旅客大说大笑。有时情不自禁，笑得前仰后合，四脚八叉翻了下去，溅起冲天的浪花，再浮上岸来，爬回树上，那更有趣。

雨梅顽皮淘气，快嘴快舌，爱耍笑人。雷响、霍牤牛和马门闩早晚从铁匠铺外路过，她一边呼嗒呼嗒拉风箱，一边挤眉弄眼要笑这三个牧童，一会儿粗声粗气喊道："牛大姑爷、马二官人，一擂也不响！"一会儿又尖着嗓子叫道："擂也不响的牛大姑爷、马二官人！"霍牤牛朝她挥舞拳头，马门闩跟她打牙逗嘴儿，只有雷响眼角也不瞟她。

一年小，两年大，雨梅忽然不打趣雷响了，只跟牛大姑爷霍牤牛和马二官人马门闩玩笑。一个六月的中午，雷响把马群赶到河边柳荫下卧着，他钻进水柳丛中，仰躺在阴凉的白沙地上，搭着腿，吹苇笛儿。忽然，柳丛一阵沙沙响，他只当是一只鹌鹑飞进来，骨碌爬起身，正要去捕捉，却见雨梅叼着一支三棱草，手脚落地，笑嘻嘻爬进来。

雷响板起面孔，瓮声瓮气地问道："你来干什么？"

"听你吹曲儿呀！"雨梅一扑，也趴在白沙地上，狡黠地眨着眼。雷响扭过脸去，心里像有一窝蚂蚁爬，手指打着哆嗦，曲调乱了套。

"这是什么曲儿呀？"雨梅眯着眼睛问。

"百鸟投林！"雷响没好气地答道。

"呸！"雨梅扑哧一乐，"叽叽喳喳，麻雀搬家。"

雷响闷雷似的吼起来："有你在这儿嬉皮笑脸，我还得吹出夜猫子叫，夜猫子笑！"

雨梅腾地跳起来，骂了声："丧门神！"撩天泼地扬起沙子，水柳丛中尘烟四起，呛得雷响直打滚儿，她却带着一串笑声，逃之夭夭了。

就在这天下晚，雷响、霍牤牛和马门闩踏着茫茫月色，赶着他们的牛、马、骡、驴大队，从河滩回来，雨梅正在大道拐弯的柳棵子地里砍柳条，编鸡笼用。柳条儿又柔韧又绵长，她砍得全神贯注，一本正经。忽然，她好像被牛鸣、马嘶、驴叫惊扰了，停住了手里的镰刀，回过头，腼腼腆腆地向他们三人道："回去啦？"

"不回去，你又不管我跟忙牛的饭！"马门闩假装哭丧着脸。

雨梅吃吃笑，心里甜甜的。

三个人走近了，她又好像偶然发现，咦了一声，说："你们的裤子都破了，再不缝补，可就穿碎了。来，我给你们粗针大线缝几针。"三个人欣然同意，直溜溜站住脚。

也不知怎么那么现成，她砍柳条还带着针线包。她蹲下身来，先给马门闩缝，几个大口子缝得平平整整，马门闩很满意，感动地说："雨梅，你的模样比织女俊，你的手比织女巧，你的心肠比织女好。我这个没爹没娘的孤儿，亏你惦着，往后我再也不跟你贫嘴呱嗒舌了。"

雨梅啐道："快走吧！刚说不贫嘴，可又跟我胡扯，我是织女，谁是牛郎？"

马门闩吐吐舌头，连忙赶着牲口先走了。

接着，雨梅又给霍忙牛缝。这个憨头憨脑的大孩子更不要好，雨梅刚缝了几针，他就傻笑着说："行啦，露不出'零碎'就得，我得赶紧回去填肚子。"说着，扯断了线就走。

最后，轮到雷响了。雨梅咬着嘴唇，不抬眼皮儿，借着皎洁的月光，一针针，缝又缝，针脚又小又密，有的地方连不住线，她又神出鬼没地掏出几块本色补丁。雷响的心给打动了，低低地柔声说："雨梅，别这么细致，累酸了眼睛，得雀盲。"这几句话，说得雨梅心一热，又一酸，咬断了针线，背过脸去，说："往后你有针线活儿，就给我拿来，我好歹的给你做，别再辛苦雷大婶了。"雷响更动了心，胸膛里一阵鼓荡，说："你的心思，我都明白。不过，要管，你连忙牛跟门闩的活儿也要管，别显得咱俩近，他俩远。"雨梅"嗯"了一声，又回到柳棵子地里。她摸摸脸庞，滚烫滚烫的，摸摸胸口，扑腾扑腾跳。

雷响走远了，她又觉得意犹未尽，从柳棵子地里追上去，叫："雷响！……"

雷响脚不停步，回头挥了挥手，说："你也快回家吃饭，咱们到大姑家听香姐说新故事。"

不刮风下雨，他们每晚都划着小船，到瞾罳台凤大姑家聚会。

　　罾罟台跟东邻的烟村，相隔五里水面，坐落在延芳淀中央的一道泥鳅背沙冈上。冈坡上丛生着芦苇、野麻、三棱草和红皮水柳，冈坡下水边拴着叶叶渔舟，冈脊上分布着一座座巴掌大的小院落。一色的蝈蝈笼泥棚屋，屋檐上晾着大大小小的渔网，门前都是一小块一小块的园子地，种的是花生、红豆、瓜菜和牛腿高粱，有的家也有几棵果树。

　　这个小小的村落，原是过去南北船行的船坞，十八户人家，也都是过去南北船行的船夫。自从八路军的一支武工队，在北运河上游活动，日伪军就重兵封锁了延芳淀以上的河道。切断了交通，南北船行揽不到生意，就关了张，船夫们只好在罾罟台落户定居，种地打鱼为生。

　　丘二篙头、凤大姑和他们的女儿飘香，三口人只有一只渔船，二亩沙田。春天一茬豌豆，夏天一茬晚瓜，瓜后又是一茬荞麦，而且每天都下淀捕鱼，忙得上气不接下气，一年到头也只能吃个半饱。不得已，凤大姑又借了一笔印子钱，在水泊边开了个小小的饭铺，字号柳香居。小饭铺开张几个月，一直也没想立个字号，只在门前的河柳上，插了一面"太白遗风"的酒幌子；年轻的说书人，外号小叶学士的叶菏，在这儿打尖，见景生情，想起李太白"风吹柳花满店香"的诗句，于是给起了这个雅致诗意的字号，凤大姑和飘香母女非常高兴，招待叶菏更亲热了。

　　柳香居只有两间低矮的土房，房前一片白沙地，三面夹着柳条篱笆，搭一棚豆架。豆架下，砌着几座泥台，十几个泥墩，就算桌位。小饭铺的顾客，都是过往的船夫、脚夫、挑夫、工匠，在这儿歇歇脚，打打尖，要一壶枣叶茶，一碗白酒，一盘凉拌黄瓜或素炒扁豆，几个金黄的两面焦。多花几文钱，还能吃上青蒜狗肉、新鲜活鱼，团脐螃蟹，肥嫩野鸭，以及种种水生草长的野味，然后尝尝凤大姑最拿手的荷叶饼。

　　凤大姑是个精明强干的女人，当年雷连甲最疼爱这个女儿，不但没有给她裹脚，而且传授她一身好武艺，三五个粗夯大汉，不是她的敌手。她又有一张雨打芭蕉的嘴，口角锋利，敢说敢道。她更心灵手巧，炕上针线女红、灶上煎、炒、烹、炸，地里耕、耩、锄、耪，水上划船摇橹，撒网捕鱼，无不精通。

　　她的女儿飘香，像她又不像她。聪明、俏丽，甚至有点刁钻，都像她；可是身姿娇小，心机深沉，性情凝重，不苟言笑，又不像她。飘香人小力气单薄，学不了长枪大刀和强拳硬脚，凤大姑就下功夫教她出奇制胜，一巧破千斤。她有一张花梨木猴弦弹弓，一条鞣皮弹囊，满装着滚圆滚圆、一般大小的红石子弹丸，百发百中，弹无虚发。

她比母亲更心灵，更手巧。她的特长是纺纱和织布，每年冬闲时节，她就闭门纺织。她织出的夏布，就像黎明缥缈的炊烟，晴空轻淡的云影；贩卖土产的老客，抢购她的产品，运到通州县城，以五倍的价钱出售，而运到京津两市，更卖到十倍的价钱。

飘香还有一条清亮圆润的歌喉，会唱许多民间小曲。月夜，她的歌声回荡在月色朦胧的水泊上，袅袅不绝，余味无穷，感人肺腑，沁人心脾。

而她最与众不同之处，是她识了许多字，不但能记流水账，而且能看鼓词唱本一类的小书。

一个穷门小户的女孩子，又住在野泊荒村，怎么会识文断字呢？

是年轻的说书人，外号小叶学士的叶菏，几年来一字一句教会了她。

4

叶菏也出生在石瓜镇，生身之父叫何守田，他家只有半亩池塘，三分果园，两间棚屋。池塘里植莲、种藕、养鱼，果园里有十几棵香白杏、水蜜桃、海棠、山楂、鸭梨、苹果，还有一架玛瑙红葡萄。何守田夫妻二人，过的是安分守己、与世无争、粗茶淡饭、自给自足的生活。

做梦也没想到，闭门家中坐，飞灾横祸来。吴莲池修造一座大宅院，相中了这片果园和池塘，要圈占了去，当他的后花园。吴莲池打发一个狗腿子，知会何守田，拨给他龙蟠河边二亩蛤蟆坑洼地，三日之内搬家。

为了栽培养育这三分果园和半亩池塘的花、木、鸟、虫、鱼，何守田呕尽了心血；每一条枝丫，每一片荷叶，都像是他身上的骨肉，他怎么能容忍吴莲池夺走他这祖辈传留、自己半生辛苦挣下的家业？这个一向树叶掉下来也怕砸破头的人，被逼上绝路，忍无可忍了。

他日夜守护在池塘边和果园外，不吃不睡，寸步不离。

这天，一个狗腿子带领几个泼皮无赖，手持棍棒，摇晃着膀子，打着口哨，横冲直撞而来。

一棵棵香白杏在成熟，一株株水蜜桃已经红晕，海棠、山楂、鸭梨、苹果、葡萄都结出了累累坠坠的果实；池塘里，荷叶盘盘，荷花清香，一尾尾活蹦乱跳的肥大鲤鱼，穿梭嬉戏在绿水中。

何守田的心，一阵绞痛，抱住身边的一棵苹果树。那狗腿子喝道："滚开！"两个泼皮无赖从苹果树上扯开他，拖出十几丈外，揉在地上。何守田两手抠地，痛苦呻吟，突然痛彻肺腑地惨叫一声，像一只愤怒的利箭，直向那指手画脚的狗腿子扑去，双手扼住了他的喉咙。那个狗腿子猝不及防，想喊救命没叫出声，只是抽搐着身子，拼命地垂死挣扎。泼皮无赖一时吓破了胆，尖叫着，鸟兽四散。

何守田骑在那个狗腿子身上，两只手下死力扼得更紧，更紧。

泼皮无赖惊魂稍定，呼哨着拥了上来，可是那个狗腿子早已七窍出血，两只狗眼进出眼眶，狗脸憋得紫黑，断气玩儿完了。他们撕掳着何守田，何守田也已经全身冰凉，气绝身亡，只是十根手指深深嵌进狗腿子的脖颈里，像两把老虎钳，掰也掰不开。

这伙丧尽天良的两脚畜生，兽性大发，狂叫着："何守田家还有活口，灭他的门！"疯狗一般扑奔绿树丛中的何家棚屋。

何守田的女人柳氏，还没有出满月，远远听见这群恶狗的号叫声，慌忙抱起刚刚落生二十几天的儿子，跳出后窗，奔田野上逃去。

柳氏一口气跑到了大河边，站住脚，举目一望，大河茫茫，没有一只渡船，四下也不见一个人影，而那伙追赶她的泼皮无赖们已经逼近了。她急中生智，将儿子赤条条扔进一簇香蒿丛里，抱着小花被沿河边飞跑，把泼皮无赖们引走。泼皮无赖们果然中计，迂回抄近，想抢在前头，把柳氏堵住。柳氏知道已经插翅难逃，抬头叫了一声："天呀，天！你让我的儿子活下来，给我们留下一条根吧！"抢上两步，纵身投下滔滔的大河。

泼皮无赖们赶到河岸，只见一床小花被漂浮在河心，便以为他们母子已经尸身沉没，放心大胆地回去了。

傍晚，满天霞锦，倦鸟归林，游乡说书艺人和走方郎中叶明亮，身穿破旧长衫，背一梢马子，唱唱咧咧地路过这里。忽然，从一簇香蒿丛里，传出一阵微弱细小的婴儿哀啼声，吓了他一大跳。

他定了定神，蹑手蹑脚地走了过去，只见一个赤条条的小男孩，只穿个小小的绣花肚兜，蜷缩在草棵里，咬着小拳头，哭得奄奄一息。叶明亮弯下腰，小心翼翼地把婴儿捧了起来，鼻子一酸，忍不住淌下两行热泪，泪水滴落在婴儿的小嘴里，小男孩还当是母亲的乳汁，贪婪地吮吸下去。叶明亮万分激动，连连亲吻婴儿的小脸蛋，呜咽着喃喃地说："孩儿啊，孩儿啊！我原想生前无儿又无女，死后孤坟、野狗、一棵树，谁想意外之缘遇见你，我不该绝后，你不该早夭。你那狠心的爹娘撇了你，我偏要拼死拼活养大你！"说罢，他脱下身上那件千钉百补的破长衫，仔细地将婴儿包裹妥帖，轻轻哼着催眠曲，一步一步抱回家去。

叶明亮居住在通州东关的贫民窟鸡鸣巷，家里只有一个病弱的妻子。他每日清晨离开通州，背上梢马子，里边装着醒木、扇子、葫芦瓢，挂着一根打狗枣木棒，蹚河过桥，走村串店，在河边渡口，集市庙会，演说《水浒》。他并不忠实于原著，凡是他不满意的情节，他都加以删补润色；对于他所喜爱的人物，例如林冲、武松、李逵、鲁智深，更另外编织了许多惊险动人的故事。而且，他还是个好心肠的月下老人，总觉得宋江把一丈青扈三娘许配给矮脚虎王英，是把一支鲜花插在了狗屎上，非常不当，令人不快；于是，他便做主，让一丈青姑娘给豹子头林冲续了弦，很得人心。他还精通外科医术，专治跌打损伤，妙手回春，起死回生。他的听众和病家，十之八九是长工、佃户、船夫、苦力、贩夫、走卒，常常不取分文，只讨口饽饽吃，囫囵哄饱肚皮就得，渴了便到井台溪边，喝一瓢清水。他过的是叫花子生活，却自得其乐，穷苦人都热爱他，敬重他，尊称他叶师父，管他的妻子叫叶师母。

他把婴儿抱回家，一进门就欢笑着跟叶师母喊道："吉星高照！我在龙蟠河边捡来个儿子。"叶师母更是喜出望外，喜泪直流，说："天可怜见，咱俩老来可有依靠了。"为了纪念在河边草丛里的奇缘巧遇，叶明亮想起山东省菏泽县的菏字，给这个孩子命名，最贴切，于是便起名叫叶菏，生日就从捡到之日算起。

叶明亮那一颗炽热善良的心，整个儿扑在了小叶菏身上。他不再走村游乡，就在东关码头打个地摊说书，一散了场就赶紧回家抱儿子。小叶菏三岁，他干脆把儿子抱到说书场上。这个孩子也真乖，不哭，不闹，坐在爹爹身边的一个小马扎上，静静地谛听爹爹描绘古代的草莽英雄人物，黑亮黑亮的圆眼睛，闪耀着喜、怒、哀、乐的目光。他一字一句都听进了耳朵，铭刻在心里。

叶明亮不通文墨，只是在长期的说书生涯中，逐渐识得一些粗浅的文字。小叶菏四五岁，叶明亮哄他玩，给他写了几个字方儿，教他念和写。不想小叶菏智力过人，教一个，会一个，教十个，会十个，笔画不管多么复杂，都能写得完整无缺。到六岁，叶菏已经识了两三千字，还磨着他爹教下去。叶明亮搔搔头皮，笑着说："儿呀，就此打住吧！爹肚子里这几滴墨汁，全叫你掏干了。"

小叶菏学而不厌，不想到此为止。

通州县城的东关码头有座河神庙，河神庙里有个私塾，执教的先生姓文，名朝闻，学问渊博，人品清高。叶菏常到河神庙玩耍，扒着塾房的后窗台，听塾房琅琅的读书声，出神入迷。他一边听，一边跟着默念，不知不觉竟熟记了若干篇诗云子曰。

有一天，他双手扒着后窗台，偷看学生们背书。只见一个肥头大耳的学生，至少也有十七八岁了，直挺挺僵立着，胖脸憋成了猪肝色，结结巴巴，吭吭哧哧地背诵着：

"坎……坎坎……伐……伐伐……檀兮！……"

他翻来覆去，只会背这一句，油光光的脸上，汗如滚豆。

叶菏看着他那副蠢样儿，又狼狈不堪，觉得十分可笑，忙用一只小手紧紧捂住嘴，才强忍着没笑出声来。

"伸出手来！"文朝闻先生断喝一声，满面怒气，举起又厚又重的杉木戒方，狠狠打在肥头大耳学生的手心上。

肥头大耳疼得直咧嘴，眼里含着两泡泪。小叶菏不再觉得他可笑，只觉得他可怜，于是小声提示他：

"置之河之干兮……"

"置之河之干兮！"

肥头大耳得了救，逞能似的大嚷出声。

文朝闻先生的脸色缓和了，把戒方放回讲台。

"置……置置……"肥头大耳又原地踏步，推起车轱辘。

叶菏怕他又要挨打，赶忙又提示一句：

"河水清且涟猗……"

"河水清且涟猗！"肥头大耳有头无脑，只会鹦鹉学舌。

叶菏暗暗着急，心想一股脑儿告诉了他，免得他一句一顿，被先生听出破绽，皮肉加倍吃苦，便一直提示下去，肥头大耳好一气呵成。

"不稼不穑，

胡取禾三百廛兮？

不狩不猎，

胡瞻尔庭有县狟兮？

彼君子兮，

不素餐兮！……"

叶菡背得高兴，忘乎所以，竟学着文朝闻先生的腔调，放声吟哦起来。

"谁在后面当枪手！"文先生勃然大怒。

叶菡大吃一惊，双手一缩，跌下窗台，脑瓜跌了个桃子大的青包，哇哇大哭。

文朝闻先生急忙走出去一看，是个头上留着木梳背儿的小男孩，大为惊奇。他把叶菡抱进塾房，放在腿上，一面揉着头上的肿伤，一面哄道："好孩子不爱哭，爱哭不是好孩子。"

叶菡很怕这位铁面无情的文先生，不敢哭了，抽抽搭搭地说："我不敢了，您放我回家吧！"

文先生却不放他，和颜悦色地问道："你还会背哪一篇？"

叶菡觉得这位文先生看似无情却有情，便乍起胆子，回答说："《硕鼠》。"

"很好，背给我听。"文先生闭上眼睛，微笑着。

硕鼠硕鼠，

无食我黍。

三岁贯女，

莫我肯顾。

逝将去女，

适彼乐土。

乐土乐土，

爰得我所。

叶菡不但背诵流利，而且语气愤懑，说明他对于这首诗的诗意，充分理解。

"绝顶聪明，举一隅而知十隅！"文朝闻先生爱不释手，赞叹不已，"你到我这儿来念书，好不好？"

叶菡低下头去，小声说："眼下，家里没钱。"

"我免收你的束脩，"文先生说，"纸笔墨砚，我也给你买，你来吗？"

"来。"

　　但是，叶菏只跟文先生念了三年书，县政府下令取缔私塾，文先生失了业，叶菏也就失了学。穷家孩子早知柴米贵，失学之后就跟爹爹学说书，不久便沿着爹爹的道路，行走在百里龙蟠河两岸。

　　这也是从无字句处读书。

5

　　几年时光，叶菏呼吸着北运河原野的泥土芳香，呼吸着茑花沽的清新水气，从少年长成青年，也成熟了他那别具一格的说书艺术。他的说书风格，跟叶明亮迥然不同。叶明亮幽默风趣，痛快淋漓，擅长武松故事，绘声绘色，声情并茂；叶菏深沉庄重，细腻委婉，专攻林冲六回，令人闻之悲愤交加，泫然涕下。

　　儿子长大成器，后继有人，叶明亮便退出说书生涯，专门行医。

　　叶菏不但说书，而且游学。他每到设有学堂的村镇，都要拜会那里的执教先生，谈诗论文，辩难问答。有一回，在文庙大殿，他驳倒了前清秀才出身的通州士圣人程门雪，坐了三个月的牢，却博得了小叶学士这个爱称。

　　他热爱农家生活和乡村景色，常常流连忘返，十天半月才回通州家里一趟。他喜欢寄宿破庙、瓜棚、茅店，结交五行八作的朋友。他有很多忠实的听众，那是真正的书迷，待他像自家亲人。尤其是那些天真烂漫的少年和儿童，跟他更是亲密，打一只鸟儿，掏一窝螃蟹，捞一网鱼虾，摘一把桑葚儿，都要请他尝尝鲜。

　　在他的那些书迷听众里，就有雷响、雨梅、霍牤牛和马门闩，而最知音的还是飘香。

　　叶菏到延芳淀说书，就在柳香居包饭，遇到刮风下雨，常在罾罟台借宿。后来，丘二篙头、凤大姑和飘香，又叫来雷响、雨梅、牤牛和门闩，干脆给他搭了一间窝棚屋，他也就成了罾罟台的侨居户。凤大姑爱听他的书，疼他像子侄；飘香听书最用心，最仔细，最感动，杏子眼里常常噙满泪花。叶菏深感知音，收场之后，还要另外给飘香说一些散段，教她识字看书。日久天长，两人不但知音，而且知心。

　　凤大姑是何等人，这一切能不看在眼里？一天夜晚，临睡之前，她悄悄跟丈夫说："飘香那丫头，跟叶菏越来越形影不离，没有分寸了。"

　　"咱们船家天然野性，不讲究那些酸文假醋的女儿经、弟子规。"丘二篙头不以为然。

"那就爽利把飘香给了叶菏。"

"如今兵荒马乱，过两年再定吧！"

睡在外屋的飘香，清清楚楚都听见了。她又惊，又喜，又羞，少女的心怦怦乱跳。这一夜她失了眠，第二天清晨起来，脸色发黄，目光也显得枯涩。

叶菏来到柳香居，见飘香一副病容，问她："是着凉了吧？我给你看看脉。"

飘香脸一红，低着头，逃进屋去。接连几天，飘香都躲闪着不跟叶菏碰面，闹得叶菏像掉进了闷葫芦里。

又过了两三日，一天歇晌，叶菏坐在堤坡的杜梨树荫下，还没有睡。

"喂！"

忽然，背后有人轻轻叫他。

叶菏回过头，是飘香。飘香手提一只柳条篮，还夹着个小包袱。

柳条篮里有一个斗大的西瓜，叶菏忙说："我不渴，留着给大姑跟大姑父吃吧！"

"雷响送来两筐，我这是借花献佛。"飘香笑吟吟一投手，"你先接住这个！"她像织女投梭，扬过来小包袱。

叶菏接在手中，打开一看，是一双布鞋，一身裤褂，迷惘地看了飘香一眼，问道："这……"

"也不知可脚不可脚，合身不合身？"飘香走上堤坡，放下柳篮，背转身子，"鞋样儿，是比着你的脚印铰的；衣裳的裁剪，可就没凭据了。"

叶菏的心，一阵剧烈地激动。这几天，飘香躲闪他，他也不跟飘香接近，只看见她在中午阳光下晒袼褙，夜晚在月光里纺纱织布，又看见她在豆棚下纳鞋底儿，缝衣裳；可是万没想到，飘香日夜辛劳，为的是他。

"我不能穿！"叶菏热泪盈眶，"大姑父还光着膀子，赤着脚。"

"你不必替我爹操心。"飘香笑道，"一夏天在水上过日子，一条短裤，一件蓑衣，就够了。"

叶菏又看见飘香身上那打满补丁的蓝花土布小褂，摇着头说："你的衣裳这么破旧，我怎么能忍心穿新的，穿好的呢？"

"少管我的闲事！"飘香面色愠怒，"你再啰唆，我就恼了。"

叶菏慌忙说："你别恼，我穿。"

"那就到柳棵子地里换上去！"飘香命令。

叶菏更衣完毕，从柳棵子地里走出来，不住口地说："鞋可脚，衣合身；手真巧，活真好。"

但是，飘香已经飘然而去，只在杜梨树浓荫下，留下那个斗大的鞑子蜜西瓜。

河上，云天，原野，一片宁静，只有苇尖荷叶上，掠过阵阵溜溜的清风，远远的淀畔，有一只秧鸡在啼叫……

叶菏也已经脱离了说书生涯。日寇投降以后，他考取了新成立的通州师范，二十三岁又上了学。

开学前夕，他到延芳淀话别，当天没走，在罾罟台流连一日。吃过晚饭，皓月当空，繁星满天，延芳淀上月色迷茫，凉风习习，叶菏跟凤大姑、丘二篙头和飘香，坐在柳香居小院里谈天。

"念书，好！"丘二篙头喝了二两老酒，满面喜色，"自古以来，咱穷人不通文墨，吃了多少苦头！财主富户，官府衙门，一封八行文书，压得咱穷人直不起腰，喘不过气，呼天不应，唤地不灵。如今，你踹开学堂大门，就是长了咱穷人的威风锐气。要好好念，学问不怕大，才高八斗不行，要才高一石六。"

"千万要争气，要强！"凤大姑叮咛说，"学堂门槛九丈九，只有少爷公子进得去。而今你考中了，踢了他们的门槛子，他们能不红眼？你一定得用功上进，在学问上压他们一头，叫他们知道知道，咱穷人也不是没有文才。"

"你们的话，我都记住！"叶菏点着头，"我爹，我娘，也是这么嘱咐我。"

但是，躲在豆棚一角阴影里的飘香，却一直不开口。

"歇息吧！"丘二篙头站起身，"明天我还得起早，南北船行又开了张，拨来一只头号大船，叫我掌舵，蹚蹚水道。几年不摆弄这个家伙，手生了。"他进屋提出一盏风灯，奔水泊边停泊大船的船坞去了。

豆棚下，只剩下叶菏、凤大姑和飘香三个人。叶菏的目光不时向飘香投去，飘香却只是侧着脸，一声不吭，空气很沉闷。

石瓜镇哨楼，响起三更梆声，夜深了。

"叶菏，你也睡去吧！"凤大姑说，"明天，让飘香划船送你。"

"是。"叶菏又望了飘香一眼，见她仍然一动不动，只得离开柳香居，朝自己的窝棚小屋走去。

　　他开门进屋，坐在窗口，窗前是一片迷茫的月光。沾上，阵阵夜风，吹来芦花荷茎的清香，沁人心脾的水气，叶菏的心一阵阵痉挛。他跟延芳淀的水土和人民，千丝万缕之情，就像母子连心。罾罟台的渔舟，柳香居的豆棚，以及他这间蓬荜陋室，都令人眷恋不已。他更想到飘香待他的情意。几年来，这个少女那颗圣洁的心，给他以无量的温馨，细致的体贴。然而，今天飘香却沉默寡言，郁郁寡欢，显得十分疏远，他感到惆怅。

　　正在这时，夜空划过一道流星的白光，一个飘忽摇曳的人影，朝他的窝棚小屋一溜小跑而来。

　　"飘香！"叶菏跳起来，开了门。

　　"黑更半夜的，我不进去了！"飘香远远地站住，站在迷茫的月色里，"我是来告诉你，明天你坐我爹的大船走吧，我不送你了。"说罢，陡地一个转身，匆匆而去。

　　叶菏的心弦，一阵战栗。他恍然大悟，慌忙追赶出去，连连呼唤着："飘香，站住！飘香，站住！"

　　飘香停住脚步，扭过脸来，跺着脚，低声叫道："你这是干什么呀！叫人家看见，要说什么呢？"

　　叶菏看见，她的脸上闪着泪光。

　　"飘香！"叶菏痛苦地叫道，"你的心，我明白。你睁大眼睛看着吧！我要是念书念黑了心肝，念软了骨头，那就对不起为我含辛茹苦的爹娘，对不起待我亲如骨肉的延芳淀父老兄弟姐妹，对不起你的一片深情。天地虽大，也不能容我这个丧尽天良的罪人！"

　　"只要你心里有我们，就好。"飘香垂下眼睛，声音发颤。

　　两个人都沉默了，默默地站在月光下，心里很乱，呼吸急促。一阵风来，飘香发觉两人面对面的身影交织在一起，慌忙跳进一棵合欢树的阴影里。

　　"飘香！"叶菏闯上一步，莽莽撞撞地握住了飘香的手。

　　"哎呀，你！"飘香的手冰凉。

　　"这几年，你为我操劳……"

　　"我不想听，我不想听！"

　　"我有一句话，不敢说出口……"叶菏胆怯地顿住了。

　　"你还是说了吧！"

"我不知道，等将来……咱们能不能……你愿意不愿意……"叶菏满头大汗，不知所云。

"还问什么呢？"飘香叹了口气，"除了你，我心上还能有谁呢？"

她仰起泪光晶莹的脸，叶菏笨手笨脚地亲吻了她。

不知过了多久，淀上一声雁叫，惊醒了飘香，她从叶菏的拥抱中挣脱开来，慌慌乱乱地跑走了。

跑了很远，她忽然又站住脚，转过身，向叶菏这里投来情意深长的一瞥，迟疑地停顿片刻，才慢慢地离去。叶菏只是呆呆地站立着，飘香那轻盈的身影在迷茫的月光中消失了，他仍旧呆呆地站立着。他的心，很沉重。

第二天清晨，吃过早饭，叶菏坐在飘香打桨的小船上，离开柳香居。飘香节奏均匀地轻轻打桨，小划子平平稳稳地驶向淀上，船头卷起细碎的浪花，船尾响着汩汩的水声。他们一想起昨晚发生的一切，心就乱跳，脸就发烧，谁也不敢看谁。

小船驶出苇花沽口，进入龙蟠河的宽阔河道，他们躲避帆樯林立的大船，沿着河边浅水划行，船走得很慢，他们说话的声音很低。延芳淀到通州，水路只有三十里，他们走了半天一晌。

太阳落山，霞光满淀，凤大姑站在柳香居外，翘首眺望。女儿一去不归，她心里七上八下，坐立不安，六神无主。

忽然，隐隐约约，沽上传来袅袅的歌声，荡漾在渐渐浓重的暮霭中。

> 豌豆开花花蕊红，
> 豌豆结荚一层层；
> 阳春种下小豌豆，
> 开满了鲜花到处红。
> 知心的人儿虽已走，
> 知心的话儿留心中。
> ……

"死丫头！"凤大姑一块石头落了地，低低骂了一句，"乐得唱出了心思来。"

飘香划着一叶轻舟，带着一片霞光，像丛林中射出的响箭，飞一般归来。

6

第二年暮春时节，一个晴朗的日子。明净的阳光，温煦的春风，北运河边，平川古道，走马流星。一路风烟中，奔驰着一支人强马壮的小分队。

高空，一只张扬着阔大翅膀的苍鹰，在大地上投下疾飞的掠影，跟踪马后，寸步不离。

一马当先，奔驰在小分队最前面的是一匹铁叶青骏马。骑坐在骏马铁叶青上的人，二十七八岁，清秀的高个子，黧黑的肤色，凛若寒星的眼睛。他身穿灰布军装，斜挎一只军用皮包，打着裹腿，脚下爬山靸鞋，腰间两支连发二十响的驳壳枪，神态威严坚定，风度英武潇洒，眉宇间焕发着深沉的正气。

他，就是八路军冀东军区作战处副处长蒲葵，前往国民党占领下的通州，担任国共停战协定监督执行小组的我方代表。肩负重任，急如星火，马不停蹄。沿北运河古道，已经飞奔两三个小时。

飞奔到北运河进延芳淀的入口，只见碧浪千顷，水天一色，令人心驰神往。蒲葵勒住铁叶青，手搭凉棚，眺望延芳淀的景色风光，轻轻舒了口气，说："同志们，我看见了那个淀上小村罾罟台，咱们到那里歇歇马，打打尖，等候城工部的同志来介绍情况。"

"是！"大家齐声回答。

于是，这五名飞驰的骑士，又沿着延芳淀畔的纤道，直奔罾罟台对岸的渡口，雇一只渡船，摆渡到罾罟台去。延芳淀南北长八九里，东西宽六七里，渡口到罾罟台不过三里左右。上了船，不一会儿，就望见了柳香居的字号。

其实，柳香居自今年正月初六，就已经关门大吉。原因是飘香出落得越发人品出众，就像延芳淀上一枝秀丽的碧莲，十分引人注目。世道险恶，为了避嫌防患，凤大姑将小饭铺关了张，让门前冷落下来。如今，娘儿俩除了耕种二亩沙田，打几网鱼，就整天编席织篓，纺线织布，天一黑就关窗闭户，不点灯火，早早睡觉。

这时，凤大姑正坐在门槛上，给丘二篙头编一件蓑衣，飘香在豆棚阴凉下，织一匹柳条格土布。凤大姑抬头之间，发觉一只渡船朝柳香居驶来，船上有五名大兵，五匹大马。她慌忙扔下手里的蒲苇，喊叫飘香停了梭，将女儿推进屋里，从灶膛里掏出一把锅烟，抹在飘香那俏丽的脸上。然后，她迎门而立，面无惧色，冷冷地盯着已经下船上岸的人马。

"大娘，您好！"蒲葵牵着马，在柳香居柴门外站住，满面笑容，跟凤大姑打招呼。

凤大姑脸色冷冰冰，说："不敢当，长官。"

"大娘，我们是八路军，请您管我叫同志。"蒲葵彬彬有礼，一团和气，"我们到通州城里办事，路上又饥又渴，想在您这儿歇马打尖，不知方便不方便？"

一听他们是八路军，凤大姑那敌意的目光柔和下来。对于八路军和共产党，凤大姑虽然没有见过面，内心却是十分向往而亲切的。远在八年前，日寇侵占通州以后，丘二篙头的一个好朋友，通州码头装卸工沙官印，从县牢里逃了出来，在她家躲藏了七天。沙官印在县牢里，跟一个共产党住过同一间牢房，结成了患难之交。沙官印在罾罟台躲藏的那些日子里，每天都跟凤大姑和丘二篙头谈起这位可敬的难友，是一个品格高尚的人，眼光远大的人，坚贞不屈的人，视死如归的人。七天后，沙官印走了，他要跋涉千山万水，走遍天涯海角，去投奔共产党。沙官印走后两年，八路军挺进支队在燕山山脉建立了抗日根据地。虽然日伪军的层层封锁线，隔断了北运河，闭塞了延芳淀，但是千层篱笆也得透风，八路军和共产党的影响，仍然深入到延芳淀受苦受难的人民心目中。

凤大姑那冷冰冰的面孔解了冻，换上了满面春风，抬开柴门，热情地说："我们这个小饭铺，关张几个月了。我用柴锅土灶，给你们做一顿粗茶淡饭，慢待了。"

"谢谢您，大娘！给您添麻烦了。"

蒲葵那温和的言语，文静的举止，有礼貌的态度，很快就博得了凤大姑的好感和亲近，连躲进屋里的飘香，也大胆走出来，悄悄提起一张小网，到淀边打些鱼虾待客。

那四名战士，也一个个满面笑容，轻声柔气。他们一个放哨，一个喂马，一个挑水，一个劈柴，然后又打扫院落，修补柴门篱墙。蒲葵也并不在一边闲坐，他拾起凤大姑扔在地上的蓑衣和蒲苇，坐在一个泥墩上，一边跟凤大姑谈着天，一边手指利落地编织着。

多年的革命战斗生涯，蒲葵养成了喜欢调查研究的好习惯。每到一处，哪怕只是停留片刻，遇到只是一人半丁，也要亲切交谈，询问当地的阶级状况，风土人情，历史地理和社会特色。他说话和气，态度诚恳，待人平等，不耻下问，善于同群众打成一片。他的目光、脸色、声调、微笑，都具有强烈的吸引力，唤起激情，感动人心。此刻，他跟凤大姑，从他的故乡江南农村谈起，渐渐将话题引到延芳淀来，凤大姑是个嘴快的人，何况这些人又跟她亲如一家，于是她一面烙着两面焦，一面话不住口将延芳淀的各方面情况，大大小小，远远近近，说了个仔细周密。说到吴莲池一家，凤大姑咬牙切齿，背起吴家祖宗十八代的家谱，一直骂到吴莲池的贼子吴宗笠。蒲葵听得非常认真，停下了手里的编织，不断提问。这个吴宗笠，不但是国民党京东保安司令部的政训处处长，而且是停战协定监督执行小组的国民党代表，正是蒲葵交锋的对手。

饭熟了，飘香将一浅篮金黄的两面焦，一大盘炖鱼，一大盘虾米炒小白菜，还有一盆葱花汤，端放在一张四方泥台上。凤大姑解下围裙，面带歉意地说："缺荤少素，五味不全，委屈同志们了。"

蒲葵忙说："大娘，让您劳累了。这样的饭菜，比起我们的伙食标准，高多了。"

除了一人放哨，四个人围坐泥台，坐下来吃饭。正吃着，丘二篙头突然回来了。飘香看见，她爹的目光跟蒲葵的目光碰在一起，蒲葵放下筷子，站起身说："大伯，请坐。"丘二篙头笑呵呵地说："坐下吃吧！我从通州回来修船，回家看看，不知几位贵客早到，我来晚了，失罪。"蒲葵问道："一会儿，我们想请您的船送我们过岸，您方便吗？"丘二篙头会意地微笑了一下，说："我的船不知您中意不中意，吃过饭，您跟我到船上看看。"蒲葵匆匆吃完，命令四个战士加强警戒，就跟着丘二篙头去看船。

一出柴门，蒲葵低声问："船上是谁？"

"老沙。"

"呵！"蒲葵那凛若寒星的眼睛，像迸发出火光似的一亮，"大伯，您是老沙的人吗？"

"我跟沙官印，是同心换命的老弟兄。"丘二篙头一指停泊在淀边的大船，"我的伙友们都上岸回家了，船上只有老沙一人，快去吧！"

沙官印是地下的中共通州城内特支书记。

十年前，他在兰渚口码头当苦力，为人豪爽侠义，敢为朋友两肋插刀。有一回，他为一个受欺凌的伙友抱打不平，抢起杠棒，打断了把头的双腿，被押进监牢，判处了十年徒刑。在监牢里，他跟一个名叫宿莽的共产党人同住一间囚室，宿莽很会说故事，讲道理，他说的故事耐人寻味，他讲的道理深入浅出，就像春雨洒在旱田上，点点滴滴渗透沙官印的心。宿莽很少谈他自己，只是被沙官印追问不过，才谈起他有一个新婚的妻子，婚后三个月，两人就分别了，妻子已经怀了孕。他来到通州，被捕坐牢已经两年，家里并不知道；妻子生下的是男是女，他更不得而知。他们同住了一年，结成了生死之交。日寇进攻通州，国民党溃逃前夜，竟不顾国共协定，将宿莽吊死在县牢后院的一棵老槐树上。当看守打开牢门，押走宿莽的时候，沙官印死死抱住宿莽不放，喊叫道："他是个人才，留下他，我换他这条命！"看守骂道："你一个臭苦力，不值半文钱，杀你三千，抵不上他一个。"七八个看守将他撕扯开，他跳脚大骂，又把他的嘴堵住。他望着宿莽的背影，用头撞着铁窗，哭得像个小孩子。宿莽怕连累了他，一直没有开口，这时忍不住回过头，意味深长地说了一句："石在，火种是不会绝的。"沙官印不哭了，呆呆地思索着这句话。几天之后，国民党军不战自溃，仓皇南逃，沙官印跟难友们砸开牢门，放了一把火，逃到延芳淀，在好友丘二篙头家躲藏了七天，后来就离开曌罳台，投奔共产党去了。他跋涉千里，一九三八年春夏之交，在一座深山古庙，遇见了一支北上的八路军，只有一百多人，番号是八路军挺进支队，沙官印就加入了这个支队，当时蒲葵是这个支队的作战参谋。后来，这个支队在燕山山脉建立了抗日根据地，开展抗日游击战争，成立了中共冀东区委、冀东军区和冀东行政公署。沙官印先后在军区民运部，行署公安处和区党委城工部工作。日寇投降以后，他又秘密返回通州，建立特支。他仍然回到通州码头当苦力，人们问他这几年在哪儿混饭吃，他说东西南北，四方云游。

　　丘二篙头跟沙官印是二三十年的老朋友，忠诚可靠，守口如瓶，沙官印头一个就串联了他。丘二篙头这条大船上的其他四个船夫，又都是丘二篙头的多年伙友，于是这条大船就成了一座水上交通站。

　　昨天，地下交通员通知沙官印，军区作战处副处长蒲葵前来通州工作，要请地下特支的负责同志介绍通州城内情况，同时受区党委的委托，传达区党委对通州特支的工作部署。正巧，丘二篙头的大船要回曌罳台修理，沙官印秘密隐蔽在丘二篙头这条大船的后舱里，前来曌罳台，连船上那四位老伙友都不知道。

　　这时，这条落下桅帆的三舱大船，停泊在一溜老龙腰河柳附近，铁锚抛在岸上，缆绳拴在树上。别的船夫都上岸回家了，丘二篙头是这条大船的舵手，是一船之长，他要守卫这条大船。但是，他更百倍小心守卫的，是那个寄宿在后舱里的客人。现在，蒲葵走上了船，他在不远处的一片树荫下坐下来，装上一锅烟，静静地吸着，他像是悠闲地吹着河风乘凉，但是他的耳目却在警觉着四外。

大船后舱里，伫立着一个四十多岁花白光头的人，光着膀子，只绕着一条纤夫的围腰，像一尊铜像。他从舱窗内，已经看见蒲葵跟着丘二篙头走来，一个人上了船，连忙迎到舱口。

"蒲葵！"

"老沙！"

他俩紧紧地握手。

"我就猜中必定派你到通州来！"沙官印热烈地说，"传达上级指示吧！"

蒲葵从身上的挎包里拿出一封密写的信函，轻轻放在沙官印的手心里，笑着说："临行前，上级跟我谈起他们对于通州工作的设想。他们说，通州地处北京东大门，是个军事要地，所以国民党才驻守一个旅的兵力，设立保安司令部。因而，我们必须在通州近郊，开展武装斗争，扰得他们攻有后患，守有内忧。"

"完全正确！"沙官印看完来信，划着一根火柴烧掉了，"这些日子，我也考虑在通州城外的马蜂窝和延芳淀两处，建立堡垒。"

蒲葵赞许地点着头，说："延芳淀正是通州地方武装最好的立足之地，你应该在延芳淀的本地人中，立即开始发展工作。"

沙官印微微一笑，说："我已经相中了一个人，正在培养他。你到通州后，我可以安排你跟他见个面，你再对他进行一些引导。"

蒲葵感兴趣地问道："能够告诉我他是谁吗？"

沙官印拉着蒲葵走到舱窗口，一指在不远处的柳荫下为他们放哨的丘二篙头，说："就是这位老舵手的佳婿，通州师范学生叶菏。"

蒲葵又说："我的意见，不适合在城内工作的人，应该迅速转入农村。"

沙官印皱着眉头说："我进通州之前，城工部在通州有两个控制使用的人，留在城里利少弊多，我正想打报告把他们调出。"

"我是不是也跟这两个人见见面？"蒲葵问道。

沙官印摆了摆手，说："不忙！我跟他们也只是保持间接联系，谁也不认识谁。"

他们密谈了一个多小时。然后，蒲葵到柳香居集合他的战士，乘坐这条大船，请丘二篙头掌舵，送到对岸渡口，继续沿着北运河古道，向通州进发。

蒲葵停马柳香居，吃了一顿饭，不到两小时，进行了调查研究，也进行了宣传民众。他使得凤大姑和飘香母女俩，看到了生活的希望，在凤大姑和飘香母女俩的心田上，洒下了革命的春光。

当天晚上，雷响、雨梅、霍牤牛和马门闩到柳香居来，飘香喜眉笑眼，低低的，唱歌儿似的说："天晴了，晴天了！咱们出头的日子要到了。"她把蒲葵洒在她心田的春光，又播撒到这四个年轻人的心头。

"好啊！"雷响高兴得满面红光，一拳在地上捣了个深坑，"等那位姓蒲的八路军长官同志再路过这里，咱们就留他多住几天，教咱们革命。"

"头一炮，先革吴家大院！"霍牤牛照手心上连啐了两口唾沫，恨不得马上动手，"打开八大仓房，分那山堆似的粮食，延芳淀家家吃饱饭。"

"再分那二百顷肥田好地！"马门闩拍着大腿，更是心急，"我家祖祖辈辈，没有一块插针之地，多盼望自家能有几亩地啊！"

雨梅牙齿咬得咯咯响，恨恨地说："还得把吴莲池老贼大卸八块。"

"喂狗！"霍牤牛跟马门闩大叫。

"狗都不吃！"飘香啐着。

"哈哈哈哈！"他们纵情大笑。

雷响面向飘香，说："香姐，咱们要在延芳淀革命，还少一个人。"

飘香脸一红，问道："是不是叶菏？"

"对！"雷响目光炯炯，"咱们这几个人，光会武的，没有文才；有了叶菏，文武双全，革起命来就有勇有谋了。"

雨梅忙说："香姐，你给他捎个话儿，叫他快来。"

马门闩鬼心眼儿，摇了摇头说："人家进了学堂，眼前是做高官骑骏马的锦绣前程，还肯冒着杀头之罪，跟咱们闹革命？"

霍牤牛傻呵呵地说："咱们把他诓来，扣下他，不放他走，他不革命也得革命。"

"叶菏不比你的心眼儿多！"马门闩说，"你一眨眼皮儿，他就钻到你心里去，才不上你的当。"

　　霍忙牛粗中有细，说："我诓不了他，你也诓不了他，香姐诓他，他就得吞钩了。"

　　"那也未必！"马门闩冷笑道，"他心里要是有香姐，为什么自打他进了学堂，一晃八九个月，除了正月初一拜年来一趟，就一直不照面？"

　　飘香恼了，说："革命不革命，得自个儿心甘情愿，强扭的瓜不甜。我不必诓他，你们也不必扣他，他走他的阳关道，咱们走咱们的独木桥；有他也初一，没他也十五。"

　　"门闩胡说八道，冤枉叶菏！"雷响沉着脸，"正月初一叶菏来拜年，我们俩睡在热炕上，说了一夜掏心的话。叶菏在城里，给穷孩子们办了个不花钱的学堂，有点工夫，都花在了穷孩子们身上。我敢拿人头担保，叶菏跟咱们没变心，生死都同心。"

　　雨梅马上跟着说："我也敢拿人头担保，叶菏跟香姐没变心，生死不变心。"

　　飘香脸色冷若冰霜，说："他跟我变心不变心，我不强求；他要是胆敢跟延芳淀的乡亲们变了心，我就亲手革了他的命！"

　　"香姐言重了！"雷响一跃而起，"咱们五个人里，谁要是坏了肠子，到吴家大院告发，卖友求荣，该当何罪？"

　　霍忙牛说："五牛分尸！"

　　马门闩说："碎尸万段！"

　　雨梅说："剁成肉泥！"

　　飘香说："还要一把火把他烧成飞灰，免得他腌臜了一块干净土地。"

　　他们都发了誓，每人还有一人作保。霍忙牛保的是马门闩，马门闩保的是雨梅，雨梅保的是飘香，飘香保的是雷响，雷响保的是霍忙牛。谁胆敢变心卖友，保人动手革他的命；保人革不了他的命，就要拿命替他抵罪。

　　柳香居的大红公鸡发出第一声啼唱，罾罟台鸡鸣四起，延芳淀村村鸡鸣，他们才分别离去。

　　飘香悄悄进屋，睡在外间屋的小炕上。

7

　　通州城南，入河口北，有个贫民窟，地名马蜂窝。

　　沙官印住在一座低矮阴暗，四壁生满绿苔的窑里。这天晚上，沙官印在窑外的冷灶上点起晒干的青柴，正在做晚饭。远处一条丛生着三棱草和狗尾巴花的泥沼小路上，飞舞着一串串流萤，跑动着一个小小的人影，那是到河滩上打青柴的石在回来了。

石在是个外来的孤儿，去年深秋时节，他躲藏在一艘货轮上，从外省跑到通州，跳上码头，就直奔县牢，硬要闯进铁门，会见他爹。站岗的警察赶他走开，他一头撞去，把那个警察撞了个四脚八叉，仰面朝天，一溜烟钻了进去。从看守室里又跑出三个警察，想把他拦住，他像一只小豹子，抓破了一个家伙的脸皮，咬伤了一个家伙的手背，踢肿了一个家伙的前胸，可是到底人小力弱，还是被这三条恶狗按住了。看守长打了他二十藤条，砸上一副大镣，关进一间小黑屋。直饿了他三天三夜，才把他拖进审讯室，由一个三朝元老的预审官审问他。三朝元老抚摸着一大堆档案，问道："你爹叫什么名字，犯的什么案？"他答道："我爹叫宿莽，政治犯。"老家伙像烫了手指似的从档案上缩回手，一拍桌子，脸变了色，尖叫道："宿莽是共产党要犯，九年前就处决了。来人，把这个小东西赶出去！"两个警察一个抓胳膊，一个拽腿，把他抬到县牢大门口，扔到了大街上。他爬起来，又闯铁门，哭喊着："你们还给我爹的尸骨！"他眼里迸发出血泪，哭昏了过去。沙官印在码头上听人传说，有个外省小孩子千里寻父，急忙赶来，抱走了他，将他收留下来，又给他交了押金，当了报童，注册的名字叫石在。

小石在跟沙官印住隔壁，是沙官印用码头上摔散了的装货大木箱，给他钉成的一个小板屋，可是每月也得交地皮税。石在的个子很小，又很瘦弱，就像一株从石缝里长出的小草。但是，只要看一看他那充满仇恨和警觉的眼睛，就会知道，这个孩子是一支匕首，一把利剑，一道电火。他每天上午卖报，下午打柴，晚上到通州师范开办的平民子弟夜校上学。他在马蜂窝落户的第一天起，沙官印就以他那强烈的正气，高尚的品德，浸润这个小小孤儿的心灵，陶冶这个孩子的性情。他们已经同烧一灶柴，同吃一锅饭，像父子一样连心。

石在背着一捆青柴到来，沙官印心疼地问道："累了吧？饭就得。"

石在把柴捆放在冷灶旁边，擦了擦汗，问道："日子定了吗？"

沙官印给他舀了一木盆水洗脸，说："明天下午，你约会叶老师，端午节夜晚，到河上划船。"

小石在点点头，洗了脸，又洗了脚，吃过饭，钻进小板屋，一会儿就扯起了悦耳的鼾声。这个只有十周岁的烈士之子，奔波劳累一天，进入梦乡了。

通州师范坐落在北城城下，原是前清的文庙。不过，这座孔圣人的殿堂，由于年久失修，早已面目全非；幸而满院古木参天，引来鸟雀聚居，一天到晚叽叽喳喳，才使得在这荒凉颓败的景象中，带有一点生气。

目前，这个学校只有一年级，两个班，男女学生七十二人。教务主任文朝闻，就是那位当年在河神庙私塾教过叶菏的老先生。这位老先生当年离开通州之后，一直在省城的小学、中学和师范学校教国文。他对于说文解字的训诂学造诣很深，为人又刚正不阿，教学上更诲人不倦，因此在省城教育界颇有声望。抗战胜利后，他目睹国民党不但不痛改前非，反而变本加厉，比战前更残暴，更腐败，更独裁，更法西斯化，这位饱尝八年亡国苦罪的老夫子，再也不能心如古井了。他关心国家命运，同情左倾学生，大声疾呼改革政治，改革教育，改善民生。省教育厅厅长是他四十年前的开蒙弟子，虽然十二分腻烦他，但是碍着师生的名分，不大好处置他。忽然，一天灵机一动，计上心来，恭请文朝闻到他家吃饭，一口气连送了好几顶高帽儿，然后花言巧语，极尽虚情假意之能事，请求文先生到通州开办师范学校，办普及国民教育培训师资。文朝闻先生是个心地笃实的人，哪里看得出这位门生将他充军发配的用心，便高高兴兴地满口答应，兴冲冲打起行李到通州上任。可是，国民党通州县政府何曾想过发展教育这回事，接到省里公文，也就无可奈何，把这座破庙拨给了他，又忍痛掏出少得可怜的一点经费，县长兼了个校长的空名，就算开张大吉。这位老先生前半辈子一向在私塾的冷屋子里当小孩王，后半辈子到了省城，也仍然清苦自守，所以不大懂得讲究排场，更不懂得中饱自肥。因而给他一座破庙，也不挑剔，经费微薄，也不嫌少。招生告示贴了出去，到底因为师范享受公费，所以寒门子女纷纷投考。他选取严格，只挑中了七十二名，也是暗含着与孔门七十二贤人比美的意思。学生入学，他就带领大家铲除杂草，修葺房屋，还开了一块菜园，并且命名为樊圃。那意思就再明白不过，孔夫子的门徒是出名的四体不勤，五谷不分，唯有一个樊迟想学种菜种田，孔夫子还骂他没出息；而他文朝闻老夫子的学生，却偏要学一点锄禾日当午，汗滴禾下土，懂一点一日三餐，粒粒皆辛苦的道理，这不能不说老先生很有点新思想。

文朝闻还想成立一个附属小学，一来可以供学生们实习教学，二来也为了扩大儿童教育；但是，国民党县政府借口财政困难，不予照准。不得已退而求其次，改为开办一个平民子弟夜校，用不了多少经费，国民党当局还是一毛不拔。老先生力争无效，一怒之下，组织了一个劝募队，自己首先捐献三个月的薪水，然后走向社会募捐筹款。

劝募队的队长是女生盛千翠。

盛千翠是通州富商之首盛孔方的二女儿。盛孔方是个左右逢源，四方下注，六路观风，八面玲珑的奸商。他有一男二女，各有特性。儿子盛青蚨，念过财商专门学校，又很精通政治手腕。盛孔方已经六十多岁，年老体衰，就退居幕后，让盛青蚨站在前台，出面经营他的兴通商行和茂达银号。他的大女儿盛千金，生性轻佻，从小就没品行，老是卷入桃色旋涡；不过却是他爹的一棵摇钱树，最近改嫁京东保安司令部政训处长吴宗笠，不但给她家取得了政治保险，而且使她家大发接收财。二女儿盛千翠，跟她姐姐不大相同，自幼就是一棵病快快儿，几乎是吃人参长大的，念书倒也不笨，也知道用功，可就是力不从心，每个学年都念不到头，就要因病休学，所以直到十八岁才念完高小。她精神苦闷，性情乖张，家里人谁也看不上眼，一天到晚自叹自怜，不是对月伤心，就是见花流泪，生起气来就寻死觅活，全家谁都不敢惹她。

她故意跟她爹别扭，偏不到象牙之塔的教会中学念书，而去投考穷破寒酸的通州师范。穿着打扮，也追求平民化，阴丹士林布旗袍，家常布鞋，剪短发，不施脂粉。上学和外出，不骑自行车，不坐包月三轮车，更不乘坐她家最近高价购得的美国小汽车，总是徒步而行，风雨无阻，在这个只有五万人口的小城市里，这位千金小姐的古怪行动，十分引人注目，人人赞叹不已。于是，她就更加得意，甚至穿起特意打上补丁的衣裳。但是，在她那平民化的外表里，高贵的小姐脾气却依然如故。有一回，她走在街上，看见一个警察正刁难一个老洋车夫，就走了过去，喝道："住手！不许你欺侮善良的劳工民众。"那个警察是个新当差的雏儿，有眼不识泰山，骂道："哪儿来的黄毛丫头，少管闲事！惹恼了我，拿鞭子抽你。"她气得脸都白了，举手照那警察的脸上，狠狠抽了一个嘴巴，啐道："瞎了眼的畜生！我叫你知道这个黄毛丫头不是好惹的。"这时，一个大胖子巡官气喘吁吁地跑来，堆着一脸谄笑，又是打躬，又是作揖，连连央告："二小姐，请息怒，请息怒！留着我教训这个龟儿子，别脏了您的贵手。"她掏出手帕，擦了擦手心，说了声："把这个狗眼看人低的畜生关一个月禁闭，扣两个月薪饷。"说罢，旁若无人地昂着头，飘然而去。

对于她的稀奇古怪，她娘忧心忡忡地跟她爹叨唠："你这个当爹的，也得管管二丫头呀！咱们这个富贵人家，可别出了个共产党。"盛孔方嘿嘿一笑，摇头晃脑地说："由她性儿闹去！怕什么？我盛某人一男二女，占全了左、中、右，任凭中国政局千变万化，我都是赢家。"她哥哥不但不劝阻她多加检点，反而刺激她左些，再左些。兄妹俩坐在一起，盛青蚨便嬉笑着逗她："小妹，我觉得你这位著名左翼人士，总嫌过于温文尔雅，缺乏巾帼英雄应有的气魄。"她涨红了苍白的脸儿，尖着嗓子嚷道："滚开！我跟你这个满身铜臭、唯利是图的奸商，没有半句共同语言。"她的越轨言行，也有小特务密报到保安司令部政训处，甚至她的姐姐盛千金也深感不安。可是她的姐夫，政训处长吴宗笠却漠然视之，说："笑话！她离共产党的门槛，还差十万八千里；至于共产主义学说，她更是一窍不通，也永远无法入门。她不过是神经质，走邪火，小孩子吹彩色肥皂泡儿。"

盛千翠当劝募队长，当然先从自家开刀。盛孔方视钱如命，盛青蚨外面大方，妹子一张口，就认捐了个大数目。这一来，其他各家商户，也就不得不忍痛割肉。

平民子弟夜校有了经费，开了一个初小班，一个高小班，学生也是七十二名。通州师范的学生，除了盛千翠是校务主任，不教课，其余的人都轮流上讲台，叶菏是校务副主任，又是高小班的国文教员。其实，对于校务工作，盛千翠也不过是高高在上，指手画脚；埋头实干，任劳任怨的是叶菏。

小石在念的是高小，他聪明、刻苦、勤奋，叶菏最喜爱他，而小石在对于叶老师的学问和人品，也最敬佩，并且产生了深深的亲密感情。

今天，小石在背着破帆布书包走进通州师范，时间还早，学校里空无一人，只有叶菏光着脚，挽着裤腿，上身穿一件蛛网似的背心，正往菜园里挑水浇黄瓜。

"叶老师！"小石在笑嘻嘻叫了一声，"我来给您打水。"说着，就走向院墙东北角的土井台。

"好呀，我正少个帮手。"叶菏知道，小石在每回早来，都有缘故，便赶忙把水倒进菜畦里，挑着空筲回到井台，心跳着低声问："又给我带来……好书吗？"

小石在摇了摇头，提上一柳罐斗井水，倒进叶菏的木筲，小声说："沙大伯叫您在端午节夜晚，跟我到河上划船。"

"记住了！"叶菏微笑着一点头。

师生二人，一个打水，一个挑水，七八架黄瓜都浇完了。正当叶菏洗脚穿鞋的时候，校门口一个娇嗔的声音传来："叶菏，'言而无信，不知其可'。我跟你约好一起浇园，你为什么不等我？"

跟着，一个弱不禁风，面无血色，人比黄花瘦的女学生，袅袅娜娜走向井台来。她，就是盛千翠。

叶菏笑吟吟地说："这两天，你身体不大好，所以……"

"我很不稀罕你的体贴！"盛千翠噘起薄薄的小嘴儿，"你再跟我失信，我就恨死了你。"

对于这么娇滴滴而又酸溜溜的小姐，小石在一向格格不入，尤其对于她跟叶菏表现得十分亲昵，更是看不入眼。所以，一照见她的影儿，就避之唯恐不及，跑到教室里去了。他不知道，他从沙官印那里引到叶菏身上的线，有时也要连在盛千翠身上。

端午节夜晚，小石在约会叶菏，到北运河上划船。叶菏买了一串江米小枣粽子，又买了一盏莲花荷叶的河灯，和小石在手挽着手，走出通州南门，穿过马蜂窝，快步直奔北运河边。

一只蚌壳小船，拴在一个僻静的河湾处，阵阵河风，吹得小船摇摇荡荡，就像水面上的一叶漂萍。他们跳上船去，挂上河灯，解开缆绳，轻打双桨，划向河心。

一钩橙黄色的月牙儿，慢慢升上了河边的水柳梢头，大河上闪烁着星光月影，飘荡着凉风水气，令人心旷神怡。突然，两岸燃起堆堆篝火，响起节奏紧密、动人心弦的鼓声和嘹亮悠扬、半入江天半入云的唢呐声。篝火旁，笑声起落，一影杂乱。一只只灯船，高挂着一盏盏荷灯，纷纷解缆离岸，在笑语喧哗中四散划去，像是满天繁星，倾落在河面上。

"多么美妙的夜晚！"叶菏心醉地说。他剥开苇叶，将一只甜蜜的粽子沉下水去，向伟大的爱国诗人屈原，献上一片悼念的心意。

"咱们别这么闷坐着。"小石在轻轻笑道，"您划船，我吹笛。"

他从破帆布书包里拿出一支竖笛，定了定音，轻柔地、缓缓地吹了起来。笛声悠扬清亮，飘入星月闪烁的夜空，像一缕云烟，若断若续，余音不绝。陡地，笛声发生了变化，节奏跳荡跃动，基调快速有力。他那若有所思的目光，投向河对岸那黑黝黝的丛林，投向田野上的青纱帐。

笛声突然戛然而止，小石在跳了起来，蚌壳小船受惊似的一颤。

"怎么啦？"叶菏问道。

"我的笛声真把那个人请来啦！"小石在一指，叶菏望去，只见一只闪动着红灯笼的小船，正朝他们飞划而来。

"谁？"

"一个从延芳淀来的人，想见见您。"

"小石在！"红灯笼小船上，一个充满温情的声音，喜悦地呼唤着。

"叔叔！"小石在站在船头，晃动着手里的竖笛，"我跟叶老师等您半天了。"

红灯笼小船飞扬双桨，流星一般到来，跟他们的蚌壳小船靠拢在一起。灯光里，站起一个清秀高个儿，两眼凛若寒星的人，头戴一顶麦秸草帽，上身穿一件对襟小白褂儿，下身穿一条紫花布裤，半像农民，半像船夫；却又有一种与众不同的威武神采，不像农民，不像船夫。

"这个人，好眼熟！"叶菏心里一动。

"叶老师，你好！"这个人笑着向叶菏伸过手来。

"可不敢当。"叶菏很窘，脸红了，"请叫我的名字吧！"

两只小船，头并头，划向对岸的河边，在一片树荫浓影中停了桨，远离河心上喧闹欢笑的人和船。

"我从延芳淀来。"这个人坐在自己的红灯笼小船上，一只手扳着蚌壳小船的船舷，"我在柳香居吃过饭，凤大姑和飘香小妹都很惦念你，你怎么很久不去看望她们呢？"

"学校缠住了我的身。"叶菏神色惆怅，"我真后悔上这个学，念这个书。"

"为什么后悔呢？"这个人很感兴趣地追问。

"学校暮气沉沉，课本陈词滥调；毕业出来，也就成了一具行尸走肉。"叶菏说，"今晚我有幸认识了您，今后我要常到您的住地看望您。"

"后会有期吧！"蒲葵满怀深情地说，"国民党撕毁停战协定，大举向解放区发动进攻，全面内战开始了。我们日内就要撤离通州，投入两个中国之命运的决战。欢迎你，你能带动更多的进步青年，投身到革命的洪流中去。"

这时，北运河岸上的国民党巡逻队，突然一声令下，飞跑着延伸开来。就像一串串游魂鬼影，密布河岸。河心上，一艘水上巡逻艇，在节日的游船中横冲直撞。艇上站立着一个特务小头目，拔出手枪，威吓着号叫："限令五分钟之内，游船全部归岸，违令者严惩！"

"为我而破坏了端午节之夜的良辰美景。"蒲葵惋惜地对叶菏说，"我换上便装，悄悄前来会见你。现在，他们已经发现我的踪影，驱散游船搜寻我。"

小石在急忙握紧蚌壳小船的双桨，说："叔叔，我们不陪你了。"

"快走！"蒲葵说，"叶菏，小石在，再见。"

叶菏依依不舍地说："希望不久就在同一条战线上再见！"他摘下莲花荷叶灯，放下河去，小船急速归岸。

千百只游船归岸，千百只河灯漂满河面，北运河上五光十色，灯火通明。

蒲葵又换上了军装，在五光十色的北运河上，红灯小船怡然自得，轻盈划行。

8

年年青纱帐起，挂锄时节，延芳淀的村村庄庄，要在石瓜镇连摆三天擂台。这一盛会，已有几百年历史了。

但是，自从吴莲池霸占台董地位以后，站擂的都是他的护院打手，打擂的宗旨也不再是以武会友。吴莲池的用意，不过是通过擂台比武，挑选鹰犬，镇唬乡里。所以，擂台也就渐渐失去旧日风光，每年只有一些地痞青皮和财主秧子，登台卖弄几套花拳俏脚，人前显贵，讨几声稀稀落落的喝彩声，便自以为得意。

今年是吴莲池六十大寿，本来就要大办寿日。他的儿子吴宗笠又从通州赶来指点他，今年也是蒋介石的六十大寿，要普天同庆；还是抢个彩头，喧哗鼓噪，为委员长祝寿，吉利双收。吴莲池一听自己跟蒋介石同年而生，高兴得就好像他家的祖坟又冒高了三丈，更觉得自己命大福大造化大。于是勒令延芳淀村村庄庄的家家户户，按人头份儿摊款，要把今年的擂台办得比往年壮观十倍，才显得他对蒋委员长忠而且孝，也显示他吴家家运昌隆，富贵而又荣华。

今年在台上站擂的，是吴莲池新近重金礼聘的护院班头狼爪张八，还有狼爪张八的两个大徒弟，一个叫张驴儿，一个叫李狗剩。

在石瓜镇骡马大市上，用高大的松篙搭起了一座披红挂绿、悬灯结彩的席棚，正面一块金字牌匾，上写着"武林泰斗"，两旁还有一副斗大字体的对联，上联是"纵横五湖无敌手"，下联是"威震四海第一家"。更有三班鼓乐，吹吹打打，两支唢呐，响彻云霄，四面大鼓，震耳欲聋。台角一杆三丈高的旗杆，飞舞着一面犬牙杏黄旗，垂挂着一串串长鞭炮竹，噼噼啪啪爆响，飘散着团团硝烟，满街飞花。

擂台下，人山人海，拥挤不动；房脊墙头，沿街树梢，也都累累挂挂站满了人。饭摊、茶棚、瓜果摊……卖吃食的绵延二里长，小贩的叫卖声，本地口音混杂着南腔北调，乱嘈嘈一片喧闹。比起往年，真是盛况空前。

狼爪张八三十七八岁，正是年富力强。从一出师，就专给贩运烟土的巨枭保镖，走南闯北，千里单骑，没倒过字号。后来，他给大汉奸殷汝耕护院，擒过刺客，破过谋杀，很得殷汝耕的恩宠。如今，殷汝耕锒铛入狱，财产没收，他也就成了丧家之犬。旧时王谢堂前狗，沦落寻常百姓家，他不得已降格而就，屈尊来到吴家大院。这时，他大模大样坐在台口的一张紫檀雕花太师椅上，头上歪戴一顶卷边凉帽，鼻梁上架着一副水晶茶镜，身穿肥大纺绸裤褂，裤脚扎着宝蓝色丝绦蝴蝶扣儿，脚蹬一双青缎抓地虎快靴，手摇一把硬骨精雕的泥金扇，端着一只细瓷古花的小茶壶，龇开满嘴黄澄澄的金牙，小口小口地啜饮着香茶，真是神气十足，盛气凌人。太师椅两侧，左边张驴儿，右边李狗剩，也是一副两眼望天，目中无人的神气。

几个帮闲，小丑跳梁，陪衬了三五场，也就没人上台了。

"我们哥俩请一请！"张驴儿和李狗剩不耐烦起来，双双走到台前，抱了抱拳，"三老四少，路人君子，擂台冷了场，要怪我们师徒礼貌不周，欠缺十分的人缘儿。可是也难免有那嘴上无德的人，反倒说列位都是胆小如鼠之辈，孬种怯阵，不敢上台。所以，有点血性，真正是十月怀胎落生的朋友，还是上台来吧！"

但是，仍然无人赏光。

狼爪张八十分扫兴，霍地从太师椅上站起，手舞着泥金扇，破口大骂："都说是延芳淀藏龙卧虎，谁知百闻不如一见，据我张某人今日看来，竟是连一条敢拦路的狗也没有！"

他如此猖猖狂吠，惹恼了在柳荫下卖荷叶饼的飘香。她一蹦多高，手指擂台，高声叫道："你这条不知死的蹲门貂，且慢张狂！姑奶奶这就搬兵去，揍你个人仰马翻。"说着，她把盛荷叶饼的竹篮托付给一个相熟的小贩，就奔石老硬的铁匠铺飞跑而去。

石老硬铁匠铺的生意，这两天更比平常兴旺，他跟女儿雨梅从早到晚不直腰儿，还是忙不过来。

吴莲池为了他的生日红火，擂台上热闹，给他的长工们放了一天工。霍牤牛和马门闩不想看打擂，跑来给他们父女当帮手，打打杂儿。这时，爷儿四个刚出一炉货，坐在向日葵浓荫下歇息，吃着雷响家送来的香瓜。

"石大舅！"飘香老远就带着哭音喊叫，"狼爪张八在擂台上，把咱们延芳淀骂翻个儿啦！"

石老硬挺身而起，粗声大气问道："他骂了什么？"

"骂咱们延芳淀连一条敢拦路的狗也没有！"飘香气得脸色焦黄。

雨梅一听，暴跳起来，叫道："我给他淘淘茅厕，免得他满嘴喷粪！"一马当先，直奔擂台。

石老硬大骂着："狗日的，爹多娘少，没有家教，我来把他管教成人！"扔下铁匠铺的炉火就走。

"我捣碎了他，我砸扁了他！"霍牤牛也怒吼追去。

飘香一把扯住也要跑的马门闩，问道："怎么不见雷响？"

"他这两天打摆子，家里躺着呢。"

"你去把他找来。"

"杀鸡还用宰牛刀？一狼，一驴，一狗，不够我们爷儿四个收拾的。"马门闩挣脱开飘香，急起直追。

雨梅已经冲到擂台下，手一叉腰，问道："谁是狼爪张八，滚过来！"

"不知尊卑贵贱的黄毛丫头，八爷的大号是你叫得的？"张驴儿和李狗剩喝道。

"我不光叫他，还要拆了他喂鹰！"雨梅一扒台沿，蹿上台去。

"哈哈！"李狗剩下流地打了个响亮的榧子，"骒马上阵。"

"我活剥你的狗皮！"雨梅老大一个耳刮子扇过去。

李狗剩欺她是个女孩，不映在眼里。他闪过雨梅这一扇，使了个探囊取物，想摘下雨梅的蓝花包头。却不想雨梅手疾眼快，又猛又准，一把抓住了他的胳膊，只用了六七分腕力，李狗剩就疼得杀狗一般号叫起来。雨梅轻巧地一翻腕子，只听咯吧一声，李狗剩的胳臂就给摘了。

张驴儿一见师弟吃了亏，一声驴鸣，直扑雨梅。石老硬赶忙跳上台去，拨开女儿，接住张驴儿。

石老硬生得短小粗壮，四四方方，两臂有千斤膂力，可是动作却十分灵活。张驴儿是个虾米腰大个子，两条鹭鸶长腿，行动很是迟慢。石老硬声东击西，跳前跳后，真假虚实，扑朔迷离。张驴儿慌手笨脚，好似捕风捉影，直累得晕头转向，气喘如牛。石老硬只是笑嘻嘻，张驴儿急得嗷嗷叫。

狼爪张八坐不住了。他看出再拖延下去，张驴儿免不了要吃苦头，急忙放下扇子、茶壶，摘下凉帽、茶镜，脱掉纺绸上褂，露出一身龙飞凤舞的刺花，喝了声："驴儿，下去！"直取石老硬。

马门闩见这局面，也叫道："石大叔，您也歇歇，看我打这条狼叭狗儿！"他一纵身，拧着旋子上了台。狼爪张八一声冷笑："雏儿，上台容易下台难！"话出口，拳出手，迅雷不及掩耳。马门闩蹦跳闪开，张八不容他站定，又一个饿虎扑羊，把马门闩逼到台角，进退两难，施展不开。霍牤牛一见马门闩十分危急，大喝着跳上台去，也不管招式路数，一头朝张八撞去。张八一个跨步，霍牤牛一头撞空，张八趁势一个扫堂腿，霍牤牛翻身下台。马门闩见张八手脚厉害，不敢勉强支撑，也慌忙跳下台去。

"两个无能鼠辈！"狼爪张八狂笑，"看在你们亲娘的情分上，我高抬贵手了。"

他又坐回太师椅上，搭起二郎腿，两个小厮连忙打手巾把儿，擦过了脸，又给他端上小壶香茶，点上白铜水烟袋，轮班打扇扇凉，狼爪张八更显得扬扬得意。

忽然，台下好像狂风大作，观众乱哄哄喧嚷起来。狼爪张八微微欠起身子，只见观众闪开一条人巷，一个身穿破旧老棉袄的小伙子，由那个在柳荫下卖荷叶饼的姑娘陪同着，慢腾腾走来。张八轻蔑地一笑，抬起头，翻着眼睛，抱着白铜水烟袋，若无其事地吸着。

雷响在吴家大院扛了三年小活，十八岁走出小科班的牢笼，现在已经二十二岁。小伙子成长得魁梧高大，上唇一抹黑茸茸的胡髭，眉宇间一团凛凛然的英气，粗犷而不鲁莽，剽悍而不骄横。只是连日发冷发热，满面病容，脸色青黄，减少了几分威风锐气。

他走到距离擂台一两丈远的地方站定，平心静气地问道："姓张的，你是不是多歇一会儿，缓缓元气，咱们再交手？"

狼爪张八傲慢地冷笑道："张某人方才拨弄那两个乳臭小儿，还没伸开懒腰。朋友，不必假装大方，上台来吧！"

雷响说了声："领教！"身轻如春燕剪水，飞上台来。

狼爪张八见来者不善，哇哇怪叫，不等雷响脚落实地，便先声夺人，迎面一拳，想抢个上风。雷响滴溜溜一转身，落在了张八左侧。张八一拳打空，雷响飞脚踢他肋下，张八仓促退闪，乱了步法。雷响不容他神定，招招紧迫，步步进逼，逼迫得张八只有招架之功，没有还手之力。不过，张八也着实厉害，防守之中，偶尔也突然猛击，出手准，下手狠，处处取雷响要害。石老硬、霍忙牛、马门闩和飘香，都不禁替雷响捏一把汗；雨梅那么大胆子，脸色也发白了，嘴唇咬出了牙印儿，攥紧的拳头，汗珠儿顺手指缝滴滴答答直往下淌，浸湿了脚下的泥土。

狼爪张八只不过是回光返照，渐渐头热耳鸣，眼花缭乱，手足失措，呼噜气喘了。雷响见他气力不支，虚晃一招，腾空一个泰山压顶，故意卖个全身的破绽。张八心里一乐，大好时机，不可错过，藏头裹脑，让雷响扑了个空，急起一脚，直挑雷响的小腹。台下观众都以为雷响失算，发出一片哎呀之声，不忍看的，竟闭上了眼睛，雨梅的身子冷了半截，完全僵直了。

就在这时，猛听春雷般一声呐喊："走！"大家忙睁开眼，只见雷响扼住张八的脚腕子，风车一般抢圆。将张八抛上半空，咕咚咚！一堵坍墙似的倒栽葱摔下来。

"好！"台下，房上，墙头，树梢，人山人海的观众，爆发出山崩地裂的喝彩声。

雷响的脸一红，不好意思地一笑，匆匆从台上跳下来。雨梅、石老硬、霍忙牛、马门闩和飘香，众星捧月，簇拥着他回家。

他们说说笑笑，走出石瓜镇口，穿过一片水柳子地，忽然看见两条公牛，尾巴直竖，牛眼挂满血丝，叮叮当当撞头，撞得折断了犄角。小牧童远远坐在水柳丛中，呜呜直哭。

"我来劝架！"雷响挽了挽袖口，大喊着奔上前去，一手扳住一只牛头，喝道："看我的面子！"左推右搡，两头公牛一罗锅腰，趔趔趄趄倒退了几步，骨碌着大眼珠子，望望雷响，喷了喷鼻子，夹起尾巴，蔫溜溜各奔东西，耷拉着脑袋，乖乖地吃草去了。

"好神力！"河上，大小船只，船夫乘客，异口同声喝彩。

一只连舱大客船，船老大光顾得观看雷响斗牛，手失了舵，大船像脱缰的野马，脱离了河心的水道，横冲直撞地朝十里旋涡扎去。

十里旋涡上，浮沉着昨天撞碎的一只官船的几块船板、折断的船桅和扯破的风帆。

"哎呀，不好！"船上的乘客，岸上的行人，都慌忙地惊叫起来。

只见雷响甩掉身上的老棉袄，像一道紫色的闪电，飞身下河，扒上客船，夺过一支三丈大篙，猛刺河底，大吼一声，两只铁臂抗住激流，大船在旋涡中定住了。

船老大连忙扳舵，众船夫大篙齐下，这才拨转船头，重回正路。

"雷响，雷响！"岸上，一个叫小丢的大孩子，紧急呼叫，"鬼吹灯夏三带着两个保丁，把你家虎寅大伯押走啦！"

"前边带路！"雷响又腾飞下船，踩水而行，露出大半截身子，如履平地，像一条出水蛟龙，上了岸。

9

雷虎寅每天挑一副大筐，前筐是黑崩筋儿、鞑子蜜、花和尚大西瓜，后筐是蛤蟆酥、金葫芦、十里香甜瓜和醉罗汉、绿大碗、傻大个儿面瓜，到延芳淀村村庄庄叫卖。

他的瓜，不但好吃，而且多给，遇到饥渴难熬的行人，身无分文的老小，他还上赶着请他们白吃。在莴花沽方圆几十里，雷虎寅以性情忠厚、心地善良著称，受人尊敬。

不过，白吃他的瓜，也要分谁。他最厌恶的是吴莲池那伙子团丁，联保的那帮子保甲长。这些家伙，最没人样儿，一见他的瓜担，便像一群绿豆蝇，嗡的一声围上来，七手八脚，抢个精光，吃得胀破肚皮，抹抹嘴儿就走，分文不给。雷虎寅早就一忍再忍，烦躁得很了。

这天傍晌，雷虎寅又出去卖瓜，刚上石瓜镇堤坡，就见联保主任鬼吹灯夏三，身穿灰色长衫，一手撑着旱伞，一手摇着折扇，屁股后面跟着两个保丁，从镇里一步三摇走出来。雷虎寅已经躲闪不及，绕道而行又无路可走，满头冒火星。

鬼吹灯夏三是个扒绝户坟、踹寡妇门、吃人饭不拉人屎的家伙。他自幼游手好闲，不务正业，坑、蒙、拐、骗、偷，吃、喝、嫖、赌、抽，十恶俱全。二十几岁就染上了一身脏症，瞎掉一只眼，烂掉半个鼻子。此人在延芳淀的名气，真是顶风臭十里。谁想，这类货色，却成了国民党网罗招纳的稀世之才；延芳淀设立保甲，鬼吹灯夏三就当上了石瓜镇的联保主任。从此，十恶之外，又加上了敲诈勒索、栽赃诬陷这两项卑鄙伎俩。

鬼吹灯夏三瞧见雷虎寅挑着岗尖岗尖的大筐西瓜，远远就直吸溜鼻子。他狗颠了几步，挤着一只小绿豆眼，龇开一口黑牙，笑道："雷虎寅，算你未卜先知！吴处长从县城传下手谕，点名想吃烟村雷家的西瓜、甜瓜、面瓜，没想到你真会捧花献佛，流星赶月送来了。也算吉人自有天相，该着我不必跑酸了双腿儿，磨破了鞋底儿。事不宜迟，快！挑到吴老团董府上去。"

雷虎寅一听吴宗笠想吃他的瓜，心里就更窝火，把瓜担撂在地上，说："夏三，你回去跟吴家那大小子说一声，我这挑子瓜有主儿了。"

"给脸不要脸！"鬼吹灯夏三的脸色，好像狗屎下了一层霜，"吴处长屈尊吃你的瓜，是你三生有幸，无比的光彩。"

雷虎寅冷笑道："无奈我的瓜不想赏他吃。"

"牵着不走，打着倒退，"鬼吹灯夏三跟那两个保丁一点手，"押送！"

两个保丁早已馋不可耐，咽了一肚子口水，鬼吹灯夏三一声令下，便连蹿带蹦扑了上来。

雷虎寅火冒三丈，一跺脚，说："想吃我的瓜，他得另换一副肠子！"说罢，狠狠地把瓜担子一掀，一筐西瓜、一筐甜瓜和面瓜，叽里咕噜了一地。雷虎寅又踢，又踩，又踹，七零八落，一摊烂泥。

"好你个刁民！"鬼吹灯夏三挓挲着胳膊，扯断了脖子，"来人！把他押到吴老团董府上去，打他个侮慢官长，目无国法。"

两个保丁一挽袖口，就要动手。雷虎寅一拧两道浓眉，喝道："不知死的鬼儿！你们这三个纸糊的烧货，不值我三拳两脚。"

两个保丁知难而退，吓得躲到鬼吹灯夏三背后去了。

"雷……雷虎寅！"鬼吹灯夏三还要摆一摆联保主任的官架子，吹胡子瞪眼，"你这是犯上作乱，十恶不赦，我回禀吴老团董，把你灭门九族。"

　　就在这时，雷响等人烟尘四起地赶来。雷响张开胳膊，拦住大路，问道："鬼吹灯夏三，你要干什么？"

　　鬼吹灯夏三一翻眼皮，骂道："雷响，你好大口气！我夏某人大小也算是中华民国的朝廷命官，你直呼我的诨名，小心折你的寿。"

　　"我眼里不睬你！"雷响圆瞪豹子眼，"你为什么跟我爹纠缠不休！"

　　"他侮慢官长，目无国法，出口不逊，本主任依法予以拘押惩戒，以儆效尤。"

　　"少放官腔臭屁，说人话！"

　　"吴宗笠处长赏光，想吃你家的瓜，你爹不识抬举，非但不肯恭顺敬献，反而破口大骂。"

　　"骂谁？"

　　"骂了吴处长。"

　　"光骂他一个人？"

　　"吴处长是党国要员，骂他一个人，就犯下了弥天大罪。"

　　"我看骂得还不够。"

　　"还要骂谁？"

　　"我还要骂他吴家祖宗十八代！"雷响怒吼着，"翻开他们吴家的家谱，辈辈狼心狗肺，男盗女娼。"

　　"好小子，你罪该万死！"鬼吹灯夏三唾沫星子四溅。

　　石老硬笑眯眯走上前来，大巴掌一拍鬼吹灯夏三那瘦得像刀棱子似的肩膀，说："夏联保主任，他骂姓吴的，又没骂你姓夏的，吴、夏两家又不是一座祖坟，你何必动这么大肝火？睁一只眼，闭一只眼，大事化小，小事化了，多落点人情，少挣点骂名吧！"

　　鬼吹灯夏三也知道自己人单势孤，还是好汉不吃眼前亏，有台阶就赶紧下，便装出一副苦相儿，说："老硬，你这片言语，知情识理，我听着悦耳。夏某人头戴这顶小小的乌纱帽儿，不想倚官仗势，欺压平民。怎奈雷家爷儿俩当着我的面辱骂吴府老少二位爷台，我若是知情不报，漏了风岂不摘了我的乌食罐儿？所以，并不是我跟他们故意刁难，实在是他们存心要毁我的前程。"

　　"宰相肚子里能撑船，夏联保主任的肚里跑得开火车。"石老硬打着哈哈，又奉承，又挖苦，"好，就请二位保丁将军鸣锣开道，夏联保主任打道回府。"

鬼吹灯夏三胳肢窝夹着旱伞，灰溜溜走了。

等他们走远，飘香和雨梅望着他们的背影，连连啐道："呸，呸！"

"这条癞皮疯狗，不会善罢甘休的！"雷虎寅皱着眉头说。

石老硬点点头，说："你们爷儿俩得躲一躲。"

"躲？"雷响不以为然，"兵来将挡，水来土屯，怕他们这伙子鸡头鱼刺？"

"还是先到我爹的船上避避风吧！"飘香劝道，"风平浪静之后，再回来。"

于是，他们急忙到罾罟台去，等候丘二篙头的大船。

凤大姑要抓个利市，柳香居又开张三天。

柳香居豆棚下，篱笆荫凉里，坐满了南来北往，东奔西忙的顾客，闹哄哄，乱嘈嘈，说笑成一片。

有人看见雷响等人到来，大叫一声："武状元驾到，列队欢迎！"众人一哄而起，拥出柴门。

一个白头老石匠，端着绿花大瓷碗，蹒蹒跚跚抢上前来，笑呵呵说："雷响，好孩子！你给咱延芳淀穷门小户争了光，我敬你一碗。"

"可不敢，可不敢！"雷响惶恐地连连倒退。

"怎么，不赏我老头子的脸！"老石匠臊了。

雷虎寅赶忙跨前一步，笑道："石匠大叔，您太抬爱这个孩子了。他小小人儿，怎当得起老长辈给他敬酒？"

"当得起！"老石匠争吵着，"我一连看了他打擂，斗牛，救船，称得起是延芳淀的人中龙！"

忽然，飘香尖叫："不好，鬼吹灯夏三带领八个团丁来啦！"

"一定是来抓你们爷儿俩的。"石老硬低声跟雷虎寅说，"这条癞皮狗，真是发了疯。"

"大舅，雷响，快到苇丛里避一避！"飘香催道。

"我怕他？"雷响两眼冒火，甩掉老棉袄，"这条狗是延芳淀一大害，我早想除了他。"

鬼吹灯夏三带领八个持枪荷弹的团丁，张牙舞爪而来。一见雷响，气势汹汹喝令那八个团丁："先抓这小子！还有他爹。"

"哪个活腻了？过来！"雷响大踏步迎上前去。

"反了你！"鬼吹灯夏三从怀里扯出一纸公文，在雷响眼前晃了晃，"我奉了吴老团董的大令，抓你们这刁顽父子，解县法办；霍忙牛跟马门门，送到国军当兵，将功折罪。"

雷响劈手夺过那张公文，三把两把扯得粉碎，摔在鬼吹灯夏三的脸上，骂道："吴莲池老贼错翻了眼皮！他的这道鬼画符，在姓雷的身上不灵。"

"反上天了，反上天了！"鬼吹灯夏三气急败坏，"抓，抓，抓！"八个团丁端着枪，包围上来。

"谁敢碰我一根汗毛！"雷响一声大吼，就像雄鹰捕雀，一只铁钳似的大手，抓住鬼吹灯夏三那细长的脖子，另一只手从鬼吹灯夏三的腰间拔出了枪。

八个团丁慌忙散开。

远处，罾罟台对岸，延芳淀畔驿道上，烟尘弥漫中传来一阵疾风骤雨的马蹄声。

"国军！"八个团丁壮了胆儿，又向雷响逼近。

"站住！"雷响大喝，"你们胆敢再进一步，我一手掐死夏三，一手开枪打死你们八个里头的四对儿！"

八个团丁急忙站住脚，就像八根木桩钉在了地上。

雷响手上松了松，鬼吹灯夏三直了直脖儿，呼出一口浊气，哼哼着："雷响……等国军一到……"

"怎么样？"雷响手上又要用力。

"我替……替你……美言……"鬼吹灯夏三改了口，"冤家宜解不宜结，往后咱们要精诚团结，效忠党国。"

"又放臭屁！"雷响骂道，"你要想活，等兵马到来，把他们打发走。"

"一定，一定。"

马蹄声近，马上的人影已经清晰可见。

"八路！"飘香跳起脚，又惊又喜，"是春天从咱们这儿路过的那几个八路。"

八个团丁一听，大势不好，撇下鬼吹灯夏三，争先恐后，逃之夭夭。

飘香真是好眼力，看得远，这一队骑士，正是撤离通州，返回冀东军区的蒲葵和他的四名战士。

国民党京东保安司令部给他们开出了二十四小时之内通行无阻的签证，却又派一个连，一直监视他们到延芳淀，才放他们自己行走，不再尾随跟踪。

从春天起，雷响他们就每天盼望着蒲葵和他这支小小的队伍，再到延芳淀来。他们常常登上罾罞台的高堤，爬上耸入云端的树梢，眺望远方。每一回的失望，都激发越发强烈的渴望。这一天终于到来了，正当他们面临危险的时刻。

蒲葵在飞奔的铁叶青骏马上，发现柳香居内外，人群乱成一团，忙从挎包里掏出望远镜，看见了急怒交加的凤大姑，看见了焦灼不安的飘香，看见了扼住鬼吹灯夏三的喉咙，夺枪在手、怒目金刚一般的雷响，也看见了那八个獐头鼠目的团丁。一望而知，必定是地主民团欺压百姓，百姓不服，激起冲突。

"泅水上岸！"蒲葵发令，"包围缴械。"

铁叶青骏马跳下延芳淀，直冲正面，四名战士和他们的四匹战马，迂回两侧，包抄上去。

铁叶青一条游龙似的冲上罾罞台高堤，又一阵旋风似的冲到柳香居，长嘶一声，四蹄立定。蒲葵举手行了个礼，眼里含笑，高声说："乡亲们好！凤大姑，飘香小妹，你们好。"

雷响撒开手里的鬼吹灯夏三，大步奔到马前，直通通问道："您可是八路军的蒲长官？"

"我叫蒲葵。"蒲葵从马背上跳下来，拉住雷响一只手，"同志，你贵姓？出了什么事？"

"我叫雷响！"雷响回头一指脑袋缩进腔子里的鬼吹灯夏三，"吴莲池老贼打发这条癞皮疯狗，抓我跟我爹去坐牢，还要抓我的两个伙伴去当兵。"

蒲葵沉着脸向鬼吹灯夏三走去。鬼吹灯夏三扑通跪倒，磕头捣蒜，哀叫着："长官开恩，长官饶命！"

"站起来！"蒲葵憎恶地喝道，"你是什么东西，为什么抓人？"

鬼吹灯夏三一副奴颜媚骨，爬了几爬，两腿颤软，哆里哆嗦，怎么也爬不起来，便狗卧地上，呻吟着说："启禀长官，小人夏三，知书识礼，远近颇有文名。吴莲池因小人深得人望，三顾茅庐，逼勒小人充当联保主任。小人志本清高，不求闻达，但为服务桑梓，只得忍辱负重。今日吴莲池强迫小人拘捕雷家父子，实属事出无奈，不得已而为之。尚乞长官体察小人身不由己，并非为虎作伥。仁恕为怀，不加治罪。"

"厚颜无耻！"蒲葵面对这个罕见的丑类，一阵阵作呕。

这时，那四名战士，赶羊似的将那八个逃跑的团丁赶了来，这八个家伙也直溜溜下跪，一连声哭叫："长官饶命吧！"

"不必求我！"蒲葵说，"你们充当吴莲池的爪牙，欺压延芳淀的百姓，作恶多端，民愤极大，饶命不饶命，延芳淀的百姓来决定。"

"我来决定！"雷响说，"八个团丁，饶这一回；鬼吹灯夏三，狗改不了吃屎，交给我结果他的狗命。"

"雷大英雄！"鬼吹灯夏三一声惨叫，膝行几步，抱住雷响的双腿，"大人不记小人过，你老人家大慈大悲，高抬贵手，把小人放生活命吧！小人从今以后，一定洗心革面，痛改前非，还要高高供上你老人家的长生禄位，晨昏三叩首，早晚一炉香，为你老人家祈福增寿。"

雷响抬腿一脚，将鬼吹灯夏三踢上半空，倒栽葱摔落下来，摔了个八成死。

"还是给他一个重新做人的机会吧！"蒲葵命令两个团丁把鬼吹灯夏三架起来。"夏三，如果你口不应心，继续为非作歹，我们随时都可以处决你。"

"谢……长官不杀之恩！"鬼吹灯夏三抽抽噎噎地哭了。

"但是，这些枪支，我们收缴了！"蒲葵说，"枪杆子拿在你们手里，就要胡作非为，民众遭殃；还是用它来武装人民，推翻压在中国人民头上的三座大山，打碎旧世界的锁链，才是正当用处。"

"发给我一支枪，我早就想跟您革命去！"雷响站到蒲葵面前。

"我们也早就想革命了！"霍牤牛和马门闩跟雷响并列一起。

蒲葵挑选了一支三八，一支七九，一支沈阳造，三条子弹袋，分发给雷响、霍牤牛和马门闩。雷响的眼睛寻觅他爹，他爹却不知什么时候不见了。

"乡亲们，再见！"蒲葵打了个手势，叫雷响跟他骑在铁叶青上，霍牤牛和马门闩也跟另外两名战士同骑一匹马。"出发！"

"等等我！"雷虎寅忽然从柳香居后面的野麻地里跑出来。

原来，他早就打定了主意，不过为了安置一下家务，悄悄把凤大姑和石老硬叫到柳香居后面的野麻地里，商量了半天。

马不停蹄，飞奔不已。他们一口气跑出一百多里，才驰出青纱帐，沿着柳荫夹道，吹着凉风，缓辔而行。

燕山山脉的盘山迎面屹立，峭壁千丈，怪石嶙峋。最高峰的挂松崖，石梯栈道，盘旋而上，直接青天。崖上倒挂着一棵棵盘曲伸张的古松，牵扯着片片白云。

夕阳西下，暮色苍茫，他们到达南坡咽喉要道的葫芦口。山口两侧，生长着几百棵五六围粗的浓荫老树，爬满藤萝，搭满鸟窝，郁郁葱葱。放哨的一个小队，隐蔽树上，不闻人声，不见人影。

哨兵放行，他们进入葫芦口。山路崎岖，树木葱茏，百鸟声喧，花香扑面。一道蜿蜒澄碧的小溪，将他们引向山林深处。

十天后，蒲葵带领雷虎寅、雷响、霍牤牛和马门闩，出盘山，回到延芳淀。

傍晚，他们从北运河上游的一个渡口，坐上交通站的一只小船，顺流而下，三更天到达一个堡垒村，蒲葵、雷响、霍牤牛和马门闩住在一家堡垒户里，雷虎寅步行，继续向前走，先到延芳淀摸清情况，再回来接他们四个人。

他没有回烟村，也没有去罾罛台，而是走迂回小路，悄悄到星映眼，雷响的舅舅沈老闷家。

星映眼坐落在延芳淀偏僻的西北角，一个芦苇丛生的港汊口，只有三户人家，都姓沈。这里原有一座大坟圈，沈家是看坟的。年代久远，风雨侵蚀，山洪冲毁，这片大坟圈有的坍陷，有的沉没在延芳淀下，只残存了一片阴森森的黑松林，三三两两东倒西歪的石人石马。寒冬荒春之夜，远远常常望见闪烁的磷火，好似星星映眼。当地人疑神疑鬼，连大天白日也很少有人敢到这里来。

沈老闷孤身一人，住在两间残破的看坟老屋里，靠捕鱼、编席、织篓、打短工为生。他一天到晚闷声不吭，一年四季说不了八句话，每月除去赶一趟集，到烟村雷家走走，就再也不出延芳淀西北角一步，过着几乎是与世隔绝的日子。

他像是个石头人，但是却有一颗滚热的心。他心疼雷响娘，心疼这个一奶同胞的妹子，心疼这个天地间唯一的亲人。雷响娘已经四十多岁，但是在他的心目中，仍然是个弱小可怜的小妹。每回到烟村去，他都给雷响娘带点零食，不是炒松子儿，就是老腌野鸭子蛋，或是一节藕，一束莲蓬，笑眯眯地亲眼看着雷响娘吃下去，他才舒心。

自从雷虎寅和雷响跟随蒲葵走后，雷响娘投奔他到这里来，他就日夜守卫着看坟老屋通向星映眼村外的羊肠小道。白天，一边织着蒲篓，一边留心四处；夜晚，裹着一件蓑衣，蹲在草棵子里，瞪着眼睛，直到天明。

雷虎寅刚踏上延芳淀西北角，沈老闷虽没看见人影，却已经感觉到脚步声。他的心一阵怦怦乱跳，咬住了嘴唇，握紧了手里的削刀，只见一个人影渐渐走近，却又忽然停住，望了望前后，听了听四处，才又向前走几步。然而，那人走了几步，不知怎么又停下来，又是前后望，四处听。沈老闷断定不是好人，便从草棵子里蹑手蹑脚跟过去，打算挨到那人附近，一跃而出，扎他个透心窟窿。谁知雷虎寅也是十二分小心，一点点风吹草动，都引起他的高度警觉。走走，停停，停停，走走；几走几停，几停几走，他已经发觉草棵子里的蠕动，他不知虚实，不敢交手，扭头就奔松林里走。

"跑不了你！"沈老闷肚子里嘟囔一声，甩下蓑衣，扑了上去。

雷虎寅听到背后的声响，一个急身闪转，跟沈老闷正打了个照面，两人同时喊出来："雷响他爹！""雷响他舅！"

"你打哪儿来？"沈老闷问道。

"山里。"雷虎寅答道，"来找你，家去吧！"

"雷响娘在屋里，你进去吧！我还得在这儿蹲着，提防民团狗子抓人。"

"我要带几个人在你这儿落脚，跟你商量商量。"

"看得起我，信得过我，就来。"

"那我就返回去了。天亮之前，把他们带到。"说罢，雷虎寅转身就走。

"你总得跟雷响娘见个面呀！"沈老闷一把扯住他，"她吃不下，睡不安，挂念你们爷儿俩。"

"你告诉她，我们爷儿俩都交了好运。"

雷虎寅挣脱了沈老闷，急如星火赶回堡垒村。天蒙蒙亮，他带着蒲葵、雷响、霍牤牛和马门闩，来到星映眼。

雷响娘一见丈夫和儿子，恍如隔世，悲喜交加，忍不住一阵心酸，撩起衣角擦泪，到外面抱柴做饭。

"大姐跟老硬哥他们，可都平安？"雷虎寅问她。

"昨晚上雨梅浮水过来，给我送了点粮食。"雷响娘那凄苦的脸上，露出一丝笑意，"你们走后，吴莲池下令把大姐、飘香、老硬哥、老硬嫂和雨梅，都抓到石瓜镇去，逼他们招认勾通八路。第二天，吴宗笠带着一连国民党兵来了，开了个全镇民众大会，说了一大堆仁义道德，甜言蜜语，又下令把他们都放了。"

"这小子跟他爹是一狼一狈，更阴狠毒辣。"雷虎寅骂道。

"吴宗笠还当众表示，对你们爷儿俩，还有牤牛跟门闩，一不怪罪，二不追究，不必害怕，放心回来，保你们妻儿团聚，安居乐业。"

"这小子侧歪身子睡觉，想偏了心！"雷虎寅连声冷笑，"这不是回来了吗？可一不想妻儿团聚，二不想安居乐业，只想革他吴家大院的命，造他吴家大院的反。从打本年本月本日起，他吴家大院的铁桶江山，算是坐不稳啦！"

吃过饭，天光大亮，他们躲进密密的芦苇丛中，那里有个泥鳅背的土冈。

"我们要立即行动！"蒲葵坐在中心，"我要到通州走一趟，把城里的一些同志调到延芳淀来。雷响、牤牛跟门闩，你们到延芳淀出口隐蔽，接应出城的同志。暗号是，他们问'劳驾，请问前边什么村？'你们回答：'马家营。'他们再问：'怎么走？'你们用左手一指：'请走左边阳关道。'然后。就带他们到星映眼来。"

"我干什么呢？"雷虎寅问。

蒲葵笑道："你这位延芳淀区区长，今天正式上任，马上动手，发动群众。先在星映眼扎根，再到烟村、罾罟台串联，建立堡垒户，多几个立足之地。"

小小星映眼，燃起了延芳淀的第一支星火。

10

盛公馆是一座西洋风味的宅院，四围是镂花绿漆的铁栅栏墙，墙内绿茵草坪，花树葱茏，两幢爬满爬山虎藤萝的小楼，盛千翠走进大门，只见前楼的台阶下停放着一辆军用的美国小吉普，台阶上坐着一个戴船形帽的司机和两个怀抱卡宾枪的卫兵，正叼着香烟玩扑克。她知道，一定是她姐夫吴宗笠和姐姐盛千金，看望她爹娘来了。于是，她不进前楼，奔后楼。

后楼是她的兄嫂居住。楼上是卧室，楼下是餐厅、客厅、书房和写字间，风格更是欧化。她刚走进楼门，只见她那风度翩翩的哥哥，挽着她那花枝招展的嫂子，正从楼上走下来。

"小妹，有所闻而来乎？"盛青蚨放开妻子那雪白的胳臂，跑向盛千翠。

盛千翠把盛青蚨拖到门口，压低声音，谨防她嫂子听见，说："尚先生已经给魏小姐办好转学手续，今晚九点钟到通州北关码头搭船，有人接她。"这是她在放学时，从叶菏那里接到的暗语。

"好的。"盛青蚨转过脸，跟他那亭亭玉立在楼梯上的妻子摊了摊手，"野玫瑰餐厅之行，吹了！"

"讨厌！"盛青蚨的妻子气恼地跺了一下高跟鞋，一阵风跑上了楼。

"呸！面目可憎，趣味低级！"盛千翠啐着她嫂子的后影。

"骂得好！"盛青蚨嬉皮笑脸，"英雄所见略同，对于这位少奶奶的观感，我跟小妹百分之百地没有两样。"

"你们是一路货色！"盛千翠不屑一理，甩手而去。

盛青蚨在盛千翠身后伸了伸舌头，然后轻轻走到书房门口，敲了三下，拧开暗锁，走了进去。

在这间幽暗的书房里，有一张皮面大沙发，横躺着一个二十三四岁的年轻人。他有一副匀称而健美的体格，穿一件黑红两色运动衫，一条米黄色卡其布裤子，一双白力士球鞋，梳着乌黑油光的大分头，满脸轻狂傲慢的神气，表现出锋芒毕露、桀骜不驯的性格。

"铁血！"盛青蚨踩着墨绿色地毯走过去，"尚先生已经给魏小姐办好转学手续，今晚九点到通州北关码头搭船，有人接她。"

"呵！"铁血鲤鱼打挺坐起来，"龙从云，虎从风，我可要叱咤风云了。"

铁血原是通州教会中学的学生，念了十多年书，不通文墨，只会踢球。他爹在盛家的茂达银号当了二十多年的襄理，临死给他留下一笔不小的遗产。他从学校毕业以后，拉拢一批失学失业青年，成立了一个以他为主角的铁血剧社，不是到外埠比赛，就是在本城表演，得了一大堆银盾和奖牌。不到两年，就把他爹二十多年挣下的钱财，踢蹬个一干二净。于是，他不得已投到盛家门下，给盛家的兴通商行的运货大船当领班，盛青蚨很喜欢他那亡命徒的勇敢。走江湖，结识五行八作，三教九流。铁血跟我们城工部的一个同志搭上关系，为我们从敌占区搞到一批军火。后来，事情暴露了，他逃到了盘山，也没有参加工作，闲住了两三个月，日寇就投降了。于是，他以抗日英雄自居，返回通州，召集旧部，洗劫大小汉奸的住宅，把查抄的金银珠宝，都贱价出售给盛青蚨。盛青蚨坐享其成，只不过轻轻一倒手，便赚了一大笔钱，盛家的财富增长了一倍。国民党的接收大员吴宗笠一到，敌产已经被铁血劫走大半，只剩下清汤寡水，急得红眼，气得暴跳，恨得牙痒，下令通缉铁血，处以极刑。仓皇中铁血逃进了盛公馆，隐匿在盛青蚨的书房地下室里。盛青蚨代为疏通，求吴宗笠法外开恩。但是，吴宗笠索价太高，条件苛刻，非要铁血吐出全部敌产不可，这等于是割盛青蚨的肉，盛青蚨也就不想管了。铁血走投无路，忽然灵机一动，想起我们那位从他手里购买军火的城工部同志，便写了一封信，表示万分迫切地渴望参加革命。这封信辗转送到解放区，城工部指示沙官印跟他建立间接联系，对他进行考查；现在，沙官印决定把他调到延芳淀去。

盛青蚨巴不得他赶快滚蛋，好去掉这块心病，但是却要扮出一副依依惜别的神情，似乎恋恋不舍地说道："兄弟，你这一去，不知何时衣锦荣归，愚兄真舍不得你走。"

"青蚨兄，别那么儿女情长！"铁血兴奋得像发高烧，"兄弟此去，不功成名遂，便无颜见通州父老。"

"好，祝你一路顺风，吉星高照！"盛青蚨的表情，又转悲为喜。

铁血看了看手表，说："时间已经不早，我该动身了，你看怎么走法？"

"我去找吴宗笠，借他的特别通行证用一用。"

"啊呀！"铁血脸色大变，"使不得，使不得。"

"放心！"盛青蚨满有把握，"我随便扯一个谎，他就得'慷慨相助'。敢不答应，只要我们那位大姑奶奶柳眉倒竖，杏眼圆睁，他马上就魂不附体，连声遵命。"

果然，不到十分钟，盛青蚨吹着一支华尔兹舞曲，手里晃着特别通行证，得意扬扬地回来了。

"好，好。"铁血正在书房里心神不宁，坐立不安，"快走吧！"

"别了，兄弟！"盛青蚨突然两眼含泪，紧紧拥抱铁血，同时将一卷钞票塞到铁血手里，"那边生活艰苦，这几个钱留着你保养身体之用。"

"恩兄！"铁血感激涕零，"受人滴水之恩，当以涌泉相报，兄弟倘有出头之日，绝不忘记你的深情厚恩。"

汽车已经开到楼门台阶下面，盛青蚨牵着铁血的手，急急钻进汽车里去；汽车呜的一声，一溜烟驶出盛公馆，畅通无阻地驶向通州北关。

铁血在通州北关下了车，却没有马上去接头，钻进黑暗中穿来拐去，来到鸡鸣巷，找野玫瑰餐厅女招待桂霞。

跟叶菏家相隔不远，有一座高墙小院，墙头上还镶嵌着碎玻璃碴子，门也包着铁皮。铁血四下张望，小巷里冷冷清清，没有人影，便从身上摸出一把小刀，巧妙地拨开了门闩，闪了进去，反身又插上了门闩。

"谁呀？"西屋里，一个暗哑漏气的声音问道。

"我！"铁血跳到了屋门口。

"你是谁呀？"

"妈的！"铁血火了，"几个月没跟你闺女睡觉，就听不出大爷的声调啦？"

"原来是铁大爷！"西屋有人滚下炕，开了门，是个长了个干核桃脑瓜儿的老头子，"桂霞想您想断了肠，我想您想得火攻心。"

铁血从腰里掏出两张钞票，干核桃脑瓜儿欢喜着把两只手在裤子上抹了抹，张手去接；铁血却故意把捏着的钞票撒了手，又吹了一口大气，两张票子像两只蝴蝶翻飞。干核桃脑瓜儿左扑右抓，跌跌撞撞，直累得上气不接下气，才把钞票按在了地上，喘得像拉风箱。

"到野玫瑰餐厅去，悄悄把桂霞叫回来！"铁血又加了一张小费，吩咐道。

干核桃脑瓜儿遵命而去，铁血走进桂霞的房间。这间小小的香窠，雪莲纸糊顶，四壁刷白，满墙粘贴着中国和外国电影明星的广告画。梳妆台上，镜架里有桂霞的两张玉照，一张是跳舞，一张是出浴，都是搔首弄姿、顾盼自怜的神态。铁血痴呆呆看了很久，发出一声慨叹，四脚八叉平躺在桂霞的钢丝床上。这张床，还有这满屋子的贵重家具，都是他抄来的敌产，白给了他这个姘头。

过了半个多小时，听街门咣当一声响，铁血闭上了眼睛，假装打呼噜。忽然，一股热烘烘的香风扑进屋子，呛得他一阵窒息；他的左眼偷偷睁开一道缝，只见桂霞浓妆艳抹，身穿一件花团锦簇的旗袍，裸露着两条肥白的胳膊，丰腴的肩上披着绵羊马尾似的烫发，肉感而又香艳，分外妖冶风骚。

"狠心贼，你是从哪儿钻出来的呀？"桂霞像一只花猫，扑到铁血身上，"这几个月你石沉大海，我只当你给抓进去了。"

"那就称了你的心！"铁血气恼地说，"你好再找个给钱多的。"

"放屁！"桂霞骂道，"这几个月，姑奶奶我守身如玉。"

"要是几年呢？"铁血问道。

桂霞一拍胸脯，说："你得给姑奶奶立贞节牌坊！"

"好——！"铁血喝了一声彩，"我此番远走高飞，不必担心戴绿帽子了。"

"你到哪儿去？"桂霞吃惊地问道。

"天机不可泄露。"铁血叮问道，"一去三五年，也许七八载，你能不能等着我？"

"我可不像小桃红……"

"小桃红怎么啦？"

"今晚上不知怎么回事儿，金桂题忽然要辞掉野玫瑰餐厅副经理，打算一个人出外闯码头。小桃红哭得死去活来，口口声声金桂题今天走，她明天就嫁人。"

"金桂题真是个孱头！"铁血脸色铁青，杀气腾腾，"那娘儿们这般无情无义，还不把她那一张粉脸画个鬼相，叫她嫁！"

桂霞浑身的粉皮嫩肉一阵打哆嗦，怨声怨气地说："谁像你，把我管束得三从四德，成天冷着脸子，护住身子，石头人儿似的，得罪了多少想在我身上大把花钱的主顾？眼看着别的姐妹穿金戴银，自个儿一身褴褛。"

"早晚有你压倒群芳的日子！"铁血把盛青蚨的赠款倾囊而出，"给你！等着我。"

桂霞手疾眼快，把这一卷钞票搂在胸口上，说："我海枯石烂不变心。"

铁血跳下了床，说："时辰已到，我得走了。"

"我不放你走！"桂霞撒娇装痴，缠绕铁血，"你得告诉我到哪儿去。"

铁血咬着她的耳朵，说："革命去！"

"什么叫革命去？"桂霞一窍不通。

"投奔共产党，一刀一枪杀出个高官厚禄，显身扬名。"

"哎呀！"桂霞吓得发抖，"你……你活腻了吗？"

铁血愤慨而又悲凉地说："国民党把我逼上梁山，我只有铤而走险。"

桂霞早已经另有相好，临别却要装得情意绵绵，说："你带我走，我跟你去；咱俩形影不离，生死不分。"

"英雄难过美人关呀！"铁血猛一拧眉，一跺脚，"不！我是那斩断情丝，远走天涯的冷面郎君柳湘莲。"说罢，他推开桂霞，昂首大步而去。

繁星满天，蒲葵跟沙官印坐在河湾的水柳丛中，一只小划子拴在水边。对于每个出城的人，蒲葵出面谈话，护送过河；沙官印暗中警戒，以防不测。

送走铁血以后，按照约定时间，河面上又出现一只五光十色的游船。

船上只有金桂题一个人，无精打采地打着桨，游移着目光，张望着河面。他大约三十岁上下，油头粉面，唇红齿白，有一对滴溜乱转的金鱼眼睛。他过去给铁血的球社管财务，对铁血百般逢迎，被铁血倚为心腹。铁血赔得净光，球社关张大吉，他却囊中饱满，在野玫瑰餐厅入了股，当上副经理，专管女招待。铁血姘上桂霞，就是他拉的皮条。铁血跟我们的城工部挂上钩，也给他牵上了线；铁血转入地下，他却没有暴露。国民党的军、警、宪、特每天都到野玫瑰餐厅花天酒地，寻欢作乐，金桂题逢场作戏，陪他们鬼混，将耳闻目睹和道听途说，加上他的想象编造，写成真假虚实混合情报，按时递送到城工部的一个交通员手里，敷衍交差。

望见了河湾，金桂题就像临近汤锅的毛驴，浑身酸软，四肢无力，每打一桨都很艰难。他在心中暗暗咒骂铁血，用一张空头支票，骗他卖了身。留在城内，跟国民党保安司令部政训处、县党部和警察局的鹰犬爪牙们酒肉相交，乌烟瘴气，搜集一些鸡毛蒜皮的情报，并不费力，也无风险，而且将来或许换得空头支票的兑现，倒也可以勉强混下去。但是，离开通州灯红酒绿的享乐生活，到农村钻青纱帐，拿刀动枪，冒杀身之险，那就未免不值了。所以他打定主意，跟接头的人见面，请求留城；如不准许，那就及早脱身，洗手不干了。如果接头的人强人所难，逼迫他走，他也自有安排。在他的游船之后，远远尾随着一只渔船，船上埋伏着几个野玫瑰餐厅喂养的地痞；只要他发出呼救，这几个地痞就蜂拥而上，抓住来人，扭送保安司令部，领取一笔奖金，至少可以大吃大喝一顿。

水柳丛中，蒲葵和沙官印已经发现这只渐渐临近的游船，看见了船上的金桂题。

"只怕有诈！"沙官印警觉地说，"金桂题为什么不从岸上悄悄前来会面，偏要坐上一只惹人注意的游船？"

"你加强警戒，我去跟他见面！"蒲葵握住裤兜里的手枪，鹤行迎上前去。

金桂题的船，向拴在水边的小划子靠拢，他轻轻拍了拍手。蒲葵猛然从水柳丛中走出来，跳上小划子。

"呵！你是蒲……"金桂题大吃一惊。

蒲葵问道："我们今天是初次见面，你怎么认识我？"

"蒲葵同志在通州工作期间，是万人瞩目的人物呀！"金桂题脸上堆着笑，递上一支烟，"而且，我还暗中保卫过蒲葵同志的安全，所以从我这方面，跟蒲葵同志是老相识了。"

"到我的船上来吧！"蒲葵说。

"我带来了大量的重要情报。"金桂题站在自己船上不动，双手捧上他那鼓囊囊的黑皮包，"还有若干军事情报值得搜集，所以我请求继续留在城内工作。"

蒲葵接过皮包，说："目前通州的首要任务，是在农村开展武装斗争，所以才决定把你调到农村去。"

"可是，我对农村工作一窍不通呀！"金桂题哭丧着脸儿，"我最适宜城工工作，还是让我人尽其才吧。"

蒲葵眯起眼睛，足见他穿着打扮，一副纨绔子弟模样儿，目光闪烁不定，好像心中有鬼，便说："我觉得，你到农村去，反倒比留在城内更为适宜。"

"我的……我的家庭……困难重重呀！"金桂题呜咽起来，"如果我离开城内，我的妻子就要改嫁。"

这时，蒲葵发现不远处有一只渔船在偷偷靠近，低低地厉声说道："一切服从革命需要，赶快走！"

"好吧！"金桂题掏出洒着香水的绣花白绸手帕，抖了一下，擦着脸上和脖颈的汗水，"不过，我要回家安排一下善后，明天走。"

埋伏着几个地痞的渔船，看见了金桂题抖动手帕的暗号，横冲直撞划过来。

蒲葵一把抓住金桂题的手腕子，命令道："今晚必须跟我走！"

河上，传来水上巡逻艇的马达声，探明灯的灯光横扫着河面。

"抓共产党！"金桂题扯着脖子嘶叫，同时从腰里拔出手枪。

蒲葵劈手夺过枪来，一拳把他打下水去。水上巡逻艇的国民党兵，渔船上的几个地痞，就像一犬吠影，百犬吠声，狂呼乱叫，开枪射击。于是，子弹横飞，一团混乱。

11

呜——呜——呜！一辆辆警车，嚣叫着从大街上疾驰而过，车灯的强光，粗暴地掠过一座座居民的窗口。一队队国民党士兵，一面奔跑着向胡同小巷里延伸岗哨，一面吆喝号叫着："各家各户，不准关门，不准关灯，违令者以窝匪论罪！"阴森和恐怖，一下子笼罩了兰渚。

刮起了呼啸的大风，吹起了满天沉沉的乌云，吞没了惨淡昏黄的月光。大街小巷不见一个行人，清清冷冷，一片死寂。鸡鸣巷叶家小院，街门大开，外间屋点着一盏玻璃罩灯，叶明亮和叶师母老两口，一动不动地僵坐在幽暗的灯光里。叶明亮年已花甲，圆团团的面孔，满面温厚迂阔的正气；叶师母也已经五十几岁，病弱的身子，形容憔悴，神色不宁。

　　这个巴掌大的小院落，只有三间碎砖头和大土坯砌成的小平房，是那些被叶明亮妙手回春的众多病家，集资合力盖起来的。东屋是卧房，西屋是诊室，外间会客；叶菏在通州师范住宿，平时不住在家里。叶明亮和叶师母在房前屋后的咫尺空地上，前后左右的四面泥墙下，栽种了瓜豆。小院一片葱绿。只有一条侧身行走的小径，通到花木掩映的门口。

　　"紧急通缉令！"

　　突然，一辆警车撞进鸡鸣巷，高音喇叭里像有一只豺狼在号叫。

　　叶明亮从椅子上腾地站起来，叶师母吓得捂住胸口，心惊肉跳。

　　"京东保安司令部发布紧急通缉令：查共产党重要分子蒲葵，逐而复返，潜来通州，勾结死党，阴谋作乱。本司令部肩负治安重任，职守不容玩忽。除动员军警，进行严密搜捕外，并晓谕民众，协助当局，同心合力，务求斩恶万竿，不贻无穷后患。本司令部言出令行，赏罚分明：凡将蒲葵生擒活捉者，奖赏黄金五十两；格杀击毙者，奖赏黄金三十两；侦踪告密，协助军警捕获者，奖赏黄金十两。凡窝藏隐匿，掩护脱逃者，判处死刑；知情不报，坐视漏网者，判处无期徒刑……"

　　警车驶出了鸡鸣巷，叶明亮和叶师母老两口同时长吁了一口气。

　　死一般沉寂，老两口默默无语。叶师母只觉得身子发冷，抱着肩儿，脸色发青，嘴唇发紫。到底警车要抓的是谁，他们也没听清。

　　"你躺一躺去吧！"叶明亮劝道。

　　叶师母摇摇头。叶明亮进屋拿出一件旧棉袄，给她披上，又轻轻关上窗户，落下窗帘。

　　大风呼啸着，乌云压城，天昏地暗。叭，叭！远处街道，响起了追捕的枪声，鸡鸣巷附近的国民党巡逻队，也骚乱起来。一个小军官叫嚷着："一班封锁街口，二班继续巡逻，三班跟我出动！"他们像一群乱蝇，拉着枪栓，大呼小叫，有的士兵在惊慌中走了火，吓得大伙儿像见了鬼似的鸟兽四散，好半天才整理成队形，叽里咕噜奔跑而去。

　　叶明亮和叶师母都屏住声息，不敢动一动。

　　嗒，嗒，嗒！后门有响动。嗒嗒嗒！有人小声呼叫着："明亮哥，明亮哥！"

　　"谁？"叶明亮打了个寒噤。

　　"我！"那人回答，"快。"

"啊，是你！"叶明亮从那人的声音里听出来，这是他的患难之交的好友沙官印。

当年，叶明亮初到通州，地痞和地癞欺侮他是外路人，不许他落脚；年轻的码头苦力沙官印，一双铁拳，帮他打开了场子，身上也留下几处伤疤。沙官印打抱不平，常常伤筋动骨，都是叶明亮亲手调治，愈合如初。

叶明亮打开后门，身穿油渍渍苦力号坎儿的沙官印，侧身闪了进来，呼哧呼哧喘气。

"官印兄弟，他们抓你？"叶明亮问。

沙官印扯着祆袖子，擦抹满头大汗，说："我这个人，还值得这么大举动？"

"那么，是谁？"

"一个我宁愿碎尸万段，也要保住他的人。"

"蒲葵！"叶明亮的心，跳到了喉咙。

"正是他！"沙官印疲惫地一点头，"他被叛徒出卖了，悬赏严拿，无处藏身。我跟他交情深厚，想带他闯出虎口，可是东冲西撞，也杀不出这座天门阵。"

"你怎么不带他到我这里来？"叶明亮发急地问道。

"出了事，要杀头的！"沙官印那锐利的眼睛，盯住叶家老两口的神色。

"官印，这是什么话？"叶明亮恼了，"亏你还是我的老朋友，我是那种隔岸观火，袖手旁观的人吗？你是怕我见利忘义，卖友求荣吧？"

"嫂子呢？"沙官印叮问，"不怕吗？"

"官印兄弟，我的胆子虽比米粒儿小，可还懂得天理良心！"叶师母也生了气，脸色烧红起来。

"明亮哥，嫂子！"沙官印这个铁打铜铸的汉子，眼里噙满了泪水，"生死关头识真交，我忘不了你们两口子今天的恩情。"

"还顾得啰唆这些个呀，快把蒲先生请进来吧！"叶明亮急得直跺脚。

沙官印从后门探出身子，打了个手势，屋后的豆角秧里人影一闪，蒲葵一个箭步跨进屋来。就在这时，街上传来杂沓的脚步声，一个阴阳嗓门儿的小男子叫道："叶明亮出来，查户口！"蒲葵进退无路，叶明亮把他和沙官印推进西屋，又低低地叮嘱老伴一声："镇定！"便快步迎了出去。

鸡鸣巷的甲长和户籍警，带着两个狗头狗脑的国民党兵，螃蟹横行闯进来。

"辛苦，辛苦！"叶明亮连连拱手，"我家三口人，儿子在通州师范住宿，没有临时户口。"

"屋里有没有窝藏生人？"甲长和户籍警板着狗脸，瞪着狗眼，狗汪汪一般喝道。

叶明亮哈哈一笑，说："二位！我是这儿的老住户，你们是这儿的老当差，咱们可算是知己知彼。空口无凭，眼见为真，就请你们几位进屋仔细搜查；只要查出生人气息，手铐子给我戴上，脚镣子给我蹚上，验明正身，绑赴刑场，执行枪决，死而无怨。"说着，闪开一步，请他们进屋。

这个甲长和户籍警，以及他们的全家老小，平时有个头疼脑热，就到叶明亮这里看病，从来一毛不拔，临走还要顺手牵羊，摘几条新鲜黄瓜，回家腌着吃，省一顿菜钱。所以，到这个节骨眼儿上，也不能不送个顺水人情，于是跟那两个国民党兵说："这位叶大夫是个有名的安善良民，不会私通八路，窝藏共党。叶大夫又是活扁鹊，赛华佗，往后你们二位有个灾枝病叶，红伤挂彩，找到叶大夫，叶大夫保管药到病除，起死回生。"

"那就让他们关门，熄灯，睡觉！"两个国民党兵只想搜查那些有年轻妇女或是能榨点油水的住户，对这里不感兴趣，扭头就走。

甲长和户籍警也跟着走了出去，那个户籍警掏出半截粉笔，在一扇门上写了个查字，又画了一个圈儿。

叶明亮插上街门，回到屋里，蒲葵从西屋走出来，跟叶明亮握手道谢说："叶大伯，叶大娘，谢谢你们在危难中给我以救助。"

"言重了！"叶明亮双手跟蒲葵紧紧相握，"是非善恶，我看得分明，你们是真正为国为民的好人，我理当以身家性命相保。"

沙官印皱起眉头，抓着头皮说："你这里小门小户，天亮之后又要挤满看病的人，蒲葵同志到哪里躲避？"

"我在门口挂上出诊牌子，就挡了驾。"

"那可不好！"蒲葵觉得过意不去，"不能因为我，耽误群众治病。"

"我本来就打算明天出诊。"叶明亮说，"马蜂窝有几个穷苦人身患重病，下不了炕，走不了路，坐不起车，抬来又不方便，我约定到他们家里去看。而后，还要到保安司令部参谋长的公馆，看他的偏头疼病。"

"那就挂个到保安司令部出诊的牌子，做个挡箭牌。"沙官印仍然不大放心，

"明亮哥，你还得另找一个又能藏身又能脱身的门路。"

"通州师范！"叶明亮笑道，"文庙里地方大，有的是藏身之处；文朝闻先生又是个名人，脾气古怪，官府也不大招惹他。我在出诊路上，去找叶菏，交他去办。叶菏这孩子，你们信得过吗？"

沙官印微然一笑，说："有其父必有其子；我们信得过你，就信得过你的儿子。"

"叶菏深沉、正义、好学、多思，比我更懂得事理。"叶明亮禁不住流露出对儿子的满意心情，"他每星期六晚上回家来，我们父子常常促膝夜谈，听他论说时势，不觉通宵达旦。他母亲睡醒一觉，看我们谈兴正浓，也披衣下床，悄悄坐在一旁，听得很有兴味。"

沙官印开玩笑说："三娘教子变成了子教三娘。"

叶师母瞟了老伴一眼，笑嗔着说："你那逢人便夸儿子的毛病，要改一改，惹人见笑。"

"不！"蒲葵忙说，"我结识的延芳淀乡亲父老，没有一个不夸您的儿子，不想您的儿子。"

"有个女孩儿，更牵挂他呢！"叶师母柔声说，"等他放了暑假，我就打发他到延芳淀去，把亲事订下来，免得人家女孩儿整年整月愁苦。"

沙官印半玩笑半正经地说："延芳淀的人拴住了他的心，他不回来了呢？"

叶师母不懂他话中有话，开心地说："反正是娶了媳妇忘了娘，那女孩儿也不必拴，也不必捆，我把儿子整个儿给她了。"

叶明亮听沙官印的口气，看蒲葵的神情，似有所悟。他像是安慰老伴儿，悠悠然地说："知子莫过父，叶菏到延芳淀去，绝不会为儿女之情流连忘返。但是，海阔凭鱼跃，天高任鸟飞，懂得事理的父母，却不应把儿女永远拴在自己的膝下。"

"叶大伯真是心胸宽广！"蒲葵赞叹地说。

他们的目光碰在一起，心照不宣。

此刻，叶菏在通州师范，正心如汤煮，睡不着觉。

本来，他也已经接到通知，今晚在平民子弟夜校放学之后，到北关码头接头，到延芳淀去。不料，平民子弟夜校刚摇铃放学，就听见城外几声枪响，他送孩子们走出校门，只见国民党兵像飞蝗似的乱跑，感到十分惊讶。一会儿，大街上戒了严，布起哨卡，搜身盘查，拘留可疑行人。叶菡更是感到不安，站在校门口，想看个明白。

一辆汽车开来，车上跳下盛千翠，搀出了文朝闻。老先生皓首白眉，身穿古铜色粗布长衫，黑布袜，白布鞋，脸色阴沉不悦。

"千翠，有劳你了，回去吧！"文朝闻挥了挥手，走上台阶，也不理睬叶菡的敬礼，径直回他的卧室和书斋去了。

"老师好大火气，怎么回事儿？"叶菡问盛千翠。

"吴宗笠死乞白赖请老师吃饭，我被拉去侍座。"盛千翠对于她的姐夫，一向是以鄙夷的口吻，直呼其名，"吴宗笠在省城中学读书时，是文先生的学生，如今同在通州，他不得不装出一副尊师重道的假面孔，好借重文先生的清高名声，给自己脸上贴金。席间，吴宗笠装模作样，大骂县长不关心教育，文先生当面戳穿他的伪善嘴脸，指着他的鼻子说：'你倒有所关心，不过不是教育，而是监狱。'吴宗笠脸上青一块，紫一块。这时，政训处的特务科长满头大汗跑来，报告有个共产党叛徒告密，有名的共产党军官蒲葵去而复返，潜回通州。吴宗笠也不跟文先生道一声'失陪'，扔下筷子就奔外跑，亲自指挥搜捕。老师气得浑身发抖，我只得给家里打电话，派汽车送老师回校。真倒霉！我是赌咒不坐汽车的，今天却不得已而破了戒。"

"你知道那个叛徒是谁吗？"叶菡压低声音问。

"野玫瑰餐厅的副经理金桂题。"盛千翠恨恨地说，"他跟我哥哥还是朋友，今后我再也不准他登我家的门，也不许我哥哥再跟他交往。"

盛千翠走后，叶菡忙到文朝闻的书斋去。他敲了敲门，轻轻叫了声："老师！"

"去吧！我今晚没有兴致。"文朝闻的口气很不耐烦，没有让叶菡进屋。

叶菡心情沉重地走回他的宿舍，他住在文萃阁上的图书室里。通州师范经费匮乏，雇不起图书管理员，文朝闻就让叶菡课余代管，叶菡乐得近水楼台先得月，多读些书，就答应了。文萃阁的阁上是藏书室，阁下是阅览室，叶菡夜晚就睡在阅览室的长桌上。

窗外，狂风乌云，黑暗而险恶，叶菡惦念着陷入险境的蒲葵，辗转难眠。前天，丘二篙头给他送来一篮子瓜，告诉他雷虎寅、雷响、霍忙牛和马门闩跟着蒲葵上了盘山，他便心如飞鸟，身在通州而心在高高的山冈上，密密的树林里。他曾跟蒲葵约定，在同一条战线上相见，而雷响他们，已经比他先行一步，他是多么想急起直追啊！现在，蒲葵秘密重返兰渚，也许正是为了把他带走，带到雷响他们的队列中去；然而，叛徒告密，敌人搜捕，蒲葵陷入危险境内，他怎能不心急如焚呢？他应该找到蒲葵，救护蒲葵，跟蒲葵风雨同舟，结伴而行。

叶菏躺下坐起，坐起躺下，一夜没睡，天刚黎明就起了床，到井台上刷牙洗脸。但是，一向黎明即起，洒扫庭院的文朝闻，却没有动静。直到早操朝会，仍然不见文朝闻从卧室里走出来，叶菏去请，才发现老先生病倒了，于是急忙跑回家，请父亲给老师看病。

他来到家门口，正要敲门，门闩一响，父亲也正要出门来。

"你来得好！"叶明亮把叶菏拉进东屋，关门闭户。

叶菏见父亲神色焦急，惊问道："爹，您怎么啦？"

"儿呀！"叶明亮紧紧抱住儿子，"爹这一辈子，生在一贫如洗的穷家，活在暗无天日的世道，遭遇过三灾六难，受尽了千辛万苦。多少回绝路逢生，死里脱逃，都是多亏侠肝义胆的穷哥们儿仗义相助，搭救出险。爹是个软弱无力之人，干不出替天行道、除暴安良的举动；可是，真遇到这等英雄壮士，遭了灾，落了难，哪怕是上刀山，下油锅，掉脑袋，也要助他一臂之力，断不能隔岸观火，袖手旁观，更不能落井下石，卖人请赏。"

"爹，有什么话，您直说吧！"叶菏仰望着爹爹，"舍身赴死，儿子先行。"

"好孩子！"叶明亮脸上浮现出欣慰的笑容，"如今，就有个爹十分钦敬的人，用得着咱们爷儿俩豁出身家性命，保他安全脱险，展翅高飞。"

"蒲葵！"

"你怎么猜着？"

"我也挂念着他，忧愁了一夜呀！"叶菏说，"他在哪儿？"

"你官印大叔带他到了咱家！"叶明亮觉得蓬荜生辉似的光彩，"我搪过了军警搜查，安顿他住下，可是咱家门低、屋窄、院子浅，不能久留。你官印大叔打算给他找个严实的藏身之处，再想脱身之路……"

"到我们学校去，躲在文萃阁上的藏书室里！"叶菏抢着说。

"我跟你官印大叔想来想去，也只有这个去处，就不知文先生敢不敢担风险，肯不肯收留？"

"文先生是一位古道热肠的忠厚长者，不过用不着惊动他。"叶菏胸有成竹，"等天黑下来，戒严开始，街上混乱，让蒲先生换上学生装，戴上通州师范的校徽，跟我从学校东北角的破墙豁口进去。"

"好！"叶明亮一块石头落了地，放了心。

爷儿俩叮嘱叶师母小心看家，挂上出诊牌子，关上街门，然后一同到通州师范去看文朝闻。

傍晚，戒严时间一到，国民党军警又像蝗虫一般上了街，驱赶行人。小石在身背破帆布书包，像一条游鱼，在人群里钻来钻去，放开喉咙叫卖着："看晚报，看晚报！戒严时间已到，忍痛牺牲大甩卖，买一张送两张！"军警吆喝着他："滚！卖不出去，拿回家熬着吃。"沙官印也在人群中东奔西走，大喊大叫："劳驾，借光！让我先过去，我急着到码头上夜班。"军警也呼喝他："快走！又不是大姑娘上轿，为什么不早动身？"一辆辆人力车拥塞十字街头，车铃响成一片，卖冰棍的拉着哭腔儿，哀求行人购买，小商贩手忙脚乱，收摊儿散市。乱糟糟，就像林中起火，百鸟纷飞。

混乱中，却有两个头戴制帽，身穿制服，脸上蒙着大口罩的通州师范学生，一人手提一个草药包儿，不慌不忙，温文尔雅，漫步街头。军警向他们喊道："二位学士，没看见戒严了吗？别那么一脚踩不死个蚂蚁，快回学校吧！"他俩仍然充耳不闻，并不加快脚步。一辆警车从保安司令部开来，高音喇叭发出刺耳的噪声："龙蟠保安司令部发布紧急通缉令：查共产党重要分子蒲葵，逐而复返，潜来通州，勾结死党……"警车从这两个学生身边驶过，他俩相视一笑，四六步走进文庙街，不见了。

12

蒲葵已经住到文萃阁上。

他站在藏书室窗口，俯瞰窗外。窗外有一棵白果松屏障窗口，外面望不见窗内，窗内却可以望见外面。远眺茫茫北运河，叶叶渔舟，条条大船，来来往往，大河通向延芳淀。两岸田野上，人马车辆，往返四方，大路通向延芳淀。是呀，一出城去，大路朝天，各走一边，那就可以自由行动了。自由就在咫尺之外，阻碍自由的就是眼前的一堵城墙，他的目光落在城头。

通州师范北倚城墙，城墙下有一条护城河。早晨曾有几个国民党哨兵走过去，但是一直还没有走回来，警戒似乎并不严密。城墙几经战火，风雨蛀蚀，差不多已是断壁残垣。通州师范背靠的段落，就有两三处豁口，学生出城入城，上上下下，每处豁口都踩出了一道梯磴。

蒲葵的脑海里，像一道闪电掠过，闪出一个念头。如果摸清城外地势和岗哨分布情况，是不是可以借着浓墨夜色，从这里乘虚而出呢？

中午，叶菏回到文萃阁上。正是暑伏季节，学生们有两个小时午睡，天气炎热，文朝闻允许学生们爬出豁口，到护城河里游泳半个小时，然后凉凉爽爽地回宿舍睡觉。今天吃过午饭，学生们照例三三五五，说说笑笑，爬城而出。

"叶菏！"蒲葵一指城墙豁口，"你到城头看看，城上城下有多少岗哨，过河后地势有没有隐蔽？"

叶菏明白，跑下了文萃阁。

国民党的巡逻哨，已经发现学生们爬城，一个班长带着两个小兵，端着刺刀跑过来。叶菏刚刚登上城头，那个班长就喝叫道："站住！"

"你狂吠什么？"叶菏迎着刺刀，走上前去。

"保安司令部有令，不许出城。"

"我到护城河游泳，并不离开通州。"

"出城半步，也不许可。"

"空口无凭，拿出你们上司的命令，我看看。"

这个班长拿不出命令，答不上来了。正在这时，一个四十多岁的上尉走来，问道："吵什么，吵什么？"

"报告皮副官！"班长直溜溜立正，"学生们擅自出城游泳，我严加禁止，他跟我要上司的命令看看。"

皮副官是个老江湖，他知道学生们都好闹事，逗起他们的邪火，又罢课，又游行，那就责任重大了。于是，他采取息事宁人的态度，堆着笑脸跟叶菏说："同学，上峰确有严令，兄弟身为军人，以服从为天职，不敢不遵命执行。不过，不知者不怪罪，同学们已经游玩起来，难道当真不讲情面，抓破脸皮吗？下不为例就是了。"

"还是你这位当官长的通情达理！"叶菏故意奉承他一句，"好吧，请你们城上城下的岗哨严加监视，我们游泳半个小时，过时不上岸的，就抓起来。"

"这是哪儿的话？"皮副官一副油腔滑调，"同学们赏我面子，难道我就不重交情！请教你同学贵姓高名？"

"我叫叶菏，学生自治会会长。"

"久仰，久仰！"皮副官赶忙掏出香烟，敬上一支，"兄弟皮三才，学疏才浅，请叶会长多多指教。"

"不客气，我不会吸烟。"叶菏见这个兵痞是个多嘴多舌的浅薄家伙，决定在他身上打主意，"皮副官率领部队，日夜值勤，辛苦了。"

"为党国效劳，"皮三才伸长脖子，深深吸溜了一口烟，"赴汤蹈火，在所不辞。"

叶菏一看他那副吸烟丑态，就知道他是个白面鬼。忍住笑，说："恕我说一句外行话。你们分散兵力，漫天撒网，又开五指抓跳蚤，倒未必抓得着那个人。"

"叶会长深通兵法！"皮三才挑起大拇指，"你想，这位蒲葵单身一人，行动方便，说走就走，说溜就溜，不溜不走，角落一躲，你到哪儿抓他去？依我看，蒲葵压根儿就没到通州来，都是金桂题那个小子买空卖空，可累得我们脚丫子朝天。"

"皮副官的高见，胜强吴处长百倍！"叶菏逗他信口开河，"姓金的叛变了共产党，又拿不出像样子的见面礼，就捏造了这个无从对证的谎言，以便抬高售价。"

"不是兄弟以下犯上，我们这位吴处长是聪明一世，糊涂一时！"皮三才发泄怨气，"他只想抓住个大共产党，人前显贵，傲里夺尊；金桂题对症下药，投其所好，一道鬼画符，迷住了他的心窍。"

"皮副官一定是吴处长的得力部下吧？"叶菏套他的话。

"我们是军需处的，跟他不是一竿子！"皮三才满腹牢骚，"这年头儿，卖狗皮膏药的应时当令，政训处压我们军需处一头，硬逼着我们从警卫排里拨出两个班，巡逻这二百五十米地段。"

"城头上，河对岸，都管？"

"可不是吗！"皮三才叫起委屈，"按照命令，二十四小时坚守阵地，谁熬得了呀？我自作主张，两个班轮流上岗。"

"又是城头，又是对岸，一个班怎么忙得过来？"

"城头上卖呆儿，已经晒得贼死，谁还有兴致去管对岸？真听他的，猫在护城河对岸的柳棵子里喂蚊子，人身是肉长的，让他去。”

“皮副官真是爱护部下。”

“叶会长，兄弟打十五岁穿上这身老虎皮，屈指算来，三十个春秋了，哪个军头没混过？”皮三才摇头晃脑，“待部下，就得睁一只眼儿，闭一只眼儿，别那么较真儿。不然，上了火线，给你个暗箭最难防，可就悔之晚矣。”

“皮副官玲珑剔透！”叶菡计上心来，“皮副官好交朋友，我不能不关照。我们的文老夫子，弟子三千人，桃李满天下，省里几位大员，都是他的学生。他最恼恨军警闯入他的学校，就像佛门净地，不许走进吃狗肉的人。你们在这一段城墙上布岗，文先生还不知道，不然早就下逐客令了。皮副官是知道的，吴处长也是文先生的弟子，很孝敬他的老师，众位弟兄是多加小心为妙。”

“叶会长真是爱护兄弟！”皮三才连连感谢，“我们这二百五十米地段，贵校正在中间，两边有岗，也就不必再到贵校界内走动了。请叶会长在文老夫子面前，替兄弟多多美言。”

皮三才带着那个班长的两名小兵，点头哈腰而去。叶菡走下城墙，游过护城河，到对岸踩出一条脱身之路。

下午阴了天，傍晚响起雷声，入夜下起大雨。

平民子弟夜校放了学，叶菡顶着雨跑上文萃阁，在风雨雷电的声光中，兴奋地向蒲葵大声说：“我们有了地利，又占了天时，快走！”

蒲葵站在窗口，欣赏大雷雨的雄奇景色，问道：“平民子弟夜校和学生自治会的善后工作，都安排好了吗？”

“已经委托两位最可靠的同学。”叶菡动手整理行装，“他们也是官印大叔培养的人。”

“跟孩子们不辞而别，难免依依不舍吧？”

“心里很不好受。”叶菡惆怅地一笑，“我给高小班的同学，朗读了法国作家都德的《最后一课》，念得很动感情，孩子们的眼睛都潮湿了。”

蒲葵从窗口转过身，说：“我想拜会一下文朝闻先生，求个人和；你也应该向老师辞行，上最后一课。”

“太好了！”叶菡带着蒲葵下了文萃阁。

同学们都已经入睡，只有文朝闻的书斋里还有一点灯火，窗上映着一个时俯时仰的身影，传出咿咿哦哦的声音。满院风雨，这低吟一般的读书声，令人感到哀伤和凄凉。

叶菏轻轻推门而入，蒲葵跟在他的身后。

"谁？"文朝闻抬起老花眼镜。

这位一生清苦，洁身自守，孤傲而正直的老夫子，已经六十几岁，白了头。他很瘦小，又刚病愈，气色干枯，很像深秋旷野上的一只白头翁。

"老师，是我！"叶菏垂手而立，"蒲葵先生听说先生身体欠安，临行之前，前来问候。"

"啊！"文朝闻大惊。

蒲葵从叶菏身后走过来，抱歉地说："雨夜不速而来，唐突文先生了。"

"不，我很高兴。"文朝闻镇定下来，脸上露出喜色，"今年五月四日，我本来准备举行纪念大会，想请蒲先生来校讲演；终因县党部百般阻挠，纪念会未能举行，也就得不到向蒲先生请教的机会。"

蒲葵在一张咯吱咯吱响的旧藤椅上坐下，说："文先生献身教育事业，数十年如一日，德高望重，我在通州工作期间，也曾几次想来趋访就教，只因国民党方面严密限制我方人员的行动自由，未能如愿。不想今晚在非法状态下，得与文先生幸会，感到十分高兴。"

"不敢当！"文朝闻慨叹一声，"终我一生，一介腐儒而已，于国于民，无所贡献。而且，教出吴宗笠一类的无耻之徒，更是罪过。"

"学生良莠不齐，老师何罪之有？在文先生的弟子中，不是也很出了一些人才吗？"

"惭愧呀！"文朝闻连连摇头，"若论人才，只有我那几位加入贵党的学生，才当得起。然而他们之所以有成，功不在我；相反，对于他们，我是问心有愧的。当时，国难当头，他们投身政治活动，我却不明大义，责怪他们荒废学业。待到抗战爆发，他们勇敢献身，奔赴战场，为祖国光复，民族复兴，抛头颅，洒热血，马革裹尸，前仆后继，我才悔悟自己的昏愦，痛感负疚良深。"

"文先生这一席话，发人深省！"蒲葵庄严地说，"当前，中国正处于两种命运决战的关头，学生们像站在十字路口，是奔向光明，还是堕入黑暗？为人师表者，是不能不严重考虑，予以正确指导的。"

"蒲先生的意思，我很明白。"文朝闻苦笑了一下，"只是我对于政治还是一团混沌，哪里有能力给学生以正确的指导？不过，我当竭尽心力，不使他们与吴宗笠之辈同流合污，也就算没有误人子弟。"

"老师，我向您辞行！"叶菡忽然说。

"啊！"文朝闻一怔，"到哪儿去？"

"为光明的中国而斗争。"

文朝闻望着蒲葵，问道："蒲先生，您要把叶菡带走？"

蒲葵笑笑，说："您舍不得这个心爱的学生吧？"

"是的！"文朝闻闭上了眼睛，淌下老泪，"在通州师范的七十二名学生中，只有他是我最寄予希望的。"

"希望他怎样呢？"

"希望他……"文朝闻忽然打了个寒噤，睁开泪眼，"我不过是希望他继承我的衣钵，当一个白发死章句的书虫。蒲先生，请你带走他吧！放在我身边，会害了他的；叶菡，跟蒲先生去吧！留在我身边，你是不会有出息的。"

文朝闻心乱如麻，哽咽难言了。

"老师，再见了，您多保重！"叶菡深深鞠了一躬。

"去吧！"文朝闻抚摸着叶菡的头，"要努力，要上进。今后，若有需用我出力之处，我愿竭尽绵薄。"

蒲葵和叶菡走出书斋，那雨下得天连着地，地连着天，他们在泼墨一般的黑暗中，越过城墙豁口。

风雨为他们送行，雷电给他们引路……

13

吴宗笠乘坐一辆中型吉普车，车里还带着金桂题和两名卫兵，一出通州，就开足马力，不到半个小时，便到达了石瓜镇。

通向石瓜镇北口的官道，沿路都是连绵不断的树林，果园，瓜园，菜园，密枝浓叶里闪动着干活的人影，响着嘎啦啦的辘轳声。一个个吓唬鸟雀的谷草人，在南风中挥舞着手里的破芭蕉扇，三三两两巡逻放哨的团丁，懒洋洋游荡在官道两旁。

镇口，土圩子又高又陡，土圩子下面是一条深险的沟堑。走进寨门，是一片散散落落不成形状的街道，一座座残缺破败的篱笆里，挤塞着两三间低矮歪裂的小土坯房。面黄肌瘦的女人，吹着冷灶里的青柴，被浓烟呛得剧烈地咳嗽。

皮包骨的光屁股小孩，骑着狗绕篱笆跑。穿过这片穷街，便是半砖半坯的房屋，不夹篱笆，砌的是土墙，墙头伸出挂满青枣的枣树枝丫，院里是鸡鸣、猪哼、羊叫，碾声、磨声、女人吆喝毛驴声、箩床筛面声。再过去，是一个大月牙池塘，荷叶盘盘，垂柳依依，燕子穿飞，白鹅翻着红掌，拍打翅膀，伸长脖子嘎嘎叫着。吴家大院的后墙，就坐落在池塘南岸上。

吴家大院的围墙又高又厚，水磨青石墙基，砖面上生满墨绿的苔藓，四角四座哨楼，每座哨楼八孔枪眼，黑洞洞，阴森森。

大院正面，有一座方圆十几亩的大场，四处栽种桑、枣、榆、槐、绿柳、青杨，抹着泥顶的麦秸垛和豆秸垛，有尖头的，有圆头的，不下十几座，都有三五丈高。相形之下，那一溜鸽子笼似的长工棚子，又矮小，又憋闷，令人感觉难以呼吸。

高大的门楼，飞檐斗拱，两扇大铁门，铁皮狼牙钉，长方大块虎斑石铺砌的门道，可以跑两辆四套骡马的大车。大门两侧，八棵浓荫龙爪槐，四名护院打手，青皮光头，横眉立目，身穿漂白密排小褂儿，黑绸肥大灯笼裤，脚下是双梁云头薄底抓地虎快靴，一人一支驳壳枪，一口鬼头刀，腆胸叠肚，两厢站立。

吉普车驶进大门道，四名护院打手一见他们的少东家驾到，好像风吹草低，一齐屈膝打千，叫道："小的们给少东家请安！"吴宗笠从皮包里掏出一把钞票，打车窗里抛撒出去。

"谢少东家恩赏！"四名护院打手一阵欢呼，便像饿狗扑食，抢起钱来。

内院朱门外，八条蹲门狗，十六只看家鹅，叫成一片。一大帮管家、男仆和小厮跑了出来，躬身垂手，不敢抬头。

汽车停住，吴宗笠和车上的人下了车，走进朱门。这是一座气氛阴沉的套院。登上十二层白石台阶，跨进二道院的月亮门，迎面是一面二龙戏珠的琉璃影壁，影壁后面是一座爬满藤萝、绿苔斑驳的假山石。阔大的庭院，搭着白席凉棚，十个陶瓷彩釉的大金鱼缸，发出游鱼拨刺刺的溅水声，几只蜻蜓落在鱼缸里的荷叶浮萍上。鹅卵石的甬路两旁，是两溜石榴树和夹竹桃，挂满各色各样的鸟笼和蝈蝈篓儿，鸟啼虫鸣，阵阵花香，越显得庭院幽静清爽。

"少东家驾到！"内院管事一声呼喝。

正厅珠帘舒舒卷起，一大群丫头老妈子，鱼贯而出，有六十几岁的老太太，也有十一二岁的小女孩儿。她们身背一纸卖身契，深锁在暗无天日的吴家大院，被奴役，被凌辱，不如笼中的鸟儿，篓里的蝈蝈儿。

进入客厅，四壁悬挂着名人字画，茶几条案上陈列着什锦古玩，也有几卷线装书，一个翠玉笔筒，点缀文墨风景。不过，还是那只端端正正摆放在大玻璃罩中，擦掉了铜绿锈斑、金光闪闪的钟鼎，最能表现出主人是多么风雅。

两个梳着双鸦髻的小丫头，捧着铜盆，请吴宗笠净面。洗过脸，吴宗笠走出客厅，穿游廊，奔后院。

吴莲池在他的爱妾孔水仙的搀架下，也正从后院的深宅里，急急奔前院来。

这个延芳淀的土皇上，已经是一支风中烛。酒、色、鸦片烟，蛀蚀了他的皮骨，秃了头，掉了牙，满脸斑癣，一架枯骨。尽管他每日大吃甲鱼肉，大喝人参汤，两个奶妈子喂乳，也只能苟延残喘而已。酷热的六月天气，他只觉得冷入骨髓，头戴一顶青呢瓜皮小帽，身穿团寿字玄缎面夹袍，已经僵化的两腿，穿着一条春绸丝棉裤，还扎紧了裤腿儿，双脚不但包着毛线袜，而且套着厚毡靴。不过，老家伙虽然已是枯木朽株，可是那两只小小的三角眼，却是阴冷冷，亮晶晶，真像两朵闪烁的鬼火，显露出他虽已行将就木，但是依然贼心不死。

他的爱妾孔水仙，跟他正成鲜明的对照。这个徐娘半老的女人，仍然白嫩嫩，水灵灵，浓妆艳抹，花枝招展。她头上梳着高高耸耸的花妆髻，描眉入鬓，鬓似刀裁，脸蛋搽得桃红李白；身穿粉莲霞锦纱紧身小衫儿，下身是大洒花葱心绿肥裤，尖尖小小的红绫鞋。明明是一只狐狸子，却扭扭捏捏，羞羞答答，故作小女儿态。

孔水仙的爹是延芳淀有名的讼棍，吴莲池的狗头军师，专干为虎作伥的勾当；将雷连甲打成死罪的状纸，就出自他的手笔。他和吴莲池算是通家之好，从小就品性轻浮。好在人前卖弄风骚的孔水仙，常常到吴家大院走动，口口声声管吴莲池叫干爹；吴莲池好色成癖，岂肯放过这个含苞欲放的干女儿？而孔水仙也贪爱吴莲池的金山银垛，半推半就失了身。老讼棍虽然心黑脸厚，到底还不够十分无耻，竟被这桩丑事，气成中风，不到半个月就呜呼哀哉了。于是，孔水仙出嫁，她爹同时出殡。

吴宗笠一见他爹迎了出来，连忙三步并作两步，跑上前去给他爹请安，恭恭敬敬问道："爹，您老人家贵体可大安康？"

"喔，喔喔……还好，还好。"吴莲池那斑癣老脸，皱成一副怪相，"只是……只是两腿疼痛难忍，夜不能眠。"

"搀老爷到养心斋去！"吴宗笠突然一掉脸，向低眉顺眼的孔水仙大声呵斥。

"是！"孔水仙浑身一哆嗦。

孔水仙对于这位大少爷，怕入骨髓。那还是二十年前，吴宗笠才十几岁，就作践了她。她哭号着跑到老头子那里告状，吴宗笠也提着一支勃朗宁手枪追赶而来，破门闯入，手枪拍在桌案上，冲他爹面前一跪，叫嚷道："爹，您是要这个女人，还是要我这个儿子？有她没我，有我没她。要她，您拿起手枪打死我；要我，我就拿起手枪打死她。"吴莲池眼也不眨，哈哈大笑道："混账话！儿子是骨肉，姬妾是衣服，岂有为妾杀子之理？拉她出去，随你处治。"孔水仙吓得三魂出窍，抱住吴莲池的双腿，哭道："老爷，看在我侍候您这几年的情分上，宽恕我这一回吧！"吴莲池一脚踢开她，喝道："你这条命，归大少爷了。"她又爬到吴宗笠脚下，哀告说："大少爷，您老人家大开天恩，留下我这条性命吧！我一定像侍候老爷那样侍候您老人家，讨您喜欢。"吴宗笠也不答话，一把揪住她的头发，拖到后花园，摔在地上，擦着她的头皮，当当开了两枪。她鬼叫一声，昏死过去，一连几个月神经错乱。从那以后，她吓破了胆，一见吴宗笠的面，就魂不附体。

现在，她搀架着老不死的到后花园养心斋去，吴宗笠跟在她的身边，她仿佛又回到二十年前，被吴宗笠扯着头发拖到后花园的可怕情景。但是，这个女人已经奴性十足，心里不但不敢有一丝恨意，而且只想如何讨得这只恶狼的喜欢，苟且偷安。

这座后花园，就是当年霸占的何守田的那片果园和池塘。虽然二十几年过去，但是旧日面目仍然依稀可见，只是树高入云，花木繁荫，空地上多了几座亭台，荷塘上拴了一只画船。

养心斋，三间小小的青堂瓦舍，坐落在荷塘畔，花树中。室内只有一张花梨书案，一把斑竹藤椅，两把紫檀座椅。案上一只青铜香炉，几卷经书。吴莲池常常一人闭门幽坐，焚香冥想，或是扶乩卜卦。养心斋平时深锁房门，不许外人进入，所以这座密室很有点鬼气。

吴莲池跟吴宗笠，不但是父子，而且是知己，吴宗笠佩服他爹的老奸巨猾，吴莲池赞叹儿子的阴险狡诈。吴宗笠每次从通州回家来，老少两只恶狼，都要躲进养心斋，进行长时间的密谈。

孔水仙将吴莲池搀架着到了养心斋外，吴宗笠又猛喝一声："你吩咐内院管事，好好款待那四名卫兵！再跟卫兵要过我的手提包，拿回后院。提包里有我高价买到的美国安眠药，还是按照过去的剂量，在午饭之后，晚睡之前，给老爷冲服，就可酣甜入睡。"说着，掏出钥匙放在孔水仙手里，轻轻捏了一下。

"明白了！"孔水仙哆嗦着答应一声，不敢逗留，低顺眉眼地急急而去，给吴宗笠收拾房间。

吴宗笠搀扶他爹，吴莲池从裤腰里摸出一串钥匙，打开房门。吴宗笠又扶着他爹坐在躺椅上，他在一张座椅上侍坐。

"美国的安眠药真是神乎其神哟！"吴莲池呵呵笑道，"吃下去，睡得像死了一样。只是一不吃，更睡不着了。能不能多买几大包，够吃上几年的。"

"价值高昂，万分难得呀！"吴宗笠跟他爹云山雾罩，"那是为美国的高官富豪特制的灵丹妙药，秘而不宣，严禁外传。只因中美友好，才向中国的高级长官少量出售。我是通过曲曲折折的内线，从最高阶层，难而不难地得到几片。"

"这也是你孝感动天呀！"吴莲池说，"政局近况如何？"

吴宗笠点起一支香烟吸着，说："和平谈判这出假戏要收场了，全面进攻的大武行要开锣了。"

"好！以蒋委员长的铁腕，定能扭转乾坤。"吴莲池龇开稀稀落落的乌黑牙齿，夜猫子似的呀呀笑了，"你们呢，也不该无所作为吧？"

"很快就要进攻盘山。"

"那么，你也要亲临战场？"

"我奉命留守后方。"吴宗笠打开皮包，掏出一张盖有血红关防的委任状，"保安司令要我恭请您老人家助他一臂之力，屈尊担任延芳淀民众戡乱行动委员会主任委员。"

"扶保蒋委员长的江山社稷，吴某身为臣子，理当效犬马之劳！"吴莲池那被鸦片烟熏哑的嗓子，嘎嘎笑着，"保安司令与你情同手足，也就是吴某的子侄，为子侄而尽心出力，不亦乐乎？"他展玩着那张委任状，两眼射出贪婪的目光。

吴宗笠又说："您要扩充民团……"

"谁掏军饷?"吴莲池打断他的话,"我这个主任委员俸禄多少?"

吴宗笠像哄小孩子似的说:"民众戡乱行动委员会是民间团体,民团是民间武装,不拿国家俸禄和军饷;但是,可以从苇花淀民众身上筹划,也很方便。"

吴莲池骨碌着两只恶眼,问道:"那么,延芳淀地方的田粮税收,都归我所有?"

"不!"吴宗笠摆着手说,"国家税收之外,您可以酌情征收地方团防捐。"

"好!"吴莲池觉得有利可图,一口答应,"只要有米,还怕做不出饭来!"

"当务之急,请您邀集各村保甲长聚会,悬赏严拿共产党要犯蒲葵。"吴宗笠压低声音,"据一个名叫金桂题的共党叛徒告密,蒲葵从盘山带下若干匪徒,又从通州城内调出不少的死党,阴谋在延芳淀建立他们的根据地。"

"卧榻之旁,岂容他人酣睡!"吴莲池气得咆哮,"延芳淀乃吴家万代铁桶江山,岂容共产党割地分肥?我要将他五马分尸,再碎尸万段!"

"知己知彼,方能百战不殆。"吴宗笠叮嘱说,"我回通州,把那个金桂题给您留下,诸事要听一听他的见解。"

吴莲池不以为然地摇着头说:"忠臣不事二主,烈女不嫁二夫。当了叛徒就好像女人做了婊子,不可信任,更不能重用。"

老东西的身子已经十分糟朽,这一阵狂怒过后,马上便虚弱得奄奄一息了。吴宗笠嫌恶地看了看这具大半腐烂的活尸,但是不得不装出孝子模样,捏着鼻子搀架他回后院去。

后院,是吴家的老宅,房陡墙高,墙头满是枣核钉,还拉着铁蒺藜网,只有两扇小小铁门,却又日夜紧闭。吴莲池和孔水仙,就住在这座古墓似的深宅里。吴宗笠每次回家,也都住在后院东厢房,以便朝夕承欢,早晚服侍老爹。吴莲池当然知道他这个孝子别有用心,但是有苦难言,也不敢言。

孔水仙坐在临窗的梳妆台前,刚刚沐浴更衣,梳了头,描了眉,搽了胭脂。大玻璃镜里,照见她那恐怖不安的神色。她一想到吴宗笠就要到来,身子就像被一条长蛇从脚下直缠到脖颈,血都凉了。

吴宗笠在院外叫门,丫头老妈子都急忙躲进屋里,落下窗帘,大气也不敢出。孔水仙发颤着答应一声,一溜烟迎了出去。

吴莲池被搀架到正房卧室,孔水仙给他服用了美国安眠药,老东西便死尸一般昏昏沉睡。然后,孔水仙身不由己,低眉顺眼跟随吴宗笠到东厢房去。

东厢房里，她早已给吴宗笠洒扫、熏香、铺床、挂帐，收拾得像花烛之夜的洞房。现在，一进屋，她便低下头，垂手站立，脸色惨白，等候吴宗笠那粗暴的举动。

吴宗笠却一反惯例，坐在床沿，摆了一下手，说："来，你也坐下。"

孔水仙不敢相信自己的耳朵，惊恐地睁大眼睛，望着吴宗笠，不敢行动。

"你比木头人多一口气！"吴宗笠笑骂道，"坐在我身边来，我跟你有话说。"

"是。"孔水仙战战兢兢挨到吴宗笠身边。

吴宗笠拉过她一只染着红蔻丹的手，玩弄着，忽然说："我打算让你当家。"

"大少爷，我可没有非分之心呀！"孔水仙吓坏了，不知吴宗笠的葫芦里装的什么毒药。

"你要助我一臂之力，做我的贤内助呀！"吴宗笠的声音，带有悲凉的味道，"老爷上了年纪，头脑失灵，多年来高压乡里，民怨沸腾，已经不适应时代潮流了。所以，我打算让你出头露面，扮演大慈大悲的观世音，平息众怒，笼络人心。懂吗？"

"亲亲，我懂了。"孔水仙是个狡猾邪恶的女人，黏糖似的绕在吴宗笠身上。

这古墓一般的深宅，是一座狼窠，一座蛇穴，一座魔窟。

14

石瓜镇上有个龙门渔行，渔行有个跑外的叫金哥，二十四五岁，一张小白脸儿，伶牙俐齿，手里的算盘打得炒豆似的响，吹、拉、弹、唱，五花八门都在行，外号小画眉。沾手三分肥，小画眉金哥手头也颇赚了几个钱，便暗中放高利贷。凤大姑开柳香居，本钱就是跟他借来的驴打滚儿。本生利，利滚利，凤大姑至今也还没有还清小画眉金哥这笔债。他常常坐着一只小划子，到延芳淀上收鱼，在柳香居歇脚，一来二去，看上了飘香。

小画眉金哥施展他的玲珑乖巧，水磨功夫，自信手段高明，小小飘香，跳不出他的掌心。

这天下午，金哥坐着渔行老板的一只雕花篷船，一个船夫打桨，从石瓜镇来罾罟台，先到柳香居站一站。他打扮得油光鉴人，大热的天还搽了一脸雪花膏，歪戴一顶米黄色凉帽，身穿一件六七成新的杭纺长衫，口叼一支玻璃烟嘴儿，吸的是三炮台香烟，一副以美男子自居，顾影自怜的得意神气。

凤大姑和飘香娘儿俩，正坐在豆棚阴凉里，编蒲篓，织苇席。

自从叶菡来到延芳淀，住在柳香居，白天隐蔽，夜晚外出，凤大姑和飘香母女就更严守门户，不与外人来往。门前冷落，青草丛生，豆角秧和牵牛花爬满了篱笆，小院小屋，静悄悄无声无息。

"凤大姑，飘香小妹！"小画眉金哥跳下船，嬉笑着叫了一声，开门走进院来。

飘香扔下手里的苇箔，进屋去了。

"金哥，今天好闲在？"凤大姑抬起头，搭讪着，可没停住手中的编织。

"吴老团董宴请各村保甲长，点名跟我们渔行要一百尾清一色的大鲤鱼，老板看我办事利落，就打发我承办这桩肥差。"小画眉金哥从脖领后面扯出一把泥金扇，摇头摆尾扇着。

"宴无好宴，又该刮卷地皮了！"凤大姑骂道。

"您没猜中！"金哥俨然像个消息灵通人士，"吴老团董大摆酒宴，是为了督促各村保甲长，齐心合力，捉拿共产党首要分子蒲葵，悬赏银洋一千块。"

"好大一笔横财呀！"窗口里，飘香冷冷地说。

"我要时来运转啦！"金哥溜瞅着飘香那俏丽的脸，"吴家大少爷的民众戡乱行动委员会，要在石瓜镇设立大衙门，还要成立一支乡民义勇反共壮丁大队，此后渔行必定买卖兴隆，财源茂盛，老板想再开个分号，十有八九派我当分号掌柜。"

"恭喜你步步高升！"飘香又不咸不淡地嘲弄他一句。

"宁做小国之君，不做大国之臣呀！"小画眉金哥却长叹一声，"虽说当个分号掌柜，到底还是在人屋檐下，不敢不低头。天可怜见，这一千块银洋若是落到我手里，我可就自立门户，大展宏图了。"

"金哥！"凤大姑厉声喝道。

"凤大姑！"金哥吓了一跳，眨眨眼。

"姓蒲的共产党跟你远日有冤，还是近日有仇？"凤大姑沉着脸问道，"人活一世，要清白一生，不能贪图不义之财，伤天害理。"

"我不是那个意思，不是那个意思。嘻嘻！"金哥尴尬地干笑着。

飘香一阵旋风似的从屋里跑出来，一只手端着个瓦盆，一只手拖着一把扫帚，先浇天泼地一通洒水，然后便将扫帚挥舞起来，唰唰唰地打扫院子，烟尘四起，飞扬弥漫。

"哎呀呀！飘香小妹，轻一点，慢一点。"金哥掏出绣花手帕，蒙住他那搽了厚厚雪花膏的小白脸儿。

飘香并不停手，仍旧挥舞着大扫帚。于是，金哥连同院子里的灰尘垃圾和鸡毛蒜皮，被横扫出去。

"真是画虎画皮难画骨，知人知面不知心！"凤大姑气得脸都白了。

"我早就看破了他的瓢子，不是正路东西！"飘香哼道，"我看这个贼子，还不死心。他敢卖人请赏，我就叫他死在我的手里。"

飘香看人入骨三分。小画眉金哥已经黔驴技穷，却仍不死心，从柳香居被扫出来，就坐上雕花篷船，到鬼吹灯夏三那里讨教去了。

鬼吹灯夏三刚吃完饭，喝了二两猫儿溺，抽了一包白面儿，仰八脚儿躺在炕上，瞪着一只独眼，死盯着顶棚，琢磨着到哪儿下蛆，敲一笔竹杠。小画眉金哥一进门，鬼吹灯夏三就猜着了八九分，肚子里暗暗发笑："闭门家中卧，送财童子来。"

"夏联保主任！"金哥一躬到地，递上一支香烟。

"尊驾不必开口，"鬼吹灯夏三接烟在手，乜斜着眼睛，"鄙人早知端详。"

金哥哭笑不得，说："您老人家真是名不虚传的鬼吹灯，一见面就念江湖诀，糊弄我这个天真赤子。"

鬼吹灯夏三打了滚儿爬起来，一挑大拇指，连连点着残破的半个鼻头儿，说："乳臭小儿，你狗眼看人低。本官虽不敢自称诸葛转世，也敢说料事如神。你心如汤煮，不过是为了飘香那个小丫头。"

"正是！"金哥长吁短叹，"我想听听您的高见。"

"附耳过来！"

鬼吹灯夏三咬着小画眉金哥的耳朵，挤眉弄眼，叽叽喳喳，金哥鸡啄米似的不住点头："妙，妙，妙！"

"量小非君子，无毒不丈夫！"鬼吹灯夏三独眼眨着凶光，"听说蒲葵就在延芳淀一带活动，不出方圆十几里；我把手枪赁给你，你在淀上岸边等着他，出其不意，攻其不备，把他生擒活捉。那一千块大洋的赏金，我也不跟你平分秋色，咱们三七分账。"

"干！"金哥的小眼睛，燃起利欲的火苗，"可是飘香怎么到手呢？"

鬼吹灯夏三色眯眯地拍着他的后脑勺儿，说："哥儿，你抓住蒲葵，立下头功，吴老团董恩宠你，一开金口，凤大姑敢不乖乖地把女儿双手捧给你？"

"我要开个渔行！"金哥舐着嘴唇，直咽唾沫，"飘香到了我手里，生米做成熟饭，看我不精精致致收拾她。丘二篙头那老头子，给我下沽捕鱼，凤大姑那老婆子，给我前柜卖鱼。三年五载，本固枝荣，我要独占延芳淀渔市！"小画眉金哥想入非非，手舞足蹈。

"事不宜迟，兵贵神速，你赶快出马！"鬼吹灯夏三从炕席下摸出一支手枪，交给金哥，收了他头一天的赁金，"想抢这个头功，拿这笔赏金的，大有人在。"

"这一千块银洋，注定归我啦！"小画眉金哥就像鬼迷心窍，接过手枪，扭头就奔外跑。

西北天角，滚动着隆隆雷声。

夜，雷雨中，柳香居窗口，摇曳着一盏昏黄的风灯，凤大姑和飘香娘儿俩坐在窗口，心里七上八下。

"叶菏怎么还不回来？"凤大姑嘀咕着，"他这是头一趟到榆园去，又是单枪匹马，真叫人心焦。"

飘香只是凝望窗外大雨，两道弯弯秀眉，皱连一起，她比娘更焦急，但是不露声色。从叶菏来到延芳淀头一天起，她这颗心，就日夜都放不下。叶菏本来生得清秀，到通州师范念了一年书，就更显得文气。飘香心目中，叶菏的人品学问是很贵重的，但是拿刀动枪，并没有多大能为，因而很不放心他一人外出，夜走远村野路。蒲葵很看重叶菏，雷虎寅跟雷响更是倚重叶菏。叶菏是延芳淀区的副区长，还是武工队的参谋，一个文弱书生的肩膀，怎么能挑得起这两副重担呢？她就更不放心。所以，叶菏每回出去，她都叮咛又叮咛，嘱咐又嘱咐，还问："记住了吗？"叶菏一笑，点点头。而叶菏一走，她的心就倒吊起来，直到叶菏平安而归，心才放下。这一天的坐立不安，心神不宁，比织一天布，编一天席，还累。叶菏一进门，她就忙得团团转，给叶菏打水洗脸，亲手给叶菏做饭，亲眼看叶菏吃下去。打发叶菏睡了觉，她便悄悄搬一只蒲团，拿着渔叉和弹弓，坐在柴门的豆角秧阴影里放哨。露水打湿她的衣裳，她不觉凉；整夜不合一合眼，她不觉困。凤大姑来替换她，她也不肯离开；她觉得，只有她亲自守卫着叶菏，才放心。

今晚，叶菏冒雨出去，她给叶菏披上蓑衣，戴上斗笠，送叶菏出门，叮嘱叶菏多加小心。现在已是下半夜，大雨不停，叶菏不归，凤大姑嘀嘀咕咕，一个不吉利的阴影，闪过飘香的心头，她霍地站起来，窗外掠过一道白唰唰的闪电。

一瞬即逝的电光，照见淀边小路上，有个一步一跌的行人，艰难地在大雨泥泞中行走。闪电逝去，又是一团漆黑，大雨滂沱。

"他回来了！"飘香顾不得披上蓑衣，跑出屋去，冲进雨里，不大工夫，半扶半背着一个人回来，正是叶菏。

叶菏被冷雨打得脸色苍白，四肢发僵。

"你呀，叫人急死！"飘香拿过一条手巾，踮着脚尖，给叶菏擦干头上脸上的雨水。

"快喝两口，暖暖身子。"凤大姑捧过一把酒壶，递给叶菏，"我给你做碗热面汤，多加胡椒面。"

叶菏喝下两口酒，呼出一口寒气，说："我还得走，后边有盯梢的。"

飘香的心咯噔一跳，问道："几个？"

"一个。"叶菏说，"要不是蒲葵同志有命令，在秘密活动时期，不到万不得已不得开枪，不得杀人，我早干掉了他。"

"这个该死的畜生！"飘香一猜便知，这个盯梢的家伙，十有八九是小画眉金哥。"大雨瓢泼，夜中漆黑，你孤身一人上哪儿去？这个狗贼不来便罢，真要找上门来，那是他死到临头了。"

"你们娘儿俩，不能暴露目标呀！"叶菏还想走。

"我们娘儿俩会招待他。"飘香将叶菏推进里屋。

这时，雨渐渐住了。一钩清冷冷的弯月，垂挂在天边林梢，蛙声四起，荷香荡漾。

飘香将风灯放在外间屋的灶台上，磨起一支寒光闪闪的渔叉。骤然，一阵跌跌撞撞的脚步声传来，她微微一笑："送死来了。"又撩起里屋门帘一角，低低跟叶菏说："你沉住气，别慌。"

小画眉金哥，泥头巴脑，活像一只泥猪癞狗，气喘吁吁，上气不接下气，一头撞了进来。

"哎呀，金哥！你这是打哪儿钻出来？"凤大姑问道。

"少唠叨！"金哥端着一支手枪，满面凶气，"看见一个人打这条道跑过去没有？"

"没看见！"飘香脸色冷冷的，"黑更半夜，雷雨交加，伸手不见五指，我们又没长着夜明眼。"

"看见没看见？"金哥的枪口，一顶飘香的胸窝，"那人就是悬赏一千块银洋的蒲葵，你不实话实说，打你个私通八路，勾结共党，先斩后奏。"

飘香胆怯了，小声说："看见了。"

"在哪儿？"

"在我家避了避雨，歇了歇脚儿，雨一住，就赶紧走了。"

"走了多会儿？"

"不到一袋烟工夫。"

"奔哪个方向？"

"东北。"

"跑不了他！"金哥狞笑一声，"飘香，等我抓住蒲葵，领了赏金，一两天就打发花轿来搭你。"说罢，窜出门去。

"这个枉披人皮的奴才！"凤大姑恨得连啐三口。

飘香却轻轻一声冷笑，一跷脚，从墙上摘下了弹弓和弹囊，走到门口，只见金哥那幽灵似的影子，已经跑出六七十步。她也不瞄准，张满了弦，绷紧一松，嗖，嗖！流星似的射出两颗红石弹丸。

那个幽灵似的影子，跳了两跳，栽倒在一片水洼里。

"娘，跟我收尸去！"飘香淡淡地说。

娘儿俩走到跟前，飘香又在这只小画眉的咽喉上补了一渔叉。然后，拖死狗似的拖到淀边，将死尸滚下水去，一眨眼就漂向十里旋涡去了。

黎明前，叶菏从柳香居到了星映眼。蒲葵、雷虎寅、雷响都在沈老闷的看坟破屋里，架着干柴烤衣裳。在这风雨雷电之夜，他们也没有停止奔走。

"你背后有没有尾巴？"蒲葵问叶菏。

叶菏笑道："有一条，飘香给割掉了。"

"一定是请那家伙吃了追魂夺命红石丸子！"雷响欢笑着说，"我那飘香表姐，花容月貌，可手黑得很。"

"那个死鬼是谁？"雷虎寅问道。

"龙门渔行的跑外，小画眉金哥。"

"看来，吴宗笠这个行动委员会一开张，就跟咱们短兵相接了！"蒲葵脸色严峻地说，"吴氏父子重赏之下，各村保甲长和见钱眼开的坏分子，纷纷卖命。今天咱们每个人身后都有一条尾巴，大大妨碍了我们的活动，必须采取断然措施，根除这个祸患。"

"杀他几个！"雷响瞪起眼睛，"杀他几个也好灭一灭敌人的邪气，长一长我们的威风。"

"就拿鬼吹灯夏三开刀！"雷虎寅青筋迸起，"各村保甲长，都是他牵线儿；见钱眼开的坏分子，都是他勾引。这个延芳淀的人蛆，死心塌地给吴家父子帮凶，早就该杀。"

"那就杀掉这个首恶分子！"蒲葵目光炯炯地说，"还要抓一些积极作恶的保甲长，一同受审。宣判鬼吹灯夏三死刑。老雷代表莺花沽区公所，向那些积极作恶的保甲长，宣讲我们的对敌政策，要他们立功赎罪，然后将他们释放。"

"好！"雷响兴高采烈地叫道，"这一来，咱们民主政权的威名，就四面八方传扬了出去。"

"那就分头行动！"蒲葵下令，"雷响去抓鬼吹灯夏三，我们兵分几路，去抓那些保甲长和坏分子。还要通知那些已经确定公开身份的同志，到星映眼报到集合。"

雷响已经坐不住，跳下炕，问道："蒲葵同志，你什么时候要人？"

"石瓜镇不大容易进出，捉拿鬼吹灯夏三要用点心机，费点力气，三天吧！"

"您写好布告，我在天黑之前，把鬼吹灯夏三抓来受审！"说罢，雷响穿上半湿不干的衣裳，杀了杀腰带，插了枪，拔步就走。

"真是个雷厉风行的闯将！"蒲葵从心坎里发出一阵喜悦的笑声。

雷响从星映眼出来，走到淀边，淀边一行水柳里，拴着一只浮萍小船。他和牤牛、门闩三个人，一连几个月黑夜，到石瓜镇外的船坞里牵船，先后已经牵了七八只，都是尖底、浅舱、一溜烟的快船；夜间到淀边的村庄活动，每人一船，像骑兵有了战马。

淀上，洒满清晨的阳光，千万张荷叶上，闪动着晶莹的露珠，金光闪闪，照花眼。雷响纵身跳上小船，打桨直奔那片荷丛中去。小船在密密叠叠的荷叶下定住，他四脚八叉地仰面一躺，小船动荡着就像一只摇篮，摇荡着他无声无息地睡着了。

　　睡醒，扒开荷叶一看，已是正午。沽上，打鱼收了船，行船泊渡口，吹着一团一团的热风。雷响摘下十几片大圆盘荷叶，蒙盖住头脸和全身，仰躺着打桨，出荷丛，穿苇巷，悄悄划向烟村去。

　　他一向白天在淀上睡，夜晚出入石瓜镇四外的几个村庄。烟村是他的堡垒村，家家都是他的堡垒户，已经有十几个小伙子秘密加入区小队，只是还没有召集起来。

　　这几天，雷响跟着蒲葵到延芳淀外围村庄活动，所以也有几天没到烟村来了。叶荇有个柳香居，他也有个铁匠铺，小船漂到烟村村口，他将小船搡进苇塘，然后向石老硬的铁匠铺走去。

　　铁匠铺前是一座葫芦架，浓荫盖地，铁匠铺后院和两面房山，是几百棵高大茂密的向日葵，浓荫蔽天。石老硬光着膀子，袒露着阔大胸膛，只穿一条肥肥的短裤，坐在铁砧上，脚搭在板凳上，背靠着葫芦架的木桩，呼噜噜睡得正酣。可是，雷响那轻轻的脚步还没有走到他的近前，他便立时醒来，一跃而起。

　　"打哪儿来？"他小声问雷响。

　　"您进院里来！"雷响说着，先一步跨进后院。

　　后院，雨梅正坐在向日葵的浓荫中，低头抬头地打瞌睡。她也是一听响动就醒，睁开惺忪睡眼，见是雷响，笑了，说："我知道你这两天得来。晌午吃的是凉糕，我留起一大块，泡在后面土井的柳罐斗里。"

　　"拿来！"雷响手一挥。

　　石老硬先叫醒了老伴，雨梅娘摇着破蒲扇，出去看门。石老硬跟雷响在天井坐下，雨梅提来柳罐斗里的凉糕，忙着给雷响打在瓦盆里，又浇上腌汤、醋、蒜、辣椒、姜汁，还有一盘凉拌豇豆。

　　"又有什么举动？"石老硬是个心急好动的性子，摩拳擦掌地问雷响。

　　"等我先吃两口，压压饥。"雷响扒了一大口，十分好吃，不忍停箸，便风卷残云一般大吃起来。

　　雨梅一边看着，吃吃笑道："一定又是饱吃一顿，大闹通宵。"

　　雷响吃完岗尖的一瓦盆凉糕，心满意足，抹了一下嘴巴，说："蒲葵同志命令我来抓鬼吹灯夏三，今晚要拿他开刀。"

　　"早就该除掉这个狗才！"石老硬说，"只是石瓜镇四面深沟高墙，明岗暗哨，难进镇去。"

雷响拧着眉头说："进去倒也不难，只是带着这条癞狗出来，又要活口，可就费手脚了。"

"我有一条锦囊妙计！"雨梅笑嘻嘻眨着眼睛，"保管十拿九稳。"

"你又要笑！"雷响瓮声瓮气地说。

"听我说呀！"雨梅收住笑，"石瓜镇难进去，进去也难出来，怎么办？就得插圈弄套，把鬼吹灯夏三诓出窝来。他一出窝，不管要死要活，抓他就便利了。"

"这个我懂，可怎么蒙他呢？"雷响问道，"他自从上回抓我们爷儿俩，碰上蒲葵同志，差一点儿丢了狗命，吓破了胆，再也不敢跨出石瓜镇半步。"

"那是前些日子，如今可又不同了。"雨梅说，"要是前几天，你就是用尽了三十六条锦囊妙计，也休想请得动他。可是，自从吴宗笠成立行动委员会，又七拼八凑了一支乡民反共义勇壮丁大队，鬼吹灯夏三又还了阳。吴宗笠下令，他家租给各村的地亩，都归保甲长代收租粮，每亩地吃五升回扣，鬼吹灯夏三包了咱们烟村的租子，连我们铁匠铺的利钱也归他收。这几天，他一连到咱们烟村来了三趟。"

"欢迎！"雷响两眼放光，"今天他来过没有？"

"吃晌午饭前刚走。"

"嘿！"雷响后悔地一拍大腿，"怪我不该在淀上睡了个觉，不然正跟他狭路相逢。"

"你别着急，我定叫他飞蛾扑火。"

"那就一口气说个干净利落，别这么啰唆！"雷响嚷道。

"好吧，我就三句拼两句！"雨梅嘻嘻笑，"他顶挂心的，是你家的瓜园。吴宗笠对鬼吹灯夏三另眼相待，把你家那瓜园的收成，都赏给了他。满地的瓜，在他眼里，就是满地骨碌碌滚的元宝。他头一趟来，就爬到瓜垄里，挨个儿点了数目，做了记号。他知道三九刺儿头，就点名叫三九看瓜，丢一个罚十个。他每来一趟，就点一回数儿。你就叫三九进镇，蒙他说瓜丢了，他必定火烧猴儿屁股似的跑来。你稳坐钓鱼台，等他来上钩，煮熟的鸭子还跑得了他？"

"妙！"雷响眉开眼笑，"我就去找三九。"

"慢着！"雨梅拉住他，"杀了这条癞皮狗，人家三九可就不能在烟村存身了。"

"不光三九，连那些打定主意加入区小队的人，我都带走。"

"我们呢？"

"也走。"

"凤大姑和飘香姐，也免不了吃你们的挂累，她们娘儿俩可怎么安排？"

"大姑到大姑父的船上去，飘香姐跟咱们一块儿革命。"

"这才是十全十美！"雨梅说，"爹，咱们赶快收拾东西，说走就走。"

雷响从后门出去，直奔村东口他家的瓜园。远远一望见那满地碧绿的瓜秧，小小的瓜楼，他的心不禁一阵紧缩，隐隐作痛。他从小就跟土地血肉相连，心系深深扎根在泥土里。这满地碧绿的瓜秧，是他跟爹亲手栽培起来的；这小小的瓜楼，是他跟爹亲手搭盖起来的。这些天，尽管他已经是一个拿起枪的革命战士，可是一闲静下来，他就想念这片瓜园，想念这座小小的瓜楼。每天睡觉，不是梦见摘瓜，就是梦见浇园，不是梦见打鱼，就是梦见耪地。然而，他也知道，从今以后，他不得不跟这一切告别，从土地上摘下心来，整个儿放在枪杆子上。

三九是个十八岁的小伙子，跟雷响学会几路拳脚，是雷响亲密的小兄弟。这时，三九正坐在瓜楼上，跟比他小一岁的小伙子小丢，叽叽咕咕。小丢也是跟雷响一条心的人，只是比三九更孩子气。雷响突然出现在他们背后，吓了他们一跳。

"你们说得口干舌燥，怎么不吃瓜？"雷响笑问道，"难道真替鬼吹灯夏三卖力？"

"要是他的，我们早就给他拉秧了！"三九和小丢说，"想到这一瓜一叶，都是你跟虎寅大伯的心血，谁忍心动它们一指头呢？"

"你们别看瓜了！"雷响跳上瓜楼，"我要把你们带走。"

"早就等你这一声令下啦！"三九和小丢跳下瓜楼，"走！家都不回。"

"空着两只手？"

"难道还要见面礼？"

"正是。"

"整猪一口，还是整羊一只？"

"癞狗一条。"

"鬼吹灯夏三？"

"对了！"雷响对三九说，"你去把他诓来，我在这儿稳坐钓鱼台。"

"怎么蒙他呢？"

"你就说抓住了三个偷瓜的小孩儿，碍着他们爹娘的面子，不好处置，叫他亲自来做主。"

"着！鬼吹灯夏三一听丢了瓜，急火攻心，就忘了死。"三九撒着欢儿跑了。

雷响又命令小丢，传话给那些加入区小队的人，准备动身。他躲进瓜园外的一簇柳棵子地里，只等鬼吹灯夏三上钩。

也就是一顿饭的工夫，就听鬼吹灯夏三扯着脖子，骂着大街而来："小兔崽子，竟敢在太岁头上动土，偷我的瓜！我活剥他们的皮，抽他们的筋，把他们的娘老子押监入狱，重重罚款。"

三九跟在他后边跑，说："夏联保主任，你不是说丢一罚十吗？怎么又剥皮，又抽筋，又押监，又入狱，又罚款？"

"偷一罚十，那得看偷哪一等的瓜！"

"靠西边第八根垄那两个大鬼脸青。"

"是我用指甲刻上双十字的那两个？"

"不错。"

"哎呀呀，哎呀呀！"鬼吹灯夏三如丧考妣，又拍腿，又跺脚。

"夏联保主任，你怎么啦？不过两个瓜，大热的天，别急出三长两短来。"

"你知道个屁！那两个瓜非同小可。"

"有什么出奇？"

"那是我打算孝敬吴老团董跟吴主任委员的贵重礼品。你们烟村的男女老少，都是一窝子匪类，该杀，该剐！"

扑通！三九狠狠使了个脚绊子，鬼吹灯夏三跟跟跄跄跌出好几步，栽了个嘴啃地。

"你这条癞狗，疯狗，走狗！"三九骂道，"该杀该剐的不是别人，正是你。"

鬼吹灯夏三从腰里摸出手枪，正要扳机，突然一只巨足踏在了他那干巴巴的手腕上。他抬头一看，这个巍然屹立的巨人，正是他闻名丧胆的雷响。于是，他就像雄鹰爪下的一条毒蛇，两眼一翻白，昏死过去了。

"就来他一个？"雷响问三九。

"他原想带几个保丁，我怕他们人多势众，不好收拾，就说这些家伙跟来，可堵不住他们的嘴，他怕这些家伙吃瓜，就一个人来了。"

"你真是没心算！"雷响说，"他多带几个人，不过是多给咱们送几支枪。难道几个鸡头鱼刺，还能扎了咱们的手？"

"我缺心少肺！"三九懊恼地敲着脑壳，"我再去一趟，蒙几个来。"

"算了吧！"雷响撕破鬼吹灯夏三的长衫，堵住他的嘴，然后将他一挟，走向沽边。

淀边，石老硬、雨梅、雨梅娘、小丢和十几个小伙子，已经聚齐了。雷响打发雨梅划一只小船，到瞽瞽台去接飘香，他们这些人分乘几只船到星映眼。

半夜，延芳淀畔一声枪响，枪声震荡在延芳淀上。鬼吹灯夏三的死尸，扔在了三岔路口，在一棵雷殛枯焦的老树上，张贴了县人民政府的布告。一同受审的十几个保甲长和坏分子，眼睁睁看见鬼吹灯夏三呜呼哀哉，一个个的魂儿都吓出了窍，也有瘫的，也有倒的，也有哆嗦成一团儿、半死不活的。雷虎寅区长训斥他们一句，他们就呻吟着答应一声："是……"等到雷虎寅宣布放他们回去，一个个这才有了活气，有的叩头，有的作揖，有的鞠躬。然后，急急如惊弓之鸟，慌慌如漏网之鱼，抱头鼠窜而去。

吴宗笠到通州去了，把金桂题留在了石瓜镇。

金桂题自知孤立，不下功夫博取吴莲池的宠信，就别想在吴家大院有块站脚之地。他一直住在东跨院那幽雅寂静的客房里，除了一个侍候茶饭的小童之外，再也没人理他，几乎形同软禁。吴宗笠走后，他等了一天又一天，也不见吴莲池传唤他问话，忍耐不住，便蹀出跨院，来到内院门口，踏上台阶，正想直入院内，内院管家从影壁后面闪了出来，迎面当头一站，喝道："内院重地，不得擅入！"他堆下笑脸，说："有劳回禀吴老团董，桂题进见。"内院管家转身进去，不一会儿又走了出来，干巴巴地说："老团董示下，免！"他一连吃了三回闭门羹，也就不再自讨没趣。

他哪里知道，吴莲池生性多疑，尤其疑忌小白脸儿，这是因为吴莲池非常不放心他那位妖冶风骚的姨太太孔水仙。吴莲池一怀疑孔水仙想偷汉子，所以严禁青年男子进出内院；二怀疑孔水仙想往娘家偷运金银，所以从来不许孔水仙跟娘家人见面；三怀疑孔水仙想下毒药害死他，所以一日三食的饭菜，都得孔水仙亲口尝过，他才下箸。对于金桂题，他也觉得有三大可疑：金桂题原是共产党，难保不是诈降；金桂题的本领全在一张嘴上，只怕是个中看不中用的绣花枕头；金桂题的脸子漂亮，必是个拈花惹草之徒，偷香窃玉的老手。所以，金桂题想博取吴莲池的宠信，真是太不识相了。

吴莲池在通州城内开有一座大粮栈，又在石瓜镇开了一个大杂货铺。两只大船，四辆大车，三天两日往返于通州和石瓜镇之间。每趟出车出船，只派两个团丁护送，不过是点缀应景而已，从没有发生过路劫。吴莲池威镇延芳淀已经几十年，谁动他家地边一根柴草，都要严刑拷打，杠枷示众，哪个还敢抢劫他家的车船？吴莲池一向自夸，延芳淀是他的铁桶江山，太平天下。不过，自从鬼吹灯夏三被处决以后，他也多少感到，他的江山已经不是铁桶，这片天下也不那么太平了。但是，他仍然自信，光天化日之下，通衢大道之上，照常畅通无阻，雷响之辈不敢觊径。所以，昨天晚上，掌管跑外的二管家到内院门口回事，请他增派护车的团丁，被他传出话来，臭骂一顿。这些天，吴莲池憋了一肚子恶气，气的是从上到下都被雷响一伙人吓得六神不安。他觉得，这都是金桂题别有用心，危言耸听，才闹得人心惶惶，因此对于金桂题更存恶感。

二管家被骂得狗血喷头，不敢再跟吴莲池啰唆，耷拉着脑袋，一副懒驴下汤锅的愁死神气，督送四辆大车，出石瓜镇口，上了大路。

两个团丁，抱着崭新的三八步枪，一个坐在头车，一个坐在末车。前天民团关饷，团丁们不分白天黑夜地斗纸牌，打天九，押大宝。这也是吴莲池的手段，只要团丁们月末关饷或是出外敲诈勒索回来，就指使他的亲信爪牙坐庄聚赌，直到掏空一个个小腰包，填满他的大钱柜为止。这两个押车的团丁，连赌了两天两夜没合眼，输了个赤条精光，一个子儿也不剩，又困乏，又烦恼，一上车就东摇西晃，打起瞌睡，急得二管家一会儿一喊叫："醒醒，醒醒！"两个家伙强挑了挑眼皮，嘴角淌着口水，呵呵两声，又呼噜噜死狗般睡去。二管家只管抓耳挠腮，可也无可奈何。

太阳升高了，大路上人来人往，二管家渐渐放下大半个心，也就不再喊叫这两个活宝。他坐在中车的麻包上，支起了旱伞，鼻梁上架起墨镜，点起一支香烟，摇动团扇，搭着二郎腿，观赏风景。路边，草丛树棵里，有三三两两割草和打青柴的老头、女人、小孩，他神气十足地吆喝道："谁敢脚踏吴老团董的地边，小心揭你们的皮！"一个身背大捆青柴的大个子姑娘，回过头剌了他一眼，那充满憎恨的目光，吓得他倒吸了一口冷气，可又一时想不起这个姑娘是谁。只见她背着柴捆，走向一条羊肠小路，直奔淀畔去了。

二管家再一看，前边就是大路甩弯的绿林冈，那是一道连一道丛生着乍蓬、野蒿、酸枣棵、杈子柳的沙丘。他忽然觉得头上压了一块乌云，心慌意乱地催道："大把式，快！"

快马加鞭，大车飞转，两个押车的团丁被颠簸醒了，揉着眼睛，嘟囔骂道："跑什么，抢丧盆子去呀！"

就在这时，蓬蒿丛中，突然跳出了雷响；那个身背大捆青柴的姑娘扔下柴捆，转过身来，是雨梅。

"哎呀，不好！"二管家一声鬼叫，滚下车去，咕噜滚到路边的牛蒡草丛里。

两个团丁还没来得及清醒，头车跳上霍忙牛，末车跳上马门闩，掐住他俩的脖子，低声威吓道："不许嚷，不许动！一嚷一动就要你命。"

雷响跟赶头车的大把式曾是吴家大院长工棚里的伙友，笑呵呵地说："大叔，把鞭子给我，您跨辕坐。"

"大侄子，这……这……"

"这叫太岁头上动土！"雷响抽了一个响脆的鞭花，赶着大马车上了绿林冈，"我们要给吴莲池老贼挖坟掘墓。"

大把式瞅瞅四外，挨过身子，小声说："二管家下车藏了起来，你们不抓住他，他跑回去送信，民团马上就追来。"

"正要借他的嘴使！"雷响笑道。

"你们有多少人马？"大把式提心吊胆。

雷响一指绿林冈，眨眨眼说："十万天兵天将！"

二管家钻进牛蒡草丛里，扎得他像遍体插针，忍痛不敢出声。等他见大车走远，才像惊了枪的兔子，屁滚尿流地往回跑，一进吴家大院，他就捶胸顿足，号丧一般大哭起来："老团董呀！雷响一伙人把咱们四辆大车劫走啦！"

狼爪张八慌忙跑到内院台阶下，请内院管家回禀吴莲池。吴莲池传出令来："马上给我追回大车，抓住人犯；粮食不能丢一粒儿，人犯不能少一名。"

"张驴儿，集合你的小队！"狼爪张八大呼小叫。

吴家大院的规矩，集合人马，一不吹号，二不吹哨，四座角楼擂鼓。鼓声一响，正在屋里聚赌的团丁们都慌了手脚，抓钱的抓钱，抢牌的抢牌，昏头涨脑纷纷跑出站队，乱哄哄像一群绿豆蝇。

金桂题听见鼓声，也从东跨院跑出来，连连喊道："张八爷，且慢！且慢出发。"

狼爪张八不理睬他，只跟张驴儿和张驴儿小队嚷叫着："儿郎们！这是咱爷儿们开张头一仗，你们得旗开得胜，马到成功，给老少东家取个吉利。"

"师父，放心！飞不了他们。"张驴儿自从当了小队长，就犯了官迷，只想立下汗马功劳，队长由小而中，由中而大。

"好小子！"狼爪张八给他的大徒弟上劲，"夺回粮车，抓住人犯，我请老团董把雨梅赏给你。出发！"

"张八爷，队伍不能出动！"金桂题急赤白脸，横拦竖挡。

"这是吴老团董的军令！"狼爪张八一把抓住金桂题的脖领子，"你算哪一把夜壶？我不尿你！"

"我受吴处长的重托，就要诸事过问！"金桂题也强硬起来，"我怀疑，这个劫车行动，是共产党的诱兵之计。"

"好！"狼爪张八撒开手，"我再去请示老团董。"

片刻工夫，狼爪张八从内院门口大摇大摆走回来，远远地就向张驴儿一挥手："走你们的！"

金桂题眼巴巴问道："张八爷，你有没有把我的意思向老团董禀告？"

"禀告过啦！"狼爪张八拖着长声。

"老团董怎么表示？"

"老团董叫我传话给你！"狼爪张八满脸凶气，"你这条哈巴狗儿，少在他老人家耳边汪汪；不然，小心打狗棒。"

金桂题面红耳赤，逃回客房。

张驴儿带着他那个小队追到绿林冈，沿着大车的辙迹，连追了三道沙丘，远远看见那四辆大车在一片杈子柳地里蠕动，并不快行。

"手到擒来！"张驴儿撒着欢儿，兴冲冲头一个追上去。

叭！雷响的一颗子弹突然飞来，直穿进张驴儿的右太阳穴，又从左太阳穴钻了出去。张驴儿一个倒栽葱，滚下了沙丘，蹬了蹬腿，断了气。

"缴枪不杀！"一片吼声。

　　从杈子柳地里，从蓬蒿深处，从沙丘后面，延芳淀健儿将这支民团小队四面包围，装进口袋阵。

　　这一帮乏货，也真乖觉，连忙扔了枪，一个个矬下半截身子，双膝跪倒，脑袋恨不得扎进裤裆里。

　　"别害怕！"雷虎寅走上前来，和颜悦色，"我们共产党的政策，缴枪不杀，往后咱们再有缘相会，记住缴枪，就能保命。"

　　"还是别再给吴家大院当狗吧！"雷响屹立在沙丘上，威风凛凛，"你们谁敢为非作歹，欺压百姓，我们都要记在生死簿上，凑够了死罪，断不能饶。前些日子的鬼吹灯夏三，今天的张驴儿，就是罪孽深重，非杀不可。"

　　这时，叶菏手拿一册流水账簿走过来，一个个登记上他们的名字，武工队的队员下了他们的枪支子弹袋，又将他们反绑在杈子柳上，塞住了嘴。

　　雷响挥手喊一声："撤！"武工队向延芳淀畔退去，一瞬即逝。

　　在一棵大树阴凉下，蒲葵正跟那四位把式谈话。赶头车的大把式一见雷虎寅，站起身，拍了拍身上的沙土，笑道："虎寅兄弟，也把我们绑上。"

　　"兄弟，这是哪里话？"雷虎寅说，"咱们是一条藤上的苦瓜，怎么能跟他们同等相待？"

　　"你们不捆我们四个，我们回吴家大院，可怎么交代？"大把式背靠一棵杈子柳，反剪了双手，"刚才蒲同志的一番话，说得我们心里灯明火亮；亲不亲，咱们面上不露心里分。"

　　雷虎寅跟蒲葵交换了一下目光，说："那就委屈四位好哥们儿啦！"

　　雷响、雨梅、霍忙牛和马门闩一边连连道歉，一边把他们捆在上有浓荫覆盖的杈子柳上，毒热的阳光晒不着他们。

15

　　张驴儿小队在绿林冈被伏击，狼爪张八一口咬定金桂题里通八路。吴莲池早就觉得金桂题有三大可疑，便传令狼爪张八审讯金桂题。

　　狼爪张八逼供，李狗剩行刑，打得金桂题满地打滚儿，直着脖子哀叫："吴处长呀，快回来救命吧！"到底还是孔水仙忍不住亲自出面，喝令李狗剩住手，说："他是大少爷带回来的人，该杀该留，自有大少爷做主。大少爷的猫儿狗儿都是尊贵的，你们胆大妄为，严刑拷打，眼里还有主子吗？"金桂题慌忙爬到孔水仙的石榴裙下，哭道："太太，您是那大慈大悲的观世音，免我一死吧！"
孔水仙软言柔语地说："金先生，等大少爷回来，再替你出气。李狗剩，送金先生回客房，给金先生赔个礼。"

李狗剩带走了金桂题。

狼爪张八觉得扫了面子，悻悻地说："回禀太太，小的们是奉老团董之命，审问这个姓金的，怎能说是眼里没有主子？"

"有眼无珠！"孔水仙粉脸涨得通红，"老团董年寿高了，要安心静养，大少爷亲口吩咐，叫我管家。从今后我就是灶王爷佛龛上的横批：一家之主。你要想端吴家大院这个饭碗儿，那就得看我的眼色行事。"

"是，是！"狼爪张八俯首帖耳，连连打千，"求太太多加恩典，小的甘当太太胯下的坐骑，全凭太太差遣。"

"这才是明白人！"孔水仙缓和了口气，"你要好好看住姓金的，一别叫他死了，二别叫他跑了。"

从这天起，金桂题被禁闭在小跨院里，日夜都有团丁看守，失去了自由。十几天来，他心里七上八下，老觉得脖颈上有一根游丝悬挂着一口鬼头刀，吃不下饭，睡不着觉，二目失神，脸色蜡黄，瘦得活像一条脱毛的狗。

他日盼夜盼，望眼欲穿，终于盼来了吴宗笠。但是，他左等右等，吴宗笠却并不传唤他问话，他又提心吊胆起来，难道吴宗笠也听信谗言，要将他置于死地？于是他更感到恐怖和绝望。他木呆呆坐在窗前，痴呆呆凝望着被昨夜风雨打落的残花败叶，触景伤情，一阵悲哀袭上心头；他缩着脖儿，抱起肩儿，又活像一条在寒风中瑟缩的狗。

"金先生，吴处长有请！"门外，吴宗笠的传令兵呼叫。

他不禁一阵心惊肉跳，两腿发软，好半天站不起来。最后，他挣扎着走出客房，跟跟跄跄跟着来人走到内院门口，内院管家正等着他，带他走进客厅。

一见吴宗笠的面，金桂题就像受了委屈的妾妇，见到久别归来的夫主，眼圈儿一红，哽咽着叫了一声："吴先生！"便抽抽搭搭地哭了。

吴宗笠拉着他的一只手，轻轻拍抚他的肩膀，说："桂题，他们委屈了你，我很抱歉。你是个深明道理的人，一定不会记恨结怨，而跟我离心离德吧？"

金桂题听出吴宗笠那阴冷的弦外之音，吓得慌忙收住眼泪，说："吴先生是桂题的重生父母，桂题是吴先生的犬马走卒，虽肝脑涂地，粉身碎骨，也报答不尽吴先生的再造之恩。天地鬼神可鉴，桂题若敢对吴先生心怀二志，死无葬身之地。"

"很好，坐！"吴宗笠一指他身边的太师椅，"桂题，共党已经在延芳淀扎下根子，你看我将何以处之？"

金桂题连忙起立，垂手答道："首先，还是扩充武力。"

"这个，我懂。"

"其次，收揽民心。"

"我也已经想到，在做。"

金桂题连献二计，都没有讨彩，清了一下嗓子，又说："除此之外，还要从共党内部拉出人来。"

吴宗笠的眼睛，鬼火似的一亮，问道："你心目中可有对象？"

"铁血。"

"铁血何许人也？"吴宗笠兴致勃勃。

"我跟他是酒肉朋友，又是他的入党介绍人。"金桂题垂下眼皮，逃避吴宗笠那咄咄逼人的目光，"此人加入共产党，并非出于信仰，而是为了谋取个人的前程，铤而走险，进行命运的赌博。听说他到延芳淀以后，并没有受到重用；野心不能得逞，必定心怀不满，不满便会产生动摇，一拉就成。"

"你快替我拉他！"吴宗笠大为高兴。

金桂题畏怯地说："以我目前的身份，不便跟他联系。"

"你不去，谁去？"吴宗笠对这个孱头，感到气恼。

"有个比我跟他更亲密的人，招之即来。"金桂题挨近吴宗笠，献媚地说，"通州野玫瑰餐厅十三号女招待桂霞，铁血跟她打得火热，如胶似漆；而桂霞对我，却是有情有义，言听计从，我早就想把她献给您。"

吴宗笠满意地说："桂题，为嘉奖你对党国的忠心，我委任你为延芳淀民众戡乱行动委员会的宣教科长。"

金桂题受宠若惊，真想跪下去舔吴宗笠的脚。

这些天，金桂题颇有点得意忘形。

吴宗笠赏了他一顶小小的乌纱帽儿，他真是谢主隆恩，一心要感恩图报。他先成立一个演讲队，后又成立一个演剧队，吴宗笠下令将石瓜镇镇公所东跨院拨给他使用。金桂题要了几个民夫，扫除干净，粉刷裱糊之后，就在门外挂了两块白漆黑字的招牌，算是开张大吉。

　　他又将老婆孩子接到石瓜镇，也住在他这个衙门口。他的老婆原是通州一家戏班唱小旦的，艺名小桃红，于是小桃红就成了演剧队的主角。石瓜镇的财主秧子和纨绔子弟，好像嗜腥逐臭的绿豆蝇，成群搭伙地聚拢了来，围着小桃红团团打转，每日吹、拉、弹、唱，闹到半夜三更，才恋恋不舍而去。

　　这一来，演讲队可就只有金桂题一人唱独角戏了。他本来不学无术，只会油嘴滑舌，进行反革命宣传，也只是陈词滥调。他在石瓜镇召开了一个民众大会，上台扯了三句半反共八股，就不知所云了。于是，信口开河，离题千里，插科打诨，胡言乱语起来。台下，本来寥寥无几的听众，见他满嘴喷粪，一个个掉头而去。金桂题十分沮丧，只得草草收场，另打主意，改变花样儿。他想，老百姓不爱听演讲，可是爱看戏，那就让演剧队跟他配合，开场先演一两个小节目，吸引住观众，然后他乘兴而出，登台讲演，讲演完了，再唱一出大戏。这样，观众为了看戏，就不得不听他演讲，于是一举两得；演剧队出了风头，他也可以向吴宗笠报账。

　　事不宜迟，说干就干。三天之后，海报贴满了石瓜镇的街头路口，果然观众来得不少，男女老幼不下两千人。金桂题十分得意，暗道："无知愚民，尽入我彀中矣！"为了拴住观众，他早就跟他的老婆、财主秧子和纨绔子弟们打了招呼，戏码要硬，劲头要足。头一出，是几个财主秧子跳加官；二一出，是小桃红跟一个纨绔子弟合演《马寡妇开店》。一开锣，几个财主秧子满面油彩，装扮得神头鬼脸，在台上又蹦又跳，好像群魔乱舞，观众硬着头皮忍受了。但是，等到小桃红跟那个纨绔子弟一出场，可就全场哗然了。小桃红淫声浪气，纨绔子弟丑态百出，简直是白昼宣淫，不知人间有羞耻二字。男女老少的观众，"呸，呸！"连连啐着唾沫，纷纷离去。剩下的只是石瓜镇的一伙下流坏子，看得十分入迷，怪声怪气地呼叫："好——好哇！"

　　戏演不下去了，金桂题准备了三天的讲演稿，也白费了气力。

　　吴宗笠派人把他叫了去，阴沉着脸，申斥道："亏你还是共产党出身！共产党搞宣传，是这样的吗？"

　　金桂题掏出手帕，擦着满头大汗，吭吭哧哧地说："我在共产党里，本来就是狗肉……上不了正席，没……没搞过宣传。"

　　"那么，我来教你！"吴宗笠喝道，"对于愚民百姓，空口无凭，他是不信服的。所以，你的那些演讲，不能再弹那些掉了牙的反共老调，而要改弦更张，现身说法。你站在台上，把你幡然悔悟，弃暗投明的经过，说得娓娓动听，那就由不得他们不信。不过，也要注意言语得体，以免不能自圆其说。"

"是！"

"演剧队也不要再唱那些陈年旧货的梆子二黄！"吴宗笠说，"我跟随停战监督小组，到过共产党的边区，看他们演出的那个《白毛女》，骗得台下的愚民百姓和共军士兵，一个个痛哭失声，咬牙切齿，摩拳擦掌，就像着了魔，发了疯。你们不会也编个责骂共产党作恶多端、惨无人道的新戏演一演吗？"

"是，是！"

金桂题领了吴宗笠的旨意，关在屋里，闷了两天两夜，废寝忘食，果真编了两出"新戏"。一出是把京剧《钓金龟》改头换面，原剧在孟津河钓上一只金龟的张义，改成是个不好好给东家干活，打算投奔八路军的长工，然后通过张母的嘴，大肆污蔑共产党，劝得张义回了头。另一出，是把京剧《趴蜡庙》来了个整旧如新，费得功成了抢男霸女的共产党游击队长，施士纶成了民众戡乱行动委员会的主任委员，黄天霸、朱光祖、褚彪等人成了民团的团长、团副、参谋长，张桂兰成了民众戡乱行动委员会的女宣教干事。张桂兰化装成民女，故意被费得功抢去，将费得功灌醉，然后放进黄天霸、朱光祖、褚彪等人，把游击队一网打尽。

彩排那一天，金桂题请吴宗笠光临指正。吴宗笠一边看，一边赞不绝口："好，好！从今后，我跟共产党武战有民团，文战有演剧队。"

"我的演讲，也想预演一下，请处座审查赐教。"金桂题觍着脸儿，讨好主子。

"可以。"

于是，金桂题就在吴宗笠面前表演起来。又是痛哭流涕，又是顿足捶胸，又是五体投地，又是摇尾乞怜，把一副无耻叛徒的嘴脸，表现得淋漓尽致。

"很动人！"吴宗笠点了点头，"不过，在表演到投效党国，享受十分优待，表示感恩戴德的时候，还缺乏发自肺腑的真情。"

金桂题慌了，忙说："我的声调里有颤抖，有哽咽，有呼喊，有……"

"还得有微笑！"吴宗笠弯着手指，重重地敲了一下桌面，"面部表情要有微笑，以表现深感党国的温暖。"

金桂题连忙做出一个笑脸，问道："像吗？"

"假！"吴宗笠很不满意，"笑的时候，面部肌肉要柔和舒展，特别是二目要有泪水。"

在这位吹毛求疵的导演的指导下，金桂题笑来笑去，直笑得吴宗笠感到正合尺寸，够了火候儿，批准合格为止。

吴宗笠下令，演剧队和金桂题先在石瓜镇连演三场。又指示保甲长，勒令各家各户，都要去看戏听讲，不去的重罚，顽抗者严惩。

这一来，场场满座，演剧队大出风头，小桃红更是红得发紫，飘飘然自以为是第五大名旦了。而金桂题那声嘶力竭、声泪俱下的演讲，也越演越像演戏；为了表现悔恨交加，增加戏剧效果，不但顿足捶胸，而且自打嘴巴，甚至以头抢地，那做功也称得起无与伦比了。

吴宗笠传令嘉奖，又命令他们到石瓜镇外的村庄巡回演出。

沈老闷到石瓜镇去卖苇席，一进镇口就被团丁们赶到露天剧场去。他张眼一看，台上是一帮子乌龟王八蛋，着耳朵一听，恶狗狂吠一般咒骂共产党，气得他肺都要炸了。他真想跳上台去，把那个恬不知耻的金桂题捣成肉泥烂酱。可是，场外有岗哨，场内有弹压，戏台两侧还架着两挺机关枪，他赤手空拳，寡不敌众，只好忍着满肚子恶气，扛着苇席躲到一个角落里，闭上眼睛，捂住耳朵，目不睹，耳不闻，以免污染了清白耳目。

蒲葵率领延芳淀武工队来到星眨眼，沈老闷不容他们歇脚喘息，劈头就嚷道："你们快给我铲了那个演剧队，除了那个金桂题；延芳淀干干净净的天，干干净净的地，干干净净的水，哪容得他们放臭下蛆！"

雷响哈哈大笑，哄小孩子似的劝道："舅舅，我们马不停蹄地赶来，就是为了给您出这口肮脏气。"

这时，侦察员三九和小丢，满头大汗而来。

"石瓜镇有什么动静？"雷响问道。

三九说："金桂题带着他的演剧队，后天到烟村来放臭。"

小丢说："李狗剩带一个排护送。"

"多谢吴宗笠送来一份厚礼！"雷响欢叫一声。

"你想怎么打？"蒲葵望着雷响。

"要巧中取胜。"雷响严肃起来，沉吟着，"烟村是咱们的堡垒村，烟村的乡亲是咱们的基本群众，敌人到烟村来，等于是飞蛾扑火，落入咱们的手心。可是，就怕挑刺伤了好肉，子弹不长眼，碰着乡亲们。"

"我倒想出个套狗之计！"石老硬粗中有细，笑眯着眼说，"咱们先隐藏到烟村，让村里的场面人准备酒席，金桂题、演剧队、李狗剩那个排一到，请他们大吃大喝。等他们端起酒盅，喝得起兴，咱们就闯了进去，套起狗来。"

"是个高招儿！"雷虎寅站起身，"我马上去找车平安，安排套狗。"

这个车平安，是个外路人，不是烟村老户。那还是几年前，一天夜晚，雨梅到雷响家瓜园去，陪着雷响看瓜。忽然，有个怯生生的人影，从邻近瓜园的一片高粱地里，笨手笨脚地爬进瓜垄。雷响想上前去抓住他，雨梅却摆了摆手，拴了个套狼叭狗子的绳索，悄悄走了过去。这个偷瓜的人，埋头在瓜秧丛中，透不过气，憋闷得通身大汗，正想抬头呼吸呼吸，雨梅的绳索抛了过来，不偏不差，正勒在他的脖子上，连拖带拉，扯到瓜楼。一问，他叫车平安，是通州城内的一个人力车夫，家里有一个老婆，七个女儿，全靠他拉车养活，连喝凉水都掏不起水钱，所以才到乡下偷点玉米、青豆、瓜果、菜蔬，填一填孩子大人的肚子。雷响很可怜他，马上给他摘了五个肥大面瓜，吃得他直打饱嗝儿，临走又给他摘了一筐。从此，他就跟雷家常来常往，后来他在城里再也混不下去，就带着一窝八口，投奔到雷家来了。雷虎寅是个热心肠的人，就跟村里老户商量，把他收留下来，还搭工出力给他支起两间泥棚屋。他是个城里人，农活一窍不通，雷虎寅又出面给他攒了几个钱，做个小本生意。

吴莲池最恨烟村老户，一见烟村来了个外路人，就打发他的狗腿子拉拢车平安，委任他当烟村的甲长。车平安贪图小利，也乐意当这个差事，不过他也没有丧了良心，仍然敬服雷虎寅，也不敢得罪烟村老小。雷虎寅参加革命以后，找他谈过话，叫他明里应酬国民党，暗中给武工队当个耳目，他也答应了。

这两年，车平安的日子松快了一些。大女儿、二女儿、三女儿都出了门子，嫁的都是殷实户主儿，虽然各自的女婿都年纪大一点，可是三个女儿进门就当家，不断地给娘家运送粮柴。所以，车平安的两间泥棚屋，已经翻盖成三间泥坯抹灰的土房，窗户上还镶嵌了两块玻璃，一天三顿也有稀有干，吃得饱了。

雷虎寅悄悄来到烟村，跳墙进了车家。车家东屋亮着灯，车平安两口子，还有他们的四个女儿，正围着饭桌子喝粥。车平安脸上红扑扑的，嗑着鱼头，喝二两。

雷虎寅推门进去，笑问道："平安兄弟，多日不见，你们都好呀？"

"谁？"车平安一抬头，见是雷虎寅，不觉一惊。他早就知道雷虎寅常常黑夜出入烟村，登门找他却是头一回，不知吉凶祸福，连忙堆起笑脸儿，"恩兄，你们回来啦！可把兄弟想坏了。"说着，就要下炕。

"喝你的吧！"雷虎寅拦住他。

车平安连忙又命令他的四女儿："给你雷大伯盛粥，拿筷子，切一盘细咸菜丝儿，多洒香油。"

"我吃过了，别张罗。"雷虎寅又张开胳膊，拦住那个姑娘，"平安兄弟，你快喝，快吃，跟我走一趟。"

"是，是。"车平安一直脖儿，灌下半盅残酒，又胡乱喝了半碗粥，擦了擦头上的汗，就跟着雷虎寅出去了。

他们在淀边的芦苇丛里，直谈到半夜。分手时，雷虎寅又一再说："平安兄弟，你放心！一定不给你身上留下一团乱麻。"

"恩兄，要不是这一堆崽子扯腿，兄弟早跟你革命去了！"车平安表白自己，"只要能把兄弟遮掩过去，兄弟没有不忠心效劳的。"

16

这天，一大清早，烟村，罾罛台以及延芳淀畔的村庄，就响起了吭吭的敲锣声。只听车平安和那几个村庄的保甲长，都扯着脖子吆喝喊叫："各家各户听真！吃过早饭，前去烟村看戏听讲，谁敢不去，罚粮三斗！"吭，吭，吭！锣声一阵比一阵紧，吆喝声一阵比一阵高。

车平安敲酸了胳臂，喊干了嗓子，就到过去石老硬的铁匠铺，现在的烟村甲公所，叮嘱预备酒席的几位大师傅，拿出全身手艺，多下功夫。然后，回家换上一件蓝布长衫，戴上一顶瓜皮小帽儿，摇摇摆摆到石瓜镇去了。

他直奔金桂题的衙门口，金桂题正呼喝几个民夫，把演剧队的行头道具装车。小桃红刚刚起床，脂粉狼藉，发髻散乱，在房檐下刷牙漱口。那些财主秧子和纨绔子弟，一个也还没有露面。

"金科长，怎么还不起驾呀？"车平安点头哈腰，"乡民百姓，已经到齐，一阵阵犯戏瘾哩！"

金桂题气呼呼地说："这些大少爷们，一个个懒惰成性，只怕还都黏在炕上。

等到起了炕，还得吃、喝、抽，不耗到傍午时分，动不了身。"

"我去到各位大少爷家催一催！"车平安说，"早饭不必吃了，我们办了几桌酒席，也算表一表心意。"说着，就走了出去。

刚到街上，正碰见李狗剩带着他那个排出操回来。李狗剩一见车平安，笑骂道："你小子这么早就来端小桃红太太的尿盆子，一定是想求金科长保举你当个保长吧？"

"李排长三年早知道！"车平安嘻嘻哈哈，"当官儿哪有不上瘾的呢？也求你李排长在吴老团董面前，替咱老车美言几句，把咱头上这顶甲长的乌纱帽，加大一号尺码儿。"

"烧香不许愿，谁替你白干？"

"我正是前来恭请李排长，率领全排弟兄，到敝村吃顿便饭。"

李狗剩一撇嘴，说："你们烟村祖宗八代，都是穷棒骨，能做出什么有滋有味儿的饭菜来？"

"手艺不高，可是鸡、鸭、鱼、肉，总不会炖出萝卜、白菜、大茄子味儿呀！"

李狗剩一听，来了兴致，咂着嘴儿说："要说延芳淀的水产，讲究的是烟村的鱼，罾罳台的虾，星映眼的螃蟹毛刺刺，我就爱吃这三鲜。"

"这三鲜，一应俱全！"车平安笑道，"不像个样儿，咱老车也不敢在李排长面前讨彩。"

"你先别吹得天花乱坠，等我吃到嘴里，再见分晓。"李狗剩下令，全排不吃早饭，腾出肚子，到烟村吃酒席去。

车平安走遍了那些财主秧子和纨绔子弟家，好不容易把他们一个个从炕上劝起来。等到这个演剧队出发时，已经日上三竿了。

一出石瓜镇北门，上了大堤，迎面一阵风，吹来烟村的酒肉浓香，吸引得李狗剩跟他那个排，脚不沾地似的一溜小跑。

"李排长！"不知怎么，金桂题一出石瓜镇，眼皮就直跳，"我看这个酒席，还是不要吃。"

"为什么？"李狗剩老大不高兴，"见肉不吃，有酒不喝，是为呆也。"

"我是担心遭到敌人的袭击。"金桂题脸色发白，"鬼吹灯夏三被调虎离山，命丧烟村的教训，不能不引以为戒呀！"

李狗剩的心里也打了个寒噤。不过他要装得气壮如牛，以便显得金桂题胆小如鼠，故意哈哈大笑，说："陈年的皇历翻不得！鬼吹灯夏三是人为财死，才上了三九那小子的当，又单身外出，怎能不遭暗算？"

"可是张驴儿小队长误入共军埋伏……"

"那是因为绿林冈远离石瓜镇，地形又不利。"

车平安听见他俩的嘀咕，上前说："金科长，李排长，这顿酒席，就请免掉；不然，真要有个意外，出了差错，咱老车可担当不起。"

"别他娘的跟我废话！"李狗剩也不知是骂车平安，还是骂金桂题，"急行军，跑步走！别让菜凉了，酒冷了。"

他们到了烟村，只见石老硬的铁匠铺后院，摆放了一张大圆桌，九张八仙桌，一道道菜肴正端上桌面。李狗剩手下的那帮子馋鬼，欢叫起来："吃呀，喝呀！吃他个肚儿圆，喝他个帽儿歪。"

"李排长！"金桂题神色不安地说，"演剧队可以多少吃一点儿，民团的弟兄们先委屈一下，执行警戒任务要紧，等演完戏以后再吃。"

"这叫什么话！"李狗剩又急了眼，"难道我这个排的弟兄是奴下奴，比你低一等？要吃都吃，不吃谁也别吃。"

金桂题赌气地说："那就都不吃。"

小桃红先不答应，猩红的小嘴儿噘得能挂个油瓶，哭声嘶气地说："我从早水米没沾牙，饿着肚子，两出戏谁有气力唱？"

李狗剩的弟兄们鼓噪起来："他不吃，咱们吃！"

"吃！"李狗剩一声令下，这帮子馋鬼人人争先，个个恐后，一拥而上，抢占桌位。

金桂题急得喊道："总得有个人放哨呀！"

李狗剩哪里听他的！早拉着车平安在大圆桌就了座，车平安又请小桃红坐在首位，那些财主秧子和纨绔子弟急忙围绕小桃红坐下。

"金科长，入席呀！"车平安喊叫着，"坐在太太身边，给太太保驾。"

"我去站岗！"金桂题一甩袖子，气恨恨地走了。

铁匠铺里，划拳声，喧闹声，就像吵蛤蟆坑。李狗剩坐在车平安跟小桃红中间，他面向车平安，跟车平安划拳，背朝着小桃红，后背往小桃红身上蹭。小桃红厌恶他满身臭气，皱着鼻子，连连躲他，他还是一个劲儿地往后挤。忽然，他觉得后腰好像挤在了一堵石墙上，扭头一看，酒杯当啷落地，张大了嘴，只是叫不出来，舌头吓木了。原来，不知何时，雷响坐在了他的背后。李狗剩最怕雷响，一直怕到每根汗毛眼儿里，这时真是吓得真魂出了窍，手僵腿直，半死不活了。

财主秧子、纨绔子弟和李狗剩的喽啰，也已经发现雷响大驾光临，有的溜了桌，有的想逃命。只听房上墙头，一声大喝："谁敢动！"这些家伙抬头一看，霍牤牛和他的小队，从房上墙头跳下来陪客。

"大家不要怕！我们一个不杀，一个不抓。"雷响满面春风，"没吃饱的接着吃，只是酒不要喝了。"

"嘴上吃着，耳朵听着！"霍牤牛粗声大气，态度比雷响强硬。

这些家伙，哪里还有食欲？慌忙挺直身子，伸长脖子，眼皮眨也不眨，眼珠转也不转，一个个活像一座座木雕泥塑。

"你们这些人，"雷响伸出一根指头，点了几下，"罪恶都不算小。这一回我们不杀也不抓。"他用手拍了一下李狗剩的肩膀，"你是反革命小头目，比别人罪大一等，我们也不杀不抓，放你回去，你该当怎么办？"

"谢雷队长不杀之恩！"李狗剩跪倒就磕头，"小人一定改邪归正，不再吃人饭不拉人屎。"

雷响的目光，横扫那些财主秧子和纨绔子弟，问道："你们呢？"

"我们……我们……"这些软胎子，早就魂不附体了，"一定改……改过自新。"

"还有你！"雷响忍住恶心，瞥了一眼小桃红，"以后也不要唱坏戏当帮凶了。"

小桃红的牙齿捉对儿打颤，只知道点头，干张嘴儿说不出话。

这时，小丢来了，在雷响耳边悄悄说："蒲政委叫这些家伙敲锣打鼓，就在这儿坐着唱。"

雷响跟小丢一对眼，明白了。他站起身，把驳壳枪插在腰间，说："李狗剩排，今天散伙，演剧队也从今天解散！关殓哭丧，演剧队再唱一回，李狗剩排酒足饭饱，坐着听戏。我们，退场！"

李狗剩和小桃红哆嗦着说："可不敢，可不敢。"

"军令如山！"霍牤牛拍着桌子，"文武场，敲打起来。"

然后，他打了个手势，战士们下了李狗剩排的枪，跟着雷响，撤出铁匠铺。

"你这是干什么呀？"走到外面，霍忤牛问雷响。

"掩护临河大场的群众大会呀！"雷响笑道，"烟村老是鸦雀无声，没有响动，石瓜镇的敌人就会起疑。"

"金桂题呢？"霍忤牛忽然想起来，"怎么不见这个叛徒？"

"搜！"雷响下令。

于是，他们分头搜查起来。

金桂题提着手枪，从石老硬的铁匠铺走到街上，站在十字路口，只见各村看戏的人，四面八方流水一般走来，直奔临河大场。有人从他身边走过，他便急忙跳开，生怕那人扑到他的身上。

他的两只金鱼眼睛，贼溜溜扫视四外，忽然，他好像接触到一个紧急报警的眼色。他张大眼睛望去，只见是龙王庙那个以办善事为名，常到吴家大院走动的白鹤年，身穿一件褴褛的布衫，打扮得十分寒酸，一边递着眼色一边向他走来。

他慌了神儿，刚要开口问话，白鹤年悄悄摆了摆手，又叉开右手的大拇指和食指，比划了个八字，跟他擦肩而过，低声说了一句："快走！"便匆匆而去。

"啊！"金桂题失声叫了出来，冒出一身白毛汗。

他也顾不得陷入铁匠铺的小桃红和演剧队，钻小巷，绕墙根，溜到了村边，刚要撒腿就跑，忽听一声断喝："不许动！"从野苇丛中，闪出了铁血。

环境艰险，风吹雨打，铁血显得形容枯槁，意气萧索，大分头乱如蓬麻，目光凶狠，一团杀气。

"铁血，看在旧日的友情上……"金桂题面如死灰，举起双手。

"走过来！"铁血拧着眉头喝道。

金桂题耷拉着脑袋，乖乖地走到铁血面前，铁血敏捷地缴下他的手枪，一掌揉进野苇丛中。

"铁血，看在旧日的友情上，网开一面吧！"金桂题跪在了地上。

"有香烟吗？"铁血忽然问道。

"有，有！大前门的。"金桂题从衣袋里掏出镀镍的烟盒，连同美国制造的打火机，双手捧到头上。

铁血飞快地打开烟盒，抽出一支，一按打火机，燃起香烟，饿鬼似的深深吸了一口，说："前边来！"

金桂题哆哆嗦嗦站起身，眼泪汪汪地问道："你……你不会枪毙我吧？"

"我按照党的政策办事！"铁血打着官腔，大口大口地吸烟不止，走出没有几十步，已经吸了三支。

"党的政策，不是缴枪不杀吗？"金桂题可怜巴巴地问道。

"你是叛徒，另作别论！"

"铁血，你不能下毒手呀！"金桂题又转身跪下来，"你跟桂霞相好，是我牵的线，你跟桂霞吃、喝、玩、乐，我没少给你们垫钱……"

"住嘴！"铁血一抓金桂题的脖领子，像猫捕鼠儿，拖向延芳淀畔，找了个草深背静的地方，把金桂题扔倒，金桂题已经半死不活了。

铁血丢给他一支香烟，说："你吸口烟定定神儿，然后据实招供。"

金桂题一边吸着烟，一边眼珠乱转，渐渐心神安定，长叹一声，说："铁血，你真是铁石心肠，冷血动物呀！我死有余辜，要杀由你。可是，你他乡遇故知，怎么就不跟我打听打听桂霞的境况呢？"

"桂霞怎么样？"铁血神色紧张地问道。

"自你走后，桂霞终日以泪洗面呀！"金桂题凄凄惨惨地说，"她悄悄跟你小桃红嫂子透过口风，想到延芳淀找你，做一对革命鸳鸯。"

铁血一阵感情冲动，沉重地摇着头说："她太天真烂漫了，果真来到这里，是会伤心失望的。"

金桂题偷眼觑着他，看破他那郁悒不得志的怨恨心情，便探着口气问道："你来到这边，给个什么职位？"

"延芳淀民政助理员。"

"这……未免大材小用了。"

"凤凰落地不如鸡，虎下平川被犬欺啊！"

听话听音，金桂题一听铁血这个口气，胆子大起来，他抬起头，眼盯着铁血，冷笑道："我早就料到，离开通州，来到延芳淀，必定是凤凰落地，虎下平川，所以才不上他们的钩，不钻他们的圈套。"

铁血被刺痛了伤处，面孔扭曲着，恶狠狠地问道："难道你这个无耻叛徒，反倒春风得意？"

"公平而论，吴宗笠算得上礼贤下士，倘若我具有你的才干和胆识，一眨眼便能飞黄腾达。"金桂题见铁血的脸色骤然阴暗，连忙改口，"不过，我是个绣花枕头，银样镴枪头儿，不是官材，只打算回野玫瑰餐厅当我的副经理，灯红酒绿，纸醉金迷，过逍遥日子。"

铁血阴沉着脸，沉吟半晌，说："如果你改邪归正，我可以从轻发落。"

"我指天发誓！"金桂题双手交叉，扪着胸口，"演剧队中了你们的十面埋伏，全军覆没，我的官运也就到此为止，急流勇退，是为上策。"

"滚吧！"铁血一挥手，"如果你言而无信，下回再遇见我，我可就不想再唱《华容道》了。"

"铁血，你比关云长还讲义气！"金桂题涕泪交流，"重义必多情，难道你不想给桂霞捎几句话吗？"

"我不想借用你的一双脏手传书递笺！"铁血傲慢地昂着头。

金桂题掏出钱夹子，唏嘘着说："铁血，我看你气色不佳，这点钱留你补养身子吧！别了，好哥儿们。"

铁血没有拒绝，接在了手里，金桂题一溜烟逃走了。

17

吴宗笠发兵围剿武工队，武工队便在延芳淀四岸跟国民党兵捉迷藏，转影壁，信天游，兜圈子，瞅空便出其不意，攻其不备。

在这支小小的队伍里，最令人感动的是飘香。这个身姿娇小的少女，像一株雷雨摧不倒、电火烧不枯的野花，表现出惊人的吃苦耐劳的韧性。她不困、不累、不渴、不饿，杏子眼闪动着镇定自信的光芒，昂着头，脚步扎实，走在队伍中间。她已经有了一支手枪，但是身上仍旧背着那张花梨木弹弓，又好笑，又别致。大家都从她的身上，汲取到前进的动力，叶菏更是如此。每当叶菏感到脚步沉重，浑身疲乏无力的时候，常常遇到飘香向他投来的温情而又带有谴责的目光，于是叶菏回她一个会心的惭愧的微笑，脚步便坚实而轻快起来。

他们都是很知自重的人，虽然战斗在一起，生活在一起，却避免个人之间的接触。有时偶然巧遇，并无外人，也只是匆匆交谈一言半语，便赶忙走开。先是石老硬对于这个情况深感不安，悄悄跟雷虎寅说："这两个孩子好好的怎么生分起来？"雷虎寅笑了笑，说："这两个孩子心重得很哩！他们一举一动，都不想有一分一厘差了板眼。"石老硬明白了，说："做得对。"后来，连粗心大意的霍牤牛也发觉了他们的疏远，慌张焦急地找雷响说："飘香跟叶菏谁也不爱搭理谁，咱们可不能眼看着他们花开两朵，连理分枝呀！"雷响瞪他一眼，说："你看问题，光看皮儿，不看瓤儿。他俩的感情，千尺的树，万丈的根，不必咱们多操心！"

一天，这支小小的队伍东绕西转，南行北返，进入榆园的漫漫榆林。榆园在延芳淀东岸十八里，北运河旧河道的大沙滩上，一片绵延十二三里的野生野长的榆林，都是每年暮春时节，风吹漫天榆钱，洒下地来，就像野草一般丛生，天长日久，而成一片林莽。

队伍一进榆林，筋疲力尽的战士，一个个倒在树下，就睡着了。

飘香睡在一片白沙上，身边站立着几株金黄的野菊，像是她的卫士。一阵轻悄的脚步声响起，她从睡梦中惊醒，一抓枪跳起来。睁开眼，见是叶菏，脸一红，眉一皱，问道："你有什么事儿？"

叶菏一指榆林深处，小声说："到那边去。"

"到底有什么事儿？"飘香满脸不高兴。

"到那边，再细说。"叶菏一转身，头前走了。

飘香的心弦一颤，她从叶菏的目光中，她从叶菏的声音里，似乎感觉到某种东西，快步赶上叶菏，跟叶菏肩并了肩，低低问道："你要调走？"

叶菏点点头，脸上流露出深深的依恋神色。

飘香的眼神一暗，追问道："到哪儿去？"

"淀西岸，建立堡垒村。"

"还有谁？"

"就我一个人。"

"我也去。"

"不必，我能完成任务。"

"我去找蒲政委。"

"蒲葵同志原打算也叫你去，是我不同意。"

"你不同意，我更要去！"飘香火了，"我偏要去。"

叶菏一把没拉住她，她气冲冲地跑了。

队伍在酣睡，榆林里一片此伏彼起的鼾声。只有蒲葵背靠一棵撑天高的老榆树，半躺半坐在浓荫里看文件，为了驱逐阵阵袭来的瞌睡，一支接一支地吸烟。

"报告蒲政委！"飘香立正喊道。

"报告什么呀？"蒲葵笑问道。

"告状！"飘香的胸脯一起一伏。

"告状？"蒲葵大为惊异，"告谁？"

"告叶菏！"飘香恼怒地答道。

蒲葵更感到奇怪，忙问道："为什么告他呀？"

"他自高自大，看不起人！"飘香愤愤不平地说，"不同意把我也调到淀西去。"

蒲葵忍不住笑出声来，站起身，走到飘香面前，目光能照见她的心，问道："你是不是不放心他单独一个人去工作？"

"是……"飘香低下头，声音很小，很轻。

"去吧！他一个人，我也不大放心。"蒲葵充满感情地说，"淀西岸的风土人情，你比他熟悉，对开展工作有利。"

"那……我就服从命令了。"飘香仰起脸，含着泪笑了，"他要是还不同意呢？"

蒲葵看了一眼飘香腰间的手枪，问道："你有多少子弹？"

"三发。"飘香赶忙又说，"好钢使在刀刃上，够用了。"

"我再送你一发。"蒲葵从自己身上拿出一发亮晶晶的手枪子弹，"拿这个给叶菏一看，他就没话说了。"

"蒲政委，你真好！"飘香喜眉笑眼地给蒲葵敬了个礼，手攥着这一发子弹，飞跑而去。跑了很远，忽然站住，回过头笑着喊道："你记上账，我加倍还你！"然后，她像一只柳翠小鸟，飞也似的在林间消失了。

延芳淀西的农村风光，跟东岸不同，近似江南景象。田野上，蓝蓝的小河纵横交错，碧绿的池塘星罗棋布；小河和池塘之间，散落着星星点点的村庄住家，大的不过十家八户，小的只是独门独院。而在村与村之间，常常是并无道路相通，只有一道独木小桥相连。这些人家，宅边户外，都有一块小小的菜园，用挂着砧子的吊竿打水浇菜。田野上种植的都是一畦畦的水稻，稻畦有的是正方形，有的是长方形，有的是梯形、锥形和菱形。此外，此地还有一个跟延芳淀东岸不同的特色，那就是干农活的主要劳动力都是女人和小孩，男人十之八九在通州城里做佣工。

　　夜，叶菏和飘香从榆园出发，绕行田野的青纱帐小路，脚步很急，可是很轻。从石瓜镇外拐过去，踏上西岸的土地，他们的脚步才放缓放慢。这时，一钩新月，挂在柳梢，小河池塘，闪闪发亮，温馨的夜风，带着稻花的芬芳在夏夜里流荡。前面一条小河，却没有木桥，河水很浅，河床很窄，河心有一块垫脚石，可以一跃而过。叶菏先跳到对岸，然后站在岸边，等候飘香跳过来。飘香头一步轻轻落在垫石上，喘了口气，两手伸给叶菏，叶菏勾住她的两手，她踮了踮脚尖，就像一只凌空而起的鹭雀儿，又借着叶菏的拖曳之力，跳到了对岸上，却身不由己地投到叶菏的怀里。

　　叶菏的身心，怎能不感到强烈的震动？他将飘香紧紧地拥抱着，呼吸着飘香身上那清香清香的气息，激情地亲吻起来。

　　月牙儿停在他们头顶的上空，小河里撒满了晶莹的繁星，在半明半暗的夜色中，飘香那郁积心头的热情，也迸发奔放起来，温存着这个心爱的人。

　　"叶菏，我是多么想你啊！"飘香呢喃地说。

　　"想我……"叶菏摸不着头脑，发了愣，"咱俩天天见面，还想什么？"

　　"你呀你，书呆子！"飘香用手指轻轻点了一下他的额角，叹了口气。

　　他们又向前走去，脚步比出发的时候还轻快。飘香一起步，就像小跑，叶菏不敢落后，紧跟慢赶，合上节拍。月色朦胧中，这一对奔走流星的人影，正像一对比翼齐飞的俊鸟。

　　又到一条窄窄的小河，也没有木桥，河心只有一块垫脚石，又是叶菏先一跃而过，站在岸边，等候拖曳飘香过河来。但是，飘香却像燕子三剪水，跳到垫脚石上，刚一落脚，又腾空而起，飞到岸上。

　　飘香推开叶菏，咯咯笑道："你真当我跳不过来哩！我这个延芳淀野生野长的野丫头，翻墙跳沟，上树下水，够你学上三年，练上五载的。"

　　"嘻嘻嘻！"不远处，草窠里有人笑。

　　"谁？"叶菏和飘香吓了一跳，亮出了枪。

　　"跟我来！"小丢好像从地里冒出来。

　　侦察员小丢外号走不丢，最能走生路，辨迷途。他所到之处，一趟就熟，抄近绕远，寸步不差。小时候他被拐走过好几回，跨州越府，他都原路而归，逃回延芳淀。前几日，他来到淀西岸，东走走，西转转，不到半天，对于地形和方位，大道和小道，就了如指掌，而且还认了个干爹，有了个落脚之地。蒲葵打发他给叶菏和飘香当向导，小家伙十分乖巧，一上路给他们指点了方向和途径，就一个人打前站去了；留他们两个人在后边行动方便，免得夹杂着他碍手碍眼。

叶菏和飘香紧紧相随。踏着田间的畦埂，走过一块块蛙声聒噪的稻田，从独木小桥过了一条小河，又从柳棵子地绕过一片池塘；眼前，蓬蒿中，出现一个低矮破旧的泥棚小院。

叶菏留在外边放哨，小丢带着飘香叫门。

"谁？"院里，一个警觉的声音。好像院墙里面的一双眼，早已看见他们走来。

"干爹，我！"小丢答道。

门开了，走出一个上身光着膀子，下身却穿着一副棉套裤的老头儿，很有点古怪。

走进屋里，这个古怪的老头儿端起了小油灯，照了照飘香，脸上露出惊讶的神气，侧着头问小丢："三更半夜，这位姑娘……"

小丢忙说："这是民主政府派到淀西的工作人员飘香同志，往后您就归她领导了。"

老头儿那满脸蛛网似的面孔，欢喜得发亮，朝着飘香当胸一抱拳，念道："工作人员大驾光临寒舍，有失远迎，当面恕罪。"

飘香脸一阵红，不知这位古怪老头儿到底是个什么样的人物。

小丢笑道："香姐，我干爹好诙谐，满肚子的隔夜哏儿。他老人家在城里吃了四十年的苦力饭，今年犯了腿病，才告老回家，给这几个村看青。"

飘香笑了，拉着老头儿的手说："从打今天起，我在这一带工作，人生地不熟，还请大伯多指点，常提醒呀！"

"指点，不敢当；提醒儿，那一定！"老头儿半玩笑，半庄重，"从打此时此刻起，我归你飘香同志领导了，那就不要大伯长，二伯短。我的大号叫王天佐，没几个人知道，外号叫王二左，那可是无人不晓，我求你赏光，就管我叫王二左同志。"

小丢说："我给你们二位接上头了。香姐，这一带的情况，就请我干爹王二左同志详详细细给你介绍吧！"

送走小丢，王二左从紧靠院墙的桃树上，摘了一破草帽子五月鲜的红桃，说:"飘香,一边吃,一边说话儿。"

飘香也不客气,拿起一个,搓了搓桃毛儿,就咬了一口,说:"大伯,您谈吧。"

王二左未曾开口,先长叹一声,说:"看我们这一带的风景,倒像是蓬莱仙境,住下来仔细一瞧,可就知道是个苦水井了。地少,人多,不光是男人要到城里卖苦力,就是妇道人家,也要出外谋生。"

"妇女也要出外?"飘香很稀奇。

"是呀!"王二左说,"年年三秋完了,北京、天津的荐头店,就打发人贩子到这一带来招女工。有的进了纱厂,有的当了丫头,也有的一脚就跌到那见不得人的火坑里。"

飘香说:"民主政府严禁贩卖人口,抓住人贩子狠狠惩治。以后还要实行土地改革,平分土地,受苦人就过上好日子了。"

王二左摇摇头,说:"我们这一带,光是分地,还过不上好日子。"

"为什么?"飘香不明白。

"还得分水。"

"分水?"

"分水!"王二左呵呵笑道,"这一带,不光地是地主的地,水也是地主的水。你看那一条条小河,一片片池塘,都是地主家的。年年插秧时节,水比油贵,真是少一个子儿,一两也不多给你。"

飘香恍然大悟,说:"民主政府马上发个布告,先把小河跟池塘归公,插秧用水不花钱。"

"那可好!"王二左说,"你到这一带工作,只要一说在水上帮忙,老百姓就拥护你。不过,你们千万别派男同志来,男人帮忙也不讨好。"

"为什么?"飘香不明白了。

"这一带的妇道人家,最恨外路男人!"王二左说,"男子汉到城里卖苦力去了,家里剩下的都是妇女,外路男人到这一带来,不是人贩子,就是拈花惹草的下流痞子,这两年又加上国民党胡作非为,所以女人们一见外路男人,就像冤家路窄,分外眼红。要是三更半夜碰见打野狗的,那就没了命。"

"打野狗的?"

"我门外这条小河叫鸳鸯水,往上游走八里,有个小村叫莲花瓣儿,莲花瓣儿有个姑娘叫桃叶姐。她十三岁给人贩子拐到省城，进纱厂当包身工；打工头，骂老板，就是不受欺侮。一连卖了七八回，最后落到一个青帮龙头大爷手里，她扎瞎了龙头大爷一只眼，逃了出来。于是，青帮的爪牙，党部的特务，警察局的狗子，张开天罗地网追捕她。她逃回了老家，乡亲们都怜惜她，黑间白日把她藏起来，到底没有被抓走。她这家躲一日，那家藏两天，可就把不少的年轻姑娘、媳妇们串联起来了，个个腰里掖着一把宰猪刀子，黑夜出来，专门收拾外路男人，她们管这叫打野狗。"

飘香一听，高兴地说："您马上带我去见这位桃叶姐。"

"可以！"王二左说，"拐弯儿抹角，桃叶还得管我叫一声二叔。"

飘香笑着说："不光带我一个人，还得带一个男同志去见她。"

王二左慌了，问道："在哪儿？"

飘香说："外边放哨。"

"快请他进来！"王二左急忙说，"你怎么不早说一声？遇见桃叶姐她们出来，误打误杀，可怎么好？"

话还没落音，小丢跑了进来，一进门就嚷道："香姐，不好！叶菏给一帮子妇女抓走了。"

"哎呀！"王二左一拍大腿。

飘香走出房门，问道："怎么回事儿？"

小丢说："我陪着叶菏在外边放哨，听见小河上游传来脚步声，叶菏叫我原地警戒，他前去侦察。谁想走出不多远，草丛树棵子里跳出一伙妇女，拉的拉，扯的扯，按的按，捆的捆，把他绑架走了。"

"哎呀，快去找桃叶！"王二左慌了手脚，头上直冒冷汗，"晚了一步，性命难保！"

"请您带路！"飘香也着了急，"小丢，你留在这儿，多加小心。"

18

王二左光着膀子，穿着一副老棉套裤，带着飘香，沿着鸳鸯水，走岸边小路，向上游的莲花瓣儿急急赶去。

接近莲花瓣儿村口，王二左低声说："你先藏在暗处，我去接头。"说罢，猫着腰，走进村口。

红色岁月

红色历程

红色史诗

红色经典

飘香隐蔽在一棵桑葚树后面，又心焦，又好奇。心焦的是怕叶菏有个好歹，好奇的是想赶快见到这个女中豪杰桃叶姐，以及她的伙伴们。

过了很久，莲花瓣儿里传出鸡啼声，还不见王二左回来。飘香感到凶多吉少，正想返回王二左的小院，打发小丢回淀东岸向蒲葵告急，忽见一朵灯火，从村口浮游而来。黑暗中，王二左低低唤着："飘香，飘香！"

飘香心里一块石头落了地，迎上前去，问道："大伯，风吹云散了吗？"

"好险哪！"王二左连连抚摸着后脖颈儿，"我这个跟头，栽得一辈子想起来都窝心。一进村，桃叶姐她们那一伙娘子军，十几把宰猪刀子，没把我穿上一百零八个透明窟窿。"

这时，从他身后，发出一阵吃吃的女人笑声。

飘香连忙望去，只见这个女人手提一盏小小的马灯，二十二三岁，细高条儿，白净脸，高颧骨，丹凤眼，吊梢眉，身穿黑布衫，腰间杀一条大红褡袍，绷起了高耸的胸脯，腰间斜插一把雪亮亮的宰猪刀子，一副强悍豪放的神采。

飘香抢上一步，伸出双手，说："半夜三更，惊动姐妹们，真对不住。"

桃叶姐抿嘴一乐，说："飘香同志，是我们有眼无珠，错把好人当歹人。二左叔晚到一步，你们那位同志的鼻子就给削去了，一辈子别想娶媳妇儿。"

飘香不禁打了个寒颤，说："你们这支娘子军好厉害呀！"

"反正在娘儿们堆里，我算拔了尖儿。"桃叶姐挺了挺胸脯，一拍腰间的宰猪刀子，"前后蹲了四年八个月的大牢。"

飘香问道："什么罪名？"

"不是持刀行凶，就是杀人未遂！"桃叶姐忽然两眼迸发出滚滚泪水，愤愤地叫起来，"难道我桃叶生来就是母夜叉？是他们逼得我没有活路，害得我名声不正，我才动手杀人。"

"桃叶姐，这是官逼民反呀！"飘香紧紧抱住这个苦难的阶级姐妹，"革命的道理，跟反革命的歪理，水火不相容，黑白不一般。你为了反抗压迫蹲监狱坐牢房，不是名声不正，倒是真正的光彩。我们共产党里有不少女同志，坐过国民党的监牢，同志们分外尊敬她们。"

"你们真的不拿白眼珠儿瞧我？"桃叶姐一双丹凤眼，热烈地凝视着飘香。

飘香点着头说："我们把你看作自家人。"

桃叶破涕而笑："那我就把命都交给你！"

　　她俩手挽着手，走进村口。一路上，墙角、树后、篱笆黑影里，都站着手拿宰猪刀子的妇女，她们并没有解除警戒。

　　桃叶姐家，在鸳鸯水畔，四面青杨垂柳，没有院墙。两间泥棚屋的房山上，爬满瓜豆的藤蔓，从藤蔓的密叶间，漏出一线灯光。

　　屋里有人说话。

　　"你这位先生，我一眼就看出是个正路人品。"说话的是个老太太，桃叶姐的娘，"我们那个丫头，一回被蛇咬，十年怕井绳，疑心太重；你看，连她二左叔拿人头担保，她还不大信得过。"

　　"兵不厌诈，不能不防。"叶菏回答。

　　"我也听不懂你先生的字儿话，兴许是夸她吧？"老太太笑着，"要说我这闺女，心计、口齿、模样儿，不敢说是上等，姐妹群里也数一数二。"

　　"是的，是的。"

　　"脾气虽说有点嘎咕，心肠儿可是滚烫滚烫的。"

　　"人人都有个性，不能强求一致。"

　　"不知你先生有没有娶妻成亲？"老太太忽然口风一转，换了话题。

　　"还……还没有。"

　　"我们桃叶也还没出阁。"老太太说，"眼眶子太高，相貌平常，又没才学的男人，入不了她的眼。我看，她跟你先生有意。往日，抓住外路男人，不下黑手，也要毒打一顿；今晚上跟你先生，竟舍不得捅一指头。你先生要不嫌弃，我就请她二左叔保媒。"

　　"娘，您这是跟人家唠叨些什么呀？"桃叶姐闯进屋去，臊得满面飞红，跳上炕，给叶菏松绑。

　　飘香住在桃叶姐家，叶菏到菱姑祠去住。菱姑祠是一座草堂小庙，就在鸳鸯水对岸，跟桃叶姐家隔河相望。

　　三百年前，北运河发大水，延芳淀一片汪洋，坍地坍房，吞没村庄。大水也威胁着淀西岸，眼看就要坍到鸳鸯水沿岸的十二个小村落。一个跳大神的女巫，还有一个看风水的阴阳先生，都说这是北运河神娶亲，只要将一个年轻美貌的姑娘投下水去，大水就会平息，坍房坍地就会停止。莲花瓣儿一位叫菱姑的孤女，挺身而出；不过得让鸳鸯水沿岸八家地主乡绅的千金小姐服侍她梳妆打扮，还得让这八家地主乡绅的老少两辈儿给她抬花轿，打执事，奏鼓乐。菱姑梳妆完毕，登上花轿，在花轿中长歌当哭，将抬花轿的八个地主乡绅一个个点名咒骂。这些平日作威作福的家伙，为了保住万贯家财，只得忍受。最后，在香烟缭绕和鼓乐声中，菱姑从花轿里走出来，怀里揣着一把剪刀，视死如归，纵身下水。过了没有多大一会儿，水面泛起殷红的血色，大水哗地一下子倒退二三里。乡亲们为了纪念这位勇敢的少女，在她投水的地方，修了一座小小的菱姑祠。不过，年深日久，经历了两朝三代，这座小庙早已被风雨蛀蚀，坍塌倒坏，埋没蓬蒿了。

桃叶姐跟她那打野狗的姐妹们，重新修葺了菱姑祠，这里也就成了她们的聚义厅。

叶菏和飘香在莲花瓣儿住下来，他们更加自重，一点也不露出亲昵的痕迹。将桃叶姐的那支娘子军改编为鸳鸯水民兵小队以后，飘香就到上游的燕儿窝村去建立妇女会，叶菏仍然留在莲花瓣儿。

正是暑伏时节，叶菏就睡在菱姑祠的地面上，身下铺着一张苇席。为了凉爽，更为了发生敌情便于行动，他将门窗大开。门前，是一片荷花盛开的池塘，窗外，是一块菱形的稻田，夜风混合着皎洁月光和花香水气，从门口吹进来，又从窗口流出去。

睡梦中，他仿佛感觉清香的夜风送进了一个人来，挨在他身边躺下，抱住了他。他想，也许是飘香从燕儿窝回来了吧？嘴角微微一笑。但是，一个严肃的念头从脑海里掠过，他猛力坐起来。

睁眼一看，却是桃叶姐。

"你……"叶菏吓呆了，"你怎么敢……"

"别嚷，别嚷呀！"桃叶姐脸儿苍白，身子发抖，声音发颤。

"这是什么行为！"叶菏气得脸色铁青，"原来你是个不正经的女人。"

桃叶姐双手捂住脸，轻轻啜泣起来。

为了避免弄僵，造成严重后果，叶菏长长吁了一口气，说："快走吧，免得外人看见，我只当没这回事。"

"我不是不正经的女人！"桃叶姐仰起脸，满面泪水，"就是为了保住一条清清白白的身子，我才一回又一回持刀行凶。"

"那你……为什么……"

桃叶姐又垂下头去，声音微弱地说："我……这几天……心里越来越喜欢你，你又……没有成亲。"

"咳！"叶菏一跺脚。

桃叶姐胆怯地抬起头，可怜的目光痴心地望着叶菏，说："你要是看不上我，说一句话吧，我就死心了。"

"桃叶姐，不能啊！"叶菏沉重地说，"眼下，形势紧张，斗争激烈，只能一心扑在革命上，不能有这些闲心杂念。"

"将来呢？"

"……我早已有了一个人。"

"她是谁？在哪儿？"

"飘香。"

"哎呀！"桃叶姐跳起来，捶打着自己，"我没脸见人了。"说罢，就要跑出去。

叶菏扯住她那冰凉的胳臂，说："桃叶姐，你别想不开。"

"我怎么有脸见飘香同志呀！"桃叶姐挣扎着。

叶菏牢牢抓住她，说："她永远不会知道这回事。"

桃叶姐一动不动了，沉默着站立了很久，才说："往后你该看不起我了。"

叶菏笑了笑，说："今天我才知道你出污泥而不染，是个真正的好女人。"

"那……我走了。"桃叶姐无限深情地看了叶菏一眼，低着头走了出去。

叶菏站在窗口，望着她蹚水过了小河，回到家里。

第二天傍晌时分，桃叶姐在冷灶上蒸了一锅菜米团子，便痴呆呆坐在杨柳浓荫下，等候叶菏来吃午饭。

这时，一个白白胖胖的小个子女人，蹑手蹑脚进来。她水光油滑的发髻上，戴着一朵粉红色的绒球花，身上披着一件绸衫子，露出胸前葱心绿的兜肚，一手拿着小芭蕉扇遮在头上，手腕子上的包金镯子闪光刺眼。她个子矮小，胖得滚圆，走起路来一弹一跳的，很像一只喂肥的哈巴狗儿。这个女人外号七寸白，娘家在莲花瓣儿，嫁到石瓜镇，男人是个开宝局的老头子。

"我的桃叶妹子，托着香腮想情郎呀！"七寸白挤眉弄眼地叫道。

桃叶姐跟她是本村姐妹，平时又常打牙逗嘴儿，不得不强笑了一下，骂道："大热的天你还出来打野食儿，一身的脂油不怕晒化了？"

"姐姐无事不登妹妹的三宝殿。"七寸白挨到桃叶姐身边，乜斜着两只小眼睛，"有一笔发财的生意，我给你送上门来了。"

桃叶姐哼了一声，说："财神爷没心肝，我跟他是冤家对头。"

"偏是你要时来运转，福星高照！"七寸白干脆黏在了桃叶姐身上，鬼鬼祟祟地压低了嗓子说，"吴家大院那个民众戡乱行动委员会，悬赏严拿共产党，按人论等，按等论价；你跟打野狗的姐妹们，天天黑夜出去游荡，手眼勤快一点儿，白花花的大洋流水一般进门。"

桃叶姐真想跳起来给她一个满脸开花的大嘴巴，却又忽然心中一动，说："你这不是叫我发财，倒是给我招灾，我抓住了共产党请赏，共产党有刀有枪，能跟我善罢甘休吗？"

"你是又想吃又怕烫！"七寸白有点扫兴，"好吧，那就做个小本生意，赏钱可就少多了。"

"你先划出道儿来，我再看看可走不可走。"

"那就给吴家大院当个耳目，耳闻眼见有来路不明的人，通个风，报个信，赏钱虽说不多，也够买双绣鞋花袜儿。"

陡地，桃叶姐的心头生出一股邪念，她咬了咬嘴唇，哑默了，半晌，忽然两眼狠狠发光，嗫嗫嚅嚅地说："你报信儿去吧，燕儿窝来了个女共产党；绣鞋花袜儿我赏给你。"

"当真？"

"当真。"

"她叫什么名字？"

"她叫……我不知道。"

"一定是那个玫瑰花满身刺儿的飘香丫头！"七寸白咬牙切齿，"她杀死了我的心肝儿小画眉金哥，我正要报仇。"

七寸白扭头就走，一出门就一溜小跑起来。

桃叶姐突然浑身发冷，牙齿捉对儿打颤。昏昏迷迷不知过了多久，她听见屋里有人弹窗纸，那是叶菏从后门进来吃饭。

她想站起来，可是两腿发软，站不起来。

"桃叶姐，桃叶姐！"叶菏小声叫她，"饭熟了吗？吃过饭我要到燕儿窝走一趟。"

桃叶姐失声叫了出来，挺身站起，却又瘫倒了。

叶菏慌忙跑出来，抱起她跑回屋里，放在炕上。桃叶姐呜呜哭。

"桃叶姐，昨天夜里我态度不好。"叶菏轻轻拍抚着她的肩膀，负疚地说，"咱们是革命同志，你原谅我吧！"

桃叶姐哇的一声哭起来，说："我是个坏女人，对不起你。"

"不！你是个好……"

"我坏，我坏！"桃叶姐撕扯着自己的头发，"我想害死飘香同志，你快救她命去吧！"

叶菏只当她发了狂，用力扳起她的身子，望着她那张得很大的眼睛，柔声说："桃叶姐，我跟飘香都认定你是个好女人，好同志。"

"我跟你一块儿到燕儿窝去！"桃叶姐从叶菏的手臂上挣脱起来，"我要跪在飘香同志的脚下，叫她啐我的脸。"

暮色苍茫，燕儿窝村外的池边河畔，草窠树丛里一阵枪响，四个灯蛾扑火的敌人中了埋伏。

19

一连国民党兵，扑向延芳淀西岸，沿鸳鸯水来回拉网。叶菏和飘香将他们那支小小的队伍天女散花，白天撒到青纱帐里，夜晚又聚合起来。

这天歇晌时分，叶菏隐蔽在一片柳棵子地的坟圈子里，坟圈子里有几棵伞柳，他爬到伞柳的枝丫上，密叶藏身，眺望四野。

他在等候桃叶姐前来接头。

这几天，由于敌强我弱，他们分散隐蔽，不跟敌人杀一个小小的回合，桃叶姐早就不耐烦了。这个勇敢、爽快而又粗野、任性的女子，一直想自由行动，叶菏磨破了嘴唇，才劝住了她。今天歇晌时分在坟圈子里接头，打算等太阳落山，趁着苍茫暮色，到县委去汇报情况。但是，等来等去，迟迟不见桃叶姐的人影，叶菏十分焦急。

桃叶姐身上藏着手枪，胳臂上挎着柳条篮子，打扮成一个给男人送饭的小媳妇儿，头上没有戴斗笠，却顶了一大片荷叶，走青纱帐小路，到叶菏隐蔽的这片柳棵子地来。走到半路上，忽然一阵南风吹来，送来浓郁的瓜香。桃叶姐深深地吸了一口香气，感到口渴了。她掐算了一下，这里是画眉郎庄，村外有块瓜田，种瓜的老头跟她是熟脸儿，可想不起姓名了。于是，她想到瓜田里讨个瓜吃，再给叶菏捎带个花和尚大西瓜。

她侧耳听了听，四野静悄悄，便蹑手蹑脚向瓜田方向走去，远远地就看见一座青柴蒲苇的瓜棚下，看瓜老头盘腿坐在蒲团上，像一截树桩子，不知是在看瓜，还是在打瞌睡。

桃叶姐正要走出去，一只脚已经迈出了牛腿高粱地边，突然一个手提驳壳枪的国民党上士，大壳帽推到后脑勺，从瓜棚后面闪出来。

"老头儿！"上士大喝一声。

看瓜老头吓得一哆嗦，两腿打着颤儿站起来，叫了声："长官。"

"摘五十个上等西瓜，给我挑到马王庙去！"上士说。

"您……您给开个价吧！"看瓜老头畏畏缩缩，吞吞吐吐地说。

"屌！"上士横眉立目，"国军给你们剿灭共匪，让你们安居乐业，吃几个瓜还要钱？"

"我一家老小要吃饭呀！"看瓜老头哭声说，"摘下这五十个瓜，就断了我全家三个月的粮。"

"妈的，我把弟兄们喊来，给你拉秧！"上士扭头就走。

"长官，您高抬贵手吧！"看瓜老头哀求着，"我一家老小供您的长生牌位，烧高香了。"

那上士站住了脚，斜着眼睛问道："你家在哪儿住？"

"就在……村西口。"

"家里都有什么人？"

"一个老伴儿，一个……一个女儿。"

"那先不摘瓜了，到你家歇歇脚。"

"长官，穷家破舍的，招待不起呀！"

"不打扰你的酒饭，"国民党上士嘻嘻笑道，"只跟你的闺女结个善缘儿。"

看瓜老头哀叫起来："长官积德行好吧，我的闺女还小呀！"

"越小越嫩。"

"不能，不能，天理不容呀！"看瓜老头蹲在地上，抱头大哭。

"给脸不要脸！"国民党上士骂道，"我打你这个贱坯子。"说着，拳打脚踢。

桃叶姐气得拔出枪来，就要冲出牛腿高粱地，一枪结果那个国民党上士的狗命。她一步刚要跨出去，脑海里打了个闪，又抽回身子；这个国民党上士勒索五十个西瓜，看来有一个排在马王庙里，枪一响，这一排国民党兵就要蜂拥而来，自己脱不开身，也给看瓜老头惹了祸。她想了想，嘴角飘了个冷笑，收回了枪，抻了抻衣襟儿，整了整头发，挎着小柳条篮子，袅袅婷婷走出去，娇滴滴叫道："爹，我给您送饭来了。"

国民党上士听见女人的声音，马上住了手，小绿豆眼瞪得核桃大。看瓜老头从地上爬起来，揉揉昏花老眼，张大了嘴怔住了。

桃叶姐低着头，羞羞答答，怯怯生生，向瓜棚下走去。

国民党上士那一双色眯眯的狗眼，掠过桃叶姐那一张俊俏的脸儿，又落在桃叶姐那丰满隆起的胸脯上，顺着嘴角淌口水，涎着脸问道："大姑娘，给你家老爷子送的什么饭呀？"

桃叶姐轻声细气地说："野菜团子。"

"赏给我尝尝呀！"

"不好吃，您咽不下去。"

"哪里，哪里！大姑娘的巧手做出的饭菜，赛过山珍，胜过海味。"说着，国民党上士好像要接过柳条篮子，却在桃叶姐的手腕上捏了一把。

桃叶姐一闪身，说："长官，您还是吃西瓜吧！"

"除非大姑娘给我摘的瓜，别的瓜我吃着没滋味儿。"

"我给您摘去。"

"慢！大姑娘不光要给我摘瓜，还要陪我吃瓜，我才吃得有趣儿。"

"好，我陪您。"

"在哪儿吃呢？"

"瓜棚下。"

"不，不！"国民党上士挤眉弄眼，"得找个没人瞧见的僻静角落，我吃一口，你吃一口。"

桃叶姐脸红了红，说："随您的意，瓜钱可要加双份儿。"

"那一定，一定。"

于是，桃叶姐把柳条饭篮放在看瓜老头面前，笑呵呵地说："爹，您吃饭吧！"又偷偷给看瓜老头递了个眼色。

看瓜老头会意，结结巴巴地说："摘……摘去吧！摘好的，大的。"

桃叶姐走进瓜垄，拨开层层绿叶，挑了个青石碌碡一般的大西瓜，才摘了下来，递给国民党上士，说："长官，您抱着，我再去摘。"

"够吃了，够吃了！"

"我再摘几个甜瓜跟香瓜，吃着嘴儿甜，舌尖儿香。"

"大姑娘想得真周到，真周到！"国民党上士色迷心窍了。

桃叶姐又摘了两个甜瓜和两个香瓜，摘下她头上的荷叶托着，向国民党上士扬扬手，说："长官，您头前找地方吧！"

"姑娘……女儿，你不能去呀！"看瓜老头着了急。

"爹，您放心，长官不欺负我。"桃叶姐跟看瓜老头努了努嘴儿，顺手拿起切西瓜的薄片子刀，也放在了荷叶上。

"我是文明人，大姑娘跟我来呀！"

国民党上士双手搂着大西瓜在前边走，桃叶姐托着荷叶跟随他，穿过牛腿高粱地，又走进一块玉米地，国民党上士已经汗流浃背，气喘吁吁："大……大姑娘……咱们就在这儿……"他刚说到半句上，嗖！桃叶姐的西瓜刀闪出一道寒光，从他的后背捅出了他的前胸。

叶菡正在伞柳上焦急地四下张望，忽听马王庙那边响起一阵乱枪声，一帮子国民党兵恶狗狂吠一般呼叫着，沿大路朝他这个方向追来；叶菡连忙下树，准备迅速离去。

桃叶姐披头散发跑进柳棵子地来，双手沾满了血。

"怎么回事儿？"叶菡大吃一惊。

桃叶姐咯咯笑道："我杀了一条野狗。"

子弹追到坟圈子，打得柳叶飞溅，他俩不敢逗留，夺路而走。这伙国民党兵咬住不放，他们绕来绕去，一直绕到淀西岸的西南角，距离画眉郎庄二十八里了。

这里有一条小河汊子，他俩听四下枪声稀了，喊声远了，便坐下来歇歇脚。桃叶姐跑丢了一只鞋，索性脱下另一只，挽起裤腿，走下河。她洗净了手，洗净了脸，看河水碧清，像一面镜子，又梳起头，十分悠闲。

叶菡紧锁双眉，沉默不语。

桃叶姐猛一回头，眯着她那一双丹凤眼问道："你从背后瞪得我一阵阵发冷，我怎么得罪了你？"

叶菏沉着脸哼了一声："你把咱们暴露给敌人，误了正事！"

"我能见死不救吗？"桃叶姐跑上岸，连叫委屈，"人家打死了一个敌人的上士，你不表扬人家也就罢了，还冷言冷语给人家脸色看，人家干革命还要受你的气！"说着，吸溜鼻子哭了。

"走吧！"叶菏一挥手，"赶快跳出网去。"

他们蹚过小河汊子，钻出一片芦苇丛，路过一片野麻地，眼前是广大一片寸草不生的沙碱地，地形像是一支大牛角。而坐落在牛角尖上的一个小村，却是花木葱茏，绿树浓荫。叶菏和桃叶姐知道，那是渔村花港。

花港是桃叶姐引线、飘香建立的一个堡垒村。在这个渔村里，也有不少桃叶姐的难姐难妹，她们有的仍在北京、天津受苦，有的跟桃叶姐结伴逃回了家乡。

这个渔村有三多：孤儿多，寡妇多，坟头多。花港的渔民祖先是异乡人，不许在北运河上打河鱼，而是一去二百多里，入海打海味。他们驾驶着租赁来的破旧小船，遇到风大浪高，常常船翻人亡，所以孤儿多，而且很多孤儿还是遗腹子。女人嫁到花港，很少能跟原配丈夫白头到老，不是年轻守寡，就是改嫁几回。而葬身大海的亲人，尸骨无存，家人就在一块砖石上刻上他们的名字，代替遗体下葬，堆起一座坟头。一年年，一代代，村南村北，村东村西，坟头累累，绵亘不绝。

花港还有两大特色，一个特色是家家门口都有一棵高耸入云的大树，渔民们称之为望夫树，或是望父树，为的是家人爬上树端，观测远方的风云，眺望亲人的归帆。另外一个特色，是因为这里都是碱地，草木不易生长，所以花港的大人小孩，出门在外，都要带回一包一捧的好土，铺在院里，铺在村边，铺在坟地。世代相沿，形成风习，于是这个小小的村庄内外，也能种植蔬菜，遍地花草树木了。飘香头一趟跟桃叶姐来，就背了一大筐好土，因而受到渔民们的欢迎。

通过这广大一片寸草不生的碱地进村，又不知花港内有没有敌人，叶菏拿不定主意；桃叶姐却一个箭步跳出了野麻地，叶菏连忙一把将她扯回来。

"别冒险！"叶菏说，"先观察观察动静。"

"我饿了！"桃叶姐苦着脸儿说，"肚肠子搓成了绳儿。"

叶菏不理她，手搭凉棚张望，忽然欣喜地叫了一声："望夫树上有人跟咱们招手！"

"我来看！"桃叶姐蹿跳着，"是有人在树上摇着白羊肚手巾。"

"走！"

他俩飞跑着向村口奔去，从村口也有一颗流星似的人影跑出来。

"叶菏！"那颗流星是小丢，"香姐在望夫树上一眼就看见了你。"

他们走进村口，飘香从望夫树上下来了。桃叶姐筋疲力尽地说了声："跑断了腿，饿断了肠，快给我找点吃的吧！"就栽到了飘香怀里。

"来，到家去。"飘香含笑说，"小丢，你在树上放哨。"

在花港，飘香有个家，这个家有三间泥棚茅舍，一围泥墙，柴门外一棵树，一眼井，井上一铺葫芦架。家里有两位老人，老头和老太太靠打鱼、织渔网为生，膝下无儿无女。飘香来到花港，就投宿在这个家里。飘香心灵手巧，不但跟老太太学会纺线织布，也跟老头学会织网补网；她头一天住在这家里，一边跟老太太说闲话，一边拿起梭子，跟老头老太太对织起来。他们合织成一张网，也织成了深深的感情。于是，飘香就化了名，当了这老两口的女儿；小丢也跟着沾光，当了这老两口的儿子。

这个家，还有个方便，坐落在龙蟠河河崖上，一出门就下河，浅滩上满是一人多高的水草和红皮水柳，隐藏进去，很难发现。

飘香、叶菏、桃叶姐走进这个家，老头老太太正在烧火做饭。他们等候揭锅，小丢跑了来，说："叶菏、香姐，有一排国民党兵包围村子来了。"

飘香一点也不惊慌，笑着说："吃咱们的饭，等他们来到门口，再走也不晚。"

他们每个人吃了两个玉米饼子。村里鸡飞狗跳，国民党兵已经进了村，四散进行搜索。他们这才站起身，不紧不慢地出后门下河。

正是雨季，浅滩上的水草丛中，水也深多了。飘香个子小，水到了她的唇边，便手扒着叶菏的肩，两脚悬空；桃叶姐虽比飘香高出半头，水也过了胸脯，呼吸困难，叶菏又用一只手搀架她。小丢没有躲到深处，在岸边一片红皮水柳里隐身，睁大眼睛看，侧着耳朵听。

村子里孩子哭大人叫，国民党兵挨门挨户搜查，翻箱倒柜，又打又骂。

"乡亲们受苦了。"叶菏看着飘香，"咱们打几枪，把敌人引走。"

"退到哪儿去呢？"

"过河！"叶菏说，"飘香，你有水性；桃叶姐，你浮得过去吗？"

桃叶姐嬉笑着说："灌饱了能漂过去。"

这时，传来小丢的嘘声，他们不敢吱声了。几个国民党兵，端着枪，沿河搜来。

"好端端一个连，大卸八块，满世界忙牛追兔子，成了散兵游勇！"一个国民党兵嘟嘟哝哝。

"我倒乐意分散活动。"另一个国民党兵说，"捞点外快，打个野食儿，都便利。"

"你是活腻了，死催的！"那个国民党兵骂道，"上士要不是色迷心窍，何至于落得个白刀子进，红刀子出？"

"牡丹花下死，做鬼也风流！"这个国民党兵打着响舌说，"听说那个小娘儿们一朵野花似的，要是落在我手里，她得乖乖地……"

桃叶姐气得咬碎了牙，她头脑一热，就要冲出去，叶菏慌忙一把揪住她，溅起了水声。

"有人！"

一阵乱枪，打进了水草丛中，子弹从叶菏、飘香、桃叶姐的耳边和头上掠过去，他们无处可躲，水草障目，也看不见岸上的敌人，不能还手。正在这进退两难之际，只听一声清脆的枪响，一个国民党兵惨叫而死，跟着又传来杂乱的奔跑声和吆喝声。那是小丢打了冷枪，又把敌人引走。

叶菏和飘香一人架着桃叶姐一只胳臂，急忙撤离险地，向对岸泅去。

敌人的子弹像下冰雹，他们也越来越吃力，眼看又要陷于困境，只见水面上翻了个浪花，露出两只圆溜溜亮晶晶的小眼睛，正是小丢。他的目光闪过一个顽皮的笑影，又一个猛子蹲了下去，抓住桃叶姐在水中的两条腿，扯下河底。

叶菏和飘香泅上岸，小丢已经在河坡下给喝饱了的桃叶姐控水。

20

黄昏，一个六十多岁的胖老头子，蹒蹒跚跚走进吴家大院，直上内院台阶。他有一张油光光的肥脸，两道稀疏的白眉，一双肉泡子眯缝眼，酒糟红鼻头儿，光秃秃老宫嘴。他头戴一顶宝蓝闪缎帽盔，上身穿一件黄铜疙瘩半大罩褂，下身穿一条大裤裆的春绸套裤，脚下是一双双道梁云头靸鞋，一手提着一只梢马，一手搓弄着两只叽里咕噜的铁球，真是奇装异服，妖形怪状。

孔水仙正身披大红羽缎斗篷，站在内院月亮门口卖呆儿，一见这个老怪物，正要扭身回去，他却紧追慢赶，大喊一声："太太万福！"然后高高拱手，又深深一揖，"久违，久违。"

"白天师，你此言欠通！"孔水仙大模大样，酸溜溜的，"我记得，你前天刚刚打过秋风。"

此人姓白，名鹤年，外号白天师，是苇花沽龙王庙的香头。他会下神，捉妖，算卦，详梦，治病，配药，真是神通广大。财主富户，他可以穿堂入室，穷门小户，更是推门就进，吴莲池平生不杀穷人不富，不信僧道，但是到了晚年，死到临头，忽然感到万分恐惧，常常噩梦惊心，夜不能寐，于是不得不向白鹤年乞灵。白鹤年那三寸不烂之舌，两行伶俐之齿，一面给吴莲池详梦，一面敲他的竹杠。这个家伙又投吴莲池之所好，每回来敲竹杠，都悄悄塞给吴莲池一包粉红色的春药。吴莲池一生一毛不拔，可是对于白鹤年的勒索，却不敢不忍痛割肉。

白鹤年挨到孔水仙面前，嬉皮笑脸地说："太太，您挑我的字眼儿哩！前天才走，今天又来，怎么能说是久违呢？殊不知我另有批解。"

孔水仙不屑地一笑，说："那倒要领教了。"白鹤年一本正经，俨然是一副老学究的神气，摇头晃脑地说："'一日不见，如隔三秋'，可有这么一句古文？那么我自前天走后，跟太太已经三日不见，三三得九，岂不是如隔九秋，难道不算是久违吗？哈哈哈！"说着，掏出一只彩釉鼻烟壶，捏出一撮鼻烟，抹进鼻孔，眼珠一定，打出一个响如放炮，唾沫四溅的大喷嚏。

"白天师！"内院管家唤道。

"鹤年在！"白鹤年赶忙将鼻烟壶塞进怀里，小碎步走进去。

"老团董有请。"

"领旨！"白鹤年满口戏文，满身做功，跟在内院管家屁股后面，走进客厅。

本来，吴莲池一听内院管家回禀白鹤年求见，骂道："又是来敲竹杠的，叫他快滚！"内院管家正要退出去，吴宗笠忽然说："叫他进来，我想见一见他。"吴莲池忙摇头摆手，说："这个老骗子，是一块粘上就揭不下来的赖皮膏药，你别招惹他吧。"吴宗笠淡淡一笑，说："'欲将取之，必先予之'，或许他有些用处。"于是，内院管家急忙出去，传唤白鹤年进来。

白鹤年一进客厅，先热辣辣地问了一声："老团董，贵体可安康？"然后，突然转向吴宗笠，直瞪瞪观看吴宗笠的脸色，惊惊乍乍地叫道："哎呀，少团董！看你容光焕发，官星正旺，真乃万事亨通，上上大吉之气象也。"

"老东西，又他娘的装神弄鬼，花马吊嘴！"吴莲池笑骂道，"我也能掐会算，料定你无事不登三宝殿，不是来蒙，就是来骗。"

"冤矣哉，冤矣哉！"白鹤年指天画地说，"鹤年今日前来，货真价实是为了一桩紧要大事。"

吴莲池冷笑道："还不是哄我出钱，你舍暑药、开粥场，好名利双收。"

"非也！"白鹤年十分拿大，故意卖了个关子。

"天师，请坐！"一直冷眼旁观的吴宗笠开了口，"请将来意，简要说明。"

"谢座！"白鹤年使了个身段，在吴宗笠对面的一张太师椅上坐下，干咳了两声，张了张嘴儿，却欲言又止。

"你倒说呀！"吴莲池性急，喊嚷道。

吴宗笠也被他逗得心痒难熬，催道："说吧，不要有所顾忌。"

白鹤年站起身，隔着窗玻璃，溜瞅了一下外面的动静，这才踮起脚尖，走到吴莲池和吴宗笠面前，鬼鬼祟祟地说："昨天晚上，共产党延芳淀民政助理员铁血，到龙王庙来找我，拜托我一件私人要事。"

吴莲池变颜变色，叫道："你……你勾结共党！"

"爹，不要打岔！"吴宗笠故作镇静，"白天师，说下去，铁血拜托何事？"

"他请我代他转送一封平安家信，并且讨取回音。"

"你怎么回答？"

"我说，"白鹤年眯细着肉泡子眼，又像是面对着铁血，憨态可掬，"士为知己者用，甘效犬马之劳。"

"好你个吃里爬外的走狗！"吴莲池气得要扑到白鹤年身上，狠狠咬他两口。

吴宗笠急忙扯住他爹，纵声大笑说："白天师，回答得好！好得不能再好。"

"知我者，少团董也！"白鹤年感叹着，"我白鹤年虽是个有奶便是娘的人癫，可还懂得一点择主而事的道理。凤凰只落梧桐树，夜猫子爱钻树窟窿，我也懂得一点择木而栖的道理。我要是一塌括子投到共产党的怀里，就不到吴家大院来请示报告了。"

"白天师真是忠义之士！"吴宗笠赞不绝口，"转送铁血家信一事，我是不是可以派人代劳？"

"鹤年前来，正是此意！"白鹤年从贴身的油污布衫里掏出一封密信，"那么，舍暑药，开粥场……"

"不成问题！"吴宗笠满口答应，"请先到客房安歇，一会儿我还要另有请教。"

龙王庙村坐落在延芳淀东南角，距离石瓜镇八九里，三十户人家，都是吴莲池的佃户，有一家租佃地主，给吴家大院收租，又当保长。村外淀边，有个小小的破庙，鹤年就在这座小庙里栖身，干他那下神捉妖、算卦详梦、治病配药，以及种种邪门歪道的勾当。

白鹤年是个江湖老油子，阴阳两张脸儿，延芳淀武工队刚刚建立，他就奉送上大包自制的丸散膏丹。说句公平话，在那药品奇缺的艰难情况下，他的这些丸散膏丹也真救了急。于是，他便有了进身的台阶，趁机跟延芳淀武工队拉拉扯扯。老滑头有一双利眼，一眼就看穿铁血是个年轻浮躁、好吹吃捧的人，很容易哄骗。他想，结交上这个小哥儿，不但可以在共产党的船上踏一只脚，而且可以打听一点共产党方面零七八碎的情况，挑选一两桩到吴莲池那里卖个好价钱，又能抬高他在吴莲池眼里的地位，大大有助于他的敲竹杠，打秋风。他在铁血身上一下功夫，铁血就落入了他的迷魂阵，两人结为忘年交。

铁血来到龙王庙村，不住堡垒户，而在白鹤年这里过夜，每晚都有酒有肉，大吃大喝。

他在外村工作了三天，今夜三更时分又回到龙王庙来。他很小心，先登高一望，看见庙里亮着灯光，再侧耳听听四外动静，然后才飞快地走到庙外。他不走庙门，一纵身扒住墙头，翻过墙去，蹑手蹑脚走到窗根下，舌尖舔破窗纸一看，只见白鹤年正在桌案上，用一支朱笔，在画驱鬼避邪的符箓。

铁血撤回身子，走到房门口，用手一推，门没插门，吱呀开了。

"欢迎铁助理员光临寒庙！"白鹤年头也不回，仍旧画符，"敝人早已备下薄酒小菜，恭候多时。"

铁血倒吓了一跳，说："老白，你真会装神弄鬼，怎么就猜着是我？"

"我刚才卜了一卦，"白鹤年放下笔，摘下老花镜，"算定您今夜子时，必定驾到。"

"鬼话连篇！"铁血点着白鹤年的酒糟红鼻头儿。

"千真万确！"白鹤年打开箱子，拿出一个粉红小包袱，"桂霞小姐的书信礼品，都在这里。"

"给我！"铁血劈手抢过来。

他看信。彩色的信封，右上角画着一个古装美人，坐在窗前，手托香腮，思念远行的情郎。铁血手指发颤，小心翼翼地撕开封口，捏出一张粉红信笺，开头就是一个肉麻的称呼，接下去更是如醉如痴的词句，什么"情思绵绵呀"，什么"春残梦断"呀，颠三倒四，全是从爱情尺牍上照抄来的滥调。结尾，是一大堆山盟海誓，而且满纸斑痕，也不知是洒的水，还是滴的泪。铁血看了，居然十分感动。尤其是读到"手织羊毛衫一件，衣着郎身，线连妾心"，铁血的鼻头发了酸，险些气短泪下。他打开小包裹，拿出毛衣一看，黑红交织，货色上等，就没有注意那撕去的商标痕迹。

铁血觉得全身热烘烘，心里甜滋滋。

白鹤年已经摆上一张小炕桌，先拿出一瓶原封二锅头，又端上一碟油炸花生米，一盘老腌鸡蛋，一碗卤虾豆腐，一盆炖肉粉条儿，两副镶银乌木筷子，两只翡翠绿的酒盅。

"铁助理员，人逢喜事精神爽，开怀畅饮吧！"

铁血在城里，是个酒量很大的豪饮之人，桂霞的来信赐给他无比的快乐，不禁酒兴大发，一开头就连饮三杯。

白鹤年给铁血撕了一条鸡大腿，斟满一大杯酒，说："铁助理员年轻英俊，桂霞小姐如花似玉，真是郎才女貌，盖世无双。请！"

"请！"铁血飘飘然又灌下一大杯。

"在你们列位豪杰中，铁助理员是山中猛虎，水中蛟龙。"白鹤年抱起酒瓶，不容铁血喘气，又给满上了，"我给铁助理员相面，是个大富大贵之命，可是为什么屈居于雷响、叶菏之下，不见高升呢？我又卜了几卦，原来是命中犯小人。请！"

"请……请！"铁血的脑壳像灌了铅，酒像倒进别人肚子里，"对……对，我他妈的……命中犯小人。"

一杯一杯一杯，铁血不省人事了。

　　不知过了多久，铁血恍恍惚惚只觉得一阵阵脂粉的浓香，钻进他的鼻孔，钻进他的脑髓。昏迷中，他感觉有个女人趴在他的身上，嘤嘤啜泣。

　　终于，铁血睁开了痛涩的眼睛，发觉自己躺在蒲席上，桂霞陪伴着他。桂霞浓妆艳抹，花枝招展，却又泪眼婆娑，楚楚动人。

　　"我……是不是在梦中？"他喃喃地问道。

　　"你在吴宗笠先生的囚室里！"桂霞尖着嗓子喊道。

　　"白鹤年出卖了我！"铁血大叫，撕扯着头发，"我悔不该……悔不该……"

　　"你悔不该干这个劳什子革命！"桂霞发狠地说，"带累了我平日里担忧受怕，临了还要陪你坐牢吃官司。"

　　"真的，你……怎么到了这里？"铁血眨巴眨巴眼睛，这才发现，这是一间钉着铁窗，不透一点光亮的候讯室。

　　"我也被捕了呀！"桂霞凄然地说，"今天清晨，我刚刚起床，还没有梳洗完毕，突然闯进几个如狼似虎的汉子，扯着我的头发，架起我来就走，扔进一辆囚车，一阵旋风似的押到了石瓜镇，关进这间囚室里。我肝肠寸断，真有千言万语，想跟你倾诉，你却醉成一摊烂泥，人事不知，我又悲哀，又害怕，真不想活了……"说着说着，桂霞泣不成声。

　　"桂霞，叫你吃苦了！"铁血大为感动，把桂霞搂在怀里，"冤有头，债有主，他们为什么欺侮你这个弱女子？"

　　"一人有罪，灭门九族呀！"桂霞抽泣着，"他们知道我是你最亲的人，怎能放过我？"

　　"他们审讯你了吗？"

　　"孔姨奶奶跟我见了一面，倒是和颜悦色，温言柔语的。"桂霞掏出绣花手帕，擦了擦眼泪，"可是，细细回味，却句句都绵里藏针。"

　　"她说什么？"

　　"她说……"桂霞像触了电似的四肢哆嗦起来，"吴老团董是个虎狼性子的人，如果你不归顺他们，他就要当着你的面，剥光我的身子，命令他的亲兵们……羞死人，怕死人了。"

　　"禽兽！"铁血身上像着了火。

　　"把我糟蹋够了，还要再当着你的面，让我尝尝十六套刑具。"

　　"哪十六套？"

"你打开门看看，就在门外。"

铁血溜下床来，推开房门一看，不禁大惊失色，目瞪口呆了。

原来，外面是一个大通间，黑洞洞挂着几盏昏暗不明的汽灯，陈列着鞭、棍、杖、枷、竹签、烙铁、跪板、站笼、火床、热瓮、辣椒壶、老虎凳、紧箍咒、钢针刷、骑木驴、鸭凫水……整整十六样精心设计的刑具，令人毛骨悚然，头发孚立。

"野蛮！"铁血倒退回来，跌坐在床沿上。

"我怎么办呢？"桂霞摇着铁血，撞着铁血。

"我跟他们拼啦！"铁血紧握双拳，圆瞪两眼，气壮如牛。

"那不是以卵击石吗？毁了你，更害了我。"

"唉！"铁血泄了气，抱住头，"大丈夫身系囹圄，空有豪情，无能为力。"

"识时务者为俊杰！"桂霞缠在铁血身上，"孔姨奶奶还说，如果你弃暗投明，吴宗笠先生愿意给你比在共产党那边高得多的官职地位，孔姨奶奶还要认我做干女儿。"

正当他们卿卿我我，缠绵悱恻之际，大通间的铁门哐啷一声巨响，走进一伙人来，有个粗大的嗓子吆喝："吴处长有请铁血先生！"

铁血不由得一阵战栗，桂霞忍不住嗤地笑道："我陪你去见吴先生，咱俩同生共死！"说着，她打开小手提包，拿出小镜、枇梳、眉笔、粉扑、口红，匆匆打扮了一番，就牵着铁血的手，走了出去。

穿过陈列着十六套刑具的通道，铁血阵阵心惊肉跳。这个刑讯室的大通间两端，一端是候讯室，一端是休息室。桂霞牵着铁血，走到另一端的休息室门口，一个满脸脓疱的刑讯打手，打开休息室的房门，里面有几张木椅，一张茶几，茶几上烟茶糖果齐备，四壁粉白，一尘不染。吴宗笠一定是刚吃完酒席，满脸放光，正拿着牙签儿剔牙。他身穿长袍马褂，缎鞋丝袜，梳着乌光油亮的大背头，歪在一张躺椅上。

桂霞一进门，就学了个日本下女的姿态，鞠了个九十度大躬，奴颜婢膝地说："吴先生，我们来聆听您的教诲。"

铁血的脊梁，也真像接受桂霞的支配，深深弯了下去，只是还羞于开口。

"不要客气！"吴宗笠欠了欠身子，抬了抬手，"铁血先生，桂霞小姐，请坐。"

"谢谢！"桂霞又深深鞠躬。

"谢谢！"铁血的舌头也接受了桂霞的支配。

吴宗笠拿起一支香烟，递给铁血，两眼射出咄咄逼人的光芒，问道："铁先生，你听到国军在各个战场，都势如破竹，节节胜利的消息了吗？"

"听到了！"铁血拿着香烟，木呆呆。

吴宗笠又打着打火机，一边很礼貌地点烟，一边盛气凌人地追问道："铁先生作何感想呢？"

"我们败了！"铁血突然捂住脸大哭。

桂霞急得啐道："哭什么？惹吴先生生气！"

"让他哭一哭吧！"吴宗笠装出宽宏大量的样子，"哭一哭，心情轻松一些。对于自己的政党的灭亡，理应尽一点哀悼之情。"

铁血被桂霞一啐，不敢哭了，忙说："吴先生，请恕罪。"

"好，那么我们就坦诚相见吧！"吴宗笠像猫戏老鼠似的拍抚了一下铁血的肩膀，"铁先生既然承认贵党已经失败，今后将何以自处呢？"

铁血垂头丧气地答道："从即日起，正式脱离共产党，改恶从善，悔过自新，做一个守法国民。"

"守法国民？哎呀呀，岂不辱没了铁先生的宏伟志向！"吴宗笠大笑，"桂霞小姐，家母跟你的谈话，有没有转达给铁先生？"

"转达了。"

"铁先生怎么表示呢？"

"感激不尽。"

"铁先生，是这样的吗？"吴宗笠又逼视铁血。

铁血不敢仰视，低头答道："是这样的。"

"那么，就不仅仅是要做一个守法的国民，而是要做一个效忠党国的斗士！"吴宗笠奸笑着喷出一口烟，"所以，铁先生应该把你所知道的共产党的各种情况，详细地向我做一个书面介绍。"

"可……可以。"铁血结结巴巴地答道，"不过，我一直遭受排斥，不被信任，不受重用，许多机密情况从来不让我知道，不许我过问，因而我所提供的材料，也许不能使吴先生完全满意。"

"铁先生的处境，我们知道得很清楚。"吴宗笠似乎颇为通情达理，"但是，我也想奉劝铁先生，万不可存在旧情难断，藕断丝连的念头。你应该比我更明白，共产党对于他的叛党分子，是比对他的本来敌人还要残酷无情的。"

"我明白。"

"那就好！"吴宗笠从袖口里摸出一张表格，"就请铁先生按照这上面的提示，逐条详细回答，也请桂霞小姐从旁督促。"

"遵命。"

吴宗笠看了一下腕上的手表，两手一按躺椅的扶手，挺身起立，说："下午三点交卷。"

"是。"

吴宗笠走了出去，向他的刑讯打手吩咐说："好好伺候铁血先生和桂霞小姐。"

"是！"四个彪形大汉，都是粗大嗓门，就像深巷犬吠。

21

沈老闷坐在离看坟小屋不远的柳荫下，编织着大小鱼篓。这两天，延芳淀上的打鱼船，像行云流水，沈老闷十分警觉，不时手搭凉棚观看，看看有没有可疑的面孔。

忽然，水面上，从几个方向，三三两两的小船向星映眼驶来，船上的人，都戴着大蘑顶草帽，压到眉梢，上了岸，不约而同向沈老闷靠拢。沈老闷越看越觉得他们行径可疑，正想进屋去叫醒雷虎寅和石老硬，只见岸边小路上也走过来一伙便衣打扮的汉子，沈老闷一眼就认出了狼爪张八。他知道进屋已经晚了，便故意大声呼叫："张八，买鱼篓吗？"

一阵乱枪，沈老闷倒在了血泊中。

沈老闷呼叫卖鱼篓，雷虎寅和石老硬就醒了。乱枪一响，他俩就跳下炕，搬开墙角落盛放干榆叶的大蒲篓，下了地道。可是，还没顾上将蒲篓拉回原处，敌人已经破门而入，向地道口开枪，他俩只得赶快离开此地。

这条地道并不长，只通到坟圈的松林里，雷虎寅和石老硬从地道口钻出来，敌人正包围松林，他们急忙奔向星映眼西北的大车道沟。这是一道大水冲开的沟堑，走成车道，蜿蜒曲折，坎坷不平。

敌人已经发现他俩是谁，狼爪张八狂叫："雷虎寅，石老硬，你俩是干锅里的鱼，跑不出我的手心啦！"李狗剩也扯着脖子叫嚷："这可是两条大鱼，一个是区长，一个是农会主任，抓住他俩连升三级，得头赏。"

李狗剩在烟村被雷虎寅俘虏，放回以后，狼爪张八拿人头保他，吴莲池才免他一死，下令降三级，站笼示众，记一百军棍，每天打扫马粪。所以，李狗剩一心想大小立点功劳，找回面子。

狼爪张八这伙狗才，又贪财又怕死。有时是贪财心重，就一时忘了死；有时又是怕死当头，就一时撇了财，这要看情况而定。眼前，他们看见只有雷虎寅和石老硬两个人，可就来了贪财忘死的劲头，分成两股，沿着大车道的两边陡坡，一边打枪，一边追赶。

子弹在雷虎寅和石老硬头上乱飞，打得沟道冒烟。他俩只得跑跑停停，隐蔽一下，还击一会儿，再奔前跑，这一来可就被动了。而且，他俩都是上了年纪的人，跑了一阵，气力渐渐不支，而敌人却越来越逼近了。

雷虎寅抹了一把脸上的汗水，说："老硬，你走！我掩护你。"

石老硬呼呼喘气，说："你走，虎寅！我掩护你。"

两人谁也不肯走，敌人逼近了。

雷虎寅急得大叫："老硬！咱俩得豁出一个，保住一个，你走吧！"

石老硬说："那就豁出我，你走吧！"

雷虎寅大声命令："我是上级，命令你走！"

石老硬脸红脖子粗地嚷道："你工作重要，应该保住你。你给我快走！"

雷虎寅还想强制他服从命令，石老硬突然从腰间拔出两颗手榴弹，向左边陡坡上扔了一颗，又向右边陡坡上扔了一颗。轰，轰！手榴弹炸响了，阻止了追赶的敌人。他又抢起手中的驳壳枪，冒着硝烟，大吼着："杀，杀！"直冲向敌人。

雷虎寅只得眼含热泪，留下自己亲如手足、情同一奶同胞的老弟兄，沿着大车道沟撤退了。

石老硬一往无前地冲杀，刚才还是贪财忘了死的狗儿们，一变而为怕死撇了财，掉转了头，屁滚尿流地奔逃起来。

狼爪张八饿狼似的叫骂："尿种，尿种！一条干锅里的鱼，你怕他什么？"

李狗剩说："吴处长要活口，不敢真打。"

"打腿，打腿！"狼爪张八嗥叫。

于是，李狗剩和几个狼爪张八的亲信，转过身，端起枪，向石老硬的腿部射击。

石老硬两腿连中数弹，他就像一棵被雷电殛倒的大树，倒了下去，无声无息了。

这一来，狗儿们蜂拥而上，争夺这个头赏。狼爪张八更是红了眼，跑在头一个。陡地，石老硬一声咆哮，挺身坐起，瞄准狼爪张八就是一枪。"叭！"狼爪张八跳不及，子弹穿过了他的肩胛骨，一阵剧痛，一声怪叫，疼得他两眼冒金星，暴跳不止。

石老硬正想打第二枪，死到临头的李狗剩扑了上来，压在了他的身上。石老硬张开两只打铁的手，掐住李狗剩的脖子，用力过猛，虎口都迸裂了，只见李狗剩的狗头，被石老硬的大手拧下了脖腔。

但是，石老硬也已经筋疲力尽，而且身负重伤，到底被敌人按住了。

石老硬被抬回石瓜镇，三天后，吴宗笠才审问他。

这三天，石老硬被押在地牢里，吴宗笠从兰渚请来外科名医，给他医治伤腿，每天都是大鱼大肉，二八成席。石老硬是给吃就吃，给喝就喝，吃得饱，睡得香，高高兴兴，没有一点忧伤。喜欢研究对手心理状态的吴宗笠，偷看几回。他想，石老硬不过是一介匹夫，无知愚民，很容易蒙蔽，很容易满足，很容易收买。于是，他下令提审石老硬。

吴宗笠从小在石瓜镇长大，到过石老硬的铁匠铺，见过石老硬身披火光，飞舞铁锤，力大无穷，令人震惊。所以，他对于这个顶天立地的巨人，心存畏惧；不像审问铁血，充满强者的自信，肯定能挫败对方，有一股以强压弱的盛气。

石老硬不但双手戴着重铐，而且伤腿也蹚着大镣，脖颈上还挂了石锁。他被架进刑讯室，定眼一看，一张书案后面，高背太师椅上，坐着的正是不共戴天的仇人，势不两立的死敌。他顿时两眼冒火，挓挲起胡髭，大骂道："我砸死你这个吴家小杂种！"举起石锁，就要扑上去。八个打手，慌忙箍住了他。

吴宗笠吓得失声惊叫，两腿一软，就溜了桌。直到看见石老硬被他的打手紧紧箍住，才钻出半截身子，可是心还怦怦乱跳。他擦了擦冷汗，定了定神儿，强挤出一丝假笑，说："石老硬，你口出不逊，行动无礼，我并不见怪。不过，良禽择木而栖，豪杰择主而事。共产党已经穷途末路，你何必愚忠自误呢？还是弃暗投明，归顺于我，我给你个民团团副的职位，官爵不可算不高，如何？"

石老硬两眼直勾勾，似乎颇有几分动心。忽然，他笑道："像我这个粗鲁愚笨的草木之人，能当个刽子手，也就心满意足了。"

"那未免大材小用了吧？"吴宗笠惋惜地说，"不过，恭敬不如从命，如果你必欲如此，方觉满足，那也未尝不可。"

"你答应了？"石老硬问道。

"答应，答应。"

"不反悔？"石老硬又追问一句。

"君子一言，驷马难追。"

"好！"石老硬目光如火，怒吼着，"那么我先砍下你这个小杂种的狗头！再砍下你爹吴莲池的狗头，当球儿踢！"

吴宗笠气得撕破了喉咙，拍案尖叫："拉下去，用大刑！"

石老硬大笑着问道："小杂种你有多少套刑法？"

吴宗笠咬碎了牙齿答道："十六套。"

"再加十六套，姓石的一口气过完！"石老硬像屹立高山之巅的擎天柱石，"哼一哼，叫一声，石老硬三个字倒着写。"

果然，十六套刑法一一用过，石老硬宁折不弯，刚从昏死中苏醒过来，又挑战地大叫："狗儿们，老子要从头来过！"

吴宗笠气急败坏，面无人色，软弱无力地挥了挥手，说："押走！听候处决。"

在石瓜镇外，延芳淀畔的沙滩上，吴宗笠强迫召开了乡民大会，当众处决石老硬。

会场外，设下三道防线，会场内，有手执大刀的巡逻队弹压，阴风愁雾，杀气腾腾。

石老硬被押进场来，乡亲们都低下了头，蒙住了脸，不忍心看一眼这个受难的亲人。

石老硬忍住两腿刻骨的剧痛，高昂着头，带着沉重的镣铐铿锵声，一步一步，走向监斩台；每走一步，身后都留下一块一块殷红的血迹。

监斩官是吴莲池。

这个枯木朽株的老贼，嗜血成性，一听杀人，就像回光返照，突然有了生气,争当这个监斩官的角色,要在进棺材之前,大出一回风头,大显一通威风。宣统三年,他花了四千两白银,买了一个四品候补道的空头官衔。谁想四品朝服刚刚缝制出来,辛亥革命就发生了,没有能够畅畅快快穿戴一番,就锁进了一个专用的樟木箱子里。这一回,他一定要穿上这套奇装异服,在万目睽睽之下,人前显贵。孔水仙银牙咬碎,硬是不许他穿,到底吴宗笠是个孝子,顺者为孝,依了他。他不仅要穿上这身前清的四品朝服,而且还要戴上民国以来,走马灯一般变换的历届军阀政府,以及日伪时期颁发给他的大大小小的各式各样的证章和奖章,有长形、方形、圆形、桃形、三角形。而最为贼亮耀眼、引人注目的是在他的胸口窝上,挂着一枚国民党的青天白日犬牙形党徽。

这一身五光十色、千奇百怪的装束,令人一见,真像是白日见鬼。

四张高桌搭成的监斩台上,铺着一块红毡,吴莲池高高坐在虎皮交椅上,身旁站立手捧鬼头大刀的狼爪张八,台下并排四名刽子手。

石老硬走到监斩台前,跟吴莲池四目相对。他被割掉了舌头,骂不出声,但是两眼像金刚怒目,喷射着两道仇恨的火光。

吴莲池手持令箭,指点着石老硬,青筋暴起,口沫飞溅,嘶叫道:"你这个穷子穷孙,不愿安分守己,胆敢犯上作乱,喝了几碗共产党的迷魂汤,就妄想扭转乾坤。殊不知'死生有命,富贵在天',命中注定,天意使然,是反得了的吗?顺天者昌,逆天者亡;你们逆天行事,今天就叫你尝尝刀斧割头的滋味,看谁敢再造反?行刑队!"

四个刽子手举起四把鬼头刀,答应道:"有!"

一声锣,一通鼓,一阵长号呜呜响。

"刀下留人!"从高棚大台的阶梯上,走下一个三根老鼠须,两只斗鸡脚的老头子,向吴莲池连连拱手。

这个老头子,名叫程门雪,是前清的一个拔贡,民国初年以遗老自居,当过通州孔教会会长,是个腐朽透顶而又寡廉鲜耻的老顽固。如今他依附吴宗笠,当上石瓜镇高级小学校长,又是民众戡乱行动委员会的委员,其实不过是吴家大院豢养的一个帮闲清客。

"门雪兄,你想包庇共党吗?"吴莲池恶声恶气地问道。

程门雪伪装出一副悲天悯人的面孔,说:"莲池公,我想替石犯讨个人情,恳请莲池公姑念他一时被共党所骗,误入歧途。慈悲为怀,网开一面,留给他一条自新之路。"他一边说着，一边眨动昏花两眼，连连给吴莲池递着眼色。

吴莲池会意，说："我可以饶他一条狗命。只要他跪在我的面前，叩头发誓，痛改前非。"

程门雪拐着一双斗鸡脚，走到石老硬面前三步站定，含泪劝道："石老硬，你本是无知愚民，只因误信邪说而误入歧途，为共产党白白送死，不智亦且不值。苦海无边，慈航普度，只要你屈膝一跪，给吴老团董服个软儿，我就保你回家团聚，安居乐业。"

石老硬眯起眼睛，面部毫无表情；程门雪爹起胆子，向前蹭了一步，又唠叨一遍。突然，石老硬抬起戴镣的右腿，一个窝心脚照程门雪踢去。这一脚并没有踢中，程门雪却吓得一声鬼叫，连打了几个滚儿，灰头扯脸地夹着尾巴逃走。

又一声锣，又一通鼓，又一阵长号呜呜响，两个团丁抬出了一口铡刀。

吴莲池将手中的令箭投到监斩台下，大喝："将匪首石老硬，开刀问斩！"

石老硬猛地从胸膛里迸发出石破天惊一般的吼声，晃起两臂千钧力，撞倒刽子手，带着当啷当啷的镣铐铿锵声，走向铡刀，仰面朝天，平躺下去。

22

通州通向石瓜镇公路的延芳淀一段，被大镐铁锹刨挖得坑坑洼洼，寸步难行。田野上横躺竖卧着被砍倒的电线杆子，又被锯得七零八落，电线打成捆背走了。武工队还常常深夜出没延芳淀四岸的村庄，保甲长都缩了脖子，吴家大院的狗腿子也不敢擅自闯入这些村庄逞凶。这些村庄，白天悄寞无声，不见人影，夜晚看不见灯光，听不见狗叫，就像一眼眼陷阱。

但是，吴宗笠不但不肯从延芳淀撤兵，而且又从通州增调两个连的人马，白天拉网，夜晚搜村，加强围剿延芳淀武工队。

不是鱼死，就是网破，延芳淀武工队必须冲破重围。

月黑夜，蒲葵带领武工队跳出延芳淀，神不知鬼不觉地渡过北运河，进入通州城下的马蜂窝。

这座贫民窟，两千多户，八千口人，地势低洼，处处杂草乱树，一簇簇棚屋随高就低，没有街巷，小路崎岖；没有电灯，没有自来水，吃水要到北运河去挑。马蜂窝的一切，比延芳淀的农村更破陋，更荒凉。

沙官印在马蜂窝，像一个播种的人，在一簇簇的棚屋中间撒下革命的火种；又穿针引线，把一个个堡垒户串联起来，形成了一个完整的地下堡垒村。

延芳淀武工队进入马蜂窝，就像鸟投林，分散到一处处堡垒户；蒲葵和雷响住在凤大姑家里。

凤大姑离开罾罟台，来到通州，丘二篙头一双手养活不了两口人，她不得不重整旧业，又烙起两面焦和荷叶饼，挎着竹篮到市上卖。

丘二篙头喜欢驾驭着大船沿河东岸行驶，因为东岸连接苇花沽的土地。白天，他常常站在舵房上，眺望家乡的村庄、树林和沙岗，迎着扑面吹来的热风，呼吸着热风里的硝烟气味。夜晚，他躺在船舱里，思念家乡和一个个的亲人，静听着热风送来的隐隐约约的枪声，渴望着跟同志和乡亲们一起风餐露宿，出生入死。

老两口子更日夜牵挂心爱的女儿飘香和叶菏，在他们的心目中，这两个年轻人早已合成一体，都跟他们十指连心。

凤大姑的小屋下，挖了一条地道，通向马蜂窝东口的荆棘蓬蒿丛中。蒲葵和雷响，是从地道走进来的。

一见雷响，凤大姑便挨个儿问起雷虎寅、叶菏、飘香、雨梅……最后，不能不提起石老硬，这个不爱哭的人也哭了，说："谁想得到呢？老弟兄里，顶属他身子骨儿硬实，从小没见过灾枝病叶儿，四方石块的一个人，反倒是他先走了。"

一会儿，沙官印也来了。

蒲葵盘腿坐在炕沿上，玩笑道："老沙，在家靠父母，出外靠朋友；我们武工队离开延芳淀前来投奔你，求你指给一条明路。"

"把你的锦囊妙计，亮出海底吧！"沙官印笑眯眯地说，"我早就料到你要奇袭通州，搅一搅敌人的五脏六腑。"

"打关厢派出所！"在外屋做饭的凤大姑插嘴说，"拔了这个钉子，马蜂窝就更是咱们的天下了。"

沙官印沉吟片刻，点点头，又说："吴莲池的粮栈，跟关厢派出所一墙之隔，承办了不少军粮，你们也一勺烩吧！"

雷响笑道："这一刀，可真是割了吴莲池老贼的肉！"

"也破坏了敌人的后勤供应。"蒲葵马上做出决定，"这个目标，一举两得，那就一箭双雕吧！"

雷响忙说："城工同志都是通州的地理图，万事通，能不能带我去看看地形？"

"车千里蹬上三轮车，拉你回城跑。"凤大姑端进饭菜来。

子夜时分，雷响一行十三人，来到城西北角的护城河畔，隐蔽在芦苇水柳丛中，看城头并无哨兵走动。雷响一捅三九，三九出溜下河。一袋烟工夫，三九回来了，低低说了声："水路畅通！"雷响一挥手，十三个人像十三只鱼鹰，前前后后，从城墙下那条石砌的水道口，潜入坐落在城墙内的公园，从荷花池中悄悄上岸。

通州城死寂无声，一团黑暗，只有几条主要街道，有稀稀落落的路灯灯光，也是昏昏黄黄。雷响他们迂回曲折，绕行小巷，躲闪过一支支巡逻小分队，到达南城十字街，关厢派出所门外。

黑漆铁门，牢牢关闭，青天白日的犬牙党徽上，有一盏门灯半明不灭。霍牤牛悄悄问雷响道："怎么进去？"雷响命令道："隐蔽好！我先侦察一下。"他纵身一跃，扒住门楼，魁梧的身躯竟然轻如一片鸿毛，落在了门楼上；又像一片浮光掠影，从门楼上一闪而过。

脚下一落地，雷响那锐利的眼睛四下一望，只见这是一座四合院，迎门一座影壁；北房五间，东西厢房各是三间，四间南房，留有一间门道。门道里，长条板凳上坐着一个抱枪打盹儿的警察。雷响不想惊动他，先到四处观光。北房和南房是办公室，东厢房和西厢房是宿舍；有一条窄窄的过道，通到后院。

后院是一座小花园，三间日本式小屋灯明火亮，雷响脚步无声地走到窗根下。窗帘没有拉得严密，雷响看见屋里坐着一个戴深度近视眼镜的家伙，在他面前站立着一个尖嘴猴腮的小男子。

"报告所长，马蜂窝还是一潭死水。"尖嘴猴腮汇报每日的功课，"只是自从那个叫凤大姑的女人搬进马蜂窝来，马蜂窝的娘儿们跟小妞儿，都长了行市，再也不能捅一指头了。"

派出所所长摇着头，说："马蜂窝越是风平浪静，我反倒更睡不着觉；从明天起，你们要盯那个凤大姑的梢。"

"那么，请所长就寝吧！"尖嘴猴腮躬身告退。

雷响跟在尖嘴猴腮身后，穿过窄窄的过道时，忽然就像苍鹰扑兔，两只铁钳大手从后面掐住尖嘴猴腮的脖子，尖嘴猴腮甚至没有表现出兔子的挣扎能力，就一命呜呼了。

雷响把死尸放到地上，又回到前院，转过影壁，门道里那个守夜的警察已经睡得像死狗；雷响快步走上前去，一巴掌拍在他的天灵盖上，保他睡到天亮也不醒。然后，雷响拉开门闩，打开小门，霍牤牛和马门闩率领十名队员，鱼贯而入。雷响命令两个队员把门，霍牤牛带领五名队员到宿舍按窝掏螃蟹，马门闩带领三名队员到办公室搜索文件，他自己返回后院去抓派出所所长。

派出所所长已经扒下衣裤，摘下深度近视眼镜，揉搓着眼眶和太阳穴，正打算上床；陡地一股疾风，刮进屋来，派出所所长抬起头，只见一个手持驳壳枪的刺客，站在屋门口。他哎呀一声，眼镜落在了地上。

雷响一脚踏碎了眼镜，嘲笑道："所长，深更半夜，报户口来了。"

"你……你是干什么的？"所长一屁股坐在了床沿，张大了昏盲两眼。

"通州武工队！"雷响拉过一把椅子，跟派出所所长促膝而坐，"你在马蜂窝敲诈勒索，陷害好人，该当何罪？"

派出所所长骨碌着两颗黯淡无光的眼珠子，忽然身子一挺，假装昏厥在床上，耍起死狗。雷响抓住他的头发，正要把他拉扯起来，这个家伙已经偷偷从枕边摸出了手枪；雷响猝不及防，慌乱中挥起一拳，却忘记了斟酌轻重，打得这个被酒色掏空的所长七窍出血，来不及呻吟一声，当场毙命。

霍牤牛大步走来，捂着嘴低低笑道："东西厢房那些鱼鳖虾蟹，一个个都捆成了粽子形，嘴里塞进了他们的臭袜子。"

跟着，马门闩也来报告："办公室的文件，搜出来几大堆，该怎么处置？"

雷响想了想，说："牤牛跟我去烧粮栈，你在这儿留守；等我在粮栈举火，你这边也要烧得片纸不剩。"

说罢，他们分头行动。

一会儿，吴莲池的粮栈大火熊熊，派出所也浓烟冲天；雷响率领武工队撤离南门十字街，一路上打散了三支巡逻小分队。通州城内大乱，"八路进城啦！""八路进城啦！"被打散的巡逻小分队鬼叫连天；雷响命令武工队也大呼小叫："八路进城啦！""八路进城啦！"推波助澜。国民党的城防部队吠影吠声，枪也响，炮也响，满城枪林弹雨。

雷响他们撤到公园荷花池边，几颗炮弹落到荷花池中，炸起冲天的水柱；

一支骑兵小队，翻蹄亮掌地冲进公园，十几支手电光交织成一片。雷响命令霍牤牛和马门闩："快从水道撤走，我掩护！"他选择了一个有利的地形，隐蔽在岸坡的一棵大树背后。

"土八路，你们上天无路，入地无门啦！……"

骑兵小队的头目儿，话音未落，雷响的子弹循声而去，钻进了他的口腔，下边的话也就不用喊了。

没有尝到子弹的好些家伙，扔下手电筒，打马四散，横七竖八的手电筒在荷花池边闪闪发光。

雷响不再逗留，从容下水。

这一夜，蒲葵和雷响指挥武工队流动骚扰四门，直闹得通州城风声鹤唳，草木皆兵。

吴宗笠扔下延芳淀，仓皇撤回通州。

23

蒲葵从山里开会回来，雷响正带领武工队在星睒眼外红柳沟畔的草地上打靶。蒲葵不想惊动他们，把马拴在不远处一棵河柳上，悄悄走到里三层外三层的人群后面，找了个土冈站定，手搭凉棚观看。

红柳沟风景如画，雷响兴致很高，双手提着匣子枪，大步走进靶场，站在白灰圈中，拉开架子，瞄了瞄准儿，突然一个向后转，倒背过脸，双枪从双肩伸过去，砰！砰！不偏不差，全中红心，打靶场上一阵呐喊喝彩声。这时，天空飞来两只快似流星的小鸟，雷响一抬右手，打中左边的一只，小鸟儿的羽毛飞花似的飘散在半空；右边受惊的鸟儿，嗖地投向打靶场外的河柳，雷响左手一甩，随着一声枪响，一条随风摇曳的柳枝上又飞溅起一团羽毛，却没有落下一片柳叶。

"好个神枪手！"蒲葵鼓掌。

"蒲政委！"雷响冲出重重人围，跑上土冈。他看见蒲葵换上一身新军装，风度潇洒，满面春风，急不可耐地问道："你全身上下，眼角眉梢，都是喜气，一定带来了好消息。"

蒲葵也按捺不住心头的激动，他把一只胳膊拢住雷响的肩膀，小声说："……军事秘密，还是进村谈吧！"

他们走进三不管，来到武工队队部。小院里，石榴树上挂着个小黑板，叶菏在教三九和小丢识字。

"蒲政委！"三九从蒲团上蹦了起来，"雷响强迫命令，不许我练武，硬逼着我学文，武工队变成了文工队。"

雷响严肃地说："往后，三九跟小丢要常到通州城里进行侦察，为了能认得大街小巷的名字，门牌上的号码，看得懂招贴告示上的意思，我跟叶菏决定，他俩每天要学文化。"

"强迫得有理，命令得正确！"蒲葵笑着说，"过不了多少日子，我们延芳淀武工队就要改成通州武工队，通州城里变战场了。"

三九嬉笑道："我跟小丢逛过两趟通州城了。"

"我考考你！"蒲葵说。

"考吧！"

"万寿宫大街西北角，有一片羊肠子小巷，都叫什么？"

三九扳着指头，答道："炕洞胡同、拐脖儿胡同、秤钩胡同、针鼻胡同……"

"不必往下数了！"蒲葵一摆手，"我再问你，一尺大街在哪儿？"

"哪儿来的一尺大街呀？"三九搔着脑瓜儿。

"问问叶菏，有没有？"

"有！"叶菏做证，"樱桃斜街到万寿宫，有个穿堂小巷，好像一只胳膊肘儿，就叫一尺大街，只有三户。"

三九直了眼，蒲葵在他的肩上猛击一掌，说："虚心学习吧！"

雷响和叶菏跟随蒲葵走进屋去。

蒲葵坐下来说："延芳淀的斗争要进入新阶段，武工队必须争取主动，迎接军分区主力部队下山，解放石瓜镇。"

雷响眉开眼笑，说："我早就想杀回本乡本土，不愿在延芳淀四外串房檐了。"

叶菏说："罾罟台位于延芳淀中心，是通州通向石瓜镇的咽喉，我们应该控制这个小村，掐住敌人的脖子。"

当晚，几只小船把武工队送到罾罟台。

这个小小的岛村，自从柳香居关张，丘二篙头、凤大姑和飘香离去，好像荒凉起来。茂密的芦苇，密封着小岛，零乱的荷丛，栖居着一群群水鸟，坡下堤上的大树，四面伸张着枝杈，像一柄柄擎天的巨伞，罩住了村庄。

小船泊岸，大家下船，一上长堤，就看见了柳香居。柳香居的两间泥棚屋顶，丛生着半人高的青草，葫芦架没有主人照管，被风吹折了立柱，塌下横架，葫芦藤儿四处蔓延，倾倒的篱笆上开满了野花，荆条门被野花藤萝紧紧锁住。

他们在小岛上走来走去，叶菏看见了他过去那间窝棚屋，胸中一阵激荡，窝棚屋也已经被掩蔽在乱草蓬蒿中。他想起过去的说书生涯，想起离开罾罟台的那个临别之夜，隔着窗户望见迷茫月色中飘香那摇曳的身影。他正想走过去看一看他那可纪念的栖身之所，忽然天空中像掠过两道闪电，原来是一对燕子，投向他的旧居。他不想打扰这一双情侣，又收住了脚步；定神一看，他正站在那个夜晚跟飘香吐露真情的合欢树下。

蒲葵和雷响走来，打断了他的回忆和遐想。

"我们研究一下沙官印同志的来信。"蒲葵背靠着合欢树说，"吴宗笠进行清查搜捕，不少城工同志撤出了通州，充实了延芳淀的工作；老沙同志要求我们派出得力的同志，补充城工的空白。你们看，派谁去，到哪儿落脚？"

"文朝闻先生那里，是个比较安全的立足点。"叶菏说，"他是个名人，接近上层，对我们抱同情态度，却又跟吴宗笠是师生，吴宗笠也不能不以礼相待。"

"那么，派谁到文宅去最合适呢？"

"飘香。"

"为什么？"

"她为人精明，很有胆识。"叶菏红着脸，不好意思地说，"而且由于她跟我的关系，我跟文先生的关系，文先生会待她亲如一家。"

"雷响，你看怎么样？"蒲葵问道。

雷响大笑道："我这位表姐，不管唱哪台戏，都是红角！别看我敢太岁头上动土，可从小就怕她，服她管。"

"那就决定了！"蒲葵说，"叶菏，你先去通州，跟文朝闻先生见面；如果文先生同意，你再做飘香的思想工作。"

雷响挤挤眼睛，说："还有个难缠的桃叶姐，也得叶菏花点力气打通思想。"

叶菏满脸涨得通红。

龙门酒家坐落在南门外的中山公园旁边，一楼一底，本是个老字号的饭馆。新来的掌柜范聚德，就是当年在河神庙私塾，因为背不下《诗经》里的《伐檀》，而被文朝闻痛打手板的肥头大耳。

范聚德念了几年私塾，没有多大意思，就出外去闯江湖。先在天津狗不理包子铺当学徒，以后又在几家著名饭庄当过伙计，伺候过大宅门的达官显贵，练就了一手出色的烹调技艺，腰包里也积攒了几个钱，于是便衣锦荣归。回到兰渚，盘下了这间饭馆，经过一番油漆粉刷，改头换面，重新开张。他到过大都会，见过大世面，很懂得标新立异，花样翻新；便攀附风雅，备下厚礼，请文朝闻给龙门酒家题匾。文朝闻洁身自好，从不与商贾为伍，但是范聚德跟他有师生之谊，不得不答应他的请求；不过，既不肯收下他的礼物，也不肯接受他的润笔，只要求他对待顾客公平交易，不可牟取暴利，范聚德都满口答应。为了表现自己尊师重道，同时也为了抬高自己的身价，范聚德多次想在龙门酒家宴请文朝闻，文朝闻都婉言谢绝，范聚德深以为憾，觉得没有得到十足的面子。所以，他今天接到文朝闻的电话，要他留下一个雅座单间，他真是喜出望外，马上亲自布置起来。

文朝闻喜欢外出散步，常常到通州城内的几所小学听课，也常常到书铺和文具店里闲坐。

他从通州师范出来，一路上不少行人尊敬地跟他打招呼："文先生，您好！"他都亲切地连连点头，报以和蔼可亲的微笑。走出南门外，碰见平民子弟夜校那个可爱的报童小石在，正在街头叫卖晚报。小石在一见文朝闻，赶忙站住，鞠了个躬，恭恭敬敬地叫了声："太老师！"文朝闻知道，这个小孩子称他为太老师，是在表明自己是叶菏的学生。文朝闻很喜欢这个有礼貌的孩子，走过去抚摸着他的头，说："在街上跑，要小心车辆呀！"小石在答应一声："是。"待文朝闻走过去，他便拐进一条小巷，抄近飞奔中山公园而去。

中山公园里，叶菏衣冠楚楚，打扮得像个富家公子，戴一副宽边水晶片墨镜，在一片花丛中漫步。小石在跑进公园，连喊两声："卖报，卖报！"叶菏招了招手："拿一份！"小石在跑过去，一边将报纸递到叶菏手中，一边低声说："太老师已经到了。"叶菏点了一下头，手握着报纸走出公园门口。

文朝闻朝龙门酒家走着，叶菏加快脚步，在他背后低低叫了一声："先生！"

"啊！"文朝闻回过头，"叶……快跟我进去。"

"不要慌忙。"叶菏跟文朝闻并肩而行，"如果发生意外，我能够进退自如，您可以推脱是被我挟持到这里来的。"

文朝闻会意地点点头。

范聚德已经迎候在龙门酒家门口。他三十出头，就已经脑满肠肥，大腹便便，油光的胖脸上，一双小眼睛眯成两道缝儿；他身穿长袍马褂，胸前挂着金表链儿，手上戴着金戒指，处处表现出他是个发财得意的人。

"老师！"范聚德毕恭毕敬，"学生恭候多时了。"

"你可不要过分张罗呀！"文朝闻叮嘱道，"只准备几样本地风味的小菜就足矣了，我们也不喝酒。"

"学生理当孝敬的。"范聚德在前面躬身引路，叶菏跟随文朝闻走进龙门酒家。

龙门酒家楼上四间雅座，楼下十二桌散座，每天华灯初上，顾客云集，应接不暇。不过，这时刚刚下午四五点钟，楼上楼下都很清静。文朝闻和叶菏被范聚德带上了楼，走进一号雅座，单间里一张红漆圆桌，墙上挂着临摹的名人字画，隔窗可以眺望北运河上的风景。

一个跑堂的小伙计打来洗脸水，一个跑堂的小伙计端来烟茶糖果。文朝闻擦了一把脸，说："聚德，你到柜上照应去吧，我这位世侄还要赶晚班客轮回省，有些话我要抓紧时间跟他谈一谈。"

"是！"范聚德的目光在叶菏身上停留片刻，才退了出去，带上房门。

文朝闻两手抱住叶菏，急切地问道："你冒险前来看我，必定有所嘱托吧？"

"是为了我的未婚妻……"

"你已经有了未婚妻！"文朝闻高兴得脸上放光，"她是谁家的姑娘？"

"一个普通的农村姑娘。"叶菏轻声说，"我想把她送进城里暂住，为了某种原因，目前我还不想让她跟我的家庭发生联系；想让她以先生的亲属身份出现，以便免除许多不必要的嫌疑，不知先生方便不方便？"

"我明白了。"文朝闻含蓄地微笑，"我在家乡有个胞姊，她有个女儿。在抗日战争时期的一次大扫荡中失踪了。那么，你的未婚妻就是我的外甥女儿……"

"您的外甥女叫……"

"邵青萍。"

"谢谢您，先生！"叶菏的胸膛里一阵发热，"就让她改名青萍，做您的外甥女儿吧！"

文朝闻又说："我在这里孤身一人，难以照看周到，我打算明天就到省城把你师母接来，安个家。"

叶菡知道，文朝闻没儿没女，只有一位体弱多病的老妻，留在省城。一面养病，一面看管他的藏书；现在为了照看飘香，竟然要把老太太从省城接来，叶菡很觉得过意不去，连忙劝阻。文朝闻把手一挥，说："你师母早已静极思动，不愿画地为牢了。"于是，向叶菡谈起他的家乡，介绍他的胞姊的家庭情况。这一切，当然是要通过叶菡的口，传达给那个移花接木的外甥女；叶菡也向文朝闻描绘了飘香的相貌、性格和特征，当然也为的是要这位义不容辞的舅父，对外甥女儿有个轮廓的印象。

楼梯上传来紧急的脚步声，叶菡迅速地瞥了一眼窗口，伸手插进裤兜里，裤兜里有一支压着子弹的手枪。

范聚德腰里系着围裙，脸色发白地走进来，惊慌地瞟着叶菡说："老师，政训处打电话来，半个小时之内要到这里举行便宴，您看……"

叶菡跨前一步，不动声色地问道："范掌柜，你认识我吗？"

范聚德哈着腰，不敢仰视，说："恕学弟眼拙，想不起来了。"

"那么，我们就心照不宣啦！"叶菡握住范聚德的一只胖手，"我相信你不会做卖人的生意。"

"天地良心，天地良心！"范聚德另一只手按住胸口，赌咒发誓，"师生如父子，我岂能忘恩负义？同窗似手足，我怎能丧尽天良？"

叶菡放开范聚德，给文朝闻鞠了一躬，说："先生，我走了，您保重身体。"然后，他不慌不忙地走下楼。

文朝闻急忙奔到窗口，目光追踪着叶菡的身影。只见叶菡神态潇洒，从容不迫地走在街上，渐渐消失在熙熙攘攘、川流不息的人群中去了。

叶菡被调回武工队以后，雨梅接替他给桃叶当指导员。

淀西的全面工作，飘香担当了起来，她很会抽丝理线；雨梅和桃叶姐是她的左膀右臂，她很会取长补短。飘香在革命的疾风暴雨中成长，比同伴们进步都快。她立场坚定，意志顽强，学习努力，看问题尖锐深刻，工作上敏锐细致，生活上律己极严，对同志深情诚恳，因而威信一天比一天高。同志们拿她跟叶菡比较，都觉得如果她的文化水平跟叶菡相等，她将比叶菡更出色。

这几天，飘香住在莲花瓣儿的菱姑祠。叶菡和小丢来到时，村庄里家家都睡了，只有飘香的窗口，透出一小块灯光。听见脚步声，灯光一跳，飘香下了炕，走出屋，借着月光一看，见是叶菏，笑问道："跟谁来的？"

"小丢。"

"小丢呢？"飘香问道。

叶菏回头看看，四下望望，笑道："丢了。"

他们靠拢着走进屋去。菱姑祠里搭了一条窄窄的小炕，铺着一块席头，只有一床薄被，一张炕桌，炕桌上放着一本书和一本字典，书打开着，刚才飘香正在灯下看书。

叶菏从炕桌上拿起书来，原来是延安解放社出版的《共产党宣言》；那是蒲葵从盘山带来的，不知有多少人看过多少遍，书已磨损残破。叶菏从蒲葵手里借阅，读后又转借到飘香手中；飘香精心修补，粘上了布面的封皮，又整洁一新。

"看完了吗？"

"差得远哩！"飘香笑吟吟地说，"抓睡觉前的工夫看两段儿，有些字儿还不认得我，三行两句就要查几回字典。"

"你这么爱看书，送你上学去吧！"叶菏说。

"求之不得哩！"飘香并不当真。

"打算派你到通州师范去……"

"啊呀！"飘香惊叫一声。

灯花一爆，油干灯灭了。窗外，浮云掩月，菱姑祠里一片迷蒙。

叶菏微笑着说："不是去上学，是搞统一战线工作。"

"我不想去！"飘香扑到叶菏怀里，藤萝绕树似的箍住他，"我离不开你，不放心你。"

"那就派别人吧！"

"派谁呢？"

"你看？"飘香扳着指头，算了又算，算一个摇一摇头，说："想不出来。"

"有一个人比你合适。"

"谁？"

"我！"

"你不能去！"飘香急忙说，"你在敌人那边挂了号，通州城里又有不少人认识你，去不得。"

　　"那么，谁去呢？"

　　"还是我去吧！"飘香叹了口气，"只是你得叫我放得下心，我才能轻装上路。"

　　"我在哪些方面叫你不放心，请你知无不言，言无不尽。"叶菏坐在炕沿上，眼睁睁望着她。

　　飘香两眼直直地想了半晌，扑哧一笑，说："也说不清楚。"

　　叶菏拉她在身边坐下，目光含情地轻声说："想到你在敌占区牵挂着我，我更要上进。"

　　"还有桃叶姐，也叫我放心不下。"飘香靠在叶菏肩头，发愁地说，"她野性不改，又常跟雨梅犯口角；我的话，十句她能听六句，我一走，就怕她们二虎相争。"

　　"这个桃叶姐长了一身的葛针！"叶菏恼火地说，"她一犯起性子，软的不吃，硬的不怕；又不是党员，还得跟她讲分寸，真是扎手。"

　　"你对桃叶姐有成见。"飘香又为这个野性不改的姐妹辩护起来，"她打仗勇敢，斗争坚决，就是打起来好玩命，斗起来爱过火。"

　　"我早就主张送她到山里受训。"叶菏沉思地说，"她虽是个苦人儿。可是转卖了七八处，也沾染了五颜六色的坏习气。"

　　"我也跟她透过这个口风，她一听就炸了锅。"飘香微微皱起眉头，"她虽然参加了革命，可是还没忘了她是打狗队女寨主；她怀疑咱们使用调虎离山计，把她跟她那些姐妹们拆开。"

　　叶菏烦恼地说："看来，我得在这儿住两天，解决桃叶姐跟雨梅的团结问题。"

　　"你跟桃叶姐要十分耐心。"飘香叮咛说，"她对你怀着一片痴情，可是自从知道你跟我的关系，再也没有纠缠过你，咱俩都应该看重她的情意。"

　　叶菏玩笑着说："你爱上了她。"

　　飘香笑道："可惜我不是男人。"

　　飘香的行动要严格保密，临行前不能跟雨梅和桃叶姐见面。叶菏送她出村，小丢带她去见蒲葵，然后秘密潜入通州。

　　叶菏回菱姑祠，从月光下走进屋，两眼一片昏暗，没有发现炕上躺着一个人；那人闭着眼睛，听着他的脚步声。"我给你做伴儿来啦！"躺在炕上的是桃叶姐，下身穿着长裤，上身脱掉了褂子，只有一条围胸。

"哎呀，是你！"叶菡慌张后退。

"叶菡，你干什么来啦？"桃叶姐跳下了炕。

叶菡答道："我刚送走飘香，想在这儿睡个觉。"

"飘香到哪儿去啦？"桃叶姐站在他面前问道。

"你穿上衣裳说话！"叶菡闭起眼睛。

桃叶姐不去穿褂子，着急地问道："飘香到哪儿去啦？"

"你在屋里，我到屋外去！"叶菡出了门，转到窗口，"上级调她进山去受训。"

"她犯了什么错误？"桃叶姐吃惊地问道。

"你真是胡思乱想！"叶菡说，"受训学习，是为了提高思想觉悟，增强工作能力。"

桃叶姐笑问道："飘香走了，你又来当我的指导员吗？"

"我跟雷响要带领武工队，插到通州近郊去；上级决定，雨梅接替飘香的工作。"

"我不要她！我要你。"

"你要跟雨梅团结友爱，像跟飘香一样。"

"我知道你怕我纠缠你，才不愿跟我一起工作！"桃叶姐那火辣辣的目光，灼人地盯着叶菡，"告诉你，我早找了个丈夫，铁了心跟他过一辈子了。"

"找了谁？"

"他！"桃叶姐手托着她的驳壳枪，"夜夜搂着他睡。"

叶菡禁不住笑了，说："祝你们白头到老，革命到底。"

他们隔着窗口，心平气和地说话，不知不觉天蒙蒙亮，露水打湿了叶菡的衣衫。

"叶菡，你怎么不进屋去跟香姐说悄悄话呀？"

叶菡回头一看，苇塘小路上，人高马大的雨梅正朝他走来，高声喊叫。

叶菡忙迎上去，说："飘香调到山里学习去了，我隔着窗口跟桃叶姐谈工作。"

雨梅脸一沉说："那也把我调走。"

"上级决定你接替她。"

"我跟这个女霸王犯相，没法干。"

"共产党员跟人民群众，好比鱼和水。"叶菏也沉下脸来，"人家桃叶姐是非党群众，你是共产党员。"

"你对自己的要求太低了！"叶菏笑着说。

他们向菱姑祠里走去。

24

军分区主力团包围了石瓜镇，延芳淀武工队担任突击队。

石瓜镇的圩子又高又陡，圩子下面有宽两丈深八尺的围沟。圩子上面，几丈远一座哨棚，两座哨棚之间密布枪垛。围沟里，栽满削尖的木桩，又灌了半沟水。进出之路，只有通过镇口，而每个镇口都有居高临下的炮楼，交叉火力的碉堡。

从四邻各村，抬来渡口的大跳板，扛来上房的高梯子。雷响一手提着枪，一手叉着腰，带领武工队隐蔽在柳棵子地里；只等一声令下，便跨围沟，登圩子，打开缺口。

"叭！"一颗信号弹升上天空。

"冲呀！"雷响大吼一声。

他冲在最前面，左胳肢窝夹一张梯子，右胳肢窝夹一块跳板。只见他冲到围沟岸上，一抖右臂，两丈多长的跳板搭在了围沟对岸，从跳板上飞奔过去；冲到圩子下面，一抬左臂，竖起了梯子，一步两蹬，眨眼上了圩墙。

在他后面，二十张跳板，二十张梯子，冒着雨点般的子弹，铺在了围沟上，竖立在圩子下，战士们像一颗颗流星，飞蹬上圩子。

"冲呀！"

"杀呀！"

在狂风暴雨一般的怒吼声中，团丁们鸟兽四散；军分区主力团也突破四个镇口，势如潮涌，冲进镇内。

狼爪张八在他一帮徒弟的簇拥下，向吴家大院且战且退。雷响大叫："跟我来，不能放走张八！"霍牤牛、马门门、三九、小丢……也投入围猎狼爪张八的战斗。

雷响等人，跟狼爪张八和他的死党，各找对手，枪刀厮杀，只见火星迸溅，刀声铿锵。雷响那口青钢刀杀得起兴，左劈右刺，前扎后砍，上下翻飞，同时眼观六路，指挥全局。

狼爪张八一直避免跟雷响交锋，只想乘虚而出，逃之夭夭。他一个人抵挡三九和小丢两个人，渐渐远离了战斗的旋涡。忽然，他使出全身功夫，想结果这两个大孩子的性命。三九和小丢才知道上了当，慌忙喊叫："雷响哥，快救我们！"雷响一看，小丢千钧一发，赶奔过去已经来不及，急忙一个甩手，飞刀出去，狼爪张八的脑瓜齐脖子被削了下来，掉在地上还直打旋儿。

这时，主力团已经全歼守敌，雨梅和桃叶姐带领淀西的娘子军，搜捕溃逃漏网的团丁。

吴家大院突然起火，浓烟滚滚，烈焰腾腾。蒲葵、雷响、雷虎寅呼唤武工队，拿下吴家大院。但是，墙陡苔滑；转到前门，狼牙铁钉的大门插上铁闩，还顶住硬木门杠，手不敢碰，也推不开。

"砸开它！"雷响一声大吼，弯腰搬起把门的大石狮子，照着铁门撞去。

咣啷啷，轰隆隆！铁门砸开一个大窟窿。

武工队破门而入，只见吴莲池手持一支火把，驱赶着他的管家、账房先生和狗腿子，大桶大桶地泼洒煤油，各处点火。

"老贼，你好狠毒！"

雷虎寅像一头插翅猛虎，扑了上去。吴莲池手里还握有一把匕首，正想刺进自己的咽喉，雷虎寅双手扼住了他那两只枯瘦如柴的手腕。眼瞪着这个杀害了老爹的仇人，雷虎寅哇哇大叫："老贼，老贼！你也有了今日，你也有了今日！"一阵狂喜，一阵悲痛，突然昏厥过去。

雨梅正带队赶来，抢上一步，抱住了悲喜过度的公公。

蒲葵命令三九和小丢看押吴莲池，不许捅他一指头，留待以后发落；又命令霍牤牛和马门闩，带领武工队，会同主力团，扑灭大火。

"雷响，把胜利的旗帜插上刁斗！"蒲葵从挎包里拿出一面鲜艳的红旗，交给了雷响。

雷响身轻如燕，就像当年倒爬白杨树，哧溜溜攀登上三丈三的旗杆，红光普照延芳淀。

延芳淀有不少民间艺人，吹、拉、弹、唱，行当齐全。他们也种地、打鱼、扛长工，但是一到农闲时节，他们就聚拢一起，拉个班子，在莒花沽四岸唱野台子戏，混口饭吃。

打下石瓜镇以后，蒲葵叫叶菏把这些民间艺人请到石瓜镇来，成立一个临时文工团；又叫叶菏编一出戏，在石瓜镇上演。

叶菏花了三天三夜，以饱含着血与泪的笔墨，把雷响一家的故事写了出来，搬上舞台。

戏台就搭在河神庙外，当年悬挂雷连甲人头的旗杆下；延芳淀四岸七十二个大小村落，男女老幼从四面八方前来石瓜镇看戏。剧本写得很粗糙，大多数演员的表演更不纯熟，但是却取得了巨大的成功。

扮演雷连甲的那个民间艺人，虽然演技不佳，但是身躯高大，扮相威武，声若雷鸣，很有气魄；不少当年雷连甲的老弟兄，都激动得哭了起来，喊着："连甲大哥显圣了！"扮演吴莲池的演员，是个唱驴皮影的艺人，有一条沙哑的大喇叭嗓子，很能表演反面人物。他长得并不像吴莲池，但是却把吴莲池的凶恶残忍，阴狠毒辣，表演得淋漓尽致，激起台下一片咬牙切齿声，愤怒咒骂声，摩拳擦掌声。后来，几个性情暴躁的小伙子，火冒三丈，跳上戏台，挥拳就打。台下观众齐声呐喊："打！打死老贼。"看台口的霍牤牛和马门闩，赶忙前遮后挡，保护这个演员，却惹起台下观众的强烈不满，嚷叫着："牤牛，你为什么护着吴莲池！忘了你爹是怎么死的？""门闩，你家的血泪账，一笔勾销了吗？"

戏演不下去了，霍牤牛和马门闩把驴皮影艺人搀下了台。

雷响正在后台，驴皮影艺人噘着大嘴说："我不干了！吴莲池还没碰着一根汗毛，倒拿我当他的替死鬼儿。"

雷响笑着劝道："你挨打，是光荣的。"

"光荣！"驴皮影艺人扯着大喇叭嗓子喊冤，"把我打得乌眼青，我有何面目见人呢？"

"乌眼青，脸上才放光！"雷响肯定地说，"你演得像，演得好，把乡亲们跟吴莲池的旧恨新仇都勾了起来，点起了大伙儿的心火，这是给革命立了功，应该记在功劳簿上。"

驴皮影艺人好像真的感到那块乌眼青大放光彩，便忍痛重新出场，继续演出。

连演了十场戏，就像放了十把火。吴家大院的长工佃户，延芳淀四岸七十二村落的受苦人，包围了吴家大院，指名道姓，呼叫蒲葵、雷响、雷虎寅，把吴莲池交出来。

吴莲池就关押在他家的地牢里。

老贼被活捉以来，没有鸦片烟吸，没有人参汤喝，也吃不着珍肴美味，反而发胖了，强壮了。他原来被关押在养心斋，可是贼心不死，竟想越狱。他白天假装念经拜佛，作揖磕头，四起八拜，为的是活动四肢，舒展筋骨，锻炼身体。夜晚，他背靠着墙壁，偷偷在砖墙上磨着手铐，用手指撬动砖块，指甲沁出了血。后来，他的阴谋被发觉了，才被关进地牢。

又是在河神庙前的戏台上，召开了公审吴莲池的万人大会。

霍忙牛和马门门，将吴莲池拖上了台，按着他那大架冬瓜脑壳，跪倒在台口。这时，会场陡地一片沉寂，好像空气凝固了，呼吸窒息了。上万的苇花沽民众，一时惊呆了，怔住了。难道这个蓬头垢面的老癞皮狗，就是那个从前清到民国，从皇粮庄头到七十二村镇会董，统治了延芳淀将近半个世纪的吴莲池？就是那个出入官府如走家门，脚一跺石瓜镇乱颤，杀人好比辗死个蚂蚁，害得延芳淀家家血泪、户户遭殃的吴莲池？他们不敢相信自己的眼睛。天还是那片天，地还是那片地，可是被吴莲池踩在脚下的人们站了起来，而骑在人民头上的这个人王地主，却被打翻在地，这是怎么发生的奇迹呢？

雷响振臂高呼一声："打倒反革命恶霸地主吴莲池！"像石破天惊，震醒了陷入梦境的万众。

控诉吴莲池罪行开始了。

人们惊讶地看见，第一个上台的人，是雷响娘。

烟村的老一辈人都记得，雷响娘年轻时就是个腼腆害羞的姑娘，从不抛头露面；有了儿女，上了年纪，仍然大门不出，二门不迈。而今天，就是这位沉默温顺的女性，站立在万众之前，面无怯色。她那哀伤沉暗的目光，凝视着跪在面前的仇人，沉痛地诉说婆家和娘家的深仇大恨。她诉说了公爹雷连甲的遇害，哥哥沈老闷的惨死，哀伤沉暗的目光化为悲愤交加的电火，怒指吴莲池，泣不成声地问道："吴莲池呀吴莲池！你欠了我们雷家多少血，你欠了我们沈家多少泪，你欠了我们穷人多少血和泪呀？我恨不得，恨不得……"她一阵猛烈地心痛，昏了过去，主持大会的叶菏抱住了她。

台下响起滚滚的雷声："叫吴莲池还穷人的血，还穷人的泪，少一滴也不答应！"

吴莲池戴着手铐，蹚着脚镣，瑟瑟发抖，死闭着两眼，默祷天神地灵，保佑他逢凶化吉，遇难呈祥。

接着上台的是雨梅娘。雨梅娘之后，上台控诉的人，有在吴家大院忍气吞声五十年的老长工，有累折了腰的佃户，有家破人亡的孤儿寡妇，有雷响、霍忙牛和马门闩在吴家大院小科班的伙伴……大会从上午一直开到傍晚，晌午谁都没吃饭，谁也不觉饿。

最后，负责调查吴莲池罪行的叶菏，公布吴莲池的罪状，光是人命就有八十三条！十八个人是他亲手杀的，二十四个人是他指使团丁、狗腿子杀的，三十九个人是他送到官府和日本鬼子手里杀的。其中，为了强占何守田家的果园和鱼塘，将何守田、何柳氏和那个还没有过满月的儿子逼死，尤为惨绝人寰。叶菏念到这个惨案，眼眶潮湿，声音呜咽了。虽然他并不知道，也许永远不会知道，他就是那个被母亲藏到蓬蒿丛中，又被说书艺人和走方郎中叶明亮抱回家去的婴孩。

"把吴莲池千刀万剐！"

"碎尸万段！"

台下的受苦人，高呼着，哭喊着，就像怒涛汹涌，就像大火熊熊。

叶菏的手里，还有吴莲池的一本剥削账。他压榨长工佃户，不算他在前清当皇粮庄头的时候，自打民国元年算起，至少剥削了一百万石粮食；再加上他摊捐派款，放高利贷，这笔剥削账那就算不出数目了。

蒲葵宣布判处吴莲池死刑，立即执行。

"青天老大人！"吴莲池膝行几步，碰着响头，"我家花园假山下，埋有十坛足赤黄金，我愿孝敬老大人，求老大人饶我一命，免我一死吧！"

雷响一把将他拎了起来，断喝一声："判处把你枪毙，已经便宜了你！"说罢，扔到了刑车上。

雨梅娘一定要当监斩官。她披麻戴孝，左手持哭丧棒，右手举一面灵幡，坐在一辆小轿车上，监押着刑车出石瓜镇口，来到延芳淀畔的沙滩上。这是石老硬就义的地方，雨梅娘焚过香烛纸马，祭告老伴的在天之灵。雷响把吴莲池从车上拖下来，吴莲池早已像死狗一般蜷缩在地上，嘴里还在喃喃哀告："……饶命……免我一死……"雨梅娘将哭丧棒指天投地，下令："杀！"雷响拔出枪，照老贼头上连发一梭子弹，这个罪恶滔天的延芳淀土皇上，以最可耻的下场，结束了他那作威作福的一生。

群众一拥而上，有的手持镰刀，有的手拿斧头，有的拿着剪刀、锤子、渔叉、秤钩子，将吴莲池的死尸切割得零零碎碎，带回家去喂狗。

25

从秋收后到第二年春天，延芳淀进行了土改。

桃叶姐当上淀西乡乡长，雨梅任指导员，农会主任是王二左。

眼下，桃叶姐心满意足。土改时候，她分得四亩整块的稻田，一眼砖井和三间瓦房；母亲是干部家属，村里给她家代耕，到秋天可以坐收大囤的稻米。母亲不必下地，又喂养了一群鸡、一群鸭和两口肥猪，她家眼看就是莲花瓣儿的富户了。

乡政府设在燕窝村一个地主的花园宅院里。这天中午刚开饭，工作人员都蹲在房檐的阴凉里，吃芝麻酱拌游丝面。指导员雨梅头戴斗笠，身穿农村妇女的土布裤褂，腰间扎一条皮带，不但挎着一支驳壳枪，还挂着四颗手榴弹，大步流星走进乡政府。她到县委开了三天会，今天才回来。

"指导员，尝一尝！"工作人员一个个捧着碗，热情地招呼她。

雨梅走过去一看，面如雪，丝如缕，忍不住夸道："咱们的炊事员换上一双巧手啦！"

"不光换了一双手，还换了一个人哩。"

雨梅没有追问，向后院走去。

后院，花树浓荫下，一张红漆雕花小方桌，桃叶姐也正吃午饭。她上身穿一件印花薄绸小衫，腕上戴着两只金镯子，这些都是从地主家没收的；下身穿一条灰布军裤，脚下却是一双抓地虎快靴，怪里怪气而又十分俏丽。她也吃的是芝麻酱拌游丝面，不过多了一碟黄瓜丝儿，一碟青蒜末儿，撒在游丝面上提味儿。

雨梅一看她那个模样儿，气就不打一处来。一冬一春，延芳淀进行土改，桃叶姐先给自家强占了头等一名，又给她的村庄莲花瓣儿抢好地，争池塘，还给她那些打狗队的姐妹们多分土地、房屋和衣物，惹得鸳鸯水怨声四起。目前，县委要对土改进行复查，淀西乡是复查重点；雨梅决心铁面无情，从桃叶姐身上开刀。

"回来啦！"桃叶姐今天胃口好，心情好，对待雨梅的态度也好，"快吃饭吧！让炊事员给你再加两个菜。"

"不必了，我到伙房去吃！"雨梅忍住气，转身到小跨院的伙房去。

工作人员已经吃完了饭，回宿舍歇晌去了。伙房里，只剩下一个女人，背着脸大吃大嚼。这个女人是谁，怎么不见老炊事员？雨梅感到奇怪。

"喂！还有饭吗？"她大声问道。

那个女人扭过脸，原来是七寸白。本宅老地主的女管家。

"指导员，您想吃点什么顺口的？"七寸白谄媚地假笑，"我在小灶上给您单做。"

"七寸白，你到这儿来干什么？"雨梅瞪起眼睛。

七寸白皮笑肉不笑地答道："桃叶乡长雇了我来当炊事员。"

"你的罪行，都坦白了吗？"雨梅喝道。

"竹筒倒豆子！"七寸白嬉皮笑脸，"还立了功，桃叶乡长要给我奖赏。"

"土改给你定的什么成分？"

"定的是二地主。"七寸白答道，"桃叶乡长要给我改成分。"

"回家去吧！"雨梅挥着手，"你的成分也改不了。"

"我是桃叶乡长雇来的，也得桃叶乡长把我打发走！"七寸白耍起赖来。

"你走不走？"雨梅拔出枪。

七寸白一声鬼叫，连滚带爬地走了。

雨梅翻了翻笼屉，翻出两个剩窝头，又找到一个咸菜疙瘩，就坐在锅台上吃起来。吃完了，拿起葫芦瓢，从缸里舀了半瓢水，咕噜噜喝下去，抹了抹嘴，又到后院去。

一进后院，只见桃叶姐叉着腰。满面怒气，七寸白蹲在她面前，呜呜哭着。

"七寸白，你怎么还不走？"雨梅厉声说，"再不走我把你押起来。"

"雨梅，打狗还要看主人！"桃叶姐冷笑一声，"你不跟我商量就赶走她，眼里还有没有我这个乡长？"

"她是二地主，难道你是二地主的主人？"雨梅喊道。

"你别骂人不带脏字儿！"桃叶姐发起邪火，"你说我是二地主的主人，难道我是大地主？难道我是反革命？"

"我不跟你鸡吵鹅斗！"雨梅气得脸白，"我要报告县委。"

"就等你请来尚方宝剑砍我的头啦！"桃叶姐对七寸白说，"你还回伙房去，没有我的命令，看谁敢把你赶走？"

七寸白像一只哈巴狗，爬了出去。

雨梅压住满腔怒火，说："县委指示，咱们乡政府占用的这座宅院，要交给农会，分给没有房子的贫雇农。"

"乡政府到哪儿去办公！"桃叶姐板着脸问道，"是挂在树梢儿上，还是钻坟圈子！"

"搬到王二左同志那个小院去。"

"这是不是你背后出的主意！"桃叶姐柳眉倒竖地问道。

雨梅答道："县委也要从大宅院搬出来，把房子分给贫雇农。"

"好，领旨！"桃叶姐带着怨气，拉着长声说。

"还有，"雨梅接着说，"咱们乡政府的工作人员，分好房，分好地，群众意见很大；县委要求大家自觉交出来，重新进行合理分配。你是乡长，要带个头。"

"我不交！"桃叶姐一蹦三尺高，"姐妹们参加革命，出生入死，不挣一粒粮饷，分两间好房，要二亩好地，理所应当。"

雨梅直通通地说："革命战士应该吃苦在前，享受在后。"

"你们这是欺侮我们淀西的人！"桃叶姐胡搅蛮缠起来，"在淀东，你们就那么公平吗？"

"你提着四两棉花到淀东纺一纺！"雨梅说，"雷响一家三口，爷儿俩都是干部，才分了五亩蛤蟆坑地，没分半间房子；飘香一家三口，他们那个村地少，只分了二亩八分地，也没分到房子。"

"你家呢？"

"我家是烈属，列在头等，分到四亩好地和两间房料；我娘又把好地调换给别的困难户，房料交给村公所，盖小学用了。"

"我们党外的不跟你们党里的比，你们还比我们多着光荣哩！"桃叶姐越发蛮不讲理了，"反正我这些姐妹们不是鱼鹰子，吃下去不想再吐出来。"

"你……你手打着胸口窝儿，想一想吧！"雨梅不想再跟她废话，一跺脚走了出来。

她去找农会主任王二左。自从叶菡跟她谈过话，她接下了飘香的担子，才懂得当家要知柴米贵，做领导工作得注意工作方法。平日，为了打通桃叶姐的思想，她一直依靠王二左从中帮忙；王二左是桃叶姐的长辈，桃叶姐多少要礼让三分。

王二左在外村。等雨梅找到王二左，一同回到燕窝村，桃叶姐连人影也不见了；存放在乡政府的衣物被抢了个一干二净，粮食也一粒不剩。

原来桃叶姐串通她的姐妹们，拉队伍走了。

雨梅和王二左，连夜在鸳鸯水两岸的村村庄庄寻找桃叶姐；半夜三更，他们来到了莲花瓣儿。

月光下，雨梅和王二左正走在独木小桥上，忽听菱姑祠里发出一声喝叫："什么人？口令！"是桃叶姐的声音。

"桃叶，是我！"雨梅大声答道。

"叭！"一颗子弹，从雨梅的头上划过去。

"桃叶，我是你二左叔！"王二左也大喊道。

"叭！"又是一声枪响，从他们身边飞过一颗子弹。

雨梅连忙拉着王二左从独木小桥上退下来，隐蔽在河边土岗后面的柳棵子地里。

"桃叶姐叛变了！"雨梅恨得浑身冒火。

"她这是耍小孩子脾气。"王二左笑了笑说，"你看她开枪，并不真打咱们，我进村去劝服她。"

"不能去！"雨梅拦道，"画虎画皮难画骨，知人知面不知心。"

"我从小看她长大，心里有数儿。"

王二左站起身，雨梅一把没有扯住他，他钻出了柳棵子地，一边向菱姑祠走去，一边喊嚷道："桃叶儿，不许你胡闹！我跟你有话说。"

"叭！"子弹又飞过来，王二左一屁股坐在了沙滩上。

"二左叔，你回去！"桃叶姐喊道，"咱爷儿俩别抓破脸。"

"好你个黄毛丫头！"王二左暴跳起来，擂着胸脯，"你打吧，打吧！打死你二左叔，你在淀西可就留下千年的美名啦！"

"叭，叭，叭！"子弹纷纷射来，不是打上天去，就是打进地下，王二左心里有底，大踏步走上前去。

雨梅紧握着枪，瞭望着王二左走到菱姑祠前，只见从屋里闯出两个人，拧住王二左的两条胳臂捆绑起来；王二左破口大骂，又被堵住了嘴。

"桃叶！"雨梅愤怒地喊叫，"你把王二左同志放回来，争取宽大处理。"

"雨梅，你听着！"桃叶姐宣告，"你回去报告县委，不撤你的职，我就自立旗号，自个儿革命，不受你们的欺侮。"

"叛徒！"雨梅大骂。

"开枪，打死这个母大虫！"桃叶姐下令。

弹如雨下，雨梅寡不敌众，只得窝着一肚子火，回淀东向县委报告。

桃叶姐命令她的姐妹们加强警戒，严密防守，然后押解着王二左，回她家去。

她家已经搬到地主宅院的青堂瓦舍里。

她走进院子，就喊她娘："点灯，做饭，炒菜！招待我的好二左叔。"

桃叶娘醒来，点上头号玻璃罩煤油灯，屋里照得通明瓦亮。老太太一见王二左被五花大绑，嘴里被塞了一块破布，吓得叫道："桃叶儿，你造什么孽呀？"

"二左叔敬酒不吃吃罚酒。"桃叶姐嬉笑着把王二左嘴里的破布掏出来，"侄女儿以下犯上，委屈您老人家了。"

王二左深深喘了口气，扭过脸去，不理她。

"七窍生烟啦？"桃叶姐又嘻嘻哈哈地给王二左松了绑，还屈膝打了个千，"我都给您下跪了，够面子了吧？"

王二左哼了一声，说："桃叶儿，你真打算叛变革命吗？"

"那是雨梅给我头上扣屎盆子！"桃叶姐涨红了脸说，"就是想赶走这个冤家对头，讨回叶菏来。"

"这由不了你呀！"王二左着急地说。

"那我就自立旗号！"桃叶姐说，"我当指导员，您当乡长，再选个农会主任。"

"我不当你的乡长！"王二左梗着脖子说，"你算什么指导员？还没加入共产党哩。"

"早就该批准我入党！"桃叶姐发火地说，"不给我这个光荣，分明是雨梅背后捣鬼。"

"你不配！"王二左大怒，"你抢好房，占好地，抓尖儿咬群，人家叶菏跟飘香是你这模样儿吗？"

　　这时，桃叶娘端上一大盘炒鸡蛋，几大张烙饼，还有一壶酒，劝道："爷儿俩都先把火气压下去，吃饱喝足了，轻声细语地好商量。"

　　"好，喝！"桃叶姐咕嘟嘟倒满两大碗酒，"二左叔，咱爷儿俩把这壶酒喝光了。"

　　"断头酒吗？"王二左翻着眼皮，"你要杀，要剐，我不醉着死。"

　　"少啰唆，喝吧！"桃叶姐嬉皮笑脸，一扯王二左的耳朵，把一碗酒灌了下去。

　　王二左本来好喝酒，参加革命才把酒戒了；这一大碗下肚，勾起了陈年酒瘾，索性破了戒，借酒浇愁，大吃大喝。

　　桃叶姐连灌了王二左三大碗，酒入愁肠，王二左眼皮抬不起来了，口水也淌下来了，醉成了一摊泥。桃叶姐也有了五六分醉意，脸红得像阳春三月的雨后桃花，解开了绸衫的扣子，跑到屋外吹风。

　　"报告！"一个姐妹跑进来，"七寸白带来一个叫铁血的人，要见你。说是上级派他来的。"

　　"把他带进来！"桃叶姐说，"叫两个人，把二左叔搀到小屋里去，不许为难他。"

　　一会儿，两个姐妹把昏沉沉的王二左搀架走了；又过了一会儿，两个姐妹把铁血带了进来。

　　铁血穿一身崭新的军装，可是形容憔悴，腰间也没有武器，两只眼睛忽明忽暗，闪烁不定。

　　"桃叶同志！"铁血的声调和表情，都强作热烈，"你怎么跟雨梅闹翻了？我代表县委来解决这个问题。我现在是县委副书记，也就是副政委。"

　　"怎么县委没下通知呢？"桃叶姐半信半疑。

　　"我刚到县委，就听说你们这里发生了纠纷，连忙赶来解决。"铁血拍了拍腰间，"你看，为了怕你怀疑，连武器都没有带。"

　　"你打算怎么解决？"桃叶姐冷着脸子问道。

　　"雨梅对待你的态度是完全错误的！"铁血端起一副首长架子，装出公正严明的神气，"我要撤她的职，让你当指导员。"

　　"我还没入党哩！"

　　"我介绍你入党。"

"我不配。"

"你不配谁配？"铁血发火似的大嚷大叫，"谁不知你桃叶一副铁肩膀，担起了淀西十六村？要不是雨梅排斥你，早入党了。"

这一壶迷魂汤，比一壶烧酒的劲头大，灌得桃叶姐蒙头转向，不知东南西北了。她醉眼蒙眬地说："铁副政委，你真是个清官。"

"不敢当，不敢当！"铁血眼珠儿溜溜转了几转，"你跟姐妹们分到的好房好地，是理所应当，也不必交出来重新分配了。"

"我入了党，多着一份光荣，我那一份应该交出来！"桃叶姐慷慨地说。

"觉悟高，高觉悟！"铁血双挑大拇指，"现在，我们要把队伍拉过河去，配合雷响、叶菏带领的武工队，在敌占区并肩战斗。"

"好！"桃叶姐兴奋得摩拳擦掌，"我这支女武工队，要跟他们那支男武工队比个高低上下。"

这天夜里，桃叶姐又把队伍拉到花港；铁血想连夜过河，桃叶姐没有同意。她太激动，也太疲乏了，要睡个香甜大觉，再插入敌占区。

叶菏接到县委十万火急的通知，从通州近郊返回北运河东岸，打听到桃叶姐的下落，就直奔花港而来。

还没到村口，从一片红果树林里传来拉枪栓声，两个清脆的女声喝道："站住！"

"大招儿，小菱儿！"叶菏站在一棵河柳下，微笑着扬手。

"叶菏同志，过来吧！"大招儿欢迎地说。

"慢！"小菱儿说，"叶菏同志，不是我们不放你进村，没有桃叶姐的命令，不许出入。"

"通报去吧！"叶菏在河柳阴凉中安闲地坐下来。

"大招儿，你去报告！"小菱儿说。

大招儿飞跑进村去了。

叶菏揪下一支三棱草，捻在手里，问道："小菱儿，你们为什么自立旗号，赶走雨梅，打算把队伍拉到哪儿去？"

"雨梅犯了错误，县委撤了她的职！"小菱儿得意地说，"县委命令我们这支女武工队也插到敌占区，跟你们男武工队比个高低上下。"

"县委没做过这样的决定，没下过这样的命令！"叶菏惊讶地说，"我奉县委的指示，前来进行调查。"

"铁副政委早代表县委把问题解决了。"

"哪儿来的铁副政委？"叶菏抛下三棱草，霍地站起来，"是不是铁血？"

"正是！"小菱儿歪着脑瓜说，"好一个讨人喜欢的首长。"

"快把桃叶姐给我找来！"叶菏急了。

桃叶姐来了。为了过河到敌占区去，她化了妆，打扮得像一个刚下花轿的新娘子，满头珠翠，红衫儿彩裙，走起路来耳环子叮当乱响。她手提驳壳枪，脸色似笑非笑，似恼非恼。

"桃叶，你胡闹什么？"叶菏怒气冲冲向她走去。

"站住！"桃叶姐变了脸，满面杀气，"你来干什么？"

"你上了当，犯了错误！"叶菏气得脸白，并不停步。

桃叶姐手里扳着枪机，恶狠狠地说："你站住不站住？再往前走一步，我就响枪。"

"那你就是革命的叛徒！"叶菏面无惧色，直逼上来，"你没有镜子，也对着河水照一照，你还像个革命战士吗？还像个贫雇农出身的姑娘吗？你像个地主家的小姐，官僚的姨太太，我替你害臊！"

"叶菏，你……你骂人！"桃叶姐把枪插进木套里，一头撞过来，"我跟你拼啦！"

叶菏被撞了个趔趄，喝道："你疯啦！"

"我跟你拼啦！"桃叶姐又撞了一头。

一连撞了叶菏三个趔趄，叶菏忍无可忍，左手挽住桃叶姐那乌黑浓密的头发，抡起右手给了她个满脸开花的大嘴巴。

"不要脸！"叶菏脸白如纸。

大招儿和小菱儿见桃叶姐挨了打，拉着枪栓跑过来："叶菏，你敢打我们姐姐，我们饶不了你！"

"滚回去！"桃叶姐大发其火，"我跟叶菏的事，不用你们管。"

"不管就不管！"大招儿和小菱儿嘟哝着扭头往回走，"天生的贱骨头。"

桃叶姐忽然发出一串银铃似的笑声，拍着手说："叶菏，过去我小瞧了你，没想到你这个文墨书生，也会动手打人。"

"你逼得我！"叶菏呼哧喘气。

"来，咱们到河边说话儿。"桃叶姐含情脉脉，目光温柔而调皮，"别生那么大的气，气死了，我可哭不活你。"

叶菏只得跟她到河边去，不远处一棵翠柳上，两只黄鹂在啼叫。

桃叶姐刚在翠柳下坐下来，叶菏却抓住她的胳臂，压低声音说："咱俩先不忙吵架，你赶快带我进村，把铁血抓起来。"

"为什么？"

"他是个骗子！"叶菏说，"什么铁副政委？分明是从县城伪装出来的。"

"你跟铁血相尅，就像雨梅跟我犯相一样！"桃叶姐的脸色又阴暗起来，"你们是一奶同胞，把我跟铁血当拖油瓶子。"

"桃叶，你真是鬼迷心窍呀！"叶菏急不得，恼不得，摇头叹气，"你被人贩子骗到省会，转卖了几回，虽然保住了清白的身子，可是你的头脑在大染缸里浸了又浸，泡了又泡，就不那么干净了。"

"你压根儿就瞧不起我！"桃叶姐委屈地说，"我参加了革命，飘香讲定不拿白眼珠儿看我，你心里可还是把我当成脸上有黑的女人。"

"是你给自个儿脸上抹黑，是你瞧不起自个儿！"叶菏气恼中充满感情地说，"你痛恨那些官僚、地主、恶霸、流氓、把头，为什么你一当上乡长，也学他们的霸道作风？你死也不肯当姨太太，为什么却喜爱姨太太们的衣裳首饰，穿戴起来不觉得丑，反觉得美？"

桃叶姐一赌气扯下满头珠翠，摘下耳环，褪下手镯，扒下红衫，脱下彩裙，卷成一团，投下河去，问道："行了吧？"

"看着顺眼多了！"叶菏脸上微然一笑，"可是做出事来，也得叫人顺眼。"

"你是不是指我抢好房，占好地？"桃叶姐惭愧地低下了头，"我也知道乡亲们背后戳我的脊梁骨，可就是贪心太重，舍不得交出来。"

"你参加革命，连命都舍得扔，怎么就舍不得扔掉这一点私利呢？"

桃叶姐点着头说："我交出来，也劝姐妹们都交出来，重新分配。"

叶菏忍不住握住她的双手，紧紧地握着，说："桃叶，我单枪匹马前来，就相信能说服你。你的心，好比浮云掩月，风吹云散，又是皎洁明亮。"

"我这一辈子，总算有你跟我知心！"桃叶姐哭了。

"桃叶，进山去学习吧！"叶菏又劝道，"学习几个月，变成一个识大体、顾大局，心明眼亮的新桃叶，我亲自去接你回来。"

"我听你的。"桃叶姐泪光晶莹地说,"往后,我什么都依着你。"

"好,咱们进村吧!"叶菏给桃叶姐擦干了眼泪,"把铁血押送县委。"

桃叶姐一跃而起,就在这时,她发现蓬蒿丛里有两只阴森森的恶眼和一个黑洞洞的枪口,那是铁血瞄准叶菏,扣动了枪机。她一声惊叫,猛扑到叶菏身上。

枪响了,一股鲜血从桃叶姐的胸膛喷出来。

叶菏开枪还击,铁血搡出了七寸白;叶菏的子弹把七寸白打得翻了几个滚儿,身子扭曲得像一只蜘蛛,伸伸脖子断了气。铁血却像一条蛇,趁势钻进水草丛中不见了。村里姐妹们赶来,乱枪齐发,像暴风骤雨。

叶菏抱起了桃叶姐,扯开她的围胸,只见鲜血染红了她那白璧无瑕的乳峰。叶菏从挎包里掏出裹腿,想给桃叶姐包扎,桃叶姐已经眼神黯淡了,眼角噙着两大颗泪珠,惨白的嘴唇喃喃地说:"叶菏,我……我错了!"

"桃叶,你为了救我一命,牺牲了自己!"叶菏热泪滚滚,洒在了桃叶姐胸上,血泪交流。

"别忘了我……"桃叶姐那微弱的目光,充满无限留恋,可怜地凝望着叶菏。

"我忘不了你!"叶菏哭着说,"你刻在了我的心上。"

"我的亲人啊……"

桃叶姐含笑闭上了眼睛。

26

叶菏埋葬了桃叶姐,几天后又回到马蜂窝,凤大姑正关门闭户,在灯下缝补衣裳。

"你们把我蒙在鼓里!"凤大姑小声埋怨说,"原来飘香那丫头进了城。"

"您怎么知道?"叶菏坐在岳母身边,拿起缝补的衣裳一看,是小石在的。

"我在街上碰见过她一回,打扮得像个女学生。"凤大姑生气地说,"我想跟她说两句话,她可是冷着脸子,正眼也不看我这个亲娘,真是铁石心肠。"

"她这样做,是对的。"叶菏委婉地劝道,"她这个人拐孤,是个'东边日出西边雨,看似无晴却有晴(情)'的脾气,跟我更是这个样子,您别恼她。"

凤大姑又欢喜起来,低声说:"那丫头从小就心眼子重,长大了心机更深;

她不显山露水，不像我雨小雷声大。"

凤大姑泼辣大胆，能说会道，又精通拳脚，动口动手都无所畏惧；在她周围，还有二三十位敢跟她上阵冲杀的女将。有谁遭到警察、国民党兵和地痞流氓的欺凌刁难，她们就群起而攻之，啐的啐，骂的骂，打的打。有一回，一伙土混混儿窜到马蜂窝来，挨门串户，跟年轻妇女挤眉弄眼，满嘴下流言语。凤大姑一声呐喊，这二三十位女将都从家门里跑出来，把这帮家伙团团围住，凤大姑上手就打，那个外号净街王的土混混儿，被凤大姑打掉了两颗门牙，脸肿得像猪头相公。小石在是马蜂窝的孩儿王，他的身边也追随着几十名穷孩子，呼啦啦一拥而上，七手八脚，拉的拉，扯的扯，踢的踢，撞的撞。这一伙土混混儿被打得落花流水，抱头鼠窜。从此，马蜂窝真成了马蜂窝，连警察跟国民党兵都不敢单人到此地走动了，凤大姑因而扬了名。

小石在自从生活在凤大姑身边，凤大姑疼爱他，规整他，穿得干干净净，脸蛋胖得发圆。他一见叶菏，就悄悄问道："您是来看萍姑吧？"

飘香在文家化名邵青萍，小石在给她当交通员，管她叫萍姑。

叶菏脸一红，说："不是为了看她，而是为了工作。"

"她工作得很好。"石在笑嘻嘻，"就是为人厉害。"

"她跟你发脾气啦？"

"没有！"石在笑着摇头，"可是她的杏子眼一瞪你，由不得你不怕她。"

"她跟文先生和文师母瞪不瞪眼呢？"叶菏又微笑着问道。

"萍姑跟爷爷和奶奶笑眼说话。"石在模仿飘香的神态，"姑姑的杏子眼里含着笑，笑得又甜又亲，胜过千言万语，由不得爷爷和奶奶不看她眼色行事。"

这几个月，文朝闻的生活发生了重大变化，甚至连他那淡泊自守，落落寡合的性格，也一扫而光，判若两人了。过去，他忙于校务和教课，致力于文字训诂的研究，生活内容很单调。现在，他已经跟那些线装古书封存告别，喜欢与人交往。每天晚上，尤其是星期日，宾客满座，大谈国事。跟他家往来最多的当然是叶明亮老两口，此外便是通州师范的师生；最近，连教会中学的某些教员，以及许多小学的教师，都经常出现在文朝闻的书房里。于是，小小文宅，逐渐形成通州知识界的聚会中心。

文朝闻和文师母也越来越喜爱小石在这个聪明的孩子，就向飘香提出，要收养小石在做孙儿，不再卖报，正式上学读书。小石在婉言谢绝了，他说对于上学并无很大兴趣；然而，他愿拜认两位老人做自己的祖父祖母。

"明天我要见你萍姑。"叶菏低低地对石在说，"时间随她的便。"

第二天一早，小石在挎着帆布书包，奔跑在大街小巷，卖报送报；最后才到常年订户的文朝闻先生家去，通知飘香，跟叶菏相会。

这天，正是星期日，小石在一进文宅门口，就看见飘香和文师母正忙着生火、淘米、洗菜、切肉、刮鱼，文朝闻在扫院、浇花，他就知道今天的客人一定很多，而且要留客吃饭。他喜兴兴地叫道："爷爷，奶奶，姑姑！"

"石在来得实在好！"文朝闻手拿喷壶，浇洒一盆万年青，"你姑姑今天给咱们做家乡饭吃。"

"那一定是姑姑想念家乡了！"小石在走过去，帮助飘香倒掉洗鱼水。

飘香瞪他一眼。

小石在却没有吓得咬住舌头，反而笑眯着眼睛注视她。只见她上身穿一件短袖的花绸小衫，下身穿一条黑绸裤，脚上穿一双家做的布鞋，杏子眼明亮而柔和，又清新，又秀丽，又文静，神采动人。小石在觉得，姑姑今天太好看了，叶老师见到她，该有多高兴啊！

"老家的人来了。"小石在声音很轻，"时间你定，在马蜂窝。"

飘香沉吟一下，说："晚上。"

飘香晚上一出门，正碰见叶明亮和叶师母到来。这老两口，每星期六或星期日晚上，都到文宅来串门，一坐就是两三个钟头。当然，这是因为叶明亮和文朝闻已经结成志同道合的好友，叶师母和文师母也很投脾气；但是，还有一个心照不宣的原因，那就是老两口的前来，也为的是看望自己的儿媳。

老两口无比疼爱自己的儿子，对于叶菏所喜爱的一切，哪怕是一本书，一片纸，都精心地珍存着，更何况他所心爱的未婚妻！他们越是思念儿子，越是要把全部的深情倾注在儿媳身上。而在他们同飘香的接触中，也越来越感到这个延芳淀的水乡姑娘，美好而出色。现在，在这老两口的心目中，已经分别不出究竟是儿子可爱，还是儿媳更可爱；他们究竟是更爱儿子，还是更疼儿媳。

飘香一见叶明亮和叶师母，脸就红了。想到她就要去会见的那个人，那个跟自己两心一志、两身一体的人，正是这老两口的爱子。在这之前，她在家里，或是偶尔在街上，跟这老两口相遇，态度都很自然，称呼他们是叶伯父和叶伯母。可是，今天，此时，她的心里却感到奇异的激动。她知道，这二位老人有多么思念她即将会见的那个人，多么想听到一点点叶菡的消息。她很想告诉他们，他们的儿子来了；也很想把他们对于儿子的思念和叮咛，带给叶菡。但是，严守秘密是地下工作的铁则，她不能透露，也不能暗示，只能隐瞒这个喜讯。她是多么不忍心，又是多么不得已啊！她应该如何向自己的公婆表达儿媳的歉意和衷情呢？

"萍侄女儿，干什么去呀？"叶明亮和叶师母同声问道。

"上街买点东西。"飘香的神情，很不自然。

老两口说："快去快回，好陪着我们说话儿。"

"那么……"飘香无限柔情地望了望这二位老人，羞涩地叫了一声："爹，娘！我走了。"说罢，低着头，赶紧离去。

老两口可发了怔。叶明亮愣怔怔地看着叶师母，叶师母痴呆呆地瞧着老伴。

"爹，娘！……"他们不敢相信，可是耳边却萦回着飘香的袅袅余音。

飘香早已乘车而去。

车行如风，飘香来到马蜂窝，家家刚上灯。

凤大姑一整天都心情激动，盼望这个铁石心肠的女儿大驾光临。她尽其所有，做了很多好吃的，放在净盘净碗里，等着看女儿欢欢喜喜吃下去。

飘香像一片缥缈的云影，轻盈地跨进凤大姑这个真正是巴掌大的小院门口；凤大姑马上掩了门，扑过来抱住女儿，颤声儿说："想死了我！你可来了，我给你留着好吃的哩。"

"我不饿！"飘香一扭身子，挣脱母亲的怀抱，"他呢？"

凤大姑大失所望，真想骂她一句："没良心的！"可是，革命工作为重，她忍住了气，冷冷地说："在屋里，我给你们看门。"

飘香走进屋门槛，叶菡正从里屋迎出来，两人撞了个满怀，全都打了个愣怔，面面相觑。

离别几个月，他们好像生疏了。难道在他们一人独处，入睡之前，深夜梦醒的时候，没有过缱绻的相思，炽烈的渴念？有过的。然而，每当情思在心灵上稍一闪现，他们却又慌忙将它驱走。在艰难险恶的斗争中，他们觉得，爱情的冲动，是可羞愧的，必须将它密闭封存起来。而且，他们一见之下，也确实感到各自的面貌大变。叶菡身上的书生气淡薄了，飘香却已经完全是城市女学生的仪态，因而两人都觉得对方似是而非，产生了陌生之感。

"让我进屋去吧！"还是飘香先开了口，推了一下当门而立的叶菏。

叶菏忙闪开身，飘香反掩上门，走进里屋，在炕沿上坐下来，瞟了叶菏一眼，又低下头去，拍了拍炕沿，示意叶菏在她身边坐下。

恍惚之间，叶菏只觉得仿佛又回到当年的柳香居，他们刚刚悄悄地相爱，有时凤大姑不在家，他们不期而遇在豆棚下或堂屋里，两人羞颜难开，也是这一幅情景。

叶菏向飘香面前跨了两步，飘香把头埋到胸前，等待叶菏捧起她的脸儿，把她拥抱在怀里。不想，叶菏却只把两手搭在她的双肩上，说："我来向你传达县委的工作指示。"

"快说！"飘香抬起头，目光不再是含情脉脉，而是庄严冷峻了。

"区党委决定，通州县委重新分工，由蒲葵同志任书记，沙官印同志任副书记，雷响、雷虎寅同志和我任委员；我分工负责宣传和统战工作，你协助我。"

"分配任务吧！"飘香坐直了身子。

"蒋军全面进攻已经被我们粉碎，我军即将举行战略反攻，通州解放为时不远，我们要筹建县人民政府。区党委的意见，准备请文朝闻先生出任县长，沙官印同志任副县长。因此，我们必须加强统战工作。"

"这几个月，我通过舅舅——文先生，团结了不少教育界人士，也团结了像爹那样有好名声的人。"

"谁？"

"我的公公！"飘香说罢，脸红得像搽上了胭脂。

"啊！"叶菏不好意思地笑了笑，"蒲葵同志和虎寅大舅，打算把他老人家请到石瓜镇，开一所公立医院。"

"正合爹的心愿。"

"我们的工作范围还要扩大，比如盛青蚨、盛千翠……还有文萃斋书铺掌柜凌九霄，都是我们的统战对象。"

飘香笑道："那我可就不能老是躲在舅舅背后，也得抛头露面了。"

"不！你要在几天之内转入地下。"

"为什么？"

"铁血叛变了，逃进了通州。"

"这个狗东西！"飘香咬紧银牙，"我早就看出了他的坏瓢子。"

"他还……"叶菡吃力地说出口,"杀害了桃叶姐。"

"什么……什么……"飘香像挨了一棒,头嗡耳鸣。

"铁血杀害了桃叶姐。"

飘香一阵晕眩,从炕沿上一栽,叶菡急忙抱住她,她在叶菡的怀抱中昏厥了过去。

叶菡掐她的人中,摩挲她的胸口,轻轻唤她;飘香悠悠地缓过气来,哇的一声刚要哭出来,自己又捂住了嘴,强压下哭声。

"她是……一个苦人儿,比我们……苦得多的人儿……"飘香声音微弱,涕泪涟涟。

"她是为我而死。"叶菡含泪叙述了桃叶姐的牺牲经过。

"救命之恩,你不能忘;她对你的一片痴情,也不能忘呀!"飘香挥去眼泪,提高了声音,"你要把她当作自己的妻子;等我见到她的老娘,说明这桩亲事。"

"这……这……"叶菡只当飘香悲伤过度,神智迷乱了,"使不得,使不得。"

"只有这样,你才对得起她。"

"可是你……"

"也只有这样,我才心安一点儿。"飘香的杏子眼闪着火光,"我还要亲手杀掉铁血,才算报答了她的深重情义。"

27

这些天,叶明亮和叶师母老两口,尤其是叶师母,沉浸在无比幸福的陶醉中,就因为在文宅门口,飘香羞涩而柔情地叫了他们一声:"爹,娘!"

再也没有比叶师母更善良的人了。她是个贫农的女儿,十八岁那年,家乡大旱,禾苗都枯死在田里,龟裂的土地上没有一点绿色。她的父母急得病倒在炕上,一个吃奶的小弟弟,饿死在母亲的怀里,几个大一点的弟弟和妹妹,也都瘦成了皮包骨。可是,地主家催逼租谷,却急如星火,不容拖欠。呼天天不应,唤地地不灵,她咬了咬牙,一狠心在发辫上插了一根谷草,到人市上自卖自身。一个已经有了十一个小老婆的退隐归田的老官僚,十八吊钱买下了她。她拿回身价钱,交上地租,老官僚已经打发一乘花轿等在门口,她怀里揣上一把韭镰上了轿，轿夫们抬起她就走。走到半路，她突然掏出韭镰，割裂脖子，血溅花轿而亡。老官僚气得发了狂，命令他的奴才打手，将她扔在荒野上喂狼。谁想绝处逢生，年轻的说书艺人和走方郎中叶明亮，身背梢马，手持哨棒，从这里路过，发现一具女尸，走过来一看，摸了摸还有微弱的脉息，便运用他那神奇的医术，从九死中救活了她。又折杨柳，割蒲苇，搭起一座窝棚，看护了她几天；见她已经完全脱离险境，便打算把她背回家去。她怕再落入那个老官僚的魔掌，只是哭着央求叶明亮收留她。叶明亮是个心肠很软的人，就答应了她的请求，并且严守古老的礼俗，撮土为台，插草为香，在荒野上拜了天地。从此，她就伴随着叶明亮，萍飘各地，忍饥挨饿，最后在兰渚定居下来。

所以，二十几年前，当叶明亮从北运河畔抱回一个弃儿，含着泪放在她怀里的时候，她哭得比叶明亮更难过。因为，她从这个弃儿的身上，想起了饿死在母亲怀里的小弟弟，也想起了自己被扔在荒野上喂狼的悲惨命运。她比叶明亮更疼爱叶菏，因为她充满巨大而深厚的母性。

儿子走了一年多了，到那游击队神出鬼没的延芳淀去了，投身到行军、奔袭、隐蔽、出击、枪声、硝烟、时时处处进行着生死搏斗的革命生涯中去了。只有这么一个儿子的叶师母，是多么日思夜想，牵肠挂肚，不能放心啊！她这一年多，明显地衰老了。

可是，自从她知道儿媳飘香，秘密来到通州，住在文宅，她那思念儿子的拳拳的心，便一天比一天舒展了。她看到飘香的品格是那么美好，心思是那么灵秀，模样儿是那么俊俏，言谈举止是那么可爱，老太太真是不但非常满意，而且十分满足。她觉得，自己虽然吃尽了千辛万苦，可是却遇上了一个好丈夫，捡来了一个好儿子，又订下一个好儿媳，也算是个三全其美的有福气的人了。

"娘！……"这些天，她的耳边，老是萦回着飘香那羞涩而柔情的声音。

这时，她正坐在小院的花木阴凉里，绣一个肚兜。叶师母是个绣花的能手，年轻的时候，叶明亮养活不了一家三口，她常常为了贴补家用，揽些刺绣的活计；教会中学的外国人，都雇她绣过枕套、窗帘和台布。直到叶菏长成，也能挣钱养家了，她才收起了绣花绷子。现在，她又从柜底里把绣花绷子找出来。戴上老花镜，拿起细小的针，穿上五彩的线，一针针，一线线，用心绣着这个白绫肚兜。她在贴心窝的地方，绣了两枝并蒂开放的红梅，一对绕着红梅枝头比翼而飞的翠鸟。

这么精心刺绣的礼品，是送给谁的呢？她的耳边，又回响起那个羞涩而柔情的声音："娘……"是的，这是她送给可爱的儿媳妇飘香的礼物。

当她绣完了最后的一针，捧着绣花绷子，观赏着自己一生中感到最得意的这幅杰作，她无比幸福地笑了，笑出了声。她相信，飘香一定能够明白，这两枝并蒂开放的红梅，两只比翼而飞的翠鸟，是什么意思。而且，她觉得，飘香穿上这个肚兜，那么针针线线，就把她和儿媳的心，紧紧地缝在一起了。

忽然，街门吱的一声，她转过脸去，探进一个女人的头。

"谁呀？"叶师母摘下老花镜。

"叶伯母，是我，嘻嘻！"那个女人，装得像个女顽童，一吐舌头，嗞溜钻了进来。

"呵，是桂霞呀！快来坐下。"叶师母热情地拍着一个小板凳儿。

这个不但出卖了皮肉，而且也出卖了灵魂的无耻女人，这条有着美丽花纹的毒蛇，爬进了叶家干干净净的院子。

桂霞的家，也住在鸡鸣巷，叶师母看着她从小长大。她生长在那个肮脏丑恶的家庭里，就像泡在五颜六色的染缸，一年年学坏了。有一天，天色已经很晚，叶萏脸色气得发白，一进门就跟叶师母说："娘，今后不许桂霞再登咱家的门。"叶师母发慌地问道："怎么啦？"叶萏只说了一句："她下流！"叶师母就明白了，从此就对桂霞关上了门户。去年夏季的一个早晨，忽然来了一辆警车，跳下几个彪形大汉，如狼似虎地闯进桂霞家，绑架桂霞而去。后来叶师母才听说，桂霞是因为她的男朋友到解放区去参加革命，受了连累，于是叶师母又同情起她来。前些日子，桂霞突然出现在鸡鸣巷，脸色蜡黄蜡黄的，她一回到家，就到叶家来串门，一见叶师母，便投到叶师母的怀里，大放悲声。叶师母最怕看人家落泪，当时就感动得搂住了她，问道："孩子，他们把你放出来啦？"

"放……放出来啦！"桂霞抽抽噎噎，"叶伯母，我真是下了阴曹地府又还阳，没想到还能活着回来，看见您老人家。"

"他们究竟为什么抓你，把你抓到哪儿去了？"叶师母给她擦泪。

"把我抓到了北平！"桂霞漫天撒谎，"他们逼迫我，劝我那个男朋友投降他们。"

"那怎么又把你放出来了呢？"叶师母问。

"我那个男朋友被枪毙了呀！"桂霞干号起来，"好人不长寿，为什么不让我替他死呢？"

"唉！"叶师母也陪着心酸。

"他是共产党游击队的一个政委，在一次战斗中身负重伤，不幸被俘。"桂霞扯起连篇谎话，"在监牢里他受尽毒刑拷打，就是宁死不屈。后来，一个大官儿，亲自到监牢拜访他，许他当团长，封他当县长，他还是不投降。他们就把我抓去，想利用我们的爱情，沤软了他。我一见他的面，就心疼得哭昏了过去。他看见我来了，就明白了特务们存心不良，拼命把我摇醒过来，两眼冒着火，恶狠狠地瞪着我，说：'你要是来替他们当说客，那就赶快滚出去！我是革命不怕死，怕死不革命！'伯母，您看他多么坚决。"

"后来呢？"叶师母提心吊胆地问道。

"后来，他们就把我关在他的牢房里，让我们同床。"桂霞的脸上，浮漾着淫邪的微笑，"他给我说故事、讲道理，我的心里一天比一天豁亮，也想参加革命去。杀害他的那天晚上，他跟我说：'我牺牲了，你一不要寻死，二不要悲伤，要踏着我的血迹前进！'后半夜，特务们把他押走，在监狱后院的操场上枪毙了他。我肝肠寸断，三天三夜昏迷不醒，人事不知。"

"多好的人，叫他们害死了！"叶师母也淌下眼泪，"往后，你的日子打算怎么过呢？"

"找共产党去！"桂霞两眼像锥子似的盯着叶师母的面部表情，"我要当女八路去，为他报仇。"

"这话可不能乱说呀，"叶师母惊慌地捂住她的嘴，"特务、警察、保甲长听见，又要把你抓起来。"

"我这是在跟您说知心话儿，您是革命家属呀！"桂霞一转眼珠儿，"我那个男朋友，还认识叶菏兄弟。"桂霞编瞎话，就像顺口溜，"他跟我说，叶菏兄弟又聪明，又能干，有学问，没架子；上司喜欢，下属佩服，如今当上了比区长还大的官儿。"

"你那朋友没说我们叶菏的身子骨儿好吗？"叶师母最关心的是儿子的身体。

"就是身子不壮实，常闹病！"桂霞故意惹起叶师母对儿子的牵念，"到了那边，吃喝不好，担惊受怕，叶菏兄弟病过好几回；要不然，他早升上正县长了。"

　　叶师母眼泪汪汪，说："那孩子从小缺奶，身子本来就单薄，真叫作娘的操碎了心。"

　　"儿行千里母担忧呀！"桂霞说，"叶伯父应该悄悄到那边走一趟，看望看望儿子，一定药到病除，妙手回春。叶菏兄弟身子强壮了，革命革得好，升官升得快，您也放了心。"

　　叶师母点着头说："要是行动方便，我就劝你叶伯父走一趟。"

　　"那得告诉我！"桂霞抢着说，"我跟叶伯父搭个伴儿，投奔叶菏兄弟去，在他手下革命，我才有兴致。"

　　这一天，叶明亮出诊回来，叶师母忙把桂霞那天花乱坠的鬼话，学说了一遍。叶明亮虽然也跟叶师母一样善良，却不像叶师母那样轻信，他对于桂霞抱怀疑态度，说："这个女孩子，品行很坏，一个真正的共产党，怎么会跟这类女人交朋友？"

　　第二天，桂霞又来串门，叶师母便问道："你跟你那个男朋友，是什么时候认识的，我怎么没见过这个人呢？"

　　桂霞知道叶师母起了疑心，她早有准备，对答如流地说："那还是前年夏天的一个深夜，野玫瑰餐厅已经关门落灯，我正在我的房间里卸妆，忽然听见几声枪响，一个年轻英俊的美男子跳进了我的窗户；我这个人最是侠肝义胆，就把他隐藏起来，从此我们就结下了海枯石烂不变心的爱情。他是个地下工作者，不能公开露面，您怎么能见过他呢？"

　　"可是，特务们从哪儿知道你跟他相好？"

　　"他身上是带着我的照片呀！想我了，就掏出来看看，被俘的时候，特务们从他身上把我的照片搜了出来，怎么能不抓我？"

　　叶师母又问道："你在监牢里，也吃了不少苦吧？"

　　"您看！"桂霞解开玫瑰红的衬衫，只见胸前背后青一道、紫一道，遍体鳞伤。

　　叶师母又心酸了，抚摸着桂霞的累累伤痕，说："可怜的孩子！"没有再比叶师母更善良的人了，也就没有比叶师母更容易上当的人了。善良的同情心，蒙住了老太太的眼睛；门户开放，桂霞随便出入。

　　这时，桂霞嬉皮笑脸地跑到叶师母的面前，发现叶师母刺绣的红梅翠鸟白绫子肚兜，夸张地尖叫道："叶伯母，您的两只手真是巧夺天工，绣得多美呀！"

"我也觉得挺好看的。"叶师母平生没有自夸过,今天真是有点情不自禁了。

"卖给谁?"桂霞问。

"不卖!"叶师母摇头。

"送给谁?"桂霞又问。

"谁也不送。"叶师母平生头一回说谎。

"那就送给侄女儿我吧!"桂霞动手就抢。

"不!"叶师母慌忙把绣花弓子藏到身后,"我要留给自个儿看。看着它,心眼儿里甜,心眼儿里乐。"

桂霞眼珠儿滴溜溜乱转,忽然拍手叫道:"我一猜就中,您是给叶菏兄弟的未婚妻绣的!"

叶师母的脸色,一阵红、一阵白,说:"不……是……"不会说谎的善良人,感到有口难分了。

"哈哈,没错儿!"桂霞的笑声尖厉刺耳,"叶伯父呢?"她又冷不防问道。

"出诊去了。"叶师母将绣花弓子揣在怀里。

"去哪儿?"桂霞叮问。

"他说是……"叶师母想了想,"说是到城西的一个村子。"

"城西的村子!"桂霞惊叫,"叶菏率领的武工队,就在城西活动。"

"你怎么知道?"叶师母吓得拉扯桂霞的胳臂,"快进屋去,草上说话路人听。"

"他什么时候回来?"桂霞甩开叶师母的手,大嚷着。

"谁?"叶师母一见她这发狂的神态,惊慌失措了。

"你那老头子!"桂霞凶相毕露,龇着红口白牙,"他还回来不回来?"

"你……你怎么这个样子跟我说话?"叶师母气得浑身乱颤,"出去,你给我出去!"

桂霞疯狗似的跑出门外,失了火似的尖叫:"跑啦,老家伙跑啦!"一群贼头贼脑的便衣特务,破门而入。

领头儿的是个打扮得像花花公子的年轻人,头戴一顶压到眉梢的巴拿马凉帽,鼻梁上架着一副深黑宽边方形墨镜,身穿黑红两色运动衫和白咔叽布西装裤,脚下一双溜尖的米黄色皮鞋,手里还玩弄着一根小小的文明杖,十足的街头小霸王神气。

"老太太，叶大夫呢？"这个家伙假和气。

"出诊了。"

"去哪里？"

"城西。"

"什么时候回来？"

"不知道。"

"老太太，我们请叶大夫给长官治病，您告诉我们他到城西哪个村子去了，我们好派车去接他。"

"不知道！"

"老东西，你想皮肉吃苦吗？"桂霞从那个家伙的屁股后面蹿出来。叶师母怒视着这个利用她的善良心肠，蒙骗她引狼入室的无耻女人，照着那张可憎的面孔，"呸！"狠狠地啐了一口。

这时，街坊四邻的男女老少，街上的过往行人，都挤进叶家的院里来，愤愤不平，质问这些狗男女。人越聚越多，声浪一阵比一阵高，手里玩弄着文明杖的家伙慌了手脚，拔出手枪，对空打了一发子弹，押着叶师母，冲出重围。

叶师母被押上停放在胡同拐角的警车，那个手里玩弄文明杖的家伙，挽着桂霞的胳臂，钻进了另一条小胡同。

"你太笨了！"这个家伙埋怨桂霞，"我不是一再嘱咐你，一定要拐弯抹角，套出老太婆的真情实话吗？怎么三言两语就炸了锅。"

"我只学会了盯梢、窃听、偷开房门、私拆信件，哪里比得了你，专会扮演盖世无双的革命角色！"桂霞话里带刺儿，嘟嘟哝哝。

"唉，只好我去恭候叶明亮那老头子了！"这个家伙急不是，恼不是。

他摘下墨镜，掏出手帕擦了一下脸上的汗污，这才露出了真面目，原来是叛徒铁血。

叶明亮从城西归来，他在城西的一个小村，秘密会见了雷响和叶菏，约定明天他带着叶师母出城，到延芳淀去。他走在西大街的人行道上，正要拐过街角，抄近走一条小巷，忽然从垃圾堆后面，闪出一个陌生的人，彬彬有礼地叫了一声："叶大夫！"说着，掏出一个银质镂花的烟盒，敬上一支烟。

"谢谢，不会！"叶明亮一摆手，"你先生……"

"您不能回家去了，"那人打着火，吸了一口烟，"保安司令部政训处的特务，已经在您的家门口进行监视。"

"啊！"叶明亮的心一沉。

"您不是刚从叶菏同志那里回来吗？还请原路而回。"那人用斜视的眼角，觑着叶明亮的脸色，"至于叶师母，我负责掩护她老人家脱身；您告诉我先送到谁家去躲避一两天，再悄悄转移。"

叶明亮的眉尖跳动了一下，猛抬起头，仔细盯了这个家伙一眼，暗暗思忖道：这个人是谁？

"您见到雷响跟叶菏同志了吗？"那人一双贼眼，不住地打转转儿，"他们在城西的村庄，很快就扎了根，真了不起。"

这个家伙的气味，不对头！叶明亮又盯了他一眼。只见他头戴一顶压到眉梢的巴拿马凉帽，鼻梁上架着一副深黑宽边方形的大墨镜，身穿红黑两色的运动衫和白咔叽布的西装裤，脚下是一双溜尖的米黄色皮鞋，手里玩弄着一根小小的文明杖；举止动作，神态表情，都不像是化装的城工同志，倒像个十足的歹徒。

"不能迟疑了，您马上原路而回！告诉我，叶师母先到谁家躲避两天，我好掩护叶师母脱离险境。"这个家伙还在啰唆个没完，可是已经流露出对叶明亮的不耐烦了。

"这个家伙是谁？"叶明亮越来越感觉他形迹可疑。

忽然，他的耳边响起雷响的声音："有个叛徒叫铁血，从延芳淀逃到通州城里，充当敌人特务……"

于是，他的眼睛里闪烁着捉弄人的光芒，问道："看来，你是共产党的人吧？"

铁血手掩着嘴，悄悄地说："我是刚刚调进城来的地下特支书记。"

"巡逻队，这里有个共产党！"叶明亮忽然大叫。

正在马路上巡逻的一个小分队，吹着哨子，包围上来。

"哪个是共产党？"少尉军衔的分队长问道。

"他！"叶明亮怒指铁血。

那个巡逻分队长是一只傻狗，不问青红皂白，扑到铁血身上，揪住脖领子，左右开弓，劈劈啪啪，连抽铁血的嘴巴。

"我……我不……"铁血的脸憋成了猪肝色，两眼冒金花儿，摇了摇，晃了晃，倒在地上。

那个分队长又跨到他身上去，拳打脚踢。

几个便衣小特务跑了来，连声喊道："少尉，别打，别打啦！他不是共产党。"

"谁说不是？"那个分队长瞪着牛眼，"你们一定也是他的同党。"

"我们是政训处的特工人员！"这几个小特务卖着字号，"他叫铁血，过去倒是共产党，如今已经归顺党国，荣任通州三青团总干事，政训处青年先锋行动队队长。"

"原来是个共产党的叛徒呀！"叶明亮手指着铁血，放声大笑，"当了婊子还要树牌坊，恬不知耻！"

人山人海的看客，一阵痛快淋漓的哄笑声。

28

一辆疾驰而来的吉普车，沙的一声在路边停住，从车上跳下两个手持冲锋枪的士兵，一面大声吆喝着："铁队长，抓谁？"

铁血向那两个手持冲锋枪的士兵打了个手势，两个家伙架起叶明亮，拖进吉普车。

吉普车疾驰而去，左旋右转，陡地一个紧急刹车，那两个手持冲锋枪的士兵，又将叶明亮架下车去。叶明亮四下一看，只见高高石墙，电网严密，包围着一座座灰褐色的牢房。他被押进一座牢房的进口，扑面一股潮霉腐臭的浊气，呛得他几乎呕吐。过道里，漆黑一团，一盏昏黄的马灯飘浮而来，两个满脸横肉的看守，一人拧住叶明亮一支胳臂，推搡着往前走。曲曲弯弯，绕来绕去，他被带到牢房深处的一间囚室门口，一个看守摸出钥匙，打开牢门，一个看守猛地一推，把他揉了进去。

借着一朵鬼火似的灯光，叶明亮看了看这间囚室。宽不过六尺，高不过八尺，长不过丈二，活是一口棺材。地面上，扔着一张湿漉漉的草垫子，墙壁上血迹斑斑，爬满鼓溜溜的长脚蚊子，嗡嗡叫叫的苍蝇打成一团。

忽然，屋角落一声呻吟，一个气息奄奄的声音叫道："孩子他爹……"

"孩子他娘！"叶明亮跪倒在叶师母的身边。

叶师母被毒刑拷打得衣衫破碎，满身鲜血淋漓。叶明亮老泪纵横，悲愤得气噎；他跳起来，踢着牢门，高叫着："畜生！"牢门山响，过道上响起隆隆的回声。

"孩子他爹!"叶师母吃力地挣扎起半个身子,"别上火,为了儿子千刀万剐我也心甘情愿。"

叶明亮又回到叶师母身边,拿起叶师母的一只冷冰冰的手,按在自己那灼热的胸口上,哽咽着说:"孩子他娘,你有一副铮铮铁骨,我这根脊梁也宁折不弯,绝不会给咱们的儿子脸上抹黑。"

牢门的监视孔,闪过一道鬼影。那两个手持冲锋枪的士兵,闯进囚室。

"孩子他娘,再见了!"叶明亮脱下长衫,轻轻盖在叶师母身上,"咱们有个好儿子,你不愧是他的娘,我也要不愧是他的爹。"

"去吧,我信得过你!"叶师母的目光,已经游离散乱,但是仍然笑了笑。

文朝闻出面,到保安司令部营救叶明亮和叶师母;他没能保出还活着的叶明亮,只领回了叶师母的遗体。

叶师母的灵柩,停放在文宅小院儿的花木荫中。

飘香眼含着泪水,向文朝闻说:"舅舅,您进屋休息一下吧。"

文朝闻问飘香道:"你看,叶师母安葬在何处呢?"

飘香轻声说:"我看,把她老人家安葬在北运河边;古有望儿楼,今有望儿墓,那儿离她的儿子近一点儿。"说着,她落了泪,哽咽难语。

盛千翠也正在文宅,文朝闻又问盛千翠:"你能不能在河边找一块墓地?"

"我能想办法。"

"那么,你就去吧!明天安葬。"

盛千翠一走,飘香就说:"天一黑,我就离开通州,拿起武器,讨还血债。"

文朝闻强忍住伤感,说:"你放心走吧!我觉得,今日之我,较之昨日之我,年轻得多,勇敢得多,明白得多了!"

飘香说:"您帮我打开棺盖,我想瞻仰老人家的遗容。"

文朝闻和飘香将棺盖小心翼翼地抬开,飘香双手按在棺口,俯下身子,低下头去。只见叶师母平躺着,闭上了慈爱的眼睛,灰白的头发有一绺搭在前额,前额上有一道伤痕,但是她的面容恬静,并无痛苦的神色。老人家心地善良,品格高尚,一生清白,淡泊如水。对待人生,对于生活,她无所多求,也不存奢望。她只知道吃亏让人,从来不会占人便宜,为了别人,甚至忘我。而她疼爱儿子,体贴丈夫,就更是完全无我,失去了自己的存在。她觉得,自己是一个影子，一半跟随着儿子，一半跟随着丈夫；这一年多，儿子走了，丈夫还在身边，她又觉得自己的身子跟丈夫在一起，心可是在儿子身上。这位受苦受难的平凡的女性，像一片泥土，像一株芦根，既无光华，也无色彩，然而在她遭到高压，面临死亡的时刻，却表现出强大的精神力量，迸发出瑰丽的生命火花。她死了，死得并不轰轰烈烈，但是她留给人们的印象，将是深刻而难忘的。

一阵摧动肺腑的悲痛，一股势如潮涌的辛酸，剧烈地冲击和震荡着飘香的身心。她叫了一声："娘！"伤痛地哭泣起来。

飘香是个从小就不爱掉眼泪的人。挨了打、扎了手、受了欺侮，都不哭；只是小脸儿像白菜叶子一样惨白，薄薄的嘴唇咬出了血，眼睛黑沉沉发暗，像是愤火的化身。不爱哭的人哭起来，那是伤痛深深割裂了她的心，来势很猛，剧烈无比。飘香并不放声长哭，只是低低啜泣，也并不边哭边诉，而是心中默祷："娘呀！您是为了儿子，也是为了革命，无罪而死的。我是您的儿媳，也是您的女儿，只可惜在您生前，我不能跟您生活在一起，没能服侍您一天；我跟叶菏，都没来得及报答您的恩情。可是，娘啊！您的儿子儿媳，都是革命战士，他们一定要打倒蒋介石，解放全中国，让天下穷人翻身，为您老人家报仇……"她哭着哭着，泪中有了血，血泪交流了。

文朝闻知道她内心沉痛，也想让她哭一哭，解除一下心头的痛苦；可是一见她如此过度地悲伤，又慌张起来，怕她哭坏了身子，走过去抱住她的双肩，劝道："孩子，你要忍痛节哀，以大局为重呀！"

飘香渐渐收住了哭，又和文朝闻小心翼翼地合了棺。

忽然，小石在出现在通州师范隔壁的墙头上，像一只灵敏的小松鼠跳了下来，低低叫了一声"爷爷！"，又叫了声"姑姑！"，走到叶师母灵前，鞠了三个躬，然后用手一抹满脸泪水，向文朝闻和飘香说："爷爷，姑姑，跟我进屋来。"

文朝闻拉着小石在的手，进屋问道："出了什么事？"

"特务已经严密监视您家，我是绕到学校西墙，爬墙进来的。"小石在神情紧张，焦急不安，"家里送来紧急命令，姑姑马上出城；叶奶奶的丧事不要有大举动。"

文朝闻问飘香道："你怎么走？"

飘香十分镇静，说："您出去镇唬一下那些狗东西，我让小石在给千翠打电话，叫她开汽车来。"

小石在从墙头翻到通州师范，文朝闻开了街门走出去。

在他家对面的路边上，铁血带领他的三青团先锋行动队，正探头探脑，东张西望。一见文朝闻走出来，铁血忙一挥手，那伙小特务鬼影子似的钻了胡同；他却装得像个有点身份的人物，迎着文朝闻走出，点头哈腰地说："文先生，我来吊唁叶师母，并向您表示衷心的慰问。"

"你是什么人？"文朝闻怒目而视。

"学生铁血，过去跟叶菏曾是……"

"你是残害叶师母的凶手！"文朝闻戟指铁血的无耻嘴脸，"你这个丑类，你这个猪狗，滚，滚，滚！"

"文老师，您……您……再见！"铁血连连倒退。

盛千翠的汽车正好开来，险些把他辗到车轮子下面。他打了个滚儿，带着满头满脸的灰土和一身惊吓出来的冷汗，落荒而去。

盛千翠身穿银灰色旗袍，肩披一块黑纱，走进文宅。飘香采摘了院里的鲜花，编成了一只小小的花环，端端正正放在叶师母灵前。

文朝闻喝退铁血，也回到院里，盛千翠问道："是您要车吗？"

文朝闻说："你送青萍到码头去。"

"青萍，你上哪儿？"盛千翠疑惑地看着飘香。

"老家拍来一封加急电报，我要赶这一班船回老家。"飘香平静地说，"你这一身衣裳，带有哀丧的色调，我想换穿一下，以表示我对叶伯母的伤情，答应吗？"

"我也早想跟你换衣裳。"盛千翠说，"你的衣裳有一种天然之美，散发着紫丁香的芬芳。"

到屋里，飘香穿上盛千翠的旗袍，披上黑纱，盛千翠换上飘香的家常衣裳。两人的个子一般高矮，只是飘香虽然娇小，却不像盛千翠瘦弱；所以穿上她的旗袍，更显得体态窈窕，身姿优美，很觉得不好意思。

飘香跟文师母告别，文师母抱住飘香，难舍难离。文朝闻跺着脚，发急地说："放开吧，什么时候！"

盛千翠和飘香，一前一后，上了汽车。汽车一出胡同，只见铁血面目狰狞，正跟他那一伙小特务指手画脚，飘香咬着牙骂了一声"这条狗！"盛千翠有所醒悟，命令司机："加大马力，快！"汽车像一阵旋风，穿过大街，驶出南门，直奔东关码头。

东关码头栅栏门外，有持枪荷弹的士兵站岗，汽车远远停住。飘香低声说："千翠，我哭得头晕脑涨，想定一定神儿，你去给我打票。"盛千翠答应一声，跳下了车。她身穿飘香的家常衣裳，走进栅栏门去，从背影看，跟飘香一模一样。

突然，铁血乘坐一辆摩托车赶到了，他瞄见盛千翠的背影，摩托车直冲进去。飘香知道后面还得有特务随之而来，赶快下了汽车，钻进一片乱树棵子里。

盛千翠正在售票室的窗口打票，肩头猛地被人一抓，只听脑后一声断喝："你跑不了啦！"

盛千翠疼得一跳，回过头，见是铁血，张手就是一个嘴巴，骂道："瞎了眼的，你敢抓我！"

"啊！"铁血就像烫了手，满脸惊慌，"盛二小姐，是您？……误会，误会。"

"是吴宗笠派你来抓我吗？"盛千翠大嚷大叫，"我跟你去投案！"

"不，不……"铁血磕头虫似的连连鞠躬，"我是追踪一个女共匪，一时眼差了，冒犯了您。该死，该死！"说着，急急溜走。

摩托车又冲出栅栏门，后边骑自行车的小特务们也到齐了。一个自作聪明的家伙搜查汽车，汽车里只有司机一人，吹着口哨儿。问他："人呢？"司机一抬下巴颏儿，从鼻子眼里答道："进去打票了。""还有一位穿锦灰旗袍的小姐呢？""随后也进去了。"

铁血眼珠儿一转，下令道："两个人跟我上船等她，其他人四处搜索！"

可是，飘香这时已经深入青纱帐中奔城西去了。

第二天上午，八名杠夫抬着叶师母的灵柩，没有任何装饰，没有一件响器，只在棺盖上，放着一只小小的鲜花编成的花圈；文朝闻独自坐在三轮车上，护灵送葬，默默地向河边墓地走去。盛千翠没有来，她被盛孔方和盛老太婆锁在了闺房里，盛青蚨搬了一把椅子，坐在门外哀求她。她又哭又闹，反正是飞不出这间牢笼。

送葬的只有一个人，一个非亲非故的人，没有哭声，没有哀乐，但是却感召了成百上千的通州百姓，他们汇成一支送葬的队伍，一直送到墓地。而一路上，街头巷尾，不知有多少人洒下同情的眼泪。

叶师母被安葬在一块草地上。当天夜晚，叶菂跟飘香来到墓前，悼念九泉之下的慈母，但是没有哭。他们用铁锹给母亲的坟墓培了土，又采集了大抱的野花，覆盖在坟头。第二天，一支国民党的巡逻小分队，大白天就遭到武工队的伏击，没有一个活命。头上蒙着黑纱的飘香，一个人就打死了五名匪兵。

她的威名，很快就传遍了通州城内，吴宗笠下令，严密捉拿戴黑面纱的青年女子。而盛千翠却像佩戴最高的勋章，每天都头蒙黑纱，从家里步行到学校去，穿街过巷，引人注目。她觉得，自己的勇敢，跟飘香也不相上下。

<h1 style="text-align:center">29</h1>

吴宗笠又兼任通州县长，很有点苏秦佩六国相印的骄色。他来到盛公馆门前一下车，盛青蚨急忙从楼里跑出来，迎接到大门口。吴宗笠命令汽车停放在门外，四个卫兵布下岗哨，然后在盛青蚨的陪伴下，昂首阔步，趾高气扬，进入前楼。

"爹，娘！"盛青蚨向楼上喊道，"宗笠看望你们来啦！"

胖得像一篓油的盛老太婆，瘦得像一根芦柴的盛孔方，争抢着迎到二楼楼口。

"宗笠，你瘦啦！"盛老太婆拉着吴宗笠的手，装出一副慈母面孔。

"为党国大事，废寝忘食，怎能不瘦呢？"盛孔方唉声叹气。

走进大客厅，盛老太婆又将吴宗笠拉在身边坐下，唠叨着："这一阵子，我跟你岳父哪一天不惦记你，你怎么就分不开身来看看我们呢？"

"这也是公而忘私，国而忘家呀！"盛孔方又给女婿拍马。

"今后，我一定要常来给二位大人请安。"吴宗笠说着，目光忽然牢牢地盯在盛孔方和盛青蚨身上，"而且，在公务上，也要请岳父和青蚨兄，甚至千翠小妹，多多参议。"

"我看，在公务上，还是实行你的公而忘私，国而忘家吧！"盛青蚨十分警觉，他觉得吴宗笠的话里，设有圈套，"不然，被人讥为'家天下'岂不有损你的政声？"

"古往今来，哪朝哪代不是家天下？"吴宗笠哈哈笑道，"我不过上行下效而已。"

盛孔方茫然地问道："我年老力衰，头脑落伍，如何能为你效劳呢？"

"您是商界名宿，可以代表商界，担任民众戡乱行动委员会副主任委员，以壮声威。"吴宗笠又向盛青蚨转过脸去，"你倒不一定公开露面。不过，你的足谋多智，我是五体投地的。只要你在幕后多多给我出谋划策，我就好像卧龙、凤雏得其一了。"

盛孔方骨碌着昏花双眼，问盛青蚨道："你看呢？"

盛青蚨的脑瓜里，也在紧张地转着念头。跟吴宗笠暗中合作，利用吴宗笠的金钱和权势，也许可以挽救他的破产命运。但是，他对于这位豺狼妹夫，并不信赖；而且，尤其使他不能信赖的，是当前的形势。全国的战局，国民党已经走了下坡路，通州的局面，也不大美妙。他是个商人，投机取巧，唯利是图，是他的本性；然而，在吴宗笠身上投机，是否能够取巧，是否有利可图？他觉得要画一个大大的问号。

"宗笠，你怎么拿炭篓子往我头上扣呢？"盛青蚨滑头一笑，"我们盛家的祖训，是经商不做官。我是个商人，你要跟我合伙做生意，那真是珠联璧合；至于你要拉我跟你一起搞政治，我这个一窍不通的外行，可就无能为力了。"

"是呀，是呀！你可不要把我这个老朽的名字，拿去当商标使用。"盛孔方一向是儿子的傀儡，所以也连忙改口，"什么民众戡乱行动委员会呀！戡乱是大兵的勾当，何必要草民行动呢？"

"你们跟我是骨肉至亲，竟不肯助我一臂之力，难道还能指望我帮助你们大发横财吗？"吴宗笠眼放凶光，"青蚨，你不必强作欢颜，京津商战一败涂地，你已面临倒闭破产的危机，要想起死回生，只有跟我全面合作。"

盛青蚨被他说中痛处，面孔一阵痉挛，强笑了一下，说："山重水复疑无路，柳暗花明又一村。"

吴宗笠识破盛青蚨外强中干，正想进一步逼他屈膝投降，仆役们进来摆设酒席，他只得等一会儿再发动进攻。

盛千翠不得不到前楼吃饭，所以也算是出席奉陪。

"小妹越发花容月貌了！"吴宗笠虚情假意，"叶菏投匪以后，只靠小妹一双玉臂支撑平民子弟夜校，堪称女中文杰，可钦可敬。"

"谢谢大人关心！"盛千翠冷着脸儿，"只求今后少刁难我们，就算皇恩浩荡了。"

"我赞助你们，支持你们！"吴宗笠煞有介事。

"我不敢相信你还能实行德政。"

"我是通州人，总得办几件好事，免得祖坟被人骂裂呀！"

"你惯会骗人！"盛千翠撇了撇嘴。

"当真！"吴宗笠郑重其事地说，"我资助你们办学，你们协助我戡乱。"

"你……你……"盛千翠气得脸白如纸，"原来你想利用我们充当你的走狗爪牙呀！"

吴宗笠尖厉地笑起来，说："我不利用，有人也要利用，但不知小妹甘愿被谁利用？"

盛千翠倒吸一口冷气。一刹那，在她眼前出现一个幻觉，这个家伙不是人，而是一只披着画皮的狼。

这顿饭，吃得很不痛快。席间，吴宗笠含沙射影，旁敲侧击，威胁利诱，软硬兼施，要尽了手段。盛青蚨极力保持镇静，也只有招架之功，并无还手之力，脸上一块青，一块白，身上冷汗不止。

吴宗笠带着几分醉意，在岳父岳母的挽留声中告辞，盛孔方和盛老太婆又送到二楼楼梯口，盛千翠却一动不动。盛青蚨一直陪他下了楼，出门口，上汽车。

"宗笠！"盛青蚨低首下心，一副可怜相，"不知你愿不愿意互相提携，把你手中的那些现款，一部分在茂达存定期，一部分在兴通入股份？"

"对不起！"吴宗笠的眼珠子布满血丝，像一条吃死尸吃红了眼的恶狗，"谁不跟我讲情义，我也就跟他六亲不认！你还是把兴通、茂达这两个空壳子盘给我吧！免得你被宣告破产，身败名裂。"说罢，钻进汽车，呜的一声开跑了。

"豺狼！"盛青蚨咒骂了一句，愤愤地上了楼。

"还是不要跟他抓破脸吧！"盛孔方劝道，"千方百计，把他的资金弄到手，渡过难关，才是上策。"

"您难道看不透他的狼心狗肺吗？"盛青蚨惨然地说，"他是趁我之危，落井下石，吞并兴通、茂达，置我于死地而后快。"

"其实……何必……"盛孔方吞吞吐吐，"你就答应他那个条件，换取……"

"鼠目寸光！"盛青蚨呵斥他爹，"您老眼昏花，看不清当前形势。共产党已经占了上风，如果我只图眼前快乐，跟吴宗笠实行政治姘居，一旦城破，共产党岂能饶我？今后对他避之唯恐不及，怎能自寻无穷后患？"

"是呀！"盛千翠头一回给哥哥帮腔，"别看吴宗笠张牙舞爪，其实好景不长。"

"千翠，你让共产党迷了心窍！"盛老太婆怨怒地叫道，"我不许你胡说八道，我不许你疯疯癫癫。"

盛千翠从来不把她娘放在眼里，小嘴一噘，柳眉一竖，说："我愿意，您少管！"

盛老太婆悲悲切切地哭起来了。

盛青蚨拉着盛千翠的胳臂，说："别惹娘伤感了，到我书房去。"

来到盛青蚨的书房，盛千翠抿着嘴儿一笑，说："你是不是又要临时抱佛脚？"

"我想跟那边做生意。"盛青蚨急切不安地说，"可是我在那边又没朋友，找谁接洽呢？"

盛千翠故意拉着长腔儿，说："你有一张厚脸皮，还不会见庙就烧香，见佛就叩头吗？"

"小妹，你能不能给叶菏……"

"算了吧！"盛千翠厉声打断他的话，"我已经接受你的劝告，下了狠心，将情丝一刀两断。"

"小妹，你不能见死不救，帮一帮你这个不成器的哥哥吧！"盛青蚨跺着脚，哭起来，"我已经赔了个精光，如果能在共产党地区打开市场，就可以避免倾家荡产的灾难，你怎么能无动于衷，袖手旁观？"说着说着，涕泪交流。

盛千翠被她哥哥的眼泪软化了，更被她家面临的破产危机吓坏了，答应说："我只好低声下气给叶菏写封信，向人家开口行乞。"

"我马上给你开个货单，都是他们求之不得的物资！"盛青蚨又转悲为喜，"那些想逼我盛某人跳楼投江的官僚买办，瞎了他们的狗眼！我盛某人并非无能鼠辈，不会坐以待毙；盛某人神通广大，生财有道，前途不可限量。"

侦察员小丢身穿教会中学的夏季校服，上衣兜口插了两支自来水钢笔，一副十足的洋学生派头儿，出现在盛公馆门口。从门房里，跨出一个粗眉暴眼的大块头，上上下下，打量了小丢有两分钟，才瓮声瓮气地问道："找谁？"

"盛千翠！"小丢扬着下巴颏儿，十分傲慢。

"你怎么认识我们二小姐？"大块头口气软下来。

"朋友！"小丢仍然大模大样，两手插在裤兜里。

"贵姓？"

"无。"

"台甫？"

"名氏。"

"捣乱吗？"大块头圆瞪二目，"世界上有叫无名氏的吗？你到底是干什么的？"

"少见多怪！"小丢轻蔑地耸耸鼻子，"我是口天吴，日月明，'学而优则仕'的仕，开窍了没有？还不赶快通报去。"小丢这几句话，是临来之前跟叶菏讨教的。

大块头转身进屋，一个头戴瓜皮小帽的听差，急急忙忙奔后楼跑去。

后楼阳台上，盛千翠正跟文萃斋书铺少老板、教会中学的优等生凌鸿鹄凭栏赏花。

"回禀二小姐！"瓜皮小帽哈下腰去，"有一位您的同学求见。"

"叫什么？"

"吴明仕。"

"放屁！"

"口天吴，日月明，'学而优则仕'的仕。"

"我压根儿就没有叫吴明仕的同学！"盛千翠嚷道，"一定是个流氓，叫大块头给他点颜色看看。"

"可是，看那穿着打扮，很像个富家公子哥儿。"瓜皮小帽当了大半辈子听差，是个老油子，他觉得来客必有背景，不可怠慢，"听他的口气儿，跟二小姐也不是泛泛之交，您是不是赏他个脸，出去看看。"

"也不知从哪儿冒出来的讨厌鬼！"盛千翠气咻咻地走下楼来。

转过前楼，瓜皮小帽一指当门而立的小丢，说："就是那位。"

"你是什么人？"盛千翠走到小丢面前，怒目而视，"我不认识你！"

大块头从门房里蹿出来，将小丢看住，只等二小姐一个眼色，就要动手。

"请看我哥哥的信！"小丢掏出叶菏的短笺，扔给盛千翠。

盛千翠一看叶菏的笔迹，就明白了。她强作镇静，说："吴学弟，恕我一时有失礼貌。请！"

"请！"大块头和瓜皮小帽同时屈膝打千。

小丢跟盛千翠转过前楼，见四下无人，笑嘻嘻低声说："我奉命来见盛青蚨先生，办理那笔交易。"

"我马上带你去见家兄！"盛千翠像要摆脱千斤重担，把小丢带进盛青蚨的书房。

盛青蚨跟任何人都能见面八分熟。他跟小丢紧紧握手，请小丢在沙发上落座，烟、茶、糖、果，摆满了小丢面前的茶几。

小丢吸了一口烟，喝了一口茶，不慌不忙地说："盛先生，咱们谈公事吧！"

盛青蚨坐在转椅上，转动着位置，观察着小丢，说："正要请教你先生光临舍下，有何贵干？"

"我奉通州武工队指导员叶菏的命令！"小丢弹了弹烟灰，"前来同盛先生约定地点，商定日期，双方会面，做成那笔生意。"

盛青蚨陡地一按桌面，挺身起立，板起面孔说："朋友，我看你一定是认错了门儿，找错了人儿。盛某人经商多年，金字牌匾，从不违法乱禁。兴通商行和茂达银号，与本城和外埠几百家商号贸易往来，可没有一家的字号叫武工队。"

小丢一惊，定了定神，便看穿了盛青蚨的花招儿。他一不失望，二不着急，慢腾腾从沙发上站起来，伸了个长长的懒腰，说："那么，我就不打扰了。如今的天气一天比一天热，盛先生的存货搁久了，可不要馊在手里。"说罢，就走。

盛青蚨上前一步，张开双臂，拦住小丢，变换一副笑脸儿，说："老弟，不管我们之间做不做生意，可是三教九流，五行八作的朋友，我都喜欢攀交。请赏光，吃顿便饭，再走不迟。"

陪客的却换了盛千翠。

盛千翠的慌乱心情，已经完全镇定。她像个大姐姐，不停箸地给小丢布菜，不停口地问长问短。

"叶菏身体好吗？听说他高升了，是吗？"

"革命工作，不分高低。"

"他在你们那边……"盛千翠欲言又止，脸上红了又红，"一定选中了一个美丽而又革命的意中人吧？"

小丢喜欢恶作剧，故意捉弄她，说："革命太忙，顾不得在这方面花心思。

不过，仿佛有个人儿牵着叶菏的心。他这个人心又深口又紧，谁也别想侦察出他的秘密。"

盛千翠的脸儿大放光彩，说："我哥哥不改奸商心理，他想抬高行市，多赚几个钱，我反对他发不义之财。"

退到幕后，正在门外偷听的盛青蚨，一见他妹妹又堕入情网，连忙推门进来，堆着笑脸说："这位朋友，招待不周，请原谅。"

小丢抹了一下嘴巴，说："我是吃了人家的山珍海味也不嘴软。咱们当面鼓，对面锣，把话说明白，做成的买卖，讲定的价钱，就得丁是丁，卯是卯，不能拉出屎来再坐回去。"

"误会，天大的误会！"盛青蚨指天画地，"君子一言，驷马难追；人而无信，不知其可也。但是，物价飞涨，瞬息万变，请转告叶菏指导员，尚乞体念我的苦衷。"说着，他那本来眉飞色舞的面孔上，也变化多端，一会儿苦相，一会儿哭相。

小丢一言不发，就向外走。盛青蚨杀鸡抹脖儿似的给盛千翠连递眼色，盛千翠无可奈何地叹了口气，追到门口，紧紧扯住小丢的胳臂，柔声儿说："好朋友，替我捎句话儿，请叶菏来一趟，我……有很多话，想跟他说。"说罢，低下头，眼圈儿红了；猛一转身，跑回楼去。

30

盛千翠在家里，可就不那么平民化了。她的房间，真是珠光宝气，富丽堂皇；镂花床栏的钢丝床，高大的穿衣镜，精巧的梳妆台，天鹅绒的沙发，玻璃砖的茶几，古色古香的书橱，花梨木的书桌，墨绿色的地毯，而且弥漫着高级脂粉香水气味。她身穿苹果绿的衬衣，咖啡色的毛料西装裤，深棕色的鹿皮拖鞋，手腕上的金表在灯光下闪闪耀眼。

叶菏弹了弹门，盛千翠一边问了声："谁呀？"一边走过来开了门。叶菏摘下压到眉梢的礼帽，笑着向盛千翠伸过手去，说："千翠，你好！"然后跨步进屋，反锁上门。

"叶菏，我是不是在梦里？"盛千翠扑到叶菏的肩上，抽泣起来，"我想你！自你走后，我的灵魂就失去了主宰。"她那病弱瘦削的身子，像一朵惨白的小花，在寒风中战栗。

叶莳轻轻扳开她的胳臂，说：“我来跟令兄谈生意，也是来邀请你到我们那边去做客。”

“做客？”盛千翠一下子冷却了她那如火如荼的冲动；别看她有时狂热到沸点，甚至幻想叶莳把她带走，但是共产党这三个字，在她的头脑里仍然是一个游荡的魔影，十分可畏。半晌，她才从惊呆中苏醒，发冷似的问道：“为什么邀请我去做客？”

“我们希望你做革命的友人。”

“好，我去！”盛千翠似乎下了决心，其实仍然心存恐惧，“路上危险吗？”

“我以我的生命，保障你们的安全。”

“还有谁？”

“凌鸿鹄肯去吗？”

“只要我肯去，他就得去！”盛千翠发了一会儿怔，忽然噘起小嘴儿，“可是，我又不想带凌鸿鹄同行。”

“为什么？”

“因为他……”盛千翠的脸颊上浮起红晕，“他对我……产生了令人不快的爱慕之情。”

“难道他是个品德卑劣，对你存心不良的人吗？”

“不！他是个很善良很有学问的人。”盛千翠又觉得似乎不妥，忙补了一句，“当然，比不了你。”

“那么，还是请他做你的旅伴吧！”叶莳不愿再扯这个题目，“时间不早，带我去见令兄。”

盛千翠只得带叶莳下楼。

盛青蚨这几天正陷入没顶的苦恼中，好几个晚上没有到跳舞厅去寻欢作乐了。这时，他关在书房里，枯坐在写字台前的弹簧椅上，聚光台灯照着他那蓬乱的头发，灰白的长脸，呆滞的眼睛，满是胡茬的下巴，一点风度翩翩和神气十足的影子也不见了。

盛千翠推门进去，盛青蚨的眼珠动了动，有气无力地问道：“小妹，还没睡？”

“哥，你看谁来了？”盛千翠一闪身，跟在她身后的叶莳跨前一步。

盛青蚨直了直眼，忽然欢呼一声，扑上去紧紧握住叶莳的双手，说：“叶君，日盼夜盼，恭候你的光临；青蚨望眼欲穿，千翠早已望穿秋水了。"

叶菏笑笑说："我们很了解盛先生的心情。"

"非常高兴，十分荣幸！"盛青蚨挽着叶菏的胳臂，坐在沙发上，"不过，青蚨邀请叶君前来，不仅仅是为了谈生意，更主要的是为了向贵党一表我的衷心。"

"欢迎盛先生与我们合作。"

盛青蚨越发神气活现，说："叶君当然知道，吴宗笠是我的妹夫，但是我跟他势如水火，断然拒绝跟他同流合污。"

"盛先生的政治态度，我们很清楚。"

"我是左派！"盛青蚨双手捧着心口，表白自己，"我虽然看似脚踩两只船，重点可放在贵党这一边。我跟国民党打交道，是为了赚他们的钱，而我跟贵党的交往，则是重义轻利的。"

叶菏掏出货单，拍在茶几上，说："那么，我们一定会很容易就把这笔生意谈妥。"

"是的，是的。"盛青蚨先从上衣兜里掏出金丝眼镜，架在鼻梁上，然后又像变魔术似的，从裤兜里掏出一个袖珍小算盘。

盛千翠一向自命清高，听他们要谈生意，便道了一声失陪，上楼去了。

叶菏含笑看着盛青蚨手中的小算盘儿，说："开始吧！"

于是，这位重义轻利的左派商人，便展开了言语婉转而又分文必争的讨价还价。不过，他也感到惊奇，想不到这个初出茅庐的年轻书生，竟然颇为精通生意经，任凭他使出浑身解数，说得口干舌焦，也不为他的天花乱坠所迷惑，拆穿他一个又一个精心设计的圈套。最后，他迫不得已，只得同意按照叶菏提出的价码和条件成交。

"叶君对于做生意，称得起是呱呱叫的内行！"盛青蚨掏出手帕，擦着脖子上的汗水，连连赞叹不已。

"盛先生过奖了！"叶菏笑道，"其实，对于做生意，我还是有生以来第一次。但是，我们的政策和策略，既有原则性，又有灵活性，我只不过是按照党的政策和策略办事。"

"公道，公道！"盛青蚨尝到了叶菏的厉害，"听君一席话，胜读十年书，我对贵党的政策，有了深刻的认识；今后，青蚨必定以信义为重，为贵党效劳。"

"希望盛先生说到做到！"叶菏从沙发上站起身。

"请留步！"盛青蚨表情亲密，声调柔和，"关于舍妹和叶君的婚事，我祝愿你们结成美满良缘。"

"革命尚未成功，何以家为？"叶菏淡淡地说，"革命生涯，出生入死，我不能一心二用；千翠还很年轻，也应该专心学业。"

本来，叶菏想跟盛千翠见个面再走，现在却不想上楼了。

叶菏走了，盛千翠的热情顿时退了烧，只剩下一片空虚之感。她觉得，刚才好像不是叶菏来过又走了，而是一个幻影，在她的房间里游荡了一回，飘然而去，转瞬即逝。她感到惴惴不安，心烦意乱，对于是不是到那边做客，也动摇起来了。她迫切想找个人，给她出出主意。

在这个家庭里，能够跟谁倾诉衷肠呢？只有她哥哥。她虽然看不起盛青蚨的投机取巧和厚颜无耻，可是内心却不能不承认，她这个哥哥是个阅历丰富，颇有远见，必要时敢于当机立断的强者。于是，她走下楼，到盛青蚨的书房去。

盛千翠推门一看，只见盛青蚨埋头在聚光台灯下，清脆而紧张地拨弄着小算盘，连盛千翠的开门声和脚步声也没有听见，完全沉浸在袖珍小算盘演奏出来的轻音乐中。

盛千翠心情沉重地缓缓走到写字台前，站立了很久，才引起盛青蚨的注意。盛青蚨抬起头，嘻嘻一笑，说："小妹，你这一封信，使我起死回生了！"

"可是我得付出代价。"盛千翠失神地说，"叶菏要我到他们那边去做客。"

"你答应了吗？"盛青蚨眼睛闪闪发亮。

"答应了，又有点后悔。"

"我替你去！"盛青蚨自告奋勇，"就说你偶感风寒，不能成行。"

"你去干什么呀？"盛千翠咯咯发笑，"人家请的是青年学生代表，并没有请著名奸商。"

"什么著名奸商！"盛青蚨不爱听，"人家共产党尊称我为民族资本家，是统一战线对象。"

"反正你不能替我去。"

"那你就去吧！"

"我怕他们把我扣留。"

　　"根本不会！"盛青蚨很懂行，"共产党不抓壮丁。扣下的人，一不自觉，二不自愿，靠不住，成事不足败事有余。"

　　"我又怕人身被侵犯。"

　　"难道叶菏对你有过非礼的行为吗？"

　　"他是一块不通灵性的顽石！"盛千翠哀怨地说。

　　"那么，你对他已经感到失望？"

　　"有点儿！"盛千翠含泪点了下头。

　　"早该横下心来！"盛青蚨说，"他不是你的理想伴侣，不是能够给你带来幸福的丈夫。"

　　"为什么？"

　　"就因为他是共产党！"盛青蚨冷冷地说，"共产党人的爱好、趣味、情调、生活方式，总而言之，所有的一切，跟咱们这个家庭的人，是格格不入的。"

　　"我愿为了爱情，牺牲我的爱好、趣味、情调、生活方式，以及一切。"

　　"梦呓！"盛青蚨嚓地划着火柴，点着一支香烟，"你姐姐失之于轻浮，需要严肃；而你又过于任性，需要的是实际。你只要把头脑冷静下来，就会发现，理想的伴侣不是叶菏，而是另外一个人。"

　　"谁？"盛千翠明知故问。

　　"凌鸿鹄。"

　　"呸！那个银行迷，乏味死人。"

　　"正是这个银行迷，有可能给你带来一生享用不尽的财富和幸福。"

　　"奸商观点！"

　　"不必假充清高！"盛青蚨激怒了，"人和人之间的亲与疏，爱与仇，都为利害所决定。"

　　"市侩哲学！"盛千翠打了个哈欠，"我困了，不想听你臭嚼了。"说罢，转身就走。

　　凌鸿鹄家的文萃斋书铺，自从被县党部、保安司令部政训处和邮政局搜查、没收、扣留了大批书籍杂志以后，只能经营一些文具纸张和表报账册，以求苟延残喘。店员都被解雇了，老板凌九霄一生以"谈笑有鸿儒，往来无白丁"的高等风雅人士自命，现在也不得不抛头露面，站到前柜，对只买一支铅笔一块橡皮的顾客笑脸相迎。而在家里，包月车取消了，老妈子打发走了，处处呈现出破落颓败的景象。凌九霄已经是花甲之年，重振家业，光耀门楣的希望，只能寄托在爱子凌鸿鹄的身上了。他祈愿凌鸿鹄能考取著名的燕京大学，毕业后又能考取洛克菲勒基金会奖学金留洋。然而，读书虽能升官发财，却要先花大笔本钱；这个，他已无能为力了。于是，他只有指望儿子巴结上盛千翠，娶到这个金钱化身的女子，赚取锦绣的前程。

这一切，都深深影响凌鸿鹄的心理，支配他的行动。为了投考燕京大学，他日夜都埋头在书堆里；虽没有悬梁刺股，身边却放着一盆冷水，以便不时拧一个冷凉的手巾把，擦一擦灼热的额头。

盛千翠走进凌鸿鹄的卧室，凌鸿鹄全神贯注在书本上，一点没有察觉。盛千翠突然一巴掌拍在书桌上，喊道："博士，抬抬头，关心一下窗外事！"

凌鸿鹄抬起苍白的长脸，木然微笑，惶恐地说："想不到……想不到你肯屈尊光临寒舍。"

"你这间屋子发了霉！"盛千翠耸了耸鼻子，皱起眉头。

"我去点一支熏香！"凌鸿鹄急忙到他父母房间去。

趁这工夫，盛千翠观察了一下这间小型图书馆似的屋子，几架古色古香的书橱，装满精装的外文书籍，一切都井井有条，十分整洁。她的目光又落在了书桌上，忽然发现在面对座椅的案头，有一个小小的玻璃镜架，剪贴着一幅她的彩色照片。那本是她跟小学时代一个女同学的合影；那个女同学现在教会中学读书，原是凌鸿鹄的女朋友，凌鸿鹄能到盛公馆做客，还是这位女同学引路。眼前，这位女同学从合影中被剪掉了，只保留着盛千翠那充满傲气的脸儿。盛千翠不禁脸上发烧，心儿狂跳。

凌鸿鹄擎着一支熏香走进来，面带歉色地笑了笑。

盛千翠却脸一沉，厉声质问道："你为什么偷窃我的照片，又不经允许而摆放在你的书桌上？"

凌鸿鹄低下头，垂着手，发窘地说："照片不是我偷来的，是被剪掉的那个人转送给我的；出于对你的崇拜，才庄严地供奉在案头。"

盛千翠听着很受用，满心欢喜，却仍然装得气鼓鼓地说："你把我的好同学，你的女朋友的情影剪掉了，是什么意思？"

"因为我不喜欢她。"

"为什么？"

"她……她……"

"她没钱，是不是？"盛千翠冷笑道。

"不，不！"凌鸿鹄慌乱地说，"我是不喜欢她的柔媚无骨。"

"那么，我有骨？"

"是的，你是一副秀骨、仙骨……"

"我是金骨！"盛千翠刻薄地说，"我们家那一根根金条，支起了我的骨头架子；你不是崇拜我，而是崇拜黄金！"

"千翠，你为什么如此轻蔑我，污辱我！"凌鸿鹄哭了，"我发自内心深处，像赤子一样纯洁，崇拜你这个人。"

"那你就是瞎子！我真正是一个软骨头。"盛千翠神经质地发笑，"你难道看不见我对叶菏是多么低三下四吗？"

"那不是软骨，而是痴情。"

"如果叶菏能像你这样知心，那有多好！"盛千翠自怨自艾，"痴情女子薄情郎，我是何苦呢？"

"我虽然在你的心目中，不配荣获叶菏那样的地位，"凌鸿鹄向盛千翠投去乞怜的目光，"但是我要做你最知心的朋友。"

"好，最知心的朋友！"盛千翠握住他的双手，"陪我到延芳淀走一趟。"

最知心的朋友踌躇了，吞吞吐吐地说："我……我还要……准备功课……考大学。"

"你是书虫子，你是冷血动物，你是时代的落伍者！"盛千翠激昂地叫道，"如果你不同我做伴到延芳淀去，我今后就不再理你。"

"我去，我去！"凌鸿鹄屈服了，"可是，我的功课……"

"你带着书本去呀！"盛千翠笑眯眯地说，"水乡之夜，万籁俱静，孤灯为伴，草堂读书，多么富有诗意。"

"好吧，我全依你。"凌鸿鹄满脸可怜的怨气，"可是，你又依过我什么呢？正像《圣经》中说：'我乞讨的是面包，她抛给我的是石块'。"

盛千翠感动了，她用一只软绵绵的小手，温情地揉弄凌鸿鹄的长发，悄密声儿地说："我的最知心的朋友，跟我做伴到那边走一趟吧！到那我清理了旧债，也许会把面包给你。"

"呵！"凌鸿鹄双手交叉在胸口，"我像是一个饥渴的沙漠旅人，在我的眼前，出现的是一片绿洲，还是海市蜃楼？"

两天之后，盛千翠放出风去，她跟凌鸿鹄到省会去游玩，离开了通州。

31

延芳淀口，飘香驾一叶扁舟，迎候他们。

"萍姐，是你！"盛千翠惊叫一声，就像堕入梦境，投进飘香的怀抱。

"她在这儿叫飘香。"小丢驾另一叶扁舟驶来，"香满延芳淀。"

"你怎么在这里？"盛千翠偎在飘香的怀抱里问道。

"说来话长，等以后再给你捅破这层窗户纸。"飘香牵着她的手上船，"坐稳。"

小丢请凌鸿鹄上他的船。

"走！"飘香的篙头轻轻一点，小船离岸，像惊鸟乍起，向延芳淀飞去。

"天！"盛千翠恐惧地尖叫，"萍姐，你可不要淘气呀。"

"别害怕，相信我！"飘香咯咯笑，"我五岁就在延芳淀上玩船，是个老把式。"

她站在船头，手持富有弹力的竹篙，娇小的身子一俯一仰，两臂一张一弛，就像风吹芦苇，杨柳轻飏。两只小船，两个撑篙人，你追我赶，寸步不离，争先恐后，互不相让，将小船划得像脱离水面，在花香水气中飞行，吓得盛千翠胆战心惊，魂不附体。于是她干脆闭上了眼睛，听天由命，只觉得耳边风声呼呼，身上冷汗涔涔。

"到岸了！"

飘香一声呼唤，盛千翠睁开眼睛，如梦方醒。但是，腿麻了，站不起来，飘香把她抱上岸。这时，后面小丢那只船，也咬着尾，赶到了。

他们靠岸的这里是烟村。小丢带凌鸿鹄到车平安家去，飘香带盛千翠去雷响家。

雷响娘从窗眼里望见，飘香陪着个女学生走进柴门，忙出溜下炕，迎到屋门口，笑问道："他香姐，你带来的是什么贵客呀？"

"舅妈，自家人。"飘香把盛千翠推到雷响娘面前，"她叫盛千翠，跟叶菏是同学；千翠，这是我舅妈，武工队长雷响的母亲。"

雷响娘捏着盛千翠那十指纤纤的玉手，亲热地说："一路上劳累了，快进屋歇歇吧。"

盛千翠一进这间小屋，目瞪口呆。小屋破陋，四壁乌黑，窄窄的小炕，还堆放着坛坛罐罐，破席上只有一床单薄的旧棉被；跟她那间富丽堂皇，满室生香的闺房相比，真有天壤之别，这叫人怎么住呢？

"千翠，上炕躺一躺！"飘香笑着说，"舅妈，您给千翠做饭吃。"

盛千翠一想到她那金玉之体挨在土炕破席上，肉皮子有如芒刺，起急地说："萍姐，我想马上见到叶菏！"

飘香笑道："本来他打算亲自去接你，偏巧今天他正忙得分不开身，让我一见你的面，先替他道个歉。"

"忙，忙，忙！"盛千翠发起小姐脾气，"难道就忙得不屑于跟老同学打个照面？"

飘香连忙说："你先休息、吃饭，我去找他。"

等飘香到石瓜镇把叶菏找来，走进雷响娘的小屋，却不见了盛千翠，忙问道："客人呢？"

"这位小姐跟咱们不是一个阶级'姓'！"雷响娘失望地说，"我请她坐，她的身子不敢沾炕沿；我给她做了鸡蛋面条汤，她皱着眉头吃了两箸儿，就咽不下去了。刚才，车平安带着那个男学生，风风火火把她叫走了，也不知有什么变故。"

叶菏看了飘香一眼，说："只怕车平安搬弄是非。"

飘香揉着叶菏说："你快去找她谈谈。"

车平安过去在通州拉车为生，曾给盛千翠的爸爸拉过好几年包月车，后腰上常常被盛孔方的文明杖戳得青一块紫一块，吆喝他快跑。后来，盛青蚨当了家，买了汽车，把他解雇，他又给凌鸿鹄的爸爸凌九霄拉了两年。对于盛、凌两家，他仍然留存着辛酸的回忆，但是他这个人虚荣心很重，颇有点阿Q习气，不喜欢提起过去的寒酸，觉得丢面子。这几年，他过上了温饱的日子，在烟村也算个出头露面的角色，眼睛就更向上，一心想攀高枝儿。他很想当烟村村长，可是他这几年光做小买卖，没有种过地，而且还有一个女儿嫁给了一个小地主，所以连个委员也没选上。车平安很不满意，满腹牢骚，态度消极。他想，雷响为人大度，叶菏办事公道，只有飘香性情刁钻，必是飘香从中作怪，才把他扔在了脖子后头。于是，他把一肚子的不满，都集中在飘香身上，背地里飞短流长。土改以后，家家户户都比过去手头宽裕了，他的货郎担生意很是兴隆；他已经盘算，打算把分得的土地，趁热卖个大价钱，然后到石瓜镇开个小杂货铺。

凌鸿鹄到他家来住，称呼他车大叔，车平安感到十分体面。又听说盛千翠也来了，忙亲自到雷家小院看望这个小女主人，热乎乎地说："二姑娘，还记得吧？你小时候，我还抱过你，学猫叫狗叫，哄你玩哩！"他打算开小杂货铺，想到盛、凌两家都是通州的巨商富贾，博得盛千翠的欢心，等于是打通了两条生财之道，所以一定要在盛千翠和凌鸿鹄身上大下功夫。

盛千翠很想打听飘香的底细，一进车平安家，就问道："老车，那个飘香在城里化名邵青萍，她到底是什么人？"

"蒲政委的红人儿，叶菏的情人儿！"车平安尖酸刻薄地说。

盛千翠大惊失色，按住心跳，颤声问道："她跟叶菏是……"

"多年的……哈哈！"车平安挤着眼睛，"虽说并无三媒六证，可是飘香的手段高明，反正叶菏是关进她的鸟笼，钻进她的渔网了。"

叶菏跨进车平安的门槛，车平安正指手画脚，眉飞色舞，说得口沫飞溅。他一见叶菏进了门，急忙咬住舌头，干笑了两声，说："你们谈工作吧！我就别在一边碍手碍脚了。"说罢，拔腿溜走。

"谈什么呢，这么热闹？"叶菏微笑着问道。

"我请老车当个月下老人！"盛千翠充满敌意地盯着叶菏的眼睛，射出挑战的目光，"请他用一根红线，把我拴在凌鸿鹄的脚下。"

凌鸿鹄惊喜过望，真想跳起来欢呼，他没有想到盛千翠突然如此急转直下，满足了他梦寐以求的奢望。

"祝贺你们！"叶菏不动声色，平静地说，"希望你们今后沿着进步的道路，携手向前。"

"谢谢你的祝贺，无限感激！"凌鸿鹄抓着叶菏的手，连连紧握，"车大叔给我们牵了红线，而你则是最有权威的见证人。"

"鸿鹄，你是怕我过后不认账吧？"盛千翠一阵神经质地发笑，"不光请叶菏见证，还要请青萍作保，我给你立下卖身契！"

叶菏正色说："千翠，我们书归正传，谈正题吧！"

"我要见你们的首长！"盛千翠歇斯底里大发作，"你的官儿太小了。"

说罢，她趴在炕上，放声大哭。

蒲葵亲自来到车平安家，看望盛千翠和凌鸿鹄。

盛千翠趴在车平安家那雪白的苇席上，还在嘤嘤啜泣，口中呢呢喃喃："爱情……爱情……"

"翠，不要伤感吧！"凌鸿鹄手按心口，无比多情，"忘掉那个扔给你石块的人，我愿做你忠实的奴仆。"

盛千翠抽噎着说："我怕……我怕……"

"不要怕，我守卫在你的身边。"凌鸿鹄掏出手帕，给她浸掉腮上的泪珠儿，"我们在此地不可久留，还是赶快回到温暖的家庭去吧！想到我们这一次的历险，我们将永远珍惜在共患难中缔结的爱情。"

正在这时，蒲葵走进院来，喊了一声："盛千翠、凌鸿鹄同学，欢迎你们的光临！"

凌鸿鹄连忙迎出去，一见蒲葵那雄姿英发的风度，就知道是个重要人物，连忙深鞠一躬。

"不认识我了吗？"蒲葵含笑问道，"我在通州停战监督小组工作时，你给我送过书。令尊身体可好？"

"啊，您是……蒲葵先生！"凌鸿鹄感动地说，"家父常感惭愧，那一次您采购大批图书，本来已经索价甚高，后来您却又派人送来加价，家父于心极感不安。"

"不要谢我，我没有那么高的眼力！"蒲葵笑道，"我是为区党委资料室购置图书，以备研究参考之用。这批书转运到区党委，发现其中有几册珍本，决定公平加价，以酬谢令尊访书之劳。"

盛千翠连忙从炕上爬起来，她只不过犯了一阵神经质，并没有把两眼哭成桃子；掏出小手帕，抹了抹脸庞，换上了一副笑脸。

"蒲先生，我也认识您，您不记得了吗？"盛千翠不让凌鸿鹄独享这份荣光，"去年，有一回吴宗笠请您吃饭，我正到他家去为平民子弟夜校募捐，曾经一睹您的风采；只是因为讨厌吴宗笠，所以没有奉陪您，十分失礼，应该向您道歉。"

"不，我应该称赞你。"蒲葵和蔼可亲地说，"你不与你的姐姐和姐夫同流合污，是难能可贵的。希望你不断进步。"

盛千翠很高兴，说："我一定不辜负蒲先生的期望。"

"那么，要把我们留下？"凌鸿鹄变了脸色。

"这要取决于你们的自愿。"蒲葵笑着说，"如果你们不想留下，我们来时欢迎，走时欢送。"

蒲葵走了，凌鸿鹄仰面朝天躺在炕上，说："我们上了当，被软禁了。"

"怎见得？"盛千翠也慌了神儿。

"这是叶菏以爱情为诱饵儿把你钓了来，你又钓了我！"凌鸿鹄在炕上痛苦地抱着头，"千翠，你去求一求那个萍姐，请他们放我们回去吧。"

"我……我不敢去。"盛千翠心虚胆怯，六神无主，"我跟她已是情敌，情敌是可以化为仇敌的。"

"那么，我们就束手待毙吗？"凌鸿鹄抓着头发，"我还要考大学，考大学呀！"

"我害了你，害了你！"盛千翠扑到他身上。

外屋一阵吃吃笑，车平安嘻嘻叫了声："盛二小姐，凌大少爷！"

"车大叔！"凌鸿鹄吓得发抖，"别告发我们。"

"姓车的，是他们派你监视我们吗？"盛千翠反而十分镇定，撒泼地说，"你去告发吧，拿我们的人头请赏吧！"

"岂敢，岂敢！"车平安诡秘地笑道，"等打下通州，我老车做买卖，还要请青蚨少东家跟凌老板多多关照。你们两家的残羹剩饭，也能撑破我的肚皮。"

盛千翠眼珠儿一转，说："你送我们走，我们忘不了你的好处。"

"等天黑吧！"车平安忽然又打了个冷战儿，"我这可是豁出了身家性命呀！"

盛千翠脱下了手上的金戒指，说："老车，你把我们平安送走，这个戒指给你。"

凌鸿鹄也摘下腕上的手表，说："再搭上这个。"

车平安赶忙双手接过金光闪闪的戒指和手表，说："我老车万死不辞。"

天黑以后，趁着夜色，车平安带领盛千翠和凌鸿鹄溜出了烟村，沿延芳淀畔的蓬蒿小路，落荒而逃。

走没多远，就听背后传来飘香的呼叫："千翠，千翠！你们站住。"

"我的娘，这个丫头追来啦！"车平安一听飘香的声音，惊得像一条泥鳅，嗞溜不见了。

"老车，你不能扔下我们！"盛千翠喊道。

"车大叔，救命吧！"凌鸿鹄哭起来。

但是，车平安早已不知去向。

"快跑！"盛千翠扯起软弱无力的凌鸿鹄，深一脚浅一脚地跑起来。

后面，飘香一边追一边呼叫，越来越近了。他们正想钻进一片柳棵子地里，忽然一棵河柳后边闪出一个人影。

"千翠，鸿鹄！"是叶菏的声音，"我送你们回去。"

"叶菏！"凌鸿鹄瘫在了地上，"不要杀我们，我们……我们留下……革命。"

"杀吧！"盛千翠却迎着叶菏走去，扯开身上的汗衫，裸露出苍白消瘦的胸脯，"我热恋过你，如今死在你的手里，也是罪有应得。"

叶菏长叹一声，说："千翠，你是多么不了解我，不了解我们！你跟凌鸿鹄回去之后，只要不投靠吴宗笠，我们仍然是朋友。"说着，他从地上扶起凌鸿鹄，给凌鸿鹄拍打身上的泥土。

"我们……受了车平安的骗。"凌鸿鹄找个借口，给自己遮羞，"他还讹诈了我们的戒指和手表。"

"小丢！"叶菏向黑暗中下令，"抓住车平安，把戒指和手表找回来。"

"是！"小丢像一颗流星而去。

这时，飘香也追到了，她给盛千翠扣上了汗衫，温和地责备说："千翠，你走得太匆忙了，咱俩还来不及深谈。"

"萍姐！"盛千翠趴在飘香的肩头，"宽恕我吧！"

飘香抚摸着她那瘦骨伶仃的肩膀，说："我跟叶菏，都不会忘记你跟我们的友情。"

小丢回来了，把戒指、手表归还盛千翠和凌鸿鹄，叶菏和飘香带领几名武工队员，一直送他们到通州郊外。

盛青蚨刚刚喝完牛奶，吃过早点，正坐在沙发上浏览当天的报纸，然后到银号和商行去接受职员们的朝见。突然，盛千金像一头火牛闯进来，劈头盖脸问道："你打发千翠那小蹄子到哪儿去啦？"

这真是当头一棒，打得盛青蚨懵了头，一时张口结舌，连连眨巴眼睛。他从盛千金的态度和声调里，感到事情不妙，强作镇静地说："她带着她的男朋友，到省会去玩，也不是我打发她去的；难道我愿意她挥金如土，浪费钱财？"

"撒谎！"盛千金手指着她哥哥的鼻子，"你主使她通共。"

盛青蚨跳了起来，一掌把盛千金搡在沙发里，恶狠狠地说："胡说八道！你怎么给自己的亲哥哥和亲妹妹头上扣红帽子？"

他跟盛千金，在投机倒把做生意上，是合谋同伙；但是很清楚，盛千金的脑瓜子浸透了反共毒汁，所以关于他跟共产党方面的暗中往来，却要对这位同伙绝对保密。

"你指使千翠向共产党分子叶菏卖身！"盛千金仍旧气势汹汹，一口咬定。

"住嘴！"盛青蚨挽起了雪白的袖口，"你再敢疯言疯语，我就打死你这个娼妇。"

这个刁泼暴戾的女恶棍，骨子里最怕盛青蚨，也只怕盛青蚨一个人。这是因为，不但她的一切丑事和隐秘，完全掌握在盛青蚨的手里，而且由于她头脑简单愚蠢，遇事全无一定主见，要靠盛青蚨的指点，所以已经习惯于接受盛青蚨的主宰。

盛青蚨舒了一口气，点起了一支雪茄，问道："发生了什么事儿，急得你就像中了邪似的精神失常？"

盛千金有气无力地呻吟着说："吴宗笠刚刚接到一份情报，千翠到延芳淀投奔了共产党。"

"这怎么可能呢？"盛青蚨也好像受到意外的震惊，"她明明是到省会去了呀！"

"你怎敢保她不从省会兜个圈子，绕道而行，进入匪区呢？"

"真急死了人，气死了人！"盛青蚨又搓手，又打转儿，"吴宗笠打算怎么办，他不会找我的麻烦吧？"

"他就是怀疑你暗中主使呀！"盛千金从眼角瞟着哥哥，"所以我才敲山震虎，诈你一下子。"

盛青蚨一声哀叹，说："看来，你跟吴宗笠夫唱妇随，暗算起我来了。"

"你看，怎么你也如此量窄？"盛千金咯咯笑起来，"我跟吴宗笠讲定，你跟千翠若是当真通共，那就是跟我无情无义，我也就不再念骨肉之亲，手足之情，抓也好，杀也好，我都不管。可是，如果他听信谗言，或是无中生有，陷害我的兄妹，我绝不答应。"

"谢谢你的有情有义吧！"盛青蚨冷笑道，"像我这个身为县长内兄的人，即使很想通共，共产党又岂能信得过我？以此类推，小妹的身份与我相等，共产党难道就会相信她吗？依我看，吴宗笠不过是吞并茂达和兴通之心不死，捏造罪名，加害于我，迫使我无条件投降。"

"说得是！"盛千金从沙发上一弹而起，"吴宗笠这是给咱们盛家扣屎盆子，把你打下马去，也杀下我的威风。"

盛千金又风风火火地走了。

盛青蚨可真的焦急起来。他必须想方设法，通知盛千翠不要回城，但是又并不心甘情愿把盛千翠留在延芳淀。正在他束手无策，想不出两全之计的时候，盛千翠和凌鸿鹄却在不适当的时间，不适当地回来了。

"天哪！"盛青蚨连连叫苦，"吴宗笠正要抓你们，你们怎么回来自投罗网？"

凌鸿鹄吓得呆若木鸡，全身血都凉了。盛千翠却并不显得过分惊慌，惨然地自嘲说："让他来抓吧！谁叫我通共不坚决，又从那边回来了呢？这才是自作自受。"

"小妹，现在不是怄气的时候！"盛青蚨哭丧着脸，"如今最紧要的是想出个两全之计，渡过这道难关。"

"世上难得两全。"盛千翠苦笑着说，"一个是我还回那边去，一个是我向吴宗笠投案。"

"不能回那边！"盛青蚨断然地说，"也不能投案。"

"不能回那边，也不能投案！"凌鸿鹄随声附和。

"那么，还有一条路。"

"哪条路？"

"死！"

"这是从何谈起！"盛青蚨急不是，恼不是，"现在只有请千金护送你们到北平，继续念书。"

正在这时，电话铃响了。盛青蚨摘下电话，就听见盛千金气咻咻地嚷道："一点不错！千翠那小养汉精投奔了共产党。"

"证据！有什么证据？"盛青蚨叫嚷，"你请吴宗笠跟我谈话。"

那边，吴宗笠接过话筒，开口就说："我的王牌特工人员亲眼看见，你的妹妹现在延芳淀。"

"如果我的妹妹不在延芳淀，怎么办？"

"那就是我的特工人员谎报不实，我要严惩不贷。"

"好得很！"盛青蚨欢叫，"千翠跟她的未婚夫刚从省会旅行归来，就在我的身边，请她跟你说明。"说罢，他给盛千翠递了个眼色，握了握拳头，示意盛千翠沉着大胆，勇敢顶住。

盛千翠拿过电话，恐怖、悔恨、委屈、悲哀，以及她特有的极端任性的小姐脾气，都一齐迸发出来，又哭又闹地叫道："吴宗笠，你抓我来吧，快抓我来吧！你说姓盛的姑奶奶通共，姓盛的姑奶奶就是通共！你把我拉到十字街头，当着通州百姓的面把我枪毙，不把我枪毙你就是王八蛋，龟儿子！"

盛千翠的突如其来，夹枪使棒地叫骂，把吴宗笠闹得蒙头转向，盛千金劈手夺过电话，骨肉之亲，手足之情，油然而生，含泪说："小妹，好小妹！别难过，委屈了你；姐姐向你赔礼，姐姐给你出气。"

"你少跟我老虎挂念珠儿！"盛千翠又骂起姐姐，"你跟你的汉子一个唱白脸儿，一个唱红脸儿，狼狈为奸欺侮我这个弱女子，我没有你这个姐姐！"

盛千金忽然像母狼似的一声嗥叫："吴宗笠，我跟你拼了，你把我妹妹逼疯啦！"

盛千翠扔下听筒，倒在沙发上歇斯底里地大哭起来。

电话没有挂上，从听筒里传出厮打的声音，吴宗笠哀求着："千金，我混蛋，我混蛋！"又像着了火一样呼救："青蚨兄，你快来吧，快来呀！"

盛青蚨一块石头落了地，挂上了电话，目光凌厉地射到凌鸿鹄身上，厉声说："凌鸿鹄，我因为看你可能有点出息，才不嫌你门第寒微，把我这个金玉之身的妹妹给了你，并且还要不惜工本，把你造就成材。可是，如果你忘恩负义，亏待我的妹妹，我们盛家不大好惹，你也是知道的。"

"尊敬的兄长，你在我身上的投资，绝不会蚀本。"凌鸿鹄奴颜婢膝地说，"至于千翠，她是我终生的主人；我将像虔诚的教徒顶礼膜拜他们的圣母一样，忠顺地服从她，侍奉她。"

"你叫我恶心！"盛千翠尖叫着跳了起来，照凌鸿鹄那苍白的长脸上啐了一口，"你这个猫样的男人。"

她跑回自己的卧室，哐啷关上了门，颓然地倒在了床上，干枯的眼睛一动不动地大睁着。

今后，她将如何生活呢？难道她真的要剪断同叶菏的感情丝缕，熄灭叶菏在她心灵上点燃的尽管虚幻但却美妙的理想之光，遁离山雨欲来风满楼的通州，到陌生的古都北平去过一种半小姐半少奶奶式的生活吗？她对求学不感兴趣，凌鸿鹄那枯燥乏味的爱情也刺激不起她狂热的兴致，她该怎么打发那些沉闷无聊的日子呢？难道也像她姐姐那样，另外去找一些有趣味的男人，看戏、跳舞、下馆子……沉醉于灯红酒绿，纸醉金迷？

想到这里，她的心突突乱跳，血涌上脸，恐惧地用手捂住了嘴，很怕这些可耻的念头，化成语言，泄露出口。

盛千翠啊，珍惜你这最后一点羞耻心吧！也许，在你这最后一点羞耻心理，保留着未来的生机和希望。

32

这天清早，文朝闻打开校门，从门外走进两个人来，一个是身穿藏青色中山装的县教育科长，一个是长袍马褂的程门雪。

"文主任，我来介绍一下。"教育科长皮笑肉不笑，打着官腔儿，"程门雪先生已被任命为通州师范校长，今天正式就职。"

"他不配！"文朝闻张开双臂，禁止入内。

这个腐朽透顶和臭名昭著的教育界败类，文朝闻早在教私塾的时候，就跟他势不两立，最后被他排挤出通州。抗战胜利以后，文朝闻来到通州创办师范学校，县政府竟又委任在日寇占领时期当过伪通州新民会长的程门雪，为师范学校副主任。文朝闻大怒，向法院提起诉讼，检举程门雪投敌附逆，要求依法惩办。经过倪立人出面调停，把程门雪打发到石瓜镇当小学校长，劝文朝闻收回起诉。但是，每逢县教育科开会，有程门雪出席，文朝闻必定退场。不想，事隔二年，程门雪今天竟然以校长的身份，出现在他的面前。

"程先生怎么不配呢？"教育科长阴阳怪气，"谁不知通州名儒程夫子，服务教育界四十余载，论资望，论学问……"

"论人格，他不配！"文朝闻打断他的话。

"你配，你配！"程门雪扯着太监嗓子尖叫。

文朝闻逼上前去，怒喝道："恬不知耻的衣冠禽兽，你还有脸为人师表！"

程门雪吓得掉头就跑，教育科长拦住文朝闻，说："二位老先生都是学界名宿，素为青年学子所敬仰，理应抛弃前嫌，精诚团结，和衷共济……"

"我拒绝与猎狗为伍！"文朝闻气得发抖。

教育科长冷笑道："那就不勉强文先生了！"

文朝闻走进门房的工友室，拿出铜铃，摇了起来。正在上早自习的学生们，莫名其妙地走出教室，文朝闻挥着胳臂喊道："到操场去！"

每天，下了早自习上早操；早操完毕，文朝闻训话。今天，文朝闻不等体育教员发布早操口令，抢先登上司令台。

"同学们，同仁们！"文朝闻的声音十分苍凉，"当局倒行逆施，委派人格卑鄙、劣迹昭彰的教育界败类程门雪，来当我们这所培育为人师表者的学校的校长。程门雪在前清时代，出卖参加同盟会活动的学友，用人血染红顶子。民国以后，他依附军阀恶势力，鼓吹尊孔读经，反对新文化运动。日寇占领时期，他更奴颜婢膝，变节附逆。至于他嫖妓、纳妾、捧戏子、诬良为盗、充当阔人叭儿狗，种种丑事秽行，不胜枚举。我虽不才，但誓不与衣冠禽兽为伍；因此，我已宣布辞职，这是我与诸君临别一面。同学们，同仁们！我与诸君相处两载，情深谊重，临行之际，我愿恳切赠言：放眼未来，切莫目光三寸；洁身自爱，万勿同流合污！"说罢，他深深鞠了一躬，走下司令台。

教员们围拢上来，挽留道："文先生，您不能走。"

不少学生哭出了声，喊道："老师，您别扔下我们不管！"

但是，铁血指挥他的特务，蜂拥而入，挥舞手枪、皮鞭和棍棒，号叫："准敢捣乱，格杀勿论！"文朝闻从特务们的鼓噪中凛然走出校门，头也不回。

教育科长蹿上司令台，吼叫道："文朝闻窃踞通州师范主任二年，把学校办成了共匪干部养成所，通州重要共匪分子叶菏，即为其最得意之学生。文朝闻办学失职，通共嫌疑严重，我代表当局，宣布将其撤职论处；凡执迷不悟，继续同情、追随文朝闻者，开除公职、学籍！"

文朝闻辞职以后，搬到城东南角落的一家小客栈暂住；铁血手下的特务，白天盯梢，夜晚蹲门，文朝闻陷入了罗网。

距离这家小客栈不远，有个一间门面的小杂货铺。小杂货铺的掌柜，是个徐娘半老、风韵犹存的寡妇，雇了一名伙计，这个伙计就是金桂题。

原来，金桂题带领演剧队到烟村演出，全军覆没，逃回通州，被吴宗笠抓了起来，毒刑拷打，体无完肤；多亏他老婆小桃红，卖身给吴宗笠，讨价还价，金桂题立下一张转让文书，连同房屋财产全数奉送才换回一条狗命。金桂题出了狱，像一条丧家之犬，无处栖身；正巧这个小杂货铺的老板娘死了男人，就拿他补了缺。

这一天，铁血忽然出现，大摇大摆走进小杂货铺，长驱直入，闯进内宅。

这个内宅，只有一间火柴盒似的小屋；一块小院，方桌面大，只能二人转。

"桂题兄，老朋友前来拜望你啦！"铁血张口大笑，手里掂着左轮手枪。

"铁血！"金桂题像看见了拘命的无常，一屁股坐在地上，"你……来抓我的？"

"说哪里话？"铁血把他从地上扯起来，"咱们一块革过命，共过患难，我岂能无情无义？今日登门造访，不过是为重叙旧谊而已。"

金桂题强笑一下，说："你离开那边，来到这边，可真是飞黄腾达起来了。"

"是呀！'乘肥马，衣轻裘，与朋友共'，我就想起你来了。"铁血扔给他一支雪茄，像给癞狗扔过一根骨头，"我不忍看你潦倒终生，扎在娘儿们的裤裆里过日子，所以想拉你一把，到我手下吃一份钱粮。"

"不，不……"金桂题摇头又摆手，"我两边不沾，只求活着有口窝头吃，死后落个整尸首。"

"孱头！"铁血骂道，"实话告诉你，目前形势紧张，吴先生要重新拘审你这个可疑分子，我是来给你通风报信的。"

金桂题惨叫："铁血兄，看在老交情上，救救我！"

"我倒想替你美言，可是拿不出货真价实的东西，怎能在吴先生面前张口？"

"我可以具结。"

"一纸空文，不顶屁用！"

"那么要什么呢？"

"不要你的金，不要你的银，只要人换人。"

"拿谁换呢？"

"一个共产党。"

"我上哪儿去找呀？"

"来人！"铁血变了脸，向门外呼叫，"把金桂题押走，杂货铺封门。"

"铁队长，开恩吧！"老板娘跑进来，跪在铁血脚下，"我让桂题给您当差，您别封我的铺子。"

铁血看了这个女人一眼，见她颇有几分姿色，龇牙一乐，说："好个识时务的老板娘！桂题，愧煞你这个须眉浊物。"说着，弯下腰去，将老板娘搀扶起来，顺手在她的乳房上捏了又捏。

老板娘忸怩作态，贱声浪气地说："铁队长，您高抬贵手吧！"

金桂题耷拉着耳朵，问道："我能干些什么呢？难道叫我去生擒雷响，活捉叶菏？"

铁血在他的肩上拍了一巴掌，说："不必下龙潭，也不必入虎穴；只在通州城内一显身手，立功受奖如探囊取物。"

"您快吩咐吧！"老板娘谄笑着说。

铁血从牙缝里说道："把文朝闻老头子干掉。"

"杀人！"金桂题失声尖叫。

"不杀人就不能洗掉你的罪名！"铁血恫吓，"不杀人就赎不出你这条命。"

"可是杀人要偿命呀！"金桂题呻吟连声。

"我们掩护你顺利逃走。"铁血的声调十分诱人，"你带着嫂夫人腰缠奖金，先到外埠避一避风头。等风声过去，开一个大杂货铺，坐享一辈子清福。"

"奖金给多少呢？"老板娘为之心动。

"黄金二十两。"铁血在老板娘面前翻着巴掌，趁势拧了拧她的脸蛋儿。

"可不能许愿不还愿呀！"老板娘半信半疑，不大放心，"能不能先给几两订金？"

"一手交货，一手交钱。"铁血跟老板娘挤眉弄眼，"嫂子每天都做买卖，难道不懂这个规矩？"

"可是……"金桂题仍然胆怯心虚，"万一我要躲闪不及，被抓住呢？"

"那也容易开脱！"铁血拍着胸脯担保，"军法处跟咱们穿的是连裆裤，你咬定出于一时冲动，盛怒之下失手误伤人命；军法处借口案情重大，解送省会办理，途中把你释放，就说被共产党劫走，不了了之。"

"我到哪儿去领奖金呢？"老板娘最关心的是那二十两黄金不能落空，金桂题的生死倒在其次。

"兄弟亲自给嫂子送来。"铁血的下流模样，丑态十足，"白天引人注目，黑夜行走方便。"

金桂题并不把黄金二十两放在心上，只问道："我立了这一功，此后是不是就不再找我的麻烦了？"

　　"当然！"铁血跟金桂题击掌为信，"此事办完，我们就把你从账上一笔勾销了。"

　　飘香从延芳淀来到马蜂窝。

　　凤大姑跟女儿又有一个多月没见面了，一见面还是老脾气，叨唠着说："你再不跟我照面儿，我就收拾箱笼包裹，回老家了。"

　　"回老家有何公干呀？"飘香逗笑地问道。她觉得，这一年母亲见老了，嘴碎了，像个小孩子。

　　"延芳淀贫雇农都分了房子分了地，难道就没有我跟你爹的一份儿？"凤大姑沉着脸，"我回家种地打鱼，过舒心日子，不在这儿憋屈了。"

　　"那您就请回吧！"飘香冷冷地说，"刘邓大军过了黄河，大反攻开始了。上级指示，武工队先把马蜂窝秘密解放，配合主力部队攻打通州的战斗，您远远地站在延芳淀上看风景吧！"

　　"死丫头，刚怄你两句，你就跟我翻脸呀！"凤大姑满脸堆笑，"大军什么时候过来，给我什么任务？"

　　正说着，丘二篙头从船上回来了。现在，南北航行的大小船只，都已经被强征军用，大船一天装运十四个小时；船工们累得筋疲力尽，工钱又少，物价飞涨，一天的工钱不够吃三顿饭。丘二篙头不但苍老，而且衰弱了；每天回到家，腰酸腿疼，躺倒就睡，睡梦中常常哼出声来。可是，今天一进门，看见了女儿，老船夫的疲惫气色，一阵风吹跑了，喜在心头，笑在脸上。

　　"爹！"飘香赶紧接过蓑衣和风灯。

　　"刚来呀？"丘二篙头抚摸着女儿的头，笑得满脸的皱纹都平展了。

　　丘二篙头是个性格粗放的人，疼女儿，爱女儿，可是不会表达。飘香长这么大，他没有捅过一指头，也没有发过一句火。飘香儿时，又顽皮，又刁钻，又任性，可是不管怎么磨他，他都非常有耐性。飘香喜欢到船上玩，他一只手抱着女儿，一只手撑篙，乐呵呵，很情愿，很快活。飘香喜欢花花朵朵，他就从水面上和旱地上采摘各色各样的野花，用两只粗大的手，给女儿编织十分精巧的花圈、花环和花镯，戴在女儿的头上，套在女儿的脖子上，戴在女儿的手腕上。为了给女儿买一件花袄，他每年夏天都光着膀子，只穿一件蓑衣。为了给女儿买点零食小吃，他常常出船饿着肚子。飘香跟爹最连心，比跟娘还亲。

　　飘香坐在爹的身边，给爹捶着腿，说："爹，主力部队快要攻打通州了，我们明天夜里就进驻马蜂窝。"

"好呀！"丘二篙头被女儿捶得通身舒畅，"你爹的身子骨儿硬硬朗朗，解放以后，还能在这北运河上，撑二十年革命大船。"

飘香跟爹亲热了一会儿，便转上正题，说："攻打通州，拿下东关码头才算决定了胜负，我们要跟沙官印大伯会面。"

"码头进不去，老沙也出不来。"丘二篙头摇着头，"吴宗笠下了命令，单身的船工不许离开码头，只怕再紧一步，连有家的人也不放出来了。"

"能不能从水下到您船上去呢？"

"每条船上，都派了匪军监视；我是头船，格外'优待'，派了四个。"

"那么县委的指示，就不能传达了？"飘香急躁起来。

"你怎么忘了？"丘二篙头有点羞涩地笑了笑，"你爹是船运分支书记，难道不能传达给你爹吗？"

飘香这才猛然想起，她这个老实巴交，粗大憨厚的爹爹，已经是一个意志顽强的地下党员，在船夫和码头工人中间，威望很高。

"爹，怪我有眼不识泰山呀！"飘香咯咯笑，在丘二篙头耳边嘁嘁喳喳起来。

忽然，院外有人敲门，飘香正要下地道，院门开了，小石在一片光影似的闪进来。灯光下，他扑扇了一下眼睛，看见飘香，一头扑到飘香怀里，说："萍姑，国民党把爷爷撤职了，还要处罚他老人家，快把爷爷接出城来吧！"

"敌人先下手了！"飘香脸色陡变，"我们本来准备在攻城之前，把舅舅接出来，现在是一时片刻也不能等了。"

"我去找交通员！"凤大姑急忙走出去。

一会儿，凤大姑把交通员带来了。凤大姑的小屋门框低，他的个子高，哈着腰走进屋来，喜眉笑眼地问道："飘香同志，好日子要来到吗？"他的声音低而又轻，充分表现出城工人员的特点。

"快了，高声说话的日子快到了！"飘香笑着，"不过，现在得想方设法，把文朝闻先生接出城来，全靠您了。"

"这得钻敌人的空子，两人配合得巧妙。"交通员沉思着说，"你给文先生写封信，先让他信得过我。"

"信里口气要重，"小石在对飘香说，"爷爷才肯听。"

飘香正在写信，地道口响起了暗号，雷响和叶菏也来了。

"你们来得好！"飘香停下笔，"文先生被国民党撤了职，困在了城里；我正给老人家写信，把老人家接出来。叶菏，这封信还没写完，你接着写，写上咱俩的名字。"

"只怕敌人要下毒手！"雷响的脸上布满阴云，"我要进城去，保护文先生。"

"不可冒险！"交通员劝阻说，"吴宗笠下令关闭西、北、东门，只留南门出入。城门口，保安团站岗，警察搜身，特务相面；进城难，出城更难。"

"哪怕是上天开路，入地凿门，我也要进城！"雷响在地上焦躁地走来走去。

"可是怎能混进去呢？"大家都犯了愁。

"我有锦囊妙计！"地道口，又钻出了小丢。

"快说！"

"搭国民党的军车。"小丢嬉笑道，"每天一开城门，都有从码头到城里去的军车开来，一字长蛇阵，走马灯似的；跳上去，藏在苫布里，到城门不受检查，睡着觉就进了城，出城也是照方抓药，一个样。"

"就是这个主意！"雷响决定了。

33

虽然离开了通州师范，困居在小客栈里，文朝闻仍然黎明即起，顶着星星到荷花池公园去散步。

小小的公园，几池碧水，红莲满塘，亭台楼榭笼罩在晨雾中。文朝闻沿着柳暗花明的小路，走上位于公园中心点和最高处的畅观亭。

老人深深呼吸了一口花香水气，活动一会儿四肢，做完一套五禽戏，便站立亭上，放声吟诵古文古诗。

他正沉浸在发思古之幽情的意境中，不提防从他背后爬上来一个恶贼。等他发觉呼哧呼哧的喘气声，转过身去，只见那个家伙戴一副假面具，左手执匕首，右手持手枪，向他扑过来。

"你是什么人？"文朝闻厉声喝道。

那个家伙两腿哆嗦了一下，被文朝闻的凛然正气威慑住了；假面具的两个小孔里，目光闪烁不定。

"是谁主使你来干这种卑鄙的勾当！"文朝闻逼上前去。

那个家伙吓得连连倒退，向四外溜瞅。

"揭下你的假面！"文朝闻戳指这个不敢见人的东西，"露出你那丑类的嘴脸。"

那个家伙狗急跳墙了，凶恶地将匕首向文朝闻的胸膛刺来。

"叭！"

突然飞来一颗子弹，那个家伙应声而倒。一个身穿工装的魁梧大汉，跑上畅观亭，撕下那个家伙的假面具，原来是金桂题。

"叛徒！"这位大汉像抻死狗一般扯起气息奄奄的金桂题，"是谁主使你来暗杀文先生，说！"

金桂题睁了睁目光昏乱的眼睛，恐怖地大叫了一声："雷响，饶命！……是铁血……"喉头咕噜一声，断了气。

"幕后牵线的是吴宗笠！"文朝闻气得脸发青，"我要当面揭露他。"

这时，交通员的三轮车飞驰而来，喊道："文先生，快上车！跟我走。"

"爷爷！"车上跳下小石在，小石在跑上畅观亭，"我带来叶老师跟萍姑给您的信。"

文朝闻展信一看，不禁泪下，说："我跟你们走！请你们再把叶明亮先生搭救出来。"

"您放心！我们另想办法。"雷响把文朝闻从畅观亭上挽下来。

文朝闻坐上交通员的车向东，小石在挎着帆布口袋向西，北面是城墙，雷响向南。

迎面，小丢一溜烟而来，向雷响连连招手："铁血的特务来了！"他们钻进花木丛中，一眨眼无影无踪了。

铁血带领他那一帮子特务，刚从他的巢穴来到万寿宫大街，正要分散到各处去，就听见荷花池公园里一声枪响，他命令先不要散去。听了听，等了等，再没有第二下枪声。

"金桂题得了手！"铁血急忙命令一个小特务头目，"你带一名弟兄，把金桂题打发掉，手脚要干净利索，不许留下痕迹。"

"是！"两个特务跑走。

铁血靠在他的摩托上，悠闲地吸着烟，面带狰狞而得意的奸笑。交通员驾着车，昂着头，挺着胸，姿势优美，神态自若，从他面前一阵清风而过，也没有引起他的注意，他只顾两眼望天，自我陶醉地喷吐一串串烟圈儿。

"看报呀，看报！"一个小报童挎着大帆布口袋，胳臂上抱着一大摞报纸，蹦蹦跳跳地吆喝，"看看过了黄河的共军，流窜到大别山的消息！"

铁血的身子一震，把手中的香烟扔在地上，喝道："卖报的，过来！"

"先生，您要几份？"小报童跑上前来。

"你他妈的刚才吆喝什么？"铁血瞪着恶眼。

"报上的消息，不是我瞎编的。"说着，小报童递过一张报。

铁血惊慌地打开报纸，一眼就看见了头版头条的大字标题，不由自主地念出声来："中央社八日电：六月三十日偷渡黄河之共军刘伯承、邓小平部，已在黄泛区被我军击溃，残部正向大别山流窜……华中剿匪总司令白崇禧已下令所属精锐部队，加强武汉江防……"

"看报呀，看报！看看……"小报童不等铁血给钱，又向前跑去。

铁血把手中的报纸扯成碎片，大喝道："报童，站住！"

但是，小报童已经汇入熙来攘往的人流中去了，只听见他那高入云霄的童音："……过了黄河的共军，流窜到大别山的消息！"

"来人！"铁血气急败坏地大叫。

一个小特务上前打了个立正："请队长吩咐。"

"拦住那个小报童，把他的报纸全部没收！"

"是！"小特务追赶小报童去了。

铁血的心乱跳，手打着颤儿，掏出烟盒，抽出一支香烟，叼在嘴上，连划了几根火柴，也点不着火。

"队长，队长！"到荷花池公园去的小特务头目，惊慌失色地跑回来。

铁血连忙打起精神，强自镇定，问道："怎么样？"

"金桂题不知被谁打死了！"小特务头目上气不接下气，"文朝闻生不见人，死不见尸。"

"还不赶快满城去搜！"铁血狠狠打了这个小特务头目一记耳光，跨上摩托车。

这时，万寿宫人山人海的上空，飞舞着一团团报纸，像翱翔在天空的鸟群。

铁血陷入精神错乱的状态，睁着眼就看见死亡的阴影正在吞没他。有一回他喝得酩酊大醉，抱着桂霞放声大哭，说要带着桂霞跑到桃花源去隐居，或是双双逃到峨眉山上出家。跟他同床异梦的桂霞，急忙向吴宗笠告密，吴宗笠勃然大怒，命令桂霞把铁血带到他的书房，予以申斥。

铁血一走进吴宗笠的书房，发烧的头脑就冰冷了。吴宗笠满脸阴沉沉的怒气，半坐半仰在躺椅上，雕花茶几上放着一把匕首，一个纸包，一条绳子。在他身边，坐着打扮得像美人蕉似的孔水仙，背后站立着凶神恶煞似的郎化之。

"县长！"铁血垂手直立，躲闪着吴宗笠那凌厉逼人的目光。

"听说你最近患了神经衰弱症，我来给你根治一下。"吴宗笠说着，把匕首、纸包和绳子扔到铁血脚下，"用匕首抹脖子，打开纸包服毒，拴了绳子上吊，都可以'药'到病除。"

"县长！"铁血眼睛恐怖地睁大，面孔痉挛着，"我是过河卒子，并无退身之地，只有报效县座，死而后已。"

"花言巧语！"吴宗笠拍得茶几山响，"你忽然神经衰弱，病因何在？"

"县长！"铁血抓挠着胸膛，"我对县座一片忠心，绝无二志。"

"狡辩！"吴宗笠跳上前去，左右开弓，一连赏了他几个嘴巴，"进了我这座庙，只能走着进来，躺着出去；你想溜之乎也，我会把你放生吗？"

"宗笠，捉拿石老硬，铁血立了功，将功折罪，宽恕他这一回吧！"孔水仙见吴宗笠打得够火候了，才慢腾腾站起，将吴宗笠扯回座椅上。

"吃了这碗杀人饭，那就别想庆八十！豁出这一百多斤盛血的皮囊，杀一个够本，杀俩赚一个，杀人如麻才死而无怨。"桂霞掏出香喷喷的手帕，轻轻给铁血擦着嘴角的血迹，数落着说："吴县长看重你，抬举你，待你恩重如山，你怎么就不长出息，下坡子溜呢？吴县长打你，是正该打的！就像对那些不要强的儿女，亲爹老子不能不严加管教。打是疼，骂是爱，你还不快说：'谢谢管教，谢谢疼爱'。"

"谢谢管教，谢谢疼爱。"铁血这只恶狼，在主子面前，连一点狗性也没有，像一只媚态的猫。

"回去吧，振作起精神来！"吴宗笠完全是老子口气了，"桂霞，你要多多鞭策他。"

铁血和桂霞给吴宗笠和孔水仙行了礼，转身刚刚要走，吴宗笠忽然又厉声唤道："等一等！"

铁血连忙站住，躬着腰，惶恐不安地问道："县长还有什么训示？"

吴宗笠沉着脸，手指嗒嗒地敲击着茶几，一阵比一阵紧，好像在弹着一支古筝。陡地，他停止了敲击，又霍地站起身，说："马蜂窝不能不捅！你率领一个小队，勒令居民全部迁入通州城内。"

"遵命！"铁血硬着头皮，高声答应。

铁血已经看见自己的一只脚踏进了阴司界，他要在死亡之前，疯狂破坏，血腥屠杀，恨不得马蜂窝跟他一同毁灭。他上身穿一件鹿皮夹克，下身穿一条细管马裤，脚下高筒马靴，腰间斜插两支驳壳枪和一把银鞘匕首，鼻梁上架着一副玳瑁宽边大墨镜，胸前挂着一副高倍望远镜，率领特务小队，闯进了马蜂窝，封锁了各条通道。

联保主任迎接铁血，点头哈腰，笑嘻嘻开言问道："铁队长大驾光临，来到我们马蜂窝，有何见教呀？"

"少他娘的跟我面带三分笑，心藏一把刀！"铁血横眉怒目地骂道，"我奉命勒令居民疏散，棚屋拆除。"

"天呀！"联保主任大惊小叫，"这男女老少几千口，搬到广寒宫去吗？"

"全部迁入城内。"

"可怎么着落呢？"

"给你们盖摩天大楼。"

"墙上画烙饼，馋人不解饿呀！"

"废话！你马上通知各家各户，立即搬家，抗拒不搬的就地活埋。"

"得令！"联保主任找来一面铜锣，喤喤喤地敲打起来，"各家各户洗耳恭听，吴县长派来铁队长，勒令马蜂窝居民疏散，棚屋拆除，抗拒不搬的就地活埋！奉劝各家各户马上收拾箱笼包裹、锅碗盆勺，先到城内暂住一时，等吴县长给咱们盖起摩天大楼，那就满福齐天啦！"

锣声在一条条弯弯曲曲的乱巷子里回响，但是却听不见响应的人声，马蜂窝一片沉寂，好像是荒原上的一座空山。

联保主任转悠了一遭，磨磨蹭蹭回来了。铁血问道："怎么不见动静？"

"铁队长，谁家没有坛坛罐罐，总得收拾一阵子呀！"

　　他跟铁血是老交情了，陪着铁血吸烟，东拉西扯。联保主任会扎纸花，捏泥人儿，扎纸花能扎出百花争艳，彩蝶纷飞，蜜蜂采蕊；捏泥人儿能挂出一台大戏，孙悟空三盗芭蕉扇，铁扇公主千姿百媚。他挑到街上去卖，满街的孩子追着他跑。铁血从小不是东西，追着关老二的挑子，不是明抢，就是暗偷。联保主任就描着他的模样儿，捏了个人头狗身子的小妖，被孙悟空的金箍棒打得夹着尾巴逃窜，包在粉红纸包里送给他。谁知这个当年的戏谑之作，竟为今日的铁血做了写照。

　　铁血看了一眼手表，四点了，还没有一家动身，不耐烦起来，说："老东西，再给我敲锣催一催。"

　　"催一催就催一催！"联保主任提起铜锣，噹地敲了一声。

　　这一声锣响，引起了马蜂窝人声鼎沸，成千上百名妇女，冲出家门，包围了那些封锁各个路口的特务，大吵大闹。铁血喊了一声："马蜂炸窝啦！"拔出枪来，就要开枪杀人。联保主任忙拦道："铁队长，一打死人，事可就闹大了；我看不如放把火，吓唬一下就得了。"

　　"好主意！"铁血觉得先放火，再杀人，真是作恶齐全，"老东西，你替我传令，火烧马蜂窝。"

　　"我可不敢去！"联保主任货郎鼓似的摇着头，"马蜂窝的人最恨吃里爬外的叛徒贼子，谁当叛徒贼子就把谁碎尸万段。"

　　"你骂我！"铁血觉得联保主任是在指桑骂槐。

　　"我哪年月骂过你呀！"联保主任装傻充愣，"我看还是你放头一把火，这叫举火为号。"

　　"好，你给我扎一支火把去。"

　　联保主任回到他的棚屋，撕开他那破棉袄的棉絮，绑在一根棍棒上，浸透一盏灯的煤油，拿来交给铁血，说："我可不能奉陪你。你往前一直走，拐弯看见一家墙头花红柳绿，就烧那一家。"

　　"为什么烧那一家呢？"

　　"枪打出头鸟。那家住着马蜂窝的女寨主，烧了她一家，千家不烧也起了火。"

　　"好！"

　　铁血点燃了手中的火把，充满歹徒作恶的快感，摇头晃脑地向前走去。

　　这一家是马蜂窝堡垒中的堡垒，为了保守秘密，便于隐蔽，四面砌起了一人高的泥墙，还安装了两扇街门。凤大姑喜欢种树养花，从河边移植了两棵高大的河柳，种在泥墙下，河柳上又爬满了五颜六色的喇叭花，挂在了墙头上，远远一看，十分悦目。

铁血一拐弯，就发现了这一家，叫道："女寨主毕竟与众不同！"说着，挥舞着火把跑过去。

忽然，一阵河风吹来，黄泥墙头柳摇花动，花红柳绿中闪露出一张俏丽的脸儿。在这张俏丽的脸上，有一双乌黑明亮的杏子眼，在这一对杏子眼里，燃烧着复仇的火焰。

"飘香！"铁血手中的火把，惊吓得失手掉在了脚下。

他想开枪，手麻了；他想逃跑，腿木了。

飘香柳眉倒竖，咬牙切齿地骂道："你这个无耻的叛徒，今天就是你的末日！"说着，举起了枪。

"哎呀！"铁血这才从麻木中苏醒，正想卧倒，飘香的子弹已经打进了他的脑壳，并且在脑壳里炸开来。

丑恶的尸体，倒在了燃烧着的火把上，把这个无耻的叛徒烧成灰烬，不让他的腐臭，污染这清清白白的大地。

飘香的枪声，就是战斗的号角。从马蜂窝四外的坟旁、树后、茂草中，迸发出天崩地裂的喊杀声，蒲葵和雷响指挥武工队，狂风暴雨一般也围上来。

半夜时分，吴宗笠在孔水仙的怀里睡得正甜，突然一声天崩地裂的巨响，震得他从床上滚下来，迷迷怔怔坐在地上，仍然昏头昏脑。这是东关码头一间钢骨铁筋的地下室，竟也被震得吱吱作响，沙沙落土。

孔水仙披头散发，赤身裸体，鬼叫连天，抱起她的宝贝儿，往床下钻。不久前孔水仙生了个儿子，这个儿子的生日，距离吴莲池的死日相差不到十月，也算墓生。吴宗笠原名承祖，这个孩子便叫承宗，却又一语双关。

门外，卫士嘭嘭擂门，劈着嗓子喊道："县长，共军发动进攻啦！"

吴宗笠瘫倒下来。

吴宗笠的内室，一向严禁外人入内，此时沉吟也顾不得许多，咣啷一声，破门而入。

"死……死……死守……"吴宗笠挣扎着爬起来，摇摇晃晃站立不定。

"你不能撇下我们娘儿俩！"孔水仙又从床下钻出半截身子，伸出一只胳膊扯住吴宗笠的腿。

"穿上衣裳，恬不知耻！"吴宗笠一脚踢开她，奔上指挥所。

枪炮子弹像潮水般涌来，杀声阵阵，解放军逼近了。

吴宗笠在指挥所里暴跳，狂叫，大骂，撕碎了桌上的纸，折断了手中的笔，踢倒了茶几，从楼窗口扔出椅子。他丧失了理智，神经错乱，活像一只被猎人打断了腿的狼。

东关码头的战斗，进行到最后一幕了。

解放军主力逼近敌人的最后一道防线，沙官印和雷响率领的护港队也开了火，里应外合，前后夹攻，敌人这道防线不到五分钟就崩溃了。

郎化之像狗血喷头，跌跌撞撞闯进指挥所，大哭道："宗笠，咱们完了，跑吧！"

吴宗笠换上码头工人的破烂服装，又抹了满头满脸的焦烟污泥，打算偷偷逃命。但是，他撇不下孔水仙母子，更舍不得拿在孔水仙手里的金银珠宝，于是又到地下室去。一进地下室，却见孔水仙把孩子绑在背后，跟卫士两人腰缠累累，正准备双宿双飞。吴宗笠猛醒，自从他就任以来，也把孔水仙带到身边，在公馆中另设一宅，卫士对孔水仙彬彬有礼，从没有引起他的怀疑；谁料出其不意，乘其不备，这一对狗男女早已勾搭上了。他一腔妒火，不容分说，开枪打死了卫士。孔水仙哭叫道："宗笠，我冤枉呀！是卫士逼迫我跟他逃走。"吴宗笠骂了一声："烂货，母狗！"忽又想到，他这个儿子怕也是卫士的孽种，又一枪打死了孔水仙母子俩。

吴宗笠从卫士和孔水仙身上解下全部金银细软，披挂在自己身上，从黑暗和混乱中溜出港口；只见有一只大木船正停泊在码头上，慌慌张张跳上船去。

船上，躺着四个匪徒的尸体；一个受伤的老船夫背靠着舱壁喘息，这是丘二篙头。他跟船上的几名船工，杀死了派在船上监视他们的匪徒，腰上受了重伤；他打发那几名船工上岸参加战斗，自己看守大船。

吴宗笠偷偷拔出佩剑，冷不防刺穿了丘二篙头的后背，砍断缆绳，大木船向河上漂去。

天边闪现出一痕曙色，雷响发现大河上有一只大船打旋。他叫了一声："有敌人逃跑！"跳下水急浪高的入河口，泅水就追。

眼下正是雨季，河面开阔，雷响在浪尖上颠簸着，抛掷着，万分惊险。看看接近了打旋的大木船，雷响却被一个巨大的旋涡吞没了。

但是，眼前却出现了奇迹。雷响就像鲤鱼跳龙门，从旋涡的浪花中一跃而出，跳上了大木船的船面。忽然，船上一声枪响，雷响跌倒了；却又听他怒吼一声，冲进了船舱。

雷响只是左臂上被子弹擦破了一块皮，他冲进船舱去，吴宗笠还想开枪，雷响一个虎扑，将吴宗笠骑在胯下，抓住他的手腕子一扭，子弹打在了舱壁上，吴宗笠的一只胳膊被他折断了。

他站起身，把吴宗笠踩在脚下，扯过一根棕绳，将吴宗笠紧紧捆住；然后，他走过去看丘二篙头。丘二篙头倒在血泊中，紧闭双目，呼吸艰难。

"姑父，姑父！"雷响连连呼唤。

丘二篙头吃力地、吃力地睁开眼睛，目光迷离散乱；吃力地、吃力地凝视着，终于认出了雷响。

"我盼到了……看见了……这一天！"丘二篙头含笑闭上了眼，眼角挂着两颗泪珠，"往后……往后……这江山……全靠你们了。"

一九七一年十月十九日夜至一九七五年三月十九日凌晨，写于北京儒林村

一九九三年十二月二十六日改于红帽子楼蝈笼斋

后 记

以上，长篇小说《地火》初稿，跨越五个年头，终于完成。

我写完最后一个字，放下这支跟随我已有二十年的钢笔，看了看桌角上的台钟，时间是一九七五年三月十九日凌晨四时四十三分。

我的肩上感到一瞬间的轻松，但是跟着心情却又沉重起来。

我想起鲁迅先生在《野草·题辞》中的话："当我沉默着的时候，我觉得充实；我将开口，同时感到空虚。"

是的。在我构思和动笔之前，我曾觉得充实；在我动笔和写成之后，我感到了自己的空虚。现在，初稿以它粗糙的形状，展现在我的面前，它是"根本不深，花叶不美"的野草。

虽然，我不满意它；但是，我仍然珍惜它。因为它不仅凝聚着我的数年心血，而且凝聚着许多人——天南与地北，相识与不相识者，对我的期望。

我尤其要感念在我的写作过程中，直接给我输送光、火、力、热的人。

因此，对于这株野草，我将继续倾注血汗，浇灌它成长，促使它茁壮，或者能够培育得根本深一点，花叶美一些。

修改将比创制更费力，更艰苦，更繁重；我愿奋发心志，知难而进。

无论是对于这部小说，还是对于我这个人，我都仍须努力。

"过去的生命已经死亡，我对于这死亡有大欢喜。"我的生命，我的创作，都愿从废墟上重建起来，而开始一个新纪元。

一九七五年三月十九日儒林村寒舍

后记之后记：事过十八年又九个月零七天，五易其稿的《地火》从四十五万字删改到二十二万字。小说仍然年轻，我可老了。

一九九三年十二月二十六日红帽子楼蝈笼斋